日本近・現代文学における

知的障害者表象

私たちは人間をいかに語り得るか

河内重雄

九州大学出版会

目次

日本近・現代文学における知的障害者表象

――私たちは人間をいかに語り得るか

序章

知的障害者について語られる時のトピックには、どういったものがあるだろうか。「知的障害に関する記述を含む作品・事項一覧」を作成するなかで分かったものを挙げると、以下のようなものがトピックとして挙げられるのではあるまいか。

①コミュニケーションの特徴や問題点、支援の仕方。
②知的障害者とその家族の関係について。
③知的障害者は人間か、そもそも人間とは何ぞや（聖性、恋愛・性・結婚・孤独、美醜、理性・意志・感情・本能、自信等）。
④自立や支援制度、権利。
⑤就職や労働、社会的に果たし得る役割。
⑥教育の内容や仕方、諸能力の向上について。
⑦パラダイム等を破壊・構築する一部の天才的な能力（芸術・記憶・計算等）、神的な力（予知能力等）、常識の有無。
⑧諸特徴とその遺伝。
⑨差別・いじめ・排除。

これらは同時に語られることもあれば、重なりあうこともあるが、これらのトピックは文学作品にもしばしば見出されるものである。逆に、知的障害者の自殺などは、どのような分野においても見出されることはほぼない。

本研究の目的は次の通りである。すなわち、主に文学作品における知的障害者の語られ方を通史的に考察すること[1]で、近代以降の日本における人間観がいかなるものであるか、人間観との関わりで知的障害者はどのように語られてきたのか、そしてこれから知的障害者や人間はどのように語られ得るのかを、考えることである。先の箇条書きで言うと、③をテーマとして選んだということである。柄谷行人氏は「座談会『蟹工船』では文学は復活しない[2]」で、

> 僕が文学をやろうと思ったのは、何をやってもいい、というのが理由でした。哲学をやったら哲学のことしかできないし、社会科学をやったら社会科学のことしかできない。また、そこから「自分」の問題が消えてしまう、と思った。自分ということから出発する現象学でさえ、そうだ。それに対して、文学は自分を含めてありとあらゆることができるものだと思っていました。それは学問的カテゴリーのどこにもあてはまらないけれど、逆にどれをも含みうる。自然科学ですら含みうる。そういうものが僕にとって文学であって、狭い意味での文学だったら、とっくの昔にやめています。

と述べている。また、『定本柄谷行人集　第三巻』（平成十六年三月　岩波書店）では、「批判（批評）」とは「相手を非難することではなく、吟味であり、むしろ自己吟味である。」と述べている。前述の本研究の目的は、自分の思考をチェックすることにつながり、自己チェックは同時に、今後どのように考えていくかという問いにつながると考える。

今でこそ知的障害という言葉が定着しているが、例えば明治・大正期には、「白痴」、「痴愚」、「魯鈍」、「精神薄

弱」、「低能」などが、知的な障害を表す言葉として用いられていた。現代においては、世代によっては、「白痴」と言われても分からないのではあるまいか。先に、近代以降の日本における人間観がいかなるものであるかと述べたが、「白痴」の概念、そしてそれが人間の概念と密接な関係にあることを、まずは確認する。

日本の近代化は、諸概念の再編成、人間（人）の概念の〈刷新〉と共に始まった。その概念の〈刷新〉は、西洋という脅威的な他者に対抗できる力をもつこと、つまり富国強兵と関係している。柄谷氏は『〈戦前〉の思考』（平成六年二月　文芸春秋）で、

（略）私がいいたかったのは、儒教とか武士道といった概念を、実際の階層やその生存の形態と無関係に見てはならないということです。そうした概念が「人間」一般のモデルとして考えられるようになったのは、明治以後です。（略）明治四年に徴兵制と義務教育の両方が発布されます。徴兵制とは、それまでは戦争で死ぬなどということを考えたこともない階層の人々を、兵隊にとるということです。江戸時代の農民も商人も、国家のために死ななきゃいけないなどと教わっていない。とすれば、彼らを改造しなければならない。学校と軍隊は、そのような教育機関です。

と述べている。また、『終りなき世界』（平成二年十一月　太田出版）では、

（略）たとえば、勝海舟や福沢諭吉とかが咸臨丸という船に乗ってアメリカへ行ったわけです。初めは封建的身分でやってますからね、めし食うのも一緒に食えないし、全然だめだった。そのとき、彼らは船というのはそういう封建的な身分と関係なくやらなきゃいけないんだということを学んだわけです。軍隊もそうなので、身分でやってたんじゃできない。そういう意味で、いかなるイデオロギーによろうと、軍隊そのものが、ブル

ジョワ的な教育をやってるわけですね。工場は教育装置である。しかし、もっと大事なことは、軍隊も学校だということですね。と言うより、軍隊＝工場＝学校なんですよ。

と述べている。旧来の士農工商といった封建的身分秩序では、何かを共同で行うことができず、富国強兵に必要な、西洋的な教育、軍隊、工場といったものが成り立たない。武士も、農民も、商人も、国のために死ななければならないなどとは教わっておらず、彼らを一律に教育し、軍隊に編入・組織するためにも、旧来の士農工商は、人間という言葉の新しい概念にとって代わられる必要があった。あるいは、軍備を充実させ、国を富ませるために、第二次産業に重心を移すには、一律の教育（共同の生活、知識の共有）が必要であり、そのためにも人間の概念の〈刷新〉は不可欠であったと言えよう。明治のベストセラー『学問のすゝめ』などの基盤となっているイデオロギーは、啓蒙主義である。啓蒙主義においては、人間とは理性や意志が教育によって伸び、社会の発展に益する存在とされている[3]。日本の近代化は、人間という言葉、概念を抜きに語ることは不可能である。

　このことを言い換えると、法や小学校など、これまでとは違った制度や思考を作り出すには、これまでとは違った多くの言葉の概念が必要であった、ということである。概念による外界の認識・把握に関わる理性。目的実現のためや道徳的な選択・判断といった精神の働きである意志。自然に働きかけられるのではなく、逆に働きかける自由。自由から派生する責任。それらをもつ人間。理性や意志を伸ばすところの教育。そして社会等々。こういった西洋の言葉の翻訳語は、近代的な制度・思考と切り離し得ない。そのなかでも、人間と意志のつながりは、特に強固であり重要とされていると考える。例えば、「哲学と文学両分野の、特に近代以降の代表的な哲学者と文学者の人間観を提示することによって、近代的な人間像が現代にどう受け継がれてきたのかの一端を明らかにし、今後来るべき人間像を模索するための一助となることを目指した」と「まえがき」にある論文集『〈人間〉の系譜学』（平成二十年十一月　東海大学出版会）では、デカルト、スピノザ、ヘーゲル、フィヒテ、ニーチェ、マルクス、ゾラ、田山花袋、サルトル、カミュ、マラルメ等の人間観が示されている。それらの人間観においては意志が中心的な要素であり、各論文の地の文や引用文中に、理性や意志という語は散見される。理性、特に意志あっての人間であり、意志があることは、人間であることの必須条件とされていると考えられる。

　徴兵制や義務教育の発布、『学問のすゝめ』等の出版から少し遅れて明治二十年代、教育がある程度普及するにつれて、「idiot」の翻訳語としての「白痴」[4]という言葉が、実体性を帯びるようになっていった。國木田獨歩「春の鳥」（『女学世界』明治三十七年三月）の「白痴」の「六蔵」が、教育し得ないという理由で学校を退学するのは、明治二十年代の中頃のこと。それ以前の明治二十三年四月には、長野県松本尋常小学校に「落第生学級」が設置されている。明治三十三年八月に小学校令が改正され、「白痴児」等の就学免除が正式に規定される。明治三十年代には「白痴教育」の書物——重要なことだが、その多くが遺伝など科学の言説と密接に関わっている——も出版されている。当時の小学校においては、上の学年にあがるには、試験で合格しなければならなかった。そのため、就学率が高くなるにつれて、何年経っても小学一年生から上へあがることのできない者（＝「白痴児」）が目につくようになり、彼らをどうするかが問題視されるようになったのである。[5]多くの場合、学制を維持する上で都合の悪い「白痴児」は、就学を免除されることで、教育の場から排除された。「白痴」という言葉自体は無論それ以前からすでにあった。例えば明治五年八月に公布された学制の「廃人学校アルヘシ」は、「白痴児」等を対象としてのものである。しかし、「廃人学校」の設置は実施はされなかったことからも、翻訳語としての「白痴」という言葉は、明治二十年代までは単にあるだけで、実体性の乏しい、ほとんど不必要な言葉だったと言えよう。それが教育の普及にともない、必要とされるようになった。人間が、理性や意志があり、教育し得る存在であるのに対し、「白痴者」は理性や意志をもたぬ、教育し得ない存在であるという、二項対立（人間／「白痴者」）の図式が成立したのである。その後、例えば大正期には智能検査が導入・開始され、ＩＱに基づいて「白痴」（や「痴愚」、「魯鈍」）に分類する、といったことがなされるようになるが、それは、この明治の中頃に成立した二項対立の補強でしかない。先に、違った制度や思考を作り出すには、これまでとは違う、多くの言葉の概念が必要だったと述べた。こうして「白痴」という語は、日本語の語彙のなかで、不可欠の一部分を占めるようになり、それと同時に、就学を免除された「白痴者」は、座敷牢（家）や精神病院、東京養育院やお寺などに閉じ込められ(6)、社会から締め出されることになる。閉じ込める場所こそ違えど、一種の棲み分けがなされている点では、現代も変わりがないと言えよう。

近代以降現代に至るまで、知的障害者（=「白痴者」、「精薄者」等）について語ったり問うたりすることが、人間とは何かを問い直すことになる場合があるのは、このような二項対立で考えてしまうからである。どのような学問領域においても、「白痴」について語ることは、間接的に人間について語ることである。ただ、第三章で改めて述べるが、「白痴者」は人間か否かということで言えば、科学や教育といった文学以外の領域においては、「白痴者」を人間として語るということはあまりなされなかった（人間とは何かは、自明なこととして問われなかった）のではあるまいか。「白痴教育」は、「白痴者」を本質的には人間と見なしているから、なされるのだとすれば、戦前から戦後すぐにかけての「白痴教育」の、あまりにも局所的で、取り組みが乏しかったこと（東京などのほんの一部でしか取り組まれなかった）は、教育の領域において、「白痴者」は人間と見なされていたとは言いがたいことを示していよう（「知的障害に関する記述を含む作品・事項一覧」参照）。現代では、例えば教育の領域で知的障害者を語る時の語り方は、むしろ逆で、知的障害者も人間だといった主張をよく目にする。しかし、少なくとも戦前は、先の二項対立が繰り返しなぞられていた（戦後もしばらくはそうだったと考えてよいであろう）。そのようななかにあって、多くの文学作品が、知的障害者を描くことで人間とは何ぞやという問いを抱え、そして作品によって様々な方法をとりながら、知的障害者を人間として描くということが試みられてきた。例えば哲学では、はるか昔から人間とは何ぞやと問われ続けてきたが、「白痴」をもってくることで人間とは何ぞやと問うのは、文学的な問いであると言っても、過言ではないのではあるまいか。

以下、第一章「國木田獨歩「春の鳥」論」から第六章「青来有一「石」論」で、主に文学作品を用いて、知的障害者がどのように語られてきたか、どのような方法で人間として描こうとされてきたかを、通史的に考察する。そして「終章」で、知的障害者や人間はどのように語られてきたかをまとめ、これから知的障害者や人間はどのように語られ得るのかを考える。

各章について簡単に述べる。翻訳語としての「白痴」概念の成立には、医学などの科学や教育（この二つは相補的な関係にある）の言説が中心的に関わっている。第一章で扱う「春の鳥」は、文学における「白痴」言説もそれと無関係ではいられず、むしろそれとの向き合い方・距離のとり方により、文学的「白痴」言説が形成されるということが、よく分かる作品である。「白痴」の遺伝など、当時「白痴」に関して科学や教育の領域で関心がもたれていたテーマを扱っているが、遺伝は同時に、自然主義文学において関心を寄せられていたテーマでもある。

第二章で扱う芥川龍之介「偸盗」（『中央公論』大正六年四月・七月）の「白痴」的な下衆女「阿濃」は、芥川研究では、いわゆる「神聖な愚人」の人物系譜に連なる人物と、解されることが多い。「戯作三昧」（『大阪毎日新聞夕刊』大正六年十月二十日～十一月四日）の主人公の滝沢馬琴は、天才（インスピレーション）論の観点から解され、阿濃と結び付けられることはない。しかし、「白痴」も天才も病とする当時の精神病言説を参照することで、両者の類似に気付かされる。第二章では両者の類似に注目し、「白痴」言説をおさえた上で、大正時代に「白痴者」が母になることのもつ意味を考える。歴史性の観点から付け加えておくと、「偸盗」が書かれた当時、精神医学や公安、社会ダーウィニズムの観点から、「白痴者」の犯罪行為・犯罪者性（「白痴」言説をおさえると述べたのはこのことである）が、問題となっていた。「偸盗」における阿濃の描かれ方は、そのような問題にコミットしている。

第三章で扱う石井充「白痴」（『文芸行動』大正十五年四月）では、横井時敬など当時の農本主義者の主張する理想的農民像を極端にしたものとして、「白痴者」が描かれている。都会での教育に批判的な農本主義者達の主張する理想的農民像が、教育の場から排除された「白痴者」像と重なり、そのように重なることは、「白痴者」を人間として描くことにつながる。[7] この作品における「白痴者」像は、そのコミュニケーション能力の高さや、無欲で真の幸せを知っているといった点から、精神医学的「白痴」よりも、当時「白痴」表象において注目・共有されていたドストエフスキー『白痴』にみられる「白痴」の要素を、多分にもっている。管見では、知的障害者が農作業を行う姿を描いた最初の作品である。

第四章では、知的障害をもちながらも「天才画家」とされた山下清の語られ方について、特に昭和三十年前後の式場隆三郎（精神科医）や山下清の著作、雑誌記事を基に述べる。昭和三十年頃は、知的障害者の発言や作品が、社会的・芸術的な意義や価値のあるものとして、最も認められた時期であり、山下清は昭和三十年頃に最も語られ、描かれ、注目された知的障害者と言える。加えて、この頃の式場の著作や雑誌記事にみられる、驚異的な記憶力をもった、絵画的才能のある、純朴で無欲な山下清像は、後の山下清や知的障害者の語られ方に大きな影響を与えたと考えられる。

第五章で扱う大江健三郎『静かな生活』（平成二年十月　講談社）は、大江文学における、知的障害者も共に生きる社会のモデル形成を考えるのに最適の作品である。社会のモデルは、「障害の受容」へのプロセスと、知的障害者による自己表象という、二つのモデルからなると考えられる。この二つのモデルが、健常者／知的障害者という二項対立と、どのように関わるのかを考える。二つのモデルからなる社会のモデルは、知的障害者（「イーヨー」）とその家族との関係を基に考えられている。『個人的な体験』（昭和三十九年八月　新潮社）や『新しい人よ眼ざめよ』（昭和五十八年六月　講談社）、他にも中山あい子『奥山相姦』（昭和四十六年三月　講談社）や青来有一「石」（『文学界』平成十七年七月）などとは違い、親子の関係だけでなく、兄妹・兄弟の関係をも視野に入れた作品である。近年特に問題とされることが多くなった、知的障害者を家庭でいかに受け入れていくかということに[8]、深く関わっていると言える。

第六章で扱う青来有一「石」の語り手は、過去の一日一日を正確に覚えているという、驚異的な記憶力をもつ知的障害者である。差別的なまなざしや記念日などがきっかけとなって、辛い記憶が回帰し、物言わぬ「石」になるということが繰り返し描かれており、驚異的な記憶力は必ずしも羨むべきものではないというメッセージを発している。知的障害をもちながら、驚異的な記憶力などをもつ症状＝サヴァン症候群概念は、一九八九年にトレファートが提唱して以来、知的障害というハンディキャップへのカウンターといった形でしばしばテーマとされる。加えて、知的障害者の風俗店の利用と恋愛、孤独も、近年よくみるテーマである。小説「石」は、現代の知的障害者表象の一例としてふさわしいと言えよう。

扱う作品のなかには、石井充「白痴」などマイナーな作品もあり、文学作品を扱っていない章もある。しかし、それは、その時代における知的障害者表象の一例として、歴史性の観点から適当と判断してのことである。前述のように、人間や知的障害者はどのように語られてきたのかの考察は、自己の思考のチェックに通ずるものであり、その考察には、歴史性の観点から、その時代の知的障害者表象の一例として妥当と考えられる作品や対象をもってくる必要がある。第一章から第六章で扱う作品、対象は、全てそのような基準に照らして、選ぶに足ると判断したものである。

人間とは何か、知的障害者は人間か、いかにして人間として描き得るか。文学作品が抱えるこのような問いは、言葉の問題として考えねばならない。より厳密に言えば、人間の概念や知的障害者の概念において、中心的な要素は何か・何であることが望ましいかという問題として、考えられねばならない。人間の概念や知的障害者の概念、それらの概念と関わる意志や感情などの語と語の関係、つまり、感情などの他の語に対し、意志が人間概念の中心的な位置におかれていることを変えずに、法などの制度だけを変え、差別をするなと叫ぶことは無意味である。あるいは、人間観や知的障害者観の起源を明らかにすることで、それらが本質的なものではないということを証明する（社会構築主義）だけでは、何も変わらない。制度、思考、様々な言葉の概念は、互いに密接に関わり合い、相互に支えあっている。しかしながら、制度を変えることで言葉の概念を変えようとするよりは、言葉の概念を変えることの方が本質的であり[9]、未来においてどのようなことになるのかを予測する上でも、都合がよいと考える。知的障害をもってくることで、人間とは何ぞやと問うていると考えられる文学作品は、明治から現代に至るまで、いくつも書かれている。加えて、作家が言葉で世界をつくっている文学作品は、そこに医学や教育など、様々な学問等の領域の言葉（言説）をも見出すことができ、様々な問題を言葉の問題として考えるのに、最も適している。知的障害者や人間がどのように語られ、これからどのように語り得るのかを、主に文学作品を用いて、文学研究（＝言葉の問題）で考える所以である。第四章は、精神医学の書物等を主に扱っているが、それは文学研究＝言葉の問題という観点による。

故に、本研究の意義としては、まず、知的障害者の差別問題に関わる議論をする際の、社会学や教育学の定める視点とは違った一視点を指摘したことが挙げられる。近年、知的な障害を表す言葉は、「白痴」から「精神薄弱」、知的障害・精神遅滞へと変えられ、今は、「害」の字はよくないから「知的障がい」に変えるべきだといった主張を目にする。しかし、「白痴」や「精薄」という言葉だけをみて、その言葉に本質的に差別的な概念が内在していると考え、「言葉狩り」を行うことは不毛である。なぜなら、言葉の概念というものは、様々な文脈で用いられてこそ変化する可能性がでてくるが、「言葉狩り」は、概念の変化を妨げ、その言葉が差別的な概念で固定され続けることになるからだ。問われるべきは、人間や知的障害者の概念において、中心的な要素は何か、何であることが望ましいかである。このことについては、第一章から第六章での考察を踏まえて、終章で再び述べる。知的障害者の差別問題に関わる様々な議論を、言葉の問題として考える文学研究からは、コミュニケーション理論を踏まえて、知的障害者とのコミュニケーションのあり方や支援制度の見直しを問題提起する社会学などからとは、違った指摘や解答が期待できると考える。

本研究の意義として、次に、前述した自己の思考のチェック、つまり、私たちのする様々な議論や思考の土台・枠組みの可視化が挙げられる。それは、換言すれば、私たちが論文や小説などを書いたり、議論したりする時に用いる語彙のなかでの言葉相互の関係において、中心的な言葉・概念は何なのかを意識・反省し、その様々な言葉の関係が崩壊しないようにしたところの栓＝「白痴」がどのようなものかを、明らかにするということである。なぜ、栓＝「白痴」なのか。意志や理性、教育や人間といった様々な言葉の概念が、西洋の言葉の翻訳を通して成立し、それによって教育や法などの制度をつくった後、それに適さない者を「白痴」として除外・例外扱いしたことは、次のことを意味している。すなわち、人間の概念（中心的な要素としての意志）や制度、思考を、いまさら壊して作り替えるつもりはない、ということである。その意味で、「白痴」は、中心的な要素を意志とする、様々な言葉相互の関係が崩壊しないようにした栓に喩えられる。[10]自明化して意識されることのない思考の土台・枠組みを明確化することは、ラディカルに思考し批判する上で、重要ではないだろうか。無論、それは差別問題に限らずである。

本研究の意義として、最後に、何が日本の近代を成立させたのかについて、これまで文学研究であまり注目されることのなかった側面、知的障害者に関わる諸制度やその生活などに、光をあてたことが挙げられる。近代化と天皇制や身体性などについての研究は少なくない。しかし、知的障害をテーマに、通史的・体系的になされた研究は、今のところない。今のところないのは、研究する意義がないからではなく、危険だからではあるまいか。先に述べた思考の土台・枠組みの明確化もそうだが、知的障害者や人間をテーマとする研究には、おそらくは根本的な自己否定につながる側面がある。人間や知的障害者がどのように語られてきたのか、その生活はどうだったのかなどを考察し、人間や知的障害者の概念を（肯定するなら話は別だが）疑うことは、様々な言葉の概念（概念を構成する言葉相互の関係）や自己の思考、諸制度を、どのように変えていくのかという問いにつながるからである。近代化のツケを私たちはどのような形で払うことが可能なのか。先に述べた、知的障害者や人間はこれからどのように語られ得るのかという問いは、このように言い換えることもできるのではあるまいか。

注

（1）主要な変化を追ったつもりではあるが、そのような概念しかその時代にはなかったと主張するつもりはないし、過去の概念は現代には全く残っていないと主張するつもりもない。

（2）『文学界』平成二十年十一月。

（3）『学問のすゝめ』や『文明論之概略』から、福澤諭吉の思想は次のようにまとめることができる。すなわち、無批判に「旧慣」を信仰する（=「惑溺」する）ことはよくない。古習の「惑溺」を一掃し、西洋の「文明の精神(マインド)」（=「自主独立の精神」、主体的判断・選択）をもつことが、何よりも重要である。「文明の精神」をもつことで、「智恵」（=「インテレクト」、「智力」、「智」、知性）が発生する。「智恵」とは、「事物を考へ、事物を解し、事物を合点する働き」、「物の理を究めて之れに応ずるの働き」（理性）のことであり、「人事の軽重大小を分別し、軽小を後にして重大を先にし、其の時節と場所とを察するの働き」（意志、「志」）のことである。「智恵」を「発達」させるのは、主に「西洋文明」における諸「学問」、「学校」での「教育」である。「教育」で「智恵」を「発達」させ、「独立自由」となった「人々」が「社会」において「自由」に意見をぶつけあう（特定権力による一元的支配の否定。「智力」が「進歩」すれば「人民」の「権力」も増すべきとされている）ことが、日本の独立（「文明」化）につながるのである、と。

（4）このことについて、もう少し厳密に述べる。『年少白痴の医学施設及び通学学校第六報告―一八六七～七一年度』（明治五年　江戸幕府旧蔵）などでは、「idioten」の訳語に「白痴」をあてており、ヘンレ・キッドル他編『教育辞林』（全二十一冊　小林小太郎・木村一歩訳　明治十五年～十八年　文部省編輯局）でも同様に、「idiots」の訳語に「白痴」があてられている。そして、モーズレイ『精神病約説』（神戸文哉訳　明治九年十二月　癲狂院）では、「idiocy」の訳語に「痴呆」を、「imbecility」の訳語に「愚鈍」をあてており、文部省『米国百年期博覧会教育報告』（明治十年一月）では、「痴」を「軽重」により「イヂヲト」、「フール」、「シンプルトン」と分けているが、これらの用例から、この頃は翻訳語に何をあてるかは、まだ定まっていなかったと考えられる。

翻訳語に「白痴」（「idiotie」、「idiotismus」、「idiocy」）の語をあてるようになるのは、垣田純朗『平民叢書　第四巻』（明治二十六年六月　民友社）や、呉秀三『精神病学集要』（明治二十七年九月～翌年八月　吐鳳堂書店）の出版された、明治二十年代からであろう。『精神病学集要』では、「白痴」の軽いものを「痴愚」としている。

石田昇『新撰精神病学』（明治三十九年十月　南江堂書店）では、「idiotie」の翻訳語に「白痴」（「教化不能」）をあて、「痴愚」、「魯鈍」（「精神薄弱」はこの二つと同義。「教化可能」）と、知的障害を三つに分類している。そして、それぞれにおける意志や記憶、感情等について、説明がなされている。三宅鑛一・松本高三郎『精神病診断及治療学』（明治四十一年三月　南江堂書店）でも同様に、「白痴」（「idiot」）、「痴愚」（「imbecilitaet」）、「魯鈍」（「debilitaet」）と三つに分類して、それぞれの意志等について説明がなされているが、翻訳語の「白痴」、「痴愚」、「魯鈍」の三分類による理解は、石田昇等に始まり、戦後もしばらくは続いたと考えられる（少なくとも昭和四十年代までは、この三分類は障害児教育、障害児福祉における公的な分類であった）。

その一方で、大正期以降、ドストエフスキー『白痴』（細田源吉訳　大正九年十月　ドストイエフスキー全集刊行会）にみられるような、無欲で飾り気のない、常識のない、真の幸福を知る者といった「白痴者」概念が、一つの流れとして現れる。しかし、この「白痴」概念は、これまで述べた医学や教育における重度知的障害としての「白痴」の要素（理性や意志、感情の発達が甚だしく障碍されている、衝動的、本能的、悖徳（はいとく）的、食欲や性欲などの欲が深いなど）を、必ずしも不足なくもっているとは限らない。第三章で扱う石井充「白痴」の謙介や、谷崎潤一郎「金と銀」（『黒潮』大正七年五月）の青野、鈴木泉三郎『ラシヤメンの父』（大正九年五月　玄文社）の「美しき白痴の死」の行子、鈴木彦次郎「大空の祝福」（『近代風景』昭和二年二月）のおよみは、その一例である。

ちなみに、「精神薄弱」は、教育可能と見なされた「痴愚」、「魯鈍」を包括する概念と考えられるが、三宅鑛一『白痴及低能児』（大正三年二月　吐鳳堂書店）など、「精神薄弱」の代わりに「低能」（「低脳」）を用いる例も散見される。「低能」と「劣等」の違いについては、藤岡眞一郎『促進学級の実際的研究』（大正十一年十二月　東京啓発社）では、智能指数により、「低能児」（五十〜七十）と「劣等児」（七十〜九十）とを分けている。「劣等」は、現代の概念では、軽度知的障害（IQ五十一〜六十九）と普通（IQ八十五以上）との間の知的境界域（IQ七十〜八十四）に近いと考えられる。「精神薄弱」の語が初めて用いられたのは、管見ではダビス「精神薄弱（フィーブルマインデッド）ナル児童ノ教育ヲ論ズ」（関藤成緒訳『教育雑誌　第一六七号』明治十五年八月）が最初である。

しかしながら、菅修「2　概念と分類」（中川四郎・上出弘之編『精神薄弱医学』（昭和四十七年四月　医学書院）収録）で指摘されているように、「精神薄弱」という概念は学者によって理解が大きく異なるため、いくつか用例を挙げて、統一的に整理できるようなものではないということを、最後に断わっておく。

（5）明治二十二年には、中津高等小学校訓導の廣池千九郎が、「精薄児」等の調査について、大分県共立教育会雑誌を通じて協力を求めており、前述のように明治二十三年には、長野県松本尋常小学校に日本で初めての「落第生学級」が設置されている。明治二十六年六月には垣田純朗『平民叢書　第四巻』（民友社）が、明治二十七年八月には内村鑑三「白痴の教育」（『国民之友』）が、明治三十三年十月には現場の教師である小林米松、篠原時治郎により「鈍児の教育」（『信濃教育』）が書かれている。

（6）大正六年六月に内務省主導で行われた全国一斉調査によると、全国には六万五千人もの精神病者がおり、そのうち精神病院や神社仏閣に収容されている者は五千人に過ぎず、残りの六万人の私宅監置患者のうち、十五歳未満の男女には「白痴者」が圧倒的に多いということである。「白痴者」と「精神病者」（＝「狂人」）の違いについては、例えば石田昇『新撰精神病学』（明治三十九年十月　南江堂書店）は、人間の脳を十一階級に分けており、第七階級が「治癒すべき精神病者」、第八階級が「不治精神病者」、第十階級が「教化可能性精神薄弱」、第十一階級が「教化不能性白痴」となっている。同書では、「精神病者」の諸症状（幻覚や錯覚、強迫観念、妄想など）やその治療法について述べた後に、「第十六編　精神全般の発育制止」で、「白痴」、「痴愚」、「魯鈍」それぞれの諸特徴（知覚、感覚、意志、記憶、言語など）についての説明がなされている。

（7）詳しくは第三章で述べるが、近代教育の前提とする人間の概念と、農本主義のいう人間の概念は異なる。

（8）知的障害をもつ家族への家庭内暴力等についての議論も、並行して多くみられるようになった。

（9）実際に法制度などをつくる前に、西洋の書物に学ぶことで、言葉の再編成がなされた日本の近代化が、このことを物語っていると言えよう。

（10）今日、障害（者）という言葉が一般化しているが、「白痴」（知的障害）と、「盲・聾・唖」などの他の障害とでは、その概念が〈必要〉とされる理由が異なっている。

※引用文中の傍線は全て筆者による。

第一章　國木田獨歩「春の鳥」論

――複眼的なまなざしの確執の行方

一　はじめに

実証主義は十九世紀前半にフランスで、社会学の創立者オーギュスト・コントによって確立された。観察と統計によって、公式・法則を導きだそうとする学問である。ポストモダン以降である今現在となっては、すでに問題点を指摘されて久しく、現在はポスト実証主義が主流と考えられる。ポストモダンの特徴の一つは、今まで無反省に観察するという動詞の主語に居座っていた私・私たちを、その目的語に据えたことであろう。故に、その傾向のなかでてきたポスト実証主義においては、観察者の性別や所属している社会的な階級、文化等の条件が原因となって、観察及び統計をとるという行為に無意識に入り込む取捨選択や評価等を、観察者自身、たえず自己点検しながら、できるだけ限定的な公式化・法則化を行おうと努める[1]。

何故このようなことを書いたかというと、二つの理由がある。一つ目は、これから論じる國木田獨歩「春の鳥」（『女学世界』明治三十七年三月）の語り手「私」の視線が、「数学」と「英語」の教師という条件によって、どのように規定されているかを問題にするからである。この場合の規定の意味は広く、対象のどういう部分・要素を取捨選択するかということだけでなく、どのような思考の枠組みでもって世界を意味付け整理するかということをも含む。

従来、「私は或地方に英語と数学の教師を為て居たことが御座います」という一節は、「開化主義」を読む北野昭彦氏（『国木田独歩の文学』（昭和四十九年九月　桜楓社））や松本常彦氏（『筑紫国文　第一二号』平成元年六月）の論もあるが、獨歩自身が英語と数学の教師であったため、語り手「私」を現実の國木田獨歩として読むことができる根拠として扱われてきた。しかしながら、「私」は小説の登場人物である。現実の血肉をもった國木田獨歩とすることはできない。ただ、國木田獨歩がこの小説の作者である以上、「春の鳥」を解釈する上で、作者の経験に基づく日記等の資料の一部を用いることは可能であろう。だが、「英語と数学の教師」という条件は、用いる資料の限定に関わるだけではなく、「数学」は実証主義的科学者のまなざしで、「英語」は翻訳者のまなざしで、語り手の「私」に世界を意味付けさせているとは考えられないだろうか。

二つ目の理由は、「春の鳥」が書かれた当時の科学はまだ実証主義であったことを、今一度確認しておきたかったからである。先に、実証主義とは、観察と統計によって公式・法則を導きだす学問であると述べた。付け加えると、統計とは、数値化とカテゴリー化のことである。そこでは、数値化により、観察対象のおかれている状況や個性が排除され、カテゴリー化により、ある要素以外の全ての要素の排除（別の言い方をすれば、ある要素を実体として捉え、それのみをカテゴリーのレッテルとすること）が行われ、無意識に入り込む評価といったことには、注意は払われない。「春の鳥」を解釈するにあたって、当時の科学書を参照するが、実証主義の視線を必要に応じて吟味した上で紹介する。

「春の鳥」の主に第三章で「数学」＝科学者のまなざしが、主に第四章で「英語」＝翻訳者のまなざしが関係している。以上述べたことを踏まえて、二ではまず第三章を中心に、科学者のまなざしについて述べる。そして、語り手の「私」が読者に物語る意図を科学者、翻訳者のまなざしという観点から考察した上で、三で、「私」に物語を意図させる作者の意図を考察する。

二　「英語と数学」が意味するもの

平成十六年二月十二日の『朝日新聞夕刊』に、加藤周一氏のエッセイ「夕陽妄語」が掲載された。そのなかで氏は、英語の「nature」には「①おのずから②天地、森羅万象、山川草木③本性」という三つの意味があり、その訳語「自然」には③が含まれていないと述べ、次のように続けている。

そこでたとえば西洋語の naturalism を「自然主義」と訳したとき、島崎藤村は千曲川のおのずからあるがままの姿を思い浮かべ、国木田独歩は武蔵野の自然を考え、人間性を決定する遺伝と環境の条件を明瞭に意識したのは、日本語の訳語ではなく西洋の原語を読んでいた永井荷風ぐらいのものであった。

氏は獨歩についてこのように述べているが、近年、「春の鳥」にみられる遺伝や環境といった要素に注目した研究は増えてきている。「春の鳥」第二章で、「私」が六蔵の「白痴」の原因に遺伝と父親の大酒をみるのは、科学者のまなざしによるが、そのことについてはすでに指摘があるので、ここでは主に第三章に読み取れる科学者のまなざしについて述べる。そのためにまず、先行研究によって指摘されている「白痴教育」や遺伝について、簡単に整理する。

「白痴教育」や遺伝については、橋川俊樹氏（『東京成徳国文　第一〇号』昭和六十二年三月）、松本常彦氏、棚橋美代子氏（『子ども文化学研究　第一号』平成五年三月）、新保邦寛氏（『独歩と藤村　明治三十年代文学のコスモロジー』（平成八年二月　有精堂））、中島礼子氏（『紀要　二三号』（平成十年三月　国士館短期大学））等の研究に指摘がある。これら諸氏の指摘は、作品を論じる流れのなかでなされているので、箇条書きにすると正確ではなくなるおそれがある。

しかし、あえてデータの整理ということでまとめると、次のようになろう。

Ⅰ作品の書かれた当時（便宜上、明治二十六年から三十七年頃としておく）、「白痴教育」の実践者は、『白痴児　其研究及教育』（明治三十七年四月　丸善）の著者で、滝乃川学園の園主であった石井亮一を数えるのみ（筆者の調べでは他にも実践やその報告はある）で、獨歩が編集長をしていた頃の『民声新報』に、その実践を取材した記事がある。その記事には、

・「白痴」の原因は「父母の飲酒過度梅毒遺伝等の為」である。

・「白痴者」は西も東も分からず、色の区別もできない。

とある。また、『白痴児　其研究及教育』には、

・「白痴児」に数学を教えることは非常に困難である。

・どんな種類の鳥をみても鳥と言うような、観念の単純化がみられる。

・多少言語を操れる子のなかには、音楽といった芸術分野に関してのみ、普通である子もいる。

といったことが書かれている。獨歩は石井亮一から間接的に「白痴教育」を学んだと考えられる。

Ⅱ中野善達・加藤康昭『わが国特殊教育の成立』（昭和四十二年六月　東峰書房）によると、明治十七年に、邦人初の精神薄弱教育論（手島精一「廃人教育説痴者之部」）がものされた。その論では、痴者は教育し得ること、遺伝や父母の大酒が痴の原因であることなどが指摘されていた。当時、「白痴教育」はほとんど未開の分野で、失敗してあたり前といった性質のものであった。

Ⅲ獨歩が、後年の障害児教育者、「桃花塾」塾長の岩崎佐一に送った『平民叢書　第四巻』（明治二十六年六月　民友社）には、

・「白痴教育」は非常に困難である。

・遺伝は人間の生活における宿命の要素であり、教育は自由の要素である。
といったことが書かれている。

Ⅳ内村鑑三「流竄録（一）　白痴の教育」（『国民之友　第二百三十三号』明治二十七年八月）は、明治十八年一月から約七ヶ月の間に、内村がペンシルバニアの「白痴」学校で経験したことの記録である。内容は次のようなことが書かれている。

・「白痴」とは「普通智能を有せざる人」、「生来の愚人」、「人間の廃物」である。
・数学に関して、ひどい者になると四以上数えられない者もいる。
・白と黒は容易に見分けるが、青と黒などは見分けられないことが多い。
・「白痴院」の三つの目的の一つは、「是等人類中の廃棄物を看守し、一方には無情社会の嘲弄より保護し、他方には男女両性を相互より遮断して彼等の欠点をして後世に伝へざらしむるにあり」。
・社会との関係で言うと、「白痴者」は「社会の廃棄物」、「社会の妨害物」である。
・「白痴児」は、猿が進化して人間になったものではなく、人間が退化して猿になったものである。
・「白痴教育」の課題の一つは、静粛にすることを教えることである。

Ⅴ「欺かざるの記・前編」（『定本国木田独歩全集　第六巻』昭和五十三年増訂）には、明治二十六年四月七日に「ゾラ小説『ナヽ』を借る」とある。「ナヽ」はゾラの『ルーゴン・マッカール叢書』に収録されている。「春の鳥」は、その人物設定などから、この叢書中の障害者と酒の悪影響で狂気に至る話を典拠としている可能性がある。

これらは、諸氏の指摘を切り貼りしたものに過ぎないが、獨歩及び当時の「白痴」観、「白痴」研究等を知る手がかりにはなると考える。

次に、「白痴」が当時どのように捉えられていたのかを、先のⅣの「流竄録（一）　白痴の教育」にみられる「白痴」観とは別の角度から確認する。
Ⅲで言及した『平民叢書　第四巻』に、「道徳的白痴」について、次のように述べられている。

高等なる行為の観念皆無なることあり。此状態に於ては反対せる傾向の衝突なし。故に此状態にあるものは如何なる悪事も毫も良心の痛苦を感ぜずして之を為す。是れ道徳上の白痴と称す可きもの也。

ここで重要なのは、「道徳的」という言葉によって、「白痴」が形容されていることである。この前の頁には、「数多の行為の観念中、自覚的に其一を撰んで他を排除するは意志の力」とある。このことから、「高等なる行為の観念」をもっておらず、「反対せる傾向の衝突なし」というのは、選択肢がない、もっと言えば、「白痴者」には意志がないとしていると考えられる。あるいは、同書の「(四)　道徳本能の発達に於ける遺伝と教育」によると、道徳は、義務の観念（遺伝が関係。宿命の領域）と、自覚的判断（教育が関係。自由の領域）とに分けることができる。自覚的判断とは意志、主体性に他ならない。教育が自覚的判断を正しい方向に導くのだが、「白痴」には教育はほとんど無意味である、とされている。このことも、「白痴者」には意志がないと考えられていたことを裏付けている。また、「流竄録（一）　白痴の教育」にも、「彼等の意志の微弱なる説勧的に彼等を訓致する甚だ難し」と、同様の主張がみられる。図式的にまとめると、遺伝といった自然科学に基づき、いわゆる普通の人（＝人間・意志ある存在）と、「白痴者」（＝意志をもたない、教育不可能な「社会の廃棄物」）とを、実体として分けていたのである。
以上をおさえた上で、これらの情報をいかに読みに還元するかだが、「春の鳥」第二章には次の一節がある。

白痴教育といふが有ることは私も知つて居ますが、これには特別の知識の必要であることですから私も田口の主人の相談には浮かと乗りませんでした。たゞ其容易でないことを話したゞけで止しました。

まず最初の傍線部について述べる。「といふ」は、話題として提示する表現。最後の「が」という接続語を逆接ととると、「白痴教育」というものの存在を知っているのだから、逆にその「特別の知識」の内容は、作者はともかく「私」は知らないと考えられる。「私も田口の主人の相談には浮かと乗りませんでした」という一節も、このことを裏付けている。二つ目の傍線部は、これには特別な知識が必要であるそうだ、と解せられる。以上から、少なくとも「私」には「白痴教育」における知識がないこと、作者である國木田獨歩と「私」との間には距離があることが分かる。作者國木田獨歩と語り手「私」と、その意図するところを分けて考える所以である。

加えて、続く第三章にも次のような語りがみられる。

其処で私は六藏の教育に骨を折つて見る約束をして気の毒な婦人を帰へし、其夜は遅くまで、いろ〳〵と工夫を凝らしました。さて其翌日からは散歩ごとに六藏を伴ふことにして、機に応じて幾分かづゝ智能の働きを加へることに致しました。

「白痴教育」の経験のなさ、今初めて着手したばかりで、試行錯誤で、苦労していることが読み取れる。國木田獨歩のもっている「白痴教育」の知識があれば、もう少し違った語りになると考えられる。しかし、この段落の後には、「白痴に数の観念の欠けて居ることは聞ては居ましたが」といった語りもみられるので、「白痴教育」の知識はなくとも、「白痴者」についての知識は僅かながらあることが分かる。なぜ僅かながらかというと、「白痴に数の観念の欠けて居ることは聞ては居ました」の「聞て」から、そのように判断した。ここから、「私」は遺伝や「白痴教育」関係の専門書を読んだのではなく、又聞きに過ぎないこと、そして、例えば「流竄録（一）　白痴の教育」には「白痴」といっても個人差があると書かれているのに、又聞きではそのようなことまで聞いていないことが分かるからである。

「私」は「白痴教育」の存在を知っている、「都」出身の教師である。「白痴教育」の実際の内容を知ろうと思えば、(國木田獨歩が知っているように)知ることができるにもかかわらず、知らないというのは、「白痴教育」にあまり関心がないからだと考える。

又聞きということを考慮しなければ、あるいは当時の状況からすると、「白痴教育」の知識と「白痴者」についての知識は同義であったかもしれない[2]。現実の國木田獨歩が六蔵のモデルである山中泰雄に、文字の読み書きや足し算・引き算、騒がないといった常識を教えるなど、何種類の教育をしたのかも、現実問題として知り得ない。しかし、ここでもう一つ重要なのは、知識や関心のなさも関係していようが、作品全体を通して、「私」が六蔵にした教育は一種類しか語られていないということである(「何を見ても烏といひ、いくら名を教へても憶えません」(第三章)は目立たないと考え除外した)。その一種類の教育とは数の数え方、数の概念を教えることである。

「白痴児」に数を教えるには、どうすればよいと考えられていたのであろうか。例えば「流竄録(一)白痴の教育」の「教授の課目」には次のように述べられている。

一、行状—重に静粛なるを教ふ、そは彼等は五分時と同時に平靖なるを得ざればなり、彼等をして十五分間手を組みて静粛ならしむるの教師は熟練のものと云はざるを得ず。

二、色分け—青黄赤白黒の別を知らしむるにあり、白と黒とは容易に別つを得べし、然れども青と黒とは稍や難きが如し、紫と青の如き、黄と橙色の如きは最も難題なり、之を教ふるに色鈕を以てす、彼等をして同色のものを一糸に繫がしむ。

三、算数なり—最下等のものは四を超ゆる能はず、最上等のものは阻滞なしに二十迄数へ得るものあり、書物を取りて其四隅あるを知らしめ、男女を両別して互に其数を算へしむ、一時間を消費して先づ滞りなく十を算へしめたりと思ひ、尚ほ一時間を経て彼等を試むれば、八を五の前に置くあり、六を九の後に言ふあり、然れども痼癪は起すべからず、復た再び試みんのみ。

四、指先の鍛練なり―釘を平板に穿ちたる穴に差し入れしむ、女子部に於ては針の穴に糸を通すの法を教ふるを以て専とす。

傍線部が具体的な教育法について書かれている部分である。三の算数については、根気よく数を数えさせ続けよとしか書かれていない。しかし、これこそが算数の教育方法だったのであろう。ところで、「流竄録（一）　白痴の教育」にはこの後に次のような一節がある。

白痴教育の要は周囲の活動と快楽とに依り彼等の内に睡眠し居る精神を喚起するにあり、彼等の意志の微弱なる説勧的に彼等を訓致する甚だ難し、故に簡易なる手仕事あり、次序的機械運動あり、兵式体操あり、音楽あり、智能発達の程度に徇ひ各々其特効あり、殊に手工教育に至りては其効益最も著し、故に白痴院なるものは病院又は学校と称するよりも白痴職工場と称する方却て適当なるが如し。

この傍線部分は、先の一から四の二と四に該当する。特に「白痴教育」についてという訳ではないが、『平民叢書第四巻』でも、手芸は優れた教育方法とされている。

手芸は智育の方便たるのみにあらずして、また児童に実行を教ゆるの効力あり。手芸が物質を取り扱ふの熟練を与ふるは素より論なし。されど手芸習練の効果は単に是れのみにあらずして、以て児童の意志を働かしむ可く、以て労作の快味を悟らしむ可し。手芸を学校の課中に加へ、若しくは児童をして各自之を練習せしむるは、即ち一挙三得の妙策と謂つ可き也。（『平民叢書　第四巻』）

手芸は知育や意志をもたせることができる点で、高く評価されている。「私」に「流竄録（一） 白痴の教育」や『平民叢書 第四巻』にみられる教育の知識があれば、数を教えるよりも手工教育を優先するであろう。このことからも、「私」には「白痴者」についての知識は僅かながらあるが、「白痴教育」の知識はないと言えよう。知識がないということについては、「私は六蔵の教育に骨を折つて見る約束をして気の毒な婦人を帰へし、其夜は遅くまで、いろ〳〵と工夫を凝らしました」（第三章）の「いろ〳〵」という表現からも、そのように考えられる。「いろ〳〵」という表現は、一つ一つの事柄を具体的に挙げることを避け、全ての事柄を相対的に捉える表現だが、例えば「流竄録（一） 白痴の教育」には教育方法に順位が認められるからである。

具体的に語られている教育は数を教えることのみで、「私もこの憐れな児の為めには随分骨を折つて見ました」（第四章）からすると、それ以外にも様々試みたと考えられるが、それらは「冬」（第三章）から「翌年の春」（第四章）の空白のなかに放り込まれ、具体的には語られない。語られないのは、「白痴教育」にあまり関心がなかったから、そして「私」にとって語る必要がないからと考える。

ここで、何故語る必要がないのか、語り手「私」について説明する必要があろう。冒頭の「今より六七年前」という語りに加えて、第一章の最初の風景描写には「城跡」、「昔は天主閣の建て居た」、「数百年斧を入れたことのない」と、過去への言及が連続してみられる。[3] ここに、これからの語りが、すでに完了した出来事、過去の経験を、語り手「私」が振り返って述べているものだということを示す、読者への「私」の配慮が認められる。語り手「私」が読者にする物語は、「私」が物語の結末を意識しながら、第一章、第二章、第三章と語っているものとして捉えられる。「私」は物語の最後まで計画した上で、第四章の後半の話、つまり、「私」が六蔵の母親に、鳥になろうとしたという六蔵の意志を翻訳して聞かせた、その後日の六蔵の母親の話へと運ぶのに、必要な話の断片のみを切り貼りして語っているのである。このことは、例えば第二章の「すると田口の主人と話してから二週間も経つた後のこと、夜の十時ごろでした」にみられる、二週間の間になされたはずの行動や出来事の切り捨てから、そのように

言えよう。あるいは、第二章から第三章にかけて、

私は其夜だん〳〵と母親の言ふ処を聞きましたが何よりも感じたのは親子の情といふことでした。前にも言つた通り此婦人とても余程抜けて居ることは一見して解るほどですが、それが我子の白痴を心配することは普通の親と少しも変らないのです。（第三章）

とある。ここにみられる、六蔵の母親との会話のなかからどれを読者に語るのかを、「私」が選択していること、換言すれば、「母親の言ふ処」全てを「私」は語らないことからも、展開に必要な話を選んでいることは明らかである。このような取捨選択は、小説一般にあてはまることではある。しかし、どのような断片が選び取られたのかということは、「私」の語りの意図を考える上で重要である。なお、この二例に関しては、現実には翌日に頼まれたのを何故二週間後に変更したのか、そして現実には主人から頼まれたのを何故母親からに変更したのかも[4]、問題になると考える。しかし、それは作者の意図に属する問題なので、三で改めて触れる。

語り手「私」には「白痴教育」の知識も関心もなく、教育自体一つしか語られていないことから、「私」にとって、教育について語ることは重要ではないと考えられること。そして、語り手は物語の最後を意識した上で、必要なエピソードを切り貼りして語っていること。以上を確認したところで、次に「春の鳥」第三章の語りの特徴を確認する。前述のように、第三章には科学者のまなざしといった要素が強く認められる。それはまず第一に、第三章は箇条書きという形で語られている点に認められる。第三章が箇条書きになっていることを分かりやすくするために、①から順番に番号を付けると、以下のようになる。

① 私は其夜だん〳〵と母親の言ふ処を聞きましたが何よりも感じたのは親子の情といふことでした。前にも言

つた通り此婦人とても余程抜けて居ることは一見して解るほどですが、それが我子の白痴を心配することは普通の親と少しも変らないのです。

そして母親も亦た白痴に近いだけ、私は益々憐を催ふしました。思はず私も貰ひ泣きをした位でした。其処で私は六蔵の教育に骨を折つて見る約束をして気の毒な婦人を帰へし、其夜は遅くまで、いろ〳〵と工夫を凝らしました。さて其翌日からは散歩ごとに六蔵を伴ふことにして、機に応じて幾分かづゝ智能の働きを加へることに致しました。

② 第一に感じたのは六蔵に数の観念が欠けて居ることです。一から十までの数が如何しても読めません。幾度も繰返して教へれば、一、二、三と十まで口で読み上げるだけのことは為ますが、路傍の石塊を拾ふて三個並べて、幾個だときゝますと考がへてばかり居て返事を為ないのです。無理にきくと初は例の怪しげな笑方をして居ますが後には泣きだしさうになるのです。（略）

白痴に数の観念の欠けて居ることは聞ては居ましたが、これほどまでとは思ひもよらず、私も或時は泣きたい程に思ひ、児童の顔を見つめたまゝ涙が自然に落ちたこともありました。

③ 然るに六蔵はなか〳〵の腕白者で、悪戯を為るときは随分人を驚かすことがあるのです。山登りが上手で城山を駆回るなどまるで平地を歩くやうに、道のあるところ無い処、サッサと飛ぶのです。（略）木拾ひの娘が六蔵の姿を見て逃げ出したのは必定これまで幾度となく此白痴の腕白者に嚇されたものと私も思ひ当つたのであります。

④ けれども又た六蔵は直きに泣きます。母親が兄の手前を兼ねて折り〳〵痛く叱ることがあり、手の平で打つこともあります、其時は頭をかゝへ身を縮めて泣き叫びます。しかし直ぐと笑つて居る様は打たれたことを全然忘れて終つたらしく、これを見て私は猶更此白痴の痛しいことを感じました。

⑤ かゝる有様ですから六蔵が歌など知つて居る筈も無さゝうですが知つて居ます。木拾ひの歌ふやうな俗歌を

暗んじて、をり〳〵低い声でやつて居ます。（略）

落葉を踏んで頂に達し例の天主台の下までゆくと、寂々として満山声なき中に、何者か優い声で歌ふのが聞えます、見ると天主台の石垣の角に六蔵が馬乗に跨がつて、両足をふら〳〵動かしながら、眼を遠く放つて俗歌を歌つて居るのでした。

空の色、日の光、古い城跡、そして少年、まるで絵です。少年は天使です。此時私の眼には六蔵が白痴とは如何しても見えませんでした。白痴と天使、何といふ哀れな対照でしやう。しかし私は此時、白痴ながらも少年はやはり自然の児であるかと、つく〴〵感じました。

⑥　今一ツ六蔵の妙な癖をいひますと、此児童は鳥が好で、鳥さへ見れば眼の色を変て騒ぐことです。けれども何を見ても烏といひ、いくら名を教へても憶えません。（略）

高い木の頂辺で百舌鳥が鳴いて居るのを見ると六蔵は口をあんぐり開けて熟と眺めて居ます。そして百舌鳥の飛立つてゆく後を茫然と見送る様は、頗る妙で、この児童には空を自由に飛ぶ鳥が余程不思議らしく思はれました。

②の最初に「第一に感じたのは」とある。このことから、「私」は六蔵の性質を一つ一つ箇条書きに語っていることについて、自覚的だったと考えられる。そしてこのように番号をうつと、次のことが明確になる。すなわち、①から⑥のうち、具体的に教育が語られているのは②のみで、②を含めてあとは全て、科学者のする観察（対象のある性質、別のある性質についての観察報告）、ということである。それも、⑤を除けば、精神に欠陥がある異物、言葉を覚えず何を考えているかも分からない（＝理性や意志をもたない）、「気味の悪い」（このような表現は小説に散見される）他者といった、当時の「白痴」観そのままの観察である。

⑤だけが異物をみるようなまなざしではないのはなぜか。それは、「私」は一方で科学者のまなざしで六蔵（と

いうよりも「白痴児」）の歌う能力の観察をしてはいるが、それ以上にワーズワースのまなざしで六蔵（というよりも「少年」）をみている、つまりワーズワースの翻訳をしているからである。ワーズワースの翻訳とは、ワーズワースならこのように考える、このように世界をみるという、ワーズワースの世界観を翻訳する立場で世界をみることである。この翻訳については、中島礼子氏の論が参考になる。(5) 歌う能力に関しては、六蔵はいわゆる普通の人と変わらず、「白痴」ではなかったというところに、「少年」という意味付け、ワーズワースの翻訳が入り込む余地があったのであろう。「白痴と天使、何といふ哀れな対照でしやう」の「白痴」は科学者のまなざしによるが、「天使」は、少年を自然の子とするワーズワースの世界観を翻訳する立場での意味付けである（「少年は天使です」、「白痴ながらも少年はやはり自然の児」）。「哀れな」対照とは、「白痴」＝社会における不気味な異物・悪、「天使」＝聖なるものという対照性のことであろう。哀れさは無論、第四章後半の、六蔵の母親が鳥を見守る場面を感動的にする効果がある。

「此時私の眼には六蔵が白痴とは如何しても見えませんでした」の「此時」、「私」はワーズワースの翻訳者として六蔵をまなざしていた。しかし、次の最後の⑥では、「六蔵の妙な癖」、「百舌鳥の飛立つてゆく後を茫然と見送る様は、頗る妙で」、「この児童には空を自由に飛ぶ鳥が余程不思議らしく（推量―筆者注）」など、六蔵は単に「私」にとって翻訳不可能な異物＝「白痴」に過ぎず、「私」は六蔵の理性や意志の翻訳者ではなく、「白痴児」の観察・報告をする科学者でしかない。先に、語り手「私」は終わりまでのプロットを考えた上で、必要不可欠な断片を選択的に語っていると述べた。このように、教育については最初の方（②）で触れるのみで、⑤では歌を歌えるという観察によってワーズワースの翻訳を、そして⑥では（六蔵は異物ではあるが）鳥が好きだという観察を配置していることに注目すると、やはり第四章の後半に向けて「私」が語っているのは確かである。「或地方」（冒頭）から「九州」（第三章）への地名の特定化や、「冬ながら九州は暖国ゆゑ（略）山のぼりには却て冬が可いのです」などの解説・種明かし的な語りで、リアリティをだしながら、六蔵への教育を読者に語るためではなく、母親に六蔵の（鳥のまねをしようとしたという）意志の翻訳を聞かせた後の「或日」を語るために、選んだ配置である。

翻訳者として「私」がまなざしていることについては、第四章の前半が最も顕著である。第四章では、「私」は観察の報告はせず、六蔵の身におこった出来事が語られる。次の引用は、第四章前半の最後の一節である。

余り空想だと笑はれるかも知れませんが、白状しますと、六蔵は鳥のやうに空を翔け廻る積りで石垣の角から身を躍らしたものと、私には思はれるのです。（略）

英国の有名な詩人の詩に『童なりけり』といふがあります。それは一人の児童が夕毎に淋しい湖水の畔に立て、両手の指を組み合はして、梟の啼くまねをすると、湖水の向の山の梟がこれに返事をする、これを其童は楽にして居ましたが遂に死にまして、静かな墓に葬られ、其霊は自然の懐に返つたといふ意を詠じたものであります。

私はこの詩が嗜きで常に読んで居ましたが、六蔵の死を見て、其生涯を思ふて、其白痴を思ふ時は、この詩よりも六蔵のことは更に意味あるやうに私は感じました。

石垣の上に立つて見て居ると、春の鳥は自在に飛んで居ます。其一は六蔵ではありますまいか。よし六蔵でないにせよ。六蔵は其鳥とどれだけ異つて居ましたらう。

少年が死んで自然のふところに返っていくという、『童なりけり』にみられるワーズワースの世界観によって、六蔵は鳥になろうとしたと、読者に、そして後に六蔵の母親に、「私」は六蔵の意志を翻訳してみせたつもりになっている。この一節は、「私」が最も翻訳者としてまなざしている箇所である。この六蔵の意志の翻訳は、ワーズワースなら六蔵の死をこのように解釈するだろうというものであって、六蔵ならこのように考えて決断したはずだというものではない。(6)

そして、六蔵が死に、その母親に六蔵は鳥になろうとしたと語った時には、「私」は六蔵の意志を翻訳できていないことに間違いなく気付いていていない。それからしばらく経った「或日」の「私」、つまり、六蔵の母親のことを読者に物語る、第四章後半以降の「私」も、六蔵の翻訳に失敗していること、そもそも六蔵を翻訳しようとすらしていないことに、気付いていないであろう。ただ、気付いていないが、六蔵の意志を翻訳できたと信じてはいる。完了したことを振り返って語っている以上、六蔵の意志を翻訳できたと信じているからこそ、このような物語を語っていると考えられるからである。しかし、気付いていたかどうかは、「私」の物語る意図を考える上では問題にならない。「私」の物語る意図は、（ワーズワースの翻訳による）六蔵の意志をその母親に話し、それを聞いた母親が、愛する息子を想って烏を眺める様子を読者に語ること（翻訳者∨科学者）。そして、先回りすると、語り手の意図に反して作者の意図は、「私」が六蔵の翻訳をし損なっていることを示すこと（翻訳者∧科学者）。ここでは以上を読み取れば十分である。ワーズワースの詩による感動のまだ冷めていない時に、間髪入れずに六蔵の翻訳をその母親に聞かせる場面を読者に語って物語を終えず、異物である六蔵の母親が烏を眺める場面を語って物語が終わるのは、このような相反する二重の意図によるものと考える。

ここで一つ問題となるのは、「春の鳥」を便宜上、起承転結と考えた時、第四章の一行あきによる切断はどう扱えばいいのか、ということである。第一章の最初は「今より六七年前、私は或地方に英語と数学の教師を為て居たことが御座います」、第二章の最初は「私は其頃下宿屋住でしたが」、第三章の最初は「私は其夜だん〳〵と母親の言ふ処を聞きましたが」、第四章の最初は「さて私もこの憐れな児の為めには随分骨を折つて見ましたが」と、各章の最初は全て「私」が主語となっている。それに対し、第四章の後半は「憐れな母親は其児の死を却て、児のために幸福だといひながらも泣て居ました」と、六蔵の母親が主語になっている。そのこともあって、第四章後半は、六蔵の母親がクローズアップされている形になっており、第四章の前半と断絶している観がある。

仮に第四章の切断の前半までを起承転結と考えれば、結の最後は、石垣の上に立つて見て居ると、春の鳥は自在に飛んで居ます。其一は六蔵ではありますまいか。よし六蔵でないにせよ。六蔵は其鳥とどれだけ異つて居ましたろう。

となる。母親の様子を語ることではなく、「私」自身正確だと信じている六蔵の翻訳を読者に語ることが、「私」の物語る目的ということになり、切断以降は余談ということになる。

逆に、切断以降も結の一部と考えるならば、六蔵の意志の翻訳を六蔵の母親に聞かせた後の、その母親の様子を語る（第四章後半）ことが、「私」の物語る目的ということになる。第五章とはなっていないこと、そして、先に述べた第三章の①から⑥の配置からすると、こちらの方が妥当と考える。

しかしながら、そのように考えると、

『けれど何故鳥の真似なんぞ為たので御座いましよう。』
『それは私の想像ですよ。六さんが必定鳥の真似を為て死んだのだか解るものじやありません。』
『だつて先生はさう言つたじや有りませぬか。』と母親は眼をすえて私の顔を見つめました。
『六さんは大変鳥が嗜であつたから、さうかも知れないと私が思つただけですよ。』

という「私」の発言が、作者の意図を考える上で問題となる。前述のように、「私」は六蔵の意志の翻訳に自信をもっていると考えられるから、傍線部のような台詞は、「私」にとっては単に常識的な受け答えをしただけと考える。ただ、「私」に自分の意見の正しさを疑っているような言葉を言わせているという意味では、六蔵の内面は描かれていないこと、そして六蔵が死んだ実際の理由も分からないこととあわせて、作者は次のことに意識的だったはずである。すなわち、「私」はワーズワースの翻訳をしたのであって、六蔵の翻訳をしたのではない、ということである。しかし、前述のように、「私」の語りの意図というレベルでは、「私」が自分の意見の正しさを信じているかどうかは問題にならない。なぜなら、この第四章の切断以降も結に含まれる場合の中心は、「私」自身正確であると信じている六蔵の翻訳を読者に語ることではなく、六蔵の翻訳をその母親に聞かせた後の、母親の様子を語ることだからである。「私」が「春の鳥」第二章で、六蔵の母親との会話を選択的に語っていることはすでに述べた。母の愛という感動的な物語を語ること、それが「私」の意図と言える。

三 「私」に物語を意図させる作者の意図

二では、語り手「私」が物語る意図を、二つのまなざしに注目して考えた。三では語り手「私」に物語らせる作者の意図を、二つのまなざしに注目して考察する。

作者の意図を考える上で有力な手がかりとなるのは、実際の材料と作品の違いである。前述のように、獨歩は現実の体験に材を得て「春の鳥」を書いている。しかし、諸研究でも指摘されているように、変更箇所、創作箇所も少なくない。六蔵の死（モデルの山中泰雄は死んでいない）、六蔵が腕白・活発であること、[7]六蔵の姉と母親が「白痴」的とされていること、六蔵の父親が大酒のみとされていることなどがそれである。まずは六蔵の両親の設定についで述べる。

筆者は最初、この設定は伴性遺伝が原因なのではないかと考えた。そしてこの考えは大まかな意味では間違っていない。遺伝学の歴史を概観すると、メンデルの法則は一八六五年に発表された。メンデルは、エンドウのもつ様々な形質が親から子に伝わる現象を説明するのに、遺伝因子と名づけた架空の物質を仮定した。一九〇九年にヨハンゼンがそれをGeneとよぶことを提案、それに遺伝子という日本語訳があてられた。染色体は、細胞分裂時に糸状のものがみえていたのを、一八八八年にワルディヤーがChromosomと名づけ、その日本語訳としてあてられたものである。明治時代後半にはまだＤＮＡは発見されておらず、染色体レベルの研究だったと思われるが、管見では「春の鳥」執筆時期頃の日本の科学書には、染色体という語はでてこない[8]。少なくとも大正の初めには、性染色体と常染色体は区別されており、血友病や色盲は性染色体が原因ではないかといった記述もみられる。加えて、優性遺伝、劣性遺伝も知られていたので、明治の終わり頃に染色体の概念が日本に入ってきたと考えられよう。

伴性遺伝とは性染色体上の遺伝子による遺伝のこと。Ｘ染色体上の劣性遺伝子が原因の遺伝性疾患をＸ染色体劣性遺伝と言うが、これは男性に多い[9]。男性に限って言えば、Ｘ染色体劣性遺伝は、母親から優性遺伝子を受け継ぐか、劣性遺伝子を受け継ぐかにかかっている。前述のように、「春の鳥」が執筆された頃はＤＮＡの概念はまだなく、現実問題として、母親が血友病などのＸ染色体劣性遺伝による遺伝性疾患をもっている場合、その息子は同じ遺伝性疾患を伴性遺伝による疾患の原因が父親、母親のどちらにあるのかは、当時の人達には特定し得ない。しかし、確実にもつことになる。したがって、男性の遺伝性疾患に関してのみ言えば、母親に原因があるという言い方ができなくはなかった。当時の遺伝についての科学書には、血友病等への言及があり、統計もとられている。

遺伝学の研究方法に関しては、ＤＮＡなどの確定的な証拠がなかったため、確率と統計によって母親に原因があるなどと言っていたのだが、これも明治期と大正期[10]では違いがある。大正期にはメンデルの法則が遺伝学のウエイトを大きく占め、両親から受け継ぐ染色体が遺伝に関係していると考えられていたので、統計よりも数学の確率が多く用いられる。そのため、片親、特に母親に原因があるというような書き方は、明治期に比べるとはるかに少なく、やわらかい。伴性遺伝という概念はまだないが、明治期に比べて、観察が個別的である[11]。明治期同様、身体的な要素は父親から、精神的な要素は母親から伝わるといった主張や、同性間よりも父親から娘、母親から息子への遺伝の方が多いといった主張も、まだ多少はみられる。明治期には逆に、遺伝研究の方法はほとんど統計のみで、その統計結果を基にして、母親に原因があるといった書き方がなされている。遺伝学は明治から大正へと時代が変わっていくなかで、遺伝学自体が女性差別を正当化することはやめたが、Ｆ・ガルトンに代表されるような他民族や心身障害者、犯罪者や女性を劣っているとする優生学を正当化するようになっていったと考えられる。

遺伝学の歴史を以上のように整理できるとすれば、「春の鳥」が書かれた当時にあっては、母親から息子への〈「白痴」という精神的な悪〉の遺伝は、作者と読者双方にとって極めて自然だったのではあるまいか。

次に、母親が「白痴」と設定されていることについて、獨歩が執筆中に知り得る範囲で考察する。『白痴児　其研究及教育』にはリイカーツの研究調査結果が紹介されており、「精神の異常は、母より遺伝すること父に於けるより多し」とされている。リボー『心性遺伝論』（田中勝之丞訳　明治三十二年五月　金港堂書籍）には、「直接遺伝」（両親から子供への遺伝）について、

（乙）子が其の父母より遺伝せらるといふ中にも、殊に能く其の何れかの一方に近似す、是亦二況に分たざるべからず、

（イ）遺伝が同性間に起る場合ひ、即ち父より男児に、母より女児に伝はるが如き是なり、

（ロ）遺伝が異性間に起る場合ひ、即ち父より女児に、母より男児に伝はるが如き是なり、是を最も屢ゝ見る所とす、

とある。父から娘、母から息子へと遺伝することが多いとされている。『心性遺伝論』を獨歩が読んだかどうかは分からない。しかし、リボーの名は『平民叢書　第四巻』にしばしばみられるので、六蔵の母親を「白痴」と設定した理由を考える上で参考にした。

父親の飲酒については、橋川氏が『白痴児　其研究及教育』を根拠として次のように指摘している。

独歩がこれらの詳しい報告に触れていたとは思われないが、（略）石井氏の報告によれば、父の「飲酒」と父

母からの遺伝は先天性白痴の二大原因なのである。

また、『心性遺伝論』には次の一節がある。

飲酒狂と称する激情の遺伝すること多きは、何人も之を定則として考ふるに反対せず然れども飲酒の体欲は、常に類同の形にて遺伝することなし、蓋し往々狂気白痴又は錯神に変形すればなり、

「飲酒狂」は「白痴」等の原因とされている。これは、『民声新報』が、「白痴」の原因は「父母の飲酒過度梅毒遺伝等の為」と報告していることよりも詳しいと言える。飲酒を「白痴」の原因とする考え方は、大正期の遺伝学の書物には、直接的、間接的に否定しているものもあるが、明治期の研究では支持されていたと考えられる。

ここで、遺伝についてどのように当時の人達が学んだのかを少し述べる。まず小学校だが、国立国語研究所編『国定読本用語総覧』（昭和六十年～平成九年）によると、遺伝という語が小学校用国語教科書に登場するのは、昭和二十三年九月発行の『国語　第六学年下』の「兄と弟とのちがいは、いでん学上の能力のちがいは別として」が最初。それ以前（明治三十七年～昭和二十三年）の国定の国語教科書にはでてこない。中学校については、例えば三好学『中学植物教科書』（明治三十五年十月　金港堂書籍）には、「此くの如く雌雄両花の性質が、実生植物に現れ来ることを遺伝と云ふ。」（「第三十五章」）とある。管見では、その他、藤井健次郎『普通教育植物学教科書』（明治三十四年三月　開成館）、岩川友太郎他『動物教科書』（明治三十七年十二月　大日本図書）、丘浅次郎『近世動物学教科書』（明治三十四年二月　開成館）にも、遺伝についての記述がみられる。甲種農学校第二学年及び師範学校農業科向けの菊池謹弥『応用植物生理教科書』（明治三十七年四月訂正再版　興文社）には、「遺伝、植物は、其形状性質を子孫に伝ふるの性質を有す。之を植物の遺伝性と云ふ。」とある。以上から、「春の鳥」を精読するには、中学・

高等女学校レベルの知識では不十分と推測される(12)。
あるいは、遺伝に関しては、当時は学校で習うよりも、「春の鳥」などの文学作品を通して知ったり、辞書で調べて知ることの方が多かったかもしれない。しかし、辞書については、物集高見纂『日本大辞林』（明治二十七年六月　宮内省）の「ゐでん（遺伝）」には、

おやのちすぢよりつたはりくるもの。

山田美妙『日本大辞書』（昭和五十三年十二月明法堂版復刻　ノーベル書房）の「ゐでん」には、

漢語。親子世世引き続いて系統の遺ること（多く病気に）。癩病、瘡毒など即ち各遺伝病の一。

大槻文彦『言海縮刷』（明治三十七年二月　大槻文彦他）の「ゐでん」には、

親子、世世、血筋にて遺り伝はること。多くは、病にいふ、癩病、肺病、狐臭(ワキガ)、など、是れなり。

としか、書かれていない。これでは「春の鳥」を読む上で役に立つとは考えられない。文学作品では、夏目漱石「趣味の遺伝」（『帝国文学』明治三十九年一月）には次の一節がある。

近頃余の調べて居る事項は遺伝と云ふ大問題である。（略）遺伝と一口に云ふと頗る単純な様であるが段々調べて見ると複雑な問題で、是丈研究して居ても充分生涯の仕事はある。メンデリズムだの、ワイスマンの理論

だの、ヘツケルの議論だの、其弟子のヘルトウイツヒの研究だの、スペンサーの進化心理説だのと色々の人が色々の事を云ふて居る。そこで今夜は例の如く書斎の裡で近頃出版になつた英吉利のリードと云ふ人の著述を読む積りで、二三枚丈は何気なくはぐつて仕舞つた。

当時、どういった書物で遺伝についての勉強がなされていたのかが分かる。

筆者は先に、母親から息子への「白痴」の遺伝は、作者と読者双方にとって、極めて自然だったのではあるまいかと述べたが、このようにみてくると、少なくとも「春の鳥」の掲載雑誌の読者にとって自然であったかどうかは、保留せざるを得ない。しかし、六蔵の両親の設定に、作者の自然主義の知識の豊富さ、自然主義の強調を読み取ることは可能であろう。[13]六蔵の姉を「白痴」的としたのも、自然主義の強調、さらには、「私」のなかの科学者のまなざし、役割を増やしたかったからと考える。

次に、「春の鳥」第二章の、「私」が六蔵の教育を約束する場面で、現実には翌日に家の主人から頼まれたのを、作品では二週間後に六蔵の母親からと変更している理由について述べる。まず、翌日を二週間後に変更していることについてだが、これは、第一に、六蔵にした教育を語ることは、「春の鳥」において重要なことではないということを示すためと考える。泊めてもらえることになったすぐ翌日に頼まれたのでは、「好意で」泊めてくれたのではなく、六蔵の教育をしてもらうために泊まってもらったも同然であろう。それでは、六蔵への教育というテーマが強調されることになってしまう。第二に、「私」が二週間後の一日以外の時間を大きく切り捨て、六蔵の母との話の場面のみを意識的に選んでいることを、強調するためと考えられる。そのような、六蔵の母親とのやりとりの場面（時間）以外の時間の切り捨てという意味では、第四章後半の「或日のことでした」も、同じ働きをしている。[14]なぜ「私」が過去の記憶から六蔵の母との会話を選び取っていることを、強調するのか。それは、第四章の後半、六蔵の意志の翻訳を母親に聞かせたその後日へと、語り手「私」に上手く話をもってこさせ、「私」が物語る意図（母の愛という感動的な物語を語ること）を明確にするためと考える。

「私」がワーズワースの翻訳者としてまなざしている箇所については、第三章の⑤と第四章の前半の最後の二ヶ所とも、すでに二で指摘した。第四章の後半は、「私」が母親にして聞かせた、鳥になろうとしたという六蔵の意志の翻訳が、実際はワーズワースの翻訳でしかなく、六蔵の意志は結局は分からないことを示すための、いわば作者の最後の詰めである。二で述べたように、作者は「私」に、自分の翻訳の正しさを疑うような発言をさせている。そして、以下のように続けている。

城山の森から一羽の鳥が翼をゆるやかに、二声三声鳴きながら飛んで、浜の方へゆくや、白痴の親は急に話を止めて、茫然と我をも忘れて見送つて居ました。

六蔵同様その母親が、得体の知れない異物である「白痴者」として、「私」によってまなざされたと（作者によって）されている。ここには、「私」が我が子を想う母親を語ることを意図したのとは違い、翻訳者「私」は六蔵やその母親（「白痴者」）の翻訳者ではないとする、作者の意図が読み取れよう。「私」以外の登場人物の内面（意志）についは、この物語は「私」が切り貼りしたものである以上、「私」が翻訳をしない限り、読者には分かり得ない。作者が翌日を二週間後に、主人を母親に変えたのは、「私」に子を想う母親の物語を語るという意図を効果的に遂げさせ、その物語全体を通して、「私」は六蔵と母親（「白痴者」）の翻訳ができていないということを示すためと考える。

先に筆者は、六蔵の死について、作者の意図という観点から考えると述べた。なぜ六蔵の死体は「北の最も高い角の真下」で見付かったのだろうか。六蔵は活発で、運動神経は悪くない。故に、落ちるか、ほぼ真上にでも飛ばない限り、真下で死体となって発見されることはないと考えられよう。鳥のまねをして大空向かって飛び立ったとして、その死体が真下で見付かるだろうか。だとすると、単に足を踏み外して落ちたのだろうか。推理小説では、どれだけ証拠や情報がでてきても、最後には納得できる形で謎が解かれるかもしれないが、「春の鳥」においては、「真下」とあることで六蔵の死の謎は深まる。筆者はこれは作者の意図と考える。いくら読者が「私」に六蔵の死の原因の説明、ワーズワースではなく六蔵の意志の翻訳（鳥のように飛ぶことを六蔵は自ら選んだのか）を期待しても、「私」は答えてくれない。と言うより答え得ない。「私」が六蔵の翻訳に失敗していることを、作者が強調していると考える。

そして、これら「私」が翻訳に失敗していることの強調は、「私」の意図に反して、「私」のなかで科学者のまなざしが勝利していることを意味する。作者は「私」のまなざしをつくるにあたって、当時の医学書にみられる「白痴」言説(15)、「白痴教育」の書物にみられる遺伝などの科学的な知識を用いており、意図的に自然主義の要素を細かく設定することで、科学者のまなざしを際立たせている。「私」は、当時科学によって意志をもたぬ非人間な存在とされていた「白痴者」を、同じように異物として観察し報告するだけで、六蔵やその母親の意志を翻訳し得ていない。科学者的な観察は、六蔵やその母親に対してなされているのに、その翻訳行為は六蔵達を対象とし得ていない。無論、「私」自身は、六蔵の意志を理解し、その母親や読者に語ることができた、よく翻訳できたと思っているることだろう。重要なのは、語り手「私」においては、その物語の意図からも翻訳者のまなざしがウエイトを占めているのに対し、作者の意図においては、「私」の翻訳者のまなざしは科学者のまなざしに負かされており、後者がウエイトを占めているということである。観察や統計を基に、理解できるよう一般化する点で、加えて「流竄録（一）白痴の教育」にもみられるように、遺伝と環境がそのような愚かな行動をとらせたとする点で(16)、科学者のまなざしは「白痴者」の意志の切り捨てにつながる。翻訳者は個人の意志を担い主張する点で、科学者に対し二項対立的な存在である。当時の科学が主張するように、意志があっての人間なのであれば、その意志を翻訳し得ないということは、六蔵は人間ではないということを意味する。それは、換言すれば、科学の領域のメジャーな人間言説に、「白痴者」を加えることに失敗したということである。六蔵のモデルとなった人物は死んではいないのに、作中で六蔵が死ぬのは、この意志の翻訳の失敗と関係するのではあるまいか。六蔵の死について、翻訳者が鳥になろうとしたのかどうか答え得ないのに対し、科学者は何と答えるであろうか。おそらくは、「白痴」だからと答えるであろう。翻訳者は内面的な動機（意志）を求めるが、科学者には「白痴」だから死んだという答えで十分なのであろうか。

作者は、語り手「私」の科学者のまなざしと翻訳者のまなざしの大部分を、資料を基に意識的につくっている。その意味で、作者の視点はポスト実証主義的であり、語り手の「私」が自分の視線に無自覚であるのとは対照的である。科学者が、自らのまなざしに無反省に対象を観察して、いくつかの性質を見出し、それらを実体化し、「白痴」等のレッテルを貼って対象をみることの、翻訳行為に比べていかに簡単かつ暴力的であるかを、作者は意識していたと言えよう。そして、「私」のなかで科学者のまなざしが勝利していることを作者が示すその目的は、「白痴者」の意志を切り捨てる科学者のまなざしの暴力的であること、それに比べて翻訳行為の困難であることを示すことにあると考える。

四　「農家の民」及び「春の鳥」の典拠

以下は、三で述べた本考察における結論（「私」のなかの、翻訳者のまなざしに対する科学者のまなざしの勝利）の補足である。

第三章の⑤には、「九州」という語の他に、「木拾ひの歌ふやうな俗歌」という語もみられる。第一章の冒頭「或地方」のすぐ後には、「三人の小娘が枯枝を拾つて居るのでした。（略）むつまじげに話しながら楽しげに歌ひながら拾つて居ます、（略）農家の子供でしやう」とある。「或地方」（第一章）から「九州」（第三章）へと特定されるのにあわせて、「歌ひながら」(第一章) から「木拾ひの歌ふやうな俗歌」(第三章) へと、特定されている。最初に「歌ひながら」とでてきた時には、それがどういった歌か不明瞭である。しかし、第三章で六蔵が「木拾ひの歌ふやうな俗歌」を歌うところで、木を拾っている娘達が歌っていた歌もそうではないかと推測できる仕掛けになっている。六蔵は森を遊び場としており、娘達にとっても、森は仕事場であると同時に親の目の届かない遊び場である。第三章の③で「木拾ひの娘が六蔵の姿を見て逃げ出したのは必定これまで幾度となく此白痴の腕白者に嚇されたものと私も思ひ当つた」と、両者の度々の接触が述べられていることが、この仕掛けを支えている。

この「木拾ひの歌ふやうな俗歌」は特定可能だろうか。ここでまずおさえるべきは、これは「木拾ひの歌ふやうな俗歌」だ、ということである。木拾いの歌といった普通名詞は当時も今も存在しない。木を拾っている時に歌っているのが自然であるような歌、ということである。森は子供達にとって仕事場であると同時に遊び場でもあり、遊ばずに仕事をしている場合でも、仕事の時に歌う歌は、疲れを和らげ、効率を上げるためのものであるから、おそらくは花摘みの歌の類と推測される[17]。

「俗歌」については、『日本民謡辞典』(昭和六十二年十一月第十五版　東京堂出版) に、「「民謡」という語は、学問的には明治三十九年の志田義秀「日本民謡概論」あたりが最初の使用例であろうが、この「民謡」なることばもながらく固定はせず、全国的な、比較的土くさい要素の多い民謡を集めた、大正三年文部省文芸委員会編集の民謡集も『俚謡集』と名づけられていた」、「民謡という漢語は古い中国にもその用語例があり、近世のわが国にもいくつか使われた記録はあるけれども、現在につながる使用例は明治の二十年代頃から現われたとみるべきであろう。(略) 民謡という呼び名以前は、小歌 (小唄)、風俗歌、俚謡、俚歌、俗謡、俗歌、巷謡、地方唄、在郷唄、田舎唄等、さまざまな名称が当てられていた。」とある。民謡や俗歌などの語が、区別されずに使われていたことが分かる。現在では、例えば童歌と民謡は区別されている。一般に童歌は、手毬歌等の子供が遊ぶ時に歌う歌や、子守歌等の子供にとっての仕事歌など、子供の生活の歌をさし、民謡は大人の歌う仕事歌等をさす。しかし、実際問題として、当時も今も、一つの歌が童歌にも民謡にも入り得るし、童歌のなかでもさらに手毬歌にも御手玉歌にも入り得る。同じような歌が、県や個人によっては違う種類に分類されることもある。つまり、一つの歌の歌われるべき場所や役割の厳密な区別はないのである。

先ほど筆者は、娘達の歌っていた歌は花摘みの歌の類ではないかと述べたが、花摘み歌という普通名詞はない。現在子守歌や手毬歌に分類されている歌のなかに、花摘み歌とよんでも違和感のない歌、つまり、「春の鳥」が発表された当時、森で娘達が木を拾いながら（あるいは同時に遊びながら）歌っていてもおかしくない歌がいくつもあるが、この「俗歌」はそういった歌ではないかと推測される。

以上から、この「俗歌」を特定するのは不可能ということになる。しかし、それでも作者がいた明治二十年代の大分県の童歌、民謡を調べると、同県には以下のような歌がある。「織りなす錦　桜にすみれ　茨に牡丹　春こそよけれ　髻絞り来よ来よ来よと　歌いてあそぶ　遊んで歌う　来よ来よ来よと[18]」、「坊主山道、破れた衣、行きも戻りも気にかかる[19]」（「気にかかる」に「木にかかる」をかけている）、「かす毛駒おうて六蔵は来んか、六蔵こそ来れ、鈴鹿の坂を[20]」。これらの歌は、「木拾ひの歌ふやうな俗歌」や、六蔵の名の由来・六蔵の腕白な性質[21]を考える上で参考になるかもしれない。九州ではなく山口県の歌だが、「山ン坊〳〵、風一杯だして呉れ、余ッた風は皆戻す」（童謡研究会編『日本民謡大全』（明治四十二年九月　春陽堂））という歌がある。これなども、「春の鳥」第一章の「風が烈しいので得物も多いかして沢山背に負たま丶猶も四辺をあさつて居る様子です」に通ずるものがあり、娘達が歌っていても違和感のない歌と言えよう。

童歌には鳥が登場するものも多い。六蔵は歌う以外の能力のほとんどない者として語られているが、不思議と鳥という言葉は彼なりに知っており、ある種のこだわりがあるかのように語られている。これはあるいは、娘達が木を拾いながら歌う童歌から学んだのではあるまいか。『日本伝承童謡集成　第二巻』（昭和二十四年五月）は、室町から明治末期までの歌を地域別に収録しているが、大分県の歌として「烏、烏、高松ぁ火事じゃ、早よ往んで水撒け」という歌を紹介している。半田康夫・加藤正人『大分県の民謡　第一集』（昭和三十六年八月　大分県民俗学会）、岡本絢子編『大分のわらべうた』（別府大学短期大学部初等教育科）、大分県教育庁文化課編『大分県の民謡』（昭和六十年三月）にも、いくつもみられる。鳥以外の鳥も童歌にはでてくるが、頻度でいえば鳥は群を抜いており、ほとんどの場合鳥単体ででてくる。「春の鳥」第四章の後半には「城山の森から一羽の鳥が（略）飛んで」とあり、娘達が鳥のでてくる歌を歌う可能性は十分に考えられる。六蔵が農家の娘達から言葉（世界）を学んだと考えると、作者が山中泰雄を六蔵につくり変えたり、「私」のまなざしをつくる上で参考にしたものとしては、科学書やワーズワースの詩だけでなく、「農家の子供」（第一章）という概念の出所も考察の対象となろう。大分県の佐伯を舞台とする『獨歩小品』の「潔の半生」には、次のような一節がある。

余は此日吾家を出で、はぜの道より例の谷を越えつゝ道すがら古来の文学者詩人達の事を思ひつゞけぬ。彼等は何を写したるか何を教へたるか、元来彼等は何者ぞや、彼等も彼等に写されし人間、及び彼等に教へらるゝ人間との関係は何ぞやなど色々思を続けぬ。（略）頭を挙げし時風一陣杉の暗きあたりを過ぎぬ。寂寥として身の周囲に山谷の気充ちぬ。吾独り語りて謂ふ、ア、彼等今は何処にあると、而て又思ひぬ、此坂を越してさびしき足音をきゝし者幾たりぞ。哀の少女よ、さなり薪木背負ふ哀の少女もありつらん。（略）潔、曰、其理想にあくがれ、妄想に迷ひ、或は英雄といひ、或は事業と称し、歴史と称し、哲学と称し、学者と称し、進歩文明と称する如き感念のみに形づくられたる世界に住む処の心を転じて、無智と呼ばれたる、無学と呼ばれたる、生活の為に生活すと嘲けられたる、故に思ひも付かれざりし農家の民の心持に自らなりて自ら反省し来り更に人間生活なるもの、愈々変妙不思議なるに驚きぬ。

「農家の民」は、「感念のみに形づくられたる世界」に生きるのではなく、「山谷の気」を全身で感じる生活をおくる点で、「古来の文学者詩人達」とは違うとされている。その生活のなかからでてくる童歌や民謡は、彼らにとって世界はどのようなものであるかを端的に表すものと考えられる。しかし、六蔵や娘達の歌った歌の歌詞について、「私」は具体的に語らない。六蔵に付与されているであろう、「山谷の気」を全身で感じる生活をおくる「農家の民」の要素、それは、「農家の児でも町家の者でもなさゝう」（第一章）な「白痴」の陰（科学者のまなざし）に隠れている。

最後に、Ⅲで触れた『平民叢書　第四巻』の「教育沿革史」のルソーの教育法に言及している箇所（一七四～一七七頁）を、「春の鳥」の典拠として指摘する。ルソーと獨歩の思想的つながりについては、すでに指摘がある。『平民叢書　第四巻』を作者が読んでいることとあわせて、この箇所が典拠である可能性は考えられる。

小児は自然の弟子として教育を受けしむ可し。最初の一年は総ての点に於て最も重要なれば、其教育は殊に忽にす可からず。幼児を教育するものは何事よりも幼児の天性を研究して之に従ふことを勤む可し。幼児の涕は其求むることあるをあらはすもの也。幼児の頑悪なるは其身体に於て不健全の点あるをあらはすもの也。其求むる所は之を与へざる可からず、其不健全なる点は之を健全にすることを勤めざる可からず。幼児が物を破毀するは一種の活動なれば、必ずしも強いて之を制止するを要せず。手を挽き、体を支へて幼児に歩むことを教へんより、寧ろ倒るれば己れを害することを経験せしめて自ら歩むことを覚えしむ可し。幼児稍物心を知るに至りては強いて多くの言語を教へんより、寧ろ事物を実験せしめよ。義務の観念を注入して幼児を善に導かんより、寧ろ自然の法則の抵抗す可からざることを知らしめよ。自然の法則は自ら善に与して悪に与せざる也。幼児に教ゆるに只何人をも害する勿れと言ふを以てせば、即ち足る。其他は自然の衝動力に従ひ、感情の指導に任ずることに依て健全なる道徳的発達を遂げしむるを得可し。幼児の智力を発達せんには、文字と議論とを用ゆることなく、観察と実験に頼るを専一とす。幼児は第一に健全なる身体を養はざる可からず、是れ種々なる角力、遊戯を以てす可し。幼児は次に官能を鋭敏にせざる可からず。是れが為めには、其視官をして数を算し、尺を度り、量を秤ることに慣れしむ可く、其聴官をして時を計り、音を聞き分くることを熟せしむ可し。斯の如くして教育されたる幼児は十二歳に至りても未だ読み、又は書くこと能はず、殆ど書籍の何たるを知らざるも差支へなし。彼れは人工の子にあらずして、自然の子也。彼れは人の手になりし書を読まざれども、自然の書を読んで之を解す。彼れの行為は暢快にして虚飾なし。彼れの観念は僅少なれども明晰に、彼れの言語は簡単なれども、肯綮に合ふ。彼れは暗誦によりて知りたることなし、彼れの知る所のものは皆実験より来るもの也。彼れの心は舌にあらずして頭にあり。彼れは多くの言語を知らざれども、其語る所は明晰に其意を解して之を語り、其語る能はざる所のものも、能く之を知り、能く之を実行す。規法と習慣は其知らざる所也。先例と典拠とは其関せざる所也。彼れは只其正しとする所を執て之を行ふ。彼れは義務と服従の何たるを解せず。されど己の欲する所は喜で之を人に施こす可し。彼れの体力は強健にして、能く走り、能く飛び、能く働く。彼れ此年齢に於て死するともまた完全の人たるに於て遺憾なき也。

「春の鳥」へ影響を与えた作品としては、ツルゲーネフの「片恋」やワーズワースの「白痴児」が、典拠としてはゾラの「ナナ」などが、すでに指摘されている。『平民叢書　第四巻』は、作者が「私」の翻訳者のまなざしをつくる上で参照したと考える。『平民叢書　第四巻』には、「自然の弟子として教育を受け」た「自然の子」は、「多くの言語を知らざれども、其語る所は明晰に其意を解して之を語り、其語る能はざる所のものも、能く之を知り、能く之を実行す」とある。森のなかを駆けまわる六蔵は「自然の子」と考えられる。「自然の子」には「語る能はざる所のもの」があり、それを実行するのであるから、その「語る能はざる」考えや実行の目的（意志）を翻訳する者が必要となる。しかし、その翻訳者のまなざしは、科学者のまなざしに負かされているということは、前述の通りである。

注

（1） P・ブルッカー『文化理論用語集』（有元健他訳　平成十五年一月　新曜社）の「実証主義」には次の一節がある。

（略）20世紀の終わりにはすでに実証主義は社会科学においても支配的なものではなくなっている（とはいえ経験主義的作業が漠然と実証主義と呼ばれることもあるが）。現在、人間科学・社会科学・自然科学の研究者たちが共通に認識しているのは、研究者が不可避的に研究対象に影響を与えること、選択や評価のプロセスが必ず伴うこと、そして知識の前進は仮定と理論的推論に依拠しているということ（略）である。

デンジンとリンコン（Denzin and Rincoln 1994）は、社会科学や民族誌における実証主義から「ポスト実証主義」への移行について、統計的な証拠や証明の様式を用いる量的な方法が、質的・「多方法的」・自己再帰的なアプローチによって取って代わられたものだと説明している。そしてこの後者のアプローチでは、研究者は「器用作業人であり、調査がその研究者自身そしてその調査に関わる人々の個人史や歴史、ジェンダー、社会階級、人種、エスニシティによって形成される相互的なプロセスだということを理解している」という（1994 : 3）。

（2） 鈴木清・加藤安雄編『講座　心身障害児の教育　Ⅰ心身障害児教育の歴史と現状』（昭和四十八年十一月　明治図書）には次の一節がある。

1　精神薄弱者の障害は、重度の場合はともかく、一般には盲者や聾者のそれのように判然と障害を認めがたい。特に、普通教育が未発達な段階にあって文盲の者が多い場合には、精神薄弱者も文盲の普通の人々と同一視されて目だたなかった。つまり、普通教育の充実発展に伴って、精神薄弱児の存在が意識され、その教育が成立してくることになるが事実そうであったといえよう。長野県松本尋常小学校や長野尋常小学校で精神薄弱児教育が始められたのは、義務教育が形式的内容的な充実をみせる明治二〇年代であった。

長野県松本尋常小学校や長野尋常小学校については、この後の「4精神薄弱教育の成立」にも説明がある。

普通教育が「白痴児」と普通人という二つのカテゴリーができる一つのきっかけとなり、少し遅れて「白痴教育」が成立したのであれば、「白痴教育」の知識と「白痴者」についての知識は同義とすべきかもしれない。しかし、二つのカテゴリーができるきっかけという意味では、教育以外にも医学などを挙げることができる。

（3） 風景描写、特に「城跡」の描写に関しては、ここことは直接関係はないが、「頂上には城跡が残つて居ます。高い石垣に蔦葛から み附いて其が真紅に染つて居る安排など得も言はれぬ趣でした」（第一章）、「場所が城跡であるだけ、又た索す人が普通の児童でないだけ、何とも知れない物すごさを感じました」（第四章）といった表現にうかがえる、語り手「私」のその時々の感動や恐怖といった心境と同化したもの、つまり純然たる風景そのものではないということにも留意しておきたい。後述するが、風景は翻訳行為と密接なつながりがあるからである。

（4）事実の記録とされている「憐れなる児」（『獨歩小品』（明治四十五年五月　新潮社））には、坂本家の主人に教育を頼まれて承諾した翌日に「寡婦なる可憐児の母、事ありて二階に上りたる時、児の教育を半ば恥ぢ半ば喜びて頼みぬ。吾只何事をも言はず、宜しう御座いますとのみ答へ置きたり」とある。獨歩に教育を頼んで承諾してもらったのは坂本家主人。山中泰雄の母親が訪ねてきたのは二週間後ではなくその翌日で、この母親とはほとんど話をしなかったようである。

（5）中島氏は、「端的に言えば、この城山も、独歩が理解したワーズワスにそって、独歩のなかに位置づけられていたということである。独歩は城山を封建の世の遺物として愛したのではなく、「ウオーズウオース詩集」から読みとったものをこの城山に投影し、独歩なりに愛したのである」と述べた後、

それでは、この城山はどのようにワーズワス流に読みかえられたのであろうか。独歩の親しんだワーズワスの詩の一つに「ワイ川の岸辺を再訪した折、ティンタン僧院の数マイル上流で書いた詩章」がある。独歩はこの詩を「ウオーズヲースの自然に対する詩想」（『国民之友』一八九八・四）で取り上げ、『自然の心』（一九〇二・六、小川尚栄堂）でも、「此詩はヲーズヲース信者の歎美して措かざる名編なり　前二編の詩（筆者注―「MY HEART LEAPS―」「ODE.」）は詩人の信仰いさゝか抽象に露出したる者なれども此編は詩人の逢遇を其まゝ描き来りて前二編に現はれたる等けき詩想を咏じる也。故に熱情も更に一倍加はり居るが如し。」と述べている。

表題のティンタン僧院は「一二世紀にシトー修道会の僧院として創設、一三世紀に拡充再建された大建築であるが、ヘンリー八世時代の僧院解体政策によって廃墟に帰した」もので、「ワイ川の河から一〇キロ足らず上流に」その廃墟がある。ティンタン僧院の廃墟は〈ピクチャレスク〉と呼ばれた美の概念そのものとみられ、一八世紀後半にはピクチャレスク・ツアーのメッカになった。「春の鳥」では「頂上には城跡が残つて居ます。高い石垣に蔦葛からみ附いて其が真紅に染つて居る安排など得も言はれぬ趣でした。昔は天主閣の建て居た処が平地になつて、何時しか姫小松疎に生ひたち夏草隙間なく茂り、見るからに昔を偲ばす哀れな様となつて居ます。」とある。独歩はこの城山をティンタン僧院の廃墟になぞらえ、親しんだのではないか。それ故に心が「余が初めて佐伯に入るや先ず此の山に動」いたのではなかろうか。

森本隆子氏は「ワイ川の岸辺を再訪した折、ティンタン僧院の数マイル上流で書いた詩章」の「冒頭の風景は、まぎれもないピクチャレスク的審美観の支配を受けている。」と指摘し、「その圧巻が、第一連第八行の"landscape"である。」と次のように述べている。

"landscape"は、ここでは「地上」の意に解すべきだが、大地と空とを一つに結んで、あたかも一幅の風景画を構成する格好となっている。換言すれば、それは、読者に、この光景を一幅の風景画として見る暗示を与えるものであろう。（略）ここで想起したいのは、むしろケネス・クラークの『風景画論』である。クラークによれば、近代風景画は、空と野を一挙に捉えた時に初めて成立したという。透視図法の手法が、唯一、数量に換算できなかったのが、刻々に変化する空の色合であった。オランダ派が、同じく運動性に満ちた太陽光線に着目した時に、絵画史は、初めて変化する空、流れる雲を描く技術を手中にする。空の光で大地を捉え、光の雰囲気で画面を統一する術を手に入れた時、風景画のジャンルは、真に確立されたと言えよう。『ティンターン僧院』の"landscape"は、いうならば、文学における風景画的風景の成立を物語るものではなかったか。

教師の「私」が城山に登り、そこで六蔵の姿をみいだす次の場面に、ここで述べられているような「文学における風景画的風景」が生かされているように思われる。

天主台の石垣の角に六蔵が馬乗に跨がつて、両足をふら〳〵動かしながら、眼を遠く放つて俗歌を歌つて居るのでした。

空の色、日の光、古い城跡、そして少年、まるで絵です。

ただ単に「天主台の石垣の角に」「馬乗に跨がつて、両足をふら〳〵動かし」ている六蔵をとらえるのではなく、「空の色、日の光」が画面にあることにより、画面が統一される。どのような「空の色、日の光」なのか、具体的には記されていないが、「冬ながら九州は暖国ゆゑ天気さへ佳ければ極く暖かで、空気は澄んで居る」とあるので、ほぼ想像がつく。そして、ここには、〈ピクチャレスク〉お誂え向きの「古い城跡」すなわち、廃墟があり、その廃墟と矛盾する若々しい生命の少年が居る。これは、教師の「私」が眼前の光景を切りとった一つの画面である。森本氏は「ピクチャレスク的審美観の中心的テーマの一つに「ピクチャレスクな眼」というものがある」ことを紹介し、「「ピクチャレスクな眼」とは、画家固有の物の見方、即ち眼前の風景を構図的統一性をもった一つの画面として把握する方法を指す。」と説明する。「春の鳥」が小説として成功しているとすれば、「ピクチャレスクな眼」により、天主台の石垣の角に馬乗りに跨っている六蔵を「眼前の風景」とともに「構図的統一性をもった一つの画面として把握」し、読者に呈示したことにあるのではないだろうか。

と指摘している。

（6）翻訳者としての「私」には、英語で書かれたワーズワースの世界観を翻訳する立場と、「白痴者」である六蔵の独特の世界観を翻訳する立場という、二つの立場があるが、後者には失敗している、ということである。

（7）芦谷信和氏は「独歩「春の鳥」（二）―虚構と主題」（『立命館文学　五百十五号』平成二年三月）で、

（略）六蔵はなか〳〵の腕白で、悪戯を為るときは随分人を驚かすことがあるのです。山登りが上手で城山を駈廻るなどまるで平地を歩くやうに、道のあるところ無い処、サッサと飛ぶのです。ですから従来も田口の者が六蔵は何処へ行つたかと心配して居ると昼飯を食つたまゝ出て日の暮方になつて城山の峠から田口の奥庭にひよつくり飛び下りて帰つて来るのださうです。木拾ひの娘が六蔵の姿を見て逃げ出したのは必定これまで幾度となく此白痴の腕白者に嚇されたものと私も思ひ当つたのであります。

泰雄にこのような自然児的な一面のあったことはまったく記述が見られない。これは独歩の虚構であり、最後に六蔵が石垣から飛ぶことへの一つの伏線でもあろう。「憐れなる児」では次のように述べている。「昼間は何事をなして日を送るか、吾未だよく知らずと雖も、僅に見たる処によれば只うろ〳〵と庭の内、家の内などうろつき居るもの、如し。時々家婦などより仕事命ぜられて為す」。「夜は多く綿繰を務め、十時を定めの時となし、鐘鳴るや、大に喜びて、夜具に駈け込むが如し。」「此挙動、其言語、凡て遅鈍にして少しも少年の快気なし」（『独歩小品』ｐ１０４―１０５）。昼間は「只うろ〳〵と庭の内、家の内などうろつき」、挙動言動とも遅鈍で、少しも少年の快活さのない泰雄と、山道を平地のように駈け廻り飛び廻る六蔵との距たりは大きい。六蔵に敏捷腕白な自然児の面影を与えたのは、独歩の虚構であり、六蔵に少年らしい自然の児としての性格づけをした独歩の意図を窺うことができるのである。六蔵は山中泰雄をモデルとしながらも、モデルとは相当違った自然児的な性格造型がなされている。そうしてそのことはこの作品のテーマに強い繋がりを持っていることを示しているのである。

と指摘している。六蔵が石垣から飛んだと断定されているところは保留を要するが、六蔵の死という虚構と関係がある可能性は十分に考えられる。後半の「自然児的な性格造型がなされている」についてはその通りであろう。

（8）『日本国語大辞典』（平成十三年八月第二版　小学館）では、「染色体」の初出は一九二一年となっている。

（9）男性の性染色体はＸＹで、Ｘは母親から、Ｙは父親から受け継ぐ。血友病や色盲はＸ染色体上の劣性遺伝である。したがって、男性の場合、母親から劣性遺伝子を含むＸ染色体を受け継いだ時にその形質が現れる。女性の場合は、性染色体はＸＸで、各Ｘ染色体を父親、母親から一つずつ受け継ぐ。仮に片一方のＸ染色体に血友病等の劣性遺伝子があっても、もう一方のＸ染色体にそれを打ち消す優勢遺伝子があれば、劣性遺伝子の形質は現れない。女性の場合、両方のＸ染色体に劣性遺伝子がある時のみ、遺伝性疾患をもつことになる。

（10）以下、大正期の遺伝学については、大日本文明協会編『趨異遺伝及進化』（大正二年五月　大日本文明協会）、渡邊喜三『遺伝之研究』（大正二年十月　洛陽堂）、大日本文明協会編『人種改良学』（大正三年一月　大日本文明協会）、大日本文明協会編『遺伝』（大正三年十一月　大日本文明協会）、山内繁雄『遺伝論』（大正四年九月　大日本学術協会）、大日本文明協会編『遺伝と境遇』（大正五年九月　大日本文明協会）、丘浅次郎『最新遺伝論』（大正八年十月再版　六盟館）、見波定治『遺伝進化学』（大正十年二月第四版　成美堂）、大日本文明協会編『社会遺伝』（大正十一年四月　大日本文明協会）、阿部余四男『現代の遺伝進化学』（大正十三

年十二月増訂改刻版　内田老鶴圃）を参考にした。

(11)　先に述べたように、明治期にも血友病など個別的な疾患への言及、統計はあるが、本能の遺伝、智力の遺伝といった、より大きな項目の考察が主だった。

(12)　当時、中学校や高等女学校に進学するのは、いわゆる一部のエリートだけである。『わが国の教育のあゆみと今後の課題』（昭和四十四年十一月　文部省）によると、明治三十三年の中学校（十二～十六歳）在学者は、十二歳から十六歳の全人口の約三・九％、明治三十八年では約四・六％、高等女学校（十二～十六歳）在学者は、明治三十三年が約〇・五％、明治三十八年が約一・〇％である。この人数の少なさは、経済的な理由が大きいと思われるが、『中学校関係法令の沿革』（昭和十五年三月　文部省）によると、当時の「中学校令施行規則」（明治三十四年三月五日）には「第二十条　中学校の生徒数は四百人以下とす但し特別の事情あるときは六百人まて之を増すことを得分校の生徒数は三百人以下とす」とあり、同じく第四十二条には、入学者数が超過する時は試験で入学者を選抜せよとある。この人数制限は、「中学校令施行規則中改正」（大正二年三月六日）まで続くが、このことも、在学者が少ないこと、一部の知的エリートの誕生と関係していよう。「中学校教授要目」（明治三十五年二月六日）には、「修身」、「国語及漢文」、「外国語」、「歴史」、「地理」、「数学」、「博物」、「物理及化学」、「法制及経済」、「図画」、「唱歌」、「体操」の指導法が書かれているが、「博物」のなかの「第二　植物」、「第三　生理及衛生」、「第四　動物」に遺伝という語はみられない。「第四　動物」には、「自然界の微妙複雑なる関係」、「生存競争」、「自然淘汰」、「人為淘汰」、「進化論」の「大意を約説し自然界と人類との関係を理会せしむへし」とある。教科書によってはこの「進化論」等で遺伝に触れていたり、「植物」で触れられるといったところであろう。

(13)　仮に手島精一「廃人教育説」（『大日本教育会雑誌』明治十七年三月～四月）などが典拠だとしても、教育の領域で遺伝などの医学（科学）言説が受容されているという意味では、自然主義の強調を読み取ることは可能と考える。

(14)　六蔵が死んで、「或日」に六蔵の母親と話をするまでの間の時間は、語る必要のないものとして切り捨てられている。

(15)　前掲のリボー『心性遺伝論』を國木田獨歩が読んだという証拠は今のところない。しかし、國木田獨歩が読んだとされている教育関係の書物や記事には、母から息子への遺伝といった記述はみられないことから、『心性遺伝論』、あるいはこれに類する医学書を読み、その記述を踏まえたと考えられよう。

(16)　「流竄録（一）　白痴の教育」には次の一節がある。

二　白痴教育は社界学上大問題を解析しつゝあり、罪悪問題なり、監獄問題なり、政治的に、哲学的に、宗教的に、是等難問に最後の判決を下すものは白痴教育ならざるべからず、人の罪行は必ずしも彼の意志の結果なるやとは近世の犯罪学者が疑て止まざる所なり、彼等の極端なるものは已に罪悪を病疾の中に組入れたり、余は已にハリー某の白痴なる所以を述べたり、即ち彼の生来の性は物を盗むにあり、若し彼が如きもの盗を働く時は社会は彼を罪悪人として取扱ふべきや、堕胎せんと欲して終に成功せずして生れし児は成長すれば殺人罪を犯すもの多しと、彼の罪は彼自身に帰すべきか、又は堕胎を試みし彼の母に帰すべきか、（略）

(17)　例えば高野辰之編『日本歌謡集成　巻十二』（昭和四年二月　春秋社）には、「川口の子供等　花摘に行こら　一本とつて腰に差し　二本とつて手に持ち　三本目に日が暮れて（略）」（和歌山県）という歌がみられる。この歌に限らず、花摘みがでてくる歌は全国的にみられる。

(18)　岡本絢子編『大分のわらべうた』（別府大学短期大学部初等教育科）。同書によると、原歌「織り成す錦」は明治二十二年に東京音楽学校から刊行された官制の中学生用唱歌「中等唱歌」に収録されている。

(19)　北原白秋編『日本伝承童謡集成　第五巻』（昭和二十五年五月　三省堂）。

(20)　高野辰之・大竹舜次『俚謡集拾遺』（大正四年五月第二版　六合館）。

(21)　森や城趾を駆けまわる六蔵の腕白な性質は、六蔵の死は墜落によるのか、それとも鳥のまねをしようとしたという意志によるのかという、「私」の翻訳者のまなざしに関わりがあり、重要な設定であると考える。

※國木田獨歩の作品の本文は『國木田獨歩全集　第三巻』（昭和三十九年十月　学習研究社）、同全集第九巻（昭和四十三年四月第二版　学習研究社）に、「趣味の遺伝」の本文は『漱石全集　第二巻』（昭和十一年四月　漱石全集刊行会）による。ルビは省略し、新仮名新漢字に改めた。他の全ての引用同様、引用文中の傍線は筆者による。

第二章　芥川龍之介「偸盗」論
――「白痴」の女が母になることの意味

一　はじめに

芥川龍之介にとって初の長編小説「偸盗」は、第一章から第六章が大正六年（一九一七年）四月の、第七章から第九章が同年七月の『中央公論』に掲載された。『今昔物語集』を典拠とした作品である。二十五、六歳の美しい女「沙金（しゃきん）」をお頭とし、沙金の母の「猪熊の婆」、その夫の「猪熊の爺」、十六、七歳の「白痴」に近い天性をもった下衆女「阿濃（あこぎ）」、阿濃に慕われている十七、八歳の美しい若侍「次郎」、その兄で二十歳位の醜い「隻眼（かため）」の侍「太郎」達から盗賊の一群はなる。彼らの人間関係を描きつつ物語は展開する。

様々な「偸盗」論が書かれているが、阿濃をどう捉えるかが作品解釈のポイントとなることについては諸説共通している。例えば、海老井英次「「偸盗」への一視角」[1]、越智治雄「偸盗」[2]両論の上に立って、三好行雄氏は「思念の惑いを知らぬ痴呆」であるが故に「無垢の母」である阿濃を「畜生道に落ちた悪を〈人間の悲しみ〉にまで浄化する救済」者と捉えている。[3]三好論に限らず、全集所収の「手帳1」中の構想メモ「“There is something in the darkness.” says the elder brother in the gate of Rasho」の「something」とは何かといった問いの立て方をすると、「羅生門」[4]のモチーフとされる人間のエゴイズムによる対立を、阿濃の「阿呆」な母＝疑うことを知らない無垢の母によって超克する（something＝無垢の母による救済のモチーフ）といった結論に落ち着くことになる。あるいは、

「偸盗」をジェンダー論の観点から解釈する中村清治「「偸盗」における男性性の機制—疑う男たちの物語[5]」は次のように述べている。

> 例えば、加納美紀代は、この時期、一九一〇～一九二〇年代に〝母〟がイデオロギーと化していく事態を捉えて、その特徴を、〝母性〟が「自己犠牲と無限抱擁」（ママ）含み持ち、「近代的な自我を真向から否定し、女に「無我」と「献身」を要求するものとなった」と指摘する。（略）
>
> このような同時代コンテクストから振り返ってみれば、「白痴に近い天性」の女として形象されていた阿濃が、加納の指摘する「近代的な自我を真向から否定」された〝母〟＝〝母性〟イデオロギーを、見事なまでに体現させていることはもはや疑いようのない事実だと思われる。しかも注目しておいていいのは、阿濃は、「偸盗」の他の登場人物たちから「阿呆」な女だと言われつづけていたことであろう。それはまさに、この「阿呆」という言葉の一点において、「偸盗」が、同時代コンテクストにおける〝母〟の置かれた位置を、ほぼ正確に言い当てていることを示しているからである。「近代的な自我を真向から否定」され、まさに「阿呆」となった〝母〟には、女たちをそのように言い得る男たちが想定されているからであり、そこには、女より優位に立つ男の姿が含意されている。

「白痴」で「阿呆」の阿濃が、一九一〇年から一九二〇年代の日本の「母」の与えられた位置を象徴的に表しており、その裏返しとして男性が自己を規定しているということからも、阿濃の解釈の重要性がうかがえる。

阿濃をどう捉えるかが作品解釈のポイントとなることは、筆者も認めるところである。しかし、従来の論に対し筆者が疑問に思うのは、「偸盗」という作品は、母なる存在に力点があるのではなく、「白痴」の女が母になるということのもつ意味を問うている、大正時代という現代の小説として読めないのか、ということである。そのように読めると考える根拠は次の三つである。第一に、登場人物達は阿濃を「阿呆」と言っているのに対し、彼らを語り解釈を加える現代の語り手はわざわざ「天性白痴に近い」と、歴史的な言葉でもって阿濃に言及していること。第二に、「隻眼」や「疫病」、「躄（いざり）の乞食」などの、散見される病的な描写（「白痴」は何かの象徴ではなく、まさに病としての「白痴」を描こうとしたと考えられる）。そして第三に、阿濃は最初から母として登場するのではなく、堕胎させられそうになりながらも母になるという展開。以上から、「偸盗」は、「白痴」の女が母になることを問題にしていると考えられるのである。

加えて、これまで論じられることはなかったが、第七章の阿濃の描写、

盗人たちは、それを見ると、益々何かと囃し立てゝ、腹の児の親さへ知らない、阿呆な彼女を嘲笑つた。が、阿濃は胎児が次郎の子だと云ふ事を、緊く心の中で信じてゐる。さうして、自分の恋してゐる次郎の子が、自分の腹にやどるのは、当然の事だと信じてゐる。この楼の上で、独りさびしく寝る毎に、必夢に見るあの次郎が、親でなかつたとしたならば、誰がこの児の親であらう。――阿濃は、この時、唄をうたひながら、遠い所を見るやうな眼をして、蚊に刺されるのも知らずに、現ながらの夢を見た。人間の苦しみを忘れた、しかも又人間の苦しみに色づけられた、うつくしく、傷しい夢である。（涙を知らないもの丶見る事が出来る夢ではない。）そこでは、一切の悪が、眼底を払つて、消えてしまふ。が、人間の悲しみだけは、――空をみたしてゐる月の光のやうに、大きな人間の悲しみだけは、やはりさびしく厳に残つてゐる。……

と、「戯作三昧」(6)第十五章の馬琴の描写、

しかし光の靄に似た流は、少しもその速力を緩めない。反つて目まぐるしい飛躍の中に、あらゆるものを溺

らせながら、澎湃（はうはい）として彼を襲つて来る。彼は遂に全くその虜になつた。さうして一切を忘れながら、その流の方向に、嵐のやうな勢で筆を駆つた。

この時彼の王者のやうな眼に映つてゐたものは、利害でもなければ、愛憎でもない。まして毀誉に煩はされる心などは、とうに眼底を払つて消えてしまつた。あるのは、唯不可思議な悦びである。或は恍惚たる悲壮の感激である。この感激を知らないものに、どうして戯作三昧の心境が味到されよう。どうして戯作者の厳かな魂が理解されよう。ここにこそ「人生」は、あらゆるその残滓（ざんし）を洗つて、まるで新しい鉱石のやうに、美しく作者の前に、輝いてゐるではないか。……

は似ているが、なぜ阿濃と馬琴の描写は似なければならなかったのか。このことも、「偸盗」に関して疑問に思うところである。この類似について結論めいた書き方をするならば、「白痴」の女が母になることを問う上で、必然的に似てしまったのだと筆者は考えている。

以下、この類似に着目しつつ、大正時代に「白痴」の女が母になるということのもつ意味を考察する。

二　「眼底を払つて、消え」る「一切の悪」とは

一瞥して分かるように、両作品とも「眼底を払つて消えてしま」うという表現が共通している。「戯作三昧」では消えるのは「利害」等、「偸盗」では消えるのは「一切の悪」となっている。本章の三の最後で述べるが、「利害」等と「一切の悪」、これら二つの間の距離は近い。先回りして言えば、存在自体「悪」とされる「白痴者」の阿濃が、「白痴者」（＝悪）ではなく母になるには、「一切の悪」が消える必要があるのだが、二ではその消えるべき「一切の悪」とはどのようなものかを確認する。

これまで、この「一切の悪」とは、「羅生門」の下人と老婆や、「偸盗」の太郎と次郎の関係のような、人間のエゴイズムによる対立のことだとする読みが一般になされてきた観がある。しかし、人間のエゴイズムによる対立に限定すると、「一切の」という形容は大げさに感じられはしないだろうか。このような自明化した限定を一度取り払い、大正時代という歴史的コンテクストのなかに「偸盗」をおいて読むとどうなるか。

例えば、小俣和一郎氏は『精神病院の起源　近代篇』（平成十二年七月　太田出版）で、明治三十三年に施行され、座敷牢での私宅監置を合法化した精神病者監護法について、精神病が医療によってではなく治安によって管理されるようになったと指摘している。私宅監置を批判した精神病学の大家の呉秀三[7]も、精神病者が治安上危険な存在であることについては積極的に肯定しており、だからこそ然るべき精神病院の増設、そこでの患者の治療を訴えていた。この点については、「白痴教育」の必要性を主張していた三宅鑛一などの学者達も、同じ穴の狢と言える。精神病者即ち「悪」という論法が成立していたのである。大正当時、精神病のカテゴリーは広く、躁鬱病や悖徳病（道徳的観念の欠如）、ヒステリーや神経病などが、お互いの境界線も必ずしも明確でないまま放り込まれていた。そのカテゴリー内でも「白痴」は、知覚等の理性の働きだけでなく、意志の働き、つまり道徳面においても、最も劣ったものとされていたと考えられる。[8]

大正六年六月末に、内務省主導で精神病者の全国一斉調査が行われた。その調査で、全国には六万五千人（東京が最も多く、四千四百五十人）もの精神病者がおり、そのうち精神病院や神社仏閣に収容されている者は五千人に過ぎないこと、残りの六万人の私宅監置患者のうち、十五歳未満の男女には「白痴」が圧倒的に多いこと、精神病者は年々増加しており、これからも増えるであろうことなどが指摘された。年々増加する、「白痴」を最悪とする精神病者は、治安上の危険を理由に座敷牢や精神病院に入れられ、社会的に隔離・管理されていたのである。その管理たるや、「餓にせまつてした盗みの咎で、裸の儘、地蔵堂の梁へつり上げられた」（「偸盗」第七章）に近い状態も、珍しいものではなかった。

無論、精神病院や座敷牢に入れられていた人達が悉く大人しくしていた訳ではあるまい。建物に放火する者、逃亡する者も、稀ではなかったようである。明治四十三年から大正五年まで、一府十四県の私宅監置の状況を調査し、報告した呉秀三・樫田五郎「精神病者私宅監置ノ実況及其ノ統計的観察」にも、放火や逃亡の例は散見される。このような逃亡とも関わると思われるが、木村庶務課長「白痴の保護施設」（『変態心理』大正七年十二月）には次の一節がある。

市内の区役所や警察から送られて来る浮浪少年少女の鑑別は、毎月一回宛行つて欠陥のある者は其向きの収容所へ収容し、女の方は横浜の家庭学院へ依頼して居つた。鑑別委員の話に拠ると、浮浪少年少女の多くは白痴者で、少女であれば見ず知らずの男にでも弄ばれると云ふ風な痴呆者が多い。そして白痴者は普通人に比較すると非常に繁殖力が強く、公安の上からも人種改善上からも非常に遺憾な事である。

「公安の上からも」は、「白痴者」の犯罪行為・先天的な犯罪者性を意味する。ここではそれだけでなく、「白痴」の少女が見ず知らずの男に弄ばれることも珍しくないこと、「白痴者」は「普通人に比較すると非常に繁殖力が強」いこと、そのことは「人種改善上」厄介であることも述べられている。「人種改善上」とは社会ダーウィニズム・優生思想と考えてよい。「白痴」は遺伝すると考えられていたため、容易に男に弄ばれ、「繁殖力が強」いことは、優生学的観点からみて厄介という訳である。このことからも、精神病者の社会的隔離・管理には、単に公安上の理由からだけでなく、彼らを性から遠ざけるという意図もあったと考えられる。事実、精神病院内で男女を別々に収容することなども、当時積極的に取り組まれていた。「白痴者」の恋愛や性、出産の否定である。

以上を「偸盗」の読みに還元するとどうなるか。例えば、阿濃が臨月であることに太郎が「嘲るやうに口を歪めた」（第一章）ことや、それを受けての猪熊の婆の「あの阿呆をね。誰がまあ手をつけたんだか――尤も、阿濃は次郎さんに、執心だつたが、まさかあの人でもなからうよ。」という笑い、そして阿濃への堕胎の強制には、「白痴者」の恋愛や性、出産への蔑視・否定がうかがえる。「白痴」の阿濃を「手ごめにし」（第八章）て（＝弄んで）、阿濃を妊娠させたのは猪熊の爺である。大正当時、「白痴」は子供に遺伝するとされていたが、父親（猪熊の爺）の大酒も、「白痴児」が生まれる原因となり得るとされていた。社会ダーウィニズムといったイデオロギーや、秩序の安定といった観点からすれば、「白痴」の阿濃と大酒飲みで犯罪者の猪熊の爺の間の子供が生まれてくることは「悪」である。そのような価値基準を有する読者にとって、阿濃に堕胎を強要することは、「悪」ではなかったと考えられる。弄ばれ、妊娠すればそれはそれで否定される。ここにも「白痴者」の性や出産への否定的なまなざしがうかがえよう。「赤糸毛の女車」（第三章）や、太郎の方へ「胡散らしく」目をやる車の付き添いの「牛飼の童と雑色」に代表される、上層階級や一般社会。そこからみて劣った存在である太郎たち「偸盗の一群」。その一群のなかでも、さらに劣った者として盗人達から虐げられる阿濃。このような描かれ方は、社会の「悪」のなかの「悪」、「人種改善上」のお荷物のなかのお荷物という、「白痴者」がおかれていた位置をよく示している。さらに、「白痴」と「公安」について言えば、阿濃は太郎や沙金とは違って、殺人等の犯罪に手を染めてはいないのであろうか。「偸盗」第一章には、藤判官の屋敷を襲う人数について、「何時もの通り、男が二十三人。それに私と娘だけさ。阿濃は、あの体だから、朱雀門に待つてゐて、貰ふ事にしようよ。」という猪熊の婆の台詞がある。今回は臨月だから、これまで何度も阿濃は参加してきていると考えられる。[9] 先ほど筆者は犯罪者の猪ら強盗に加わらなかっただけで、熊の爺と書いたが、犯罪者、それは阿濃にもあてはまるレッテルと言えよう。

「白痴」の浮浪少年少女と犯罪（木村庶務課長「白痴の保護施設」）とも関わることで、もう少し述べると、当時、（「白痴者」を含め）不良少年少女が社会的に問題視されていた。山本清吉『実際より見たる刑事警察』（大正四年一月増補第二版　清水書店）には次の一節がある。

六、不良青年子女　茲に刑事警察上否寧ろ国家の為め最も憂慮す可き一事あり、即ち近来其弊害最も甚だしきのみならず将来も亦倍々増加の傾向を呈しつゝある彼の青年子女の不良行為是れなり、（略）爾来倍々不良青年子女の増加して今日に至りしのみならず、彼等の不良行為倍々増長して強窃盗、詐欺横領は言ふ迄も無く甚だしきに至りては強盗殺人等極悪無道の行為さえ敢て行ふ者出づるに至りては実に寒心の至りならずや、（略）而して女子も亦彼等の為めに誘惑せられて堕落し終に売春婦と成り酌婦若くは娼妓と為りて、自ら却て数多の男子を誘惑堕落せしむるの奸手段を施すに至るのみならず、同気相求むる同性若くは良少女を誘ふて以て堕落せしめ終には共に倶に万引、パクリ、女詐欺師若は目見得泥棒と称する窃盗と化し、彼等又黨を為して各所を横行して犯罪を以て常習と為し淫猥を以て事とするに至り殆んど執拗治す可からざる者あるに至りては豈驚かざるを得んや、彼の元麹町区三番町辺に住せし陸軍少佐某の娘と云ふ真壁のお鉄と称する女の如きは、相当の家庭に育ち高等女学校三学年迄修業し相当の教育を受けたる身なるに拘らず、一夜不良青年と交を結びたるが原因となり終には自ら多数の不良青年を咬（くは）えて情夫と為し、又自己の部下と為し女侠客を以て自ら任じ、常に短刀を懐ろにして不良男子の仲間に入り喧嘩口論を事とし、又之を仲裁するを以て無上の快楽とし、終には其資料に尽きて売春婦と成り或は某支那人の妾と為りて金品を貪り、之れを己れの情夫若くは配下の不良青年に貢ぎて以て不義の快楽を貪り居りたる者さへあるに非ずや、（略）彼等は自ら犯罪者と為るのみならず、実に犯罪者を養成す可き所謂犯罪の震源地と為り居れり、（略）

「殆んど執拗治す可からざる者ある」は精神病における悖徳病を、「真壁のお鉄」はほとんど「偸盗」の沙金を思わせる。「偸盗」登場人物の年齢設定の若さ。太郎や次郎、阿濃が沙金に誘われて犯罪集団に入り、党をなしての強盗や殺人（「それが、今では、盗みもする。時によつては、火つけもする。人を殺した事も、二度や三度ではない。」（第三章））。淫売行為（「日頃は容色を売つて」（第三章））。こういったことは、当時問題とされていた、不良少年少女の集団を意識してのものだったのではあるまいか。

ここまでをまとめる。眼底を払って消える「一切の悪」、それは、何も人間のエゴイズムによる対立に限る必要はない。社会ダーウィニズム（「人種改善」）イデオロギーや治安上、「悪」のなかの「悪」とされた、「白痴者」の存在そのものやその出産（多産）という「悪」。さらには、それとも関わる不良少年少女達の「悪」をも含めて、考えてよいのではあるまいか。

三　「一切の悪が、眼底を払つて、消えてしまふ」とは

「一切の悪が、眼底を払つて、消え」るのは、阿濃が羅生門の二階でみる、現ながらの夢のなかでである。再び引用する。

> 阿濃は胎児が次郎の子だと云ふ事を、緊く心の中で信じてゐる。さうして、自分の恋してゐる次郎の子が、自分の腹にやどるのは、当然の事だと信じてゐる。この楼の上で、独りさびしく寝る毎に、必夢に見るあの次郎が、親でなかつたとしたならば、誰がこの児の親であらう。（第七章）

阿濃がいつもみる夢がどういうものなのか、具体的には描かれていない。しかし、「現ながら」、つまり、現実感のある夢であり、阿濃が「胎児が次郎の子だと云ふ事を、緊く心の中で信じてゐる」ことから、出産につながるような、次郎と愛しあう夢と考えられる。[10]しかし、二で確認したように、大正期の医学等のメジャーな「白痴」言説に従う限り、次郎と「白痴」の阿濃との間の愛や性は「悪」である。阿濃と次郎は愛しあう訳にはいかない。阿濃が次郎と自由に愛しあい、母になるには、「一切の悪」が、換言すれば、「白痴者」の恋愛等を「悪」とする「白痴」

言説が、消えなければならない。「一切の悪」・「白痴」言説が消えた時、阿濃は、公安上・「人種改善上」無条件に厄介者とされる「白痴児」を多産する「白痴者」ではない、母になることができる。

「白痴者」が母になることを許せるか否かを問うことは、社会ダーウィニズム（「人種改善」）イデオロギーや公安の都合、つまりは一般社会やエリート層の利害・価値基準、精神病者即ち「悪」とする思考枠組みを、問い直すことにつながる。「一切の悪」が消える時、つまり、「悪」とされる「白痴」の女が「白痴」＝「悪」ではなく母になる時、これらの価値基準や思考枠組みもその効力を失っている。実際、一般社会やエリート層にとっての利害や価値基準など、問答無用で「悪」のレッテルを貼られた人達にとって、いかほどの意味や意義があろう。前述のように、当時、「白痴者」は意志が薄弱である、つまり、〈常識的〉な「悪」の観念（道徳観念）が欠如していたり、育ちにくい（＝悖徳病）と考えられていた。「偸盗」では、そのような「白痴」言説が逆手にとられ、社会一般の「悪」の観念をもたぬ「白痴者」（阿濃）自身によって、世界の意味が再構成されている。「白痴者」は「悪」の観念をもたぬが故に、「白痴者」が視点となる時、「白痴者」の存在や性を「悪」とする見方は無効化されることになるのである。これは、当時天才も精神病の一つとされていたが、天才言説を下敷きにすることで、「利害」や「毀誉に煩はされる心」が「眼底を払つて消え」、「人生」が「新しい鉱石のやうに」輝いた（＝世界の意味が再構成される）「戯作三昧」の馬琴に通ずるものがあると言えよう。

そして、もっと広げて言えば、「一切の悪」の根底には、人の目・まなざしという問題が横たわっているのではないか。二で確認した「白痴」言説、その言説を生産し続ける一般社会やエリート層のまなざしは、その典型と言えよう。あいつらは駄目だ、悪だと一方的に決め付ける人の目（言説やイデオロギー）こそが、「一切の悪」の源泉ではなかろうか。そう考えて、「偸盗」の阿濃以外の登場人物に目を向けてみると、例えば太郎は「一人の弟を見殺しにすると、沙金に哂はれるのを、恐れた」から次郎を助けた、「己の二十年の生涯は、沙金のあの眼の中に宿つてゐる。」と思っている（第三章）。次郎は兄の目に映る自分を気にしており（「たつた一人の兄は、自分を敵のやうに思つてゐる。」）、沙金の目に「侮蔑と愛欲」とをみて、その目に支配されている（第四章）。猪熊の爺は太郎に、自分（猪熊の爺）をどうみるか、親か、太郎がタブー視するところの近親相姦を犯す畜生か、それとも人間とみるかを問うている（第五章）。「悪」のなかの「悪」と見なされ、だからこそ「一切の悪」を消し得る「白痴」は、人の目と「悪」という問題を考える時、最も分かりやすい例であろう。しかし、この問題は何も「白痴」だけに限った問題ではない。「偸盗」において、「白痴者」のみる現ながらの夢が「人間の苦しみ」、「一切の悪」と、普遍性を帯びているのは、この問題は「白痴」に限ったことではないということを表している。

そして人の目と「悪」という問題は、「戯作三昧」の馬琴とも関わっている。例えば太郎同様、目に障害のある「眇の小銀杏」の「悪評」に、馬琴は苛立っている（「毀誉に煩はされる」）。また、「改名主の図書検閲」（第十二章）といった公儀の目（イデオロギー）も、馬琴は大いに気にしている。「偸盗」と「戯作三昧」両作品に共通するのは、一方的に「悪」と見なす人の目・言説・イデオロギーからの解放・無効化と考える。

四　「自分も母になれる」という内なる思い

図書館中の本を読んでいると言っても過言ではないほどの読書量で、何かを踏まえて小説を書くことに芥川の特徴があるとすれば、「偸盗」の「白痴」表象は、大正当時の「白痴」言説を踏まえてなぞることで、強化してしまっている側面は大いにある。しかし、そのような問題はあるにしても、これまで直接的に描かれることのなかった、他ならぬ「白痴者」自身はどのように思っているのか、どのように世界をみているのかが描かれていること、「白痴者」の内面に注意を向けたということは、注目されてよいと考える。

唯、母になると云ふ喜びだけが、さうして、又、自分も母になれると云ふ喜びだけが、この凌霄花のにほひの

やうに、さつきから彼女の心を一ぱいにしてゐるからである。(第七章)

「完全に幸福になり得るのは白痴にのみ与へられた特権である。」とは「侏儒の言葉」[11]の「椎の葉」の一節である。今日からすれば、この「侏儒の言葉」の一節は、エリートの勝手な言い草のようにも思われる。しかし、「白痴者」の内面へ想像力を向けたことは評価してよいと考える。芥川は後に「河童」[12]のなかで、「これは国木田独歩です。轢死する人足の心もちをはつきり知つていた詩人です。」と書いている。「轢死する人足の心もち」を書いた作品とは「窮死」(『文芸倶楽部』明治四十年六月)のこと。その三年前に、獨歩は「春の鳥」を発表している。筆者は先に、「春の鳥」の語り手「私」は、「白痴」の六蔵の内面・意志を翻訳・代弁しようとして失敗していると述べた。「偸盗」の語り手は、阿濃の内面をわずかではあるが直接語っている点で、「春の鳥」の語り手の一歩先に進んでいる。代弁行為のもついかがわしさは考える必要がある。「自分も母になれる」という阿濃の思いを、「白痴者」の思いと一般化しないよう注意する必要もあろう。その上で、その内面に注意を向けられることのない人達の内面に想像力を向けて、世界の意味を問い直すことを試みている作品として、「偸盗」は評価されてよい。

「自分も母になれる」という阿濃の喜びを読者が受け入れることは、「白痴者」を犯罪者扱いし、その恋愛・性を「悪」とする「白痴」言説が消えることを意味する。「白痴」言説が効力を失うことは、阿濃が「悪」である「白痴者」ではなく人間・母になることにつながる。疑うことを知らず、選択的判断がなされないという「白痴者」の意志薄弱であることは、喜びと人間の厳かな悲しみを秘めた美点と解され、「白痴」概念は変化せずにはいられないであろう。「偸盗」における文章の流れは、阿濃の「自分も母になれる」という思いを受け入れるよう、読者の思考を運ぼうとしており、「偸盗」には「白痴者」は人間だというメッセージが読み取れると考える。

注

（1）『語文研究　三一・三二合併号』（昭和四十六年十月）。
（2）『国文学　臨時増刊号』（昭和四十七年十二月）。
（3）「下人のゆくえ—「偸盗」論の試み・その二」（『日本文学』昭和四十八年七月）。
（4）『帝国文学』（大正四年十一月）。
（5）『日本文芸研究　第五十一巻第一号』（平成十一年六月）。
（6）大正六年十月二十日から十一月四日の『大阪毎日新聞夕刊』連載。
（7）呉秀三・樫田五郎「精神病者私宅監置ノ実況及其ノ統計的観察」（『東京医事新誌　第二〇八七号』大正七年七月）で批判。
（8）例えば石田昇『新撰精神病学』（大正六年四月第七版　南江堂書店）では、脳の階級を十一に分け、「白痴」を最下級としている（天才は第四階級）。石川貞吉「看過され易き精神異常者」（『変態心理』大正八年一月）には次の一節がある。

　其の他白痴属に併立して悖徳狂なるものがあると云ふ事は、長い間論争された事でありますが、今日では非常な不道徳的犯罪者の多くは、白痴に属することも判つて来ました。併し又一方に於てはどうしても白痴でなくて、道徳感情の欠乏して居る所謂悖徳狂に近い特種の患者があると云ふ事も、一般に承認さるる様になつて居ります。

（9）「偸盗」第九章には、阿濃の「主人がよく人を殺すのを見ましたから、その屍骸も私には、怖くも何ともなかつたのでございます。」といった台詞があり、自分は人を殺したことがないといった口ぶりである。しかし、検非違使の取り調べという状況は考慮すべきであろう。
（10）三宅鑛一『白痴及低能児』（大正三年二月　吐鳳堂書店）には、「夢ニ見タルコトヲ醒覚後暫ク事実ト信ズルコト往々アリ。」という指摘がある。
（11）大正十二年一月発行の『文芸春秋』創刊号から、大正十四年十一月発行の同雑誌第三巻第十一号まで、三十回にわたり掲載。
（12）『改造　第九巻第三号』（昭和二年三月）。
※芥川作品の引用は全て『芥川龍之介全集』（全二十四巻　平成七年〜十年　岩波書店）により、引用文中の傍線は筆者による。

第三章　石井充「白痴」論

――農本主義的な生き方と「白痴」

一　はじめに

石井充（生没年未詳）「白痴」（『文芸行動』大正十五年四月、日本近代文学館等所蔵）は、医科大学の三年生の時に「重い脳病に犯され」、田舎に連れ戻された主人公「謙介」の、田舎での百姓生活を描いた小説である。日々の農作業に歓びを感じ、飾ることを知らない謙介と、そのような謙介に対し無理解な、家族や他の百姓とのやりとりを軸に物語は展開する。

この小説では、「白痴」は単なる知的障害者の表象としてだけでなく、特定の歴史的状況と結び付けて戦略的に用いられている。作家が「白痴」を表象として様々なパターンで用いていく、その一例と言ってもよいが、小説「白痴」では、大正末から昭和にかけての農本主義的農民像を極端にしたものとして、「白痴」を描いていると考えられる。それは同時に、「白痴」こそが真の人間という、「白痴者」を社会の異物ではなく、尊厳ある人間として描く戦略をも内包していよう。以下、大正当時の人間観及び「白痴」観を、小説「白痴」に関わる範囲で確認し、農本主義言説を整理した上で、この作品における「白痴」の描かれ方、「白痴者」を人間として描く戦略性について考える。

二　人間観及び「白痴」観

脇田良吉（一八七五～一九四八）は、「異常児」（「低能児」・「白痴児」・「精神異常児」・「悪癖児」等の総称）教育家で、数々の著作を残している。『異常児教育の実際』（大正四年六月　金港堂書籍）はその一つである。そのなかで脇田は、「不幸な子供」をもつ親から送られてきた手紙を紹介している。以下はその手紙の一節である。

何卒〳〵〇〇人となるとならんの境に付やさしき耳もて御聞き入是非とも御許下され御目にかゝり委しき事は可申上候へ共兎に角一寸以前御相談申上候（略）都門の学校に入学致させ候上は随分学資も費し申事とは存候へども〇〇事更に見込無き白痴者と認め候へば私もいさぎよく断念致し何も彼も前世よりの因縁と諦め天に任せ申候へども教育次第にては人となる見込あるものを親の義務として此儘捨置くに忍び不申もう〳〵私は〇〇さゑ人となり候へば我身は犠牲にしても少しも厭ひ不申候

本書の「余論」には、「最後に書き残しておきたい事は、我々御互は大宇宙の一分子であつて、異常児も普通児も皆無関係のものではありません、我々には変態児も、中間児も、普通児も皆霊的には親戚であります。」とある。「白痴者」も同じ人間だとする見方を提示してはいる。しかし、全体的には、この手紙にみられるような、「白痴者」は人間とは言いがたいとするまなざしで書かれている。例えば、「それで大体の方針は前にも述べたやうに普通児の教授と変はらぬが、先づ出来得るだけ人にするといふの主目的にして、教科は読書、算術を中心学科として、（略）」といった記述は、その典型と言える。

このような、「白痴者」は人間か否かという問いと関わりつつ考え、まなざしたのは、脇田だけに限ったことではない。近代に入ってなされた諸概念や諸価値の再編成にともない、みんな同じ人間だとする人間観が少なくとも建前としては登場してから今日まで、「白痴者」は人間か否かということは一貫して問われてきたと言えよう。そしてそれは教育の分野に限られたことではなく、政治、経済、そして特に文学の分野で、しばしば目にされる。文学作品で、「白痴者」は人間か否かという問いと関わっているものを、戦前に限って列挙すると、次のような作品が挙げられよう。泉鏡花「化銀杏」（明治二十九年二月）、國木田獨歩「源叔父」（明治三十年八月）・「春の鳥」（明治三十七年三月）、泉鏡花「高野聖」（明治三十三年二月）、正宗白鳥「妖怪画」（明治四十年七月）、島崎藤村『家』（明治四十三年一月～翌年十一月）、宮城露香「小説低能児」（大正二年二月）、芥川龍之介「偸盗」（大正六年四月・七月）、鈴木悦「白痴の子」（大正六年六月）、谷崎潤一郎「金と銀」（大正七年五月）、伊藤野枝「白痴の母」（大正七年十月）、鈴木泉三郎「美しき白痴の死」（大正九年五月）、有島武郎『星座』（大正十一年五月）、津田和也「白痴殺し」（大正十三年四月）、松永延造「職工と微笑」（大正十三年九月）、小酒井不木「白痴の智慧」（大正十五年一月～三月）、石井充「白痴」（大正十五年四月）、太宰治「名君」（昭和二年一月）、逸見廣「お銀たち」（昭和三年六月）、夢野久作「いなか、の、じけん」（昭和三年七月～昭和五年一月）、矢田津世子「反逆」（昭和五年十二月）、岡本かの子「汗」（昭和八年五月）、北条民雄「白痴」（昭和十年四月）、小栗虫太郎『白蟻』（昭和十年五月）、田畑修一郎「南方」（昭和十年六月）、岡本かの子「みちのく」（昭和十三年十一月）などである。文学において、幾度となく「白痴者」は人間か否かが問われてきたことが確認できる。本研究の序章で、明治二十年代に、翻訳語としての「白痴」が実体性を帯びるようになっていったと述べた。近代における人間とは何ぞやという問いと、「白痴」の文学的表象の同時発生は、以上挙げた例からも偶然とは言えない。知的障害者の表象を問うことは、その時代その時代の人間とは何かを問うことでもある。

　筆者は本研究の序章で、徴兵制や義務教育の発布、第二次産業への重心の移動など、富国強兵がキーワードである近代日本の人間観について、次のように述べた。すなわち、啓蒙主義的進歩史観が教育による理性や意志の進歩、それによる社会の向上を強力に謳っている以上、教育が一定の効果をもち得る者が人間と見なされる、と。小説「白痴」が発表された大正末期の人間観も、それとほとんど変わりがない。大正末期の人間観を考える上でポイントとなるのは、デモクラシー運動だが、例えばそのイデオローグの吉野作造「憲政の本義を説いてその有終の美を済すの途を論ず」(『中央公論』大正五年一月)をみても、変わりがないと言える。吉野の主張は次のように要約できる。すなわち、日本国民はもはや教育については皆問題はないのだから、「狂者」や「犯罪人」、「貧民救助を受くるもの」や「浮浪の徒」を除く成人全て(「婦人」については保留)に参政権を認めるべきだ、と。婦人参政権についても、例えば与謝野晶子「婦人も参政権を要求す」(『婦人公論』大正八年三月)は、吉野の主張の要約の婦人についての保留を取り払いさえすれば、内容は全く同じと言っても過言ではない。それどころか、その本文中には次のような記述すらみられる。

民主主義の家庭は、その家長の専制に依って家政を決することなく、必ず家庭の協同員たる独立の人格を持った年頃の家族と共に公平に合議して決せねばならぬ如く、国家の政治もまた国民全体の意志に依って決することが、合理的な民主主義の政治である限り、或年頃に達して独立の人格を持った国民――例えば満二十五歳以上に達して、白痴でなく、六カ月以上一定の地に住し、現に刑罰に処せられていない者――こういう意味の国民全体が衆議院議員の選挙権と被選挙権とを持って、間接または直接に国家の政治に参与することは、立憲国民に固より備った正当な権利であるのです。(略)

普通選挙といえば、当然そのうちに男女の参政権が含まれているものと私は考えたいのです。この権利の要求から婦人を除外することは、婦人を非国民扱いにし、低能扱いにするものだと思います。決して徹底した普通選挙とはいわれません。もし男子のみに限られた普通選挙が実施されるとすれば、選挙有権者は――二十五歳以上の男子として――千二百八十三万九千六十二人を数え、現在の有権者数に比べると非常に増加するに違いありませんが、これに二十五歳以上の婦人を加えることが出来たら、男女合せてほぼこれの倍数である弐千五百万を計上することになり、我国総人口の約四割、現在有権者数の約十七倍に当ります。そうなってこそ真実の意味で国民全体の政治ということも出来、私たち自身の政治ということも出来ると思います。

これは、吉野作造の主張は「白痴者」についてはどうなのかという問いを発する者への、答えの代弁とも言い得るであろう。与謝野晶子の論法は、まず「独立の人格を持」たぬ「白痴」、「低能」者を他者として囲い込み、その共通の他者に対する「私たち自身」とすることで、参政権を主張するというもの。このような排除が、「白痴者」は人間か否かという問いを抱え込むことになるのは言うまでもない。吉野作造や与謝野晶子の主張は、全く同じという訳ではない。しかし、「白痴者」を人間としてみない点では同じ穴の狢であり、大正期の人間観は先に述べた近代的な人間観であると言えよう。

前掲の脇田良吉『異常児教育の実際』には、「異常児はどうして判るでせうか」の「四　余の見方」に次の一節がある。

十人十色といふが一万人は一万色であつて、同様の子供は一人もない筈であるさうすると正常児とは何か、普通児とは何か其標準を定めなくてはならぬ。而して其標準も児童といふ人格者よりも、学校といふ教育機関によつて定めて見たい。これ迄にも時々調べたやうに、国民教育を受けるために、公私の小学校で教育を受ける事の出来る資格のあるもの、之を総称して普通児といひたい、而してもしそれ之れを学術的に定義するならば「心身の発育状態年齢相応にて其時代と境遇に適応し得るものを普通児といふ」斯ういふやうに定義するならば心身の発育状態が年齢とは不似合である、例へば年はまだ十歳内外であるのに、顔容は壮年のやうである、又時代は大正時代に育つてゐるのに、何百年も昔の事をよく知つてゐたり、又は豫言者見たやうな事をいつて見たりして恰も狂人ではないかと思はれるやうなものは異常児である。

こういった主張は、脇田の他の著作、例えば『低能児教育の実際的研究』（大正元年十月　巌松堂書籍）や『異常児教育三十年』（昭和七年十一月　日乃丸会）などや、三宅鑛一『白痴及低能児』（大正三年二月　吐鳳堂書店）、藤岡眞一郎『促進学級の実際的研究』（大正十二年三月第五版　東京啓発舎編輯局）にもみられる。教育と政治が手に手をとり、教育の場では、教育できない者は「異常」であり人間とは言いがたいとし、政治の場では、教育できない「白痴者」は「非国民」（与謝野）であるとする。労働者や婦人たち被支配者（の代表を名乗る知識人達）が、国民になろう（しよう）と戦っている傍らで、人格を否定された「白痴者」がどう利用され、まなざされていたか。繰り返すが、このような人間と「白痴者」の二項対立的な語られ方を中心に明治、大正時代を眺める時、人間観はほとんど変わっていないと考える。

しかしながら、それを保証する教育言説に、大正期に小さな亀裂が走ったということは、本作品を論じる上で視野に入れておくべきだと考える。すなわち、このような教育言説に対して、農本主義者が異論を唱えた。普通教育など不必要だという考えが、農本主義者によって積極的に述べられたのである。日本の帝国主義的な膨張を農本思想がいかに支えてきたかを考察している綱澤満昭『近代日本の土着思想―農本主義研究』（昭和五十年一月第三版　風媒社）・『農本主義と天皇制』（昭和四十九年十月　イザラ書房）に、当時の農本主義の代表的な論者とその思想が分かりやすく紹介されているので引用する。

横井（横井時敬（一八六〇～一九二七）のこと―筆者注）にとっては「普通教育」は敵であった。横井がここでいう「普通教育」とはいうまでもなく明治国家が近代化を遂行するために採用した「学校教育」のことで、「組」「塾」「藩校」の教育を除いたものである。この「普通教育」はややもすると旧来の秩序意識を破壊する契機をはらんでおり、その根源は知育偏重の教育にあるとみる。この都会中心、画一的な知育的教育によってゆがめられた人間を横井はふたたび伝統的秩序へと再教育しようと試みた。それが「営利」「出世」を無視し、武士道精神を注入した「実用的教育」となってあらわれるのである。（『近代日本の土着思想』）

この「農民道＝武士道」の鍛練の「場」として山崎（山崎延吉（一八七三〜一九五四）のこと―筆者注）は昭和四年に「神風義塾」を開設した。このころ、即ち、大正末期から昭和の初めにかけては形式的、機械的、西欧的、都市文明中心的な学校教育にあきたらないという理由で、日本精神鍛練を目標としたいわゆる「道場」「塾」が流行していた時期であった。（略）

山崎はこの「神風義塾」の目的を日本民族の本然性に基づいた皇国および農民の「道義」を養い、愛国的農民を育成する点においた。教育方針としては決して官公立のごとく学理におぼれることなく、「技術ト数字ヲ超越シテ働ク一種霊妙ナル力ニシテ、実際経営ノ努力奮闘ニ依ツテノミ体得セラルルモノナリ、決シテ学校ニ於ケル、没的生活、或ハ理論的推究ニヨツテ其機微ヲ窺ヒ得ルモノニアラズ。（略）生徒教養ノ主眼ハ健国ノ精神ニヨル祖神ノ礼拝ト、農場ニ於ケル職員生徒ノ協力ニヨル真剣ナル労働生活ニアリテ高遠ナル学理ノ解説ニアラザルナリ」という。（『近代日本の土着思想』）

加藤（加藤完治（一八八四〜一九六五）のこと―筆者注）は、農業の真義は大学や書物によってわかるものではなく、「生の体験」を通して、生を徹底さすことによって、はじめてわかるという。（略）

このような時代的背景のもとで、加藤は一切の虚無的、厭世的、逃避的思想を否定し、堂々と勇敢に真正面から人生を肯定していく積極的姿勢を示し、農民教育の一般教育への普遍化をねらった。それがたまたま大正期に展開した新教育運動と奇妙なかたちで結びつくことになったのである。学校教育のもつ知育偏重、つめこみ主義、受動的学習に対し、強い反発を示しながら、カリキュラム無視、自然のなかにおける自動教育（ママ）、労働重視の教育をかかげながら、玉川学園や自由学園が生誕したのはこの時期である。（『農本主義と天皇制』）

いずれも、普通教育に対し異を唱え、実際の農業体験を重視する点で共通している。無論、異を唱えていたのは、この論者達だけに限ったことではない。他にも、権藤成卿（一八六八〜一九三七）や橘孝三郎（一八九三〜一九七四）も加えてよいであろう。

このことから、農業は、普通教育の場から追い出された「白痴者」の就き得る職業の一つと考えられる。『白痴及低能児』（前掲）には次の一節がある。

> 教育ノ目的＝真正ノ低能児ハ、如何ニ教育スルモ、コレヲシテ、普通児ト同等ノ成績ヲ挙ゲシムルコト能ハザルハ、欧米ニ於ケル、永キ経験ノ証明スル所ナリ。サレバ、補助学校ノ教育ニ於テハ、徒ラニ、難キヲ児童ニ求ムルコトナク最初ヨリ、目的ヲ卑近ニ取リ、先ヅ、児童ノ常識並ニ徳性ヲ涵養シ、早ク職業上ノ智識技能ヲ授ケテ、自活ノ道ニ就カシムルヲ得策トス。（『白痴及低能児』）

早く職業訓練を受けさせる方がよいという主張は、『促進学級の実際的研究』（前掲）などにもみられる。そして、原澄次『日本農業改造論』（大正十五年七月　明文堂）では次のように述べられている。

> 一般に此の子供は馬鹿だから百姓をさせるといふ様だが、之れが農業の進歩が後れる一つの原因にもなつて居るのではあるけれども、我国従来の農業ならば幾分の低脳者でも全く出来ぬことでは無いのであつて、農業上の作業が複雑であつて熟練を要するといふことは、農業の進歩の困難である強い理由とはなり難いのである。

（「一二　文明国の農業」）

大正二年に発表された宮城露香「小説低能児」[1]には、「低能」の息子に早く百姓仕事を教えようとする父親がでてくるが、以上からも、農業は「白痴者」の就き得る職業の一つと言えよう。そして、普通教育の施しようのない者とされる「白痴者」は、普通教育に対し否定的な農本主義の考え方からすれば問題はないこと、教育等の領域では人間とは見なされがたい「白痴者」が、農本主義の示す理想的な農民（人間）像を極端にしたものであること（三で詳述する）は、確かであろう。

教育可能な者を人間とする政治や教育の領域で排除されてきた「白痴者」は、学校教育を否定し、実際の農業体験を重視する農本主義の人間観からすれば、否定されるべき存在ではないと考えられる。

三　農本主義的な生き方と「白痴」

石井充自身農民で、他の三作品、小説「子を失ふ百姓」（『文芸行動』大正十五年一月）[2]、随筆「土臭者の言葉」（『文芸行動』大正十五年六月）、小説「春」（『農民　第二巻第五号』昭和三年五月）いずれも農民を描いている。小説「白痴」でも同様だが、この小説では、農本主義的農民像を極端にしたものとして、「白痴」を用いていると考えられる。そこで、次にこの作品における農民像について考察する。

謙介が実際に農作業をしている場面は、第一章の最初、第二章の最初の鶏の世話をする場面、第二章後半の「胡瓜にボルドー液を灌」ぐ場面の三つである。謙介の農業についての考えのポイントは、第二章の五助の台詞の後に述べられている、次の一文のなかにある。

（略）だが五助が呉れようとする大きい胡桃からは、既に柔かい実が刳抜かれて終つて居るやうに思はれてならなかつた。

「柔かい実」とは、その直前の「彼は土地からは生命の出て来るのを喜んで居た。土を打つ、大地のにほひが立つ、種を下す、（略）そして収穫！　その時々の喜びが、謙介の歓びであつた。」から、農作業によって得られる歓びをさすと考えられる。第二章の「謙介は一本気に、土の中にある不思議な力のことばかり考へて居た。」の一本気であること（一途に信じること）、第一章冒頭の「余念なく茄子に肥料をかけて居た。」の余念のなさ、第二章後半の「夢中になつて胡瓜にボルドー液を灌ぎ出した。」の夢中であることは、この「柔かい実」の実感に基づいている。「柔かい実」＝農作業で得られる歓びに対立するのは、五助の台詞に読み取れる、農業による金儲け＝寄生地主化である。農作業で得られる歓び（「柔かい実」）と、寄生地主となって楽してできる金儲け（「五助が呉れようとする大きい胡桃」）の、二つの選択肢が謙介には与えられているのである。このような二つの選択肢を与えられ、謙介は農業による金儲けには目もくれず、農作業による歓びを一途に求める。小説「白痴」では、都会と田舎という二つの場が設定されている(3)が、田舎で一途に農作業を楽しむ謙介は、後述する横井時敬ら農本主義者の主張する理想的農民像に、極めて近いと考える。

当時の農本主義言説がどのようなものであったかを確認する前に、農本主義がでてくる背景・歴史を確認する。当時の農村の状況や、地主や小作人がどのように変わっていったのかということは、農本主義がでてくることと関係しており、確認の必要があると考えるからである。

農村はすでに動き出していた。大戦景気による米の値上りで、地主たちが巨大な利益をおさめると、貧富の差はだれの目にも明らかなように大きく開いていったし、工業生産の拡大にともなって農村から賃労働者が吸いあげられると、小作人たちは、賃労働とくらべて小作労働がいかに報酬が少ないかを知るようになった。小作制度の不合理が実感としてつかまれたのである。（今井清一『日本の歴史23』（昭和四十一年十二月　中央公論社））

この時期に（大正末から昭和の初め―筆者注）、このように労働運動や農民運動が急激な展開をとげたのには、むろんそれだけの背景があった。これを社会的な背景の面からいえば、第一次大戦後の世界的なデモクラシー勃興の波が日本にもおよび、そのなかで国民の政治意識がいちだんと高められたことや、外ではロシア革命の成功が、また内では米騒動以来の大衆運動の発展が、労働大衆を勇気づけたことがまずあげられるべきであろう。（略）

農民についていえば、やはり第一次大戦を通じて商品経済の農村への浸透が決定的なものとなってきた点が重要だ。そのなかで農村の古い共同体的な社会体制はしだいにくずれていき、また地主はしだいに農業経営や村の世話をすることから離れて、いわゆる寄生的な性格を強めていった。それにかわって一部の中農たちは、小生産者としての上昇・成長に強い意欲をもちはじめるようになったし、他方、小作貧農たちは、外部の社会に接触する機会がふえるにつれて、自分たちの生活のみじめさをはっきりと自覚するようになった。こうしたことはすべて、資本主義の発達のなかで、農民の生産物の商品化と下層農家の労働力の外部への販売が急速にすすんだことの結果であるが、そこから重い小作料の負担をはねのけて、みずからの小生産者としての発展なり、みじめな生活の改善なりをかちとろうとする農民の運動が生じてきたのであった。（大内力『日本の歴史24』（昭和四十二年一月　中央公論社））

補足すると、地主が「寄生的な性格を強めていった」理由は、地主が都市で銀行投資等に手を出し始めたことや、米価の下落等で農業に魅力を感じなくなったことなどが挙げられる。同時に小作争議も年々増え、小説「白痴」発表当時はほぼピークだった。[4] 五助が謙介に、畑を坪七銭で貸せば楽して儲けることができると勧めた時、謙介には「五助の云ふ計算のことは解つて居た」、つまり、寄生地主になれば金儲けできることは分かっていた。このことから、謙介の家は、相当に豊かな地主レベルと考えられる。[5] しかし、いくら裕福な地主レベルでも、謙介が寄生地主になろうとしない以上、五助に「一年いくらのもんがあると思ふかね。」と言われるような、採算のとれない、いずれ立ち行かなくなる農作業であることも視野に入れておく必要がある。[6] 農本主義のでてくる背景・歴史に話を戻すと、以上、都会と農村の金銭的な関係、そして地主の寄生的性格の強化や小作人の反発といった、地主や小作人が農業に魅力を感じなくなったが故の農業離れが、背景としてあったと考える。

当時の農本主義言説については、以下の引用が参考になる。まずは横井時敬である。

横井は農業技術者としての座をしりぞき、もっぱら農業、農民教育に終始することにより、地主的農本主義者としての確固たる地位を獲得するにいたる。彼は地主（耕作地主）が「都会熱」によって「自殺」しつつある現状を憂慮し、あらたな覚悟と任務の前に立たされたのである。（略）

銀行の頭取になりたい、支配人になりたい、また政治家に、あるいは役人になりたい、これらすべて「都会熱」に毒されている見本だという。恐るべきはこの「都会熱」をもたらす「資本主義化」であり、「金銭時代」である。横井は「今日農業界衰退の大原因は何処にあるか、経済の不安定、経済上の困憊ということもその一大原因に相違ないが、之よりももっと〳〵根本的なる大原因がある。農業に満足せずむしろ之を厭ふ傾向は、其原因を経済上にのみ求むることは出来ない。我国民全体の大欠陥は金銭に憧れる事である」（「現代の大欠陥と教育の本義」『横井博士全集第九巻』）と断言し、この風潮をくいとめるために「武士道精神の復興」を「地主層」に期待する。（略）

ドイツには昔の武士がなお百姓として残存していて、しかも日本と異なり、地主はすべてみずから耕作しているし、他に土地を貸しているものは少ない。日本はこれを見習うべきだという。（略）都会中心、知育偏重の教育によってゆがめられた人間を横井は再度伝統的秩序へくみいれるべく再教育しようと試みた。農業の神聖さが強調され、土地への定着をおしはかり、都市、商工業の農村、農業に対する優越性は事実として認めざるをえない立場においこまれているにもかかわらず、それを常に論理的には批判、攻撃し、農村、農業の「健康」で自然にいだかれた田園を賛美する。（略）

農業は金に憧れることなく、土と親しみ、大自然を友とし、無欲にして、汚き人を相手にせず、業それ自体に楽があり、慰安がある。それに較べ、商工業は金銭以外には何物もない、都会のみ発達すれば、その国家は極めて危機といわねばならない。都会の欠陥を補い、国家を安泰ならしめるものは、農業を除いてほかにない。

（綱澤満昭『日本の農本主義』昭和四十六年二月　紀伊国屋書店）

横井の主張は、知育偏重の教育に毒されて都会を羨むことなく、金銭に執着することなく、地主も小作人も一途に農作業に打ち込み幸せを感じよ、と要約できよう。権藤成卿の弟子の橘孝三郎の主張については、斎藤之男『日本農本主義研究』（昭和五十一年十二月　農山漁村文化協会）が、次のように述べている。

橘が理想部落の興亡はひとえに教育にかかるとして、教育を最重要視していることは既にみた。彼の見る教育の現況は、大都市中心主義的・主知主義的職業教育・理智偏重・科学万能主義・大学の技術員養成所兼職業紹介所化であり、農村を注視すれば、そこでの教育は都会思想によって動かされ、農民は自己の本質を全く忘れている。

ではいかにすべきか。現代教育を「根本より改廃」して、人格教育を推し進めることである。「一般的の為め

に提唱されねばならん我々の教育とは、人格的勤労主義の精神に基く、自営的勤労学校組織の教育であらねばならん」。（略）

「勤労と言ふ言葉は甚だ誤解され易い言葉である。（略）一言にして尽すわけにはまゐらんであらうが、要は、人間性の本然のある所に従って、その本性を尽し、その天職の存する所を完うし、使命を果すを以て勤労の本義とせねばならない。……人は勤労せずして生存する能はざると同時に、勤労精神を離れて存在し得るものではなかったのである。（略）そして、これあればこそ人間への本然性的、霊性的真価が生み出されて来るものに外ならない。同時に人間は其処に於て始めて、自主的人格者としての存在を発見し得、併せて最高の満足と悦楽とをくみ得る事が許さるるものと申さねばならない」（『建国』）。（略）

熟練労働は習熟によって獲得されるが、習熟には労働対象の分析的な知識の教習を特に要件としない。けだし対象は無機的なものではなく、有機的な――橘の用語では〝生命ある〟――ものである。習熟とはこの対象の性質を労働（働き）のうちに体得することであり、そのためには対象に対する愛護の精神が必要となる。この精神の働きを持つ労働が、すなわち橘のいう勤労であって、それは一般化・普遍化できない価値を持つ。

農村を中心とした、都会と農村の相互発展、農村における（都会中心・理智偏重ではない）「勤労」教育。「勤労」とは農民としての使命をはたすこと。「勤労」あるが故に真の人間であり、最高の幸せが得られる。その教育は知識の教習ではなく、実際の労働によるものである。橘の主張はこのように要約できよう(7)。

次に、山崎延吉の農本主義言説を確認する(8)。

英国流の政治家が当路に在つた事は事実であるが故に、英国の政治に則つて商工立国の政策を是なりとし、都市偏重に陥つた事は何人も否定する事の出来ぬ事実である。（略）成名を希ふ者、成功を欲する者は、男女を論せず勇躍して農村を去るは無理もない事である。如斯して今日の農村に人物を欠き、資本を欠き、労力を欠き、青春の気をも欠き、寂寞の感に堪へずなり、果ては自己を呪ふ様になるは、今日の農村の情景である。手に鍬を握り、鎌を振ふ人も、心には迷ひつゝあるが故に、なす事する事に力が入らず、魂がこもらぬ結果、出来る事でも出来なくなり、やれる事もやれぬ様になり、奈落の淵に陥るばかりでは疲弊が甚だしい道理である。（略）

政治も多数本位であり、政策も多数本位の今日、教育に於ては不相変二三の秀才を目当に力を入れるがあり、月給取養成に努力するがあり、都市を目的とするものもあるは、教育の時代錯誤であり、それが農村に及ぼす悪影響は枚挙に暇なしである。教育をすればする程、農業がいやになり、農村に腰が落つかずなり、左視右往の徒が殖へるばかりである事は全国的であるのである。（「農民道の闡明」）

今の世はともすれば農耕の道を疎んじ、田舎住を避け、田園の人として汗脂を流すことをいやがる風がある。此の時にあたりわれ等は、われ等の仕事の貴い事を悟り、われ等の家業の大切なことを知り、われ等の住む田舎こそ我国家の土台であると云ふことを弁へて、飽くことなく倦むことなく、怠たることなく、惰けることなく、いつも心持よく、潔く働くことが出来れば、それこそ真に人に生れた甲斐があると思ひます。（「農家少年訓」）

神聖なる労働は無意識でやるべきでなく、同時に命令や欲のために汚がされるべきではない。生命の生産にいそしんで、宇宙の大生命の彌栄に貢献するてふ自覚の下に、血の出るまで働くべきである。故に一時間でも余計に働く事が出来れば、其処に喜悦を感じ人一倍の働きが出来れば、其処に歓喜することが出来ねばならぬとする。（「農民道」）

教育に毒されて都市を尊ぶことなく、生命を生産する尊い農作業に楽しみを感じてこそ真の人間である、と要約できよう。

最後に、「時の支配者」、つまり国家の望む農民像はどのようなものであろうか。綱澤氏は以下のようにまとめている。

明治から昭和にわたる農本主義者の一貫して説く理想的人間像は、労働の乱費を惜しまず、低生活水準に甘んじ、勤倹力行、国のために下積の犠牲をはらうことをもって「光栄」とするといった精神構造の持主であった。（略）

いうまでもなく、生産様式にとって決定的なものは、労働手段である。労働手段の変革こそ、労働生産性を高め、生産様式を変革するものである。しかしここにみられるものは、人間の労働の無制限的乱費のみである。そしてこの労働の「苦しみ」に対しての慰めは「農業は、最も尊貴にして且つ最も有益であり、健康なるものである。金に憧れず土と親しみ大自然を友とし、無欲にして汚き人を相手とせず（略）業それ自身に楽しみがあり、慰安がある。」という言にみいだされる。農本主義思想の敵はいうまでもなく、「商工業」、「都会」である。農業は、「実に国家社会の根幹である。商工業は金銭以外の何者でもない。都会のみ発達せんか、その国家社会は甚だ危険といわねばならぬ。都会の欠陥を補ひ以て国家を安泰ならしむるのは農である。」

このような精神的慰めを唯一の支えとして日夜営々と鍬をうちこむ農民の姿、それこそ時の支配者にとって、実に望むべき人間像であったのだ。（『近代日本の土着思想』「農本主義的「禁欲」と「職業観」」）

「農本主義思想の敵はいうまでもなく、「商工業」、「都会」」とあるが、「時の支配者」＝国家が都会を敵視することはあり得ない。農本主義は、都会に対しては対立するポーズのみで、実際に何か攻撃的な行動をとることはなく、謙介がしているような、田舎での一途で無欲な農作業を農民達に求める（故に都会中心を強化する）のだから、「時の支配者」＝国家や都会にとって、ありがたいイデオロギーであったに違いない。換言すれば、農本主義は、イデオロギー的国家装置としての学校・教育を批判しているという意味では、国家・中心に対し対立的（＝マイナー）と言えるのだが、国家にとっては不都合な危険思想などではなく、むしろ逆に都合のよいイデオロギーだったと考えられる。

　ここまでをまとめると、三「農本主義的な生き方と「白痴」」ではまず、金儲けに目もくれず、田舎で一途に農作業を楽しむ謙介の姿を確認した。次に、当時の農村の疲弊した状況、地主や小作人の農業離れという、農本主義のでてくる背景をおさえ、横井等の農本主義、そして国家の望む農民像を確認した。都会と田舎の金銭的な関係、地主や小作人の農業離れ。これらを背景にでてきた、都会における教育や金欲にとらわれず、一途に尊ぶべき農業に幸せを求めよと主張する農本主義。重い脳病にかかり、エリート街道（都会での教育）をドロップ・アウトして田舎に連れ戻され、金銭に執着することなく（寄生地主化せず）ひたすら農作業に打ち込む謙介は、当時の農本主義の主張する真の農民像・真の人間像に極めて近い[9]。

　しかしながら、当時、現実問題として、農業だけで食べていくのは難しかったことも確かであろう。口減らしをかねた都会への出稼ぎ、娘の身売り、あいつぐ小作争議と小作側の敗北。地主階級とても安泰ではなかった。しかし、寄生地主化して、小作人を生かさず殺さず「抜け目」なくやっていけば、食べていける以上の収入が得られることを「解って居る」にもかかわらず、謙介は一途に農作業の歓びを求める。謙介の家は裕福であろうから、直ぐにやっていけなくなるということもないであろうが、やがて立ち行かなくなることは分かり切っているにもかかわらずである[10]。

　その謙介の一途で（＝意志、つまり選択的判断のない）、自滅的とも言える農本主義的生き方は、いかにも「白痴」[11]的で、他人に理解されることはあるまい。つまり謙介は、知的障害としての「白痴」を併せ持つ、文学的言説としての「白痴」として、描かれていると考える。文学的「白痴」とはこの場合、ドストエフスキー『白痴』にみられるような、無欲で飾ることをしない、常識のない、真の幸せを知る純なる者のことである。「併せ持つ」と先ほど書いたのは、例えば『白痴』でも、ムイシュキン公爵には知的障害者としての側面が描かれているが、そもそも「白痴」という語は知的障害をさす語なので、そのような要素を孕むからである。

小説「白痴」における「白痴」表象の特徴は、次のようにまとめられる。

①「学問を絶つことは、人間の生活を無くすことのやうに騒いだ。だが歳月はたうとう彼を廃人に落付かせた。そして何時からか彼は自分から進んで鍬を取つて、百姓をし始めた。」（第一章）などからも、農本主義の主張する教育不要論の極端なる場合（ケース）である。

②馬鹿や愚直、デクノボーの場合、田舎に生まれ、田舎に終わることになる。謙介は後天的な「白痴者」（「重い脳病」や「不気味さ[12]」）であるため、都会から田舎へ連れ戻される（都会に縁付いて田舎からでて行く貞子とは逆）ことで、作品に都会／田舎という二項対立の枠組みがつくられることになる。

③やがて立ち行かなくなる農作業を、無欲に一途に楽しむ農本主義的な生き方が、ドストエフスキー『白痴』にみられるような、無欲で純粋で真の幸せを知る「白痴者」の生き方に通ずる。

採算がとれなくとも、歓びを感じられるのであれば、謙介にとっては農本主義的な生き方は素晴らしいに違いない。しかし、謙介が寄生地主にもならず、ほとんど儲けにならない農作業に熱をあげることは、謙介の家族にとっては迷惑であろう。そもそもこの作品では、「家」と謙介が耕している「畑」とが「道」によって「隔て」られていると、冒頭から家族との対立が暗示されており、随所に対立が見出される。謙介の母が「（これが一人前であって呉れたら！）」と、謙介のことを貞子に目で語る[13]のは、なにもエリートになり損ねた「白痴者」だからという理由だけではあるまい。採算のとれない農作業に一途な、農本主義的農民であることへの非難も、多分に含まれていると考えられる。農本主義的な生き方をしているということも「白痴」的だが、家族が感じる迷惑に無頓着であることも「白痴」的とされていると言えよう。

米価も下がり、都会へと去っていく者の数が年々増加する状況で、家族の迷惑も顧みず、田舎で無欲に一途に採算のとれない農作業を楽しむ生き方は、文学的「白痴」的である。小説「白痴」は、昭和恐慌を目前にひかえた大正十五年に、農本主義的な生き方をすることを「白痴」とし、この「白痴」的な生き方を引き受けるか否かを読者に問うている作品と考える。

四　人間として描く戦略性

最後に、小説「白痴」における、「白痴者」を人間として描く戦略について、これまで述べたことを踏まえて考察する。

農作業をする上で「白痴」であるかどうかは無関係であろう。そのことは謙介も例外ではない。「白痴」は医学用語「idiocy」の翻訳語で、近代以降、医学や教育、政治の領域（言説）で用いられてきた。小説「白痴」では、農本主義言説内で、「白痴」という言葉が用いられていると考えられる。[14] 農本主義という、医学等とは異なる言説、異なる文脈で、「白痴」という言葉が用いられることで、固定的だった「白痴」の概念が豊かになる。作者が意識していたかどうかは分かり得ないが、農本主義における真の農民・真の人間像と「白痴者」とを重ねる小説「白痴」には、そのような、「白痴」概念が豊かになるという側面がある。そしてそれは、「白痴者」を人間として描く戦略となっている。

無論、農作業などの仕事ができ、マイナーな農本主義言説によって真の人間だと保証されても、家庭や社会で一人前扱いされるとは限らない。その言説を受け入れない多くの人達にとっては、所詮は厄介者でしかあるまい。しかし、たとえマイナーではあっても、その言説とつながりができることで、社会のお荷物といった「白痴」概念が、多少なりとも変化することもまた確かであろう。知的障害というレッテル自体が差別だという主張を時折耳にするが、分節化それ自体は差別ではない。問題は知的障害の概念である。小説「白痴」では、採算のとれないことを別にすれば、謙介は一人前に農作業を楽しみながらできる者として描かれており、人間として描かれていると言えよう。

農本主義における真の人間を「白痴」としている点に、小説「白痴」の特徴がある。この小説における「白痴」には、二つの意味が認められる。まず第一に、「重い脳病」にかかり、教育し得ぬ者として教育の場から排除された者という、重度知的障害としての「白痴」、医学的・教育学的な「白痴」の意味。第二に、金儲けを選択することなどあり得ない（＝意志のない）、無欲で純粋で真の幸せを知っている者という、ドストエフスキー的・文学的な「白痴」の意味。文学的「白痴」は、厳密には、医学的・教育学的「白痴」をも併せ持つものだが、便宜上、以上のように分けた。小説「白痴」では、これまで述べてきたことから明らかなように、二つ目の文学的な「白痴」の意味がウエイトを占めている。ドストエフスキー『白痴』の直接・間接の影響か、大正期以降の文学作品の「白痴」表象には、医学的・教育学的な「白痴」（教育不能、理性や意志が薄弱、悖徳的など）[15]と、文学的な「白痴」（無欲、純粋、飾り気がない、真の幸せを知っているなど）とが入り混じったものが、いくつか見出される。[16]今日では、知的障害者を、無欲、純粋、飾り気がない、真の幸せを知っているなどと描くことは、教育等の領域でもなされるが、その土台となったのはそのような文学作品ではあるまいか。教育の領域で、知的障害をもつ児童を、医学的・教育学的な知的障害と、文学的な知的障害の入り混じったような描き方をした早い例では、昭和十七年に書かれた田村一二『忘れられた子ら』[17]を挙げることができる。教育の領域ではこの後、『僕アホやない人間だ』[18]の福井達雨や、『手と目と声と』[19]の灰谷健次郎がでてくるが、医学的・教育学的な知的障害と文学的な知的障害とが融合し、教育の領域における一つの知的障害者表象として確立されるのは、田村一二の著作あたりからと考える。医学の領域では、第四章で扱う精神科医の式場隆三郎の山下清表象[20]に、医学的・教育学的な知的障害と文学的な知的障害の融合をみることができよう。現代において、医学的・教育学的な知的障害と文学的な知的障害とを一つに融合させて描く代表的な作家は、大江健三郎である。大江健三郎の知的障害者表象については第五章で述べる。

注

（1）『教育学術界』（大正二年二月）。「低能児」の宗松に、学問よりも早く百姓仕事を教えようとする父と、宗松がいつの日か勉強ができるようになることを信じている母を描いた小説。

（2）この作品は小説「白痴」と同じ位の分量で、小説「白痴」にみられる語が散見される。「白痴」発表の三月前の発表ということからも、登場人物は違うが、小説「白痴」を「子を失ふ百姓」の続編として位置付けて読むことも可能であろう。

（3）謙介は「重い脳病」になって「田舎に帰つて来た」とあり、貞子は「都会」の商家に嫁いだとされている。

（4）『日本の歴史23』は次のように指摘している。

大正十一年に激増した小作争議はさまざまな困難にぶつかりながらも、大正末年まで増加の傾向をつづけた。大正十五年の小作争議は二七五一件、参加人員一〇六一人で、参加人数は労働争議のほぼ五倍に達している。小作人組合は、翌昭和二年に組合数四五八二、組合員三六万五三三二人で、当時の総農家五三〇万戸の七パーセント、小作・自小作農家の一〇パーセントに達したが、これが戦前のピークであった。そのうち日農の組合員数は七万前後であった。争議によって農民の要求がそのまま実現することは稀であったが、争議の激発によって地主の小作料収入はしだいに低められていった。だが農民運動は、自作農をもまきこんで農村の秩序を変革する力にまで成長することはできなかった。

（5）綱澤満昭氏は『近代日本の土着思想』の「Ⅱ　昭和恐慌下における「経済更生計画」と農本主義」で、「この表に示されている農家は一町五反～三町の耕作面積をもつ相当に豊かな農家であるが、しかし、調査の結果は農家の平均総収入から平均総支出を控除した平均余剰額が大正十四年には三〇八円、余剰のあった農家は全体の八一％であったものが、昭和五年には平均不足額七七円、余剰のある農家は全体の三五％にすぎず、不足農家が六五％をしめた。この程度の農家にしてこのような状態であるから、それ以下の農家が生死の間をさまようのは当然のことであったろう。」と指摘している。小説「白痴」が発表された大正十五年には、平均余剰額は百八十九円、余剰のある農家は全体の六十％にまで落ちている。

（６）この作品は、謙介の家のもつ土地の規模や小作人の有無が明確ではない。しかし、以上のような把握は可能であろう。

（７）権藤や橘の農本主義が主張されたのは、小説「白痴」の発表より少し後、昭和恐慌以降のことである。しかし、先に農本主義のでてくる背景・歴史を確認したように、大正末には農村は全国的に疲弊しており、権藤や橘の農本主義がでてき得る、あるいは必要とされる状況にあったと考えられる。

（８）いずれも『山崎延吉全集　第五巻』（昭和十年四月　山崎延吉全集刊行会）より。

（９）補足すると、謙介が鶏に餌をやる場面の描写は、『山崎延吉全集　第五巻』の次の一節に近い。

農業は愛に終始すべき職業である、作物の栽培、動物の飼育、共に愛を以てするに非ざれば、其の極致を見る事が出来ぬ。学理を弁へず、其の応用に愚なるものと雖も、真に土地を愛し、作物を愛し、動物を愛するものは、所謂痒きを掻くが如き親切を尽くすことが出来、育たぬものも育ち、弱きも強くなすことが出来るのは、精農家に於て常に見らるゝ通りである。病虫害の駆除予防に冷淡であり、面倒臭い、厄介なりと、力を惜んで相手を愛する能はざるものは、必ず収穫の土俵際に背負投げを喰ふ連中である。（「農民道」）

謙介が餌をやる場面は、その後の、利益を追求する五助の忠告への布石でもある。

謙介の農業についての思いには、「土を打つ、大地のにおいが立つ、種を下す、芽を出す、伸びて行く、花を開く、実を結ぶ、そして収穫！　その時々の喜びが、謙介の歓びであつた。」という一節があるが、『山崎延吉全集　第五巻』の「土と人生」には次のような一節がある。

よしあしの区別は兎に角、土には一種の嗅みがある。生産力の高い土ほど嗅みが高い。嗅のはげしい土ほど物が育つといふのである。（略）されば土の嗅は、生活力、生命の力の高調を意味し、生命の増加を物語り、同時に生産力の増加を示すものと思ふべきである。（略）

不嗅の地は耕さゞる所であり、土嗅の少い所である。耕す事によりて所謂風化し、風化するにつれて土嗅を増す。施肥せざる瘠土には物が育たず、育たぬ瘠土には土臭が少い。（略）

土嗅は農地の誇であり、価値であり、作物繁茂の原動力である。されば、農に生きんものは、努めて土嗅をはげしくせねばならず、土嗅を歓迎せねばならぬものである。世には土嗅しとて恥ずる者あり、土嗅の人と罵られて悲しむものあり、土に触れるを嫌ふものもあるが、分らぬ人であり、無智の人であるとする。農民に斯る人のあるこそ、全く恥辱であり、悲しむべきであり、悪むべきである。

土の臭いの歓迎と高い生産力、理想的な農民がセットで語られている。

また、「謙介は自分が何にかよくないことを云つたことに気が付いた。（略）たゞ彼は、売りものには花を飾るべきであると云ふことを知らなかつた。」とあることについては、『山崎延吉全集　第五巻』の「農民道」に次のような指摘がある。

> また農業は質実であり、修飾を要せぬものである。出来たまゝを市場に出し収穫物其のまゝ売るが故に、レッテルでよく見せたり、模様や綾で綺麗に見せかけることはしないのが常である。（略）故に農民は比較的質素であり、質実であるとされて居るが之亦業務の感化も少からぬと見るべきである。

第二章の「だが彼には底意深く人を疑ふことは出来なかつた。彼の大患が、彼の心からさうした部分を奪ひ去つて、彼を片輪にして終つて居たから。」は、この「売りものには花を飾るべきであると云ふことを知らなかった。」と関係しており、この縁談を破談にしてきた本当の理由（「シユピッツエン」が理由という底意）が分からないということからも、「白痴者」謙介の非常識の裏返しとしての純粋さ、屈託のなさが読み取れる。

(10)　謙介には「五助の云ふ計算のことは解つて居た」とあるが、分かっているのは、寄生地主になれば楽して金儲けできるということだけではあるまい。「おめえがあん畑に火箸棒見てえな葱や猫の金玉くれえな茄子を作つたつて、一年いくらのもんがあると思ふかね」、つまり、謙介が農作業をするだけではたいした儲けにはならず、やがて立ち行かなくなるということも、謙介は分かっていると考える。

(11)　石井充は随筆「土臭者の言葉」（前掲）で、農本主義者をさしていると考えられる「農村振興に就いて、いろ〳〵と説をなして呉れる」「識者達」の「いろ〳〵の説」を、「都会の空中にでも舞踏している」「名論卓説」と皮肉っている。農村のおかれている状況からすれば、自滅的と言うべき農本主義的な生き方を、自滅的と「解つて居」るのにすることを、本作品では「白痴」としていると考える。

(12)　謙介が「廃人」でありながらもラテン語がでてくることに、貞子が「不気味さを感じ」たとあるが、國木田獨歩「春の鳥」など、「白痴者」が「不気味」と形容されることは多い。田舎の人にとって、ラテン語をしゃべるなどのエリートの部分は、その人が「白痴」であるなしにかかわらず「不気味」なものだ、といった反論もあるかもしれない。しかし、貞子が都会に嫁に行ったことを考えると、そのようには考えにくい。

(13)　「（　）（マルカッコ）」は、口にださずに思ったことを表していると考えられる。マルカッコが用いられるのは、ここを含めて二ヶ所だけ。もう一ヶ所は、第二章で謙介が妹に対し、「(恒ちゃん、屈辱を感じるのではないよ。憶病では駄目。好奇心は、かう云ふ時に利用するものなんだよ。（略）だがそんなものは、乗越して終ふんだよ。)」と、心のなかで忠告するところである。ここでおさえるべきは、後者での力点が、「忙はしない彼の訪問は、妹からうるさがられた。」とあわせて、「彼は妹の前では何一つ云へなかつた。」にあることである。これは、第一章で謙介の母親が「(これが一人前であつて呉れたら！)」と、貞子に対し「眼」で「さう語つて」いたのとは対照的と言える。マルカッコ内の言葉は、口にだされていないにもかかわらず、謙介の母親と貞子の間では通じ、謙介と恒子の間では通じないのである。この通じない、理解不能であることは、小説の最後の「何？　兄さん、おかしな兄さん！」まで一貫している。この書き分けは、謙介が知的障害としての「白痴」であることを示していると考えられよう。

(14)　教育や人間に関して、農本主義は、医学や教育などの領域における価値基準とは異なる基準をもっている。農本主義における教育や人間の概念は、医学や教育などの領域における教育や人間の概念とは、大きく異なる。価値基準や言葉の概念が異なるということは、農本主義における知（思考）を構成する言葉相互の関係と、医学や教育などの領域における知（思考）を構成する言葉相互の関係とが、お互いに異なっているということを意味する。

(15)　ドストエフスキー『白痴』の邦訳が出版された頃の教育学では、例えば藤岡眞一郎『促進学級の実際的研究』（大正十二年三月第五版　東京啓発社）は次のようなことを指摘している。すなわち、意志や感情の発達の著しく障碍を受けていること、ほとんど教育不可能であること、犯罪者になる者が多く、刑事政策や優生学の上からも、特殊教育は必要であることなどである。

(16)　谷崎潤一郎「金と銀」（『黒潮』大正七年五月）、鈴木泉三郎「美しき白痴の死」（『ラシヤメンの父』（大正九年五月　玄文社）収録）、鈴木彦次郎「大空の祝福」（『近代風景』昭和二年二月）、岡本かの子「みちのく」（『巴里祭』（昭和十三年十一月　青木書店）収録）、太宰治「女の決闘」（『月刊文章』昭和十五年一月～六月）などが例として挙げられる。ドストエフスキー的・文学的な「白痴」の要素がなく、医学的・教育学的な「白痴」の要素のみを帯びた登場人物のでてくる文学作品については、以下のものが挙げられる。伊藤野枝「白痴の母」（『民衆の芸術』大正七年十月）、松永延造「職工と微笑」（『中央公論』大正十三年九月）、小酒井不木「白痴の智慧」（『子供の科学』大正十五年一月～三月）、逸見廣「お銀たち」（『創作時代』昭和三年六月）、岡本かの子「汗」（『週刊朝日』昭和八年五月）、夢野久作「笑う唖女」（『文芸』昭和十年一月）、北条民雄「白痴」（『山桜』昭和十年四月）、田畑修一郎「南方」（『早稲田文学』昭和十年六月）などである。

(17)　昭和四十一年三月、北大路書房。「あとがき」に、「この本は、昭和十七年に書いた（略）あえて、加筆訂正をしないで、そのままにしておくことにした。」とある。

(18)　昭和四十四年五月、柏樹社。

(19)　昭和五十五年八月、理論社。

(20)　式場隆三郎「山下清の人と作品」（式場隆三郎・渡辺実編『山下清放浪日記』（昭和三十一年三月　現代社）収録）などにみられる山下清表象。

※引用文中の傍線は全て筆者による。旧漢字は新漢字に改めてある。

第四章　山下清の語られ方
――知的障害者を「天才画家」とすることについて

一　はじめに

今日、山下清（一九二二～一九七一）について思いつくことはと問われると、どのような答えが返ってくるであろうか。「日本のゴッホ」、「裸の大将」、貼絵、知的障害などといった答えが返ってくるのではあるまいか。一時期ほど伝記や小説は書かれなくなったとはいえ、平成十九年九月にはテレビドラマ『裸の大将―放浪の虫が動き出したので』が新シリーズの第一回として放送されており、山下清は今日でも、多くの日本人にとって馴染み深い存在ではないだろうか。

山下清は今日でも語られているが、現在からみると、第二次大戦前から今日までで、ジャーナリズムにおいて大きく話題になった時期が四つ見出される。

第一期は昭和十二年から昭和十四年まで。昭和十二年秋に早稲田大学心理学教室の戸川行男の世話で、「精薄児」救護施設八幡（やわた）学園の子供達の作品展が同大学で開かれ、話題となる。山下清は同学園に昭和九年に収容されている。昭和十三年十一月にも同大学で作品展が催されて、安井曾太郎や熊谷守一、北川民次といった画家が訪れている。昭和十四年十一月には山下清の貼絵を中心に、画集『特異児童作品集』（春鳥社）が戸川行男、安井曾太郎の監修で刊行されている。

第二期は、昭和十五年十一月に学園を飛び出したことで世間から忘れられ、再びジャーナリズムが注目する昭和二十九年から、小林桂樹主演の映画『裸の大将』が封切られた昭和三十三年まで。昭和二十九年一月六日、十一日の『朝日新聞』がセンセーショナルに「日本のゴッホ」、「精神薄弱ながらも」「放浪の天才画家」と表現する。そして、主として精神科医の式場隆三郎（一八九八〜一九六五。以下、式場と記す）によって、それらの記号表現に実際の記号内容が与えられる期間である。実際の記号内容とは、鮮明で緻密、永続的な「絵画的な記憶力」をもつ「白痴天才（イディオ・サヴァン）」というもの。詳しくは本章の二で述べる。

第三期は山下清が死去した昭和四十六年頃。前年の昭和四十五年六月には大判の画集『ひとりだけの旅』（徳大寺実治編　ノーベル書房）が刊行されており、昭和四十六年七月十二日に死去した後、各地で遺作展が開かれている。

第四期は昭和五十五年から平成九年まで。芦屋雁之助主演のテレビドラマ『裸の大将放浪記』が放送された時期にあたる。このドラマは平成十七年にも再放送された。

以上、山下清が大きく話題になった四つの時期をまとめた。そしてこのようにまとめてみると、改めて山下清の語られ方の特性がみえてくる。まず、日本において昭和二十九年までの時点で、「精神薄弱ながらも」「天才画家」と称された者は他にいないこと。それ以降現在に至るまで、知的障害者の「天才画家」は山下清以外には見当たらないこと。そして第二期のまとめにみられるように、そのような評価をつくったのが画家や大学教授、画商ではなく精神科医だということである。

なぜ山下清は「精神薄弱ながらも」「天才画家」足り得たのか。そして、今日、知的障害者の美術展の記事を新聞等でよく目にするが、山下清をそのように評価した式場が第二期に目指した、山下清以外にも知的障害者の「天才画家」が現れるということは、なぜ実現しなかったのか。主に三で述べるが、実現しなかったことと山下清の語られ方には密接なつながりがある。本章の目的は、山下清の語られ方を分析することで、これらの問いに答えることである。そしてこれらの問いに答えることは、同時に、戦後に「白痴」言説がどのように変化したのか、知的障害者を「天才画家」と語ることはどのような問題をもつのかを、明らかにすると考える（前者は主に本章の二、三、後者は主に三、四）。

二　なぜ「精神薄弱ながらも」「天才画家」足り得たのか

山下清は「日本のゴッホ」と、ヴァン・ゴッホにたとえられる。周知のように、ゴッホはその生前においては「天才」とはされなかった。ゴッホが「天才」とされるには、ロンブローゾやクレッチマー等によって「天才」言説が確立される必要があった、つまり言説的な条件が整う必要があったと考えられる。

同じことは山下清にもあてはまる。しかし、ロンブローゾ等の「天才」言説が、山下清が「天才画家」として語られ、受け入れられる上で必要だった訳ではない。ロンブローゾ等の「天才」言説は、「天才」は「白痴的」だとしてはいるが、それは非常識や非道徳的といった意味である。第二期において、「精神薄弱ながらも」「天才画家」だとする語りが、単にセンセーショナルな形ではなく可能となるための言説的条件とは、どのようなものか。

その言説的条件を整えたのは、前述のように式場隆三郎である。ここで式場について簡単に述べる。式場は国立国府台病院など、三つの病院長を歴任後、千葉県国府台に式場病院を開院した精神科医である。大正八年に文芸雑誌『アダム』を編集刊行、白樺派に傾倒し、武者小路実篤、志賀直哉、柳宗悦等に師事[1]、泰西美術複製展覧会等を開いている。昭和十一年に八幡学園の顧問医となり、同年山下清と出会う。診療業務のかたわらゴッホ研究に取り組み、ゴッホ研究家、美術批評家としても知られている。戦後は出版にも進出、日刊紙『東京タイムズ』等を創刊し、日本医家芸術クラブ等の会長も務めている。昭和二十八年に東京丸善で式場隆三郎コレクション（ヨーロッパ複製画）によるゴッホ生誕百年記念展開催。昭和二十九年一月に鹿児島から連れ戻された山下清は、式場に連れられて同展に行っている。山下清の初の個人画集『山下清画集』（昭和三十年六月　新潮社）を編集し、以後、式場の生前に刊行された全ての山下清の著作に、編集、執筆等で関わっている。昭和三十一年三月以降は日本各地で山下清作品展に尽力、同展は北海道から九州まで約五十ヶ所、五年間にわたって開かれた。繰り返すが、この式場隆三郎が、山下清が「精神薄弱ながらも」「天才画家」と語られるための言説的条件を整えたと考える。

それでは、どのようにして整えたのか。「精神薄弱ながらも」という逆説の言葉がついてはいても、「天才」である以上、式場の「天才」論を確認する作業が第一であろう。昭和三十一年九月発行の式場隆三郎著『天才の発見』（鱒書房）において式場は、「天才」は遺伝や素質よりも、環境や教育によってつくられ得ることを強調している。そして、環境や教育によって「天才」になれるのは「精薄児」も例外ではないとして、次のように述べている。

白痴天才とは「イディオ・サヴァン」（賢い馬鹿）のことである。つまり知能は一般に低く、明らかに精神薄弱でありながら、ある能力はひじょうにすぐれていて、常人のおよばぬ高さを示すものを指すのである。これは心理学的、あるいは精神医学的には、まだ充分に解明されていないものではあるが、実在することはだれもが否定しない。

手近な例をあげるならば、山下清である。今まで伝えられている他の例も少なくない。明らかな精薄児でありながら、一つの記憶には異常な優秀さを示すものがある。ある少年は五年分ぐらいの暦を暗記していた。何年何月何日といえば、すぐ曜日がいえるし、天気や十二支がいえた。また、あるものは、東京の橋のなまえを、三百も四百も知っていた。（略）こうした機械的な記憶力のすぐれたものだけでなく、一芸に秀でているものもある。イタリアのある精薄児で動物の彫刻がうまく、やがてそうとうの美術家になったのがいたという。アメリカでも家畜の飼育がうまく、やがて牧畜でそうとうの成功をおさめた精薄児があった。（「白痴天才とは」）

この引用で、言説的条件という観点から注目すべきは、「こうした機械的な記憶力のすぐれたものだけでなく」

という一節である。山下清も数年前にみた風景を、緻密に、鮮明に思い出すことができる。しかし、「こうした機械的な記憶力」の例には含まれない。では、山下清の驚異的な記憶力はどのような記憶力か。そのことについては、式場隆三郎編『山下清放浪日記』（昭和三十一年三月　現代社）に収録されている「山下清の人と作品」の、次の一節にうかがえる。

イディオ・サヴァンは「賢い白痴」の意であり、俗に白痴天才ともいう。精神薄弱のなかにある、すばらしい能力だけを発揮するものを指すのである。清はもとより、白痴ではない。しかし、軽いながらも明らかな精神薄弱者である。それでいて、あのようにすばらしい画才を発揮したのだから、やはりある意味でのイディオ・サヴァンともよべるわけである。（略）

清は絵画的な記憶力には、すぐれている。手近なものは、それを前にして写生するが、鉛筆のスケッチも何もして来ないのに、はっきりと記憶による風景をつくりあげている。ともかく昭和十二年、十三年のころの清は、たゆまず続々と大作をつくりあげていった。しかし一時さわがれた清のことも、その後いつのまにか世間から忘れられていた。だが彼は、長い放浪生活にも、その画才を凋落させなかった。（略）そして、戦後の作品は、また一段と緻密になり、工芸画的な味も加わってきた。

山下清の驚異的な記憶力は、単なる機械的なものではなく、「絵画的な記憶力」とされている。換言すれば、山下清の記憶力は「絵画的な記憶力」とされることで、「白痴天才」について「今まで伝えられている他の例」の「機械的な記憶力」とは区別されている。「機械的な記憶力」に過ぎず、創造力はないという従来の「白痴天才」概念を、豊かにし、変えようとしているのである。無論、「山下清の人と作品」においても、この「白痴天才」の「絵画的な記憶力」は、山下清特有のものではなく、他の「精薄児」も教育によってもち得るとされている。

しかし、数年前にみた風景を緻密に鮮明に思い出せる記憶力を、機械的ではなく「絵画的な記憶力」だと言われても、納得はできまい。その説得には補強が必要である。式場は山下清の作品をゴッホやアンリ・ルソーの作品によくたとえるが、それは、「白痴天才」概念を変えるための補強に必要だったからと考える。

ゴッホについて述べれば、式場隆三郎編『ヴァン・ゴッホ』（昭和二十九年一月　新潮社）には、ゴッホの代表作の一つ『馬鈴薯を食う人々』への、ゴッホ自身の言及が紹介されている。ゴッホはドラクロアの「最良の絵は記憶から作られる」という「創作に関する説」をひいて、「僕はこれを絵そのものの記憶から描いた」、「僕はこれを以前の記憶から制作した」と述べている。ゴッホが記憶を重視するのは、単に目の前のものを「正確に描く」のではなく、「思想」や「想像力」と結び付いた「印象を与えたい」という目的からで、山下清が同じ目的から記憶により貼絵を制作したとは考えにくい。しかし、記憶が絵画制作における重要な要素として注目されていたことは、確かであろう。

アンリ・ルソーについては、高階秀爾『近代絵画史（下）』（昭和五十年二月　中央公論社）が参考になる。同書によると、アンリ・ルソーの絵画には、一八八〇年代の公式のサロンが前提としていた写実主義的技法を無視した、「子供のような」「素朴さ」があるといったことが、近年まで（昭和四十五年頃までか）定説化していた。子供がディテールを省略せずに、「素朴」に絵を描くように、木の葉の一枚一枚まで緻密に描かれていることが、革新的だとして評価された訳だが、このような緻密さも、絵画において注目されていた。『はだかの王様』（昭和三十一年七月現代社）の「山下清の人と作品」で式場は、山下清の貼絵は「よくゴッホの絵ににているといわれますが、まねをしたものではなく、絵をかいていくやり方や、きもちが、ゴッホと偶然に一致したにすぎません。しかし、ゴッホよりも、むしろアンリ・ルソーに似ているようです」と述べている。また、式場隆三郎編『山下清作品集』（昭和三十一年三月　栗原書房）の解説では、山下清の貼絵『神宮外苑』は、「ルソーが好んでかいた森林、そこに点在する人物とこの貼絵の人物」からも「ルソーの境地」に達しているとしている。

『はだかの王様』の「かいていくやり方」に引き付けて述べれば、次のようになろう。すなわち、ゴッホの印象派的な点描画法や記憶の重視（やり方）が、山下清の記憶に基づいた点描画法的な貼絵のやり方に、そしてルソーの緻密な表現（やり方）が、同じく山下清の緻密な貼絵の表現（やり方）に似ている、と。「機械的な記憶力」とする従来の「白痴天才」概念に、創造力をもつ「絵画的な記憶力」を加えるために、式場の行った補強。それは、「白痴天才」の記憶のもつ意味を、ゴッホやルソーの絵画・思想に関係付けるというものであったと考える。

山下清が「精神薄弱ながらも」「天才画家」と語られ得る言説的条件を、式場は以上のように整えようとしたと考える。そのことは前掲の『山下清放浪日記』の「山下清の人と作品」にもうかがえる。同書は昭和三十一年三月三十一日に初版発行となっている。「「裸の大将」となぜ笑う！」（『週刊読売』昭和三十三年十一月二十三日）には、同書は四万部売れたとあり、「山下清の遺産の兵隊のクライ」（『週刊サンケイ』昭和四十六年八月二日）には六万部近く売れたとある。『山下清放浪日記』初版発行の同年同月二十三日から四月十八日まで、東京・大丸百貨店で山下清作品展が催され、合計約八十万人もの観客が押し掛けている。(2)『山下清放浪日記』は同作品展でも販売されたことからも、同書は後の山下清の語られ方を考える上で重要であると言えよう。実際、同書には、驚異的な記憶力、絵画などの教育可能であること、純朴で自然、無欲など、後に山下清や知的障害者が語られる際に使われる言葉が、ほとんど全てみられる。

そしてこの『山下清放浪日記』の「山下清の人と作品」とほとんど変わらない文章を、式場は何度も雑誌や山下清の著作物に発表している。雑誌について述べると、「山下清の絵―天才か、狂人か」（『芸術新潮』昭和二十九年三月）、「放浪の特異画家―山下清」（『週刊読売別冊』昭和三十一年五月十五日）、「山下清の人と作品」（『週刊朝日別冊』昭和三十一年六月十日）の三つの記事では、山下清が「白痴天才」であるが故に優れた「絵画的な記憶力」をもつことを紹介している。そして、その作品の「見事な」「精緻さ」によって、他の貼絵で知られる人物、高村智恵子や竹久夢二等と区別している。山下清の著作物については、『山下清画集』、『山下清放浪日記』、『はだかの王様』、

『はだかの大将』（昭和三十三年十月　現代社）には、「山下清の人と作品」が（それぞれ文章に多少の違いはあるが）収録されている。山下清の文章や絵をみようとすれば、これらの著作を手にとることになり、式場の「白痴天才」論、山下清論を目にすることになる。

それでは、式場の山下清論はどのような範囲で受け入れられたのか。式場論を踏まえたと考えられる山下清像の認められる雑誌記事を、一九五〇年代に限って挙げる（本章の目的から、芸術に関する語りに絞った）。

①田近憲三（美術評論家）「山下清の絵」（『芸術新潮』昭和二十九年六月）…「この作品（『市川の風景』—筆者注）で気がつくのは工芸的な点である。[3] 切紙でしめしたあの巧緻な、細微な細工がそのままに油絵具の細筆にかわつて、（略）」

②谷内六郎・山下清「新春芸術放談」（『知性』昭和三十二年一月）…「清さんの絵はゴッホというよりアンリ・ルソーに近いんじゃないですか。もっとも清さんは清さん独自のものですが。」（谷内）

③荒正人「山下清よどこへ行く」（『芸術新潮』昭和三十三年五月）…「なぜ式場隆三郎は、山下清の猿まわしになつているのか。初めは、発見者であり、指導者であり、また、学者として、研究の対象にしていたものと思われる。殊に、賢い白痴という未知の問題に興味を抱いたものであろう。私たちも、それについては知りたい。（略）山下清は、「日本のゴッホ」になつてはいけなかつた。（略）賢い白痴でよかつたのである。（略）なぜ、マス・コミは、山下清を求めるのか。（略）山下清が精神薄弱者であるための安心感をあげる必要がある。本物の天才の絵は、こわくて近寄れぬ。山下清も、一種の天才かもしれぬが、かれの智能は、自分たちより低い。一種の優越感をもつて眺めることができる。」

④寿岳章子・樺島忠夫「山下清の日記」（『言語生活』昭和三十四年一月）…「過去の経験に対する記憶は異常に強い。誰がどう言ったか、何月何日にどのような事があったか、何がどのような形をしていたかなど具体的事実について

すぐれた記憶をもつ。（略）絵を描く場合、窓の数が幾つあるか、自動車が何台通っているかが非常に気になり、「おおよそ」ですますことができない。」

③は、式場が山下清に対し「共同制作者」の位置にいることへの批判だが、山下清を「賢い白痴」とする荒正人の語り自体は、式場論の影響下にある。単行本等については、式場の生前には、式場以外に山下清に関する本を書く者はなかった。

式場の「白痴天才」概念、山下清論の受け入れについて、雑誌等以外では、日本医家芸術クラブも考慮に入れてよいと考える。式場隆三郎編『日本医家芸術クラブ十周年記念文集ゆかり』（昭和三十八年一月　日本医家芸術クラブ）によると、同クラブの結成年は、山下清が再発見される前年の昭和二十八年。きっかけは、世界医家美術展（昭和二十八年九月開催）への日本の参加についての協力を、式場が日本医師会の武見太郎から求められたことである。医師会から式場に協力の要請があったのは、式場は戦前、戦中の科学ペンクラブや医家美術展に関係しており、労作『ファン・ホッホの生涯と精神病』（上・下巻　昭和七年五月・十二月　聚楽社）が学界やジャーナリズムの注目を引き、『中央公論』等から寄稿を求められるなど、芸術に造詣が深いと目されていたからであろう。世界医家美術展に送るための作品を集めたところ、百点以上集まったので、当時式場が文化顧問格であった日本橋の丸善本社等で展覧会を開き、美術展に送る二十点を決めた。展覧会の期間は昭和二十八年六月二十三日から二十七日。選定にあたったのは日本美術家連盟の伊原宇三郎と新井勝利。日本医家芸術クラブは、この展覧会後ほどなく結成された。以後、毎年世界医家美術展には同クラブが参加、国内でも毎年美術展や書道展等を催している。日本医師会も金銭面等で同クラブを援助しており、昭和三十二年に会長となって、開業医の医療費の決定等で政府を圧倒するほどの権力をもつ武見太郎も、書道展等に出品、同記念文集にも文章を寄せるなど、日本医師会にも同クラブメンバーが多数いる。同クラブの機関誌は『綜芸』（昭和二十九年三月～昭和三十二年三月）、『医家芸術』（昭和三十二年九月に創刊）。共に月刊誌で、表紙やカットなどに、何度も山下清の絵が使われている。この他にも同クラブと山下清には関係がある。昭和三十一年三月から全国各地で山下清作品展が開かれたが、式場はその大半を山下清と共に訪れ、その機会に各地で同クラブの支部の結成やメンバーの獲得をして、山下清作品展への協力を得たり、各地の支部の例会に山下清と共に出席するなどしている。同クラブの側からも山下清に作品の制作を依頼している。式場は同クラブ結成時から委員長を務めており、丸善の文化顧問格であること、日本美術家連盟ともつながりがあることなどを考え合わせても、美術家や美術作品の評価に関して、（とりわけ同クラブ内で）発言力をもっていたと考えられる。ある人物（この場合は山下清）が天才と評される上で、その人物・業績についての自己（この場合は式場）の評価を、発言力をもつ集団（この場合は同クラブ）に受け入れさせることは重要であると言えよう。医者は今でも地方の名士とされている者が多く、絵を買う者も少なくない。日本医家芸術クラブという発言力をもつ集団も、式場の「白痴天才」概念、山下清論の受け入れには好意的だったと考えられる。

式場の「白痴天才」論、山下清論がどの程度受け入れられたかは、厳密には言い得ない。しかし、以上確認した、式場の発言を支える基盤の確かさや、ジャーナリズムが式場論を受容して、自らの意見として広めていること。加えて、③にうかがえる、「白痴天才」や「永遠の少年」のイメージは、優越感や親近感をもって接することができることから、第二期において式場は、言説的条件を整えることに成功したと考える。

第二期は、社会のお荷物とされてきた「白痴者」の概念に、一つの変化がみられた時期である。第二期は「白痴者」が社会のお荷物ではなく、芸術などある側面に関しては優れた才をもち得る者として、最も注目された時期、「白痴者」の発言や作品に社会的意義・価値が認められるようになった時期と言えよう。しかしながら、「芸術等ある側面に関しては」から明らかなように、意志等に関しては、「白痴」概念は変わっていないとも言える。

昭和十一年に八幡学園の顧問医になった式場には、言説的条件を整え、「精薄児」も絵画の能力等が教育によって伸び得ること、その点に関しては社会的意義があるということを何度も書く理由はあった。第一期（昭和十二年から十四年）に山下清に注目した戸川行男は、「『裸の大将』となぜ笑う！」（前掲）で、戦争状態の悪化で「精薄児」教育を不用視する当局や世間に、「精薄児」の指導可能性を認めさせるために注目したと述べている。この理由は第二期の式場にもあてはまる。文部省『特殊教育百年史』（昭和五十三年十一月　東洋館出版社）によると、戦前からの「精薄児」のための学校や施設は、そのほとんどが無駄だとして戦時中に閉鎖された。戦後もほとんど設置されず、昭和二十八年の特殊学級増設方策も、予算の削減で計画通りいかなかった（養護学校の増設はさらに遅れた）ということである。

式場の目的は、「精薄児」の教育可能性を信じさせることにあったと考えられる。しかし、結果としては、「精薄児」も精進すれば画伯になれるなどの、過剰なキャッチフレーズが喧伝される原因の一端になってしまった。だが、そのような過剰な喧伝がなされた割には、そして式場が山下清以外にも「天才画家」が現れるよう言説的条件を整えた割には、知的障害者の「天才画家」とされる者はその後現れていない。三では、なぜ山下清以外に知的障害者の「天才画家」が現れないかについて、唯一そのように語られた山下清の語られ方に注目して考察する。

三　なぜ知的障害者の「天才画家」は他に現れないのか

なぜ山下清以外に「天才画家」は現れないのか。第二期について先に結論を述べれば、「精神薄弱ながらも」「天才画家」、「放浪の天才画家」という記号が半ば固有名詞化してしまったからと考える。無論、固有名詞化してしまった責は式場にはない。式場はそのように語り得るための言説的条件を整えはした。しかし、山下清がマスコミから「日本のゴッホ」、「放浪の天才画家」などとよばれて有名になっても、式場にとっては山下清は「清」であり、「白痴天才」の特徴を山下清特有のものとして語ることもしていない。「精神薄弱ながらも」「天才画家」、「放浪の天才画家」という記号表現に、鮮明で緻密、永続的な「絵画的な記憶力」をもつ「白痴天才」という記号内容を与え、一般的に通用するようにしても、山下清だけの特質とされ、その記号が山下清のみをさす固有名詞になってしまえば、「精神薄弱ながらも」「天才画家」とされる者はでてき得ない。第二期において、山下清以外に現れなかったのは、マスコミによって「白痴天才」の特徴が山下清独特の性質として宣伝され、「精神薄弱ながらも」「天才画家」、「放浪の天才画家」といった記号が半ば固有名詞化し定着したからと考える。

第三期（昭和四十六年頃）については、第二期とは原因が異なる。そのことは、第二期から第三期にかけての、山下清の語られ方の変化にうかがえる。

雑誌等での語られ方は、その芸術の特質が語られるのではなく、自衛隊の一日司令を務めるなど、奇抜な言動をするアイドル的な存在として語られるようになる。そして、例えば「彼（山下清─筆者注）に無責任にはられたレッテル「放浪の天才画家、日本のゴッホ」」（岡部冬彦「ボクの草津案内図」（『オール読物』昭和三十四年三月））にうかがえるように、「放浪の天才画家」や「日本のゴッホ」はほとんど使われなくなり、代わりに「裸の大将」が多用されるようになる。『大宅壮一文庫雑誌記事索引総目録　人名編6』（昭和六十年六月　大宅壮一文庫）には、第二期と第三期の間の期間、昭和三十四年から四十五年にかけての山下清の記事は、十六紹介されている。その十六の記事では、「裸の大将」が九例、「日本のゴッホ」が一例、「山下清」が三例、「放浪の画家」が一例、「山下清画伯」が一例となっている（未調査記事一つ）。「裸の大将」が多用されることと関係すると考えられるが、マスコミや式場は「精薄児」を天才とすることで「食い物」にしている（荒正人「山下清よどこへ行く」（前掲））、「精薄児を（略）商品として宣伝するようなやり方は、もってのほか」（「「裸の大将」となぜ笑う！」（前掲））といった批判が目立つようになるのも、この時期にかけて。昭和四十年の式場の死後については、「天才画家」という評価（語り）を維持させ得る美術商も、山下清を画家とはしなくなったと考えられる。「放浪生活はやめた山下清画伯の日々」（『週刊現代』昭和四十三年八月二十二日）には、「銀座の某有名画商」の、「山下清ねえ、あれは画家じゃないよ。画商仲間じゃ、だれもプロとしては扱わないからねえ。あの絵は芸術じゃなくて、サーカス興行といっしょだよ。式場隆三郎と新聞社が作りあげたお粗末な芝居だったんだ。」というコメントがみられるからである。第二期には、「山下清の絵というと画商仲間でも安いものは数千円高いものは数万円という値がついているほどだ。[4]」とあったことからすると、大変な変わりようと言えよう。

こういったことからも、「裸の大将」が多用されるようになったのは、単に映画『裸の大将』のインパクトのせいとばかりは言えまい。つまり、第二期から第三期の間に、山下清は「精神薄弱ながらも」「天才画家」、「放浪の天才画家」とはされなくなり、アイドル化したと考えられるのである。「天才画家」とされなくなったのはなぜか。第二期に「精神薄弱ながらも」「天才画家」(「白痴天才」)という物語が、その式場の発言力故に、広くジャーナリズムに受け入れられた。その「白痴天才」という物語と登場人物・山下清にのみ向けられていたジャーナリズムの意識が、第二期から第三期の間に、物語の語り手である式場に向けられたことが原因と考える。第二期に、語り手・式場にではなく、「白痴天才」という物語とその登場人物にのみ意識が向けられたのはなぜか。この時期、作家や画家の日記、書簡が盛んに紹介されたが、芸術作品(貼絵)とその作者・山下清の日記等の結び付きが、理由として挙げられる。式場は『山下清放浪日記』の「山下清の人と作品」で、「清の文章におけるその内容と表現は、その絵画的作品に一脈通じるものがある。」と述べている。このことから、同書の出版には、山下清の貼絵の解説という意図もあったと考えられる。作者の日記や書簡がその作品の解説をするという、閉じられた状況を作り出すことは、作者の書簡等から特定の一節を引っ張ってきて、作品の解説をさせている者(式場)へ意識を向けることを妨げる。それが、『日本ぶらりぶらり[5]』の「あとがき」で、「山下清のこの一カ年半の全制作は、清と弟の辰造と、それを指導し、協力した私との三人の合作」と、「共同制作者」として姿を現したため、「精薄児」を「天才」とすることで「食い物[6]」にしているなど、批判という形で意識を向けられた。語り手が意識されないためにリアルだと思われていたのが、語り手が批判という形で意識されたために、フィクションに過ぎないと思われた。もっと言えば、自分が金を儲けるための悪質な物語だと思われたのだ。

この延長線上にある第三期において、山下清の作品評価にしばしば用いられる語は、文明の対義語としての自然性である。山下清はそれに対応する形で、自然児＝「裸の大将」と語られる。管見では、文明批判の意図で、山下清の作品を自然性と評価したのは、岩井寛「ひとりだけの旅」（『ひとりだけの旅』（前掲）収録）が最初。山下清の作品を利用しての文明批判は、この時期、雑誌等に多々みられる。無論、そこには第二期の式場とは違い、「精薄児」教育の充実といった意図はない。知的障害者も一側面については教育可能という考えや、知的障害者の発言・作品のもつ一定の社会的意義・価値は、以後も否定されずに残り続ける。しかし、山下清を「天才画家」とする式場やマスコミへの批判が目立つようになり、半ばアイドル化した山下清は文明批判の意図から「裸の大将」としてのみ語られる状況では、知的障害者の「天才画家」がでてくる余地はないと言えよう。[7]

第四期（昭和五十五年から平成九年）の山下清の語られ方を考える上で、考察の対象とするのは、昭和五十五年六月に始まったテレビドラマ『裸の大将放浪記』である。[8] このドラマでは、第三期とは違い、「日本のゴッホ」、「放浪の天才画家」という言葉がほぼ毎回使われる。しかし、ドラマにおけるこれらの言葉は、テレビドラマ『水戸黄門』の印籠のようなものである。[9]

ドラマのパターンは、ドラマの終盤で山下清の貼絵をみた記者や医者が、「このお方は日本のゴッホ、放浪の天才画家、山下清画伯です」などと言い、周りがちやほやするようになると山下清は町から姿を消す、といったもの。ドラマと実在の山下清の違う点は、実在の山下清は記憶を基に貼絵をするが、ドラマでは、目の前の風景等をみながらその場で貼絵をする点。つまり、旅館等で記憶に基づき貼絵をするといったことはせず、第二期に「精神薄弱ながらも」「天才画家」とされた根拠である「絵画的な記憶力」（「白痴天才」）は忘れられている。

しかし、仮に第四期において、山下清が第二期に「放浪の天才画家」とされた根拠が思い出されたとしても、ドラマでの山下清の貼絵の仕方は変わらなかったであろう。氏原寛他編『心理臨床大事典　改訂版』（平成十六年四月　培風館）によると、「イディオ・サヴァン」＝「白痴天才」という語は差別語（idiot）を含んでいるという理由で、一九八九年にトレファートがサヴァン症候群という語を提唱、次第に使われなくなっていった。加藤正明編『新版精神医学事典』（平成五年二月　弘文堂）の「イディオ・サヴァン」の説明は、次の通りである。

特殊才能としては、記憶力や計算力、絵画や音楽等の才能が多く指摘され、（略）ただ記憶力といっても人名、住所、生年月日あるいはカレンダーや地図についての機械的記憶であることが多く、絵画や音楽でも細かい模写や忠実な演奏などに限られ、創造性に乏しく（略）

「絵画」の「細かい模写」、「創造性に乏しく」は、これまでの山下清の語られ方を意識しての記述（否定）ではあるまいか。これらの事典の説明は、第四期の中頃にあたるので、第四期の初期にもあてはまるとまでは、言えないかもしれない。しかし、この時期、精神医学の側から、「白痴天才」がもっていた「絵画的な記憶力」が否定され、「白痴天才」は知的障害者の「天才画家」という語りを支え得なくなっていたのは確かであろう。

ドラマの原作は山下清『裸の大将放浪記』（全四巻　昭和五十四年八月　ノーベル書房）となっており、同書には式場隆三郎「山下清の人と作品」も収録されている。ドラマの制作者は「山下清の人と作品」を当然読んだはずだ。だとすれば、ドラマで山下清が記憶を基に貼絵をしないのは、「絵画的な記憶力」が忘れられたからではなく、否定されているため「天才」とする上で都合が悪かったからとも考えられる。第四期及びそれ以降、多くの山下清の伝記や小説が出版されている。それらにおける山下清像は、式場の名こそだしていないが、全て式場の語る山下清像の延長線上のものである（語り手としての式場は再び意識されなくなっている）。そのどれもが、山下清は記憶により細緻な貼絵を制作したとしているにもかかわらず、記憶による貼絵はドラマ制作上参考にされていない。例えば物語では、長谷川敬『山下清』（平成六年五月　講談社）には次の一節がある。

（略）清は学園にもどると、それまで体験したことをこまかく日記にしるし、印象にのこった風景やものごとを貼り絵にします。

清は放浪中、メモをつけたり、スケッチをしたりしません。すべて何年かまえのことを思いだして日記に書き、頭にきざみこまれた風景を貼りつづけるのです。その記憶力や才能はおどろくばかりです。（略）

学園にもどった清は、『トンネルのある風景』という貼り絵を完成させました。それは、茨城県と福島県のさかいにある勿来の関近くの風景なのです。放浪する清はほとんどスケッチなどをしません。でも、はっきり頭のなかにこまかい部分までおぼえこんでいて貼り絵にします。風景をみる清の記憶力は、ふつうの人よりはるかにすぐれているのです。

伝記では、例えば篠原央憲『山下清の秘密』（昭和五十六年四月　ＫＫ・ロングセラーズ）には次の一節がある。

知能指数68という知恵遅れの少年山下清が、画家も驚嘆するほどのすばらしい絵を創りあげ、また魅力的な文章を書き残した。

このことは、人間の才能と知能の関係、あるいは才能というもの、知能というもの、それ自体について、改めて考えさせずにはおかない複雑微妙な問題をわたしたちに投げかけている。（略）

彼の貼絵作品の全体としての鮮烈な美しさ、細部の質感のすばらしさ。あるいは彼が書き残している十三冊にも及ぶ日記、作文類の、本質的な描写力、表現力、なかんずくその記憶力の確かさ、細密さはまさに驚嘆に価いするものがある。

式場の知的障害者観、山下清論がいかに根強いものであるかがうかがえるところだが、すでに述べたように、ドラマ制作上は参考にされていないのである。

いずれにせよ、まとめると次のようになる。すなわち、第四期の山下清像の形成に大きな力をもったドラマ『裸の大将放浪記』は、『水戸黄門』や、毎回違ったヒロインの登場する御当地ものの映画『男はつらいよ』を模したと思われる、娯楽要素の強いものである。そこでは、山下清は単に純粋で優しく面白い人であって、なぜ「放浪の天才画家」なのかは問題とされず、「放浪の天才画家」という記号表現があるだけで、記号内容はなくなっている、と。

そして、ドラマにおける山下清の語られ方は、この時期の知的障害者概念やその語られ方を考える上で示唆的である。ドラマに認められる、純朴で面白い人というのは、第二期と第三期の間の期間同様、アイドル的である。しかし、その期間や第三期と決定的に違うのは、（山下清をではなく）知的障害者を笑いものにしていると批判されないよう、「この物語はフィクションです」（実在の山下清を笑いものにしているのではない）と、言い訳をしている点である。今日でも、例えばクイズ番組に知的障害者が出演し、そのずれた答えを他の出演者や視聴者が笑うというのは、（健常者のタレントだと一般的だが）考えにくい。笑いを誘うアイドル的な知的障害者像を、ドラマや民話といったフィクションに限定するというマスコミの自主規制は、第四期頃からと考えられる[10]。健常者と知的障害者の間の線引き。あるいは、健常者を笑うことには必ずしも悪意は含まれていないが、現実に知的障害者を笑うことには悪意が必ず含まれているという、それ自体差別的な知的障害者認識・概念へと変わっていった、と言い換えてもよい。

このような自主規制をマスコミがする原因の一つは、山下清個人の問題を知的障害者一般の問題へとすりかえていることにあるが、昭和五十年頃に表面化した差別用語問題も、同様に原因の一つと考える。「精薄」という語は尊厳をそこなうとされ、知的障害や精神遅滞という語へと変わっていったのだが、その変化は、知的障害者のどういう側面に力点をおいてみるのかという、まなざしの変化をともなっていた。知能指数等から社会的適応力・コミュニケーションへと力点が移動したことで、コミュニケーションのずれを現実的に笑うことを意図した報道が、自粛されるようになったのである。差別とは、個人を一個人としてみるのではなく、知的障害等の属性を根拠に評価を下すこと。そうだとすれば、笑われる知的障害者をフィクションに限定するという、差別を回避するための自主規制に、知的障害者だから悪意をもって笑われるとする差別が潜んでいることになる。

知的障害児教育について述べれば、第四期には、養護学校の数的充実や義務化が知的障害児を社会的に隔離し、差別をうむといった批判がなされ、知的障害児を地域の学校へ入学させようとする就学闘争が展開された。第二期においては、式場には「精神薄弱ながらも」「天才画家」と語られ得るよう言説的条件を整える理由があった。しかし、第四期においては、就学闘争にうかがえる、知的障害児と健常者の差異を消そうとしていた教育関係者が、知的障害者の「天才画家」といった特異な概念を必要とするとは考えにくい。教育関係者以外の人にとっても、「放浪の天才画家」という中身のない言葉が娯楽番組の小道具だった[11]ということが、その言葉がそれ以上のものではないことを、そして第四期においても知的障害者の「天才画家」が現れなかった理由をも、語っていると言えよう。

それでは今日についてはどうか。少なくとも驚異的な記憶力を特徴とするサヴァン症候群は、知的障害者の「天才画家」概念を支え得ない。それを支えるには別の評価軸が必要だが、そもそも「天才画家」概念は必要とされるだろうか。地域の医療や福祉、労働関係の諸機関からなるネットワークの中心で、特別支援学校が特別支援教育を推進することを目指す障害児教育関係者が、そのような概念や一個人を戦略的に必要とするとは考えにくい。障害者の療育施設の利用等、福祉サービスの利用に関わる障害者自立支援法をめぐる議論等でも必要とはされまい。こういった、一般性のあるシステムの構築や、平等な個々人の権利に力点をおいての議論では、具体的な個人名や特異な概念は敬遠されるため、「天才画家」のでる余地はない。無論、知的障害者に関する議論はこれらに尽きる訳ではない。しかし、少なくとも今日注目されているこれらの議論をみる限り、知的障害者の「天才画家」は必要とされはしないであろう。

四　知的障害者を天才とすることについて

山下清が「天才画家」足り得たのはなぜかという問いに答える上で、山下清の人物や絵ではなく、山下清の語られ方を考察した理由については、二の最初に述べた。断わっておくが、筆者は山下清を天才とすることに反対で、このような方法を用いた訳ではない。小沢信男は『裸の大将一代記』（平成十二年二月　筑摩書房）で、昭和三十一年頃の小説家達が「近代の小説はこういうものだと漠然と寄りかかっていた基準」を破壊した深沢七郎に、山下清との類似性をみている。確かに山下清の貼絵には、自明化した基準を破壊するものがあると考える。その記憶のあり方や、絵画教育による先入観がないことから、他の画家には描き得ない風景（動いている電車からみた景色等）や、描くことなど考えられない風景（人が小便をしているところなど）を、山下清は貼絵にできる。

医学的根拠などではなく、基準をラディカルに破壊し得る作品を生み出した者を天才とよぶのであれば、山下清を天才とすることに異存はない。しかし、ダ・ヴィンチなどでは、「天才」に祭り上げることで商業的に「食い物」にしているといった批判はでてこないのに対して、「精薄児」を「食い物」にしているといった批判が多数でてくるなど、作品に関する議論を妨げる原因にしかならないのであれば、山下清は天才とされる必要などないと考える。天才とする語りが受け入れられることは、その作品の商業的価値の上昇・金儲けの道具化以外にも、天才だと語る者がもつ価値観の影響力・権威性をさらに強化することになるなどの問題もある。

とはいえ、山下清に関しては、「天才画家」とされていた事実は残っているのだから、次のような天才という言葉の用い方も可能かもしれない。すなわち、その作品に関して、どこが画期的・天才的なのか、議論の論点を明確化し、議論に多くの人の注目を引き付ける、という用い方である。そもそも本章の二、三での「天才」とする語りについての考察からも明らかなように、天才か否かは必然的なことではない。偶然の重なりあいの結果が必然だと思われるのは、例えば物語の語り手が意識されない（忘れられている）からに過ぎない。その意味では、山下清以外にも知的障害者の天才画家が現れたとしても、その天才という言葉も論点の明確化のみに用いることは可能であろう。

第二期から第三期にかけて、山下清は「天才画家」とはされなくなったが、それでも知的障害者と絵画とのつながりは多くの日本人の記憶に残っている。加えて、三でも述べたように、知的障害者の発言や作品にも一定の社会的意義・価値があるという式場の主張は、いまだその実定性（本当らしさ）を保っている。今日、知的障害者の美術作品展はメディアでよく取り上げられており、再び知的障害者が天才画家として語られることがないとは限らない。その時には、知的障害者のアイドル化やマスコミの自己規制、それにともなう知的障害者像の変化等が問題となり得よう。その意味で、山下清の語られ方を分析することには、今日的な意義があると考える。

注

（1）とりわけ柳宗悦と親しく、柳宗悦は第二期において山下清の貼絵を評価している。
（2）毎日新聞社主催。絵画会は一般に一週間程度。一日平均三千人で盛況の部類に入る。
（3）「工芸的」は、昭和二十九年一月六日の『朝日新聞』の式場のコメント中にみられる。
（4）「ボクは自由がほしい」（『週刊サンケイ』昭和三十三年三月三十日）。
（5）昭和三十三年一月、文芸春秋。
（6）荒正人「山下清よどこへ行く」（前掲）。
（7）知的障害者を「天才画家」として語ると、たたかれてしまうと考えられる。
（8）三ヶ月に一本のペースで、昭和五十八年七月十二日に合計十三本で一度終わるが、好評により、昭和五十九年から平成九年まで続編『裸の大将』が放送される。山下浩『家族が語る山下清』（平成十二年七月　並木書房）によると、全八十三回放送、平均視聴率は十七・四％。
（9）「この紋所が目に入らぬか」のパターンは昭和四十六年頃成立。

(10)　第三期、山下清の死後も、しばらくはアイドル的な扱いの記事が書かれていた。第四期の雑誌等の、リアルなものとして読まれるであろう山下清関係の記事は、「童心」といった評価をしているものや贋作問題を扱ったものがいくつかあるのみで、アイドル的な扱いの記事はみられない。ちなみに、現代において、ある人物の表情や様子を「知的障害者のように」などと形容することは考えにくいことであるが、「白痴のように」といった表現が小説等であまりみられなくなるのは、第四期頃からではあるまいか。それまでは、「低能」や「白痴」などの知的障害を表す言葉が比喩表現として使われることは、珍しいことではない。よく知られた例では、「一億総白痴化」（大宅壮一）が挙げられよう。一九七〇年代の用例としては、「白痴。田舎者」（筒井康隆『家族八景』）、「東向きゃ白痴、西向きゃ淫売、」（堤玲子『美少年狩り』）、「白痴のように口をぽかんとあけ、」（筒井康隆『笑うな』）、「よさないか！往生ぎわのわるい白痴の芝居は――」、「驚愕に白痴のようになった真鍋の頭は、」（山田風太郎「悪霊の群」）、「そうなると度忘れというよりはむしろ白痴化です。」（筒井康隆『宇宙衛生博覧会』）などが挙げられる。こういった表現はこれらの作家に特有のものではなく、小川未明、豊島與志雄、夢野久作、太宰治、坂口安吾、横溝正史、山本周五郎などの作品にも散見される。無論、このような表現は一九八〇年代以降もなくなる訳ではない。例として、「元気な人というのは白痴だ。」、「テレビ局が、僕らの夜々の白痴ネタを買い付けにくる。」（中島らも『頭の中がカユいんだ』）、「途端に大量の白痴的言辞が口から炎の如く噴出しそうに」（筒井康隆「文学部唯野教授」）などを挙げることができる（ついでに言うと、昭和五十七年七月に法的に「白痴」は差別用語とされ、代わりに「精神薄弱」が使われることになるが、この二つはそれ以降の用例）。しかしながら、こういった比喩表現がほとんどみられなくなるのも事実である。用いられなくなるのは、世代的な理由や、作家によっては単に使う必要がないからといったこともあろうが、自主規制も理由の一つではあるまいか。

(11)　芸術家ではなくアイドルとしての山下清像を用いるため、フィクションだという断り・自主規制がなされるが、「放浪の天才画家」という言葉もそのフィクションの一部分、つまりフィクションに過ぎない。

※引用文中の傍線は全て筆者による。

第五章　大江健三郎『静かな生活』論
――知的障害者も共に生きる社会のモデルの考察

一　はじめに

長男誕生以降の大江文学において、「智能に障害を持っている子供」(『恢復する家族』(平成七年二月　講談社)「受容する」)をいかに表象するかということが、主要なモチーフの一つであることは、疑い得ないであろう。『恢復する家族』の「受容する」には次の一節がある。

この障害を持った息子のことを、自分の小説のテキストとして、どう表現するか? それを実際に試みてゆく過程で、障害児であるかれと、僕の家族との共生をどう読みとるかは、二重に文学の課題となりました。つまりこのようにして、障害児が生まれて来るという事故が、小説家としての僕の主題を作ったのです。障害児について小説を書くこと。それは障害児について、全体的で総合的で、しかも具体的な個人性をうしなわない、そのような言葉によるモデルを作ることです。そのモデルは、障害を持つ息子のみならず、家族を、さらにはそれをとり囲む社会・世界をふくみこむものともなります。僕はそのようにして小説を書きつづけたのですが、その小説という言葉によるモデル形成の過程に、ひとつのかたちがあることにも気がついていました。

この一節で筆者が特に注目するのは、「障害児について（略）モデルをつくる」、「モデル形成の過程に、ひとつのかたちがあることにも気がついていました。」の部分。『恢復する家族』以前に書かれた小説に「モデル」があったということである。

大江のつくろうとした、息子を主とした知的障害児表象のための、そしてその表象と結び付いた、知的障害児も生きていく社会のモデルとは、どのようなものか。エッセイ『恢復する家族』では、モデルは「ひとつのかたち」である。しかし、小説においては、モデルは複数あり得よう。先に結論を述べれば、これから論ずる『静かな生活』（平成二年十月　講談社）には、他の作品にも認められる「障害の受容」へのプロセスというモデル（本章の二で述べる）一つだけでなく、知的障害児（者）自身による自己表象というモデル（三で述べる）をも見出すことができる。そして、この二つをあわせて「静かな生活」という大きなモデルを形作っていると考える。大江文学における、知的障害児も共に生きる社会のモデルを、主として『静かな生活』によって考えることが本章の狙いである。

二　「障害の受容」へのプロセスというモデル

大江文学において、初期の知的障害者表象から一貫しているモデルは、「最大の危機」、「癒される」、「家庭に受けとめ」るという、三つのモチーフによって構成されている。これら三つのモチーフは、三つで一つの流れ、モデルをなしている。大江は『恢復する家族』の「ジャスト・ミート」で、「自分の生でのおそらく最初・最大の危機に」「広島原爆病院で、重藤文夫博士から、被爆された自分自身のことと医療の経験についてお話をうかがううち、僕は根本のところで励まされ、病んでいる深みから癒されるように感じた。」と述べ、次のように続けている。

しかもその危機のさなか（「青年のアイデンティティーの危機」——筆者注）へ、長男の畸形を持った誕生はドカンとのしかかってきた。それに苦しみ、なんとか態勢をたてなおし、そして現実に息子を手術してもらって家庭に受けとめ、小説に一部始終をフィクション化して書くことで、あらためてその経験の全体を統合することができた。

以上から、このモデルは、障害者自身ではなく、その家族が辿るプロセスと考えられる。家族ではなく障害者自身が辿るプロセスについては、大江が同書の「受容する」で引用している、上田敏『リハビリテーションを考える障害者の全人間的復権』の次の一節にうかがえる。

《ひとりの障害者が事故によって障害を受ける。「ショック期」の無関心や離人症的な状態。「否認期」の心理的な防衛反応として起こって来る、疾病・障害の否認。ついで障害が完治することの不可能性を否定できなくなっての「混乱期」における、怒り・うらみ、また悲嘆と抑鬱。しかし障害者は、自己の責任を自覚し、依存から脱却して、価値の転換をめざす。この「解決への努力期」をへて、障害を自分の個性の一部として受けいれ、社会・家庭のなかに役割をえて活動する「受容期」。》

「受容する」には、

障害をこうむった人間が、心理的にも苦しい過程の後、どのようにしてそのような自分のありかたを積極的に引受けて、障害ともども家庭と社会のなかでの役割を果たしうるようになるか？　障害の受容という、その完成の地点についにいたるまでのリハビリテイションに、文学の——さらにいえば文化論の——考え方と共通し、かつそれをリアリスチックに先導するものを見出す気がした。

とある。これは、上田氏の言う障害者自身が辿るプロセスを、大江が文学上のモデルとして言い換えたものと解せよう。

知的障害者の家族が辿るプロセスと、障害者自身が辿るプロセスを、〈知的障害者の家族が辿るプロセス＝障害者自身が辿るプロセス〉という形で対応させると、次のようになる。

〈「最大の危機」＝「ショック期」から「混乱期」〉→〈「癒される」＝「解決への努力期」〉→〈「家庭に受けとめ」る＝「受容期」・「障害の受容」〉

この一連の流れを、「障害の受容」へのプロセスというモデル、と名付ける。そして、このような流れとして把握する時、それがこれ以上悪くなることのない最悪の認識からの出発であり、故にそれ以後は少しずつ回復していくというものであることが分かる。

知的障害者表象もそれに連動していることは言うまでもない。大江作品では知的障害者が一人称の語り手となることはない。この一連のプロセスは、知的障害者自身が踏むプロセスであるよりはむしろ、家族などその周囲の人々にとってのものである。故に、知的障害者表象も、まずは周囲の人にとって脅威的なもの（「最大の危機」に対応）であり、然る後に受容可能なものへと変わっていく。前述のように、この「障害の受容」へのプロセス、受容可能な表象への変容は、大江文学において初期から一貫しており、『静かな生活』における大きなモデル＝「静かな生活」の両翼の一つである(1)。以下、二では、知的障害者を描くことを主眼とした代表的な作品を取り上げ、各作品における「障害の受容」へのプロセスの内容や力点を確認しながら、「障害の受容」へのプロセスというモデルが『静かな生活』に至るまで一貫して見出されることを示す。

まず、「I・Qのきわめて低い子供に育つ可能性もおなじくあります」にうかがえるように、子供が重度の知的障害児に育つ可能性に恐怖する鳥（バード）を主人公とする『個人的な体験』[2]について述べる。この作品にみられる赤んぼうの表象を確認する。

- 室内の暗がりに急速になれてゆく鳥（バード）の眼は、かれが椅子におちつくのを見張って注意深く沈黙している、審問官のような三人の医者たちを見出した。法廷の審問官の頭上に、法の権威を象徴すべき国旗がかざられてあるとしたら、いま診療室にいる審問官たちにとっては、背後の彩色した人体解剖図がかれら独自の法の権威の旗だ（被害者としての赤んぼうのイメージ、罪人としての鳥（バード）のイメージ—筆者注）。（第二章）
- なにやらえたいのしれない怪物（略）猫みたいな頭をして風船ほどにもふくらんだ胴体をもつ怪物？（第二章）
- 「問題は苦しいという言葉の意味ですね。この赤ちゃんは聴力も嗅覚も、なにひとつ持っていないでしょう、それに痛みを感じとる部分も欠落しているのじゃないかな。院長の言葉でいうと、ほら、植物的な存在なんだから！　あなたは、植物が苦しむという考え方ですか？」（第二章）
- おれの息子はアポリネールのように頭に繃帯をまいてやってきた、おれの見知らぬ暗くて孤独な戦場で負傷して。俺は息子を戦死者のように埋葬してやらねばならない。（第二章）
- もし、最後の審判があるとしても、生れるやいなやたちまち死んでしまった植物のような機能の赤んぼうを、どのような死者として召喚し告発し判決をくだすことができるだろう？（第三章）
- エビみたいに赤く、傷痕のようにてらてら光る皮膚につつまれ、赤んぼうはいま猛然と生きはじめている、重い瘤の錘りをひきずって。植物的存在？　そうだとしてもそれは危険なサボテンみたいな植物だ。（第六章）
- 鳥（バード）には、赤んぼうが、二つの頭に二つの赤い口をひらいて、濃縮ミルクをごくごく飲んでいる光景が見え

た。（第十章）

- 奇怪な赤んぼう（第十章）
- おれの奇怪な赤んぼうは、醜い双頭を修正することなく死んだ。（第十一章）
- 頭に穴ぼこのある赤んぼう（第十一章）
- 「植物みたいな機能の赤んぼうをむりやり生きつづけさせるのが、鳥(バード)の新しく獲得したヒューマニズム？」（第十三章）

最後の会話文の引用は、赤んぼうを受け入れて育てることを決意した鳥(バード)を嘲弄する、火見子の台詞である。第十一章までの赤んぼうが、鳥(バード)にとって脅威的な存在であることがうかがえよう[3]。

　鳥(バード)が「癒される」＝「解決への努力期」（「責任を回避しつづける男でなくなりたい」（第十三章））へと進むきっかけとなったのは何か。それは、鳥(バード)がかつての友人である菊比古との対話により、自分に守るものがないことを自覚し、「突然に、かれ（鳥(バード)のこと—筆者注）の体の奥底で、なにかじつに堅固で巨大なものがむっくり起きあがった」（第十三章）ことである。第一章の最初の段落には、「夕暮れが深まり、地表をおおう大気から、死んだ巨人の体温のように、夏のはじめの熱気がすっかり脱落してしまったところだ。」という一文がある。

「死んだ巨人」、起きあがった「巨大なもの」とは何か。『小説のたくらみ、知の楽しみ』（昭和六十年四月　新潮社）の「12　ブレイクを媒介に読みとる」には、「僕はこの二十年間、多くはめだたぬかたちながら、時にはきわめてはっきりと、ブレイクを媒介にしながら、障害のある子供との共生を小説に書いてきたのでした。」とある。ブレイクの予言詩にひきつけて解釈すれば、「巨大なもの」、「巨人」とは、人類の総体を象徴する巨人アルビオンのことであり、鳥(バード)のなかで「堅固で巨大なものがむっくり起きあがった」とは巨人アルビオンの再生と考えられよう。アルビオンの再生については、「12　ブレイクを媒介に読みとる」では、予言詩『ジェルサレム』にみられる、イエスの死によるアルビオンの再生が語られている。

アルビオンの再生をもたらすイエスの死＝自己犠牲に対応するのは、『個人的な体験』では何か。「巨大なものがむっくり起きあがった」の後には、鳥（バード）の自分が「ゼロ」であることの自覚が語られている。「ゼロ」という語は、例えば『静かな生活』の「自動人形の悪夢」では死の意味で用いられている。この鳥（バード）の「ゼロ」であることの自覚が、アルビオンの再生をもたらすイエスの死＝自己犠牲に対応していると考えられる。なぜなら、第八章には次のような鳥（バード）の妻の言葉がみられるからである。

「赤んぼうのことで、あなたを信頼していいのかどうかを考えていてわたしはあなたを、知りつくしていないと思いはじめたのよ。あなたは自分を犠牲にしても赤んぼうのために責任をとってくれるタイプ？」と妻は言った。「ねえ、鳥（バード）、あなたは、責任を重んじる、勇敢なタイプ？」

「責任を回避しつづける男でなくなりたい」と考え、自己犠牲を引き受ける鳥（バード）の「ゼロ」であることの自覚を、イエスの死と対応させることは、これらの記述からも可能と考える。

流れとして再度確認する。菊比古との対話により、鳥（バード）は自己の「ゼロ」であることを自覚、鳥（バード）の体の奥底で「巨大なものがむっくり起き」あがり、火見子とのやりとりを通して「癒される」＝「解決への努力期」を通り抜ける。そして、「手術して一週間たつと人間に近づき、次の一週間で、鳥（バード）に似てきた」という赤んぼうの表象にうかがえる、赤んぼうを受け入れるという「障害の受容」へと至るのである。

『個人的な体験』にみられる「障害の受容」へのプロセスでの力点は、「最大の危機」におかれている。「癒される」と「障害の受容」は、最終章で駆け足で描かれる。そしてこのような力点のおき方は、これから確認する『新しい人よ眼ざめよ』（昭和五十八年六月　講談社）や『静かな生活』においても、さほど変わりはない。そのプロセスの内容で特徴的なのは、ブレイクの詩のイメージ、とりわけイエスの自己犠牲によるアルビオンの再生のイメージが、鳥（バード）の認識の変化に結び付けられていることである。しかしながら、ブレイクの詩の神話的なイメージを用いる理由が何なのか、はっきりしない。鳥（バード）の個人的とも言える「障害の受容」の経験のもつ意味を普遍化するためか。それとも、現実の世界を批判するために、神話的世界を構築しようとしてか。詩のイメージが用いられている理由があいまいである。

それに対し、『新しい人よ眼ざめよ』では、語り手「僕」が辿る「障害の受容」へのプロセスと、ブレイクの詩のイメージとの間には、はっきりとした距離が認められる。例えば『新しい人よ眼ざめよ』の「無垢の歌、経験の歌」には次の一節がある。

> 僕はいま旅の間に始った勢いにしたがって、ここしばらくブレイクを集中的に読みつづけようとしている。具体的にそれにかさねて、世界、社会、人間についての定義集を書いてゆくことはできないだろうか？

『新しい人よ眼ざめよ』では、ブレイクの詩は、「イーヨー」の障害を受容するという経験のもつ意味、イメージを、明らかにするための手段と考えられる。事実、プロセスにおける「癒される」の段階ではブレイクの詩は関係せず、「僕」が癒されるのは、イーヨーの発言などイーヨーとのやりとりを通してである。詩のイメージは、その後の「障害の受容」の段階で、その経験の意味付けに用いられる。例えば、『新しい人よ眼ざめよ』の「怒りの大気に冷たい嬰児が立ちあがって」では、イーヨーが死を極度に恐れることが、「僕」の「最大の危機」と考えられる。「僕」はイーヨーのそのような考えを変えようと頑張るが、なかなか上手くいかない。小説の最後の方で、イーヨーは、自分には脳が二つあったこと、うち一つの脳が死ぬことで今自分が生きていることを知る。イーヨーが、「がんばって長生きいたしましょう！　シベリウスは九十二歳、スカルラッティは九十九歳、エドゥルド・ディ・カプアは、百十二歳まで生きたのでしたよ！　ああ！　すごいものだなあ！」と言うのを聞くことで、「僕」の「最大の危機」は乗り越えられる。そして、ブレイクの長詩『四つのゾア、巨人アルビヨンの死と審判における愛と嫉みの苦悩』の、「救われようとして」叫ぶ「小ぶりの脳髄に眼がひとつ開いているのみの嬰児」のイメージと、イーヨーとが重ねられて、その「障害の受容」の経験が理解される。「新しい人よ眼ざめよ」の最後の「息子よ、確かにわれわれはいまきみを、イーヨーという幼児の呼び名でなく、光と呼びはじめねばならぬ」は、『個人的な体験』とは違い、癒しをもたらすのがイーヨー・知的障害者の言動であることと無関係ではない。

知的障害児の父親が癒されるのは自力によるのか、知的障害児によるのか。「障害の受容」へのプロセスとブレイクの詩との間に距離があるか否か。『個人的な体験』と『新しい人よ眼ざめよ』とでは、「障害の受容」へのプロセスの内容に、以上の違いはある。しかし、「障害の受容」へのプロセスというモデルが見出される点は、共通していると言えよう。

大江健三郎の娘と思しき「マーちゃん」を語り手とする『静かな生活』にも、「障害の受容」へのプロセスは見出される。そしてブレイクの詩もみられる。しかし、『静かな生活』では、ブレイクの詩は、兄のイーヨーを神聖化してしまうものだとして、マーちゃんによって批判されており、「障害の受容」へのプロセスからは切り離されていると考えられる。『静かな生活』の「小説の悲しみ」には、次のようなマーちゃんの考えが読み取れるからである。

①イーヨーの「脳が破壊されたこと」には、イーヨーが犠牲になったといった意味はない。換言すれば、ブレイクの詩のイエスの自己犠牲とイーヨーの障害は重ならない。

②イーヨーの音楽は「天上の意志にサジェストされ」たものではない。「地上の人間の音楽の主題と文法で、作曲」されたものである。

③ブレイクの「予言詩からのイメージと兄の成長の節目の出来事をかさねて」書いた『新しい人よ眼ざめよ』は、「一面的な見方から」書かれている。

補足すると、③の「一面的な見方から」書かれているという批判は、いかにも「自分」＝マーちゃんのことが一面的に書かれている、という批判である。しかし、マーちゃんは「自動人形の悪夢」で、「自分を反省してみると、私はやはり兄を特別な場所に閉じこめるようなことをして来たと思います。」と反省していた。このような点を視野に入れると、ブレイクの「予言詩からのイメージと兄の成長の節目の出来事をかさねて」、つまり、神聖な意味で「一面的な見方から」イーヨーについて書かれていることへの批判も含まれていると考えられよう。

①から③に共通するのは、マーちゃんは『新しい人よ眼ざめよ』の語り手とは違い、宗教的・ブレイク的な、神聖な表象をともなう「障害の受容」へのプロセスは辿らない、ということである。そしてこのことを裏付けるかのように、「小説の悲しみ」には、「この小説が終った日、父はブレイクを読みながら書きつけてきたカードの束を、庭に穴を掘って焼いた。」という一節がある。『静かな生活』では、ブレイクの詩は、イーヨーの表象を神聖な意味で「一面的」なものにしてしまうものとして、批判の俎上に載せるために導入されている。つまり、ブレイクの詩を用いることが否定的に捉えられているのである。『個人的な体験』や『新しい人よ眼ざめよ』とは違い、『静かな生活』における「障害の受容」へのプロセスは、ブレイクの詩と関係付けて考えられるべきではない。では、具体的にプロセスの内容はどのようなものか。

例えば、「寛容」な「重藤さん」の登場する「自動人形の悪夢」。この話には「静かな生活」というキーワードがでてくる。加えて、「静かな生活」（『静かな生活』収録）にもでてくるキーワード「デッド・エンド」（「しかしデッド・エンドの実際的な乗り越え方を、パパとママが教えてはくれないでしょう?」）もみられる。先に結論を言えば、「デッド・エンドの実際的な乗り越え方」が「静かな生活」という生活であり、『個人的な体験』や『新しい人よ眼ざめよ』とは異なる、『静かな生活』独特の大きなモデルだと考える。このような結論に達する上で、「自動人形の悪夢」の解釈は重要である。

まず「障害の受容」へのプロセスと対応させる。「最大の危機」は、イーヨーがバスのなかで女生徒に「落ちこぼれ！」と罵しられ、マーちゃんが「私たち「落ちこぼれ」二人組」と認識し、「なさけなく寂しい気持がした」ことと考えられる。後日、その罵られたことに関して重藤の妻がした話、「なんでもない人」として生きることの「余裕」・強みの話に、マーちゃんは「本当にひきつけられ」る。イーヨーともども「なんでもない人」として「静かな生活」をおくることが、「最大の危機」の解決の糸口として、マーちゃんに認識されるのである。そして、東京会館前でのビラ配りの時に、ビラ配りというコミュニケーションをつつがなくやってのけるイーヨーの「なんでもない人の側面」を発見する。同時に、「自分は妹ながら兄の保護者役を任じて来た。（略）しかしそれは、あやまった思い込みにすぎなかったのではないか？」とあるように、イーヨーには被保護者の側面だけでなく、保護者の側面もあることを発見する。これら一連の発見により、「イーヨーはなんでもない人、むしろなんでもないより遅れたところをもつ人」にうかがえる、「落ちこぼれ」の側面を認めた上での「障害の受容」、「最大の危機」の乗り越えに至る。

この作品での「障害の受容」へのプロセスにおけるイーヨーの表象も、次の一節にみられるごとく、まずは絶望的なものである。

（略）ところが福祉作業所の間近まで来て、いつもは陽気な民夫さんが苦しげなほど不機嫌にうつむいて来られるのに出会い、やはり悲しげな顔つきの女の人がついていられるのも見て、「落ちこぼれ」という言葉のあらためての浮上を感じとったのだ。

イーヨーの同僚だが、年齢的には私たちの父に近い民夫さんが調子の悪い時、作業所のかえりに自動販売機のカップ清酒を買って飲まないよう、目付け役の女の人が一緒に来られることがある。はじめ祖母の年齢のように受けとめていたその女の人が、民夫さんの妹さんだともいまは知っている。この日の私は、イーヨーが民夫さんの年齢で、自分は妹さんの年齢と老け方の、未来のある時を思ったのだ。イーヨーも私も、顔の筋肉組織がもう憂い顔しかできなくなっている。そしてそうなっても、私たち「落ちこぼれ」二人組は、イーヨーとマーちゃんというふうに呼ばれているのだろう……そう考えると、初めてなさけなく寂しい気持がした。

そして、「解決への努力期」を通過する過程で、マーちゃんによって「保護者」、「なんでもない人」の側面が見出されることで、同時に「軽い足の異常」や「知恵遅れ」といった「なんでもないより遅れたところ」（＝障害）をも併せ持つ重層的な表象となり、「障害の受容」へと至る。この重層的な表象を一言で表している言葉は、「自立した兄」と考えられる。マーちゃんは、「私はやはり兄を特別な場所に閉じこめるようなことをして来たと思います。」と反省した後、次のように述べているからである。

（略）兄が、障害は別にすれば普通の、なんでもない人間である点を見ないで。私はサークルでよく障害者の自立というようなことを話し合っていながら、自立した兄とつきあうことは考えなかったような気がします。

そしてこのように考える時、私たちは次の事実に気が付く。すなわち、確かに「障害の受容」へのプロセスを辿り、「自立した兄」と、イーヨーの表象がマーちゃんにとって受け入れやすいものに変わった。しかしながら、その表象はマーちゃんによる一方的なものであり、イーヨーによるもの（自己表象）ではない、という事実である。知的障害者表象が、健常者による一方的なものであることは、内容に違いはあれ、『個人的な体験』、『新しい人よ眼ざめよ』も同様である。

なるほど『静かな生活』はマーちゃんを語り手とした一人称の小説なので、それはあたり前だと思われるかもしれない。しかし、『静かな生活』では先の③で述べたように、「一面的な見方」で語ることは批判されており、会話文を中心に、イーヨーによるイーヨー自身の表象＝自己の役割の決定がなされている。イーヨー・知的障害者による自己表象も、「デッド・エンド」を乗り越える「静かな生活」という大きなモデルの、両翼の一つと考えられる。三では、「障害の受容」へのプロセス、つまり、マーちゃん・健常者にとって受け入れ可能な表象へと変わっていく過程とは必ずしも一致しない、『静かな生活』に特徴的な、イーヨー・知的障害者による自己表象について考察する。

三　イーヨーによる自己表象

「自動人形の悪夢」の最後――筆者はここに「静かな生活」という大きなモデルが圧縮されていると考える――を確認する。

> イーヨーはなんでもない人、むしろなんでもないより遅れたところをもつ人、しかしそれでいて不思議なようなところもしっかりそなえている、面白い人、「ろっこつ」！　という思いが、やはり音楽に次つぎと誘い出されるようだったのだ。

前述のように、最初の傍線部は、マーちゃんによる一方的な表現であり、「障害の受容」へのプロセスというモデルと関わる。しかし、二つ目の傍線部は、「障害の受容」へのプロセスとの関わりで説明することはできない。先に結論を述べれば、この二つ目の傍線部は、イーヨーの自己表象をマーちゃんが受け入れた上での、マーちゃんによる表象と考える。三ではこの部分を中心に、「静かな生活」という大きなモデルを構成する残り一つのモデルを考察する。

この二つ目の傍線部について考える上で手がかりとなるのは、「ろっこつ」である。「ろっこつ」について、重藤の妻とマーちゃんは次のような会話を交わしている。

——イーヨーは傷つけられたところが鎖骨だとわかっていて、しかし音が面白いから「ろっこつ」としたわけね。私たちには考えもつかない名曲だと思うわ。イーヨーはイーヨーの仕方で自分の世界を守っているのね。だからといって自分のなかに閉じているのじゃなくて、外に開く通路を持っているんだわ。音楽をつうじて、またマーちゃんとの会話をつうじて。私はそれが愉快だと思う。

——そういっていただくと、嬉しいことは嬉しいのですけど、自分で反省してみると、私はやはり兄を特別な場所に閉じこめるようなことをして来たと思います。

「兄を特別な場所に閉じこめるようなことをして来た」に読み取れるのは、ラベリング理論[4]である。ラベリング理論については、ハワード・S・ベッカー『アウトサイダー——ラベリング理論とは何か』（平成五年十月　新泉社）の「ラベリング理論への招待」に、次の一節がある。

逸脱は社会の規範的秩序にとって周縁的な現象、つまり社会の中心的価値といささかも関係をもたない社会現象であるのではない。むしろ、およそ中心が成立するためには周縁の成立が不可欠なのであり、その意味で、逸脱とは秩序の存立にとって必須の、社会の規制的領域の境界を明確に画定するという象徴的役割を付与されて社会自体が産出するものである。（略）

社会は人間や事物の体系的秩序づけと分類によって成立している象徴体系であり、名づけえぬもの、異例なもの、曖昧なものに対する命名とカテゴリー化を通じて、無秩序と混沌から絶えずみずからの象徴的世界を防禦しようとする。これが境界維持システムとしての社会の存立原理であり、したがって、逸脱とは単にある人間の行為だけではなく、その人間の外貌、あるいは存在自体にさえ、もしそこに象徴体系の境界を侵犯する徴表が識別されるならば、その人間に対して付与される性質なのである。犯罪、非行などの行為を犯した者だけでなく身体障害者、精神病者などに対しても逸脱者のラベリングが行われるのはそのためである。逸脱というラベリングは単なる命名やカテゴリー化ではなく、社会にとって正規の分類図式から拒否された「剰余」ともいうべき普遍的なカテゴリーに、人間を分類することなのである。（略）ひとたび逸脱者のカテゴリーに帰属させられた人間は、道徳的劣性と社会的に有害で危険だという地位特性を付与され、この特性がベッカーのいう「主位的地位特性」、あるいはゴッフマンのいわゆる「スティグマ」となって、その人間の性格の全領域にわたる特徴であると見做されるのである。

ラベリング理論は次のようにまとめられよう。すなわち、社会は、こういうことはしてはいけない、こういうのがノーマルだといった、規範的秩序をもっている。それにあわない者は、逸脱者＝アウトサイダーというレッテルを一律に貼られて、周縁に追い遣られる。中心によってひとたび周縁に追い遣られると、社会的に有害だ、危険だといった類の地位特性を付与されてしまう、と。

それでは、周縁に追い遣られた者がその周縁化を覆すには、どういった戦略があり得るか。[5]『静かな生活』においては、自己表象という戦略を見出すことができる。自己表象を相手・中心に受け入れさせる戦略。厳密に言えば、自分・周縁が貼って欲しいと望む、中心のもつ体系的秩序の内に位置付けられ得るレッテルを、積極的に相手・中心に貼らせることで、中心に移るという戦略である。この戦略は、健常者／知的障害者という二項対立における優位者の不安定化につながる。

再び重藤の妻とマーちゃんのやりとりに戻る。「イーヨーはイーヨーの仕方で自分の世界を守っている」ことから、守るべき認識や行為、判断の主体性、つまりは理性や意志を、イーヨーはもっていると言える。そして、「外に開く通路も持っている」ことから、イーヨーは自己の認識や判断を他者に対し主張し、他者によってそれが受け入れられ得ることが分かる。(6) 音楽によって自己の世界を発見し、自分にとっての世界を音楽で伝え、それが受け入れられること。これが、ラベリングされる側・周縁にいるイーヨーが中心に移る方法、自己表象である。

例えば、『静かな生活』の「この惑星の棄て子」における、イーヨーの作曲した「すてご」というタイトルの「悲しい、泣き叫ぶような曲」。イーヨーが父である「K」に「棄てられたと感じ」てつけたタイトルではないか(重藤)、そうだとしても「イーヨーは音楽として客観化した」ではないか(重藤の妻)、といったやりとりが、この曲を巡ってなされる。小説の最後で、このタイトルは、公園清掃の当番の時に、公園に「棄て子がいたら救けよう」という、イーヨーの意志のあらわれであることが明らかとなる。助けるではなく、イーヨーがあえて「救ける」としているのは、救済者としての自己の発見、救済者という自己表象と考えられよう。作中には、「熱心に待っているイーヨーの頭と重藤さんの頭とを、共通の音楽の言葉が通いあう感じ」という一節もみられ、他者に開かれた通路が暗示されている。事実、イーヨーの救済者の自己表象は、「フサ叔母さん」から「惑星間の棄て子」伝承と結び付けて受け入れられる。

マーちゃん達によって「すてご」というレッテルを貼られたイーヨー・周縁が、救済者の自己表象を受け入れられることで、中心に移動するのである。先の「ラベリング理論への招待」における、中心のもつ規制的領域に即して言えば、知的障害者という逸脱者には、意志を否定された被保護者、社会的に見捨てられた者といった地位特性が、付与されていると考えられる。そのような地位特性と反する、中心のもつ体系的秩序の内部に位置付け可能な、救済者というレッテルを中心に貼らせることで、社会の体系的秩序の内部に移動するのである。

「静かな生活」という大きなモデルを構成する、もう一つのモデル。それは、相手・中心に、中心のもつ体系的秩序に反しない自己表象を受け入れさせることで、自らの周縁性を覆すというものである[7]。

自己表象については、他にも「自動人形の悪夢」、「小説の悲しみ」における「ペシミスティック」、「楽観」を確認する。これらは音楽とは関係ない。しかし、先のマーちゃんと重藤の妻のやりとりに、「音楽をつうじて、またマーちゃんとの会話をつうじて」とあることからも、確認しておくべきと考える。

まずペシミスティックについて述べる。「自動人形の悪夢」には、「若い専門家たちがね、研究している社会の行先きについてペシミスティックでね、かつどういうものかペシミスティックであること自体に平気」という重藤の発言がある。それを受けて、マーちゃんが、「自分たちの病棟に来れば、生まれて来たのが悲惨なだけの、しかし殺すことはできない、そういう子供がゴロゴロしている」などと発言する、ペシミスティックであることに平気な医者と、その批判に黙っている父とに対する怒りを表す。この医者の発言には、知的障害者は「生まれて来たのが悲惨なだけ」という、周縁の地位特性が読み取れる。この医者の言葉を受けて、「生まれて来たのが悲惨なだけの、しかし殺すことはできない……　恐しいですねえ！　とイーヨーが感情をこめていった」ことは、「小説の悲しみ」の最後の「私（イーヨー——筆者注）はずっと楽観していました」への布石と考えられる。

このイーヨーの発言のすぐ後に、次の一節がある。

> イーヨーという名前が『クマのプーさん』から来ていることは重藤さんがすぐにいいあてられて、奥さんは、——ペシミストのロバでしょう？　重藤さんはこの頃ペシミスティックな事柄に敏感だからねえ、と口惜しそうにされていた。

ここで重要なのは、イーヨーという名前が「ペシミスト」というレッテルであるということ。そして、先回りして言うと、一方的に貼られたペシミストというレッテルを、イーヨー自身が将来や死への楽観者として自己を表象することで貼り替え、中心への移動がなされていることである。立花隆「イーヨーと大江光の間」（『文学界』平成六年十二月）には、大江光は大江家では「プーちゃん」とよばれていた、イーヨーという愛称は創作だという、大江の発言がみられる。なぜイーヨーという愛称でなければならないのか、考える必要があると言えよう。『新しい人よ眼ざめよ』の「怒りの大気に冷たい嬰児が立ちあがって」では、イーヨーは死を極度に恐れる、死に対するペシミストである。『静かな生活』の「小説の悲しみ」でも、イーヨーは死に対するペシミストではないかと、マーちゃんによって思われている。(8)

中心への移動は、「小説の悲しみ」の最後で、「われわれの将来も楽観はできない」とする「オーちゃん」（マーちゃん達の弟）に対し、イーヨーが「ずっと楽観してい」た自己を発見・表象することでなされる。イーヨーが自分の将来や死について楽観的であることに対し、オーちゃんは最初「本気で腹を立て」る。オーちゃんは自分たち家族の将来について真面目に考え、さらに死についても、『リゴドン』の「死と苦しみ」に関する記述を読み、厳粛に考えていたからである。しかし、その後すぐにオーちゃんは「いまさっきは失礼しました、と取り消して」いることから、イーヨーの楽観者という自己表象を受け入れたと考えられる。イーヨーの楽観については、オーちゃんの自分達の将来への不安や『リゴドン』を読むといった文脈、そして、ペシミスティックに平気な医者の言葉へのイーヨーの台詞から、自分の将来や死への楽観と考えてよい。そのような楽観者の自己表象を、オーちゃんに受け入れられるのである。大江光が作中ではイーヨーとされているのは、イーヨーによる自己表象・レッテルの貼り替えと、その表象を周囲が受け入れるところを描くためと考える。

この「楽観」と「ペシミスト」の一件から、音楽（「すてご」の一件）だけでなく、会話においても、自己表象による中心への移動がなされていると言える。しかし、この二つを同じものと考えるべきではない。音楽による救済者としての自己表象は、音楽を聴く社会の不特定多数の人々を対象としたものである。(9)それに対し、会話による楽観者としての自己表象は、オーちゃんなど身近な家族を対象としたものである点で、異なるからである。

自己表象それ自体は、社会的な周縁化を作り出す規範的秩序、社会的・政治的な制度を直接的に変えることはできない。しかし、多くの人に呼び掛け、組織し、自分達の社会的立場を変えるべく戦うには、社会の不特定多数の人々や身近な人を対象とした自己表象が、その出発点となることはあり得よう。知的障害者の自己表象がきっかけかどうかは不明だが、例えば近年、知的障害者が介護の現場で、ホームヘルパーとして働くという記事がみられるようになった。このことは、知的障害者のためのホームヘルパー養成講座が開かれるなど、社会的・政治的制度が変化したことを意味している。知的障害者による救済者という自己表象は、現在であれば、その表象を受け入れ、どうしたいのかに耳を傾け、協力を惜しまない者もいると考えられる。知的障害者観・概念は、知的障害者の側、健常者の側からの表象により、多少なりとも変わったのだから。

本章の三の冒頭に話を戻す。「面白い人、「ろっこつ」!」というマーちゃんによるイーヨーの表象は、マーちゃんによって一方的になされたものと解すべきではない。「ろっこつが面白いと思います!」(「自動人形の悪夢」)や、ユーモアにより自覚的に緩衝材の役を果たしていること(「静かな生活」)、「重藤さんと奥さんも私も、兄が例のとおりわざわざズレたことをいっているのに気がつきながら、やはり愉快に笑っていた。」(「家としての日記」)とあることからも、イーヨーは、冗談を言わぬ弟妹の代わりに、「面白い人」を選択的に自ら任じていると言える。そのようなイーヨーの意志、自己表象を、マーちゃんが受け入れてのものと解せられる。ユーモアによって中心の秩序を安定させる緩衝材の役、そのような中心のなかで占める位置を、イーヨーは自己表象により得るのである。

ここまでをまとめる。「イーヨーはなんでもない人、(略)面白い人、「ろっこつ」!」というマーちゃんによるイーヨーの表象から、次のように言うことができる。すなわち、イーヨーの表象については、「障害の受容」へのプロセスに即した、マーちゃんによる一方的な表象と、イーヨーの自己表象を受け入れた上でのマーちゃんによる表象の、二つの異なる表象の仕方・二つのモデルが認められる。知的障害児も共に生きていく社会のモデル=「静かな生活」という大きなモデルは、受け入れ可能な表象へ変わっていくため、中心への移動をともなう、「障害の受容」へのプロセスというモデルと、同じく中心への移動がみられる、知的障害者による自己表象というモデルとを併せ持つものである。これら二つのモデルを、社会が兼ね備えることの必要性を、『静かな生活』は示していると考える。

これら二つのモデルで、イーヨーは「保護者」や「面白い人」とされている。このような、周縁と中心が入れ替わった瞬間をクローズアップ・強調することで、社会が二つのモデルを兼ね備える必要性を示す戦略は、ディコンストラクションということができる。中心のもつ規範的秩序・価値観を肯定し、それらに知的障害者を引き付けることで、必ずしも健常者／知的障害者という二項対立の優位者は固定されてはいないことを強調する、ディコンストラクションである。知的障害者が、社会の体系的秩序の内部で意志をもつこと（自己表象）の重要性、その前提として、知的障害者も意志をもっているということが示されていると言えよう。

四　二つのモデルとKはどのように関係するか

三の最後で「静かな生活」という大きなモデルについてまとめた。最後に、大江健三郎と思しきK（「父」・「パパ」）が、以上の二つのモデルとどのように関係するのかについて述べる。

『静かな生活』では、Kとよばれるマーちゃん達の父親が、カリフォルニアの大学に居住作家として招かれ、その妻「オユー」も、「ピンチ」のKについて行くことになる。小説では、このKの「ピンチ」がどういったものであるのかについて、マーちゃんと重藤達が何度も話し合うのだが、確からしい結論はでない。

二つのモデルとKはどのように関係するのか。『静かな生活』の「家としての日記」には次の一節がある。

もとより母は、父がこちら側に戻る通路を恢復してくれることをあきらめてしまったのではなかった（略）

> 母は、帰国して十幾日かたった朝、私から借りた「家としての日記」を終りまで読んだといった。（略）そしてあれをカリフォルニアの父に送ってはどうかともすすめてくれたのだ。
> ――この日記にはイーヨーのことはもとより、オーちゃんのこともマーちゃん自身のことも、……思いがけなかったけれど私のことも、みんなでひとつの生活をしているように書いてあるから。パパがこれを読んで、自分にも家族がいることを思い出すかも知れないわ。

傍線部分、そして前述のように確からしい結論はでないことから、マーちゃん達の一つの共同体に対し、Kは通路を閉ざしていると考えられる。コミュニケーションによる相互理解や相互の受け入れが、現段階では成り立たないという、Kの他者性が読み取れよう。このことは、二つのモデルにより、イーヨー達はパフォーマティヴにその表象を豊かにしているのに対し、Kは今のところその表象を変えたり変えられたりすることはなく、イーヨーの自己表象にも理解を示さない、ということを意味している。

この引用では、「静かな生活」という大きなモデルは家庭内でのみ成り立つ印象を与える。しかし、無論家庭内にとどまるものではない。『あいまいな日本の私』の「「家族のきずな」の両義性」では、家族との生活は、社会や国家のなかでどう生きるかのモデルとして捉えられている。他の登場人物の名前が漢字や片仮名であるために付与される、アルファベットKの異質性は、家庭内での他者というよりはむしろ、社会において常に存在する不特定の他者を意味するのではあるまいか。事実、Kという記号は、マーちゃんやオーちゃんではなく、重藤やフサ叔母さん、新井といった、家庭の外にいる者によって用いられている。「はじめに」や三で社会のモデルとした所以である。

Kを社会における不特定の他者と考える時、イーヨーが、「すてご」や「楽観」の一件、「落ちこぼれ」と罵られた事件などからなる「私たちの」生活につけたタイトル「静かな生活」は、次のように理解できよう。すなわち、「静かな生活」とは、その外側に相互理解の成り立ちがたい他者が常にいることを意識しつつ、二つのモデルによって、知的障害者の表象、その社会的位置が、少しずつ中心に近付くことが可能な社会生活である、と。

自己表象を旗印とした活動では、相互理解・相互受容の比較的容易に成り立つ共同体内部の人達よりも、外部の人達・他者をいかにして共同体内部へと引き入れるか、自己表象を受け入れさせるかが問題となる。そしてどれだけ共同体を拡大しようと、自己表象に理解を示さない他者は、常にその外側に存在する。常に存在する他者・Kは、「静かな生活」という大きなモデルは万能・普遍的なものではないということを示していると考える。

注

（1）一「はじめに」で、「静かな生活」という大きなモデルは、①「障害の受容」へのプロセスというモデルと、②知的障害者自身による自己表象というモデルの、二つのモデルからなると述べた。両翼とは、「障害の受容」へのプロセスというモデルと、知的障害者自身による自己表象というモデルの、二つのモデルのことである。

（2）昭和三十九年八月、新潮社。引用は昭和五十六年二月発行の文庫本を用い、ルビは適宜省略した。

（3）植物の比喩が多いが、ここで第六章の「エビみたいに赤く（略）猛然と生きはじめている（略）危険なサボテンみたいな植物」という一節の、「赤」さと「植物」という表現に注目する。「赤」さと「植物」が同時に描かれている一節が、第十二章の最初の方にみられる。

> 鳥（バード）は幌をはったスポーツ・カーを眺めた。真紅のボディに黒の幌をつけて、車は傷口の、裂けた肉とそのまわりのカサブタに似ている。鳥（バード）は不燃焼な嫌悪を感じた。空は黒ぐろと曇り、空気は湿っぽく雨気に満ち、風も騒いでいたが、雨はひとしきり霧のようにあたりに満ちると、すぐまた疾風にのってどこか遠方にはこばれてゆき、しばらくすると不意にまた戻ってきた。鳥（バード）は屋並のはざまに見える豊かすぎるほどに繁茂した樹木を、通り雨が、重おもしく暗くはあるがじつにあざやかな緑に洗いあげたのを見た。それは環状線の十字路で見た信号同様、鳥（バード）を魅惑する緑だった。死の床でおれはこのように鮮烈な緑を見るかもしれない、と茫然として鳥（バード）は考えた。鳥（バード）はいま、いかがわしい堕胎医の所へはこばれて殺されようとしているのがかれの赤んぼうではなく、かれ自身であるかのように感じたのだった。

この一節から、「赤」と「植物」のイメージを併せ持つ鳥（バード）の赤んぼうは、「真紅」の「傷口」、「裂けた肉」といった死のイメージ、

「繁茂」する「緑」の生のイメージを併せ持つ存在と考えられる。ただ、第十二章以前の「植物」に、このような「重おもしく暗くはあるがじつにあざやかな」生のイメージがあるとは言えまい。この一節と同じく、雨にぬれた植物を「重おもしく」と形容している一節が第二章にみられるが、それは次のように描かれているからである。

　舗道をかこむ並木の銀杏は濃く厚く葉を茂らせ、それら数しれない葉のそれぞれが豊かに水滴を吸いこんで重おもしくふくらんでいる。黒い樹幹が、深い緑の海のかたまりを支えているのだ。もしそれらの海がいっせいに崩壊したなら、鳥は自転車もろとも、青くさく匂いたてる洪水に溺れるだろう。鳥は樹木群がかれを脅かすのを感じる。

「植物」の「緑」のもつイメージは、第十二章で生のイメージへと反転した。実際に殺されようとしているのは赤んぼうであるのに、自分が殺されようとしていると感じることから、鳥の赤んぼうへの同調をも読み取るならば、「緑」の生のイメージは、第十三章後半における、「障害の受容」による鳥の心身の更新、赤んぼうの身体の更新への布石となっていると言えよう。

（4）『「新しい人」の方へ』（平成十五年九月　朝日新聞社）の「もし若者が知っていたら！　もし老人が行えたら！」によると、大江の二十四歳当時、アウトサイダーという言葉が流行していた。『二百年の子供』（平成十五年十一月　中央公論新社）第十章には次の一節がある。

　サクちゃん、「しゃらくさい」という言葉を聞いて、真木さんが意味はわからなくても、いやだと感じてたね？　どうして、人間はいやな言葉も作ったのかなあ……
　――その言葉でいやなことをまとめてさ、自分から遠ざけようとするのじゃない？

『静かな生活』執筆時、大江がラベリング理論を知らなかったとは考えにくい。

（5）イーヨーに周縁化を覆す意図はなくとも、ある言動が結果として周縁化を覆すことになる、ということはあり得よう。

（6）このような解釈は、『あいまいな日本の私』（平成七年一月　岩波書店）からも可能と考える。同書の「あいまいな日本の私」には、「懸命な努力が、かれ（大江光―筆者注）の「人生の習慣」である作曲に、技術の発展と構想の深化をもたらしました。そしてそのこと自体が、かれ自身の胸の奥に、これまで言葉によっては探りだせなかった、暗い悲しみのかたまりを発見させたのでした。」、つまり、音楽により自己の世界を発見したとある。また、「新しい光の音楽と深まりについて」には、「光もそのようにして、最初の音楽をつくったのです。（略）そしてかれは、自分にとって世界はこのように見える、こういうかたちをしている、と表現することができたのです。」、つまり、音楽で自分にとっての世界を伝えたとある。

（7）イーヨーのようにできない周縁者は救われないという話になるのか、という問いもあり得よう。モデルとは、一般性のある型・形式のことであり、ある程度の範囲では妥当する。しかし、全ての人々にことごとくあてはめ得る普遍的なものではない。自己表象というモデルにあてはまらない人には、別のモデルが必要とされると考えられよう。

（8）同時にマーちゃんは弟の「オーちゃん」同様に、「死と苦しみは私の考えるほど大切なものではありえない」というK・Vの序文の一節に惹かれていることも、視野に入れておきたい。

（9）『静かな生活』出版時には、大江光のCDはまだでていない。しかし、「小説の悲しみ」には、「イーヨーの楽譜を自費出版」したという記述がみられる。

※引用文中の傍線は全て筆者による。

第六章　青来有一「石」論

――なぜ驚異的な記憶力をもつ知的障害者が語り手なのか

一　はじめに

青来有一(せいらいゆういち)「石」（初出は『文学界』平成十七年七月号、のち『爆心』（平成十八年十一月　文芸春秋）に収録）は、軽度知的障害の四十五歳の男性「山森修」の意識の流れを描いた、一人称の小説である。時は現代（作品発表当時）の冬、舞台は長崎県の爆心地。修の世話をしていた修の母親が余命わずかなため、修は母の死後に施設に入れられることを心配している。修には九谷という幼馴染みの国会議員がいる。九谷は愛人を秘書にしていたことが発覚したため、辞職寸前だが、修はそのことを知らない。修は九谷の泊まっているホテルに、母の死後の自分の面倒を九谷に頼みに行き、九谷の取材にきた記者の城谷に一目惚れする。物語は九谷や城谷とのやりとりを軸に展開する。

『爆心』の他の収録作品とは違い、小説「石」は、長崎の原爆とキリシタン迫害を描くことが目的というよりは、目的は知的障害者を描くことであり、長崎の原爆やキリシタン迫害は背景の一つである作品のように読める。ただ、青来の作品は、多くの場合一人称の語り手が主人公で、その主人公の現在の行動や考えによって、長崎の原爆、キリシタン迫害といった歴史が再構成されるという形をとっている。小説「石」においても、知的障害者を設定することで、長崎の原爆、キリシタン迫害に関する何らかの光景がみえてくると考えることは可能である。本章では、小説「石」における、知的障害をもつ語り手の記憶の描かれ方に焦点を絞り、どのような光景、どのようなメッセージが読み取れるのかを考察する。

実際、記憶は『爆心』に収録されている全作品に共通のモチーフである。例えば、小説「虫」（初出は『文学界』平成十七年八月号）では、語り手にとって相互につながっている三つのキーワード、「夏」、「ウマオイ」、神の不在を媒介にして、昭和二十年の「夏」の被爆の記憶と、昭和四十四年の「夏」の不倫の記憶とが重ねあわせられる。小説「蜜」（初出は『文学界』平成十八年一月号）では、道徳的な歯止めとなり得る被爆体験の記憶が、世代間で受け渡されないことが描かれている。小説「貝」（初出は『文学界』平成十八年三月号）は、亡くした娘の記憶が消えることを恐れている、神経症の男性が語り手である。現実世界のなかに、語り手の娘の記憶が実体として現れる[1]が、そのような語り手のあり方が被爆者のあり方と重ねられている。

小説「石」にも記憶のモチーフはみられる。語り手の修は、知的障害者の二千人に一人位の割合で、記憶力等の驚異的な能力をもつサヴァン症候群の要素を帯びた人物として、設定されている。「一九六八年六月十二日、お母ちゃんは電車の中で、薄ら笑いを浮かべて、じろじろわしを見ていた高校生と喧嘩をしました。」など、驚異的な記憶力は小説中で何度も描かれている。以下、本章の二、三で、それらの描写から語りの性格を明らかにし、四では、本作品からどのようなことが読み取れるのかを考察する。

二　修の驚異的な記憶力のもつ意味

まずサヴァン症候群について述べる。氏原寛他編『心理臨床大事典　改訂版』（平成十六年四月　培風館）は、次のように説明している。

一般知能の発達は著しく障害されているのに、ある特定の面での才能 talent が際だって優れている子どもを、これまでイディオ・サヴァン idiot savant とよんでいたが、idiot は差別語であるという理由もあって、トレファート Treffert, D. A. は「サヴァン症候群」savant syndrome を提唱し、「発達障害ないしは精神病による重度の精神障害をもつ人間が、驚異的な能力・偉才の孤島を有する、きわめてまれな症状」と定義した（１９８９）。この子ども child prodigy が示す特殊才能は特殊感覚、絵画、機械組立、音楽、数学（主として計算）、記憶、および暦計算 calender calculating に及ぶ。

要するに、サヴァン症候群とは、知的障害等をもちながら、記憶や暦計算等の驚異的な能力を有する症状のことである。日本の例では、数年前にみた風景を、記憶を頼りに貼絵にできた山下清が有名であろう。最近の外国の例では、『ぼくには数字が風景に見える』（平成十九年六月　講談社）の著者で、円周率二二五〇〇桁を暗唱し、十ヶ国語をマスターしたＤ・タメット氏が、サヴァン症候群といえば思い浮かぶのではないだろうか。前述のように、小説「石」の修も、「過去の一日、一日を正確に覚えている」「すごい能力」をもっている。三十年以上も昔のある一日が、「雲はひとつもなく、冬の青空は泉の水みたいにきれいで、日向の匂いのするあたたかい日」だったことを、修は覚えている。以下、修のサヴァン症候群的な記憶の特徴を二つ確認する。

まず、修のその鮮明な記憶には辛いものが多いということが、第一の特徴である。一九七八年七月十二日の朝、大好きな「久美ちゃん」を追いかけて、ストーカーとして警察に捕まった記憶や、一九七二年十二月十一日に不良にいじめられ、自分を庇ってくれた九谷もいじめられて、二人で悔し涙を流した記憶など。もう一つ例を挙げる。

①　それからも運転手はわしを警戒したのか、なんどもバックミラーで確かめておるのは、わしはちゃんと知っていました。人の眼は棘といっしょで痛かですもんね。この世は時々、人の眼地獄になって、わしもお母ちゃんもこの地獄の痛さにのたうちまわってきたとです。一九六八年六月十二日、お母ちゃんは電車の中で、薄ら

笑いを浮かべて、じろじろわしを見ていた高校生と喧嘩をしました。お母ちゃんはまるで反省をせんふたりの高校生に、悔し涙を流しながら、傘で殴りかかりましたが、軽くかわされて、「あほの親もあほやもんなあ」と笑われたとです。

これらはいずれも過去の記憶だが、今日の辛い体験も、修は後に正確な日付と共に、何度も鮮明に思い出すのであろう。修の記憶は、主として辛く鮮明な映像、感情に裏打ちされたものであり、一九六八年六月十二日といった一回限りの日付へ、何度も戻るようなものと言える。

第二の特徴としては、何年何月何日という日付と出来事の不可分の結び付きが挙げられる。修は数字はすぐ覚えて、その後もずっと覚えている。日付（数字）を思い出せば、それをきっかけにしてその日の出来事を思い出し、逆にある出来事を思い出せば、その日の日付を思い出す。さらには引用①のように、ある出来事に遭遇すれば、それがきっかけとなって、かつて体験した似たような出来事を思い出し（心のなかで再び体験し）、その日の日付も思い出してしまう。このような、きっかけ・刺激による連鎖反応にも喩えられる記憶のあり方も、修の記憶の特徴と言えよう[2]。

以上から、修の記憶は、きっかけにより何年何月何日という特定の日付に、その時もった感情等を再現しつつ、個人的に戻るものとまとめられよう。そして、このような修の記憶の特徴は、ＰＴＳＤ（心的外傷後ストレス障害）の症状に極めて近いと考えられる。大災害や大量虐殺、拷問といった、脅威的な出来事に遭遇した人が、似たような出来事や思い出させるようなきっかけに遭遇した時、かつての恐ろしい出来事がフラッシュバック、つまり、生々しく鮮明に再現してしまう。そのため、思い出すような刺激を避け続け、人付き合いを避けるなど、周囲に対し自己を閉ざした生活を営むようになる。ＰＴＳＤの症状は、以上のようにまとめられるが、修の記憶のあり方に近いと言える。

多くの原爆の被爆者にPTSDに近い症状がみられ、フラッシュバックにより、六十年経った今なお被爆当時を生き、苦しんでいることを指摘し、その精神的救済の必要性を問題提起したのは、『ヒバクシャの心の傷を追って』（平成十九年七月　岩波書店）の著者中澤正夫氏。氏の指摘は小説「石」を読む上で示唆的である。氏はフラッシュバックのきっかけとして、小説「石」のキーワードでもある光や匂い、差別・偏見のまなざしを指摘している。そして、氏の指摘するきっかけとしての差別・偏見のまなざしと、程度の差はあれ、周囲に対し自己を閉ざした被爆者の態度は、小説「石」の修に向けられる差別や偏見の「尖った眼」(3)、それに対し自己を閉ざして「石」になる修の態度に通ずるものがある。(4)

さらに、以上の修のサヴァン症候群的な記憶と、フラッシュバック的な記憶の類似を確認した上で、次の小説「石」の一節を読むとどうなるか。

② 人が来るたびに、たぶん、わしはまた妙な目つきで睨んでおったのでしょう。受付のカウンターの人が近づいてきて話しかけてきましたが、わしはかたまってしまいました。今度は断固として石になりました。城谷さんに会うまでは永遠に動かないつもりでしたが、石のくせに腹が減って、おなかがぐうと鳴るのはなさけなかです。

それから、どれくらい時間が過ぎたのかはわかりません。わしはほんとうに何百年も石でした。縄に手を結ばれて列になって連れていかれる信徒や、原爆で泣きながら燃えていき石になった子どもをぼんやりと眼の端に見ていました。

③ なんで夜はこげん暗かとでしょうか。川のほとりはマンションの灯が少しもれてくるくらいで、風はひゅうひゅう吹いて、なんも聴こえんし、なんも見えんし、誰もおらん……。家も真っ暗で寒かと思うたら、わしの

からだは重くなっていきました。川が曲がる広い河原にさしかかったら、どこからか小さな音が聴こえてきて、手はやっと頭を叩くのをやめました。（略）河原には大きな石がごろごろと転がっているだけです。

水ばください。あーあ、からだが燃える。水を、誰か……、水をくださいー。

熱かあ、ひとおもいに殺してくれろー。おれは神さんのところに早う行きたかー。槍で突いてくれろー。

わしは確かに男や女のいくつもの声を聴きました。

まず引用②について述べる。修がロビーで座っているだけで受付が近付いてきて話しかけてきたこと、「今度は断固として石にな」ったこと、引用のすぐ後に「カウンターの男の人にますます怪しまれました」とあること、そして修がホテルをでる直前に「カウンターのホテルマンも、じっとこちらを睨んでおる」とあること。以上から、知的障害者であることを理由に、受付の人が差別的な目で修をみていたと考えられる。周囲の人の差別的な目に対し自己を閉ざし、それがきっかけで、心のなかで原爆やキリシタン迫害の惨状を生々しく目撃する修は、長崎の原爆の被爆者、迫害されたキリシタンと重なると言えよう。引用③も同様である。「わしのからだは重くなっていきました」、つまり、「石」になったという描写の直前には、タクシーの運転手が修に差別的なまなざしを向ける、引用①の場面が描かれている。「水ばください。あーあ、からだが燃える。（略）水をくださいー。」は、被爆者のフラッシュバック的な記憶として、「熱かあ、ひとおもいに殺してくれろー。（略）槍で突いてくれろー。」は、迫害されるキリシタンのフラッシュバック的な記憶として、それぞれ読むことができよう。二のまとめとして繰り返すが、修のサヴァン症候群的な記憶と、被災者のフラッシュバック的な記憶は、記憶のあり方という点で極めて近いと言える。

これら二つの記憶のあり方は近い。しかし、引用①と、引用②・③との間には、例えば日付の有無など、看過しがたい相違点がある。その相違点に注目することで、以上の二つの記憶の類似性を指摘するだけにとどまらない、新たな指摘が可能である。先に結論めいた言い方をすると、サヴァン症候群的な記憶とフラッシュバック的な記憶をひとまとめにした場合、小説「石」には、サヴァン症候群的・フラッシュバック的な記憶と、記念日によって形成される集合的記憶という、二つの記憶が読み取れる。三ではまず、小説「石」に読み取り得る記念日と集合的記憶を示す。そして、それらがサヴァン症候群的・フラッシュバック的な記憶とどのように関係するかを考えることで、小説「石」における語りの性格を明らかにする。

三　記念日・集合的記憶とサヴァン症候群的な記憶の関係

前述のように、引用①と、引用②・③との間には相違点が認められる。まずはその相違点を確認する。

Ⅰ何年何月何日という日付の有無。①には日付がみられるが、②、③にはみられない。
Ⅱ①はその引用文全体が修個人の内なる声のみで成り立っている。それに対し、②、③には、迫害されるキリシタンや被爆者といった、異なる年代の異なる声が多数みられる。
Ⅲ①は修の体験したことである。それに対し、②、③の拷問、被爆の体験は、修にはない。

先回りして述べると、Ⅰ、Ⅱ、Ⅲで確認した②、③の諸特徴は、集合的記憶の形成に関わるものだが、なぜ修が直接に見聞きしたことのない、異なる年（年代）に属する複数の声が同時に聴こえるのであろうか。このことを考える上で手がかりとなるのは、キリスト教徒である修が、おそらくは小、中学校の「太陽学級」でカレンダーを破る係だったという設定である。この修の設定から、江戸時代にキリシタン達が神父もいないなかで、幕府に見付からないよう信仰を保っていくために、張方（ちょうかた）という役をつくっていたことを連想するのは可能であろう。以下の二

つの引用は張方についてである。(5)

（略）浦上には、キリシタンの地下組織ができた。まず張方が一人いて、日繰（教会暦をいう）を所持していて、一年中の祝日や教会行事の日を繰り出し、また祈りや教義などを伝承する。浦上山里村五郷（馬込郷・里郷・中野郷・本原郷・家野郷）のうち、馬込郷以外の四郷がキリシタンであった。各郷に水方を一人置く。各字には聞役が一人いる。張方は祝日や、祈り・教義を水方に伝え、水方は聞役に伝える、聞役が一戸一戸の信者を掌握していてそれを各人に流した。（略）

こうして張方・水方・聞役という指導系統が出来上った。二五〇年に及ぶ長い間、一人の神父もいないのに信者たちが信仰を伝え得た理由の一つはこの組織の故であった。

（略）信徒間には組合があつて、触役、水役など多少の分業をして、祝日を知らせ、洗礼を施すなどの事、皆その仲間だけで秘密に行つた。但しその他は多くは家庭内部だけの事で、祝日を守るが最も主要事であつた。（略）

一つの秘密団体、而してその中で守るべき大切なる事柄の一つは祝祭日を守ることで、それには教会の暦が必要である。一般キリスト教の日曜の外に、天主教には毎週金曜の精進日があり、又その日その日の聖人の名（本書によると、八月九日は「クワタゼウン」となっている—筆者注）を記憶して、それに相当するオラシヨを捧げ、又は式を営む。

張方とは平たく言うとカレンダー係のこと。昔の殉教者の記念日——毎年語られるべく、何月何日のみで何年の部分がない日付——等を、キリシタン達が毎年祝う上での中心的な役と言える。小説「石」にもバレンタインデーやクリスマスといった、キリスト教に関係する記念日がみられるが、実際、キリスト教においては、一年中ほとんど毎日が記念日である。例えば、小説「石」にでてくる中町教会は、聖トマス西と十五殉教者に捧げられた教会だが、この十六人の殉教者の記念日は九月二十八日である。一六三七年九月二十九日、聖ビセンテ塩塚司祭ら五人が殉教しているが、記念日に定められた九月二十八日には、司祭ら五人が棄教するよう拷問されていた。同じく小説「石」にでてくる浦上教会は、日本二十六聖人に捧げられた教会だが、二十六聖人の記念日は二月五日である。ここで重要なのは、毎年記念日に、殉教者達の（何日から何日まで拷問され、何月何日に殉教したなどの）生涯や信仰のあり方が、何年の部分が半ば消された何月何日の形で、教訓と共に教会等で語られるということである。それは、例えば一六三七年といったその年に戻るということではなく、その年が現代の同じ何月何日にやってくる――その出来事が現代の解釈のコード等により意味付けられて、教訓等の形で示される――ということである。小説中の言葉を用いて言えば、長崎の原爆の記念日は八月九日だが、原爆は「何十年」もの間、そしてキリシタン迫害は「何百年」もの間、一九九五年や二〇〇五年といったその時その時の現代に訪れ続けてきた（「そのまま（略）あそこにうずくまっておる」）、ということである。

小説「石」には次の一節がある。

> 浦上川の川岸に大きな石が転がっているところがあります。あれはただの石ではない。なんもかんもいやになった人が石になったとです。あのあたりには原爆で水を求めたり、火炙りにされた信徒がいっぱいいたので、きっといやになって石になってしまい、そのまま何十年も、何百年もあそこにうずくまっておるのです。

前の段落で、カレンダー係という設定を手がかりに、記念日について述べた。「浦上川の川岸に」「いっぱいいた」「火炙りにされた信徒」について、神父や母親がする話のなかで、八月九日という何年をともなわない日付（記念日）

を聞く可能性はあるのではないか。例えば『切支丹風土記　九州編』（昭和三十五年三月　宝文館）には、「西坂公園は慶長二年（一五九七）の二六聖人殉教地として知られている。しかし殉教者は二六聖人ばかりではない。西坂公園から首塚を中心に天理教会に至る地域で殉教した人の数は、教会の記録や地方史料に見えるものだけでも六六〇名の多きに上っている。」という一節の後に、「西坂一帯における殉教年表」がある。年表における八月中旬、下旬に殉教した人の数は、合計すると百八十六名。拷問は、殺すことではなく棄教させることが目的であるため、信徒が殉教するには日にちがかかる。例えば八月十四日に殉教した「マチヤス等二名」（『切支丹風土記　九州編』）が、八月九日には火で焼かれるなどの拷問を受けていたとしても不思議はない。

本章の三の初めに戻ると、引用②、③で、迫害されるキリシタンと被爆者という、異なる年に属する複数の声が同時に聴こえるのは、記念日という社会的な制度に媒介されてではあるまいか。換言すれば、八月九日という日付を付与された、異なる年におきた様々な出来事が、八月九日という記号を共有しているが故に、その記念日のもとに並置されているのではなかろうか。引用②、③には、日付は一つもみられない。しかし、以上述べたことに加えて、小説「石」では記憶と結び付いた日付が主題的に描かれていること、そして、八月九日と書かれていなくても、長崎の原爆の記念日は特化された日付であり、分かるから省略されていると考えられることからも、引用②、③に記念日を読み取ることは可能と考える。

J・デリダは『シボレート』(6)で、「回帰してただ一度として自らをしるしづけるもの、時として日付と呼ばれるところのものについて」述べている。『シボレート』の内容は、次のように要約できよう。例えば被爆体験など、その時・その場所・その個人と結び付いているが故に再体験・反復され得ない、言葉で語られ得ない、一回限りの出来事がかつてあったと、私たちは思うことができる。再体験し得ず語り得ない、つまり一回限りの出来事があったと私たちが言えるのは、記念日（月・日）という、毎年繰り返し回帰し続ける（記念日は毎年やってくる）社会的な制度があるからだ。記念日は、回帰し続けることによって、一回限りの出来事があったということを成立させる社会的制度と言える。そして、一回限りの語り得ぬ出来事があったということを確認するために、記念日（月・日）になると、その出来事について語られるが、その毎年語られること、そして社会的であることにより、同じ日付（月・日）を共有する様々な出来事（時に異なる年代の出来事）が結び付けられ、共通性・関係性が見出される、と。例えば小説「蜜」の語り手は、一九四五年八月九日の原爆投下と、明日二〇〇五年八月九日の自身の不倫行為とを、八月九日という日付を媒介にして、結び付けて考える。同じ日付（月・日）を共有する様々な出来事が、取捨選択的・構成的に集められ、読み手や聞き手は現代の解釈のコードでそれらを受容するのである。

そして、歴史を背負った歴史共同体の集合的記憶が、記念日の以上のような特質によって形成される。毎年記念日に原爆やキリシタンの殉教が語られてきたからこそ、異なる年におきた出来事が結び付けられ、例えば、キリシタン迫害のあった土地浦上に原爆が落とされたといった語り・集合的記憶化がなされるのだ。(7)

こういった、語り得ない一回限りの出来事について語られたことは、一回限りの出来事それ自体ではない。その出来事（年・月・日）のコピーのようなもの(8)と言えよう。換言すれば、その近付き得ぬ日付（年・月・日）に行くということではなく、その日付の翻訳されたもの、別のコードにうつしかえられたものが、現代の同じ日付（月・日）にやってくる、ということである。一回限りの出来事は、記念日により、それがあったということは言える。しかし、通常、体験した本人も反復的に体験はし得ず、近付き得ない。例外があるとすれば、それは、サヴァン症候群的・フラッシュバック的な記憶による、内的な反復的体験であろう。(9)サヴァン症候群的・フラッシュバック的な記憶がよみがえるきっかけは様々だが、記念日（数字）や集合的記憶も、きっかけとなり得ると考える。(10)様々なきっかけにより回帰するサヴァン症候群的な記憶とフラッシュバック的な記憶は、近付き得ないはずの日付（年・月・日）へ行く点で共通している。この点において、知的障害者と被災者は重なると言える。

そして、サヴァン症候群的な記憶とフラッシュバック的な記憶は、証言などの形で言語化されれば、日付の年の部分を消した上で、記念日・集合的記憶に組み込まれる可能性がある。例えば、引用③の「水ばください（略）」

や「熱かあ、ひとおもいに殺してくれろー（略）」という言葉は、一人一人の被爆者やキリシタンがフラッシュバック的な記憶により、個別に心の内で呟くのであれば、それは一回限りの出来事（年・月・日）の回帰を表している。しかし、そのどれもが言語化された上で八月九日の出来事としてひとくくりにされ、他人（この場合は修）に受容されれば、それは集合的記憶と言える。ただ、知的障害をもつ修のサヴァン症候群的な記憶は、たとえ言語化されても、何らかの記念日や集合的記憶に組み込まれることは稀かもしれない。実際、修は、一九七二年十二月十一日の九谷に関する記憶を、九谷に関わる話を集めている記者の城谷に語るが、その話は記事（集合的記憶）にならないという理由で退けられる。城谷は、九谷の幼馴染みである修から記事になる話を聞けると期待して、修に話しかけるが、修には、城谷がどのような話を期待しているかが分かっておらず、九谷のおかれている状況もよく分かっていない。小説において、修は常に年・月・日の形で語るが、被災者には、日付は年・月・日または月・日（記念日・集合的記憶）の二つのケースがあり得るのである。

前述のように、記念日や集合的記憶も、サヴァン症候群的・フラッシュバック的な記憶がよみがえるきっかけとなると考えられる。そうだとすれば、毎年反戦や平和を目的とした記念日に、集合的記憶と関わりながら、一人、反復されないはずの出来事を、心のなかで再び体験している人がいることになる。そして修はそのような可能性をもった人物と言える。もっとも、修のその記憶・再体験は、言語化されても集合的記憶に加えられるとは限らない点で、被災者のそれとは異なる。記念日や集合的記憶、差別の「尖った眼」などがきっかけとなって、過去の特定の日付、一回限りの出来事を、繰り返し体験する。小説「石」の語りの性格はこのようにまとめられよう。

四　回帰する記憶と「石」になること

以上の語りの性格をおさえた上で、最後に、小説「石」に見出し得る光景、メッセージについて述べる。

これまで様々なきっかけについて述べてきたが、さらに光を加えることができる。例えば、「回るたびにきらきら光」る城谷のボールペンの光に、修は「恋の魔法に」かかり、「せっくすなどをしてくれたらうれしか」と思う。「回るたびにきらきら光」るボールペンの光が、城谷との「せっくす」につながるのは、中洲の風俗店での記憶が潜在的に媒介しているからと考える。

④　一九八九年十二月二十日、わしは先輩に連れられて行った中洲のエッチな店で、女の人のあそこを触らせてもらったことがあるとです。店の中は、ぴかぴかのミラーボールという、凍りついたお月さんのような玉が、まわりながら光っていて、水の底のように真っ暗で、（略）テニスの格好のミニスカートの女の人が膝にうんしょって座ってくれて、これがつるつるの尻にパンツもなんもはいてはおらんとです。（略）
　顔はようは見えんかったけれど、「美代です」と言った美代ちゃんは、わしのことをちっともばかにはせんで、（略）おちんちんや玉袋をぐりぐり撫でてくれて、これがせっくすというものかとわしはひたすらに神さまに感謝しながら、「どこにいれたらよかとでしょうか?」と訊ねたら、「それはだめなの」って断られました。
　それでもミラーボールを眺めながら、いちゃいちゃしているだけでよかったのです。でも、三十分が過ぎたら、美代ちゃんは次の客のところに行って、わしは放りだされてしもうたとです。

修は美代とのやりとりを「死ぬまで忘れることのできん、ほんとうの大人の恋」と思っており、修のなかで、この中洲での記憶は重要な位置を占めている。「回るたびにきらきら光」るボールペンの光が城谷との「せっくす」につながるのは、ボールペンの光が、「ぴかぴかのミラーボール」が「まわりながら光ってい」るなかで美代と「せっくす」した中洲での記憶を、潜在的に刺激するからと考えられよう。ただし、きっかけとしての光は、対比的に描かれている九谷の言葉で言うと、「眩しくて」「なにも見え」ない「大きな太陽」の光、「眩しすぎ」る光ではない。

九谷の求める光とは違い、修の求める光は、せいぜいボールペンやシャンデリア程度の光である。
光がきっかけとなり、城谷をますます好きになって「せっくす」を願う（祈る）と、今度はその「せっくす」を願ったことがきっかけとなって、辛い記憶が回帰する。

⑤（略）これ以上、恋の魔法にかけられたら、わしは城谷さんにストーカーをして、警察に捕まってしまうかもしれません。（略）

わしは城谷さんの指の先でくるくる回るボールペンから眼を離しました。わしは色恋とはどうせ無縁の男ですけん、恋をしてはいけんとでしょう。（略）二階の上のあたりに十字架に磔にされた白いキリストさまを飾ったら、ホテルのロビーはすぐに教会になるでしょう。わしは神さまにお祈りをささげたかったとです。ほんとうは、どうか女の人を紹介してください、せっくすをさせてください……、って祈りたかけど、そげんふうに祈ったらいけんとです。

一九九六年七月八日の日曜日の礼拝のとちゅうでスケベなことを考えてしもうて、教会でそんなお祈りをしておったら、首まで真っ赤になって、家に帰ってお母ちゃんに「なんば祈りよったか？」とさんざんに追及されて、とうとう白状したら、おたまでぼこぼこに殴られました。

御先祖さまには清らかに祈りながら火炙りになった人もおる……、なして、そげんエゲツもなかことを願うのか、正しい祈りをささげんといかんと怒られました。

一九七八年七月十二日にストーカーで捕まった記憶。一九九六年七月八日に「スケベな」お祈りをして殴られた記憶。こういった記憶は繰り返し回帰し、修に好きだという気持ちや「せっくす」を願い祈ることを諦めさせ、心のなかで「ぶつぶつ言う」状態から進展させせない。

本章の三で、記念日や集合的記憶もきっかけとなり得ると述べた。引用③の「水ばください（略）」などの被爆者やキリシタンの言葉＝集合的記憶も、修の記憶を潜在的に刺激したと考える。小説では、水という言葉は、修が城谷や美代を求める状況で、修によって用いられている。引用④の「水の底」はその一例である。「水ばください（略）」という被爆者が水を求める言葉は、修の中洲での記憶を刺激し、中洲での記憶が、小説の最後で「せっくすばさせてくださらい」と修に祈るよう促したのではないか。同様に、火炙りにされる信徒の言葉も、「一九九六年七月八日の日曜日の礼拝」で「スケベな」お祈りをした記憶を刺激し、小説の最後の祈りにつながったのではあるまいか。

そして、被爆者やキリシタンの言葉に刺激されての、小説の最後での祈りも、引用⑤にみられるように、一九九六年七月八日の「スケベな」祈りを怒られた記憶が回帰し、結局は撤回されると考える。小説の展開に即して補足すると、修は「神さまに懺悔の告白をする部屋」に似た一室で、「救いの主」九谷に「城谷さんとせっくすばしたか」と告白し、仲違いをして九谷は「佐伯と金沢と同じ尖った眼にな」る。このことも、小説の最後の祈りの先に、過去の繰り返しが待っていることを暗示していると言えよう。

「アダムはついに胸の骨の片割れを探しあてて」など、修は自分の未来を聖書の言葉で何度も語る。しかし、繰り返し過去の特定の日付を体験するといった記憶が、未来へ向かうために行動するのを妨げ、心のなかで「ぶつぶつ言う」だけの状態にとどめ、修を苦しめ続ける。現在の状況が過去の状況に似ていても、過去の結果と同様の結果が訪れるとは限らない。しかし、回帰し続ける記憶が、まだ訪れていない現在の結果の代わりに、過去の状況の結果を繰り返し体験し続けさせるのだ。『爆心』に散見されるイメージを用いて比喩的に言うと、それは、「ぐるぐる回る車輪」（小説「虫」）のように、振り出しに戻り続けるようなものである。小説「石」では、過去の特定の日付を繰り返し体験するような記憶は、修を苦しめ、心のなかで「ぶつぶつ言う」のみで、「永遠に黙っているしかなか」など、未来へ向かうべく行動するのを妨げる。その意味で、否定的に描かれていると言える。

さらに、修がしゃべらなくとも「眼で話ができる」と思っている人達がいなくなることが、内に言葉を抱えて苦しむ（「石」になる）ことを強めている。「眼で話ができる」人達とは、九谷や修の母親、保護者会の人達のこと。九谷は前述のように「佐伯と金沢と同じ尖った眼になってしま」い、修の母親は「金色の目ヤニで眼もふさがってしまい」、余命わずかである。保護者会の人達は、修に母親の死後はグループホームで暮らせと言っているようだが、修自身は「グループホームで知らん人と暮らすのも恐ろしか」と思っており、少なくともこの件に関しては「眼で話ができ」ていない。「眼で話ができる」と思っていた人達が、そうではなくなったり、遠からず死別していなくなったり、実は意思疎通できていなかったりすることで、修はより一層、心のなかで「ぶつぶつ言う」ことになると考えられよう。

そして、きっかけによって回帰し続ける記憶により、苦しみ、望ましい未来に向かおうとするのを妨げられるというのは、修だけの問題ではあるまい。それは、被爆者や迫害されるキリシタンもあてはまると考える。フラッシュバック的な記憶が厄介なのは、反復されないはずの辛い過去を、繰り返し体験し続けなければならない[11]点だけではない。それ以上に、自らの望む未来に向かうべく、不満や希望を述べるなど、現状を変えようとするのをためらわせ、黙らせる点にこそあるのではないだろうか。現在の状況が変われば、取り巻くきっかけも変わり、苦しむことも少なくなり得る。小説中の言葉を用いて言うと、例えば、知的障害等の属性を根拠にマイナスの評価を下す差別の現状が変われば、きっかけとしての「尖った眼」、「人の眼地獄」により「のたうちまわ」る、つまり、辛い過去を再体験し続けるということも、少なくなり得よう。しかし、不満や希望があって変えたいと思っても、回帰し続ける記憶が、修に言いたいことを言わせず、未来に向かうべく一歩を踏み出すのを強力に阻む。変えたいと思う現状や向かいたい未来には、辛い記憶を呼び覚ますきっかけが溢れており、それにより、繰り返し辛い過去を体験することで、言いたいことも言えなくなって苦しみ続ける、袋小路の状況。このような状況を、サヴァン症候群的・フラッシュバック的な記憶は作り出すのではないだろうか。

小説「石」に読み取り得ること。それは、物言わぬ「石」が内に言いたい言葉を抱え苦しみ、引用③の表現を用いれば「ごろごろと転がっている」光景。そして、サヴァン症候群的な記憶は、必ずしも羨むべき「すごい能力」ではないというメッセージと考える。この小説では、東京からきた城谷の兄が知的障害者で、九谷の愛人の子供も障害児とされているなど、登場人物がそれぞれ障害者と関わっている。こういったことから、物言わぬ「石」が「ごろごろと転がっている」という表現は、ある意味でどうでもいい場面にみえる引用③の場面や、長崎県浦上にのみあてはまるのではなく、小説全体、そして地理的には県外にまで、広くあてはまると言える。しかし、「ごろごろと転がっている」という表現を、全ての知的障害者や被爆者、迫害を経験・目撃したキリシタンが、内に言葉を抱えて苦しんでいるというように解することはできまい。「ごろごろと」という表現は、多くのといったニュアンスである。

差別のまなざしや記念日等のきっかけにより回帰する記憶が、記憶の所有者を苦しめ、黙らせる。この点で、サヴァン症候群的な記憶とフラッシュバック的な記憶は、根っこの所でつながっており、それ故に、サヴァン症候群的な記憶力をもつ知的障害者には、フラッシュバック的な記憶をもつ、「石」になった被爆者達の苦しみが共有されると言える。サヴァン症候群的な記憶力をもつ知的障害者を描くことは、フラッシュバック的な記憶をもつ被爆者やキリシタンを描くことにつながる側面がある。無論、二者の間には、記念日や集合的記憶との関わりにおいて、異なる点もある。作中における修の孤独は、この相違点によると考えられ、なぜ知的障害者が語り手なのかという問いに、このような相違点を可視化するためと答えることも可能であろう。しかし、相違点以上に重要なのは共通点、つまり、知的障害者を描くことが、被爆者やキリシタンを描くことにつながるということである。それは、記念日や集合的記憶が知的障害者を、戻り得ぬはずの過去の特定の日付へ連れ戻し、黙らせるように、記念日や集合的記憶が被爆者を、一九四五年八月九日に連れ戻し黙らせる、ということである。

八月九日という反戦や反核の記念日が、被爆体験のない者には集合的記憶を喚起し、反戦・反核運動の原動力となっているのに対し、その記念日や集合的記憶がきっかけとして被爆者を何度も苦しめ、黙らせている。サヴァン症候群的・フラッシュバック的な記憶などの心に負った傷は、その人の意志を強力に押え付けてしまう。それ故、その傷を武器にして現状を変えていくべきだといった理屈が通じるものでは、おそらくない。実際、人間の意志は記憶と密接なつながりがあり、記憶によって挫かれたり、無意識に押え付けられていたりすることは、多々あるのではあるまいか。あるいは、属性を根拠とした差別・偏見のまなざしにより回帰する記憶は、望ましい未来へ向かい得ぬ、意志を押え付ける袋小路を作り出すと、先に述べた。このことからも、その記憶・傷を武器に現状を変えていくべきだといった理屈は、通じないと言えよう。知的障害者のサヴァン症候群的な記憶の抱える問題を、可視化して考えることは、被爆者等のフラッシュバック的な記憶について、日付との関わりなど、これまであまり注目されてこなかった側面に光をあてて考えることでもある。長崎の原爆、キリシタン迫害をテーマとした『爆心』収録作品のなかに、知的障害者を語り手にした作品があるのは、以上の理由によると考える。

注

(1) 小説の最後、今まで存在していたタカラガイがなくなり、「世界の彼方では波頭の白いほつれが音もなくほどけていった。」とある。このことから、この先、娘の記憶が実体として現れることはなくなると考えられる。

(2) その他にも、特徴として、修のサヴァン症候群的な記憶の歴史的で個人的であることが挙げられる。本研究では、歴史的という語は、その時代やその年に特有の思考の枠組みを有している、という意味で用いている。例えば被爆者の場合、一九四五年八月九日という戦時中における思考は、現在における事後的な思考とは違い、歴史的であると言える。個人的という語は、例えば個々の被爆者がその時にもった感情や、その人の使用する独特の概念をさすのに用いる。次の引用には、修の記憶の歴史的で個人的であるという特徴がよく表れている。

一九八九年十二月二十日、わしは先輩に連れられて行った中洲のエッチな店で、女の人のあそこを触らせてもらったことがあるとです。(略)

顔はようは見えんかったけれど、「美代です」と言った美代ちゃんは、わしのことをちっともばかにはせんで、「兄さん、元気いいねえー、大きいねえ」って、ズボンのジッパーを開けて、おちんちんや玉袋をぐりぐり撫でてくれて、これがせっくすというものかとわしはひたすらに神さまに感謝しながら、「どこにいれたらよかとでしょうか?」と訊ねたら、「それはだめなの」って断られました。（略）

半年もそのことばかり考えて、いっしょけんめいに貯金して五万円も貯めたとです。（略）それなのに夏に博多に行った時は、美代ちゃんはもう店を辞めてしまい、どこに行ったのかわかりません。（略）七百二十九人目の美代ちゃんはいったいどこに消えてしもうたのか、わしはそれから半年も美代ちゃんを探しました。あれが死ぬまで忘れることのできん、ほんとうの大人の恋やったと思うとです。

近年、知的障害者の風俗店利用や、知的障害者が風俗店でのやりとりやメディア情報に基づいて築く恋愛観と、日常生活で一般に期待される恋愛観との間のずれなどが、問題となっている。『知的障害者の恋愛と性に光を』（平成八年八月　かもがわ出版）等で知られる「知的障害者の生と性の研究会」の多くの著作や、河合香織『セックスボランティア』（平成十六年六月　新潮社）などが、そのような問題を取り上げている。問題となっているのは、傍線部にうかがえるように、知的障害者（修）が風俗店でのやりとりをもとにして、恋愛に関し思考する、という現象が近年みられるようになったからである。修のしているような思考は近年になってのもの、という意味で歴史的である。修は、「おちんちんや玉袋をぐりぐり撫でて」もらうことなどを「せっくす」と言っているが、このことからは、その記憶をもつ主体に固有の肉声、概念を読み取ることができよう。修の鮮明で正確な記憶は、修個人の肉声や概念、感情と不可分で、その意味で個人的であると言える。もちろん、歴史的であると同時に個人的であることは矛盾しない。修の「せっくす」という言葉の概念は個人的なものだが、この言葉は近年の知的障害者と性風俗の問題・議論と密接に関係しており、修の思考を形作っているという意味では歴史的である。

（3）　このような表現は小説中に散見される。「視線」も『爆心』収録作品に共通するモチーフである。

（4）　以下は『ヒバクシャの心の傷を追って』の引用である。

引き戻らされ現象のメカニズムは、PTSDのそれと同じである。ちょっとしたキッカケで「あの日」へ恐怖とともに引き戻らされるこのメカニズムは、いまでいうPTSDのそれと同じである。PTSD（心的外傷後ストレス障害）とは、大きな恐怖をともなう脅威的なできごと（大災害、地震、津波、大量虐殺、拷問、テロなど）に遭遇した人におこる次のような症状をいう。

①　似たできごと、あるいは思い出させるようなキッカケに遭遇すると、そのときの体験がフラッシュバック（恐怖とともに再現）する。キッカケがなくとも幻覚や悪夢となって繰り返す。

②　そのため、思い出さないような生き方をする。思い出すような刺激を避けつづけ、自ら「無感動、情動の鈍化」につとめ、「他人から孤立的になり、周囲に無関心」を装う。

③　それにもかかわらず「覚醒の亢進状態」（刺激で揺れやすい、睡眠障害など）が続く。（第5章）

ふたつめは、なるべく「思い出さない生活」を選んでも、思い出さざるを得ない事態が次々と被爆者を襲って来るという点である。まず、「差別・偏見」による。「ピカドンの子」として学校で、遊び仲間からはじかれ、縁談を断わられ、という体験をしている人は多い。次に同じ被爆者仲間が原爆症（白血病や癌など）で死んでいく。それを知るごとに、否応なしに「あの日」に自分が「連れ戻らされて」しまうのである。また、自分が病んだときに、（原爆症であろうとなかろうと）今度死ぬのは自分だと思ってしまう。このことが「引き戻らされ体験（フラッシュバック）の頻度としては一番多いと考えられる。（第9章）

（5）　前者は『切支丹風土記　九州編』（昭和三十五年三月　宝文館）収録の「長崎の切支丹」。後者は『切支丹宗門の迫害と潜伏』（大正十四年一月　同文館）第七章。引用文中の傍線は筆者により、ルビは適宜省略した。

（6）　飯吉光夫・小林康夫・守中高明訳、平成二年三月、岩波書店。

（7）　その出来事がその時その土地でおきたということからも、記念日と土地には密接なつながりがあることは、言うまでもない。小説「石」には、「あのあたりには原爆で水を求めたり、火炙りにされた信徒がいっぱいいた」という一節がある。土地という要素は重要である。しかし、それらの出来事が同じ土地でおきたというだけでは、結び付けられはしない。記念日によって、それらがたえず有意味なこととして現在によばれてくるのでなければ、そして、結び付けることに現代的に意義があるとされなければ、結び付けられはしないと考えられる。

（8）　『シボレート』にみられる言葉で言えば、「灰」や「亡霊的再来」。

（9）　記念日（月・日）に一回限りの出来事について語る時、日付（月・日）の前に、例えば一九四五年といった記号が付されているとしても、サヴァン症候群的・フラッシュバック的な記憶でなければ、何年の部分があっても記念日であり集合的記憶に過ぎない。

（10）　小説の時間は、八月九日（記念日）ではなく、冬に設定されている。それは、記念日や集合的記憶だけでなく、差別のまなざしや匂いもきっかけとなり得ることと、関係していよう。

（11）　岡真理『記憶／物語』（平成十二年二月　岩波書店）の表現を用いれば、「出来事」が「現在形で、暴力的に人に回帰する」。

※小説「石」の引用は『爆心』の本文により、引用文中の傍線は全て筆者による。

終章

制度や思考は様々な言葉の概念と不可分である。まず、日本の近代化、富国強兵政策と切り離せない、中心としての意志や理性、人間や教育、社会といった語彙と、言葉相互の関係が、西洋の言葉の翻訳語を中心に築かれた。そして、その語彙と言葉相互の関係や、語彙により成立する制度、思考を存続させる上で必要な「白痴」概念が、次第に実体性を帯びていった。筆者は序章で次のように述べた。すなわち、知的障害者や人間はどのように語られてきたか、そしてこれからどのように語り得るのかは、人間の概念や知的障害者の概念において、中心的な要素は何か・何であることが望ましいかという問題として考えねばならない、と。最後に、そのような観点から各章をまとめる。

第一章、國木田獨歩「春の鳥」(『女学世界』明治三十七年三月)は、語り手の「私」が六蔵を、ある時は理解の及ばぬ「白痴」と見なし、またある時は「天使」や「少年」と見なすという、分裂したまなざし・語りのみられる小説である。当時の科学や教育の領域では、「白痴者」は、理性や意志を教育によって伸ばし得ない、社会に害をなす非人間的な存在とされていた。六蔵は、何一つ学び得ずに小学校を退学させられた、人間というよりも「禽獣」と言うべき、その理性や意志の存在をうかがわせない不気味な「白痴」として、一方で語られるが、それは当時の科学や教育の領域における「白痴」言説に基づいている。語り手の「私」はその一方で、六蔵の意志の翻訳を試みるが、実際にはその試みは失敗している。理性や意志をもち、それを教育で伸ばし得るものが人間だとすれば、意志の翻訳をし得ない(=意志をもたない)ということは、六蔵は人間ではないということを意味する。現実には、六蔵のモデルとなった少年は死んでいないにもかかわらず、小説中で六蔵が死ぬのは、このためと考える。

次に第二章について述べる。大正当時、「白痴者」は、理性や意志をもち得ず、精神病のなかで最悪のものとされていた。明治三十三年に施行された精神病者監護法により、精神病者を座敷牢で私宅監置することが合法化されたが、それは、公安や「人種改善」の点から悪とされた、「白痴者」の存在や性の否定を意味する。芥川龍之介「偸盗」(『中央公論』大正六年四月・七月)では、「白痴者」には悪の観念・善悪の判断がない、つまり、意志をもたないとする「白痴」言説を逆手にとることで、「白痴者」を悪とする社会ダーウィニズム(「人種改善」)イデオロギーや、一般社会の価値基準が、「白痴者」によって無効化されている。それは、理性や意志などの知的な側面をもたない「白痴者」こそが、「一切の悪」が消えるといった、普遍性をそなえた真の人間として描かれている、と言い換えられよう。(1)「春の鳥」は、人間とは理性や意志を教育で伸ばし得る、社会に益する存在だとする国家側のメジャーな言説に、意志を翻訳することで、「白痴者」を近付けようとしていた。「偸盗」は、そのメジャーな言説を、「白痴者」のまなざしによって、無効化しようとしていると言える。

第三章、石井充「白痴」(『文芸行動』大正十五年四月)が発表された頃の人間観・「白痴」観は、「偸盗」の頃のそれと変わりがない。しかし、理性や意志を伸ばすことと関わる教育について、横井時敬ら農本主義者が否定的な主張をした点は、「偸盗」の頃と異なっている。(2)昭和恐慌を目前にひかえた当時、農業は採算のとれない仕事であり、農業離れ・都会熱が問題となっていた。そのような状況にあって、農本主義者達は次のように主張した。すなわち、都会の学校でうける知識詰め込みの教育など不必要である、金銭に執着せずに、一途に農作業に打ち込み、歓びを感じる者こそ真の人間である、と。小説「白痴」では、そのような農本主義的人間像と、学校から排除された、寄生地主化することによる金儲けを選択的に決断(=意志)しない、一途に農作業に歓びを感じる「白痴者」とが重ねられている。この頃からみられるようになる、真の幸せを知る者というその「白痴者」表象は、ドストエフスキー『白痴』のムイシュキン公爵に通ずるものがある。農業離れが深刻である以上、このような、農作業に真の幸せを見出す人間像は、実は国家・中心の必要とする人間像でもあるのだが、学校（教育）というイデオロギー的国家装置を批判しているという意味では、農本主義はマイナーで対立的なイデオロギーである。「春の鳥」や「偸盗」では、メジャーなイデオロギーやその「白痴」言説（医学や教育の「白痴」言説）との関わりで、「白痴者」が捉えられていた。小説「白痴」では、「白痴者」概念をそのままで肯定してくれる、マイナーで対立的なイデオロギーとの関わりで「白痴者」を捉えている点に、その特徴があると言える。さらに言えば、「偸盗」では、メジャーなイデオロギーを無効化したその後の社会や生活はどうなるのかが、書かれていないが、小説「白痴」では、それらは農本主義的な社会や生活として、具体的に書かれており、その点も小説「白痴」の特徴と言えよう。

第四章について述べると、昭和三十年頃は、日本で初めて、そして最も、知的障害者の発言、作品が、社会的に意義や価値をもつものとして認められた時期である。精神科医の式場隆三郎は、ゴッホやアンリ・ルソーの絵画と関係付けることで、山下清は優れた「絵画的な記憶力」をもつと述べた。「イディオ・サヴァン」概念を変化させ、再評価し、もって、「白痴者」も芸術などの一側面については教育可能である、その作品にも社会的意義があると主張した。そして、その式場の知的障害者観は広く受け入れられた（今日においても根強く残っている）。「天才画家」とされた山下清の作品は飛ぶように売れたが、その後、式場は「精薄児」を「天才」とすることで「食い物」にしていると批判される。第四章における知的障害者表象の特徴を、第一、二、三章との違いにおいて述べると、次のようになろう。すなわち、第四章では、知的障害者が天才として語られている点、そして、誰がそのように語っているのかが問題となっている点に特徴がある、と。昭和三十年当時、作者の日記や書簡は、最も優れた作品の解説であるとされていた。このことから、緻密な記憶に基づいた素朴な文章表現が、その貼絵に一脈通ずるなど、『山下清放浪日記』（昭和三十一年三月　現代社）出版には、山下清の貼絵の解説という意図があったと考えるが、日記が貼絵を解説していると語っている（日記に絵の解説をさせている）のは、他ならぬ式場である。つまり、日記＝山下清が語っているようで、実は権威者である式場が代弁している。実際には式場が語り手であるに過ぎないと批判され、山下清（知的障害者）は「天才」とはされなくなり、その発言や作品の社会的意義・価値は著しく低下した。しかし、全くなくなった訳ではない。「精薄児」も芸術など一芸に秀でることがあり、その点については教育可能で、社会的に意義があるとする式場の知的障害者観は、意志や理性に関しては、それまでの人間観、「白痴」観と、それほど変わるものではない。しかし、知的障害者の発言や一部の才能に、一定の社会的意義を広く認めさせたことで、知的障害者概念に一面変化が生じたこともまた、確かであると言えよう。[3]

第五章、大江健三郎『静かな生活』（平成二年十月　講談社）における、知的障害者も共に生きていく社会のモデル「静かな生活」は、二つのモデルから成り立っている。一つは、「最大の危機」から「障害の受容」へ至ることで、イーヨー（知的障害者）が周縁から中心へと移るというモデル。本研究ではそれを、「障害の受容」へのプロセスというモデルとした。もう一つは、イーヨー（知的障害者・周縁）による自己表象を、中心である周囲の人々・健常者が受け入れることで、周縁に位置付けられた者が中心へと移るというモデルである。これら二つのモデルは、共に意志と深く関わっている。前者については、被保護者・周縁であったイーヨーが、保護者・中心になるのだが、保護者とは、被保護者の代わりに、道徳的な判断や様々な選択的決断をする者のことである。後者は、自己の役割の選択的決定とつながる自己表象という行為の性質上、必然的に意志が関わらざるを得ない。そしてこのような、周縁と中心が入れ替わった瞬間をクローズアップすることで、二項対立における優位者の最終的な決定・言葉の意味の一貫性を拒む手法は、要するにディコンストラクションと言える。健常者と知的障害者、真に意志を有するのはどちらなのかは、決定不可能ということである。「白痴」は差別用語として、昭和五十七年以降あまり使われなくなる（意志が薄弱とされているなど、知的障害を表す概念の中核の部分はほとんど変わっていない）が、これまでの章が、人間／「白痴者」という二項対立を、構造主義的に安定したものとして捉えているのに対し、ポスト構造主義的に不安定なものとして、健常者（＝人間）／知的障害者（＝「白痴者」）という二項対立を捉えている点に、特徴があると言えよう。[4]

第六章、青来有一「石」（『文学界』平成十七年七月）では、知的障害者、長崎の原爆の被爆者、迫害されたキリシタンが、その記憶の性質の類似により、結び付けて描かれている。記念日や集合的記憶、差別のまなざし等がきっかけとなって、辛い記憶が回帰する。そして、その記憶により苦しみ、言いたいことが言えなくなって（意志が挫かれ）、「石」になってしまう（人間ではなくなる）点で、三者は一致している。人間や意志という要素は、第五章までと共通している。しかし、意志ではなく驚異的な記憶力が、語彙における言葉相互の関係の中心的な位置におかれている点、健常者（＝人間）／知的障害者（＝「白痴者」）という二項対立を前提としていない点で異なっており（この二つの点は関わりがある）、これらの点に小説「石」の特徴がある。知的障害者には意志がないのではない。表面上それがないようにみえるのは、例えば回帰し続ける記憶といった側面に目を向けていないから、そうみえているに過ぎず、表面上は物言わぬ「石」のようでも、その内面は饒舌であるという人も、多いのではあるまいか。[5]そして、回帰し続ける鮮烈な記憶により、表面上意志がないようにみえるのは、知的障害者に特有のことではない。それは、被災者等にもあてはまり得ることである。繰り返すが、小説「石」の特徴は、中心としての意志や理性、教育や社会の発展といった言葉により支えられている、人間／知的障害者という二項対立（近代的な言葉相互の関係）を前提として、人間や知的障害者を語らない点にある。換言すれば、驚異的な記憶力を言葉相互の関係の中心に据えて、知的障害者・長崎の被爆者・キリシタンの三者をつなげて語るという、より多様な、異なる中心をもつ語彙における言葉相互の関係において、知的障害者や人間を語る点に、特徴があると考える。

これまで述べてきたように、知的障害者や人間はどのように語り得るかなど、知的障害者の差別問題に関わる様々な議論は、文学研究＝言葉の問題として考えねばならない。より厳密には、人間や知的障害者の概念において、中心的な要素は何か、何であることが望ましいかという問題として、考えられねばならない。序章で、理性や意志を中心に、人間や「白痴」といった諸概念が明治期に再編成されたと指摘した。これまでの考察から、改めて次のように言うことができる。すなわち、知的障害について語ることは、ほとんど必然的に、人間や意志といった概念と関わることになるということ、そして、語彙における言葉相互の関係の中心は、現代まで一貫して、意志や理性と考えられるということである。このことは、これまでの考察からだけでなく、本研究を行うにあたり作成した「知的障害に関する記述を含む作品・事項一覧」からも、帰納法的に言い得る。[6] 明治になってから、すでに百年以上の年月が経ち、戦後の女性参政権（政治の場での女性の意志表示が認められる）など、人間観はその間に大きく変わったかにみえる。しかし、意志を語彙における言葉相互の関係の中心に据えた、教育や法、政治などの場での人間観は、変わっていないと考える。

さらに、各章では、知的障害者を人間として語ろうとする時、意志はどのように関わっているか、知的障害者概念をどのように変えようとしているかについて、それぞれその特徴を述べた。先の各章のまとめで、それぞれの特徴を要約した。作家や式場隆三郎が語り描いた、知的障害者像の諸特徴の確認は、知的障害者概念の変遷の一側面、知的障害者表象の多様化・多面性（従来の知的障害者観・知的障害者像も、多かれ少なかれ残ると考える）を、示し得たのではあるまいか。

「白痴者」を非人間的とする科学や教育の言説を取り込み、知的障害者は人間なのか、人間とはそもそも何なのかという問いを、文学は抱え続けてきた。諸制度や思考と様々な言葉の概念には密接な関係があるとすれば、このような問いを抱える文学には、日本の近代化や近代社会全体を批判する側面があると考えられる。しかし、現実には、文学は近代社会を批判することで作り替える契機とは、ならなかったのではないか。中心としての意志や理性、教育や社会の発展といった言葉に支えられた、人間／知的障害者という二項対立（近代的な言葉相互の関係）を前提とし、そこで用いられている言葉・概念で、人間とは何ぞやと問うても、近代社会を批判したことにはならず、作り替えていくことにはつながらないからである。第一章から第五章で確認したように、芸術等については教育可能である（第四章）など、知的障害者概念には変化した側面もある。しかし、改めて述べるが、人間・知的障害者概念の、（言葉相互の関係における）中心としての意志という中核の部分は、明治以降今日に至るまで、変わっていないと考える。

近代社会への批判たり得ないというのは、第五章のディコンストラクションという戦略も例外ではない。思惟的には、二項対立の優劣に最終的な決定はあり得ず、固定的なものではないというのは、その通りである。しかし、現実的には、決定は行為や出来事のある都度なされ、多くの場合、その優劣は固定的である。その制度・思考＝語彙と言葉相互の関係が、近代的な枠内にある限り、ほとんどの場合固定的であることは当然であると言えよう。周縁と中心が入れ替わった瞬間をクローズアップすることは、中心に移ることが価値化されるということである。それは、周縁を生み出す思考や制度＝語彙と言葉相互の関係を、繰り返し肯定することにつながる。

「白痴」という語は、一九七〇年代の差別用語の議論や、一九八〇年代、一九九〇年代の用語改正により、「精神薄弱」、知的障害と変わった。しかし、近代的な語彙における言葉相互の関係において、知的障害についての語だけを、「精薄」や精神遅滞と変えてみても、何も変わりはしない。それは、何も変えないどころか、なぜ差別がいまだに続いているのかをみえなくしてしまう。

人間や知的障害者の概念の中核は何かという、問題の所在をみえなくしてしまうという点では、知的障害者の純粋さや優しさの過度の強調も同様である。無論、知的障害者には純粋さや優しさはないなどと主張するつもりはない。例えばテレビドラマ『裸の大将放浪記』で、山下清に過剰な優しさ、純粋さが付与され、私たち健常者はそれに学ぶべきだとされていることなどは、一応理解できる。当時は就学闘争が展開されるなど（第四章参照）、知的障害者を地域に溶け込ませようとする運動が、各地で取り組まれていた。マスコミがそのような動きに無関心だったとは考えられないし、こういった運動の性質上、優しさなどの強調は必要であろう。しかしながら、今現在、優しさや純粋さは知的障害者の特権であるかのような語り・表象が、鸚鵡返しに繰り返される必要があるだろうか。國木田獨歩は「春の鳥」で、六蔵を「自然の児」、「天使」、「春の鳥」などとするワーズワースの言葉を用いつつ、小説の最後でその言葉に疑問を呈している（「六さんが必定鳥の真似を為て死んだのだか解るものじやありません」）。

「春の鳥」では、教育による「白痴児」救済、過剰ともとれる綺麗な言葉（ワーズワースの翻訳）による「白痴児」救済、共に功を奏さない。六蔵は「春の鳥」になったという言葉を素朴に信じることができれば、獨歩も、語り手も、六蔵も、その母親も、読者も、ある意味で救われるはずである。獨歩が響きのいい言葉に疑問を呈したのは、言葉による安易な救済を退け、「白痴児」を救済することがいかに困難であるかを、示すためと考えられる。私たちが日常認める優しさや純粋さは、障害の有無、人種、性別などに関係なく、古今東西の誰がもっていても不思議はない。知的障害者を神聖視・特別視するような、言葉による安易な救済は、かえって問題の所在を不明確にし、社会制度などを温存し続けることにつながると言えよう。

あるいは、本研究では触れなかったが、健常者（＝人間）／知的障害者（＝「白痴者」）という二項対立、その二項対立とつながりのある、自明化・固定化した概念をあてはめる形で、近代以前に遡行しても、日本の近代化や近代社会、それによって生じた差別的な現状を批判することにはならない。戦後の柳田國男「鳴滸の文学」（『芸術』昭和二十二年四月）から、現代では小田晋『日本の狂気誌』（平成十年七月　講談社）など、江戸時代に知的障害者が社会で果たしていた役割や、その扱われ方をもってくることで、現代社会への批判を試みるものは少なくない。しかし、意志を中心とした人間・知的障害者観、近代的な語彙における言葉相互の関係（＝近代的思考）を前提とする限り、批判たり得ない。江戸時代には、脳や遺伝子に欠陥・異常があり、教育を受けるには知能の発達に問題があるとされる知的障害者なるものは存在せず、それらに問題のない人間なるものも存在せず、制度や思考も近代以降のそれと大きく異なっている。同様に、近年重視されるようになった、恋愛や労働などに関する知的障害者自身による発言・当事者運動も、(7) 近代的な語彙における言葉相互の関係（＝近代的思考）を前提としている限り、従属させられた者（サバルタン）は語ることができない（スピヴァク『サバルタンは語ることができるか』（上村忠男訳　平成十年十二月　みすず書房））ということになると考える。知的障害者が語るということは大切なことだが、様々な言葉の関係＝制度・思考の再編成につながる発言や運動は、いかにして可能かを、考えるべきではあるまいか。

言葉の意味は、本質的で固定的なものではない。語彙における言葉相互の関係において、中心化が生じたことにより、いつしか本質化・固定化してしまったかのようにみえるだけである。[8]そうだとすれば、知的障害者や人間の概念は、そして人間とは何ぞやという問いは、言葉相互の関係のあり方の問題として、考えられねばならない。無論、差別的な人間観がよい訳はない。まずは、中心に君臨し続ける意志や理性、教育や社会の発展と結び付いた、健常者／知的障害者という、近代的な語彙における言葉相互の関係を前提とすることを、やめる必要がある。そして、より多様な、異なる中心をもつ語彙における言葉相互の関係において考えられるべきだが、問題は、どのような語と語の関係が望ましいか、ということではなかろうか。

その点、青来有一「石」は示唆的である。例えば、意志の代わりに、回帰し続ける記憶、驚異的な記憶という語を中心に、言葉相互の関係をつくる時、健常者（＝人間・意志ある存在）／知的障害者（＝「白痴者」・意志なき存在）という、一義的で固定的な捉え方は不可能である。知的障害があろうがなかろうが、人間にとって意志など、記憶に押え付けられて何の意味ももち得ないことは、多々あるのではなかろうか。実際、これまで蓄積されてきた記憶は、私たちのする判断や決定の土台とも言え、記憶が意志を規定すると言っても過言ではない。健常者／知的障害者ではなく、知的障害者─被爆者─キリシタンという語と語の関係で考えることで、記憶が意志に代わって、言葉相互の関係における中心に位置付けられ、人間の概念は変わることになる。[9]

記憶が中心というのは、突拍子もない考えにうつるかもしれない。しかし、非現実的という訳ではないのではあるまいか。選択肢を立て、吟味し、決断する、理性や意志を中心とした人間観は、社会の発展を目標とし続ける点で、未来志向的である。未来志向の人間観においては、選択肢のなかに真の正解はないにもかかわらず、現状に満足する訳にもいかないため、選択し続けねばならない。理想を未来に向けて投げかけ続けねばならず、他人や他国に対し競争的で、研究者は過去や現在に批判的な論文を書き続けることになる。それに対し、記憶を中心とした人間観は、すでにおこったこと（記憶）に根差す点で、過去志向的と言える。記憶の概念を広く捉えると、周知のように、中国には、歴史共同体の集合的記憶としての尭舜時代を目指す考え方があった。この考え方は、尭舜時代（記憶）を治世の模範・真の正解とし、その伝説上の治世を現在に実現しようとする（意志）ため、記憶が意志を規定する、記憶が意志に対し優位であると言えよう。このような、過去に根差そうとする、記憶を中心とした人間観に変えるとしたら、それにあわせて、教育等の社会制度も全体的に見直されねばならない。諸制度が見直されると、知的障害概念が必要とされる理由も変わり、知的障害概念も変化するのではないだろうか(10)。

　ここまでスケールの大きな話では、あまりにもリアリティーがなさ過ぎるということであれば、もっと話を小さくしてもよい。例えば、小説「石」では、語り手の修が、回帰する記憶に苦しむ被災者の救済に言及している。記憶を中心とした人間の概念への変化は、医療制度などの諸制度や、思考を変える根拠・きっかけとなり得るのではあるまいか(11)。

　以上を踏まえ、本研究における結論を述べる。現在の、語彙における言葉相互の関係のあり方、言葉の概念、それと結び付いた思考や社会の諸制度は、強固で、そう簡単に変えられるものではあるまい。現代においては、アメリカやイギリス、ドイツやフランスを理想・モデルと考えることができた明治期とは状況が違うため、諸概念のさらなる再編成は、明治期以上に困難であろう。それ以上に、実際に変える前に、言葉相互の関係のあり方や言葉の概念を変えた後どのようになるのか、諸制度等を変えた後どのようになるのかを、事前に予測することは、重要だが容易なことではない。だからこそ、様々な言説からなる文学作品のフィクショナルな世界で、例えばを見出し、人間や知的障害者の概念が変化した後の諸制度等の変化についても、作品解釈を通して考えることには意義があると言えよう。差別の可能性を極力摘み取る形での、知的障害者概念や人間概念のラディカルな変化、諸制度や思考の変化につながる文学作品・批評を、そんなことは無理だと諦めることなく、生み出そうと試み続けることが重要と考える。無論、すでにいくつもそのような作品が書かれているかもしれないため、知的障害者を描いた過去の作品の調査・分析も不可欠である。前述のように、本研究を行うにあたり、「知的障害に関する記述を含む作品・事項一覧」を作成した。しかし、調査・分析共に十分とは言いがたい。本研究では、筆者の調査力・分析力の不足から、近代的な語彙における言葉相互の関係（＝近代的思考）を脱し、言葉相互の関係のあり方や言葉の諸概念を再構築した後、そして諸制度を作り替えた後にどのようになるのかを、文学作品を通して、事前に予測することの重要性を指摘するにとどまった。具体的にどのような言葉相互の関係（人間や知的障害者の概念）が望ましいかについては、記憶を中心とした人間観を提案するにとどまり、煮詰まった確定的なものとして示すに至らなかった。序章で、知的障害者表象の通史的な考察は自己チェックにつながり、自己チェックは、今後どのように考えていくかという問いにつながると述べた。今後どのように考えていくかについては、今後の課題としたい。

なお、本研究では、知的障害者の表象を考察する際、例えば知的障害の程度（「白痴」、「痴愚」、「魯鈍」など）の違いについて、序章の注の（4）で少し触れただけで、ほとんど言及しなかった。障害の程度という観点からすれば、「春の鳥」の六蔵は「白痴」＝重度知的障害で、小説「石」の修は軽度知的障害であり、二者を同一視することはできない。谷中修『ある知的障害者の呟き』（平成十二年十一月　文芸社）など、作品によっては、障害の程度を理由とした、知的障害者間の優越感や劣等感がテーマとなっているものもある。しかし、障害の程度や就学しているか否か、年齢の違い等々、これとこれは違う、あれとこれも違うと、細かく考察するにも自ずと限度がある。そしてそれ以上に、様々な違いにこだわるあまり、問題の本質、つまり、知的障害者や人間の概念の中核は何なのかが、みえなくなってしまうということは、避けねばならない。本研究において、知的障害の程度の違いなど、様々な違いをあえて切り捨てたのはこのためである。

最後に、今後の課題として考えていることを二つ提示する。

一つは、知的障害を表す言葉以外の言葉の、通史的な整理と分析をすることである。知的障害を表す言葉以外の言葉とは、具体的には、意志や理性、感情、本能、記憶、人間、そして、知的障害に部分的に重なる「精神障害」や「狂気（狂人）」[12]などである。本研究では、例えば、意志とは目的を実現するための選択・決断や道徳的判断をする精神の働き[13]とするなど、知的障害を表す言葉以外の言葉の概念は、ひとまず辞書的な意味で一貫して捉えてきた。しかし、知的障害を表す言葉の概念に、変化・多様化[14]が認められるように、意志などの概念も、変化・多様化していると考えるべきであろう。先に、今後知的障害者や人間はどのように語られ得るかを、今後の課題とすると述べた。厳密には、知的障害を表す言葉以外の言葉の通史的な整理・分析をも視野に入れ、今後どのように語られ得るかを考えていく、ということである。

もう一つは、序章で確認した、知的障害者について語られる時のトピックのうち、本研究で中心に据えた③知的障害者は人間か、そもそも人間とは何ぞや（理性・意志・感情・本能）以外のトピックを、中心テーマとすることである。トピックは、そのうちのいくつかが同時に語られることもあれば、重なりあうこともある。第一章から第六章で扱った作品にも、本研究で中心に据えたテーマ以外のものを見出すことは可能である。もちろん、他にもトピックを見出せるからといって、それらの一つを中心テーマにして、その作品を研究することが望ましいとは限らない。しかし、なかには、中心テーマに据えて研究する意義のあるものもある。孤独はその一つである。

例えば、第六章の「石」論では、修の驚異的な記憶力を前景化したが、修の記憶力は、修の意志の抑圧に関わるだけではない。修の記憶力は修の孤独にも関わっている。修は城谷に好かれたくて、幼馴染みの九谷との思い出（記憶）を城谷に話す。しかし、それらは記事（集合的記憶）にならないという理由で、書きとめられない。記者である城谷にとって、修は用のない人物である。修の恋愛に関する記憶は、城谷との思い出を含め、どれも孤独感と密接に関わっている。それに対し、『静かな生活』のイーヨーは孤独であろうか。第五章で述べた二つのモデルが、家族がイーヨーを受け入れることと関わっている以上、イーヨーを孤独とすることはできない。「障害の受容」を主要なテーマの一つとする、大江健三郎の知的障害者表象の特徴は、知的障害者を孤独な存在として描かない、換言すれば、家族との親密な関係において描く点にあると言えよう。第四章で扱ったドラマ『裸の大将放浪記』の山下清は、清本人が孤独を感じているとは思われない。しかし、清以外の人々にとっては、清は孤独であり（身寄りのない「ルンペン」）、また孤独ではない（八幡学園という帰るところがあり、清を心配する母親がおり、旅先で清に同情を寄せて力になる者が必ず現れる）とも考えられる。第二章の「偸盗」の阿濃はどうか。阿濃以外の人々にとっては、阿濃は孤独だとうつるであろう。しかし、阿濃本人は、愛する次郎の子を産み、母になれると思っている以上、孤独を感じているとは考えられない。

人間と孤独感の間にも、必然的なつながりがあるとされていると考えられる。人間は社会的な存在であるが故に孤独感がある、と。ドラマ『裸の大将放浪記』の山下清を、孤独かどうかという観点で、視聴者や登場人物達がみてしまうことは、つながりの必然性を裏付けている。小説「石」の修や「偸盗」の阿濃の描写も同様であろう。しかしながら、人間と孤独感のつながりは、それほど確実なものであろうか。実際、視聴者や他の登場人物達が、孤独かどうかをみるのをよそに、『裸の大将放浪記』の山下清は貼絵をしながら飄々と旅を続けている。私たちが社会を前提とするから、必然的なつながりがあるように思えるに過ぎず、孤独感など観念の産物に過ぎないのではあるまいか。ドラマや『裸の大将放浪記』（全四巻　昭和五十四年八月　ノーベル書房）の山下清には、近代的な人間観が原因で、描くことが困難な人間像が見出される。本研究ではこれ以上の比較・分析はしないが、人間観とも関わる孤独を中心テーマとした、知的障害者の表象研究は、これから知的障害者や人間はどのように語られ得るかを考える上で、一つの有効な視点足り得るのではあるまいか。

どのようなトピックをテーマに研究するのがよいかは、作品によって異なる。見出される人間像・知的障害者像も、作品やテーマによって違うと考えられる。本研究で中心に据えたテーマ以外のものを中心テーマとし、人間観や知的障害者観を豊かにしていく研究を、今後のもう一つの課題とする。

注

（1）國木田獨歩「春の鳥」には、「六藏の死を見て、其生涯を思ふて、其白痴を思ふ時は、この詩よりも六藏のことは更に意味あるやうに私は感じました。」とあり、「白痴者」を「白痴者」以外の人間よりも、より一層豊かな存在と見なしている。このことは、息子の死を幸せだとしながら泣く母親、そのような母親を生み出す学校制度等と関わりがあるが、現実的には疎外されている人達（知的障害者）に豊かさや普遍性をみるという、現代においては一般的とも言える手法の先駆的作品と、「春の鳥」を位置付けることもできよう。各章で扱っている作品には、それぞれそのような手法が認められるが、見出し得る豊かさや普遍性の内容は異なっている。「偸盗」では、「白痴者」の存在や性を悪とする当時の言説に、普遍性は関係しているが、このことから、豊かさや普遍性についての考察は、その歴史性に十分注意してなされるべきと言えよう。

（2）このことについて、時代の問題ではなく立場の問題ではないか、といった反論もあり得よう。しかし、第三章で述べたように、都会での学校教育を否定する農本主義者達がでてきたことは、都会にあこがれて農村をでていく者が増加し、農作業をする者が少なくなったこと（時代）と関係している。

（3）テレビドラマ『裸の大将放浪記』（昭和五十五年〜平成九年）放送中の平成六年十一月には、徳島で全日本育成会の第十三回大会が開催され、「私たちに関することは、私たちを交えて決めていくようにしてください」など、初の本人決議が採択された。また、最近では、平成二十一年七月十七日にドキュメンタリー『きらっといきる』「知的障害の七人組が運営に初挑戦」が放送された。このような、知的障害者の発言に社会的意義が認められることは、知的障害者の自己決定＝意志が認められる（人間や知的障害者の概念が変化する）ことにつながり得る。しかし、知的障害者は考えや発言を誘導されやすい（意志薄弱）といった知的障害者観も、いまだ根強く残っている。知的障害者の発言に社会的意義が認められても、これまでの知的障害者や人間の概念が即変化するとは考えにくい。

（4）「ディコンストラクション」、「構造主義」、「ポスト構造主義」については、川口喬一・岡本靖正編『最新文学批評用語辞典』（平成十年八月　研究社）の、次の説明が分かりやすい。

　ディコンストラクション　フランスの哲学者J・デリダの用語。（略）従来の哲学において信仰されてきた言語における意味の一貫性とか完結性の可能性に対して、あくまでも哲学的な懐疑的姿勢で接近することを意味する。（略）デリダによれば、西欧における支配的な思考の伝統は、言語の際限のない不安定性を抑圧することによって確実さと真理という基盤を確立しようとしたことにあると言う。この伝統はロゴス中心主義と呼ばれ、不確実な意味作用に中心を設定する、あるいはその安定化のために何らかの意味の絶対的源泉、もしくは保証（超越的シニフィエ）を求めてきた。そのとき、中心項を周縁項より来の音声中心主義的思考は、デリダの西欧哲学に対する破壊的なアプローチの最も重要な標的となった。
ものとしてエクリチュールに対する声。声の真正さに寄生するものとして、エクリチュールをうさんくさいものと考える従
特権的に扱う一連の「暴力的階層」が用いられた。たとえば、文化に対する自然、女性に対する男性、さらにもっと大切な

定性（決定不可能）を強調し、意味の非階層的な複数性、もしくは意味の自由な戯れを好んだ。
構造主義的思考が作りだした固定した二項対立（たとえば、言語とメタ言語、文学と批評）であり、彼らはテクストの不確
あり、それまで普遍的正当性を持つとされてきた理論体系をその根底から切り崩そうとした。彼らが解体しようとしたのは、
リダやR・バルトなど―筆者注）が強調したのは、意味や知的カテゴリー（人間の主体のカテゴリーを含め）の不安定さで
返す（→差延、散種）とする。この意味でJ・デリダの差延の理論はポスト構造主義の中心的役割を果たす。（略）彼ら（デ
わち互いにぶつかり合い、交差し合って、どこまでも意味の成立を遅らせ、単一の意味に収束しないまま、無限後退を繰り
在的な矛盾を暴き出していると言う。ポスト構造主義は、言語には「実名辞を持たない差異」があるだけであるというソ
シュールの発見をさらに押し進めて、シニフィエとシニフィアンとは対立的な関係にあるのではなく、複数的な関係、すな
シュールがシニフィエとシニフィアンとを区別したことの根源には不安定性が潜んでおり、それによって彼は意味作用の内
どのようなテクストでもその意味は不安定、意味作用そのものが本質的に決定不可能であるという主張にある。そもそもソ
ていたのが、ポスト構造主義の最大の特徴は、そのような最終的解決（閉じている／閉じること、閉鎖）は不可能であり、
テクストの約束事（慣習）とコードや文化的メッセージさえ分析できれば、テクストの理解と解釈は可能であると考えられ
うになり、それに代わる方法として台頭した思想がポスト構造主義と呼ばれるようになった。構造主義的立場からは、文学
ポスト構造主義　一九六〇年代になって、それまでの構造主義が持つさまざまな欠陥が構造主義内部からの批判に晒されるよ

構造主義においては、二項対立（西洋／東洋や、男／女など）の一方を優位・中心として固定することで、言葉の意味を安定させ、正しい作品解釈を可能にしようとしてきた。「構造主義的立場からは、文学テクストの約束事（慣習）とコードや文化的メッセージさえ分析できれば、テクストの理解と解釈は可能であると考えられていた」とあるが、この一文に読み取るべきは、次のことである。すなわち、二項対立の一方の優位であることが、一般に自明のこととされていると、構造主義者は考えており、それは根拠のないことではない、ということである。健常者（＝人間）／知的障害者（＝「白痴」）という二項対立についても、一般に、健常者（＝人間）が優位・中心であると前提される。しかし、『静かな生活』では、二つのモデルについての考察から明らかなように、健常者（＝人間）を優位・中心と前提して読み進めると、その前提は訂正されることになる。『静かな生活』では、健常者（＝人間）／知的障害者（＝「白痴」）のどちらが優位かは、固定されない。

（5）　一般的な次元の問題を、作品という特殊な例によって説明するのは妥当か、といった反論もあり得よう。小説「石」の語り手

の設定も特殊である。しかし、小説「石」では、内に言いたい言葉を抱えて苦しむ、物言わぬ「石」が「ごろごろと転がっている」とあり、一般性（一般的な次元の問題の可視化）が指向されていると考える。

（6）本研究で扱った、「春の鳥」、「偸盗」、「白痴」、『静かな生活』、「石」以外の知的障害者が描かれている作品で、意志、人間とは何かというテーマと密接に関わっている作品では、以下の作品が例として挙げられる。國木田獨歩「源叔父」（『文芸倶楽部』明治三十年八月）、泉鏡花「高野聖」（『新小説』明治三十三年二月）、正宗白鳥「妖怪画」（『趣味』明治四十年七月）、小川未明『白痴』（大正二年三月　文影堂書店）、中里介山「大菩薩峠」（『都新聞』他　大正二年九月～昭和十六年八月）、谷崎潤一郎「金と銀」（『黒潮』大正七年五月）、伊藤野枝「白痴の母」（『民衆の芸術』大正七年十月）、鈴木泉三郎「美しき白痴の死」（『ラシヤメンの父』（大正九年五月　玄文社）収録）、宇野浩二「心つくし」（『中央公論』大正十二年七月）、津田和也「白痴殺し」（新民衆劇学校出版部編『新民衆劇脚本集　第一編』（大正十三年四月）収録）、國枝史郎「天草四郎の妖術」（『ポケット』大正十四年一月）、宇野浩二「足りない人」（『中央公論』大正十五年一月）、横光利一「ナポレオンと田虫」（『文芸時代』大正十五年一月）、小酒井不木「白痴の智慧」（『子供の科学』大正十五年一月～三月）、金子洋文「村の騒ぎ」（『新潮』昭和七年四月）、牧逸馬「西洋怪異談」（『改造』昭和九年七月）、本庄陸男「白い壁」（『現実』昭和九年　発行月不明）、夢野久作「笑う唖女」（『文芸』昭和十年一月）、小栗虫太郎『白蟻』（昭和十年五月　ぷろふいる社）、夢野久作「巡査辞職」（『新青年』昭和十年十一月～十二月）、岡本かの子「みちのく」（『巴里祭』（昭和十三年十一月　青木書店）収録）、坂口安吾「白痴」（『新潮』昭和二十一年六月）、坂口安吾「石の思い」（『光』昭和二十一年十一月）、横溝正史「夜歩く」（『男女』・『大衆小説界』昭和二十三年二月～翌年十二月）、豊島與志雄「花ふぶき」（『風雪』昭和二十三年四月）、豊島與志雄「山上湖」（『新潮』昭和二十四年一月）、山本周五郎「楽天旅日記」（『講談雑誌』昭和二十五年一月～十月）、山本周五郎「長屋天一坊」（『講談雑誌』昭和二十五年五月）、浅見光昭『詩集白痴昇天』（昭和二十九年九月）、山本周五郎「しじみ河岸」（『オール読物』昭和二十九年十月）、有馬頼義「臨月」（『新潮』昭和三十一年三月）、横溝正史「迷宮の扉」（『高校進学』昭和三十三年一月～十二月）、山本周五郎「若き日の摂津守」（『小説新潮』昭和三十三年五月）、山本周五郎「氷の下の芽」（『オール読物』昭和三十三年十二月）、鼓眞砂子「腐蝕」（『新潮』昭和三十四年十二月）、山本周五郎「青べか物語」（『文芸春秋』昭和三十五年一月～十二月）、北杜夫「夜と霧の隅で」（『新潮』昭和三十五年五月）、前田昌宏「鴉鶴記」（『新潮』昭和三十五年十月）、北畠八穂「人工結晶」（『新潮』昭和三十五年十一月）、福本多豆子「不毛地」（『新潮』昭和三十六年十二月）、阿部昭「子供部屋」（『文学界』昭和三十七年十一月）、大江健三郎『個人的な体験』（昭和三十九年八月　新潮社）、三島由紀夫「月澹荘綺譚」（『文芸春秋』昭和四十年一月）、堤玲子『わが闘争』（昭和四十二年十二月　三一書房）、堤玲子『わが妹・娼婦鳥子』（昭和四十三年六月　三一書房）、横溝正史『浮世絵師』（昭和四十三年七月　金鈴社）、白井喬二「白痴（こけ）」（『短篇集』（昭和四十四年十二月　学芸書林）収録）、中山あい子『奥山相姦』（昭和四十六年三月　講談社）、河野守宏「唖と白痴女」（『異端のさすらい』（昭和四十七年七月　ブロンズ社）収録）、堤玲子『美少年狩り』（昭和四十九年十二月　潮出版社）、朝海さち子『谷間の生霊たち』（昭和五十年十月筑摩書房）、堤玲子「孤独の屁」（『坂口安吾の世界』（昭和五十一年四月　冬樹社）収録）、堤玲子『修羅の記』（昭和五十四年五月　白夜書房）、大江健三郎『新しい人よ眼ざめよ』（昭和五十八年六月　講談社）、岩崎清一郎「街々はあやに翳りて」（『安芸文学』昭和五十九年八月）、堤玲子『わが怨慕唄』（昭和六十三年四月　三一書房）、桐山襲「そのとき」（『群像』平成元年三月）、大江健三郎『人生の親戚』（平成元年四月　新潮社）、長堂英吉「ランタナの花の咲く頃に」（『新潮』平成二年十一月）、青来有一「ジェロニモの十字架」（『文学界』平成七年六月）、桜井亜美『イノセントワールド』（平成八年三月　幻冬舎）、青来有一「雪の聖地」（『文学界』平成九年六月）、谷中修『ある知的障害者の呟き』（平成十二年十一月　文芸社）、北島行徳『バケツ』（平成十七年九月　文芸春秋）、鹿島田真希「川でうたう子ども」（『文学界』平成二十年一月）、古木信子「蝶の帰り道」（『季刊午前』平成二十年三月）、小野正嗣「マイクロバス」（『新潮』平成二十年四月）などである。なお、人間とは何かというテーマとは関わっていても、意志が重要な要素であるとは言いがたい作品（鈴木彦次郎「大空の祝福」（『近代風景』昭和二年二月）等）や、意志、人間とは何かというテーマと密接に関わってはいるが、日本の作品ではないもの（ダニエル・キイス『アルジャーノンに花束を』（稲葉明雄訳　昭和四十四年九月　早川書房）等）は挙げていない。

（7）文学作品における知的障害者の表象の力点が、語られる知的障害者（「春の鳥」の六蔵など）から語る知的障害者（「石」の修など）へと移ってきていることと無関係ではあるまい。

（8）注の（4）で、『最新文学批評用語辞典』を引用したが、言葉の意味の一貫性・同一性は、言葉相互の関係において、特権的な中心を設定して固定することで、保たれると考えられる。柄谷行人氏は『マルクスその可能性の中心』（平成二年七月　講談社）で、

むろん、貨幣形態を非中心化するだけでは、われわれの課題はなんらみたされない。問題は、なぜいかにしてそのような中心化が生じるのかということにある。いいかえれば、一商品の中心化こそ、そうしたシニフィアンの関係のたわむれを抹消し、同一性を形成し、超越論的な「価値」を付与するのだから、われわれはたんに「中心のない関係の体系」をみいだして構造主義者のように満足するわけにはいかない。

と述べている。これを言語にあてはめると、語彙における言葉相互の関係において、中心化が生じることが、意味の同一性の形成につながる、ということになろう。知的障害者（周縁項）に対し、人間を中心項としていること、人間の概念を構成する言葉のなかで、意志が本能などに対し中心的な位置にあることが、言葉の意味の本質化・固定化につながっていると考える。

（9）知的障害者と被爆者、キリシタンの記憶に関する共通点及び相違点については、第六章の三で述べた。ここでは共通点に注目した。

（10）無論、日本は尭舜時代を目指すべきだと主張するつもりはない。日本史のなかに目指すべき治世を見付け、その過去に向かって日本は突き進むべきだと主張したい訳でもない。資本主義がグローバルに浸透した現在、他の国々が未来志向の人間観のまま、

日本だけが過去志向の人間観に変えても、再び巻き込まれることは目にみえており、無意味である。変えるのであれば、国連などを利用し、世界レベルで幅広く変わる必要がある。換言すれば、世界レベルで特定の過去（治世）に根差そうとする必要がある。例えば、尭舜時代や、ペリクレス時代以降の古代ギリシャ・アテネの社会など、近代以前から、いくつか過去をピックアップする。どの過去がいいか、議論で決着が付かない場合は、そのなかの一つを無作為に選ぶ。教育や法などの制度は、その社会のものを用いるが、明らかに差別的な制度、例えば奴隷制度などについては修正を加える。知的障害があろうがなかろうが、記憶が得意であろうがなかろうが、その社会で自分にできる（あるいは与えられた）役割を果たし、目標としての過去に到達できれば、後はひたすらその状態を維持すればよい。過去志向的な人間観だから、そのような過去の治世を実現し続ける生活に不満が生じることはない。同じ年齢の人達を一律に集め、一律に同じことを学ばせる近代的な教育制度ではないため、知的障害者が学び得ない、IQが満たないとして、社会的に排除されることもない。選んだ社会にもよるだろうが、年齢に関係なく、本人にあった仕事（その訓練）をすることになると考えられよう。このような世界を実現しようとする場合、未来志向的な人間観に馴染み過ぎている、現代を生きる私たちは苦労するであろう。しかし、次の世代以降の人達は、やり方・育て方によっては、比較的楽に実現できるのではないだろうか。

(11)　この場合、記憶を語彙における言葉相互の関係の中心に据えることが望ましいか否かについては、議論の余地は十分にある。例えば、記憶という、現時点では他人、あるいは本人にすら確かめようのないものを、法制度に中心的に組み込むとすれば、事件がおこる度にすぐ精神鑑定（意志があったか否か）を、という訳にはいかなくなるが、ではどうなるであろうか。あるいは、アルツハイマー病などの、記憶に関する障害のある人は、どのような存在としてまなざされることになるであろうか。こういったことが改めて問題になると考えられる。

(12)　昭和二十五年に制定された精神衛生法は、精神障害の定義に「精神薄弱」を入れている。加藤正明編『新版精神医学事典』（平成五年二月　弘文堂）では、「精神障害」、「精神病」、「狂気」の定義は、以下のようになされている。

精神障害　精神病とそして平均からある程度偏った精神状態のすべてを包含する上位概念。ただし、その輪郭は漠然としており、諸国あるいは学派によって多少異なった内容をもつ。ここでは、ICD-10（草稿）が第5章に「精神・行動・発達障害」として掲げるところを記しておく。F0：症候性を含む器質性精神障害、F1：精神活性物質による精神・行動障害、F2：精神分裂病・分裂型障害・妄想性障害、F3：気分障害、F4：神経症性・ストレス関連性・身体表現性障害、F5：生理的機能障害とホルモン障害に関連した行動症候群と精神障害、F6：成人のパーソナリティおよび行動の障害、F7：精神遅滞、F8：発達障害、F9：発症が通常小児期か青年期の行動と情緒の障害および特定不能の障害。精神科医にとっては以上のような学理的分類はほぼ共有できると思われるが、しかし精神疾患という概念と精神障害との関係となると精神科医の間でも必ずしも一致をみない。

精神病　精神障害のうち、より重症の精神症状や行動障害を呈する一群に対する総称。通常、より軽症の精神障害である神経症に対置して使われる。

狂気　「狂っている心」「気が違っている状態」など、今日でいう精神病一般を指して前世紀まで盛んに用いられた概念であるが、今世紀に入って少なくとも学問的レベルからは次第に姿を消し、今では例外的に moral "in sanity"、"folie" a deux といった形でしか残っていない。むろん、精神医学が未発達で、国際的な交流の少ない時代に生まれた概念だから、上記の語が漠然と精神的変調をさすとはいえ、それらの内包は国により少しずつ違っている。（略）この「狂」が医療上多少ともまとまった意味をもつようになるのは江戸時代も半ばに達してからで、例えば日本で最初の精神医学の専門書といわれる土田獻（翼郷）の『癲癇狂経験編』〔1819＝文政2〕にみるように、てんかんの大発作をさす癲、子どもの精神障害を指す癇に対して「狂」は興奮や不穏を主徴とするような狭義の精神病を意味し、この「狂」の語を使って、発狂、狂妄、狂越、狂且、狂易、狂陽、風狂などさまざまな病態が記述された。今日の精神分裂病などはさしずめここに含まれることになる。明治期になって近代精神医学が日本にも芽生えるとともに、精神病者を人間的水準から疎外した観のある「狂」の字が呉秀三らの手で精神医学の用語からつぎつぎに抹消されていく過程は西欧の場合とまったく軌を一にしている。（略）今日のように、精神病者の人権が強調される時代に符節を合わせて狂気の語がふたたび社会の表面に浮かび上がってきたのには理由があり、そこには精神病を近代医学の呪縛から解放していこうとする動きが認められる。

上位概念としての「精神障害」に、「精神遅滞」（知的障害のことを、医学の領域では、今日一般に精神遅滞と言う）や、「精神病」（「精神分裂病」などのこと。かつての「狂気」の概念は、この「精神病」の概念に近い）が含まれている。明治以降、「狂気（狂人）」という言葉は、医学の領域では次第に使われなくなり、「精神病」などの語が使われるようになっていった。要約すれば、以上のようになる。「狂気（狂人）」という言葉は、医学の領域では使われなくなっていく。しかし、文学作品では、テーマとなることは珍しいことではない。作品によっては、知的障害（「白痴」）と「狂気（狂人）」の境界線が、必ずしも明確ではないこともある。夢野久作「白くれない」（『ぷろふいる』昭和九年十一月）や太宰治「人間失格」（『展望』昭和二十三年六月～八月）、河野守宏「啞と白痴女」（『異端のさすらい』（昭和四十七年七月　ブロンズ社）収録）は、その一例である。

(13)　新村出編『広辞苑』（平成三年十一月第四版　岩波書店）には、

いし【意志】①（will）イ〔倫〕道徳的評価の主体であり、かつ客体であるもの。また、理性による思慮・選択を決心して実行する能力。知識・感情と対立するものとされ、併せて知・情・意という。「―薄弱」ロ〔心〕ある行動をとることを決意し、かつそれを生起させ、持続させる心的機能。②こころざし。

とある。本書の第一章で、垣田純朗『平民叢書　第四巻』（明治二十六年六月　民友社）における意志の概念について述べた。『平民叢書　第四巻』における意志の概念、そして、石井亮一『白痴児　其研究及教育』（明治三十七年四月　丸善）や、石田昇『新撰精神病学』（明治三十九年十月　南江堂書店）、三宅鑛一『白痴及低能児』（大正三年二月　吐鳳堂書店）などにおける意志の概念も、このような辞書的理解で問題はない。ちなみに、人間については、『広辞苑』には「にんげん【人間】②（社会的存在として人格を中心に考えた）ひと。また、その全体。」とある。人格については、

じんかく【人格】（personality）②〔心〕ある個体の認識的・感情的・意志的および身体的な諸特徴の体制化された総体。③道徳的行為の主体としての個人。自律的意志を有し、自己決定的であるところの個人。

とある。

（14）　変化とは、例えば第四章で述べた、「白痴者」も芸術的才能など、ある側面については教育可能であるとされるようになったことをさしている。多様化とは、例えば第三章で述べた、ドストエフスキー『白痴』に代表される、医学的・教育学的な意味での「白痴」とは必ずしも一致しない「白痴」の用例が、みられるようになったことをさしている。

※引用文中の傍線は全て筆者による。

知的障害に関する記述を含む作品・事項一覧

凡例

・「白痴」や「痴愚」、「精薄」等、知的障害に関わる言葉・記述を含む作品を、広義の文学＝言葉の問題という観点で挙げた。具体的には、文学作品以外にも、教育や美術、医学等の領域の著作・論文なども挙げている。文学作品については、直接に知的障害者がでてこなくても、「白痴の如く歩いている」（太宰治「鷗」）等、知的障害に喩える記述を含んでいれば、その時代の知的障害の概念を背負っていると考え、リストに加えてある。

・雑誌、新聞、単行本、漫画、映画等のタイトルは『　』で、それらに収録されている個々の作品名は「　」で示した。発行された月、出版社などは（　）（マルカッコ）内に示してあるが、著者・編者と出版者が同一の場合は、（　）内に繰り返し記述せず、省略した。

・知的障害に関わる事項については、特に杉本章氏の労作『〔増補改訂版〕障害者はどう生きてきたか―戦前・戦後障害者運動史』（平成二十年十二月　現代書館）を参考にした（以下の参考文献では、氏が調査していないもののみを挙げてある）。また、止揚学園や日本発達障害福祉連盟など、公式のホームページのある施設や組織等の設立年等については、ホームページの情報を参考にした。

・事項は一つの出来事を一文で示すよう心がけた（追加の情報は（　）内に入れた）。日付については、何月何日まで分かる出来事は、「〇日、△△の事柄がおこる（追加の情報）」という書き方で統一してある。何月かは分かるが、何日なのかまでは分からない出来事は、その月の最後に、「△△の事柄がおこる（追加の情報）」という形で示した。その年におきたということのみ分かる出来事については、その年の最後の＊のところに記した。なお、文字数を減らすため、「白痴」等の歴史的な言葉に「　」を付けていないが、差別の意図はないことを断わっておく。

・テレビ局については、ＲＫＢ毎日はＴＢＳテレビ系列、ＫＢＣ九州朝日はテレビ朝日系列、ＦＢＳ福岡は日本テレビ系列、ＴＶＱ九州はテレビ東京系列の局である。

・作品と事項は平成二十三年十月三十一日までに確認できたものである。

明治二年（一八六九年）

・橋爪貫一纂『開知新編』（全十巻　十一月　椀屋喜兵衛他）

明治五年（一八七二年）

・『年少白痴施設及び学校への訪問』（発行月等不明。中野善達他『わが国特殊教育の成立』（昭和四十二年六月　東峰書房）による）

・『年少白痴の医学施設及び通学学校第六報告―一八六七～七一年度』（発行月等不明。中野善達他『わが国特殊教育の成立』による）

八月三日、学制が公布される（「廃人学校アルヘシ」。実施はされなかった）

十月十五日、東京都が浮浪者二百四十人を収容する（翌年二月に東京府養育院、明治九年九月に府直轄となり東京養育院と改称、明治二十三年一月に市に移管。東京養育院入所規則には入所対象者として「単身白痴者ニシテ、頼ルヘキ所ナキ者、但シ単身ニ非スト雖モ自余ノ家人廃疾不具疾病又ハ職業細賤ニシテ糊口ニ差支フル者ハ此限ニ非ス」とあり）

明治六年（一八七三年）

・田中不二麿『理事功程』（十二月　文部省）

明治七年（一八七四年）

・花之安『徳国学校論略』（十月　求志楼）

＊ノルウェーのクリスチャイナで特別学級が設置される

明治九年（一八七六年）

・栗原素行編『明九西国暴動録』（十一月～十二月　東京荒川藤兵衛）

・モーズレイ『精神病約説』（神戸文哉訳　十二月　癲狂院）

＊E・セガンがペンシルベニアの「Elwyn Training School」を本部に精神薄弱協会を発足させる／米国白痴及精神薄弱者院医師協会が設立される

明治十年（一八七七年）

・文部省『米国百年期博覧会教育報告』（一月）

＊岡山県町村会仮規則改正に「白痴瘋狂廃篤疾老衰ノ者」の選挙権・被選挙権の制限・剝奪が盛り込まれる／福島県民会規則に「瘋癲白痴ノ者」の選挙権・被選挙権の制限・剝奪が盛り込まれる／米国の犯罪学者ダグデールが『デューク家　犯罪、貧困、疾病および遺伝の研究』を著す（一八七四年に依頼されてだした報告書）

明治十一年（一八七八年）

・久米邦武編『米欧回覧実記』（全五冊　十月　博聞社）

明治十二年（一八七九年）

九月二十九日、学制を廃止して、教育令が公布される（廃人学校の名称消失）

＊山梨県人口調査「甲斐国現在人別調」によると、人口一万人のうち痴愚九・七六人、盲二十四・六九人、聾唖五・七六人

明治十三年（一八八〇年）

＊三新法（郡区町村編制法・府県会規則・地方税規則）のうち府県会規則で、選挙権・被選挙権の欠格条項として「瘋癲白痴ノ者」が規定される（各府県に忠実に取り入れられ、各町村会の規則へと広がる。前年の教育令で規定された学務委員の選挙規則において、三新法下の法令を範として「瘋癲白痴ノ者」が欠格条項とされる）

明治十五年（一八八二年）

・ダビス「精神薄弱ナル児童ノ教育ヲ論ズ」（関藤成緒訳　『教育雑誌　第一六七号』八月）

・ヘンレ・キッドル他編『教育辞林』（全二十一冊　小林小太郎・木村一歩訳　同年～明治十八年　文部省編輯局）

明治十七年（一八八四年）

・手島精一「廃人教育説」（『大日本教育会雑誌』三月～四月）

＊「白痴風癲ノ者」への火薬類の売渡が禁止される（太政官第三一号布告）／英国・国際健康博覧会でシャトルワースらが精神薄弱児の教育可能性を説く

明治十八年（一八八五年）

・イラ・メイヒュウ『教育全論』（河村重固他訳　七月　文部省編輯局）

＊内村鑑三が米国ペンシルバニア州で知的障害児施設の看護人となる／オーストリアのウィーンで特別学級が設置される

明治十九年（一八八六年）

四月十日、教育令を廃止して、小学校令が公布される（「疾病」等により就学できないと認められたものは就学が猶予されると規定）

＊英国で白痴法が制定され、同国では精神病者と知的障害者が区別されるようになる／英国のJ・L・ダウンが論文「白痴の人種的分類に関する観察」で「蒙古人型白痴」（ダウン症候群・蒙古症）と症状記載する

明治二十年（一八八七年）

・杉田伊助『忠孝美談』（九月　文祥堂）

明治二十二年（一八八九年）

・坪内逍遙「細君」（『国民之友』一月）

・正岡子規「読書弁」（八月　雑誌・単行本未収録）

・幸田露伴『新著百種　第五号』「風流仏」「風流仏縁起」（九月　吉岡書籍店）

・森鷗外「精神啓微ノ評」（『医事新論』十二月）

＊徴兵検査規則が制定される（兵役不合格の対象を「疾病或ハ畸形ニシテ之ニ堪フヘカラサルモノ」と規定し、そのなかに「白痴」等が位置付けられる）／廣池千九郎（中津高等小学校訓導）が精薄児や問題児の調査について大分県共立教育会雑誌を通じて協力を求める／J・L・ダウンが「イディオ・サヴァン」概念を発表する

明治二十三年（一八九〇年）

・幸田露伴「毒朱唇」（『都の花』一月）
・幸田露伴「客舎雑筆」（『読売新聞』二月～三月）
・幸田露伴「日ぐらし物語」（『読売新聞』四月）
・幸田露伴「ねじくり博士」（『読売新聞』四月）
・森鷗外「「公娼廃後策」の原材」（『衛生新誌』五月）
・幸田露伴「いさなとり」（『国会』五月～十一月）
・幸田露伴「一口剣」（『国民之友』八月）
・幸田露伴「大珍話」（『読売新聞』八月～十月）
・幸田露伴「一陣風」（『読売新聞』十一月）
・幸田露伴「七変化」（『国会』十一月～十二月）
・幸田露伴「うらぐろ」（『国民之友』十二月）

四月一日、長野県松本尋常小学校が日本で最初の落第生学級を設ける

明治二十四年（一八九一年）

・幸田露伴他『新著百種　第十二号』幸田露伴「真言秘密　聖天様」（二月　吉岡書籍店）
・幸田露伴「艶魔伝」（『しがらみ草紙』二月）
・幸田露伴「辻浄瑠璃」（『国会』二月）
・幸田露伴「寝耳鉄砲」（『国会』三月～四月）
・北村透谷『蓬萊曲』（五月　養真堂）
・幸田露伴「虚子が言について」（『読売新聞』八月）
・幸田露伴「当世外道の面」（『国会』八月）
・二葉亭四迷『浮雲』（九月　金港堂書籍）
・幸田露伴「五重塔」（『国会』十一月～翌年四月）

十二月一日、東京に孤女学園が創立される（創立者は石井亮一、明治二十九年に滝乃川学園と改称。日本最初の知的障害児施設）

明治二十五年（一八九二年）

・幸田露伴「当世文反古」（『国会』一月）
・北村透谷「最後の勝利者は誰ぞ」（『平和』五月）
・幸田露伴「地獄渓日記」（『城南評論』六月）
・幸田露伴『尾花集』「血紅星」（十月　青木嵩山堂）
・廣池千九郎『日本史学新説』（十一月　史学普及雑誌社）
・吉山順吉編『法医学的鑑定実例』（十二月～翌年十一月　成功堂）

＊英国のロンドンで特別学級が設置される

明治二十六年（一八九三年）

・北村透谷「宿魂鏡」（『国民之友』一月）
・坪内逍遙「美辞論稿」（『早稲田文学』一月）
・幸田露伴「風流微塵蔵」（『国会』一月～明治二十八年四月）
・普魯西国文部省編『普国小学学事統計』（文部大臣官房報告課訳　三月　文部省）
・幸田露伴「蹄鉄」（『国会』三月～四月）
・幸田露伴「蘆の一ふし」（『庚寅新誌』三月～六月）
・北村透谷「明治文学管見」（『評論』四月～五月）
・垣田純朗『平民叢書　第四巻』（六月　民友社）
・金子馬治「希臘の美学」（『早稲田文学』十月）
＊米国のロードアイランド州プロビデンスで特別学級が設置さ

れる（三年後に一校となる）

明治二十七年（一八九四年）

・幸田露伴「有福詩人」（『国会』一月）
・クラフトエビング『色情狂編』（法医学会訳　五月）
・巖谷小波「桃太郎」（『桃太郎』七月）
・内村鑑三「白痴の教育」（『国民之友』八月）
・大橋新太郎編『明治文庫』幸田露伴「迷霧」（八月　博文館）
・呉秀三『精神病学集要』（九月～翌年八月　吐鳳堂書店）
・森鷗外「徂征余録」（『衛生療病志』十月）
・泉鏡花『幼年玉手函第十一編』（十一月　博文館）
＊普国で低能児教育について省令等が発せられる

明治二十八年（一八九五年）

・幸田露伴「新浦島」（『国会』一月）
・幸田露伴「みやこどり」（『国会』二月～四月）
・竹越三叉「世界の日本乎、亜細亜の日本乎」（『国民之友』四月）
・樋口一葉「ゆく雲」（『太陽』五月）
・幸田露伴「自縄自縛」（『国会』八月～十月）

明治二十九年（一八九六年）

・泉鏡花「海城発電」（『太陽』一月）
・森鷗外「鷸翮搔」（『めさまし草』一月～六月）
・泉鏡花「化銀杏」（『文芸倶楽部』二月）
・森鷗外「独逸の新戯曲」（『めさまし草』二月）
・泉鏡花『冠弥左衛門』（九月　田中宋栄堂）
・森鷗外「雲中語」（『めさまし草』九月～明治三十一年九月）
・森鷗外「觚膸」（『めさまし草』十月～翌年一月）
・幸田露伴『ひげ男』（十二月　博文館）

四月一日、長野県長野尋常小学校が晩熟生学級を設ける

＊船舶職員法（法律第六八号）が公布される（「瘋癲白痴者」などは「海員試験ヲ受クルコトヲ得ス」、「船舶職員タルコトヲ得ス」）／米国ロードアイランド州プロビデンスに米国で初めて公立学校内に知的障害児のクラスが設置される（特殊学級運動の始まり）／スウェーデン・イェテボリに、ベンタ・ハンソンによって、知的障害をもつ女性のための共同生活の場として施設ベタニアが創設される（当初は入所者三人、一九六〇年代以降には入所者百七十人となっていた）

明治三十年（一八九七年）

・國木田獨歩「源叔父」（『文芸倶楽部』八月）
・久津見息忠『児童研究』（十月　三育舎）
＊米国のマサチューセッツ州スプリングフィールドで特別学級が設置される／ベルギーのブリュッセルで特別学級が設置される

明治三十一年（一八九八年）

・幸田露伴「めぐりあひ」（『反省雑誌』八月）
・徳冨蘆花「不如帰」（『国民新聞』十一月～翌年五月）
十一月、雑誌『児童研究』（教育研究所）が創刊される
＊米国のシカゴで特別学級が設置される

明治三十二年（一八九九年）

・森鷗外「雲中独語」（『めさまし草』一月・四月）
・幸田露伴「椀久物語」（『文芸倶楽部』一月・翌年一月）
・泉鏡花「さらさら越（ごえ）」（『少年世界』二月～三月）
・リボー『心性遺伝論』（五月　金港堂書籍）
・黒岩涙香「幽霊塔」（『萬朝報』八月～翌年三月）
・幸田露伴「三ッ巴」（『森の下露』十月）
・片山国嘉『法医学説林』（十一月　片山先生在職十年祝賀会）
＊「白痴・瘋癲・不具・廃疾」は助産婦の業務を取り消すことがある、とされる／米国でシャープが精管切除術を精神薄弱者の断種に応用、以後急速な支持を獲得する／米国のマサチューセッツ州ボストンで特別学級が設置される／英国で欠陥児及癲癇児教育法が発布される（入学は強制的ではない）／英国のロンドンで低能児学校が設置される

明治三十三年（一九〇〇年）

・泉鏡花「高野聖」（『新小説』二月）
・森鷗外「ガルの学説」（『公衆医事』二月～翌年八月）
・大村仁太郎『児童矯弊論』（十月　精華書院）
・小林米松・篠原時治郎「鈍児の教育」（『信濃教育』十月）
三月九日、感化法が公布される（昭和八年五月に少年救護法に、昭和二十二年十二月に児童福祉法に吸収）／**十日**、精神病者監護法が公布される（七月一日施行。座敷牢での私宅監置の合法化）
八月二十日、小学校令が改定される（「保護者ノ貧窮」は就学猶予・免除、「病者又ハ発育不完全」は就学猶予、「瘋癲、白痴又ハ不具廃疾」は就学免除）

明治三十四年（一九〇一年）

・永井荷風「新梅ごよみ」（『日出国新聞』四月～五月）
・幸田露伴『長語』（十一月　春陽堂）
四月、文部省は精神薄弱児の指導には教育病理学が必要ということで、東京高等師範学校研究科において榊保三郎を嘱して教育病理学の講義を開始させる（約一年間）
＊京都の淳風小学校が無落第主義組を設ける（担当は脇田良吉、遅鈍児等が入級）／独国でマンハイム式学校組織が創設され、優秀児や低能児等の特別指導が行われる

明治三十五年（一九〇二年）

・幸田露伴「箱根草」（『文芸倶楽部』一月）
・小川独笑『経釈抜萃法語集　巻之六』（六月　松田甚左衛門等）
・北村透谷『透谷全集』「粋を論じて「伽羅枕」に及ぶ」（十月　博文館）
＊日本神経学会が呉秀三等により組織される／日本児童研究会が創設される（富士川游、三宅鑛一、高島平三郎、松本孝次郎、塚原政次など。精薄児を含む異常児童に関する研究とその知識の普及。大正元年、日本児童学会と改称）

明治三十六年（一九〇三年）

・村井弦斎「食道楽　秋の巻」（『報知新聞』一月～十二月）
・呉秀三『精神病鑒定例』（第一～四集　四月～明治四十二年十

月　吐鳳堂書店）
・巌谷小波『小波洋行土産　上巻』（五月　博文館）
・永井荷風『夢の女』（五月　新声社）
・幸田露伴「天うつ浪」（『読売新聞』九月〜明治三十八年五月）
＊アメリカ育種者協会（ＡＢＡ）が優生学に関する委員会を設置、精神薄弱などについての下部委員会をつくる／普国で精神薄弱児の補助学級に関する省令が発せられる

明治三十七年（一九〇四年）

・國木田獨歩「春の鳥」（『女学世界』三月）
・石井亮一『白痴児　其研究及教育』（四月　丸善）
・小川独笑『仏教信仰談』（四月　法蔵館）
・國木田獨歩「決闘家」（『文芸倶楽部』四月）
・泉鏡花「続風流線」（『国民新聞』五月〜十月）
・幸田露伴「つなぎ墨」（『女鑑』七月）
・泉鏡花「柳小島」（『文芸倶楽部』九月）
・井上円了『迷信解』（九月　哲学館）
・大村仁太郎『我子の悪徳』（十二月　同文館）
＊英国の王室委員会が、精神薄弱を「保護のもとでは生活費が得られるが、生まれつき、また幼少時からの精神的欠陥のために、正常な人と同一条件では競争し得ないか、または、普通の思慮分別をもって自己および身辺の処理ができない者。」と定義する／仏国で精神薄弱教育の検討委員会が設置される

明治三十八年（一九〇五年）

・押川春浪「南極の怪事」（『中学世界』一月）
・幸田露伴「七碗歌」（『文芸界』一月）
・夏目漱石「吾輩は猫である」（『ホトトギス』一月〜翌年八月）
・萩原朔太郎「二十三夜」（『文庫』九月）
＊大阪府立天王寺師範附属小学校が特別学級を設ける／仏国のＡ・ビネーがＴ・シモンの協力を得て知能検査法を考案する（一九〇五年法。判断力、つまり良識や常識、自発性、適応力を重視）

明治三十九年（一九〇六年）

・織田勝馬・白土千秋『小学児童劣等生救済の原理及び方法』（一月　弘道館）
・島崎藤村『破戒』（三月　自費出版）
・幸田露伴「其俤今様八犬伝」（『読売新聞』三月〜四月）
・アントン・チエホフ「六号室」（瀬沼夏葉訳『文芸界』四月）
・石田昇『新撰精神病学』（十月　南江堂書店）
・森鷗外『ゲルハルト・ハウプトマン』（十一月　春陽堂）
＊長野市城山小学校が低能児学級を設ける／群馬県館林尋常小学校が学年毎に特別学級を設ける（明治三十七年に学級担任の他に劣等児の個別指導を主とした補助教師をおく）／大阪府師範学校附属小学校が各学年から劣等児十人を集め、特別指導を試みる（明治四十年八月の官報にその報告が登載）／東京下谷の万年小学校が低能児学級を設ける／米国のVinelandに創設された「Training School」に、精神薄弱研究のための最初の心理実験研究所が設けられる（精神薄弱研究専門の雑誌である『Training School Bulletin』創刊）／オハイオ州議会が安楽死に

関する最初の合法的文書を採択する（少し遅れて安楽死を「畸形や白痴の小児」にまで拡大）

明治四十年（一九〇七年）

・國木田獨歩「泣き笑ひ」（『新古文林』三月）
・正宗白鳥「妖怪画」（『趣味』七月）
・小河滋次郎編『丁未課筆　夏の巻』（八月）
・國木田獨歩「予が作品と事実」（『文章世界』九月）
・鈴木治太郎「劣等生の特別教授」（『児童研究』九月）
・鈴木治太郎「劣等生の心身現状調査」（『児童研究』十月）
・鈴木治太郎「劣等児教育の方法」（『児童研究』十月）
・若山牧水「一家」（『東亜の光』十二月）

一月、福岡県女子師範学校附属小学校が特別学級を設ける

四月十七日、文部省は盲聾唖、心身発育不全児のための特別学級を師範学校附属小学校に設置するよう訓令

＊乙竹岩造が帝国教育会主催講演会で低能児教育法を講演する／岩手師範学校附属小学校が劣等児学級を設ける／仏国で精神薄弱教育の検討委員会の答申に基づき、最初の特殊学級がパリとボルドーに設置される

明治四十一年（一九〇八年）

・國木田獨歩「竹の木戸」（『中央公論』一月）
・三宅鑛一・松本高三郎『精神病診断及治療学』（三月　南江堂書店）
・泉鏡花「星女郎」（『文芸倶楽部』四月）
・乙竹岩造『低能児教育法』（四月　目黒書店）
・脇田良吉『注意の心理と低能児教育』（五月　矢島誠進堂）
・真山彬編『病床録』（七月　新潮社）
・ハウプトマン『沈鐘』（戸張竹風・泉鏡花訳　九月　春陽堂）
・田山花袋「妻」（『日本新聞』十月～翌年二月）
・槙山栄次『教育教授の新潮』（十一月　弘道館）
・稲垣末松『モイマン氏実験教育学講義』（十二月～翌年七月　開発社）

一月、大阪に修徳学院が開館される

六月、三宅鑛一等がT・シモンとA・ビネーの心理テストを『医学中央雑誌　第六巻』で発表する

十月七日、中央慈善協会が結成される（会長は澀澤榮一。大正十年四月十一日、中央社会事業協会と改称）

＊文部省は中等学校教員の夏期講習会において、榊保三郎に異常児の病理及び教育法の講義を依頼し、精神薄弱児の教育法を指導する／東京高等師範学校附属小学校が補助学級を設ける／姫路師範学校附属小学校、長野師範学校附属小学校が特別学級を設ける／T・シモンとA・ビネーが一九〇八年法（知能検査法）を発表する

明治四十二年（一九〇九年）

・森岡常蔵『近時に於ける教育問題の研究』（二月　文昌閣）
・泉鏡花『柳筥』「妖怪年代記」（四月　春陽堂）
・脇田良吉『小学校に於ける成績不良児教育法』（六月　修学堂）
・榊保三郎『教育病理及治療学　異常児ノ病理及教育法』（上下巻　八月・翌年七月　南江堂書店）

・五十嵐力『新文章講話』（十月　早稲田大学出版部）
・長塚節「教師」（『ホトトギス』十月）
・大澤謙二『通俗結婚新説』（十一月　大倉書店）
・大川義行『児童個性の研究』（十二月　広文堂）

三月、東京市養育院巣鴨分院が創設される

四月十五日、仏国で教育令が公布され、自治体主導で特殊学級、特殊学校が設置される

七月三日、京都に白川学園が設立される（脇田良吉）

＊東京府巣鴨病院に入院していた精神薄弱児のために院内小学校的な教育施設「修養学院」が設置される（呉秀三発案。病院の松沢移転後は「教育治療室」となるが、関東大震災で建物が倒壊、機能停止）／三宅鑛一と池田隆徳が、感化院である熊谷町保護学校六十三名、浦和市埼玉学園二十五名を対象に、犯罪と智能との関係について調査する（「重症の痴愚と思はるるもの二〇人、軽症痴愚者と思はるる者一五人、之を合して痴愚者と思はるるもの合計三五人、魯鈍者と思はるる者二二人、先普通と思はるる者三一人」）／広島師範学校附属小学校が特別学級を設ける

明治四十三年（一九一〇年）

・石川啄木「騎馬の巡査」（『東京毎日新聞』一月）
・駿河尚庸『最新学校衛生学』（一月　吐鳳堂書店）
・島崎藤村「家」（『読売新聞』一月～翌年十一月）
・夏目漱石「門」（『東京朝日新聞』三月～六月）
・東京盲唖学校『東京盲唖学校概覧』（三月）
・日本児童研究会編『教育病理学』（三月　同文館）
・滝乃川学園編『学園のまとゐ』（六月）
・秦政治郎『家庭訓育百話』（六月　金港堂書籍）
・柳田國男『遠野物語』（六月　聚精堂）
・竹下和治『初学年教育の経験及理想』（七月　昭文堂）
・山松鶴吉『現今小学校の欠点及改良方法』（七月　同文館）
・泉鏡花「色暦」（『新小説』十月）
・國枝史郎「レモンの花の咲く丘へ」（十月　東京堂書店）
・内務省『地方経営小鑑』（十月）
・三宅鑛一『通俗病的児童心理講話』（十月　敬文館書房）
・リチヤード・イリー『産業社会之進化』（後藤長栄訳　十月　大日本文明協会）
・乙竹岩造『不良児教育法』（十一月　目黒書店）
・滝乃川学園編『癡児の発育状態』（十二月）

＊三宅鑛一がT・シモンとA・ビネーの一九〇八年法（知能検査法）を翻訳・紹介する／長野県小諸尋常小学校、同県臼田尋常小学校、北海道丸山尋常小学校が劣等児学級を設ける

明治四十四年（一九一一年）

・有島武郎「或る女」（『白樺』一月～大正八年五月）
・赤井直忠他編『学校衛生の研究及児童病』（三月　広文堂）
・乙訓鯛助『実験児童訓練と悪癖矯正』（六月　以文館）
・北原白秋『抒情小曲集　おもひで』（六月　東雲堂書店）
・谷崎潤一郎「飆風」（『三田文学』十月）
・森鷗外「灰燼」（『三田文学』十月～翌年十二月）
・竹下和治『学校に於ける個性教育の研究』（十一月　敬文館書店）

・高浜虚子「子規居士と余」（『ホトトギス』十二月～大正四年三月）
四月、市川源三『智能測定及個性之観察』（光風館）が一九〇五年版ビネ法（知能検査法）を紹介する
七月、三宅鑛一と杉江薫が在姫路陸軍懲治隊卒の五十名を対象として知能検査を実施し、その他遺伝、疾病、教育程度などについて調査する（「痴愚一七例、魯鈍九例、（略）普通のもの僅かに六人なるを見たり」）
＊文部省が「二年以上同一学年にあつて、尚進級の見込みのない児童。」という標準のもとに、全国各府県に通牒を発して低能児の数を調査する（結果は十三万余人）／日本心育園が設立される（川田貞治郎、低能児教育を実践。大正五年、閉園）／米国のニュージャージー州で、三年以上精神停滞児特別学級設置に関する法令が発布される／アメリカ精神薄弱研究協会が精神薄弱を定義する（明治三十七年の英国における定義に近い）／一九一一年米連邦教育局調査（全米千二百八十五市）、八百九十八市で全日制障害児教育を実施（知的四十二％、身体十％、その他五十六％）／A・ビネーが独力で一九一一年法（知能検査法）を発表する／独国のベルリン市が補助学級制度を規定する

明治四十五年・大正元年（一九一二年）

・泉鏡花「南地心中」（『新小説』一月）
・杉江董『通俗精神病講話』（二月　吐鳳堂書店）
・谷崎潤一郎「悪魔」（『中央公論』二月）
・三宅鑛一『精神病学纂録』（二月　南江堂書店）
・小川未明「鳶」（『早稲田文学』三月）
・笠原道夫『教育病理学』（三月　京都府教育会）
・乙竹岩造『頴才教育』（四月　目黒書店）
・國木田獨歩『獨歩小品』「憐れなる児」（五月　新潮社）
・小川未明「簪」（『文章世界』八月）
・小川未明『魯鈍な猫』「魯鈍な猫」（九月　春陽堂）
・エピクテタス『エピクテタス遺訓』（高橋五郎訳　十月　玄黄社）
・小川未明「白痴」（『中央公論』十月）
・深尾葭汀『小説　低能』（十月　中川玉成堂）
・脇田良吉『低能児教育の実際的研究』（十月　巌松堂書店）
・泉鏡花「印度更紗」（『中央公論』十一月）
＊長岡女子師範学校附属小学校、岡山女子師範学校附属小学校が劣等児特別教育を試みる／内務省が東京と大阪で日本最初の本格的な細民調査を実施する（東京の本所、深川、大阪の難波で四千五百九十一世帯一万七千九百六十六人を調査、白痴三十一人、瘋癲八人、不具者百七十二人）／雑誌『心理研究』が創刊される（心理学研究会。継続雑誌は『心理學研究』（日本心理学会））／アメリカ合衆国優生学運動の牙城である優生学記録研究所のラフリン所長が、同運動の指導者ダヴェンポートの指導により、実地調査員が収集した家族の形質データについて、精神薄弱、てんかん、狂気などの項目を列挙する／米国の心理学者・優生学者であるヘンリー・H・ゴダードが『カリカック家』を著す

大正二年（一九一三年）

・泉鏡花「遊行車（ゆぎょうぐるま）」（『文芸倶楽部』一月）
・谷崎潤一郎「続悪魔」（『中央公論』一月）
・宮城露香「小説低能児」（『教育学術界』二月）
・泉鏡花「公孫樹下」（『台湾愛国婦人』三月）
・泉鏡花「夜叉ヶ池」（『演芸倶楽部』三月）
・小川未明『白痴』（三月　文影堂書店）
・ギヨオテ『ファウスト　第二部』（森鷗外訳　三月　富山房）
・徳冨蘆花『みみずのたはこと』（三月　新橋堂書店）
・宇野浩二『清二郎　夢見る子』（四月　白羊社書店）
・呉秀三『小児精神病ニ就テ』（四月　日本小児科学会）
・湯原元一『都市教育論』（五月　金港堂書籍）
・北原白秋『東京景物詩及其他』（七月　東雲堂書店）
・泉鏡花「二挺鼓」（『京城日報』八月〜十月）
・西山哲治『悪教育之研究』（九月　弘学館書店）
・レオ・トルストイ「パアテル・セルギウス」（森鷗外訳　『文芸倶楽部』九月）
・中里介山「大菩薩峠」（『都新聞』他　九月〜昭和十六年八月）
・荒畑寒村「『白痴』（小川未明著）」（『近代思想』十一月）
・竹久夢二「どんたく　絵入り小唄集」（『どんたく』十一月）

十月、第六回感化救済事業講習会で乙竹岩造が講演「低能児教育」を行う／第六回感化救済事業講習会員に対し、巣鴨精神病院で三宅鑛一が講演「病的児童の保護」を行う

＊熊本市山崎尋常小学校が特別学級を設ける／英国で精神薄弱法が制定される

大正三年（一九一四年）

・小川未明『夜の街にて』「蠟人形」（一月　岡村盛花堂）
・大日本文明協会編『人種改良学』（一月）
・若宮卯之助『一読ヲ乞フ』（一月　ナシヨナル社）
・南方熊楠「十二支考　虎に関する史話と伝説民俗」（『太陽』一月〜七月）
・三宅鑛一『白痴及低能児』（二月　吐鳳堂書店）
・小川未明「尼に」（『太陽』三月）
・島崎藤村「桜の実の熟する時」（『文章世界』五月〜大正七年六月）
・小林佐源治『劣等児教育の実際』（六月　目黒書店）
・小川未明『底の社会へ』「下の街」（七月　岡村盛花堂）
・山松鶴吉『小学教育最新の傾向』（七月　教育新潮研究会）
・小池正直・森鷗外『衛生新篇　第五版』（九月　南江堂書店）
・萩原朔太郎「散文詩・詩的散文」（『詩歌』十月〜昭和三年五月）
・ガーバー『現代の教育的運動』（中島半次郎訳　十一月　大日本文明協会事務所）
・吉岡順作『国民ト体育』（十一月）

十月、第七回感化救済事業講習会で伊澤修二が講演「吃音矯正に就て」を、石井亮一が講演「白痴教育」を行う

＊英国で知的障害者ケア全国協会が結成される／英国で軽度精神遅滞児の教育義務制が実施される

大正四年（一九一五年）

・徳田秋声「あらくれ」（『読売新聞』一月〜七月）

・三田谷啓『学齢児童智力検査法』（三月　児童書院他）
・鈴木三重吉「八の馬鹿」（『中央公論』四月）
・増田隆『網膜黄斑部疾病論』（五月　半田屋医籍商店）
・伊藤野枝「私信―野上彌生様へ」（『青鞜』六月）
・脇田良吉『異常児教育の実際』（六月　金港堂書籍）
・谷崎潤一郎「お才と巳之介」（『中央公論』九月）
・阿部余四男『現代の遺伝進化学』（十一月　内田老鶴圃）
＊三田谷啓が最初の本格的な日本版知能検査「学齢児童智力検査法」を作成する

大正五年（一九一六年）

・泉鏡花「白金之絵図」（『新小説』一月）
・泉鏡花「桜貝」（『淑女画報』一月）
・谷崎潤一郎「神童」（『中央公論』一月）
・福田正夫『農民の言葉』（一月　南郊堂）
・森鷗外「渋江抽斎」（『大阪毎日新聞』・『東京日日新聞』一月～五月）
・中島半次郎『独仏英米国民教育の比較研究』（三月　教育新潮研究会）
・伊藤野枝「妾の会つた男の人人」（『中央公論』四月）
吉野作造編『最新科学』（六月　民友社）
・永井荷風「花柳小説　腕くらべ」（『文明』八月～翌年十月）
・谷崎潤一郎「亡友」（『新小説』九月）
・宮本百合子「貧しき人々の群」（『中央公論』九月）
・幸田露伴「専門家崇拝」（『同人』九月～十月）
・泉鏡花「木曽の紅蝶」（『文芸倶楽部』十二月）

二月八日、大阪に知的障害児施設「桃花塾」が開設される（岩崎佐一）
＊米国のL・M・ターマンがA・ビネーの知能検査を再標準化し、スタンフォード改訂増補ビネー・シモン知能測定尺度を公表する（一九三七年、一九六〇年、一九八六年と改訂）

大正六年（一九一七年）

・泉鏡花『幻の絵馬』（一月　春陽堂）
・泉鏡花「炎さばき」（『女の世界』一月～八月）
・高浜虚子「漱石氏と私」（『ホトトギス』二月～九月）
・芥川龍之介「偸盗」（『中央公論』四月・七月）
・有島武郎「惜みなく愛は奪ふ」（『新潮』六月）
・倉田百三『出家とその弟子』（六月　岩波書店）
・鈴木悦「白痴の子」（『早稲田文学』六月）
・浦和監獄編『浦和監獄川越分監少年受刑者ノ統計及処遇一班』（七月～大正八年）
・小川未明「白痴の女」（『新潮』八月）
・素木しづ「珠」（『文章世界』八月）
・寺田精一『児童の悪癖』（八月　心理学研究会）
二月、第十三回感化救済事業講習会で塚原政次が講演「低能性児童に対する注意」を行う
八月二十五日、内務省地方局に救護課が設置される（大正八年、社会課と改称。大正九年、社会局に昇格）
十月十日、日本精神医学会（創設者は中村古峡）の機関誌『変態心理』が創刊される（大正十五年十月一日まで）
＊日本神経学会第十六回総会で呉秀三が「白痴ニ就テ」宿題報

告を行う（神経学会が精神薄弱問題に取り組む端緒となる）／米国のニューヨーク州で低能児学級の法律が制定される

大正七年（一九一八年）

・有島武郎「小さき者へ」（『新潮』一月）

・伊藤野枝「彼女の真実—中條百合子氏を論ず」（『文明批評』一月）
・小川未明「無籍者の思ひ出」（『早稲田文学』一月）
・小川未明「戦争」（『科学と文芸』一月）
・豊島與志雄「生と死との記録」（『帝国文学』一月）
・葛西善蔵「子をつれて」（『早稲田文学』三月）
・泉鏡花「茸の舞姫」（四月　掲載雑誌不明）
・小川未明「靴屋の主人」（『新潮』四月）
・久米正雄『学生時代』「求婚者の話」（五月　新潮社）
・田島真治『劣等児と低能児の教育』（五月　目黒書店）
・谷崎潤一郎「金と銀」（『黒潮』五月）
・島崎藤村「新生」（『朝日新聞』五月～翌年十月）
・阿部次郎『合本　三太郎の日記』（六月　岩波書店）
・泉鏡花『鴛鴦帳』（六月　止善堂）
・泉鏡花「芍薬の歌」（『やまと新聞』七月～十二月）
・豊島與志雄「掠奪せられたる男」（『新潮』九月）
・ヴィクトル・ユーゴー『レ・ミゼラブル』（豊島與志雄訳　九月～翌年十月　新潮社）
・石井亮一「白痴の教育」（『変態心理』十月）
・伊藤野枝「白痴の母」（『民衆の芸術』十月）
・寺田精一『犯罪心理講話』（十月　心理学研究会）
・西山哲治『子供の権利』（十月　南光社）
・与謝野晶子「平塚・山川・山田三女史に答う」（『太陽』十一月）
・木村庶務課長「白痴の保護施設」（『変態心理』十二月）

五月十五日、久保良英が『児童研究所紀要　第一巻』（児童研究所発行）に「小学児童の智能査定の研究」を発表する

大正八年（一九一九年）

・西山哲治『小学校改善の実際的研究』（一月　開発社）
・田山花袋「河ぞひの春」（『やまと新聞』一月～四月）
・泉鏡花「由縁の女」（『婦人画報』一月～大正十年二月）
・豊島與志雄「微笑」（『雄弁』二月）
・与謝野晶子「婦人も参政権を要求す」（『婦人公論』三月）
・水上瀧太郎「大空の下」（『三田文学』四月～八月）
・柿花啓正『我観縦横論』（七月　一松堂書店）
・宇野浩二「苦の世界」（『解放』九月）
・谷崎潤一郎「或る漂泊者の俤」（『新小説』十一月）
・南部修太郎「一兵卒と銃」（『文芸倶樂部』十二月）

三月二十七日、精神病院法が公布される

六月七日、伊豆大島に知的障害者施設「藤倉学園」が設立される（川田貞治郎。昭和十九年に軍の要請で山梨県に疎開）

八月二十八日、久保良英が『児童研究所紀要　第三巻』に「漢字書取能力の測定」を発表する

＊三田谷啓が『児童相談所に関する報告要領』（大阪市役所）をだす／米国でファーナルドが精神薄弱者のコミュニティへの順応に言及する／米国のマサチューセッツ州で、精神が三年以上

停滞している児童が十名以上いる場合は、地方公共団体は特別学級を設け、強制的に入学させるべき義務と権利とがある旨の法律が制定される

・南方熊楠「十二支考　猴に関する伝説」（『太陽』一月～十二月）
・谷崎潤一郎「鮫人」（『中央公論』一月～十月）
・宇野浩二「筋のない小説」（『解放』一月～二月）

大正九年（一九二〇年）

・吉屋信子『屋根裏の二処女』（一月　洛陽堂）
・石原喜久太郎『石原学校衛生』（二月　吐鳳堂書店）
・豊島與志雄「白痴の恋」（『人間』二月）
・岩崎重三『天才児と低能児』（四月　洛陽堂）
・志賀直哉「山の生活にて」（『改造』四月）
・鈴木泉三郎『ラシヤメンの父』「美しき白痴の死」（五月　玄文社）
・伊藤野枝「『田園、製造所、工場』―クロポトキンの経済学」（『改造』六月）
・菊池寛「真珠夫人」（『大阪毎日新聞』・『東京日日新聞』六月～十二月）
・宇野浩二「人の身の上」（『雄弁』七月）
・ロマン・ロオラン『ジヤン・クリストフ』（豊島與志雄訳　九月～大正十二年六月　新潮社）
・ドストエフスキー『白痴』（細田源吉訳　十月　ドストイエフスキー全集刊行会）
・大杉栄『クロポトキン研究』伊藤野枝「クロポトキンの教育論―頭脳労働と筋肉労働の調和」（十一月　アルス）
・豊島與志雄「或る女の手記」（『婦人倶楽部』十二月）
・白石実三『曠野』「白痴のごとく」（十二月　博文館）

＊普通学務局主催で就学児童保護施設講習会が開かれる／文部省が「学校医ノ資格及職務ニ関スル規程」を公布する（学校医は生徒のなかに精薄児等を認めたら、授業免除や就学猶予、就学免除の必要があることを学校長に申告する）／東京市林町尋常小学校が促進学級を設ける／東京市大平尋常小学校が補助学級を設ける／前年七月一日に開設された日本初の公立児童相談所「大阪市立児童相談所」が、精神薄弱児教育を目的とする学園を附設する（市内尋常小学校に特別学級が設置されることもない、大正十二年に閉鎖）

大正十年（一九二一年）

・芥川龍之介「近頃の幽霊」（『新家庭』一月）
・泉鏡花「鯛」（『現代』一月）
・宇野浩二「ある年の瀬」（『大観』一月）
・泉鏡花「毘首羯摩」（『国粋』一月～十月）
・泉鏡花「彩色人情本」（『新演芸』一月～翌年二月）
・志賀直哉「暗夜行路」（『改造』一月～昭和十二年四月）
・岡本かの子「親の前で祈禱―岡本一平論」（『中央美術』二月）
・川上秀雄「低能児の家」（『変態心理』三月）
・小林多喜二「晩春の新開地」（『尊商』三月）
・寺田寅彦「漫画と科学」（『電気と文芸』三月）
・与謝野晶子『人間礼拝』「文化学院の設立について」（三月　天佑社）

・伊藤野枝「『或る』妻から良人へ―囚はれた夫婦関係よりの解放」(『改造』四月)
・川端康成「招魂祭一景」(『新思潮』四月)
・辻潤「浮浪漫語」(五月　掲載雑誌不明)
・宇野浩二「歳月の川」(『国粋』六月)
・大阪市立児童相談所『大阪市立児童相談所要覧』(七月)
・寺田寅彦「アインシュタインの教育観」(『科学知識』七月)
・小川未明「消えた美しい不思議な虹」(『童話』八月)
・前田河広一郎「三等船客」(『中外』八月)
・牧野信一「坂道の孤独参昧」(『人間』八月)
・阿部七五三吉・小野秀瑠『促進教育の新研究』(十月　培風館)
・川田貞治郎「精神薄弱児」(『変態心理』十月)
・寺田寅彦「アインシュタイン」(『改造』十月)
・田山花袋「廃駅」(『福岡日日新聞』十一月～翌年三月)

四月、米国のバー(ペンシルバニア州立エルウィン低能児訓練学校主任医長)が来日し、「低能児発生の社会的予防」を講演する(通訳は杉田直樹。学校における低能児の発見・分離や、職業を与えて社会から隔離すること、男は去勢して女は妊娠不可能にすること、優生学的結婚などの必要性を主張。紙・誌面をにぎわす)

十月三十一日、文部省が低能児教育調査委員会を設ける(委員は樋口長市、久保良英、杉田直樹)

＊第六回中央社会事業大会で低能児、白痴の保護問題が論じられる／内務省社会局が東京、横浜、大阪、京都、神戸の十四地区の障害者の割合を調査する／川本宇之介が教科書『実業青年大正修身訓』に「酒害と遺伝」「能率増進」の柱を設け、「カリカック家」を紹介して「低能、白痴」等の悪質遺伝による発生に注意を喚起する／T・シモンとA・ビネーの知能検査法が一つの完成した形で示される(一九二一年法)

大正十一年(一九二二年)

・泉鏡花「龍膽と撫子」(『良婦之友』一月～六月)
・小川未明「夜の群」(『太陽』二月)
・久保良英「増訂智能査定法」(『児童研究所紀要』三月)
・青木誠四郎『低能児及劣等児の心理と其教育』(四月　中文館書店)
・岡本かの子「女性には徹底した善人がない―婦人から観た婦人の美醜」(『婦人界』四月)
・田中香涯『間違だらけの治療』(四月　大阪屋号書店)
・有島武郎『星座』(五月　叢文閣)
・葛西善蔵「不良児」(『改造』六月)
・小川未明「もう不思議でない」(『解放』六月)
・佐藤秀象『白痴の囈言』(六月　駸々堂書店)
・京都市社会課『京都市に於ける特殊児童調』(七月)
・小川未明「患者の幻覚」(『新潮』十月)
・厨川白村『近代の恋愛観』(十月　改造社)
・鈴木本市『成績不良児取扱ニ関スル実験報告』(十月　大阪市役所教育部)
・今村新吉他『精神検査法』(十一月　京都市役所)
・夢野久作『白髪小僧』(十一月　誠文堂)
・藤岡眞一郎『促進学級の実際的研究』(十二月　東京啓発社)

六月、京都市成徳上条小学校が特別学級を設ける
七月九日、独国で青少年福祉法が制定される（知的障害者保護）／文部省が低能児教育講習会を開催する
＊東京市十八校に特別学級が設けられる

大正十二年（一九二三年）

・泉鏡花「鶚の鮨」（『新小説』一月）
・熊谷直三郎『智能検査ノ一般的注意事項』（一月　内務省社会局第二部）
・幸田露伴「貧富幸不幸」（『現代』一月）
・小林多喜二「健」（『新興文学』一月）
・東京府社会事業協会編『東京府社会事業概観　第三輯』（一月）
・宮本百合子「大橋房子様へ―『愛の純一性』を読みて」（『アルス出版月報』一月）
・芥川龍之介「侏儒の言葉」（『文芸春秋』一月～大正十四年十一月）
・小川未明『彼等の行く方へ』「黒い河」（二月　総文館）
・杉田直樹『低能児及不良児の医学的考察』（二月　中文館書店）
・本荘可宗『痴愚和尚の遺書』（三月　秀文閣）
・元田作之進『社会病理の研究』（三月　警醒社書店）
・愛知敬一『ファラデーの傳』（五月　岩波書店）
・軍事教育会編『赤きこころ』（五月）
・宇野浩二「我家の小説」（『改造』六月）
・佐藤春夫「一夜の宿」（『中央公論』六月）
・宇野浩二「心つくし」（『中央公論』七月）
・大杉栄「日本脱出記」（『改造』七月）
・横光利一「碑文」（『新思潮』七月）
・小川未明「海蛍」（『赤い鳥』八月）
・福田玉吉『盲唖教育概覧』（八月　島根県立盲唖学校）
・川端康成「合評会諸氏に」（『新潮』十一月）
・辻潤「ふもれすく」（十一月　掲載雑誌不明）
・内田魯庵「三十年前の島田沼南」（『読売新聞』十一月～十二月）

四月十五日、茨城県に筑波学園が創設される（岡野豊四郎、精神薄弱児も収容。治療教育）／大阪で初めての特別学級が設置される（中大江東小学校）
＊大阪市西天満尋常小学校が特別学級を設ける

大正十三年（一九二四年）

・市川源三『家庭教育』（一月　児童保護研究会）
・宇野浩二「古風な人情家」（『新小説』一月）
・花園紫水「低能児の救済」（『変態心理』一月）
・小熊秀雄「白痴アンリー・ルーソー」（『旭川新聞』二月）
・亀島晟・石原正明『日本に於ける常設林間学校之実際』（三月　新進堂）
・杉田直樹『異常児童の病理』（三月　内外書房）
・川端康成「前月一幕物評」（『文芸春秋』四月）
・新民衆劇学校出版部編『新民衆劇脚本集　第一編』津田和也「白痴殺し」（四月）
・芥川龍之介「文放古」（『婦人公論』五月）

・大阪市役所教育部『智能発達検査法略説』（五月）
・樋口長市『特殊児童の教育保護』（五月　児童保護研究会）
・宇野浩二「四方山」（『中央公論』六月）
・教育学術会編『文検受験用教育学講義』（六月　大同館書店）
・牧野信一「或る五月の朝の話」（『文章倶楽部』六月）
・宮本百合子「心の河」（『改造』六月）
・折口信夫「国文学の発生（第二稿）」（『日光』六月〜十月）
・文部大臣官房学校衛生課編『特別学級編制に関する調査』（七月）
・藤森成吉「北見」（八月　掲載雑誌不明）
・樋口長市『特殊児童の教育保護』（九月　児童保護研究会）
・福島県師範学校附属小学校教育研究会編『小学校に於ける新教育の実際』（九月　文盛堂出版部）
・松永延造「職工と微笑」（『中央公論』九月）
・福田正夫『耕人の手』（十月　新潮社）
・横光利一「頭ならびに腹」（『文芸時代』十月）
・エドガー・アラン・ポー『モルグ街の殺人』（平野威馬雄訳　十一月　アルス）
・新宮恒次郎『家庭並に学校に於ける早教育の理論と実際』（十一月　広陵社）
・文部省『全国特殊教育状況』（十一月）
・國枝史郎「八ヶ嶽の魔神」（『文芸倶楽部』十一月〜大正十五年七月）
・富士川游『異常児童』（十二月　太陽堂書店）

四月、特別学級担任者指導のため、東京市教員講習所内に補助学級研究科が設けられ、昭和五年三月まで教育についての研究がなされる

＊文部省分課規程改正にともない、普通教育課内に社会教育課がおかれる（同課を中心に、精薄児の教育振興に意が用いられる）／チューリッヒ大学のハンゼルマン教授を所長とする「治療教育ゼミナール」が開設される（一九六一年に大学と分かれて独立。一九七二年に新しい治療教育士養成制度がつくられる）

大正十四年（一九二五年）

・内田魯庵「二葉亭追録」（『女性』一月）
・國枝史郎「天草四郎の妖術」（『ポケット』一月）
・徳田秋声「挿話」（『中央公論』一月）
・江戸川乱歩「心理試験」（『新青年』二月）
・岸田國士「一言二言三言」（『文芸時代』三月）
・鈴木治太郎『智能測定尺度ノ実験的統計的基礎』（三月　大阪市役所教育部）
・牧逸馬「上海された男」（『新青年』四月）
・都崎友雄『白痴の夢』（五月　ドン社）
・細井和喜蔵『女工哀史』（七月　改造社）
・脇田良吉『注意すべき低能児に対する教授の実際』（七月　新生社）
・近代社編『世界短篇小説大系　仏蘭西篇（下）』サルモン「停車場の白痴」（岡野かほる訳　八月）
・宇野浩二「十軒路地」（『中央公論』九月）
・武林無想庵「「Cocu」のなげき」（『改造』九月）
・牧野信一「鏡地獄」（『中央公論』九月）

・町田則文『盲教育五十年記念誌』（十月　富岡兵吉）
・宇野浩二「従兄弟同志」（『中央公論』十一月）
・幸田露伴「将棋のたのしみ」（『太陽』十一月）
四月一日、大阪に島村塾が創設される（島村保穂）／東京市麻布区本村尋常小学校が補助学級を設ける
＊鈴木治太郎がビネー式知能検査を再標準化し、公表する（大阪で一万五千人を超える被験児を対象に、大正十二年四月から大規模な標準化実験に着手。大正十四年三月に『智能測定尺度ノ実験的統計的基礎』（大阪市役所教育部）を発表。昭和五年、昭和十一年、昭和十六年、昭和二十三年、昭和三十一年、平成十九年と改訂）

大正十五年・昭和元年（一九二六年）

・泉鏡花「戦國新茶漬」（『女性』一月）
・宇野浩二「足りない人」（『中央公論』一月）
・江戸川乱歩「踊る一寸法師」（『新青年』一月）
・藤倉学園編『財団法人藤倉学園』（一月）
・横光利一「ナポレオンと田虫」（『文芸時代』一月）
・小酒井不木「白痴の智慧」（『子供の科学』一月～三月）
・谷崎潤一郎「一と房の髪」（『婦女界』二月）
・編集部「社会の変象　猩々の血を引いた珍らしい白痴」（『変態心理』二月）
・浅田一『法医学教室の窓から』（三月　春陽堂）
・久保良英「擬似精神薄弱児」（『変態心理』三月）
・豊島與志雄「黒点」（『新潮』三月）
・國枝史郎「銀三十枚」（『新青年』三月～五月）
・石井充「白痴」（『文芸行動』四月）
・泉鏡花「隣の糸」（『女性』四月）
・宇野浩二「高天ヶ原」（『改造』四月）
・小川未明『未明感想小品集』「断詩」（四月　創生堂）
・川端康成「冬近し」（『文芸春秋』四月）
・牧野信一「冬の風鈴」（『文芸春秋』四月）
・太宰治「瘤」（『蜃気楼』五月）
・宮本百合子「秋の反射」（『ウーマンカレント』六月）
・脇田良吉『白川学園』（六月　日乃丸会）
・小酒井不木「血の盃」（『現代』七月）
・原澄次『日本農業改造論』（七月　明文堂）
・牧野信一「夏ちかきころ」（『女性』七月）
・河合寿三郎『劣等児・低能児の心理と其の教育の実際』（九月　南海書院）
・黒沼勇太郎『劣等児の原因と其教育』（十月　啓文社書店）
・江戸川乱歩「パノラマ島奇談」（『新青年』十月～翌年四月）
・幸田露伴「巣林子の二面」（『早稲田文学』十一月）
・葉山嘉樹『海に生くる人々』（十一月　改造社）
・塚原政次『児童の心理及教育』（十二月　明治図書）
・牧逸馬「民さんの恋」（『新青年』十二月）
・横溝正史「断髪流行」（『女性』十二月）
・ロンブロオゾオ『天才論』（辻潤訳　十二月　春秋社）
四月、『教育心理研究』（東京文理大学）が創刊される
＊第一回全国児童保護事業会議で低能児保護と特殊教育令の制定が要望される

昭和二年（一九二七年）

・太宰治「名君」（『蜃気楼』一月）
・文部省編『全国特殊教育状況』（一月）
・甲賀三郎「支倉事件」（『読売新聞』一月～六月）
・鈴木彦次郎「大空の祝福」（『近代風景』二月）
・芥川龍之介「河童」（『改造』三月）
・田山花袋「こころの珊瑚」（『読売新聞』五月～九月）
・三宅鑛一『異常児童の話』（九月　大日本私立衛生会）
・中山国雄編『校報』（十月　船場尋常高等小学校）
八月一日、兵庫県に知的障害児施設「三田谷治療教育院」が創設される（三田谷啓）
＊英国で知的障害者法が制定される

昭和三年（一九二八年）

・江見水蔭『江見水蔭集』「備前天一坊」（二月　平凡社）
・永井荷風「カッフエー一夕話」（『中央公論』二月）
・尾崎清次「成績不良児の身体的特徴並臨床的所見」（『神戸市立児童相談所紀要』五月）
・川本宇之介『盲教育概観』（五月　盲人信楽会）
・田中政太「昭和元年度教育相談来所児童に就て」（『神戸市立児童相談所紀要』五月）
・布施梅「預所児童教育所感」（『神戸市立児童相談所紀要』五月）
・文芸家協会編『大衆文学集　第一集』間宮茂輔「痴愚外道」（五月　新潮社）
・三木貞一『江戸時代の角力』「初代谷風梶之助」（五月　近世日本文化史研究会）
・三好十郎「首を切るのは誰だ」（『左翼芸術』五月）
・文部省普通学務局『特殊児童の精神的特質とその教育』（五月）
・逸見廣「お銀たち」（『創作時代』六月）
・中村古峡『変態性格者雑考　全』（六月　文芸資料研究会）
・夢野久作「いなか、の、じけん」（『探偵趣味』・『猟奇』七月～昭和五年一月）
・教育局視学課『補助学級設備に関する調査』（八月　東京市役所）
・太宰治「彼等とそのいとしき母」（『細胞文芸』八月）
・柳田國男「笑の文学の起原」（『中央公論』九月）
・教育局視学課『東京市小学校補助学級の現状』（十月　東京市役所）
・寺田寅彦「雑感」（『理科教育』十一月）
・脇田良吉編『適才教育　第壱輯』（十一月　日乃丸会）
・太宰治「此の夫婦」（『弘前高校交友会誌』十二月）
・藤岡祐知他『本市特別学級に於ける収容児童の個別的教育経過の実例』（十二月　大阪市役所教育部）
五月四日、文部省が学校衛生課を体育課に改める（同課を中心に養護施設関係の講習会や研究会が開催される）
十二月九日、千葉県に知的障害児施設「八幡学園」が開設される（久保寺保久）

昭和四年（一九二九年）

・江戸川乱歩「孤島の鬼」（『朝日』一月～翌年二月）

・中山国雄編『校報』（二月　船場尋常高等小学校）
・元山清七『精神薄弱児の作業を主としたる教育』（京都市滋野尋常小学校　奥付に発行年なし。「6パンフレットの発刊につき」に「昭和四年二月節分此稿を作る」とある）
・岡山県学務部社会課『異常児童と其の教養』（三月）
・鈴木治太郎『智能測定と児童の適能教育』（三月　大阪市役所教育部）
・シェークスピア『世界文学全集　第三巻』「マクベス」（横山有策訳　五月　新潮社）
・浪速少年院編『浪速少年院の教養　第一輯』（五月）
・牧野信一「円卓子での話」（『新潮』五月）
・逸見廣「時評　五月創作短評―文芸春秋」（『新文学準備倶楽部』六月）
・川端康成「文芸時評」（『文芸春秋』七月）
・松長端『聾唖教育研究叢書　第一輯』（七月　大阪市立聾唖学校）
・丸川仁夫編『日本盲唖教育史』（十月　京都市立盲学校同窓会・京都市立聾唖学校同窓会）
・南方熊楠「十二支考　蛇に関する民俗と伝説」（『民俗学』十月）
・宇野千代「白痴の唄」（『文学時代』十二月）
・ジアン・コクトオ「ジアン・コクトオ氏の講演―無秩序と考へられた秩序について」（堀辰雄訳　『文学』十二月）
・下田光造『異常児論』（十二月　大道学館出版部）
・土屋兵次『小学校に於ける精神薄弱児童教育の実際』（発行月等不明）

四月一日、雑誌『白痴群』が発行される（昭和五年四月まで、全六冊）／**二日**、救護法が公布される（昭和七年一月施行。公的扶助。国の負担二分の一、都道府県・市町村各四分の一）／鈴木治太郎『智能測定尺度ノ実験的統計的基礎』（大正十四年三月）の続編として『大阪市教育部に於ける児童の智能発達測定尺度の正確度についての考察』（大阪市教育部）が発行される

＊英国、ウッド委員会報告で知的障害児の在宅ケアを強調する

昭和五年（一九三〇年）

・井伏鱒二「ジヨセフと女子大学生」（『新潮』一月）
・太宰治「地主一代」（『座標』一月～五月）
・教育講習所研究科補助学級研究部『本市小学校に於ける補助学級の実際』（二月　東京市役所）
・三田谷啓『児童教養』（二月　三田谷治療教育院）
・吉行エイスケ「スポールティフな娼婦」（『文学時代』二月）
・脇田良吉編『適才教育　第弐輯』（二月　日乃丸会）
・京都市役所社会課『学齢児童に関する調査』（三月）
・チェスタートン『世界探偵小説全集』「作男・ゴーの名誉」（直木三十五訳　三月　平凡社）
・小出楢重『めでたき風景』（五月　創元社）
・井伏鱒二「三日間」（『新潮』六月）
・井伏鱒二「晩春」（『文芸春秋』七月）
・富士川游『教育病理学』（七月　教育研究会）
・太宰治「学生群」（『座標』七月～十一月）
・大阪市社会部調査課『本市に於ける社会病』（八月）
・アルチュル・ランボオ「七歳の詩人」（小林秀雄訳　『詩・現

実』九月）
・アルチュル・ランボオ『地獄の季節』「道化」（小林秀雄訳　十月　白水社）
・小出楢重『油絵新技法』（十月　アトリヱ社）
・桐原葆見『自由画テストとその基準』（十一月　山越工作所）
・井伏鱒二「家庭装飾」（『新潮』十二月）
・神西清「青いポアン」（『作品』十二月）
・小林多喜二「東倶知安行」（『改造』十二月）
・矢田津世子「反逆」（『女人芸術』十二月）
二月一日、全国方面委員、社会事業関係者等が救護法実施期成同盟会を結成する
三月、補助学級研究科が市の教育費縮減のため廃止され、新たに補助学級調査委員会が組織される（昭和十八年まで研究が進められる）
四月、鈴木治太郎『実際的個別的智能測定法』（東洋図書）が出版される
十月二十三日、東京日比谷で救護法実施期成同盟会全国大会が開催される
十一月三十日、日本民族衛生学会が結成される（永井潜、機関誌は『民族衛生』。優生学）
十二月一日、東京に小金井治療教育所が設立される（児玉昌。昭和十年、小金井学園と改称。昭和二十年三月、閉園）
＊大阪市特殊教育研究会が『大阪市特殊教育概況一覧表』を発行する（同年度の時点で特別学級は十校十学級開設、入級児童数は全市合計百五十名）／スウェーデンで知的障害児のための特別病院が開設される

昭和六年（一九三一年）

・横溝正史「恐怖の部屋」（『週刊朝日』一月）
・井伏鱒二「丹下氏邸」（『改造』二月）
・富山市愛宕尋常小学校『身体虚弱児童・精神薄弱児童特別学級経営』（二月）
・弓場幸吉『我校特別学級に於ける収容児童の個別的教養経過の実例』（二月　大阪市難波元町尋常小学校）
・村田緑園『白痴の弟殺し　愛すればこそ罪をつくる姉』（三月　日吉堂本店）
・加藤正英「一般智能検査に表はれたる精神薄弱の特徴」（『神戸市立児童相談所紀要』四月）
・田中政太「就学前個人智能検査に就て」（『神戸市立児童相談所紀要』四月）
・江戸川乱歩「白髪鬼」（『富士』四月〜翌年四月）
・大西永次郎他『精神薄弱児童養護施設資料』（五月　文部大臣官房体育課）
・田代義徳『柏学園第十年報』（六月）
・江戸川乱歩「恐怖王」（『講談倶楽部』六月〜翌年五月）
・滝乃川学園『滝乃川学園要覧』（七月）
・田中貢太郎『支那怪談全集』（七月・八月　博文館）
・井伏鱒二「川沿ひの実写風景」（『文芸春秋』九月）
・倉田啓明「死刑執行人の怪死」（『文芸春秋』九月）
・永井潜「遺伝と疾病」（『文芸春秋』九月）
・夢野久作「犬神博士」（『福岡日日新聞』九月〜翌年一月）
・嘉村礒多「滑川畔にて」（『文学時代』十月）
・坂口安吾「霓博士の廃頽」（『作品』十月）

・辻山義光「珍奇刑務所病」（『文芸春秋』十月）
・法政大学優生学研究所『法政大学優生学研究所附属小金井治療教育所要旨』（十月）
・牧野信一「心象風景」（『文科』十月～翌年三月）
・大西永次郎他『施設中心虚弱児童の養護』（十一月　右文館）
・室生犀星「内気な賛美歌」（『文芸春秋』十一月）
・八幡学園『児童教化八幡学園要覧』（十一月）
二月二十三日、文部省が東京の日本赤十字社参考館で、第一回精神薄弱児養護施設講習会並びに協議会を開催する（二十八日まで。第二回は翌年二月、第三回は昭和八年二月）
九月、広島市に六方学園が創設される（田中正雄）
＊日本精神衛生協会が正式に発会式を行う（発足は昭和元年、会長は三宅鑛一。雑誌『精神衛生』を発行）

昭和七年（一九三二年）

・東京市教育局学務課『東京市立小学校補助学級児童ニ関スル調査』（一月）
・宮入慶之助「最近医学の進歩概観」（『文芸春秋』一月）
・三宅鑛一『精神病学提要』（一月　南江堂書店）
・嘉村礒多「途上」（『中央公論』二月）
・坂口安吾「蝉」（『文芸春秋』二月）
・豊島與志雄「慾」（『改造』二月）
・谷崎潤一郎「私の見た大阪及び大阪人」（『中央公論』二月～四月）
・新井光江他『第三学年の能力別学級編制とその適能指導法の実際』（三月　東京市関口台町尋常小学校）
・金子洋文「村の騒ぎ」（『新潮』四月）
・川端康成「妹の着物」（『文芸春秋』四月）
・ポオル・ヴァレリ『テスト氏Ⅰ』「テスト氏との一夜」（小林秀雄訳　四月　江川書房）
・島崎藤村「夜明け前　第二部」（『中央公論』四月～昭和十年十月）
・池谷信三郎「ドライアイス」（『文芸春秋』五月）
・江戸川乱歩『江戸川乱歩全集　第十三巻』エドガー・アラン・ポー「陥穽と振子」（江戸川乱歩訳　五月　平凡社）
・川端康成「「中央公論」と「新潮」の作品」（『近代生活』五月）
・蔵原伸二郎「裏街道」（『文芸春秋』五月）
・小林秀雄「現代文学の不安」（『改造』六月）
・小林秀雄「小説の問題Ⅰ」（『新潮』六月）
・横溝正史「塙侯爵一家」（『新青年』七月～十二月）
・横溝正史『呪いの塔』（八月　新潮社）
・川端康成「或る詩風」（『文芸春秋』十月）
・小林秀雄『続文芸評論』「批評について」「井伏鱒二の作品について」（十一月　白水社）
・寺田寅彦「音楽的映画としての「ラヴ・ミ・トゥナイト」」（『キネマ旬報』十一月）
・戸坂潤『イデオロギー概論』（十一月　理想社）
・夢野久作「キチガイ地獄」（『改造』十一月）
・脇田良吉『異常児教育三十年』（十一月　日乃丸会）
・ささきふさ「房」（『文芸春秋』十二月）
・立原道造「白痴」（同年～昭和十年　草稿詩）

二月、精神薄弱児童研究会が設置される
四月六日、東京市立光明学校が設立される（開校は六月一日）

昭和八年（一九三三年）

・中村正常「ボア吉の求婚」（『文芸春秋』一月）
・三宅鑛一『医学的心理学』（一月　南江堂書店）
・上月とき子「未亡人の嘆き」（『文芸春秋』二月）
・坂口安吾「小さな部屋」（『文芸春秋』二月）
・戸坂潤『現代のための哲学』「ファシズムのイデオロギー性」（二月　大畑書店）
・弓場幸吉『大阪市難波元町尋常小学校特別学級経営の実際』（二月　大阪市難波元町尋常小学校）
・大山茂樹「魔ヶ淵の殺人」（『文芸春秋』三月）
・里見弴「老自戒」（『文芸春秋』三月）
・川端康成「三月文壇の一印象」（『新潮』四月）
・南部修太郎「猫又先生」（『三田文学』四月）
・岡本かの子「汗」（『週刊朝日』五月）
・滝乃川学園編『東京府（代用）児童研究報告』（六月）
・夢野久作「爆弾太平記」（『オール読物』六月～七月）
・戸坂潤「社会時評」（『文芸春秋』六月～昭和十二年五月）
・豊島與志雄「立枯れ」（『改造』七月）
・中川與一「鬚」（『文芸春秋』七月）
・ポオル・ヴァレリ「テスト氏航海日誌抄」（小林秀雄訳『四季』七月）
・戸坂潤「倫理化時代」（『文芸春秋』九月）
・豊島與志雄『書かれざる作品』「舞踏病」（九月　白水社）
・三角寛「山窩銘々伝」（『文芸春秋』九月）
・堀辰雄「美しい村」（『改造』十月）
・宇野浩二「人さまざま」（『改造』十一月）
・夢野久作「白菊」（『新青年』十一月）
・戸坂潤『技術の哲学』（十二月　時潮社）
・室生犀星「菩薩」（『文芸春秋』十二月）
・江戸川乱歩「妖虫」（『キング』十二月～翌年十一月）

四月一日、東京に浅草寺カルナ学園が設立される（浅草観音浅草寺の経営、園長は大森亮順）／東京都足立区南鹿浜町に結核者・精神薄弱者のコロニー江北農園が創設される（笠井福松夫妻。昭和十二年四月、浦和市（現・さいたま市緑区）に移り、久美愛園と改称。成人精神薄弱者対象）
五月五日、少年救護法が公布される（翌年十月十日施行）
七月十日、雑誌『異常児教育』（京都市特別児童教育研究会）が創刊される／**十四日**、独国で遺伝病的子孫の増殖防止に関する法律が公布される
十一月十五日、日本感化教育会主催第五回児童保護講習会で児玉昌が精神薄弱の原因と対策について講演する（のち、パンフレット『精神薄弱の原因と対策』発行）
＊この頃から文部省は東京で、小学校養護施設に関する講習会を毎年一回、数年にわたり開催

昭和九年（一九三四年）

・林不忘「丹下左膳　日光の巻」（『読売新聞』一月～九月）
・五城朗「最後に勝残るもの」（『文芸春秋』二月）
・坂口安吾「長島の死」（『紀元』二月）

・豊田三郎「リラの手紙」（『行動』二月）
・脇田良吉『適才教育普及案　一名国民教育完成案』（二月　日乃丸会）
・小林秀雄「ドストエフスキイに関するノオト」（『行動』・『文芸』二月～七月）
・阿部ツヤコ「白痴」（『文芸』三月）
・小栗虫太郎「失楽園殺人事件」（『週刊朝日』三月）
・小林秀雄「文芸時評」（『文芸春秋』四月）
・太宰治「断崖の錯覚」（『文化公論』四月）
・檀一雄「永井龍男氏の近業について」（『鷭』四月）
・深田久彌「母と子」（『文芸春秋』四月）
・青木誠四郎・岩下吉衛『劣等生の算術教育』（五月　モナス）
・荒畑寒村「ルツベの幽霊」（『文芸春秋』五月）
・東京市教育局体育課『東京市補助学級児童の統計的観察』（五月）
・早坂二郎「現代華族論」（『文芸春秋』五月）
・江戸川乱歩「人間豹」（『講談倶楽部』五月～翌年五月）
・人類改善財団編『断種』（齋藤茂三郎訳　六月　日本民族衛生学会）
・堀辰雄「ドストイエフスキイの作品のうち最も愛読した作品」（『書物』六月）
・岡本かの子「こういう家庭」（『東京朝日新聞』七月）
・丹羽文雄「甲羅類」（『早稲田文学』七月）
・堀辰雄「小説のことなど」（『新潮』七月）
・牧逸馬「西洋怪異談」（『改造』七月）
・永井荷風「日かげの花」（『中央公論』八月）
・牧野信一「剝製」（『文芸春秋』八月）
・大下宇陀児「義眼」（『新青年』九月）
・小林秀雄「『白痴』について」（『文芸』九月～翌年七月）
・萩原朔太郎「ニイチェに就いての雑感」（『浪漫古典』十月）
・岡本かの子「法華経に就いて」（『日本精神文化』十一月）
・近松秋江「母は帰らん」（『文芸春秋』十一月）
・中原中也「よもやまの話」（『ラ・フゥルミ』十一月）
・牧野信一「創作生活にて」（『新潮』十一月）
・山本周五郎「麦藁帽子」（『アサヒグラフ』十一月）
・夢野久作「白くれない」（『ぷろふいる』十一月）
・本庄陸男「白い壁」（『現実』発行日不明）

五月、山下清が八幡学園に収容される

十月二十二日、日本精神薄弱児愛護協会が設立される（会長は石井亮一。昭和十一年九月、機関誌『愛護』発刊（昭和十四年まで）。昭和三十年、日本精神薄弱者愛護協会と改称。現・日本知的障害者福祉協会）

昭和十年（一九三五年）

・川端康成「「小説の嘘」に就て」（『新潮』一月）
・谷崎潤一郎「職業として見た文学について」（『文芸春秋』一月）
・夢野久作「笑う啞女」（『文芸』一月）
・夢野久作『ドグラ・マグラ』（一月　松柏館書店）
・小林秀雄「ドストエフスキイの生活」（『文学界』一月～昭和十二年三月）
・長谷川時雨『旧聞日本橋』「西川小りん」（二月　岡倉書房）

・飯田安茂『白痴のはなうた』（三月　詩と批評社）
・岡本綺堂『明治劇談　ランプの下にて』（三月　岡倉書房）
・東京市教育局視学課『補助学級ニ関スル調査』（三月）
・戸坂潤「試験地獄礼讃」（『文芸春秋』三月）
・日本精神薄弱児愛護協会『精神薄弱児問題』（三月）
・藤本敏文編『聾唖年鑑　昭和十年版』（三月　聾唖月報社）
・大下宇陀児「情鬼」（『新青年』四月）
・賀川哲夫・福井正憑『性病宝鑑』（四月　婦女界社）
・坂口安吾「蒼茫夢」（『作品』四月）
・編集部「白痴を完全な子に」（『東京朝日新聞』四月）
・北條民雄「白痴」（『山桜』四月）
・柳田國男「笑の本願」（『俳句研究』四月）
・夢野久作「近世快人伝」（『新青年』四月～十月）
・小栗虫太郎『白蟻』（五月　ぷろふいる社）
・室生犀星「佐藤君に私信」（『文芸春秋』五月）
・島木健作「一過程」（『中央公論』六月）
・田畑修一郎「南方」（『早稲田文学』六月）
・正富汪洋「男女牽引の法則」（『文芸春秋』六月）
・渡部政盛・村中兼松『精神貧困児の教育』（六月　啓文社書店）
・幸田露伴「太公望」（『改造』七月）
・荒木善次『低能児教育の実際』（八月　文川堂書房）
・石川達三「蒼氓」（『文芸春秋』九月）
・パアル・バツク『大地　長篇小説』（新居格訳　九月　第一書房）
・牧逸馬「七時〇三分」（『日の出』九月）
・岡邦雄「講壇ジヤーナリスト」（『文芸春秋』十月）
・杉田直樹『治療教育学』（十月　叢文閣）
・豊島與志雄「食慾」（『中央公論』十月）
・夢野久作「眼を開く」（『逓信協会雑誌』十月）
・東京盲学校編『東京盲学校六十年史』（十一月）
・萩原朔太郎「初めてドストイェフスキイを讀んだ頃」（『ヴレーミヤ』十一月）
・北條民雄「間木老人」（『文学界』十一月）
・村山知義「わが白痴」（『新潮』十一月）
・夢野久作「巡査辞職」（『新青年』十一月～十二月）
・近松秋江「人間哀史」（『文芸春秋』十二月）
・山岡勘一編『本邦聾唖教育六十年の回顧』（十二月　日本聾唖教育会）
・小林秀雄「「地下室の手記」と「永遠の良人」」（『文芸』十二月～翌年四月）
・林不忘『大衆文学名作選　第六』「つゞれ烏羽玉」（平凡社　発行月不明）

昭和十一年（一九三六年）

・川端康成「私小説的文芸批評」（『文学界』一月）
・萩原朔太郎「僕の孤独癖について」（『文芸汎論』一月）
・編集部「マルセイユの与太話」（『文芸春秋』一月）
・横溝正史「貝殻館綺譚」（『改造』一月）
・坂口安吾「狼園」（『文学界』一月～三月）
・太宰治「碧眼托鉢」（『日本浪曼派』一月～三月）
・谷崎潤一郎「猫と庄造と二人のをんな」（『改造』一月・七月）

・江戸川乱歩「緑衣の鬼」（『講談倶楽部』一月～十二月）
・檀一雄「逗留客」（『コギト』二月）
・海野十三「深夜の市長」（『新青年』二月～六月）
・安部丑亥『精神薄弱児の育て方教へ方』（三月　東宛書房）
・尾高豊作編『特殊な子供の研究』（三月　刀江書院）
・小林秀雄「井の中の蛙」（『文芸懇話会』三月）
・夢野久作「人間腸詰」（『新青年』三月）
・逸見廣「白痴」（『早稲田文学』四月）
・横溝正史「白蠟変化」（『講談雑誌』四月～十二月）
・坂口安吾「雨宮紅庵」（『早稲田文学』五月）
・戸坂潤『日本イデオロギー論』（五月　白揚社）
・林房雄「文芸時評」（『文芸春秋』五月）
・岡田三郎「路地」（『文芸春秋』六月）
・浅田一「淫楽犯罪論」（『文芸春秋』七月）
・久生十蘭「金狼」（『新青年』七月～十一月）
・大下宇陀児「凧」（『新青年』八月）
・張赫宙「深淵の人」（『文学案内』九月）
・三田谷啓『子供の智識の導き方』（九月　刀江書院）
・今村信吉「胸像「わが青春」」（『文芸春秋』十月）
・打木村治「池底の墓」（『文芸春秋』十月）
・坂口安吾「老嫗面」（『文芸通信』十月）
・佐藤春夫「映露談叢―支那文学好色ばなしさまざま」（『文芸春秋』十月）
・太宰治「創生記」（『新潮』十月）
・チャールズ・ディッケンズ『二都物語　上巻』（佐々木直次郎訳　十月　岩波書店）
・横溝正史「真珠郎」（『新青年』十月～翌年二月）
・藤野辰二他『小学校に於ける教育診断と其の実際』（十一月　滋賀県滋賀郡坂本尋常高等小学校）
・三田谷啓編『なぜ治療教育院が必要なのか』（十一月　日本児童協会）
・城戸幡太郎他『治療教育　第壱輯』（十二月　小金井学園）
・戸坂潤『思想と風俗』（十二月　三笠書房）
・田村一二『精神薄弱児の生活指導』（京都市滋野尋常小学校発行月不明）

六月、鈴木治太郎『実際的個別的智能測定法昭和十一年修正増補』（東洋図書）が出版される

九月、鈴木治太郎『智能測定尺度の客観的根拠』（東洋図書）が出版される

＊式場隆三郎が八幡学園の顧問医になる／フィンランドで児童福祉法が制定される（心身障害児等の福祉）／米国でマーテンスが『精神遅滞児のカリキュラム作成の手引』を編纂する（一九五〇年に第二版）

昭和十二年（一九三七年）

・小林秀雄「ドストエフスキイの時代感覚」（『改造』一月）
・横溝正史「焙烙の刑」（『サンデー毎日』一月）
・岡本かの子「肉体の神曲」（『三田文学』一月～十二月）
・江戸川乱歩「幽霊塔」（『講談倶楽部』一月～翌年四月）
・小川三郎『精神薄弱児』（二月　金原商店）
・京都市児童院編『教育調査の結果に就きて』（二月）
・小林秀雄『現代小説の諸問題』「フロオベルの「ボヴァリイ夫

人」」（二月　十字堂書房）
・石川淳「普賢」（『文芸春秋』三月）
・岡本かの子「母子叙情」（『文学界』三月）
・小林秀雄「文芸時評」（『読売新聞』三月）
・東京市教育局視学課『補助学級児童ノ卒業後ノ状況』（三月）
・海野十三「十八時の音楽浴」（『モダン日本』四月）
・小栗虫太郎「屍体七十五歩にて死す」（『モダン日本』四月）
・大阪圭吉「坑鬼」（『改造』五月）
・岡本かの子「花は勁し」（『文芸春秋』六月）
・ヘルマン・ヘッセ『青春彷徨』（関泰祐訳　六月　岩波書店）
・横溝正史「花髑髏」（『富士』六月～七月）
・小林秀雄「「悪霊」について」（『文芸』六月～十一月）
・西島長作編『実験的研究に依る遅滞児教育の実際』（七月　奈留尋常高等小学校）
・ランボオ『ランボオ詩集』（中原中也訳　九月　野田書房）
・岡本かの子「金魚撩乱」（『中央公論』十月）
・久生十蘭「魔都」（『新青年』十月～翌年十月）
・岡本かの子「落城後の女」（『日本評論』十二月）
・永井荷風「浅草公園の興行物を見て」（『読売新聞夕刊』十二月）

二月、名古屋市に精神薄弱児施設「八事寮」が創立される（名古屋大学医学部教授の杉田直樹が創立・運営）

七月十九日、ミュンヘンで退廃芸術展が開催される（十一月三十日まで。観客数は合計で二百万人超。表現主義の画家やユダヤ人、精神障害者や知的障害者の作品が展示された。この展覧会はこの後多くの独国中の都市を巡回した）

＊秋、早稲田大学心理学教室の戸川行男の世話で、八幡学園の子供達の作品展が同大学で開かれる

昭和十三年（一九三八年）

・守屋東「クリユッペルハイムと私」（『文芸春秋』二月）
・小栗虫太郎「地中海」（『オール読物』三月）
・坂口安吾「南風譜―牧野信一へ」（『若草』三月）
・火野葦平「糞尿譚」（『文芸春秋』三月）
・式場隆三郎「狂人の絵」（『文芸春秋』四月）
・ケーレル『類人猿の智慧試験』（宮孝一訳　五月　岩波書店）
・豊島與志雄「女と帽子―「小悪魔の記録」」（『中央公論』五月）
・豊島與志雄『猫性語録』「形態について」（五月　作品社）
・横溝正史「悪魔の家」（『富士』五月）
・教学局編『教学叢書　第三輯』幸田露伴「一貫章義」（六月　内閣印刷局）
・東京文理科大学教育相談部編『東京文理科大学教育相談部報告　第一輯』（六月）
・岡本かの子「巴里祭」（『文学界』七月）
・坂口安吾『吹雪物語』（七月　竹村書房）
・岡本かの子「四郎馬鹿」（『雄弁』九月）
・岡本かの子『巴里祭』「みちのく」（十一月　青木書店）
・織田作之助「雨」（『海風』十一月）
・豊田順爾『虚弱児童養護施設論』（十一月）
・宇野浩二『ゴオゴリ』（十二月　創元社）
・倉田百三『青春の息の痕』（十二月　大東出版社）
・小林秀雄「現代日本の表現力」（『東京朝日新聞』十二月）

・中央盲人福祉協会編『盲人ニ関スル法律』（十二月）
・岡本かの子「丸の内草話」（『日本評論』十二月～翌年四月）

一月十一日、厚生省が設置される（初代厚相は木戸幸一。内務省社会局、衛生局を廃止）

三月三日、田万清臣、河上丈太郎が文部省に「小学校ニ於ケル精神薄弱児童ノ為特別教育施設ニ関スル建議案」を提出する

四月、第八回全国社会事業大会継続委員会第三委員会が「精神異常児保護法制定及之が保護施設拡充方要望に関する件」を当局に建議する

十一月、早稲田大学で八幡学園の児童の作品展が催され、安井曾太郎や熊谷守一、北川民次等が訪れ賛辞を述べ、話題になる

＊萩山実務学校（起源は明治三十三年七月に東京市養育院内におかれた感化部。明治三十八年にこの施設は井の頭学校と改称。萩山実務学校はその井の頭学校が昭和十三年に改称されたもの）が東京都北多摩郡東村山村大字萩山にできる（少年教護の社会的教育施設だが、実情としては精神薄弱児の養護学校）／愛育研究所が精神薄弱幼児の実験的保育を始める／大阪市がこの年から昭和十五年にかけて、市内全ての小学校を対象に、知能測定法を用いた大規模な調査を行う（『大阪市に於ける学業不進児の調査』（昭和十四年）等）

昭和十四年（一九三九年）

・六戸部力（久生十蘭）「顎十郎捕物帳」（『奇譚』一月～翌年七月）
・大阪市教育部『大阪市に於ける学業不進児の調査』（二月）
・式場隆三郎『二笑亭綺譚』（二月　昭森社）
・伊藤清『児童保護事業』（三月　常盤書房）
・坂口安吾「木々の精、谷の精」（『文芸』三月）
・ジョン・スタインベック『二十日鼠と人間と』（足立重訳　三月　大隣社）
・高野六郎「精神薄弱の問題」（『精神衛生』三月）
・太宰治「黄金風景」（『国民新聞』三月）
・小林秀雄「読書について」（『文芸春秋』四月）
・濱田光雄編『精神薄弱児童養護展覧会概要』（四月　財団法人大阪朝日新聞社会事業団）
・岡本かの子「生々流転」（『文学界』四月～十二月）
・小栗虫太郎「虹軍巴蟆を越ゆ」（『文芸春秋』五月）
・鈴木治太郎「智能発達の遅滞児に対する適能教育案」（『学童の保健』五月）
・太宰治「花燭」（『愛と美について』五月）
・太宰治「火の鳥」（『愛と美について』五月）
・編集部「好日善き人を見たり」（『文芸春秋』五月）
・小川未明「写生に出かけた少年」（『小学四年生』八月）
・太宰治「美少女」（『月刊文章』八月）
・太宰治「八十八夜」（『新潮』八月）
・久生十蘭「地底獣国」（『新青年』八月～九月）
・武田麟太郎「大凶の籤」（『改造』九月）
・萩原朔太郎『宿命』（九月　創元社）
・長谷健「あさくさの子供」（『文芸春秋』九月）
・川本宇之介『特殊教育研究』（十月）
・高津保雄『私の体験を主としたる特別学級経営案』（十月）
・大下正男編『特異児童作品集』（十一月　春鳥会）

・太宰治「皮膚と心」（『文学界』十一月）
・豊島與志雄『心理風景』「作家的思想」（十一月　砂子屋書房）
・小林秀雄「イデオロギイの問題」（『文芸春秋』十二月）
・鈴木治太郎「精神薄弱の程度と智能指数との関係について」（『精神衛生』十二月）
・三田谷啓『言語障害のある子の教育』（十二月　日本児童協会）

八月、「日本心理学会文部省建議」（『心理学研究』）が、大戦のための「人的資源」の涵養、犯罪防止、福祉増進のためにも、政府は精薄者の保護に力を入れるべきだと主張する

＊第四回全国児童保護大会が「精神薄弱児特別教育令」「精神薄弱児保護法」の制定を建議する／大阪市会で議案第二十三号「特殊学校創設ノ件」が議決される（「身体欠陥児並知能低格児ニ対シ特殊教育ヲ施」すことが決定、思斉小学校設立へ向けて動き始める）／八幡学園の子供達の貼絵の作品展が各地で開かれ、一部は朝鮮、満州にまで行く（特に十二月に開かれた銀座の青樹社展は反響をよぶ）

昭和十五年（一九四〇年）

・小栗虫太郎「人外魔境—天母峰」（『新青年』一月）
・太宰治「鷗」（『知性』一月）
・太宰治「春の盗賊」（『文芸日本』一月）
・柳田國男「たくらた考」（『科学ペン』一月）
・太宰治「女の決闘」（『月刊文章』一月〜六月）
・小栗虫太郎「「太平洋漏水孔」漂流記」（『新青年』二月）
・小林秀雄「清君の張紙絵」（『文芸春秋』二月）
・岡本かの子「女体開顕」（『日本評論』二月〜十一月）
・大阪市教育部『大阪市尋常小学校に於ける優秀智能児の調査』（三月）
・小栗虫太郎「海狼白夜を行く」（『大洋』三月）
・金史良「光の中に」（『文芸春秋』三月）
・宮澤賢治『宮沢賢治全集』「虔十公園林」（三月　十字屋書店）
・杉田直樹「科学と人生」（『文芸春秋』四月）
・速水寅一他『兵庫県立児童研究所報告　第七輯』（四月　兵庫県立児童研究所）
・宮田重雄「試験地獄親馬鹿記」（『文芸春秋』四月）
・川本宇之介編『聾者の職業教育と指導施設』（五月　財団法人聾教育振興会）
・竹田省「試験地獄」（『文芸春秋』五月）
・森山武市郎他「「戦時下少年犯罪の傾向」座談会」（『文芸春秋』五月）
・太宰治「古典風」（『知性』六月）
・福島県初等教育研究会『精神薄弱児教育の理論と実際』（六月）
・三好十郎「浮標」（『文学界』六月〜七月）
・大阪市道仁尋常小学校特殊教育研究部『本校ニ於ケル特殊教育ノ概観』（七月）
・岡本かの子「宝永噴火」（『文学界』七月）
・小栗虫太郎「金冑人」（『奇譚』七月）
・城戸幡太郎他編『石井亮一全集』（第一〜三巻　七月〜九月　石井亮一全集刊行会）
・太宰治「乞食学生」（『若草』七月〜十二月）

・田畑修一郎『石ころ路』（八月　人文書院）
・津村秀夫「日本映画の堕落」（『文芸春秋』八月）
・宮城音彌「眠りの生理学」（『文芸春秋』八月）
・田中英光「オリンポスの果実」（『文学界』九月）
・富塚清「科学教育と私」（『文芸春秋』十月）
・岡本かの子『池に向いて』「緑の火焔」（十一月　古今書院）
・小栗虫太郎「伽羅絶境」（『新青年』十一月）
・久保寺保久編『特異児童を護れ』（十一月　八幡学園）
・桑木厳翼「落第談義」（『文芸春秋』十一月）
・戸川行男『特異児童』（十二月　目黒書店）
・長與善郎「国民的性格の錬成」（『文芸春秋』十二月）

二月、兵庫県に私立翠丘小学校が開校される（創立者は三田谷啓）

五月一日、国民優生法が公布される（翌年七月一日施行）

六月二十九日、大阪市立児童相談所内に、日本最初の知的障害児のための養護学校である市立思斉小学校が設立される（開校は九月。昭和十七年に大阪市立思斉国民学校、昭和十八年三月に旭区豊里町に移転、昭和三十二年に大阪市立思斉養護学校）

＊大阪市立道仁尋常小学校特殊教育研究部が実践報告『本校ニ於ケル特殊教育ノ概観』を発表する／東京府は精神薄弱児童取扱規定を定める（知的障害児の施設への委託収容）

昭和十六年（一九四一年）

・太宰治「東京八景」（『文学界』一月）
・河上徹太郎「白痴」（『新女苑』一月～二月）
・下村湖人『次郎物語』（二月～翌年八月　小山書店）
・岡本かの子『鮨』「食魔」（三月　改造社）
・近藤益雄『こどもと生きる』（三月　東陽閣）
・京都市教育部学務課編『鋏は切れる』（五月）
・白川渥「村梅記」（『文芸春秋』五月）
・森山啓「遠方の人」（『文学界』五月）
・川端茅舎『白痴』（六月　甲鳥書林）
・太宰治「千代女」（『改造』六月）
・長沼幸一『国民学校訓練精義』（六月　教育科学社）
・原民喜「雲雀病院」（『文芸汎論』六月）
・太宰治『新ハムレット』（七月　文芸春秋社）
・東京府学務部社会課『精神薄弱児童取扱規程』（八月）
・藤井義夫「『カラクテーレス』の復興」（『文芸春秋』八月）
・山本周五郎「三年目」（『雄弁』八月）
・小栗虫太郎「海螺斎沿海州先占記」（『文芸春秋』十月）
・小林秀雄「『カラマアゾフの兄弟』」（『文芸』十月～翌年九月）
・小栗虫太郎「海螺斎沿海州先占記（続篇）」（『文芸春秋』十一月）
・坂口安吾他「昭和十六年の文学を語る」（『現代文学』十一月）
・坂口安吾「古都」（『現代文学』十二月）

一月一日、日本教育学会が設立される（機関誌『教育学研究』）

三月一日、小学校令を廃止して、国民学校令が公布される（「白痴」等就学できないと認められる者は就学免除、「病弱又ハ発育不完全其ノ他已ムヲ得サル事由ニ依リ」就学時期に就学できないと認められる者は就学猶予とすると規定）

昭和十七年（一九四二年）

・石田博英『忘れられた子供たち』（二月　新紀元社）
・近藤益雄『春来るころの子たち　続こども生きる』（二月　第百書房）
・田村一二『石に咲く花』（三月　教育図書）
・菊池寛「話の屑籠」（『文芸春秋』六月）
・久保良英『智能査定法』（六月　中文館書店）
・太宰治『正義と微笑』（六月　錦城出版社）
・太宰治『右大臣実朝』（九月　増進堂）
・太田宇之助「支那随論」（『文芸春秋』十月）
・井伏鱒二『星空』（十一月　昭南書房）
・岸田國士他『演劇と文化』岸田國士「演劇と政治」（十一月　河出書房）
・中島敦『南島譚』「環礁」（十一月　今日の問題社）
・坂口安吾「青春論」（『文学界』十一月～十二月）

四月二日、鈴木治太郎が日本優生聯盟総会で「優秀智能児について」を講演する

昭和十八年（一九四三年）

・柳田國男「高田十郎著『随筆民話』」（序跋　三月　桑名文星堂）
・正岡容『小説　圓朝』（四月　三杏書院）
・村島帰之『太陽学校』（七月　鳴弦社）
・森健蔵・石田博英編『異常児とその作品』（七月　新紀元社）
・小栗虫太郎「南印度苦力」（『新太陽』八月）
・坂口安吾「二十一」（『現代文学』八月）
・宮澤賢治『フランドン農学校の豚』「フランドン農学校の豚」（九月　東京八雲書店）
・沢義雄『本校虚弱児童への対策』（十月　大阪市御津国民学校）
・愛育研究所編『異常児保育の研究』（十一月　目黒書店）
・アリス・デクードル他『異常児の教育』（上下　若井林一訳　十一月　博文館）
・鷹野つぎ『限りなき美』「草藪」（十一月　立誠社）
・山本周五郎「愚鈍物語」（『講談雑誌』十一月）

四月、東京都渋谷区立大和田国民学校が補助学級を設ける

十二月、大津市に石山学園が創設される（創設者は糸賀一雄、責任者は田村一二）

＊田中寛一がビネー式知能検査を再標準化し、公表する（東京で三千人強の被験児により標準化。昭和二十二年、昭和二十九年、昭和四十五年、昭和六十二年、平成十七年と改訂）／村松常雄等が東京、埼玉、大阪、福井、下関などで、学齢期に成績の甚だしく悪かった男子百十七人、女子五十三人が、二十代から四十代になった時の状態を調査する（村松常雄・勝野井輝美「精神薄弱者の社会的予後」（『精神神経誌』）。概して社会適応はよいとされている）／米国の児童精神科医のレオ・カナーが論文「情動的交流の自閉的障害」を発表する

昭和十九年（一九四四年）

・宇野浩二『人間同志』（五月　小山書店）
・早稲田大学文学部編『哲学年誌』「精神薄弱研究に対する一資料」（十一月　理想社）

＊英国で一九四四年教育法が成立する（十一の障害カテゴリーを設けて特殊教育の充実と拡大を図る）／英国で障害者雇用法が制定される（対象は一般障害者となっている）／スウェーデンで、教育可能な精神遅滞児の教育と保護に関する法律が制定される／オーストリアの小児科医アスペルガーが自閉的精神病質（アスペルガー症候群・知的障害をともなわない自閉症）を発表する

昭和二十年（一九四五年）

・日本学術振興会編『優秀児童家系調査』（二月　丸善）
・太宰治『惜別』（九月　朝日新聞社）
・太宰治『お伽草紙』「カチカチ山」（十月　筑摩書房）
・山本周五郎「二十三年」（『婦人倶楽部』十月）
・太宰治「パンドラの箱」（『河北新報』十月～十二月）

八月六日、広島県に原子爆弾が投下され、間もなく原爆病の発病が知的障害者施設「六方学園」にみられる

昭和二十一年（一九四六年）

・坂口安吾「恋をしに行く（「女体」につゞく）」（『新潮』一月）
・宮本百合子『私たちの建設』（四月　実業之日本社）
・横溝正史「本陣殺人事件」（『宝石』四月～十二月）
・伊丹万作「政治に関する随想」（『キネマ旬報』六月）
・坂口安吾「白痴」（『新潮』六月）
・三島由紀夫「贋ドン・ファン記」（『新世紀』六月）
・宮本百合子「獄中への手紙」（『女性改造』六月）
・坂口安吾「外套と青空」（『中央公論』七月）
・吉行淳之介「遁走」（『葦』七月）
・豊島與志雄「白蛾―近代説話」（『群像』十月）
・坂口安吾「石の思い」（『光』十一月）
・田村一二『特異工場』（十一月　大雅堂）
・豊島與志雄「落雷のあと―近代説話」（『文芸春秋』十一月）
・ヤロスラフ・ハーシェク『愚直兵士シュベイクの奇行』（第一～三部　辻恒彦訳　十一月　三一書房）
・小林秀雄「モオツァルト」（『創元』十二月）
・山本周五郎「寝ぼけ署長」（『新青年』十二月～昭和二十三年一月）

四月七日、連合国軍総司令部が「米国教育使節団報告書」を発表する（身体障害や知的障害の児童の就学については通常の義務教育法によって規定されるべきことに言及）／東京都渋谷区立大和田国民学校の精薄児を主対象とした特殊学級が再開される

十一月十五日、滋賀県に近江学園が創設される（園長は糸賀一雄。もとの虚弱児収容施設三津浜学園と石山学園とが合併されたもの）

昭和二十二年（一九四七年）

・後藤岩男『異常児の記録』（二月　大日本雄弁会講談社）
・坂口安吾「風と光と二十の私と」（『文芸』一月）
・坂口安吾「戯作者文学論」（『近代文学』一月）
・獅子文六「はやりぜに」（『文芸春秋』一月）
・豊島與志雄「水甕―近代説話」（『群像』一月）
・坂口安吾「花妖」（『東京新聞』二月～五月）

・鮎川信夫「白痴」（『純粋詩』三月）
・谷崎潤一郎「細雪　下巻」（『婦人公論』三月～翌年十月）
・坂口安吾他「現代小説を語る」（『文学季刊』四月）
・豊島與志雄「未亡人」（『諷刺文学』四月）
・柳田國男「嗚滸の文学」（『芸術』四月）
・坂口安吾『いづこへ』（五月　真光社）
・角田喜久雄「高木家の惨劇」（『小説』五月）
・原口統三『二十歳のエチュード』（五月　前田出版社）
・坂口安吾『堕落論』「咢堂小論」（六月　銀座出版）
・坂口安吾「オモチャ箱」（『光』七月）
・太宰治「斜陽」（『新潮』七月～十月）
・原民喜「小さな村」（『文壇』八月）
・壺井榮「妻の座」（『新日本文学』八月～昭和二十四年七月）
・山本周五郎「風流化物屋敷」（『講談雑誌』十月）
・丹羽文雄「哭壁」（『群像』十月～翌年十二月）
・豊島與志雄「聖女人像」（『群像』十一月）
・横光利一『夜の靴』（十一月　鎌倉文庫）
・阿部知二「高原にて」（掲載雑誌等不明）

三月三十一日、教育基本法、学校教育法が公布、施行される（学校教育法では特殊教育も学校教育の一部とされたが、盲聾、養護学校の就学義務及び設置義務は政令で定めるとして外される）

四月一日、中央社会事業協会と日本私設社会事業連盟が合併、日本社会事業協会が設立される／国立教育研修所（後の国立教育研究所）に大崎中学校の特殊学級分教場が開設される（昭和二十五年に東京都に移管され、都立青鳥中学校となる）

五月二十三日、学校教育法施行規則が制定される（就学猶予・免除手続き等の規定）

六月八日、日本教職員組合（日教組）が結成される（特殊学校部会設立、全国盲学校職員連盟、全国聾唖学校職員連盟を発展的に解消）

七月、文部省初等教育課に特殊教育担当視学官が設置される（三木安正が就任）

十一月、厚生省が知的障害児調査を行う

十二月十二日、児童福祉法が公布される（昭和二十三年一月一日に一部、四月一日に全面施行。精神薄弱児施設、療育施設等を規定。児童虐待防止法、少年教護法廃止）

＊仏国で「ランジュヴァン＝ワロン委員会の教育改革プラン」が文部大臣あて答申として提出される

昭和二十三年（一九四八年）

・坂口安吾「淪落の青春」（『ろまねすく』一月）
・山本周五郎「失恋第五番」（『新青年』一月）
・坂口安吾「ヤミ論語」（『世界日報』二月～七月）
・横溝正史「夜歩く」（『男女』・『大衆小説界』二月～翌年十二月）
・井伏鱒二「山峡風物誌」（『改造』三月）
・大岡昇平「近松秋江『黒髪』」（『批評』三月）
・太宰治「眉山」（『小説新潮』三月）
・船山馨「仮橋の畔り」（『文芸』三月）
・井伏鱒二「ある青年」（『陽春読物集』四月）
・窪田啓作「掌」（『文芸』四月）

・坂口安吾「ジロリの女―ゴロー三船とマゴコロの手記」（『文芸春秋』・『別冊文芸春秋』四月）
・玉生道経『矯正技術の基礎』（四月　金子書房）
・豊島與志雄「花ふぶき」（『風雪』四月）
・井上友一郎「美貌と白痴」（『文芸春秋』五月）
・坂口安吾「遺恨」（『娯楽世界』五月）
・坂口安吾「三十歳」（『文学界』五月）
・太宰治「桜桃」（『世界』五月）
・石川三四郎「浪」（『平民新聞』五月～十二月）
・椎名麟三『永遠なる序章』（六月　河出書房）
・東京文理科大学内児童研究会編『特殊児童の心理』（六月　金子書房）
・太宰治「人間失格」（『展望』六月～八月）
・坂口安吾「探偵小説を截る」（『黒猫』七月）
・太宰治「グッド・バイ」（『朝日評論』七月）
・中村光夫「笑ひの喪失」（『文芸』七月）
・三島由紀夫「好色」（『小説界』七月）
・光吉夏彌「プラーグのふえ吹き」（『少年倶楽部』七月）
・野間宏「炎に追はれて」（『文芸』八月）
・谷崎潤一郎「所謂痴呆の芸術について」（『新文学』八月～十月）
・島崎敏樹「太宰の精神病理」（『文芸』九月）
・埴谷雄高『死霊』（十月　真善美社）
・山本周五郎「おしゃべり物語」（『講談雑誌』十月）
・三島由紀夫「宗十郎の「蘭蝶」」（『日本演劇』十一月）
・青木誠四郎『精神薄弱児及中間児童』（十二月　壮文社）
・川端康成『雪国』（十二月　創元社）
・三島由紀夫「獅子」（『序曲』十二月）
・文部省『わが国及び各国の特殊教育に関する調査』（十二月）
・吉行淳之介「藁婚式」（『文学会議』十二月）

三月三十一日、厚生省が児童福祉法施行令を公布、施行する（当面、精神薄弱児等特殊児童の福祉を重点とする等）

七月十三日、国民優生法を廃止して、優生保護法が公布される（九月施行。優生上の見地から、不良な子孫の出生防止、任意・強制優生手術や人工妊娠中絶の規定、それぞれの処置の適用範囲、地区・都道府県・中央優生保護委員会の設置、優生結婚相談）

十月、文部省が精神遅滞児教育講習会を開催する

十二月二十九日、厚生省が児童福祉施設最低基準を公布する／文部省が特殊学級設置基準委員会を設置する

昭和二十四年（一九四九年）

・豊島與志雄「山上湖」（『新潮』一月）
・横溝正史「白痴娘」（『第一読物増刊号』一月）
・横溝正史「車井戸は何故軋る」（『読物春秋』一月）
・武者小路実篤「真理先生」（『心』一月～翌年十二月）
・井伏鱒二「芳村氏の饒舌」（『別冊文芸春秋』二月）
・編集部「ダイジェストばやり」（『新潮』二月）
・大原富枝「女の翼」（『改造』三月）
・坂口安吾「火　第一部」（『新潮』・『群像』三月～翌年二月）
・横溝正史「八つ墓村」（『新青年』・『宝石』三月～昭和二十六年一月）

・イタール・古武彌正『アヴェロンの野生児』（四月　丘書房）
・豊島與志雄「一つの愛情」（『新小説』四月）
・田中英光「野狐」（『知識人』五月）
・豊島與志雄「憑きもの」（『改造文芸』五月）
・トオマス・マン「永遠なるゲエテ」（佐藤晃一訳『群像』五月・六月）
・高橋健二「ヘッセの手紙」（『新潮』六月）
・中島敦『中島敦全集　第三巻』「Miscellany」（六月　筑摩書房）
・坂口安吾他「下山事件推理漫歩」（『夕刊新大阪』七月）
・多田裕計『白痴の愛』（七月　大日本雄弁会講談社）
・三島由紀夫『仮面の告白』（七月　河出書房）
・檀一雄「小説太宰治」（『新潮』七月〜八月）
・田中英光「下山事件のインテリ的考察」（『新潮』八月）
・中山義秀他「創作合評（二七回）」（『群像』八月）
・三好達治「詩人の生涯―萩原朔太郎論」（『新潮』八月〜十一月）
・坂口安吾「復員殺人事件」（『座談』八月〜翌年三月）
・三好十郎「肌の匂い」（『婦人公論』八月〜翌年七月）
・坂口安吾「行雲流水」（『オール読物』九月）
・竹山道雄「わが生の途のなかばに」（『新潮』九月）
・特殊教育研究連盟編『精神遅滞児教育の実際』（九月　牧書店）
・大岡昇平「『アルマンス』の問題」（『批評』十月）
・田中英光「月光癲狂院」（『新潮』十月）
・船山馨「雨」（『新潮』十月）
・田中英光「汝を愛し且つ憎む」（『群像』十一月）
・山本周五郎「泥棒と若殿」（『講談倶楽部』十二月）

一月二十日、優生保護法施行令が公布される

五月、日本精神薄弱児愛護協会が再建される

六月二十四日、優生保護法改定公布、施行される（本人または配偶者が精神薄弱者であれば、優生手術、人工妊娠中絶の適用対象となる）／文部省が日本における特殊学級教育の現状調査を実施する／特殊教育研究連盟が結成される（創設者は三木安正。翌年五月から機関誌『児童心理と精神衛生』を刊行（昭和三十一年五月廃刊）。昭和二十八年二月、全日本特殊教育研究連盟に改組。平成十三年十月、全日本特別支援教育研究連盟と改称。通称「全特連」）

九月、東京医療少年院に知的障害児が収容される

＊名古屋市立旭白壁小学校が精薄児学級である「福祉学級」を設ける／明石市立人丸小学校が特別学級を設ける／徳島県の小松島市立千代小学校が知的障害学級を設ける／米国のインディアナ大学のフーラーが論文「植物的人体へのオペラント条件づけ」を発表する（いかなる学習も不可能とされた白痴の少年を対象とした実験）

昭和二十五年（一九五〇年）

・大岡昇平「出征」（『新潮』一月）
・埴谷雄高『不合理ゆえに吾信ず』（一月　月曜書房）
・和辻哲郎・竹山道雄「芸術と歴史についての対話」（『新潮』一月）
・舟橋聖一「光君草子」（『新潮』一月〜九月）

・山本周五郎「楽天旅日記」（『講談雑誌』一月～十月）
・横溝正史「犬神家の一族」（『キング』一月～翌年五月）
・尾崎一雄他「創作合評（33回）」（『群像』二月）
・豊島與志雄「田園の幻」（『世界評論』二月）
・坂口安吾「水鳥亭」（『別冊文芸春秋』三月）
・井上友一郎「阿片」（『群像』四月）
・前田純敬「夏草」（『文芸春秋』四月）
・宮本百合子「獄中への手紙」（『世界評論』四月～五月）
・坂口安吾他「オールサロン」（『オール読物』五月）
・杉田直樹他『精神遅滞児の心理と教育』（五月　牧書店）
・山本周五郎「長屋天一坊」（『講談雑誌』五月）
・坂口安吾「街はふるさと」（『読売新聞』五月～十月）
・宇野浩二『思ひ草』（六月　六興出版社）
・杉浦明平「考えない葦」（『文芸』六月）
・宮部正夫『精神遅滞児の教育』（六月　時事通信社出版局）
・三好十郎「殺意（ストリップショウ）」（『群像』七月）
・三島由紀夫「青の時代」（『新潮』七月～十二月）
・エルネスト・ルナン「私の姉アンリエット」（訳者名記載なし『新潮』八月）
・北原武夫「悪の華」（『群像』八月）
・木田文夫『ちえの遅れた子供の医学』（八月　牧書店）
・小林秀雄「金閣焼亡」（『新潮』九月）
・アーチ・オー・ヘック『特異児童の教育　教育者、両親、世人に訴う』（岩田勝次・坂田貞男訳　十月　河内文庫）
・北杜夫「狂詩」（『文芸首都』十月）
・小林秀雄「ニイチェ雑感」（『新潮』十月）
・坂口安吾「落語・教祖列伝」（『別冊文芸春秋』十月）
・パール・バック『母よ嘆くなかれ』（松岡久子訳　十月　法政大学出版局）
・坂口安吾「我が人生観」（『新潮』十一月）
・徳川夢声「けた違いの人生」（『新潮』十一月）
・特殊教育研究連盟編『精神遅滞児教育の研究』（十一月　牧書店）
・坂口安吾「明治開化　安吾捕物　その三　魔教の怪」（『小説新潮』十二月）
・久生十蘭「新西遊記」（『別冊文芸春秋』十二月）
・山本周五郎「嘘アつかねえ」（『オール読物』十二月）
・川端康成「舞姫」（『朝日新聞』十二月～翌年三月）

四月、東京都立青鳥中学校が開校される（昭和三十二年に養護学校に改編され、高等部も併設される）／東京に旭出学園が創立される（三木安正）

五月一日、精神病者監護法と精神病院法を廃止して、新たに精神衛生法が公布される（精神障害者の定義に精神薄弱者を含む。発生予防の見地から精神衛生相談所、訪問指導の新設、私宅監置は一年経過後に廃止）／**四日**、生活保護法が公布される（最低生活保障、自立助長、不服申立制度を規定）

九月、厚生省が「児童福祉法による精神薄弱児保護について」を通知する

十二月、米国で全米知的障害児育成会が発足する

昭和二十六年（一九五一年）

・ジルベール・ロバン『異常児』（吉倉範光訳　一月　白水社）

・田村一二『百二十三本目の草』（二月　黎明書房）
・東京教育大学教育学研究室編『教育大学講座　第二十九巻「精神薄弱児」』（二月　金子書房）
・三好十郎「日本映画にヘドを吐く」（『文芸春秋』二月）
・山崎正『問題児の診断と指導』（二月　春秋社）
・久坂葉子「灰色の記憶」（『VIKING』二月〜三月）
・小林秀雄「ピカソの陶器」（『朝日新聞』三月）
・長野幸雄『知能異常児』（三月　東洋書館）
・三木安正編『精神遅滞児の原因と鑑別』（三月　牧書店）
・三島由紀夫「箱根細工」（『小説公園』三月）
・大岡昇平『新しき俘虜と古き俘虜』（四月　創元社）
・坂口安吾「明治開化　安吾捕物　その七　石の下」（『小説新潮』四月）
・坂口安吾「フシギな女」（『新潮』四月）
・坂口安吾「安吾人生案内」（『オール読物』四月〜十二月）
・小林秀雄「ゴッホの手紙　アントワープ　パリ　色彩の問題」（『芸術新潮』五月）
・高谷覚蔵・曾野明「ソ連の宣伝はもう沢山！」（『文芸春秋』五月）
・火野葦平「夫婦」（『文芸』五月）
・三島由紀夫「右領収仕候」（『オール読物』五月）
・山本周五郎「山彦乙女」（『朝日新聞』六月）
・児童研究会編『精神薄弱児』（七月　金子書房）
・編集部「映画漫歩」（『文芸春秋』七月）
・ヘルマン・ヘッセ『若き人々へ』（高橋健二訳　八月　人文書院）
・吉屋信子「安宅家の人々」（『毎日新聞』八月〜翌年二月）
・豊島與志雄「広場のベンチ」（『文芸』九月）
・安部公房「餓えた皮膚」（『文学界』十月）
・綿引まさ「脱衣場図書館」（『文芸春秋　秋の増刊』十月）
・天野貞祐「秀才論」（『新潮』十一月）
・榛葉英治「原型」（『文芸』十一月）
・牛島義友・波多野完治『教育心理学研究　第四集』（十二月　巌松堂書店）
・特殊教育研究連盟編『精神遅滞児の生活教育』（十二月　牧書店）

一月十一日、日本社会事業協会、同胞援護会、全国民生委員連盟が合体、中央社会福祉協議会が設立される（翌年五月、全国社会福祉協議会連合会に改組。昭和三十年四月、社会福祉法人全国社会福祉協議会（全社協）と改称）／文部省が異常児鑑別基準作成委員会を設置する

二月、厚生省児童局長・社会局長連名で、知的障害児施設における年齢超過者の保護について通達される（児童福祉施設に生活保護施設の併設を認め、年齢超過者を引き続き保護する）

三月二十一日、映画『カルメン故郷に帰る』（主演は高峰秀子）が公開される／**二十九日**、社会福祉事業法が公布される

四月一日、東京教育大学に特殊教育学科が設置される

五月五日、児童憲章が制定される（障害児の医療・教育・保護を保障）／ドストエフスキー『白痴』が原作の映画『白痴』（主演は原節子）が公開される

十月十日、精神薄弱児福祉施設「山口県ときわ学園」が開園される

十二月一日、大分県に精神薄弱児施設「みのり園」が開園される（速見児童福祉協会運営）

＊文部省主催で特殊教育研究集会が開催される（『特殊教育研究集会資料』配布）／フィンランドで心身障害者手当法が制定される／デンマークで知的障害者の親の会の全国組織が結成される

昭和二十七年（一九五二年）

・豊島與志雄「ものの影」（『心』一月）
・中勘助「こまの歌」（『新潮』一月）
・坂口安吾「安吾史譚」（『オール讀物』一月～七月）
・阿部知二「沈黙の女（五）」（『別冊文芸春秋』二月）
・エラスムス『痴愚神礼讃』（渡辺一夫訳　二月　河出書房）
・ジャン・ジュネ「泥棒日記」（朝吹三吉訳　『新潮』二月）
・武田泰淳「耳」（『別冊文芸春秋』二月）
・谷口吉郎「近代美術館」（『別冊文芸春秋』二月）
・中山義秀「純潔」（『新潮』二月）
・久生十蘭「うすゆき抄」（『オール讀物』二月）
・斎藤信也「現代作家天気図　川端康成」（『文芸』三月）
・日野耿之介「壁と座」（『文芸』四月）
・小林秀雄「「白痴」について」（『中央公論』五月～翌年一月）
・オーナー・トレイシー「占領下とは専制下のことか」（訳者名記載なし　『文芸春秋』六月）
・吉行淳之介「谷間」（『三田文学』六月）
・エルンスト・ヴィーヒエルト「死者の森―ナチス政治犯収容所の報告」（加藤一郎訳　『新潮』七月）
・小山清「幸福論」（『新潮』七月～翌年六月）
・ハーマン・ウーク「ケイン号の反乱」（大久保康雄訳　『新潮』八月）
・松本清張「或る「小倉日記」伝」（『三田文学』九月）
・今日出海「垣根」（『別冊文芸春秋』十月）
・澤田美喜・藤原道子「日米の落しもの」（『文芸春秋』十月）
・鈴木鎮一「才能は誰にもある―幼児教育を軽視するな」（『文芸春秋』十月）
・石川達三・大岡昇平「短篇小説と長篇小説」（『新潮』十一月）
・エリス・H・マーテンス『できない子供のカリキュラム』（三木安正他訳　十一月　牧書店）
・大久保康雄他「世界文学」（『新潮』十一月）
・小笠原貴雄「番頭」（『新潮』十二月）
・精神薄弱児育成会編『手をつなぐ親たち　精神薄弱児をまもるために』（十二月　国土社）

一月三十日、文部省の主催で第一回全国特殊学級研究協議会が下関市で開催される（以降毎年開催。実質的運営は全特連）

五月十五日、映画『安宅家の人々』（主演は田中絹代）が公開される

七月十九日、精神薄弱児育成会（手をつなぐ親の会）が結成される（第一回全国大会の開催は『手をつなぐ親たち』出版記念、同年十二月七日に東京で。翌年九月二十三日、全国精神薄弱児育成会と改称。昭和三十年二月二十三日、全国精神薄弱者育成会（社団法人）と改称。昭和三十四年三月二十三日、全日本精神薄弱者育成会（社会福祉法人）と改称。平成七年五月二十二日、全日本手をつなぐ育成会と改称）

八月一日、文部省が初等中等教育局に特殊教育室を設置する（昭和三十一年四月一日、特殊教育室を廃止し、特殊教育事務は初等・特殊教育課の所掌に。昭和三十二年八月一日、特殊教育に関する事務が初等・特殊教育課から分離し、特殊教育主任官が所掌。昭和三十七年四月、特殊教育主任官を廃止し、特殊教育課を設置。平成十三年、特殊教育課を特別支援教育課に課名変更）／**十日**、原爆被害者の会が結成される（広島。広島市の医療援助予算増額、ABCCに治療機関を設置、国による障害者の実態調査、生活困窮者への国による無料治療、生活相談所の設置等を要求）

九月、文部省が特殊学級担任教員養成講習会を開催する

＊旭川市に精神薄弱者のための（今日言うところの）グループホーム河野寮が開設される／名古屋大学の鷲見たえ子が精神神経学会で日本最初の自閉症の症例報告を行う

昭和二十八年（一九五三年）

・近藤益雄『この子らも・かく』（一月　牧書店）
・フランソワ・モーリヤック「薄のろ坊ちゃん」（鈴木健郎訳『新潮』一月）
・久生十蘭「我が家の楽園」（『オール読物』一月〜六月）
・サマーセット・モーム「短篇小説論―モーパッサンとチェーホフ」（西村孝次要約『文芸』二月）
・竹山道雄「天理教」（『新潮』二月）
・佐藤春夫「芸術と良風美俗」（『文芸』三月）
・三好十郎「清水幾太郎さんへの手紙」（『群像』三月）
・横溝正史「神隠しにあった女」（『読切小説集』三月）
・石川淳「白鳥物語」（『文芸』四月）
・田村泰次郎「洒落と諧謔の女」（『文芸春秋』四月）
・中野好夫「悪魔ウィルクス」（『新潮』四月）
・ハンス・ヘルマン・K他「運命の下の青年たち―戦後ドイツ青年の手記」（高橋義孝訳『新潮』四月）
・福原麟太郎「魅力といふこと」（『新潮』五月）
・E・クレッチュマー『天才の心理學』（内村祐之訳　六月　岩波書店）
・小山いと子「虚構の真実」（『文芸春秋』六月）
・編集部「映画漫歩」（『文芸春秋』六月）
・三木安正編『遅れた子どもの職業教育』（六月　牧書店）
・文部省『特殊児童判別基準とその解説』（六月　光風出版）
・文部省『特殊教育の研究』（六月　牧書店）
・阿川弘之「魔の遺産」（『新潮』七月〜十二月）
・坂口安吾「山の神殺人」（『講談倶楽部』八月）
・大岡昇平「わが師わが友」（『新潮』八月〜十二月）
・濱本浩「情熱の人々」（『新潮』八月〜十二月）
・三島由紀夫「恋の都」（『主婦の友』八月〜翌年七月）
・木村徳三「文学志望の娘」（『文芸』九月）
・坂口安吾「神サマを生んだ人々」（『キング』九月）
・坂口安吾「人生オペラ　第二回　吝嗇神の宿」（『小説新潮』九月）
・川端康成「蛇の卵」（『別冊文芸春秋』十月）
・三島由紀夫「陽気な恋人」（『サンデー毎日』十月）
・中野好夫「北方の悍婦―女帝エカテリーナ二世と寵臣達」（『新潮』十一月）

・田中融二「地獄からきた小母さん―第二のリンドバーグ二世誘拐虐殺事件」（『文芸春秋』十二月）
・冨島健夫「喪家の狗」（『新潮』十二月）
・山田克郎「九十九里」（『別冊文芸春秋』十二月）
一月、第一回精神薄弱児施設長会議が開催される（以降、昭和四十三年を除き毎年開催）
二月、特殊教育研究連盟が改組され、全日本特殊教育研究連盟が結成される（「精神薄弱児のための養護学校及び特殊学級拡充に関する請願書」を衆参両院に提出する）
三月、厚生省が知的障害児施設運営要領を作成する
六月一日、厚生省が全国要保護児童調査を実施する（七十四万三千六百人と推計）／**八日**、文部省が「教育上特別な取扱いを要する児童生徒の判別基準について」を通達する（「日常生活における行動の観察および知能検査」により、「白痴」、「痴愚」、「魯鈍」、「境界線児」を分類、精神薄弱の定義が明確化される。精神薄弱は、晩熟児や痴呆とは違うものとして区別される）／個人式知能テストとして「WISC知能診断検査法」（児玉省）が商品化される
九月、文部省が全国学齢児童生徒中の精神薄弱児実態調査を実施する（出現率を四・二五％とする）
十月、都教組特殊教育対策委・都特殊学級PTA連合会が精神薄弱児教育振興大会を開催する
十一月九日、中央青少年問題協議会が「精神薄弱児対策基本要綱」を首相に意見具申する（政府次官会議で同要綱を決定。予防、保護、指導、教育等総合的対策）／近藤益雄が自宅（長崎県）に精神薄弱児教育施設「のぎく寮」を開設する（昭和四十一年「のぎく園」、昭和五十四年四月閉園）
＊労働科学研究所が精神薄弱児の独立自活に必要な作業能力と職業適性に関する研究を実施する／千葉県に、精神薄弱男子で中学の該当年齢以上、農業に適すると思われる者を対象とする福祉施設「日向弘済学園」が創設される（創設者は糸賀一雄）／優生保護法が改正され、精神薄弱等が断種対象に新たに加えられる／西ドイツで、全国養護学校連絡協議会の大会で養護学校教師の養成についての方針が打ち出される／デンマークで知的障害者の親の会が、障害児収容施設の障害児への処遇に対し異議申し立てを行う

昭和二十九年（一九五四年）

・辛島浩「「日本のゴッホ」旅日記」（『週刊朝日』一月）
・下中彌三郎『哲学事典』（一月　平凡社）
・編集部「日本のゴッホいまいずこ？」（『朝日新聞』一月）
・武者小路実篤「馬鹿一と或女」（『文芸』一月）
・安部公房「パニック」（『文芸』二月）
・坂口安吾「目立たない人」（『小説新潮』二月）
・編集部「放浪の画家、山下清君」（『アサヒグラフ』二月）
・式場隆三郎「山下清の絵　天才か狂人か」（『芸術新潮』三月）
・廣池秋子「オンリー達」（『文芸春秋』三月）
・丸岡明「開幕のベル」（『文芸』三月）
・山下清「ボクの放浪記」（『婦人朝日』三月）
・渡辺実「私の見た清君」（『婦人朝日』三月）
・坂口安吾「桐生通信」（『読売新聞』三月～十二月）
・フォークナー『三笠版現代世界文学全集』「響きと怒り」（高

橋正雄訳　四月　三笠書房）
・坂口安吾「女剣士」（『小説新潮』五月）
・精神薄弱児育成会編『ひかりまつ子ら』（五月　国土社）
・小川未明『うずめられた鏡』「天女とお化け」（六月　金の星社）
・田近憲三「山下清の絵」（『芸術新潮』六月）
・三島由紀夫「芸術狐」（『オール読物』六月）
・坂口安吾「お奈良さま」（『別冊小説新潮』七月）
・三島由紀夫「鍵のかかる部屋」（『新潮』七月）
・山本三郎「「しいのみ学園」創世記」（『文芸春秋』七月）
・石濱恒夫「群盲図」（『文芸』八月）
・「作家の手紙　ロレンスよりマリとマンスフィールドへ」（織田正信訳　『文芸』八月）
・三島由紀夫「好きな女性」（『知性』八月）
・坂口安吾「真書　太閤記」（『知性』八月～翌年四月）
・浅見光昭『詩集白痴昇天』（九月）
・天野陽三「信濃路に現われた山下清」（『週刊サンケイ』九月）
・糸賀一雄編『勉強のない国　忘れられた子らの保母の記録』（九月　国土社）
・小堀杏奴「小さな恋人」（『文芸』九月）
・山本周五郎「しじみ河岸」（『オール読物』十月）
・久生十蘭「あなたも私も」（『毎日新聞』十月～翌年三月）
・川端康成・青野季吉他「作品審査会」（『文芸』十一月）
・安部公房「奴隷狩」（『文芸』十二月）
・井伏鱒二「病中所見」（『世界』十二月）
・平井昌夫『精神薄弱児の国語指導』（十二月　光風出版東京営業所）
・山本三郎『しいのみ学園』（十二月　鱒書房）

一月四日、五十四年度予算案が内示される（生活保護や児童福祉関係の八割国庫負担を五割に削減。全国知事会はじめ各方面より反対運動）

三月六日、ドキュメンタリー『社会の表情』が放送される（「人間を喰う神様」。構成は安部公房、制作はNBC制作第二班）／**十日**、島田事件がおこる（軽度知的障害のある男性について、殺人で死刑判決が確定したが、再審請求により無罪が確定）／第一回精神薄弱児作品展示会が開催される

四月一日、東京教育大学、岡山大学、北海道大学に養護学校教員養成課程（四年制）が設置される／文部省特殊教育室が精神薄弱児用教科書作成および職業指導手引き作成委員会を組織する

六月一日、「盲学校、聾学校及び養護学校への就学奨励に関する法律」が公布、施行される

七月一日、厚生省が精神衛生実態調査を実施する（精神障害者総数百三十万人（精神病四十五万人、知的障害五十八万人、その他二十七万人））

八月、養護学校・特殊学級教員養成講習会（初心者講習会）が開始される（以後、毎年開催）

九月二十二日、イタリアの映画『道』（監督はフェデリコ・フェリーニ）がイタリアで公開される

十二月六日、中央教育審議会（中教審）が「特殊教育及びへき地教育の振興について」答申（養護学校義務制度化を前提とした財政措置を勧告）

＊映画『どぶ』（主演は乙羽信子）が製作される／しいのみ学園が創設される（山本三郎）／静岡県島田市立島田第一中学校が静岡県教育委員会指定の研究発表を行う（精薄児の職業教育について）／WHOが精神薄弱を定義する／米国で改正職業更生法が制定される（一九二〇年制定の職業更生法の内容等を刷新したもの。障害者のリハビリテーション援助対策を体系付け総合化した。法律の対象に精神薄弱者含む）／スウェーデンで、精神遅滞者の教育と保護に関する法律が制定される（一九四四年制定の法律よりも対象者が拡大）

昭和三十年（一九五五年）

・丹羽文雄「街の草」（『新潮』一月）
・横溝正史「吸血蛾」（『講談倶楽部』一月〜十二月）
・吉川幸次郎「三つ首塔」（『小説倶楽部』一月〜十二月）
・川崎長太郎「陶淵明伝」（『新潮』一月〜十二月）
・編集部「入り海」（『新潮』二月）
・石崎晴央「映画漫歩」（『文芸春秋』二月）
・大岡昇平「初夏譚」（『新潮』三月）
・福田恆存「祖国観光」（『中央公論』三月）
・阿部知二『龍を撫でた男』三島由紀夫「解説」（三月　新潮社）
・近藤益雄「文学とは何か―自由と拘禁」（『文芸』四月）
・辻村泰男『おくれた子どもの生活指導』（四月　明治図書）
・小沼丹『特殊学級の基礎知識』（四月　光風出版）
・小沼丹「帽子」（『文芸』五月）
・小沼丹「ねんぶつ異聞」（『新潮』五月）
・渡辺実「山鳩と忘れられし子供達」（『文芸春秋』五月）
・安西愛子「小児マヒと母の歌」（『文芸春秋』六月）
・志賀直哉「草津温泉」（『心』六月）
・式場隆三郎編『山下清画集』（六月　新潮社）
・高津勉「青ヶ島の桃太郎たち」（『文芸春秋』六月）
・高橋忠雄他「寸言集」（『文芸春秋』六月）
・編集部「放浪中の〝天才画家〟山下君の画集出版」（『朝日新聞』六月）
・小林秀雄「近代絵画　ゴッホ」（『新潮』六月〜九月）
・三島由紀夫「幸福号出帆」（『読売新聞』六月〜十一月）
・石崎晴央「桃」（『文芸』七月）
・糸賀一雄『精神薄弱児の職業教育』（七月　光風出版東京営業所）
・串田孫一「喪服の蝶」（『文芸』七月）
・土田茂範『村の一年生』（七月　新評論社）
・吉行淳之介「軽い骨」（『文芸』七月）
・小林秀雄「感想―ハムレットとラスコーリニコフ」（『新潮』八月）
・豊島與志雄「白蛾」（『文芸』八月）
・芳賀檀「白痴者の自画像」（『新潮』八月）
・編集部「映画漫歩」（『文芸春秋』八月）
・矢田喜美雄「〝山下先生〟旅日記」（『週刊朝日』八月）
・山本周五郎「ほたる放生」（『講談倶楽部』八月）
・石川栄光「山の「可愛い七つの子」」（『文芸春秋』九月）
・井上肇『精神薄弱と非行』（九月　光風出版東京営業所）
・遠藤周作「白い人」（『文芸春秋』九月）

・木田辰夫「「白い風物語り」その後」（『北陸文学』九月）
・山下清「始めて絵を売る」（『芸術新潮』九月）
・遠藤周作「コウリッジ館」（『新潮』十月）
・武田繁太郎「愛と土と」（『文芸』十月）
・山本周五郎「しゅるしゅる」（『オール讀物』十月）
・由起しげ子「黒い鳥」（『新潮』十月）
・圓地文子「わが恋の色」（『文芸』十一月）
・檀一雄「誕生」（『新潮』十一月）
・三島由紀夫『小説家の休暇』（十一月　講談社）
・吉川英治「忘れ残りの記」（『文芸春秋』十二月）
一月五日、厚生省が授産施設運営要綱を通達する
二月、身体障害者福祉審議会が、脳性麻痺障害者等の職業更生小委員会を設置する／福祉専門の週刊紙『福祉新聞』が創刊される
三月十八日、文部省が養護学校、特殊学級整備促進協議会を結成する／労働省が知的障害者の職業実態調査を実施する／東京都渋谷区の東横百貨店で、滋賀県の知的障害者福祉施設「落穂寮」の作品展が開催される（知的障害者のための教育相談室が併設された）
四月十三日、米国のソーク博士が小児麻痺のソークワクチンを完成させる／知的障害児施設に職業補導設備が併設される／特殊学級設置奨励のための建築費補助が開始される
六月、映画『しいのみ学園』（主演は香川京子）が公開される／母子愛育会が私立愛育養護学校を設立する
十二月、日本教職員組合特殊学校部が、第一回精神薄弱・肢体不自由児などの就学促進運動に関する懇談会の開催を呼び掛ける
＊琵琶湖畔で第一回京都心身障害児療育キャンプが実施される（京都YMCA主催。第一回は肢体不自由児療育キャンプ。昭和五十一年に中浜療育キャンプ場開設、対象も知的障害児や自閉症児など広くなる）

昭和三十一年（一九五六年）

・阿部知二「狐谷」（『文芸』一月）
・佐多稲子「若ものと老人たち」（『文芸』一月）
・吉行淳之介『原色の街』（一月　新潮社）
・臼井吉見「太宰治の情死」（『文芸』二月）
・高橋新吉「猩猩」（『新潮』二月）
・有馬頼義「臨月」（『新潮』三月）
・石崎晴央「柘榴」（『新潮』三月）
・石原慎太郎「処刑の部屋」（『新潮』三月）
・宇野要三郎「呪われた法服時代」（『文芸春秋』三月）
・北杜夫「霊媒のゐる町」（『三田文学』三月）
・近藤益雄『なずなの花の子ら』（三月　新評論社）
・式場隆三郎編『山下清作品集』（三月　栗原書房）
・式場隆三郎・渡辺実編『山下清放浪日記』（三月　現代社）
・荒木善次『白王学園　精神薄弱児に捧げた愛の記録』（四月　鱒書房）
・望月衛「常識の常識的意味」（『新潮』四月）
・井上靖「暗い舞踏会」（『文芸』五月）
・式場隆三郎「放浪の特異画家」（『週刊読売別冊』五月）
・大岡昇平「片恋」（『文芸』六月）

・佐藤重平「地に墜ちたルイセンコ」（『文芸春秋』六月）
・式場隆三郎「作者行方不明の展覧会」（『文芸春秋』六月）
・式場隆三郎「山下清の人と作品」（『週刊朝日別冊』六月）
・石川淳「紫苑物語」（『中央公論』七月）
・志賀直哉「耄碌」（『暮しの手帖』七月）
・式場隆三郎編『はだかの王様』（七月　現代社）
・徳川夢声・山下清「問答有用」（『週刊朝日』七月）
・編集部「京都で陶画に精進」（『サンデー毎日』七月）
・村尾清一「羽衣の碑」（『新潮』七月）
・編集部「新潮雑壇」（『新潮』八月）
・文部省『精神薄弱児の職業教育』（八月　日本職業指導協会）
・小林秀雄「ドストエフスキイ―ドストエフスキイ七十五年祭に於ける講演」（『文学界』八月～十月）
・近藤啓太郎「海人舟」（『文芸春秋』九月）
・式場隆三郎『山下清の人と作品』（九月　栗原書房）
・式場隆三郎『天才の発見』（九月　鱒書房）
・徳川夢声「山下清論」（『別冊知性』十一月）
・山下清「ハダカの王様西へ行く」（『文芸春秋』十一月）
・山下清・式場隆三郎「ぼくはこう考える」（『特集知性』十一月）
・精神薄弱児実態調査委員会編『精神薄弱児の実態』（十二月　東京大学出版会）
・中島健蔵他「創作合評（115回）」（『群像』十二月）
・山下清「阿波のバカ踊り」（『文芸春秋』十二月）

三月十三日、肢体不自由児・精神薄弱児の教育義務制促進大会が開催される／**二十三日**、東京大丸百貨店で山下清作品展が催され、合計約八十万人の観客が訪れる（四月十八日まで。この展覧会を皮切りに、北海道から沖縄まで五年にわたり、全国各地で展覧会が開かれる。この展覧会には知的障害者のための教育相談室が併設された）

四月、中央児童福祉審議会（中児審）が知的障害児対策等八項目を意見具申する／全国精神薄弱者育成会が月刊指導誌『手をつなぐ親たち』を創刊する

五月一日、知的障害児の通園施設小金井児童学園が全国に先駆けて開設される／**一日**、水俣病が正式に発見される（チッソ附属病院長等が水俣保健所に「水俣市の漁村地帯に原因不明の中枢性神経疾患が多発している」と届け出る）／**二日**、中央児童福祉審議会が知的障害児対策等、児童福祉の諸問題に関する意見を具申する（知的障害児対策、教護院施設整備、要教護児の分類収容の促進）／厚生省が「精神薄弱児通園施設の運営について」を通知する

六月十四日、養護学校の設置促進のために公立養護学校整備特別措置法が公布される（翌年四月、全面的に施行）

八月三日、厚生省児童局長が精神薄弱児施設等での職業補導の実施について実施要綱を通達する／特殊教育指導者養成講座が開催される

十月五日、厚生省が第一回『厚生白書』を発表する（精薄児数は推定で全国約九十七万人、そのまま放置しておくと非社会的・反社会的行動をとるようになりがちだが、その大多数は教育の機会が与えられれば社会の一員として自活・自立が期待できるという精薄児観）

十二月一日、全日本特殊教育研究連盟の機関誌『精神薄弱児研

究』が発刊される（昭和三十九年四月に発行が日本文化科学社に移管される。昭和六十年四月、『発達の遅れと教育』へと誌名変更）

＊全国特殊学級研究協議会、文部省研究指定校発表会において、東京都品川区立中延小学校、浜川中学校が、小学校・中学校を一貫した特殊学級の教育課程として、精薄児教育の内容のミニマムエッセンスを発表する／島根県立さざなみ学園が特殊学級を設ける／岡山県に財団法人旭川荘が創設される（川﨑祐宣初代理事長就任。昭和三十二年、知的障害児施設「旭川学園」開設）／スウェーデンで全国知的障害児親の会が設立される

昭和三十二年（一九五七年）

・宮城まり子「ファンレター　そっとしてあげたい」（『調査情報』一月）
・山下清・谷内六郎「対談　谷内六郎対談」（『知性』一月）
・山下清「ハダカの王様　旅行記」（『文芸春秋』一月〜四月）
・幸田文「猿のこしかけ」（『新潮』一月〜十二月）
・大宅壮一「言いたい放題　あげて〝お貸下げ〟時代」（『週刊東京』二月）
・深沢七郎「揺れる家」（『新潮』二月）
・編集部「就職試験を受ける」（『新潮』二月）
・編集部「文芸春秋読者賞・当選発表」（『文芸春秋』二月）
・今西錦司「文化猿類学」（『文芸春秋』三月）
・坂口安吾『坂口安吾選集』大岡昇平「坂口安吾」（三月　東京創元社）
・きだ・みのる「内灘という新気違い部落」（『文芸春秋』三月）
・林髞「オナニイと迷信」（『特集　知性』三月）
・木々高太郎「変質者」（『新潮』四月）
・北杜夫「人われを白痴とよぶ」（『文芸首都』四月）
・山下清「ボクの東京見学」（『文芸春秋』四月）
・G・B・T「ストロンチウム90は雨と降る」（『文芸春秋』五月）
・東井義雄『村を育てる学力』（五月　明治図書）
・日本職業指導協会編『職業指導の実践』（五月　実業之日本社）
・山下清「山下清画伯の語るウソについて」（『放送朝日』五月）
・大宅壮一「羽仁夫婦論」（『文芸春秋』六月）
・コンラッド『青春・潟・他2篇』「白痴」（林原耕三他訳　六月　南雲堂）
・椎名麟三他「人間のリアリズム—「道」の主題と方法」（『映画芸術』六月）
・G・B・T「テレビ・ブームの臨床報告」（『文芸春秋』七月）
・戸川幸夫「グォロツキィ」（『文芸春秋』八月）
・竹山道雄「日本文化を論ず」（『新潮』九月）
・角田喜久雄「笛吹けば人が死ぬ」（『オール読物』九月）
・泡言子「たちばなし　スター、山下清」（『週刊朝日』十月）
・安部公房「『アヴェロンの野生児』—ミュージカルスの可能性」（『キネマ旬報』十一月）
・編集部「映画化された〝はだかの画伯〟」（『週刊女性』十一月）
・ランボオ『地獄の季節』小林秀雄「後記」（小林秀雄訳　十一月　岩波書店）

・安部公房「物真似について―一つの喜劇映画論」（『映画芸術』十二月）
・編集部「日本の評判」（『文芸春秋』十二月）
・編集部「映画になった山下清」（『新女苑』十二月）
・吉行淳之介「暗い部屋」（『別冊文芸春秋』十二月）
一月十九日、東京都立青鳥養護学校が創設される
四月二十五日、児童福祉法第十五次改正、知的障害児通園施設が児童福祉施設に追加され、重度精神薄弱児のための国立の施設が設置される／文部省が特殊学級設備補助を開始する
五月二十日、盲・聾・養護学校の幼稚部及び高等部における学校給食に関する法律が公布される（設備の基準、備えるべき医薬品、職員、指導時間等）／精神薄弱・肢体不自由・病虚弱の養護学校が連合養護学校長会として、全国知的障害養護学校長会を設立する
六月一日、学校教育法が一部改定される（中・重度児の就学義務猶予・免除及び知的障害の通園児の就学義務猶予・免除を指示）／厚生省が「精神薄弱児通園施設の設備及び運営の基準」を通知する
七月、文部省が「精神薄弱児の学齢児童生徒に関する就学について」通達する（養護学校への就学を就学義務の履行と見なす）
十月、日活の記録映画『山下清』が封切られる／精薄児特殊学級の実態調査が実施される
十一月三日、青い芝の会（日本脳性マヒ者協会）が結成される（脳性麻痺者互助団体、会長は山北厚。札幌、福岡、広島に相次いで支部誕生）／**十二日**、記録映画『世界は恐怖する　死の灰の正体』が公開される（監督は亀井文夫。原爆小頭症を扱った作品）

昭和三十三年（一九五八年）

・加藤芳郎他「一億総白痴化漫画」（『漫画読本』一月）
・丹羽文雄「金木犀と彼岸花」（『新潮』一月）
・平林たい子「遺伝」（『新潮』一月）
・山下清『日本ぶらりぶらり』（一月　文芸春秋新社）
・大岡昇平「作家の日記（抄）」（『新潮』一月～六月）
・横溝正史「迷宮の扉」（『高校進学』一月～十二月）
・丸岡秀子他『忘れられない感動の話』（二月　麦書房）
・厚生省児童局『精神薄弱児指導の実際』（三月　日本児童福祉協会）
・島田正男「ハダカの王様の出家」（『週刊東京』三月）
・埴谷雄高「『白痴』寸感」（『ロシア文学全集』月報　三月）
・編集部「ボクは自由がほしい」（『週刊サンケイ』三月）
・細川忠雄「父子鳶」（『文芸春秋』三月）
・三島由紀夫「旅の絵本」（『新潮』三月）
・山本周五郎「赤ひげ診療譚」（『オール読物』三月～十二月）
・X・Y・L「情無用の人間機械時代」（『文芸春秋』四月）
・エマニュエル・ロブレス「四月のひと」（品田一良訳『新潮』四月）
・阪本一郎他編『講座・生活指導の心理　第六巻』「精神薄弱児の生活指導」（四月　牧書店）
・編集部「バカにつける薬」（『新潮』四月）
・三島由紀夫「薔薇と海賊について」（『毎日マンスリー』四月）
・山下清「ぼくは自由がほしかった」（『週刊女性』四月）

・荒正人「山下清よどこへ行く」（『芸術新潮』五月）
・宇部教育談話会『小学校・私たちの学校づくり』（五月　明治図書）
・開高健「フンコロガシ」（『新潮』五月）
・野口赫宙「異俗の夫」（『新潮』五月）
・藤原眞「テレビと歩く男」（『文芸春秋』五月）
・編集部「天才製作業」（『新潮』五月）
・編集部「コマーシャル・ソング」（『文芸春秋』五月）
・三島由紀夫「薔薇と海賊」（『群像』五月）
・山本周五郎「若き日の摂津守」（『小説新潮』五月）
・渡辺実「山下清を創った人々」（『文芸春秋』五月）
・近藤益雄・近藤原理『道は遠けれど』（六月　麦書房）
・田中美知太郎「庶民性についての疑問」（『新潮』七月）
・三島由紀夫「「薔薇と海賊」について」（『文学座プログラム』七月）
・宗左近「「腐蝕したブリキの月」の不条理」（『新潮』七月）
・安部公房「第四間氷期」（『世界』七月〜翌年三月）
・三島由紀夫「不道徳教育講座」（『週刊明星』七月〜翌年十一月）
・北杜夫「浮漂」（『文芸首都』九月）
・西京大学文芸学科国語国文研究室『山下清の文章』（九月　西京大学文家政学部）
・林髞『頭脳　才能をひきだす処方箋』（九月　光文社）
・式場隆三郎編『はだかの大将』（十月　現代社）
・北杜夫「埃と燈明」（『新潮』十一月）
・近藤原理『この子らに太陽を　おくれた子どもの言語教育』（十一月　くろしお出版）
・深沢七郎・山下清「対談　やっぱり似たもの同志」（『婦人公論』十一月）
・編集部「「裸の大将」となぜ笑う！」（『週刊読売』十一月）
・編集部「少将の位についた山下清クン」（『毎日グラフ』十一月）
・安部公房「全面否定の精神」（『群像』十二月）
・岡田睦「悪魔」（『新潮』十二月）
・嶋村純子「川かぜ」（『新潮』十二月）
・ホルスト・ガイヤー『馬鹿について』（満田久敏・泰井俊三訳　十二月　創元社）
・前田昌宏「冠婚葬祭」（『新潮』十二月）
・山本周五郎「氷の下の芽」（『オール讀物』十二月）

四月十日、学校保健法が公布される（就学時の知能測定が義務付けられる）／西脇美代子等が「大阪特殊教育を守る会」をつくる（昭和四十年に「大阪障害児を守る会」と改称）

五月一日、児童福祉法が改定される／学校教育法施行規則一部改訂、特殊学級は必要がある場合は特別な教育課程によることができると規定される

六月五日、重度知的障害児施設国立秩父学園が開設される／児童福祉法施行十周年記念全国福祉大会が開催される

十月、映画『裸の大将』（主演は小林桂樹）が公開される

十一月十一日、日本心身障害児協会が設立される／文部省体育局長が「就学時の健康診断について」通達する（精薄児を発見するための知能検査の重視）

＊日本精神神経学会に児童精神医学懇話会が創設される（第一

回懇話会がこの年開催され、日本における自閉症論議が盛んとなる。昭和三十五年十一月、診断や治療、予防の対象に知的障害を含む日本児童精神医学会に改称（学会誌『児童精神医学とその近接領域』）。昭和五十七年、日本児童青年精神医学会と改称、学会誌名も『児童青年精神医学とその近接領域』に）／東京都社会福祉協議会が重症欠陥児対策委員会を設け、重症欠陥児、不治永患児、多障害児などの名称を重症心身障害児に統一する／全国精神薄弱者育成会が三重県名張市に名張育成園を開設する（知的障害児のアフターケア施設）／滋賀県に知的障害者入所施設「信楽青年寮」が創立される／登丸福寿が精薄者の村「コロニーはるな郷」を設立する／米国で国防教育法（連邦法規）が成立する（知的障害児の教師を訓練するための専門家を養成する資金提供）／米国の連邦議会が知的障害児、聾児教育の専門家養成計画を策定する／西ドイツで精神遅滞児（者）自助団体「連邦生活援助協会（手をつなぐ親の会）」が結成される（障害児の家族と理解者、有識者等による）／J・L・デスパートが乳児期の発症のみ早期幼児自閉症、一歳以後発症は分裂病性疾患とする

昭和三十四年（一九五九年）

・梶季彦「赤線深く静かに潜航す」（『文芸春秋』一月）
・金子秀三「地方テレビ局の悲哀」（『文芸春秋』一月）
・寿岳章子・樺島忠夫「山下清の日記」（『言語生活』一月）
・鄭禮錫「在日韓国人の三十八度線」（『文芸春秋』一月）
・原田種夫「東京作家を憐む」（『新潮』一月）
・宮城まり子・山下清「対談　デンデン虫の歌」（『週刊明星』一月）
・安部公房他「映画とはいかなるものか―映画芸術の論理」（『キネマ旬報』二月）
・堀秀彦『現代に生きる古典』「愚神礼讃」（二月　社会思想研究会出版部）
・編集部「映画漫歩」（『文芸春秋』二月）
・向坂逸郎「愚者の道」（『新潮』二月）
・岡部冬彦「人物漫遊記」（『オール読物』三月）
・萩原葉子「父・萩原朔太郎」（『新潮』三月）
・埴谷雄高「『白痴』」（『映画評論』三月）
・V・O・J「芥川賞―その歴史と栄光」（『文芸春秋』三月）
・村松剛「十返肇の重荷」（『新潮』三月）
・近藤啓太郎「夫婦楠」（『新潮』四月）
・信濃教育会編『精神薄弱児の教育』（四月）
・八田尚之「劇界裸の大将」（四月　掲載雑誌不明）
・山本周五郎「ちくしょう谷」（『別冊文芸春秋』四月）
・江藤淳「生きている廃墟」（『文芸春秋』五月）
・今日出海「愚神禮讃」（『新潮』五月）
・竹山道雄「生きていることの不思議」（『新潮』五月）
・編集部「映画漫歩」（『文芸春秋』六月）
・編集部「現地報告」（『文芸春秋』六月）
・森茉莉「禿鷹」（『新潮』六月）
・石川淳「敗荷落日」（『新潮』七月）
・江崎誠致「名士」（『新潮』七月）
・編集部「TV大将になった山下清」（『週刊東京』七月）
・井筒眞穂「黒いトランス」（『新潮』八月）

・倉沢朗「声の人物評」（『日本週報』八月）
・三島由紀夫「女が美しく生きるには」（『婦人公論増刊』八月）
・梅崎春生「神経科病室にて」（『新潮』十月）
・山下清「ダイジェスト　年上のお嫁さん」（『週刊新潮』十月）
・大江健三郎「上機嫌」（『新潮』十一月）
・山下清「お嫁さんはいらない」（『若い女性』十一月）
・児玉勅顕「白い喪章」（『新潮』十二月）
・千葉石児「座頭の声」（『新潮』十二月）
・鼓眞砂子「腐蝕」（『新潮』十二月）

三月十三日、社会福祉事業法が改定、公布される（精神薄弱者援護施設を第一種社会福祉事業とする）

四月十五日、最低賃金法が公布される（最低賃金額以上の賃金を支払わなければならないとする第五条の規定は、知的・精神・身体障害者には適用されない）／**十六日**、国民年金法が公布される／東京学芸大学、北海道教育大学に養護学校教員養成課程を認定する／公立の知的障害成人施設二ヶ所分、定員百名に対し予算措置が講じられる

六月九日、日本心身障害児協会が認可される（島田療育園の経営母体）／厚生省が「精神薄弱者援護施設の設置及び管理基準について」通知する

七月一日、厚生省が知的障害児全国実態調査を実施する（児童千人中三・三人、要収容保護者三万三千八百人）／文部省が中央教育審議会に特殊教育振興について諮問する

八月、文部省が精神薄弱教育講座を開講する（以後毎年）

十一月二十日、国連総会で児童権利宣言が決議される（障害児の治療、教育及び保護）／映画『愛と希望の街』（主演は藤川弘志）が公開される

十二月七日、中央教育審議会が文部省に「特殊教育の充実振興について」答申する／中央青少年問題協議会が知的障害者に関わる当面の緊急対策を総理に意見具申する

＊生活保護法・救護施設である亀岡松花苑が開設される（昭和三十九年、精神薄弱者福祉法による援護施設に種別変更、松花苑みずのき寮と改称）／テレビドラマ『親バカ子バカ』（主演は藤山寛美）が始まる／アメリカ精神薄弱協会（ＡＡＭＤ）が、米国全土にわたって精薄者のための公私の収容施設、クリニック等で使用するために、アメリカ精神衛生全国委員会、アメリカ精神医学協会、「疾患ならびに手術標準用語集」編集者と協力して、「精神遅滞の分類とその用語」を発表する（それまでの知的機能の水準によって規定していた定義を、適応行動の尺度を加えて診断するという新しい定義に変更し、「精神遅滞」概念を提唱する。一九六一年に一部修正、一九七三年に知的障害の定義の改訂版を出版。一九九二年には従来の定義とは大きく異なる「システム92」を出版し、二〇〇二年に一九九二年の定義を改訂）／英国で精神衛生法が制定される（重度精神薄弱や精神薄弱が定義される）／デンマークで一九五九年法がつくられる（ノーマライゼーション原理。知的障害者のために可能な限りノーマルな生活状態に近い生活の創造を目指す）／二十一番染色体が過剰にあることがダウン症児に共通に認められる（これにより、精神遅滞に固着していた家系遺伝説が否定される）

昭和三十五年（一九六〇年）

・安部公房「酒の効用」（『酒』一月）

・編集部「王者と少年」（『新潮』一月）
・三島由紀夫「宴のあと」（『中央公論』一月～十月）
・三島由紀夫「社会料理三島亭」（『婦人倶楽部』一月～十二月）
・山本周五郎「青べか物語」（『文芸春秋』一月～十二月）
・近藤啓太郎「見舞客」（『新潮』二月）
・今日出海「墳墓の地」（『新潮』二月）
・ジャン・ピアジェ『知能の心理学』（波多野完治・滝沢武久訳　二月　みすず書房）
・樫原一郎「偽証―アリバイ崩し」（『文芸春秋』三月）
・北杜夫『どくとるマンボウ航海記』（三月　中央公論社）
・西村みゆき「フォークナーと私」（『新潮』三月）
・小林秀雄「或る教師の手記」（『文芸春秋』四月）
・シナリオ作家協会『年鑑代表シナリオ集　一九五八年版』（四月　ダヴィッド社）
・池田親「ベビーブームのかげに泣く―脳性マヒ児の育児記録」（『文芸春秋』五月）
・北杜夫「夜と霧の隅で」（『新潮』五月）
・狩野広之『精神薄弱者の職業適性』（六月　生活科学協会）
・小島文子「読者の声　温い理解を」（『文芸春秋』六月）
・西谷三四郎『精神薄弱の医学』（六月　創元社）
・三島由紀夫「オセロー雑観」（『朝日新聞』六月）
・エリス・H・マーテンス『精神薄弱児のカリキュラム』（杉田裕・山口薫訳　七月　日本文化科学社）
・辻村泰男『精神薄弱教育講義録』（七月　日本児童福祉協会）
・東京都養育院『この子達にも生命がある』（七月）
・松岡武編『精神薄弱児の教育』（七月　東洋館出版社）
・山中恒『赤毛のポチ』（七月　理論社）
・安部公房「事件の背景―蜂之巣城騒動記」（『中央公論』七月～八月）
・坂口三千代「青鬼作家の褌を洗った女」（『文芸春秋』八月）
・里見弴「秋日和」（『文芸春秋』八月）
・三木安正・小宮山倭編『精神薄弱児の特殊学級設置の要領』（八月　日本文化科学社）
・北杜夫「遙かな国　遠い国」（『新潮』九月）
・北杜夫「彼は新しい日記帳を抱いて泣く」（『文芸首都』九月）
・厚生省社会局更生課編『精神薄弱者福祉法』（九月　新日本法規）
・藤枝静男「自衛隊と女たち」（『文芸春秋』九月）
・宮本陽吉「フォークナーの模倣者という肩書を長篇第二作で打破した南部作家」（『新潮』九月）
・大江健三郎「遅れてきた青年」（『新潮』九月～昭和三十七年二月）
・瓜生敏雄「「イヌ」にも言わせて欲しい」（『文芸春秋』十月）
・大宅壮一「共産主義のすすめ」（『文芸春秋』十月）
・前田昌宏「鴉鶴記」（『新潮』十月）
・森常治「明るい砂丘の林の中で」（『新潮』十月）
・石川達三『頭の中の歪み』（十一月　中央公論社）
・北畠八穂「人工結晶」（『新潮』十一月）
・全日本特殊教育研究連盟編『精神薄弱児講座』（第一～五巻　十一月～昭和三十八年五月　日本文化科学社）
・大石三郎『どろんこさんこんにちは』（十二月　日本文化科学社）

・川村晃「まぼろしの足」(『新潮』十二月)
・小杉長平他『学校工場　精薄児の職業教育』(十二月　日本文化科学社)

二月、通園施設「みどり育成園」が開設される

三月三日、老齢・母子・障害福祉年金の支給が開始される(対象約二百三十万人、月額千円〜千五百円)／**三十一日**、精神薄弱者福祉法が公布される(四月一日施行。日本最初の精神薄弱者に関する単独法。①援護を実施する機関は福祉事務所を管理する都道府県知事か市町村長、②実施機関は十八歳以上の精神薄弱者を援護施設等に入所させるなどの措置を採らねばならない、③精神薄弱者福祉司・更生相談所の設置、④厚生省に精神薄弱者福祉審議会の設置。「精神薄弱者福祉法逐条解釈と運用における説明」には精神薄弱の定義がみられる)

四月一日、東京学芸大学附属養護学校、東京教育大学教育学部附属大塚養護学校が創設される(どちらも知的障害児対象)／**一日**、東京学芸大学、広島大学教育学部に初めて養護学校教員養成課程が設置される／**一日**、精神薄弱者福祉審議会が設置される(会長は木村忠二郎)／国立精神衛生研究所に知的障害児部が設置される

六月十七日、厚生省社会局長が「精神薄弱者更生相談所の設置及び運営、精神薄弱者職親委託制度の運営について」通達する／**二十五日**、道路交通法が公布される(免許取得の欠格事由に精神病、精神薄弱、癲癇病、盲・聾・唖等。同年規定の運転免許試験の内容により、補助手段を講じて運転に支障がないと認められれば条件付きで合格)

七月二十五日、身体障害者雇用促進法が公布、施行される

十一月、文部省が大阪における特殊教育全国協議会で「養護学校学習指導要領精神薄弱論」の「暫定案」を公表する／精神薄弱者福祉法制定記念福祉振興大会が開催され、東京、札幌、名古屋、大阪、福岡でパール・バックが講演する

昭和三十六年(一九六一年)

・北杜夫「三人の小市民」(『文学界』一月)
・北杜夫「処女」(『週刊朝日別冊』一月)
・全日本特殊教育研究連盟編『精神薄弱児指導の計画と実際』(一月　日本文化科学社)
・北杜夫「どくとるマンボウ昆虫記」(『週刊公論』一月〜八月)
・有吉佐和子「三婆」(『新潮』二月)
・大岡昇平「病んでいるのは誰か」(『群像』二月)
・東京学芸大学教育研究所『精神薄弱児教育の基本問題』(二月)
・宮本陽吉「怖るべき知的陰謀家と批評され怪奇な人間像を描く南部派女流作家」(『新潮』二月)
・井上光晴「飢える故郷」(『新潮』三月)
・鈴木清編『心理療法の技術』(三月　日本文化科学社)
・なだいなだ「再会」(『新潮』三月)
・スタインベック『怒りのぶどう』(上中下　大橋健三郎訳　三月〜四月　岩波書店)
・井上肇「捨てられた獣の怒り—ある児童福祉司の記録」(『文芸春秋』五月)
・曽野綾子「華やかな手」(『文芸春秋』五月)
・北杜夫「理屈ではダメということ」(『労働文化』六月)

・今東光「初恋の女」（『別冊文芸春秋』六月）
・水上勉「雁の村」（『別冊文芸春秋』六月）
・宮城音彌「記憶術の劣等感―才人低能と秀才の相違」（『文芸春秋』六月）
・田口恒夫・石川晃子『ことばの指導』（七月　日本肢体不自由児協会）
・山下清「〝はだかの大将〟パリをゆく」（『週刊朝日』七月）
・北杜夫『あくびノオト』「なまけもの再論」（八月　新潮社）
・斎藤青『俳句集・白痴児』（八月　海峡発行所）
・五十嵐新次郎・山下清「対談　異色対談　世界のトイレ比較珍問答」（『マドモアゼル』九月）
・山下清「ゴッホなんか分んない」（『時』九月）
・佐藤春夫「うぬぼれかがみ」（『新潮』十月）
・室生犀星「神のない子」（『文芸春秋』十月）
・矢田挿雲「北方のディオゲネス」（『文芸春秋』十月）
・大岡昇平「佐藤春夫の日本人の心情」（『群像』十一月）
・近藤益雄『精神薄弱児の読み書きの指導』（十一月　日本文化科学社）
・赤座憲久『目の見えぬ子ら　点字の作文をそだてる』（十二月　岩波書店）
・石原慎太郎「明日に船出を」（『別冊文芸春秋』十二月）
・大岡昇平「私小説論をめぐって」（『新潮』十二月）
・福本多豆子「不毛地」（『新潮』十二月）
・山下清『ヨーロッパぶらりぶらり』（十二月　文芸春秋新社）

三月、知的障害者に対する所得税が身障者並に減免される

四月、文部省が知的障害特殊学級増設五ヶ年計画（第一次）を立案する

五月一日、重症心身障害児施設「島田療育園」が開設される／**十二日**、テレビドラマ『若き日の摂津守』（主演は露口茂）が始まる

六月、山下清のヨーロッパ行きが実現、四十数日で十数ヶ国をまわる

八月十日、米軍が初めてベトナムで枯葉剤を散布する（枯葉作戦は一九七一年まで）

九月、静岡県に知的障害者の居住施設「御殿場コロニー」が創設される（心理学者牛島義友）

十月一日、厚生省が知的障害者実態調査を実施する（重度五万五千人、中度十二万人、軽度十六万八千人）／米国のケネディ大統領が知的障害に関する国家計画声明をだす

十一月、全日本精神薄弱者育成会が鹿島育成園成人寮を創設する

＊文部省が全国一斉学力テストを実施する（学力テストの成績を上げるためか特殊学級が急速に増える）／この年の秋、やがて数十ヶ所に及ぶ山下清のヨーロッパ作品展が始まる／『精神薄弱者問題白書』が創刊される（全日本特殊教育研究連盟・日本精神薄弱者愛護協会・全日本精神薄弱者育成会共編、昭和六十一年まで。継続後誌は日本精神薄弱者福祉連盟編『精神薄弱問題白書』、平成六年まで。『精神薄弱問題白書』の継続後誌は日本精神薄弱者福祉連盟編『発達障害白書』）／札幌市立大通小学校が知的障害児特殊学級を設ける／米国のケネディ大統領が知的障害に関する大統領委員会を設置する／独国のヘッセン州で実生活教育可能学校と称される知的障害学校が創設される／

オーストラリアのシドニーで、ニュー・サウス・ウェールズ脳性マヒセンターが「センター・インダストリーズ」を開設する（企業形態で運営している通信用諸機器の組立加工をする工場部門）

昭和三十七年（一九六二年）

・全日本特殊教育研究連盟編『精神薄弱児教育の教育原理』（一月　日本文化科学社）
・丹羽文雄「有情」（『新潮』一月）
・三島由紀夫「美しい星」（『新潮』一月〜十一月）
・三島由紀夫「愛の疾走」（『婦人倶楽部』一月〜十二月）
・北海道精神薄弱児資料センター編『がんばれマーヤ　精神薄弱児の社会に自立した記録集』（二月　楡書房）
・A・R・ルリヤ編『精神薄弱児』（山口薫他訳　三月　三一書房）
・宇能鴻一郎「西洋祈りの女」（『新潮』三月）
・水上勉「雁の死」（『別冊文芸春秋』三月）
・伊藤整「発掘」（『新潮』三月〜昭和三十九年十月）
・小林秀雄「ヒューマニズム」（『文芸春秋』四月）
・編集部「映画漫歩」（『文芸春秋』四月）
・水上勉「銀の庭」（『文芸春秋』四月）
・山本周五郎「季節のない街」（『朝日新聞』四月〜十月）
・久保喬「井村先生—精薄児と共に生きる」（『文芸春秋』五月）
・エリ・エス・ヴィゴツキー『思考と言語』（上下　柴田義松訳　五月・九月　明治図書）
・大久保利謙編『西周全集　第二巻』「燈影問答」（六月　宗高書房）
・角田房子「空気注射殺人事件」（『文芸春秋』六月）
・編集部「日本はこれだけ変った」（『文芸春秋』六月）
・編集部「まっぴら御免」（『文芸春秋』六月）
・マルセル・アシャール『愚かな女』（泉田武二訳　六月　新潮社）
・北杜夫『船乗りクプクプの冒険』（七月　集英社）
・編集部「もう一つの人生」（『文芸春秋』七月）
・板津秀雄「鉄窓ホテルの宿帳」（『文芸春秋』八月）
・大熊喜代松『言語障害児のコトバの指導』（八月　日本文化科学社）
・簗添明生『みそっかす学園　精神薄弱児と生活をともにして』（八月　雪華社）
・水上勉「奇形」（『新潮』八月）
・川村晃「美談の出発」（『文芸春秋』九月）
・山田風太郎「極悪人」（『推理ストーリー』十月）
・阿部昭「子供部屋」（『文学界』十一月）
・石垣純二「人工授精これでいいのか—不妊症対策を急げ」（『文芸春秋』十一月）
・慶應義塾編『福沢諭吉全集　第十九巻』「写本「西洋事情」」（十一月　岩波書店）
・角田房子「女一人釜ヶ崎を行く」（『文芸春秋』十二月）

二月一日、米国のケネディ大統領が議会に福祉教書を送る（障害者、老齢者、児童に対するニーズの変化に対応した福祉サービスの強化を強調）

三月三十一日、学校教育法施行令の一部を改正する政令が公布される（盲・聾・養護学校の対象となる障害児の心身の故障の程度を規定。昭和二十八年の文部省次官通達による判別基準が法的に失効、「魯鈍」、「痴愚」、「白痴」に代わる用語として、「軽度」、「中度」、「重度」が採用される）

四月一日、文部省は初等中等教育局特殊教育主任官を廃止し、特殊教育課を設置する／ＮＨＫラジオ第二『ラジオ特殊学級』の放送が開始される

五月、文部省が全国特殊学級（精神薄弱）実態調査を実施する

六月、ユニス・ケネディ・シュライバーが始めた一連のサマーキャンプを起源とし、スペシャルオリンピックス運動がおこる／愛知学芸大学附属岡崎小学校に特殊学級が開設される（精薄児七名）／青い芝の会神奈川県川崎支部が発足する

七月、身体障害者福祉審議会が知的障害者、重度身障者の雇用促進を答申する（「重度の身体障害者並びに結核回復者及び精神薄弱者の雇用促進方策に関する答申」）

八月二十六日、滋賀県に知的障害児施設「止揚学園」が開園される（設立者は福井達雨）

九月十五日、精神薄弱者福祉法が改定される（処分に関する審査請求は都道府県知事に、再審査請求は厚相に行う）／公立養護学校整備特別措置法が改定される

十月十八日、文部省が初等中等教育局長通達を発する（精薄者や肢体不自由者は養護学校で教育すること、養護学校がなければ特殊学級を設けて教育すること、白痴や重症痴愚、重症脳性小児麻痺など養護学校で教育し得ないと認められる者は就学猶予・免除を考慮することなど。この通達の効力は昭和五十三年まで）／全国養護学校長協会が結成される

十一月一日、長崎県に精神薄弱者や自閉症等の人のための（今日言うところの）グループホームなずな寮が開設される（近藤原理、近藤美佐子。昭和五十四年四月、なずな園と改称）／第一回精神薄弱教育全国代表者集会が開催される

＊大統領諮問アメリカ精神薄弱委員会報告書により精神薄弱が定義される／シンガポールに知的障害者協会が設立される

昭和三十八年（一九六三年）

・井上靖「明るい海」（『文芸春秋』一月）
・圓地文子「鹿島綺譚」（『文芸春秋』一月）
・夏堀正元「冷凍時間―H・ラドフォード氏の占領」（『新潮』一月）
・山本周五郎「さぶ」（『週刊朝日』一月～七月）
・圓地文子「鶴の羽」（『文芸春秋』二月）
・森茉莉「黒猫ジュリエットの話」（『新潮』二月）
・大江健三郎「日常生活の冒険」（『文学界』二月～翌年二月）
・旭出学園教育研究所編『精神薄弱児教育の研究』（一～三　二月～昭和四十五年十一月　フレーベル館）
・川村晃「告白衝動」（『新潮』三月）
・城戸礼『風よこの灯を消さないで』（三月　集英社）
・文部省編『養護学校小学部・中学部学習指導要領』（三月　教育図書）
・大江健三郎「対話と自己告白」（『新潮』四月）
・黒岩重吾「売春・新残酷物語」（『文芸春秋』四月）
・圓地文子「俄荒れ」（『文芸春秋』五月）
・大江健三郎「性的人間」（『新潮』五月）

・全日本特殊教育研究連盟編『精神薄弱児研究法』（五月　日本文化科学社）

・大石三郎『まけるな　どろんこさん』（六月　日本文化科学社）

・編集部「まっぴら御免」（『文芸春秋』六月）

・松原一彦「三人の卓子　売春新残酷物語」（『文芸春秋』六月）

・水上勉「三条木屋町通り」（『別冊文芸春秋』六月）

・水上勉「拝啓池田総理大臣殿」（『中央公論』六月）

・圓地文子「笑い面」（『文芸春秋』七月）

・大岡昇平「ソ連紀行・完―精神病院と裁判所」（『文芸』七月）

・編集部「まっぴら御免」（『文芸春秋』七月）

・圓地文子「海の鶴」（『文芸春秋』八月）

・近藤益雄・松本繁『精神薄弱児の算数の指導』（八月　日本文化科学社）

・檀一雄「我が証言」（『新潮』八月）

・角田房子「命と金の比重」（『文芸春秋』八月）

・編集部「映画漫歩」（『文芸春秋』八月）

・編集部「目・耳・口」（『文芸春秋』八月）

・小杉長平『学校工場方式による精薄児の職業教育』（九月　日本文化科学社）

・白井喬二「わが憂国の教壇記」（『文芸春秋』九月）

・古波蔵保好他「日本の「家族会議」」（『文芸春秋』十月）

・小林秀雄「ネヴァ河」（『朝日新聞』十一月～十二月）

・河野多恵子「解かれるとき」（『文芸春秋』十二月）

・柴田錬三郎「十六歳」（『別冊文芸春秋』十二月）

・竹内吹栄『とんがり帽子の子供たち』（十二月　日本文化科学社）

・水上勉「鶴の来る町」（『別冊文芸春秋』十二月）

一月、経済審議会が「経済発展における人的能力開発の課題と対策」を答申する（精薄者など障害者の能力の開発）

二月五日、米国のケネディ大統領が州立及び私立施設の精神遅滞者へのケアの水準を改善すると言明する／全日本精神薄弱者育成会が都道府県を単位とする連合体組織となる

三月四日、ラジオドラマ『砂の女』が放送される（四月十三日まで。『安部公房全集　17』（平成十一年一月　新潮社）にテキスト収録）／愛知県に精神薄弱者のための（今日言うところの）グループホームはちのす（江尻彰良）が開設される

四月一日、文部省が養護学校の学習指導要領を次官通達で公示する（小中学校精神薄弱教育編等）／全国心身障害者をもつ兄弟姉妹の会が結成される（七月に会報『つくし』第一号発行。平成七年四月十六日、「全国障害者とともに歩む兄弟姉妹の会」と改称）／びわこ学園が開設される

六月、児童福祉法が改正される（児童福祉施設の一つとして重症心身障害児施設が位置付けられる）

七月一日、厚生省が精神衛生実態調査を実施する（全国で百二十四万人。精神病五十七万人、知的障害四十万人、その他二十七万人と推定）／**二十六日**、厚生省が「重症心身障害児療育に対する次官通達」をだす／**三十一日**、仏国で心身障害児教育特別手当法が制定される（社会保険でカバーされず家族の負担となっている未成年者の教育・職業教育に対する手当）

十月二十四日、米国で母子保健、知的障害対策改正法が制定される（精神遅滞発生予防策等の策定）／全特連・日本精神薄弱

者愛護協会・育成会が精薄三団体協議会を開催する／秩父学園附属精神薄弱者指導職員養成所が開設される／全国特殊学校校長会が結成される

十一月二十三日、日本特殊教育学会が設立、東京教育大学で第一回大会が開催される（会長は城戸幡太郎。翌年三月、機関誌『特殊教育学研究』創刊）

十二月二十三日、中央児童福祉審議会が「児童福祉施策の推進に関する意見」を具申する（重症心身障害児施設を児童福祉施設に位置付け）

＊日本短波放送が全日本精神薄弱者育成会と提携し、在宅障害児の指導番組『精薄相談室』の全国放送を開始する／特殊教育内地留学制度が開始される／米国で「知的障害施設および地域センター設置法」（連邦法規）が成立する

昭和三十九年（一九六四年）

・安部公房「他人の顔」（『群像』一月）
・大江健三郎「空の怪物アグイー」（『新潮』一月）
・小林秀雄「バイロイトにて」（『芸術新潮』一月）
・時實利彦他「人間万事脳の世の中」（『文芸春秋』一月）
・野間宏「ヘチマ顔と石頭と」（『文芸春秋』一月）
・レオ・カナー『児童精神医学』（黒丸正四郎・牧田清志訳　一月　医学書院）
・大江健三郎「ブラジル風のポルトガル語」（『世界』二月）
・瀬戸内晴美「三味線妻」（『別冊文芸春秋』三月）
・三木安正・小宮山倭編『精神薄弱児の特殊学級の設置と運営』（三月　日本文化科学社）
・小川政亮『権利としての社会保障』（四月　勁草書房）
・川端康成編『現代の文学　20　円地文子集』三島由紀夫「解説」（四月　河出書房新社）
・北杜夫『楡家の人びと』（四月　新潮社）
・小林隆他「マイナス一歳から六歳まで」（『文芸春秋』四月）
・庄野英二『星の牧場』（五月　理論社）
・ディットマン『ちえ遅れの子の家庭教育』（奥田三郎・木村謙二訳　五月　日本文化科学社）
・大岡昇平「『白痴』について」（『週刊読書人』六月）
・伊藤隆二『精神薄弱児の心理学』（七月　日本文化科学社）
・服部公一「〝教育ママ族〟を叱る」（『文芸春秋』七月）
・大江健三郎『個人的な体験』（八月　新潮社）
・全日本特殊教育研究連盟編『精薄算数教科書の構成と使い方』（八月　日本文化科学社）
・矢内原伊作編『現代日本思想大系　14』伊丹万作「戦争中止を望む」（八月　筑摩書房）
・安部公房『他人の顔』（九月　講談社）
・上東朗『〝青い風〟の子供たち』（九月　学習研究社）
・島村典孝「豚の比重と人間の比重」（『文芸春秋』十月）
・全日本特殊教育研究連盟編『精神薄弱児指導法』（十月　日本文化科学社）
・三島由紀夫「〝仮面の男〟を主題に―安部公房著『他人の顔』」（『読売新聞』十一月）
・編集部「映画漫歩」（『文芸春秋』十二月）

一月二十五日、文部省が特殊教育振興方策を発表、養護学校設置を各県に要請する（前年五月の文部省調査によれば特殊児童

数は百七万人、小中学校全児童・生徒数の六％、精神薄弱児就学率七％）／重症の情緒障害児や精神障害児等の日本最初の入院治療施設として「あすなろ学園」が開設される／閑居山コロニーが開設される（主催は大仏空、脳性麻痺者の生活共同体、後にマハ・ラバ村と称する。昭和四十四年秋まで）

三月十三日、厚生省が「重度精神薄弱児収容棟の設置及び運営基準」を通知する（入所児童は就学猶予・免除の者であること）

五月、文部省著作養護学校（知的障害）小中学部教科書（算数、数学、国語、音楽）が作成される（特殊学級用としても配慮されている）／厚生省が精神薄弱者収容授産施設の設置及び運営について通知する

六月、文部省等が第一回全国特殊教育振興大会を開催する／全国重症心身障害児（者）を守る会が結成される

七月二日、重度精神薄弱児扶養手当法が公布される（昭和四十一年七月十五日、特別児童扶養手当法と改題）

八月、国際精神薄弱研究協会が設立される

九月二十九日、日本障害者リハビリテーション協会が設立される／第一回精神薄弱者愛護全国大会が開催される／『精神薄弱問題史研究紀要』が創刊される（精神薄弱問題史研究会、昭和六十一年七月まで。継続後誌は『障害者問題史研究紀要』、平成十七年六月まで）

十一月、全国特殊学級設置学校長協会が結成される

十二月、全国特殊教育推進連盟が結成される（平成十五年八月一日、全国特別支援教育推進連盟と改称）

＊文部省は知的障害特殊学級増設五ヶ年計画（第二次）を立案する／日本画家の西垣籌一が知的障害者更生施設「松花苑みずのき寮」で絵画教室を始める／映画『馬鹿が戦車でやってくる』（主演はハナ肇）が製作される／平位剛が原爆による高度小頭症について報告する／スウェーデンでフォーカス協会が創立、重度障害児をもつ家庭への補助法が公布される

昭和四十年（一九六五年）

・佐竹昭広「釣狐―『をかし』の性格」（『国語国文』一月）
・三島由紀夫「月澹荘綺譚」（『文芸春秋』一月）
・三島由紀夫「現代文学の三方向」（『展望』一月）
・北杜夫「どくとるマンボウ途中下車」（『婦人公論』一月～十二月）
・高橋和巳「邪宗門」（『朝日ジャーナル』一月～翌年五月）
・井伏鱒二「黒い雨」（『新潮』一月～翌年九月）
・大江健三郎「もうひとつの『個人的な体験』」（『文芸』二月）
・三島由紀夫「反貞女大学」（『産経新聞』二月～十二月）
・大江健三郎『厳粛な綱渡り』（三月　文芸春秋）
・小田実「泥の世界」（『文芸』三月）
・北杜夫「鈍物に魅力あり」（『文芸朝日』三月）
・群馬県精薄教育史編纂委員会編『群馬県精神薄弱教育史』（三月）
・灰谷健次郎『せんせいけらいになれ』（三月　理論社）
・和木光二朗「雲の上の牧場」（『文芸春秋』三月）
・上条顕「三人の卓子　トンちゃん頑張れ！」（『文芸春秋』四月）
・水上勉「別府にて」（『文芸春秋』四月）
・ジョン・クリーランド「ファニー・ヒル」（吉田健一訳　『文

芸』五月）
・水上勉「坊の岬物語」（『文芸』五月）
・大江健三郎『ヒロシマ・ノート』（六月　岩波書店）
・保高みさ子「死刑囚・西口彰の手紙」（『文芸春秋』六月）
・三浦朱門「ギター」（『文芸』七月）
・井上光晴「熱いレール」（『文芸』八月）
・菅修『精神薄弱児の治療教育』（八月　金原出版）
・編集部「がんばる露路裏の人気者」（『文芸春秋』八月）
・編集部「目・耳・口」（『文芸春秋』八月）
・小林提樹『知能障害児の家庭指導』（九月　福村出版）
・近藤原理『のぎくの道　精薄者と生きて十三年の記録』（九月　あすなろ書房）
・小林秀雄「人間の建設」（『新潮』十月）
・中村真一郎「回想の高見順」（『文芸』十月）
・池田満寿夫・富岡多恵子「二人はアメリカと話した」（『文芸』十一月）
・糸賀一雄『この子らを世の光に　近江学園二十年の願い』（十一月　柏樹社）
・大塚哲也『リハビリテーション入門』（十一月　金芳堂）
・佐藤忠男「映画マンスリー」（『文芸』十一月）
・全日本特殊教育研究連盟編『精神薄弱教育実践講座』（第一～八巻　十一月～翌年十一月　日本文化科学社）
・磯田光一「日本文学・一九六五年」（『文芸』十二月）
・宇能鴻一郎「蕾」（『別冊文芸春秋』十二月）
・瀬戸内晴美「彼岸へ―出北京記」（『別冊文芸春秋』十二月）
・編集部「山下清画伯ひとりぼっち　式場博士を失った人生」（『週刊新潮』十二月）

一月、日本教職員組合が教研集会特殊教育分科会を社会開発懇談会とすることを提唱する
二月六日、秋田地方紙『さきがけ』に島田療育園の看護者不足の記事が載る／『愛護』編集部が全国の施設従事者約百五十名に精神薄弱施設の退園者の結婚に関する調査を行う（匿名アンケート、回答は五十名、知的障害者の結婚事例僅か）／精薄三団体が精薄問題懇談会を開催する／大阪府が精薄対策の充実を図るために民生・衛生・教育・労働の各部により「大阪府心身障害者対策要綱」を策定する
三月、広島県教育委員会が『小・中学校特殊学級教育課程編成資料』を刊行する／NHKの連続ラジオ放送『精神薄弱児のために』で糸賀一雄と石田労働大臣が「精神薄弱者の雇用問題」と題して対談をする
四月、心身障害児関係団体が全国社会福祉協議会内に心身障害児福祉協議会を結成する
五月二十四日、財団法人日本児童家庭文化協会が設立される（理事長は大石健太郎。難病児・障害児への援助活動）／**三十一日**、国民年金法が改定、公布、施行される（障害年金の支給範囲拡大、福祉年金額引き上げ）
六月一日、厚生省社会局所掌の知的障害者対策が児童家庭局に移管される（児童から成人まで一元化）／**二十七日**、胎内被爆小頭症児の親達が「きのこ会」を結成する（初代会長は畠中国三）／社会開発懇談会が精神薄弱者コロニー等、答申する
九月、重度知的障害者への障害者福祉年金支給が開始される
十月一日、知的障害者更生施設「第一野の花学園」が福岡市西

区今津に開設される（昭和四十三年、朝倉郡夜須町三箇山に知的障害者更生施設「第二野の花学園」設立）／五日、障害者のための社会復帰施設「太陽の家」が開所される（創設者は中村裕）／二十日、文部省『心身障害児の判別と就学指導』が発行される（「白痴」とは、言語をほとんど有せず自他の意志の交換および環境への適応が困難であって、衣食の上に絶えず保護を必要とし、成人になってもまったく自立困難と考えられるもの（知能指数（IQ）による分類を参考とすれば（以下「IQ」という。）25ないし20以下のもの）、「痴愚」とは、新しい事態の変化に適応する能力が乏しく、他人の助けによりようやく自己の身辺の事がらを処理しうるが、成人になっても知能年齢6、7歳に達しないと考えられるもの（IQ20ないし25から50の程度）、「魯鈍」とは、日常生活にさしかえ（ママ）ない程度にみずから身辺の事がらを処理することができるが、抽象的な思考推理は困難であって、成人に達しても知能年齢10歳ないし12歳程度にしか達しないと考えられるもの（IQ50から75の程度）をそれぞれ指す」と定義）／厚生省コロニー懇談会が発足する

十二月二十二日、心身障害者の村（コロニー）懇談会が重症心身障害児（者）の総合施設プランの意見書を厚相に提出する

＊養護学校高等部の建物の新増築について国庫補助／別府善意工場が設置される／重症心身障害児の療育施設「秋津療育園」が開設される／第六回日本児童精神医学会でアスペルガー特別講演がなされる（自閉症にカナー型とアスペルガー型があるとした。自閉症をめぐる論議盛ん）／米国カリフォルニア州でランタマン発達障害者サービス法がだされる（知的障害者が自己の居住地でもれなくサービスを受けられるようにする）／米国の連邦議会で初等中等教育法が制定される（障害児教育における州間の諸矛盾解決に連邦政府が積極介入、連邦の援助ができる特別立法）

昭和四十一年（一九六六年）

- ウィリアム・バロウズ「ジャンキー」（鮎川信夫訳『文芸』一月）
- 吉行淳之介「星と月は天の穴」（『群像』一月）
- 開高健「渚から来るもの」（『朝日ジャーナル』一月〜十月）
- 井上靖「おろしや国酔夢譚」（『文芸春秋』一月〜昭和四十三年五月）
- 坂上弘「朝の村」（『文芸』二月）
- 吉田健一「読める本―文学の楽しみ（2）」（『文芸』二月）
- 三島由紀夫「をはりの美学」（『女性自身』二月〜八月）
- 石坂洋次郎「ある詩集」（『別冊文芸春秋』三月）
- 北杜夫「もぐら」（『新潮』三月）
- 樹下太郎「望楼の秋」（『別冊文芸春秋』三月）
- S・A・カーク『精神薄弱児のために　サムエル・カーク博士講演集』（三月　日本放送出版協会）
- 曽野綾子「極楽鳥」（『別冊文芸春秋』三月）
- 瀧井孝作「芥川賞選評「北の河」を推す」（『文芸春秋』三月）
- 田村一二『忘れられた子ら』（三月　北大路書房）
- 林部一二「特殊教育における職業教育」（『学校運営研究』三月）
- 「病気の生化学」編集委員会編『病気の生化学　第九巻』（三

月　中山書店）
・水上勉「山襞」（『文芸』三月）
・大宅壮一「大宅歩の叛逆と死」（『文芸春秋』四月）
・梶井基次郎『梶井基次郎全集　第一巻』「卑怯者」「瀬山の話」（四月　筑摩書房）
・久保田正人・寺田晃『精神薄弱児』（四月　明治図書）
・林髞「人類の終末は来る」（『文芸春秋』四月）
・野間宏・高橋和巳「対談　現代文学の起点」（『文芸』四月）
・「王杰の日記—若き中国兵士の生活と思想」（岩佐氏健訳『文芸』五月）
・桂芳久「批評活動の衰退」（『文芸』五月）
・椎名麟三「身振狂言」（『文芸』五月）
・椎名麟三「「白痴」」（『月刊キリスト』五月）
・大宅壮一・安部公房「テレビ時代の思想」（『潮』六月）
・志賀信夫「視聴率をなぜ信ずるか」（『文芸春秋』六月）
・司馬遼太郎「最後の将軍」（『別冊文芸春秋』六月）
・瀬戸内晴美「死せる湖」（『別冊文芸春秋』六月）
・冨士本啓示「前歴者」（『文芸』六月）
・水上勉「社会福祉になぜ血が通わないか」（『文芸春秋』六月）
・中村真一郎「孤独」（『文芸』七月）
・平野栄久「仮面の罪—安部公房『他人の顔』における作家主体と作品世界」（『新日本文学』八月）
・吉田健一「何の役に立つのか—文学の楽しみ（8）」（『文芸』八月）
・阿部昭「手」（『文学界』九月）
・妹尾正『精神薄弱児施設におけるカリキュラムの編成』（九月　日本精神薄弱者愛護協会）
・宇能鴻一郎「疣贅」（『別冊文芸春秋』九月）
・神谷光男「〝裸の大将〟ベトナム従軍の不都合」（『週刊サンケイ』九月）
・北杜夫「勇気あることば」（『毎日新聞』九月）
・園原太郎他『精神薄弱児のために』（九月　日本放送出版協会）
・田村一二『手をつなぐ子ら』（九月　北大路書房）
・二神重成他『この子らのために　世界と日本の心身障害児』（九月　日本放送出版協会）
・松岡武『精神薄弱児教育の心理』（九月　東洋館出版社）
・三木安正編『精神薄弱児の教育』（九月　東京大学出版会）
・三田誠広「Ｍの世界」（『文芸』九月）
・安部公房「人間そっくり」（『ＳＦマガジン』九月〜十一月）
・小林提樹『自閉性精神薄弱児』（十月　福村出版）
・佐村芳之「新幹線どうぶつ記」（『文芸春秋』十月）
・辻邦生『夏の砦』（十月　河出書房新社）
・林久雄『たとえちえは遅れていても』（十月　明治図書）
・北杜夫「奇病連盟」（『朝日新聞』十月〜翌年四月）
・井村恒郎他編『異常心理学講座　2』（十一月　みすず書房）
・佐野勇編『精神薄弱の原因』（十二月　金原出版）
・司馬遼太郎「徳川慶喜」（『別冊文芸春秋』十二月）
・堀田善衛「若き日の詩人たちの肖像」（『文芸』十二月）
・吉本隆明「憑人論」（『文芸』十二月）

一月九日、ＮＨＫ『この子らのために』が放送される（三月二十日まで。米国や英国などの特殊教育を取材したもの）

二月、第二びわこ学園が開園される

三月二十六日、国立重症心身障害者の総合収容施設コロニーが高崎市に建設されることが決定される

五月十四日、厚生省が「重症心身障害児（者）の療育について」通知する（国立療養所に委託病棟設置）

七月十五日、特別児童扶養手当法が公布される（重度知的障害、身体障害児童の扶養手当を統合）／**十五日**、映画『他人の顔』が公開される（主演は仲代達矢。シナリオは同年三月上旬号の『キネマ旬報』掲載）／**二十四日**、日本精神薄弱研究協会が設立される（会長は菅修。昭和五十四年十月、機関誌『発達障害研究』（日本文化科学社）刊行。平成四年、日本発達障害学会と改称）／**二十六日**、心身障害児（者）コロニー建設のための建設推進懇談会が発足される／総理府に心身障害児対策連絡会議が設置されることが閣議決定される／日本短波『重い障害児のために』放送開始。脳性マヒ児を守る会が発足される

八月一日、厚生省児童家庭局が知的障害児（者）実態調査を実施する（在宅者四十八万四千七百人、施設入所者二万四百人。人口千人あたり四・九人。「精神発達が遅滞している者」の定義がなされる）／大阪府児童福祉審議会のコロニー設置特別部会が「精神薄弱者（児）のためのコロニー設置について（中間意見）」を知事に具申する

九月、中央児童福祉審議会に精神薄弱者及び重症特別部会が設置される

十月、東京都で知的障害者に対する都営交通機関定期旅客の運賃援助実施要綱が実施される

十一月、心身障害児（者）の医療と教育と生活を守る都民集会が都議会前で開催される（障害者の生活と権利を保障せよと要求、都知事は顔をみせず、要求に応えず。全国で初めての生活と権利を守る障害者の集会で、障害者やその家族、学校等の教職員約七百名が参加。翌年十二月には都民集会は障害者の生活と権利を守る全国集会へと発展）

十二月二十日、精神薄弱者福祉審議会が「精神薄弱者福祉対策の推進」等を具申する（児童から成人までの一貫した福祉対策の推進。千五百人収容の病院、寮、職業訓練所、総合評価センター等。予算総額六十億円）／中央児童福祉審議会が児童福祉施策の推進に関する意見を具申する（知的障害児の入所年齢の弾力的扱い）

＊学習指導要領精神薄弱教育編の解説書が刊行される／労働省職業安定局編の報告書『精神薄弱者就業可能作業の検討』がだされる／止揚学園で園児の学籍獲得運動が開始される（運動の結果、地域の能登川南小学校への通学を獲得するが、養護学校義務制実施により養護学校に措置がえされる）／知的障害児を対象とする、徳島大学の附属養護学校が開校する／聖隷保養園（昭和四十八年に法人名称を聖隷福祉事業団と改称）の重度精神薄弱児施設「小羊学園」が開設される／社会事業大学を中心に自閉症研究会が発足する／ウィーンの小児神経科医師A・レットがレット症候群の報告をする（女児のみに発症する神経疾患、智能等が遅れ、特徴的な動作を繰り返す症例）

昭和四十二年（一九六七年）

・菰田正二「梅毒文明論」（『文芸春秋』一月）
・水上勉『くも恋いの記』（一月　青春出版社）

- R. Lecuyer『ダウン症候群』（木村高偉訳　一月　正栄社）
- 大江健三郎「万延元年のフットボール」（『群像』一月～七月）
- 金森とし枝「十年十万通の身上相談」（『文芸春秋』二月）
- 小宮山倭編『精薄教育の授業研究』（二月　日本文化科学社）
- 佐竹昭広「無知と愚鈍―物くさ太郎のゆくえ」（『文学』二月）
- 石川達三「共産主義の宿命・その他」（『文芸』三月）
- 稲葉正太郎「あなたは〝危険なドライバー〟か？」（『文芸春秋』三月）
- 菅修『精神薄弱児の行動障害とその取扱い方』（三月　日本精神薄弱者愛護協会）
- 北杜夫『怪盗ジバコ』（三月　文芸春秋）
- 草柳大蔵「現代王国論・東京都」（『文芸春秋』三月）
- 真継伸彦「〝私〟の内なる旅―インド紀行」（『文芸』四月）
- 秋元波留夫他編『日本精神医学全書　第三巻～一』（五月　金原出版）
- 田村一二『はなたれぼとけ』（五月　北大路書房）
- 檀一雄「夢去りぬ」（『小説現代』五月）
- 堀田善衛「若き日の詩人たちの肖像」（『文芸』五月）
- 大岡昇平「〝安保〟を文学的に結晶―大江氏の『万延元年のフットボール』」（『朝日新聞』六月）
- S・A・カーク他『精神薄弱児の教育』（伊藤隆二訳　六月　日本文化科学社）
- 中野善達・加藤康昭『わが国特殊教育の成立』（六月　東峰書房）
- H・セルビーJr.「トゥラララ―ブルックリンの娼婦」（宮本陽吉訳『文芸』六月）
- 宮本茂雄「内因性・外因性精神薄弱児の知能の発達的差異」（『千葉大学教育学部研究紀要』六月）
- 北杜夫「どくとるマンボウ青春記」（『婦人公論』六月～翌年三月）
- 大岡昇平『現代日本文学館』「泉鏡花」（七月　文芸春秋）
- 小川徹「坂口安吾」（『文芸』七月）
- 西谷三四郎『世界の精薄教育』（八月　日本文化科学社）
- 北畠八穂「耳」（『文芸』九月）
- 竹林和良『ちえの遅れた子どもの教育』（九月　三一書房）
- 川崎昂「第二の山下清が育つまで」（『文芸春秋』十月）
- 川崎昂『ちえ遅れの子の版画指導』（十月　日本文化科学社）
- 河添邦俊・平野日出男『この子らも人間だろう・ちえおくれの子どもと教育』（十月　明治図書）
- 国松五郎兵衛『ちえおくれの子のためのかたち・ことば・かずのあそび90』（十月　黎明書房）
- 編集部「新聞エンマ帖」（『文芸春秋』十月）
- 飯野節夫『ソビエトの障害児教育』（十一月　日本文化科学社）
- 大江健三郎「走れ、走りつづけよ」（『新潮』十一月）
- 小椋義久「三人の卓子　私も教師として」（『文芸春秋』十一月）
- 小林勝「目なし頭」（『文芸』十一月）
- 東宮哲哉「わが子を殺した医師の場合」（『文芸春秋』十一月）
- 秋山駿他「変貌するリアリズム」（『文芸』十二月）
- 菅修他共編『各国の精神薄弱対策の現状』（十二月　日本精神薄弱研究協会）

・堤玲子『わが闘争』（十二月　三一書房）
・編集部「電気に光る発明王の汗」（『文芸春秋』十二月）
二月十三日、厚生省が在宅重症心身障害児（者）訪問指導要綱を通知する／**二十六日**、自閉症児親の会が結成される（日本自閉症協会の前身）／東京都教育委員会が『東京都公立特殊学校、特殊学級教育課程指導書（精薄）』を公刊する
三月三十一日、精神薄弱者職親委託制度は全国で登録職親数千九百十九人、委託職親数五百九十人、委託精神薄弱者数七百九十八人（職親とは、精薄者の職業上の親となり面倒をみる者）
四月一日、岐阜県関市に精薄児施設「コロニーひまわりの丘」が開設される／特殊学級担当教員の給与調整額が四％から養護学校並の八％に引き上げられる／文部省が特殊教育推進地区を指定する／文部省が特殊教育総合研究調査会を設置する
六月五日、映画『智恵子抄』（主演は岩下志麻）が公開される／厚生省が重症心身障害児施設計画を発表する／愛知教育大学附属養護学校が開校する（初代校長は山本正一）
七月二十九日、国民年金法が改定される（福祉年金額が引き上げられる）／精神薄弱養護学校全国ＰＴＡ連合会が結成される／文部省が特殊教育に関する総合的研究調査の実施を開始する（翌年八月に特殊教育総合研究調査機関の設置について、昭和四十四年三月に特殊教育の基本的施策のあり方について報告）
八月一日、児童福祉法、精神薄弱者福祉法が改定される（重症心身障害児を「重度の精神薄弱、および重度の肢体不自由の重複している児童」と定義。重症心身障害児施設の創設）／**一日**、全国障害者問題研究会（全障研）の結成大会が東京で開かれる（三日まで。参加者四百五十名。以降、毎年一回開催。昭和四十五年二月、雑誌『みんなのねがい』創刊（平成五年六月から全国障害者問題研究会出版部）。昭和四十五年六月、同研究会京都支部が雑誌『夜明け』を創刊。昭和四十八年七月、同研究会『障害者問題研究』創刊）／**十九日**、精神薄弱者福祉法の一部改定される（精神薄弱者援護施設を精神薄弱者更生施設及び精神薄弱者授産施設の二種類とする。児童相談所長の通知があれば十五歳以上についても施設に措置）／**三十一日**、厚生省が胎内被爆による小頭症を「近距離早期胎内被爆症候群」として認定疾病にすることを決定する（九月五日から順次認定）
九月七日、厚生省は重症心身障害児対策五ヶ年計画を発表する（要入院児全員の施設入所を目標）
十二月八日、精神薄弱者福祉審議会が「当面推進すべき精神薄弱対策」について意見具申する
＊文部省が児童・生徒の心身障害に関する調査を実施する（東京における精神薄弱児の出現率は、軽度〇・七五八％、中重度〇・一三二％、最重度〇・〇七七％。盲聾・肢体不自由児に比べて出現率は高い）／労働省職業安定局編の報告書『精神薄弱者職場適応の検討』がだされる／重複障害教育調査海外派遣費補助が開始される／心身障害者扶養共済制度が発足される／この頃から特殊学級卒業生に求人が殺到するようになる（安い労働力、景気の安全弁としてか）／北海道に知的障害児施設「おしま学園」が開設される／国際ダウン症研究者会議が開催される／スウェーデンで精神発達遅滞者援護法が制定される

昭和四十三年（一九六八年）

・開高健「カゲロウから牙国家へ―今西錦司」（『文芸』一月）

・編集部「横断歩道」（『文芸』一月）
・磯田光一「埴谷雄高論—自殺の形而上学」（『文芸』二月）
・糸賀一雄『福祉の思想』（二月　日本放送出版協会）
・篠崎信男「嫁さんは遠くからもらえ」（『文芸春秋』二月）
・平井信義『小児自閉症』（二月　日本小児医事出版社）
・大江健三郎「狩猟で暮したわれらの先祖」（『文芸』二月～八月）
・井上英二・柳瀬敏幸編『臨床遺伝学』（三月　朝倉書店）
・北杜夫「霧の中の乾いた髪」（『小説新潮』三月）
・野坂昭如「スクラップ集団」（『別冊文芸春秋』三月）
・ピンスキー『ちえ遅れの子の学習活動』（駒林邦男訳　三月　明治図書）
・ペブズネル・ルボウスキー『精神薄弱児の発達過程』（山口薫他訳　三月　三一書房）
・桶谷秀昭「仮構の倫理—近代想像力の奈落」（『文芸』四月）
・辻邦生「夜」（『文芸』四月）
・長谷川四郎「万延元年のフットボールのボール」（『文芸』四月）
・大岡昇平「歩行者の心理」（『朝日新聞』六月）
・堤玲子『わが妹・娼婦鳥子』（六月　三一書房）
・ハロルド・M・ウィリアムズ編『精神薄弱児の教育と授業計画』（石部元雄・溝上脩訳　六月　東洋館出版社）
・阿部昭「未成年」（『新潮』七月）
・ヤングハズバンド編『家庭福祉』（松本武子他共訳　七月　家政教育社）
・横溝正史『浮世絵師』（七月　金鈴社）
・R・S・イリングワース『乳幼児の知能・身体の発達』（布施徳郎訳　七月　岩崎学術出版社）
・檀一雄「坂口安吾『白痴』について」（『毎日新聞』八月）
・編集部「放浪生活はやめた山下清画伯の日々」（『週刊現代』八月）
・内村祐之『わが歩みし精神医学の道』（九月　みすず書房）
・大江健三郎「父よ、あなたはどこへゆくのか？」（『文学界』十月）
・岡野絢子『その歩みはおそくとも』（十月　日本文化科学社）
・立原正秋「『白痴』の美しさ」（『坂口安吾全集』月報　十月）
・中川忠夫「電算機　この偉大なる低能児」（『文芸春秋臨時増刊号』十月）
・望月勝久編『特殊学級担任の記録』（十月　日本文化科学社）
・和田義三「北陸の小さな町の一つの灯」（『文芸春秋』十月）
・北杜夫「さびしい王様」（『小説新潮』十月～翌年五月）
・ジュリエット・アルビン『心身障害児のための音楽療法』（山松質文・谷嘉代子訳　十一月　岩崎学術出版社）
・藤本義一「わが〝異例聞〟交遊録」（『文芸春秋』十一月）
・編集部「音信有通　山下清画伯」（『週刊サンケイ』十一月）
・M・D・ガートン『教室における精神薄弱児』（斎藤義夫・荘司修久訳　十一月　日本文化科学社）
・水上勉「霙（みぞれ）」（『文芸春秋』十一月）
・中道益平『手さぐりでこの子らの手をひいて』（十二月　光道園）
・三木安正・菅野重道『精神薄弱者福祉論』（社会福祉事業職員研修所　奥付には昭和四十三年度印刷とのみある）

三月、厚生省が在宅精神薄弱者（児）指導講習会を開催する／全国社会福祉協議会・心身協が心身障害児総合基本法制定を衆参両院に請願する／びわこ学園の重症心身障害児を描いた映画『夜明け前の子どもたち』が完成する

四月一日、長野県駒ヶ根市に精薄児（者）施設「西駒郷」が開設される／**十五日**、厚生省が知的障害者相談員設置要綱を通知する／東京都立府中療育センターが開設される（重度知的障害児（者）等の入所施設。重症二百、重度心障百、重度知的障害児（者）各五十、計四百床の入所施設）

五月一日、京都府亀岡市に花ノ木医療福祉センターが開設される（重症心身障害児（者）通園事業等）／**一日**、北海道伊達市に精薄児（者）施設「太陽の園」が開設される／**十日**、厚生省が知的障害者援護施設基準を通知する／**十九日**、厚生省が児童家庭局養護課を廃止し、育成課、障害福祉課を設置する

六月二十一日、愛知県心身障害者コロニーが開設される

七月一日、スウェーデンで精神遅滞者法が施行される（各種サービスを規定）／**三日**、厚生省児童家庭局長が重度障害児収容棟設置要綱を通知する／米国で第一回国際スペシャルオリンピックスが開催される

十二月、中央児童福祉審議会が心身障害児の早期治療などについて意見具申する

＊厚生省が障害児の発生予防のため特別研究費を予算に計上する（ダウン症などを対象に二千万円）／売春婦対策審議会が、売春婦には知的障害者（知能指数七十未満）が多く、年々増加していると発表する（昭和三十七年三十四・〇％、昭和四十年四十四・四％、昭和四十一年四十五・三％）／米国において、ダンが論文「軽度精神薄弱児の特殊教育、その多くは正当と認められるか」で、精神遅滞教育の量的増加はマイノリティ・貧困層の子供の排除の結果だと批判する／米国の映画『まごころを君に』（主演はクリフ・ロバートソン）が製作される／スウェーデンで一九六八年法が制定される（ノーマライゼーション推進）／スウェーデンで知的障害者の全国大会が開かれる／国際精神薄弱者育成会連盟（ＩＬＳＭＨ）第四回世界会議で知的障害者の権利に関する宣言が採択される（エルサレム宣言）

昭和四十四年（一九六九年）

・糸賀一雄『愛と共感の教育』（一月　柏樹社）
・耕治人『一条の光』（一月　芳賀書店）
・佐々木隆三「眼のあゆみ『神々の深き欲望』」（『文芸』一月）
・椎名麟三「『白痴』の劇化について」（『白痴』一月）
・瀬戸内晴美「公園にて」（『文芸』一月）
・谷崎潤一郎他編『日本の文学　4　尾崎紅葉・泉鏡花』三島由紀夫「解説」（一月　中央公論社）
・吉行淳之介「暗室」（『群像』一月〜十二月）
・エヌ・ベ・ルリエ『ソビエトにおけるちえ遅れの子の教育』（飯野節夫訳　一月　日本文化科学社）
・大江健三郎「われらの狂気を生き延びる道を教えよ」（『新潮』二月）
・田中教育研究所編『問題別教育相談講座　第五巻』（二月　明治図書）
・西谷三四郎編『講座特殊学級経営』（二月　明治図書）
・山下清「山下清の〝安田城攻防戦〟東大は燃えている」（『週

刊文春』二月）
・岩井弘融他編『日本の犯罪学1　原因I』（三月　東京大学出版会）
・佐江衆一「客」（『文芸春秋』三月）
・三木安正『精神薄弱教育の研究』（三月　日本文化科学社）
・宮本茂雄『精神薄弱と非行』（三月　日本文化科学社）
・山本実『人間誕生　ある特殊教育の姿』（四月　明治図書）
・井深大「ゼロ歳教育のすすめ」（『文芸春秋』五月）
・林重政編『精神薄弱児の教育』（五月　誠信書房）
・福井達雨『僕アホやない人間だ』（五月　柏樹社）
・秋元松代「かさぶた式部考」（『文芸』六月）
・羽仁進「入学試験」（『文芸春秋』六月）
・あさみどりの会『療育援助のために』（七月）
・小田実「冷え物」（『文芸』七月）
・式場俊三「グラビア　日本のゴッホ・山下清の世界」（『週刊読売』七月）
・別役実「眼のあゆみ　『英雄たち』ほか」（『文芸』七月）
・椎名麟三『懲役人の告発』（八月　新潮社）
・橋口英俊「経営者を心理テストする」（『文芸春秋臨時増刊号』八月）
・森万紀子「密約」（『文芸』八月）
・A・R・ルリヤ『言語と精神発達』（松野豊・関口昇訳　九月　明治図書）
・伊藤隆二『ちえおくれの話　ちえおくれへの正しい理解と愛情を』（九月　誕生日ありがとう運動本部）
・大江健三郎「パンタグリュエリヨン草と悪夢」（『群像』九月）
・金鶴泳「弾性限界」（『文芸』九月）
・斎藤茂太「陸軍精神病院最後の日」（『文芸春秋』九月）
・佐多稲子「眼のあゆみ　『かさぶた式部考』」（『文芸』九月）
・ダニエル・キイス『アルジャーノンに花束を』（稲葉明雄訳　九月　早川書房）
・宮本研「阿Q外伝」（『文芸』九月）
・大谷英之「〝訪問教師〟の六ヵ月」（『文芸春秋』十月）
・岸本鎌一編『精神薄弱の医学』（十月　金原出版）
・草柳大蔵「〝東京タイガー〟田中清玄」（『文芸春秋』十月）
・小林恒夫他『「太陽の家」の記録　保護よりは闘いを』（十月　日本放送出版協会）
・近藤原理『ちえ遅れの子の教科指導』（十月　くろしお出版）
・寺田透「書評　『懲役人の告発』」（『文芸』十月）
・編集部「まっぴら御免」（『文芸春秋』十月）
・宮崎直男『精神薄弱児の造形教育』（十月　日本文化科学社）
・愛知教育大学附属養護学校『ぼく、ひとりでできるよ』（十一月　明治図書）
・赤木由子『はだかの天使』（十一月　新日本出版社）
・大江健三郎「個人の死、世界の終り」（『群像』十一月）
・田畑麦彦「雑記的」（『文芸』十一月）
・藤村文雄・柚木馥『精神薄弱児の学校劇　その理論と実践』（十一月　協同出版）
・饗庭孝男・磯田光一他「解体の時代」（『文芸』十二月）
・白井喬二『短篇集』「白痴（こけ）」（十二月　学芸書林）
・辻村泰男・杉田裕編『精薄教育の諸問題』（十二月　日本文化科学社）

三月二十八日、特殊教育総合研究調査協力者会議が「特殊教育の基本的な施策のあり方について」報告する／名古屋市に「ゆたか共同作業所」が開所される（共同作業所全国連絡会運動の先駆け）

四月五日、テレビドラマ『悪一代』（主演は勝新太郎。六月二十八日まで）が放送される／**二十三日**、厚生省が知的障害や自閉症の早期発見、早期治療のため精神健康診断実施を通知する／養護学校設置新五ヶ年計画が開始される／雇用奨励金制度が精神薄弱者にも適用されるようになる

六月二十五日、精神薄弱者福祉法の一部が改定される（精神薄弱者福祉審議会に関する規定を削除。精神薄弱者福祉審議会が廃止され、知的障害児（者）施策が一元化、主管が児童家庭局に移管される）

七月一日、スウェーデンで障害年金の付加年金制度が創設される

九月、厚生省が自閉症児の療育について次官通達する（自閉症児療育事業開始）／京都心身障害児（者）親の会協議会が結成される（京都府下全域の各種の障害児親の会が一本化）

十一月十八日、厚相が「社会福祉向上の総合方策」を中央社会福祉審議会（中社審）に諮問する

十二月二十日、中央児童福祉審議会が心身障害児、母子保健、保育所等の対策改善を意見具申する

＊東京都世田谷区に国内最初の自閉症児病棟「梅ヶ丘病院」が開設される／厚生省が児童福祉法を改定する（重症心身障害児施設法定化）／青い芝の会神奈川県連合会が結成される（正式発足は翌年四月総会で決定。機関誌『あゆみ』）／米国の精神遅滞に関する大統領委員会報告書『精神遅滞者の入所施設を変革するために』が公表される／米国でベンクト・ニリエがノーマライゼーションを規定する論文を出版する（ノーマライゼーションは知的障害児（者）に対する教育やサービスなどの発展に指針を与える中心的哲学となる）

昭和四十五年（一九七〇年）

・アンガス・ウィルソン・江藤淳「文学における伝統と現代」（『文芸』一月）
・瀬戸内晴美「いってまいります　さようなら」（『文芸春秋』一月）
・林不忘『一人三人全集』「早耳三次捕物聞書」（一月　河出書房新社）
・平井信義他編『自閉症児の治療教育』（一月　日本小児医事出版社）
・伊勢信子『ぼくたち馬鹿じゃないよね』（二月　明治図書）
・ヴィトルド・ゴンブローヴィッチ『フェルディドゥルケ』（米川和夫訳　二月　集英社）
・遠藤周作「老いの岸辺」（『文芸春秋』二月）
・教員養成大学学部教官研究集会特殊教育部会編『精神薄弱教育の研究』（三月　金子書房）
・二宮正克『精神薄弱児教育の研究』（三月）
・望月勝久他『精薄児教育における生活単元学習の改造』（三月　明治図書）
・文部省編『重複障害教育の手びき　盲聾児・盲精薄児・聾精薄児』（三月　東洋館出版社）

・山田風太郎「盲忍」（『別冊文芸春秋』三月）
・内海正『青い実の子どもたち』（四月　日本文化科学社）
・シールド精神薄弱児研究所編『精神薄弱幼児とその両親　早期診断・治療・教育』（高橋彰彦他訳　四月　日本小児医事出版社）
・杉田裕編『精神薄弱教育論』（四月　日本文化科学社）
・堀尾青史『しらさぎとあきひこ』（四月　童心社）
・ＮＨＫ厚生文化事業団『ＮＨＫ厚生文化事業団精神薄弱福祉賞入選集』（五月）
・小島蓉子『心身障害者福祉』（五月　誠信書房）
・中村幸彦「専門白痴的考証法」（『古典と現代』五月）
・荘司修久『精薄児の遊びとゲーム』（六月　日本文化科学社）
・山下清『ひとりだけの旅』（六月　ノーベル書房）
・斎藤義夫・玉川悦子『精神薄弱児の数量指導』（七月　学芸図書）
・田中光子『わが手に消えし霰』三島由紀夫「序文」（七月　牧羊社）
・中村健二他『精神薄弱の職業教育の実際　サラリーマンをめざす育て方』（八月　一粒社）
・Ｇ・オゴーマン『子どもの自閉症』（白橋宏一郎監訳　九月　北望社）
・末広恭雄「人類の敵」（『文芸春秋』九月）
・鈴木清・河合久治編『普通学級における心身障害児の指導』（九月　明治図書）
・東京学芸大学附属養護学校編『精神薄弱児の教育課程と教育資料』（九月　学芸図書）
・水上勉『失なわれた心』（九月　文和書房）
・山本実編『精薄特殊学級』（九月　明治図書）
・吉田知子「無明長夜」（『文芸春秋』九月）
・梅田敏郎「種痘は本当に必要なのか」（『文芸春秋』十月）
・埴谷雄高「三つの映画『白痴』」（『ドストエーフスキイ全集』月報　十月）
・前田俊彦「瓢鰻亭の天国歴訪」（『朝日ジャーナル』十月～十二月）
・愛知教育大学附属養護学校編『学習意欲と能力差　精薄児の授業研究』（十一月　明治図書）
・北杜夫『少年』「少年」（十一月　中央公論社）
・熊谷チヨ『ちえ遅れの子の学習指導』（十一月　日本文化科学社）
・布田達郎『神に近き子ら』（十一月　白川書院）
・山本実『子どもの権利　ある〝野生児〟の生存』（十一月　明治図書）
・伊藤隆二編『心身障害児教育の原理』（十二月　福村出版）
・杉田裕・宮崎直男『精薄教育における生活単元の実践』（十二月　日本文化科学社）
・三島由紀夫「いまにわかります」（『図書新聞』十二月）
・民話の研究会『日本の民話（５）』（世界文化社　発行月不明）

一月十二日、中央児童福祉審議会が児童福祉、母子保健の緊急対策で厚相に意見具申する（知的障害者の重度棟整備、通勤寮新設、肢体不自由児養護施設新設等）

三月、公害の影響による疾病の指定に関する検討委員会（厚生省）が、「公害の影響による疾病の範囲等に関する研究」を報告する（診断上の留意事項の「胎児性又は先天性水俣病について」に「（vi）脳性小児マヒの症状は乳児期に発症し、特に知能発育遅延、言語発育障害、咀嚼嚥下障害、運動機能の発育遅延、協調運動障害、流涎などの症状を呈すること。」とある）

四月九日、大阪府富田林市に知的障害者施設「金剛コロニー」が開所される／生活保護法が改正される（母子加算に重度知的障害児が加えられる）

五月四日、心身障害者福祉協会法が公布される（コロニーの設置運営主体として特殊法人心身障害者福祉協会設置）／**二十一日**、心身障害者対策基本法が公布、施行される（平成五年十二月、障害者基本法と改題）

七月一日、米国で初等中等教育法から障害児教育法が分離、単独法とされる

八月十日、厚生省が「心身障害児家庭奉仕員派遣事業運営要綱」を通知する／**十七日**、中央心身障害者対策協議会（中心協）が設置される（会長は中川善之助）／労働省が精神薄弱特殊学級等生徒及び父兄を対象とした特別職業指導の実施につき通達する

九月、文部省が特殊教育拡充整備計画を発表する

十月二十三日、教育課程審議会が「盲学校、聾学校及び養護学校の教育課程の改善について」（新たな教科「生活科」（精神薄弱）の新設等）答申する／**三十一日**、映画『どですかでん』（監督は黒澤明）が公開される／社会福祉施設緊急整備五ヶ年計画が策定される（以後、高度経済成長が破綻するまで高齢者・障害者施設激増）

十一月二十五日、中央社会福祉審議会が「社会福祉施設の緊急整備について」答申する（施設の計画的整備、社会福祉職員の確保と待遇改善を提言）／府中療育センター入所者新田勲等が職員の勤務異動に抗議し、ハンストする

十二月十九日、仏国の映画『野性の少年』（主演はジャン＝ピエール・カルゴル）が公開される／東京都は府中療育センター収容中の重度身体障害者、重度知的障害児（者）をそれぞれ多摩更生園（療護施設）、東村山福祉園（児童施設）、八王子福祉園（更生施設）に移し、同センターは重症心身障害者専用施設として運用すると発表する

＊労働省職業安定局編の報告書『精神薄弱者の労働能力および社会生活能力に関する基礎的事項　昭和四十四年度』がだされる／この年までに自閉症児療育施設は都立梅ヶ丘病院、三重県立高茶屋病院あすなろ学園、大阪府立中宮病院松心園の三ヶ所／PADI潜水指導協会が創立される／米国カリフォルニア州でダイアナ対州教育委員会の裁判事件がおこる（スペイン語を母語とする子が英語の知能検査結果に基づき知的障害児のための特殊学級に。このような措置をしてはならないという判決が下される）

昭和四十六年（一九七一年）

・L・S・ペンローズ『精神薄弱の医学』（秋山聡平訳　一月　慶応通信）
・ヘンリー・レランド他『精神薄弱児の行動療法』（櫻井芳郎編訳　一月　岩崎学術出版社）
・大岡昇平「幼年」（『潮』・『季刊日本の将来』一月〜翌年十一月）

・P・T・B・ウエストン編『自閉児の教育』（牧田清志訳　二月　岩崎学術出版社）
・望月勝久『ちえ遅れの子とその父母』（二月　黎明書房）
・R・フォー他『精神薄弱児の心理療法』（岩脇三良・大井清吉訳　二月　日本文化科学社）
・大阪市教育委員会『教育課程表　大阪市立小・中学校特殊学級　精神薄弱編　その二』（三月）
・中山あい子『奥山相姦』（三月　講談社）
・文部省編『特殊教育諸学校小学部・中学部学習指導要領』（三月　慶応通信）
・会田雄次「私のなかの陸軍」（『文芸春秋臨時増刊号』四月）
・日本精神薄弱者愛護協会調査研究委員会編『精神薄弱研究ガイド』（四月）
・室橋正明他『精薄児の遊びから作業へ』（四月　明治図書）
・石坂洋次郎「女　そして　男」（『文芸春秋』五月）
・北杜夫『月と10セント』（五月　朝日新聞社）
・佐藤親雄編『特殊教育方法論』（五月　誠信書房）
・昇地三郎他編『教育心理学』（五月　峯書房）
・野坂昭如『エロトピア①』「手すさび礼讃」（五月　文芸春秋）
・編集部「人間天皇の七〇年」（『文芸春秋臨時増刊号』五月）
・松岡武編『精神薄弱児指導の原理と方法』（五月　東洋館出版社）
・高木貞二編『現代心理学の課題』（六月　東京大学出版会）
・全国情緒障害教育研究会編『情緒障害児の教育』（上下　六月・八月　日本文化科学社）
・小宮山倭編『精薄教育における授業』（全五巻　六月～九月　日本文化科学社）
・新美南吉『新美南吉十七歳の作品日記』「海へ傾いた町」（七月　牧書店）
・編集部「〝裸の画伯〟山下清さんが天真らんまんな最期」（『ヤングレディ』七月）
・編集部「天真らんまんだった「裸の大将」逝く」（『週刊言論』七月）
・山下清『もうひとつの旅』（七月　ニトリア書房）
・北畠八穂『鬼を飼うゴロ』（八月　実業之日本社）
・長谷部薫『この人びとに青い鳥を』（八月　山梨日日新聞厚生文化事業団）
・編集部「ワイド・クローズアップ　山下清」（『週刊女性』八月）
・編集部「山下清の遺産の兵隊のクライ」（『週刊サンケイ』八月）
・編集部「山下清のぶらりぶらり言行録」（『プレイボーイ』八月）
・編集部「グラビア　山下清〝未発表の遺作〟誌上展」（『週刊現代』八月）
・編集部「一年がかりの山下清追悼展」（『週刊新潮』八月）
・鴨井慶雄他編『ともに育つ子ら』（九月　鳩の森書房）
・東京精神薄弱教育史研究会編『東京の精神薄弱教育　戦後のあゆみ』（九月　表現研究所）
・特殊教育教材研究会『精神薄弱児の教材・教具』（九月　フレーベル館）
・山下清『東海道五十三次』（九月　毎日新聞社）

・加藤直樹・高谷清編『変革の医療　障害者と医療の権利』（十月　鳩の森書房）
・川上武「なぜ悪徳医は生まれるか」（『文芸春秋』十月）
・小林提樹『自閉性精神薄弱児の家庭指導』（十月　福村出版）
・田村一二『茗荷村見聞記』（十月　北大路書房）
・福井達雨『りんごってウサギや　重い知恵おくれの子ども達とともに』（十月　柏樹社）
・松原隆三・加藤安雄編『精神薄弱児特殊学級経営ハンドブック』（十月　日本文化科学社）
・山下清『放浪　牢やから逃げたい』（十一月　講談社）

一月一日、佐賀県佐賀郡に精薄者施設「佐賀コロニー」が開設される／総理府が中央心身障害者対策協議会第一回協議会を開催する／日本障害者リハビリテーション協会の雑誌『リハビリテーション研究』が創刊される

三月十三日、文部省が盲・聾学校及び養護学校の各小学部、中学部学習指導要領を告示する／精薄者通勤寮「京都市若草寮」が設置される

四月一日、厚生省が社会福祉施設緊急整備五ヶ年計画を実施する（昭和五十年度までに老人・障害者・児童施設で計三万九千百五十人の定員増）／**一日**、国立高崎コロニーの成人心身障害者施設「のぞみの園」が開所される／**一日**、新潟県三島郡に精薄者更生施設「コロニーにいがた白岩の里」が開設される／**一日**、英国で一九七〇年教育法が施行される（重度知的障害児も教育可能とされる）／**二十八日**、映画『男はつらいよ　奮闘篇』（主演は渥美清）が公開される／新谷訴訟がおこる（三重県津市のタンクローリー運転手新谷秀記が前年九月に九十日の免許停止処分を受け、一月に公安委員会が軽度精神薄弱を理由に運転免許取消しを行う。昭和四十八年、小池清廉が現代における精神薄弱概念からみた新谷秀記の診断に関する意見書を提出。昭和五十一年、津地裁で知的障害者の自動車運転免許取消しの当否が争われ、二月、津地裁は新谷秀記の訴えを正当と認める）

五月、秋田県由利郡に精薄者施設「コロニー鳥海の園」が開設される

七月一日、厚生省が知的障害児（者）施設入所者の実態調査をする（在宅者二十一万二千六百人、施設入所者四万三千七百人）／**十二日**、山下清死去（遺作展が約三年、全国五十ヶ所で開かれる）／文部省が養護学校整備計画について発表する

八月、青い芝の会が疾走プロと協力し映画『さようならＣＰ』の製作を開始する

九月、文部省が特殊教育拡充整備計画要綱を発表する

十月一日、国立特殊教育総合研究所が設置される／**一日**、東京都小金井市に賀川学園が発足する／厚生省が精神薄弱者実態調査を実施する（全国の在宅精神薄弱児（者）の合計は三十一万二千六百人。施設入所中の者は二万四百人。このうち重度精神薄弱者は八万二千三百人）

十二月十四日、厚生省が精神薄弱者通勤寮設置運営要綱を通知する／**二十日**、国連で精神薄弱者の権利宣言が採択される／厚生省が異常行動児療育研究実施要綱を通知する

＊中央心身障害者対策協議会が「心身障害者の生活環境の改善について」答申する／養護・訓練担当教員講習会が開催される／隠岐で精神薄弱児施設「杉の子学園」が開設される／米国で精神遅滞者居住施設基準がだされる／米国ペンシルバニア州最

高裁で知的障害児の公教育権を認める判決がだされる／米国ネブラスカ州オマハでダウン症幼児の親がパイロット・ペアレント（親の相互サポート・プログラム）を設立する

昭和四十七年（一九七二年）

・伊丹十三他「座談　天才の理論」（『潮』一月）
・遠山啓『歩きはじめの算数　ちえ遅れの子らの授業から』（一月　国土社）
・福井達雨『アホかて生きているんや』（一月　教文館）
・高知大学教育学部附属養護学校『精神薄弱児教育における教育課程の研究』（二月）
・筒井康隆『東京八景』（二月　新潮社）
・編集部「ぼく学校へ行きたいんや」（『朝日ジャーナル』二月）
・吉行淳之介「白痴化」（『文学界』二月）
・近藤原理編『障害児その差別からの解放』（三月　明治図書）
・建元正弘「「切り上げ不況」の虚像と実像」（『文芸春秋』三月）
・西村章次『問題行動をもつ重度精神薄弱児の行動の観察法とその評価について』（三月　東京都民生局）
・B・スポック他『スポック博士の心身障害児の療育　親のためのアドバイス』（上田敏他訳　三月　岩崎学術出版社）
・山口瞳「自画像」（『別冊文芸春秋』三月）
・北杜夫『酔いどれ船』（四月　新潮社）
・中川四郎・上出弘之編『精神薄弱医学』（四月　医学書院）
・畑山博『はにわの子たち』（四月　文芸春秋）
・村井潤一編『障害児の早期教育』（四月　ミネルヴァ書房）
・G・ガルシア＝マルケス『百年の孤独』（鼓直訳　五月　新潮社）
・大統領精神薄弱問題会議『精神薄弱をどう制圧するか　アメリカ大統領白書』（袴田正巳・加藤孝正共訳　五月　黎明書房）
・H・S・リリーホワイト他『精神遅滞と言語障害』（石井武士他訳　六月　黎明書房）
・河野守宏『異端のさすらい』「唖と白痴女」（七月　ブロンズ社）
・バージニア・M・アクスライン『開かれた小さな扉　ある自閉児をめぐる愛の記録』（岡本浜江訳　七月　リーダーズダイジェスト社）
・P・ライトソン『ぼくはレース場の持主だ！』（猪熊葉子訳　七月　評論社）
・山下辰造「兄・山下清の一周忌」（『婦人公論』七月）
・田中睦夫「パール・バックの姿」（『文芸春秋』八月）
・杉田裕他『東京・精神薄弱教育年表　明治・大正・昭和戦前』（八月～昭和四十九年十月　精神薄弱教育資料研究会）
・青木嗣夫編『僕、学校へ行くんやで』（九月　鳩の森書房）
・G・J・ベンスバーグ編『精神薄弱児の保護指導』（小川政浩訳　十月　日本文化科学社）
・丸谷才一「神戸の街で和漢洋食」（『文芸春秋』十月）
・宮脇修『ある自閉症児の指導記録』（十月　くろしお出版）
・ローナ・ウイング『自閉症児との接し方』（四国学院大学自閉症研究グループ訳　十月　ルガール社）
・伊藤隆二編『心身障害児教育講座』（一～五　十月～十一月

福村出版）
・全日本特殊教育研究連盟編『現代精神薄弱児講座』（第一〜五巻　十月〜昭和四十九年五月　日本文化科学社）
・望月勝久『精神薄弱児の言語障害指導』（十一月　黎明書房）
・渡部淳「「身体障害者」の与えられた生」（『朝日ジャーナル』十一月）
・加藤俊子『リズム運動　ちえ遅れの子の体育指導』（十二月　フレーベル館）
・唐十郎『日本列島南下運動の黙示録』「白痴論」（十二月　現代思潮社）
・川上重治『もぐらのじだんだ　ちえ遅れの子』（十二月　読売新聞社）
・S・P・デイビス『精神薄弱者と社会』（菅田洋一郎訳　十二月　日本文化科学社）
・津村秀夫「民衆は純粋なるものを求む」（『文芸春秋』十二月）
・野坂昭如「姦ながらの道」（『別冊文芸春秋』十二月）
二月一日、仏国で心身障害者に対する金銭給付制度が開始される／府中療育センター移転問題で入所者有志が関係団体等に支援を要請するが実らず（センター職員組合、全国障害者問題研究会に反対運動への支持を要請し拒否される。二十六日、東京都と交渉）
三月十五日、教育課程審議会が「盲学校、聾学校及び養護学校の教育課程の改善について（高等部）」を答申する／労働省が心身障害者雇用促進対策の一環として心身障害者職業センターを設置する（重度身障者・精薄者等対象）
四月八日、川崎市、青い芝の会十周年記念大会で映画『さようならCP』が上映される／養護学校整備七ヶ年計画等、特殊教育拡充整備計画が開始される／山梨県中巨摩郡に精薄児施設「育精福祉センター」が開設される
六月二十七日、東京都立青鳥養護学校梅ヶ丘分教室が開設される
七月十四日、英国ロンドンで知的障害者の全国大会が開かれる（十六日まで）
八月一日、止揚学園の季刊誌『止揚』が創刊される／**二十三日**、厚生省が心身障害児通園事業実施要綱を通知する
九月十八日、府中療育センター移転反対闘争で都庁前テント闘争（一年九ヶ月）／**二十日**、神戸地裁で堀木訴訟の判決がでる（障害年金と特別児童扶養手当の併給禁止は違憲。国控訴。昭和五十年十一月十日、大阪高裁で一審判決破棄、原告は上告。昭和五十七年七月七日、最高裁が上告棄却判決をだす（併給禁止を違憲とする神戸地裁判決を逆転、憲法二十五条の生存権保障規定は単なる宣言規定とする）。昭和五十九年七月十九日、第二次堀木訴訟、東京高裁が判決をだす）
十月一日、宮崎県東諸県郡に精薄者更生施設「向陽の里」が開設される／**二十七日**、文部省が盲・聾学校及び養護学校について、各高等部学習指導要領を告示する／李方子が韓国で慈行会を母体に精薄児のための慈恵学校（チャヘハッキョ）を設立する
十一月二十七日、厚生省が堀木訴訟をきっかけに翌年十月から障害・老人年金と特別児童扶養手当の併給を認めることを決定する
十二月十二日、中央心身障害者対策協議会が「総合的な心身障害者対策の推進について」答申する／**二十一日**、身体障害者雇

用審議会が身体障害者の雇用促進対策を労相に中間報告する（心身障害者受け入れ企業への税制・金融上の優遇措置等）

＊全日本精神薄弱者育成会が国際育成会連盟（ＩＩ）に加盟する／神奈川県鎌倉市に日本で最初の家庭から通える通所の精神薄弱者施設「清和学園」がつくられる／映画『夕映えに明日は消えた』が製作される（主演は中村敦夫。翌年一月公開予定、未公開。シナリオ作家協会刊『シナリオ』（昭和四十七年十一月））／米国ワシントン・コロンビア特別区連邦地裁が公教育への平等な接近は知的障害児だけでなく全ての障害児に及ばなければならないとする判決を下す／英国でマカトンコミュニケーション法（知的障害をともなう聴覚障害者のために開発されたシステム。手のサインや絵画シンボルを音声言語と共に用いる言語の指導方法）が創案される／インドで脳性マヒ者協会が設立される

昭和四十八年（一九七三年）

・エドワード・セガン『障害児の治療と教育』（薬師川虹一訳　一月　ミネルヴァ書房）
・小松左京他「人類はどこまで行きつくか」（『文芸春秋』一月）
・曾野綾子「預言者の悲しみ」（『文芸春秋』一月）
・滝沢清人他編『現代人の病理　第三巻』（一月　誠信書房）
・立花隆「子殺しの未来学」（『文芸春秋』一月）
・愛知県心身障害者コロニー愛知県立春日台養護学校『精神薄弱教育における子どもの追求』（二月　明治図書）
・植松正他「安楽死は許されるか」（『文芸春秋』二月）
・田ケ谷雅夫『盲精薄児の指導　この子らに生きるよろこびを』（二月　明治図書）
・池田太郎『精神薄弱児・者の教育』（三月　北大路書房）
・伊藤隆二『障害児教育の思想』（三月　ミネルヴァ書房）
・川上宗薫「流行作家」（『別冊文芸春秋』三月）
・舁地三郎『しいのみの子供たち』（三月　徳間書店）
・精神薄弱教育指導法研究会編『精神薄弱養護学校・特殊学級指導要録必携』（三月　第一法規出版）
・P・ノードフ他『心身障害児の音楽療法』（桜林仁他訳　三月　日本文化科学社）
・青木嗣夫他『育ち合う子どもたち』（四月　ミネルヴァ書房）
・伊藤隆二『ちえおくれの子どもの心理と教育』（四月　日本文化科学社）
・エス・ヤ・ルビンシュテイン『知能遅滞児の発達』（大井清吉訳　四月　学術資料刊行会）
・近藤原理『ちえ遅れ教育ノート』（四月　鳩の森書房）
・杉田裕『総説精神薄弱教育』（四月　日本文化科学社）
・津島佑子『童子の影』（四月　河出書房新社）
・日本近代教育史刊行会編『日本近代教育史』（四月　講談社）
・萩原延寿「知ることと信ずること」（『文芸春秋』四月）
・山形県教育研究所編『特殊教育の研究　精薄学級の構成と指導の実態』（四月）
・山本七平「軍隊語で語る平和論」（『文芸春秋』四月）
・大岡昇平「少年」（『文芸展望』四月～昭和五十年七月）
・安部公房・ドナルド・キーン『反劇的人間』（五月　中央公論社）
・精神薄弱教育指導法研究会編『精神薄弱教育自作教具実践

集』（五月　第一法規出版）
・井上ひさし「青葉繁れる」（『別冊文芸春秋』六月）
・牛島義友編『コロニーへの道』（六月　慶応通信）
・太田典礼『安楽死のすすめ』（六月　三一書房）
・屋山太郎「日教組解体論」（『文芸春秋』六月）
・北杜夫「さびしい乞食」（『小説新潮』六月〜十二月）
・おかだみちと志編『ぼく書けたよ　障害児の詩集』（七月　鳩の森書房）
・菅修・妹尾正『精神薄弱の変化のとらえ方』（七月　日本児童福祉協会）
・陳舜臣「ひげ布袋」（『文芸春秋』七月）
・奈良本辰也他「道三討死から家光まで」（『文芸春秋臨時増刊号』七月）
・日本精神病院協会監修『精神衛生鑑定』（七月　牧野出版社）
・片岡義信編『精神薄弱児の行動形成』（八月　玉川大学出版部）
・牛島義友編『精神薄弱児の治療教育』（上下　八月・九月　慶応通信）
・大江健三郎『洪水はわが魂に及び』（九月　新潮社）
・近藤原理編『障害児・者と共に育つ』（九月　明治図書）
・半場正信『精神薄弱児の体育指導』（九月　学芸図書）
・三木卓「鶸」（『文芸春秋』九月）
・山本実『「特殊」学級における人間創造　作文と教育』（九月　明治図書）
・渡部淳編『知能公害』（九月　現代書館）
・内海正編『精神薄弱児のオペラント学習』（十月　日本文化科学社）
・大阪市児童福祉審議会『精神薄弱者福祉対策の体系的整備に関する答申』（十月）
・北脇三知也『この子らとのひびきあい　精神薄弱児学級における学習指導序説』（十月　明治図書）
・鈴木清・加藤安雄編『講座心身障害児の教育』（全五冊　十月〜十一月　明治図書）
・愛知教育大学附属養護学校他『双書特殊教育』（一〜四　十月〜昭和五十二年十一月　明治図書）
・建川博之編『ダウン症状群　研究と実践』（十一月　日本児童福祉協会）
・辻村泰男監修『欧米と日本の特殊教育』（十一月　慶応通信）
・半場正信『精神薄弱児の機能訓練』（十一月　学芸図書）
・伊藤隆二『障害児福祉の条件』（十二月　福村出版）
・瀬川拓男・松谷みよ子編『日本の民話11　民衆の笑い話』（十二月　角川書店）
・文部省編『精神薄弱特殊学級教育課程編成の手びき』（十二月　慶応通信）

一月、大阪市教育委員会が心身障害児に教育を完全に保障し、就学猶予・免除を解消するという基本方針を公表する
三月二十二日、青い芝の会が優生保護法改定問題で厚生省と交渉する（五月十四日にも改正に反対し厚生省と交渉）
四月一日、東京教育大学、広島大学、熊本大学の教育学部に初めて特殊教育特別専攻科が設置される／**一日**、岡山市に精薄児（者）施設「岡山県総合社会福祉センター」が開設される／**二十九日**、大阪青い芝の会が結成される／神奈川県総合リハビリ

テーション事業団が発足する（七沢に病院その他の施設を開設）

五月、政府が優生保護法改定案を国会に再提出する（翌年七月廃案）

六月、東京都教育委員会が希望者全員就学の実施に際し、東京都心身障害教育施策の体系を策定する／「京都市心身障害児訪問療育指導員派遣事業」が障害児福祉協会に委託される

七月十五日、文部省初等中等教育局特殊教育課編『特殊教育』が創刊される

八月一日、精薄児施設「神奈川県総合リハビリテーションセンター」が開設される／文部省が就学猶予・免除児童実態調査のまとめを発表する

九月一日、宮城県黒川郡に精薄者更生施設「船形コロニー」が開設される／**二十五日**、国立久里浜養護学校が創設される／**二十七日**、知的障害者の療育手帳制度が創設される（厚生事務次官通知「療育手帳について」）／**二十七日**、府中療育センター移転問題で入所者有志が都知事と交渉する（強制移転中止を確認）／身体障害者雇用審議会精神薄弱者専門委員会が身体障害者雇用審議会あてに「精神薄弱者の雇用促進対策について」の報告をする／東京都教育委員会が東京都心身障害教育検討委員会を設置する／全国青い芝の会総連合会が結成される（会長は横塚晃一）

十月一日、厚生省が精神衛生実態調査を実施する（精神病五十七・八％、知的障害二十・八％、その他二十一・四％）／東京都が来年度から障害者の希望者全員就学を決定する（高等部を含む養護学校の増設が進む）／大阪市児童福祉審議会が「精神薄弱者福祉対策の体系的整備に関する答申」をだす

十一月二十日、養護学校義務化予告政令が公布される（就学義務及び養護学校の設置義務部分の施行期日を定める政令で、翌年四月から義務制実施を決定）／フィリピンで第一回アジア知的障害会議が開催される（フィリピンのマリン博士の提唱。主題は「アジアの精神遅滞者に希望を」）

十二月一日、茨城県東茨城郡に精薄児（者）施設「コロニーあすなろ」が開設される／心身障害者就労実態調査が実施される／東京都国立市の無認可重度障害児施設「富士学園」で、池田智恵子保母の解雇通知をきっかけに労働争議がおこる

＊養護学校義務制実施反対運動が全国化する／優生保護法改定案に対する反対運動が全国に広がる／兵庫県のサン・テレビが県の委託で「不幸な子供を産まない運動」のPR番組を放映しようとし、抗議運動で中止となる／国立の全教員養成大学学部に養護学校教員養成課程が設置される／東京都が梅ヶ丘病院のあり方検討委員会を設置する／徳島県で、県立で初めての知的障害児を対象とする国府養護学校が開校する／精神衛生実態調査反対運動が全国に広がり、一部の自治体で中止される／聖隷福祉事業団の精神薄弱者更生施設「やまばと成人寮」が開設される／カナダで知的障害者の全国大会が開催される／米国オレゴン州ではこの年までに二十を超える知的障害者の相互援助グループが組織される

昭和四十九年（一九七四年）

・阿部昭『無縁の生活』「猫」（一月　講談社）
・伊藤隆二『障害児の臨床教育　ちえおくれの子どもの理解を

中心に』(一月　福村出版)
・江尻彰良『おまえらばかか』(一月　風媒社)
・J・ピアジエ他『心理学とマルクス主義』(宇波彰訳　一月　福村出版)
・津守真編『私の特殊教育』(一月　慶応通信)
・梶山季之「せどり男爵数奇譚」(『オール讀物』一月〜六月)
・北杜夫「木精(こだま)」(『新潮』一月〜翌年二月)
・群馬障害児教育研究サークル『障害児の教科指導』(二月　明治図書)
・筒井康隆「二〇〇一年　暗黒世界のオデッセイ」(『文芸春秋』二月)
・手塚治虫「ナダレ」(『週刊少年チャンピオン』二月)
・東京学芸大学附属養護学校編『精神薄弱児の生活指導』(二月　学芸図書)
・山本七平「一億人の偏見」(『文芸春秋』二月)
・伊藤隆二『知能病理学研究』(三月　風間書房)
・小杉長平監修『ちえ遅れの子の生活指導(幼年期)』(四月　日本文化科学社)
・津守真編『知恵遅れの幼児の教育』(四月　慶応通信)
・望月勝久『精神薄弱児のためのリトミック』(四月　黎明書房)
・木庭修一他『精神薄弱児の体育指導』(五月　金子書房)
・小杉長平監修『ちえ遅れの子の生活指導(少年期)・(青年期)』(五月　日本文化科学社)
・長江好道・北海道桧山精神薄弱児教育研究会『ともに育つ教育』(五月　明治図書)
・野上芳彦『ボランティア活動入門』(五月　柏樹社)
・江口季好『[詩集]風、風、吹くな　もうひとつの教育論』(六月　百合出版)
・小林提樹「島田療育園をなぜ見捨てたか」(『文芸春秋』六月)
・全国情緒障害教育研究会編『情緒障害児の教育　2　自閉児』(六月　日本文化科学社)
・筒井康隆『男たちのかいた絵』(六月　徳間書店)
・灰谷健次郎『兎の眼』(六月　理論社)
・伊藤隆二他編『わが国における心身障害児教育・指導の文献目録』(七月　日本文化科学社)
・C・バーンスタイン・B・ウッドワード「ニクソンを追いつめた三〇〇日」(『文芸春秋』七月)
・全国心身障害者をもつ兄弟姉妹の会東京支部編『ともに生きる　心身障害者をもつ兄弟姉妹のこえ』(七月　日本放送出版協会)
・玉井収介編『自閉症の実践教育』(七月　教育出版)
・巡静一『ちえ遅れの子の遊戯指導』(七月　日本文化科学社)
・式場俊三「人間の死に方」(『潮』八月)
・手塚治虫「しずむ女」(『週刊少年チャンピオン』八月)
・富安芳和・松田惺編『精神薄弱者の適応行動の測定法』(八月　日本文化科学社)
・中上健次『十九歳の地図』(八月　河出書房新社)
・森上史朗・柚木馥『ことばの遅れと障害の日常指導』(八月　教育出版)
・旭川市社会福祉事務所編『ここにいのちが　精神薄弱者の生活記録』(九月　旭川市)

・W・M・クリュックシャンク『脳障害児の心理と教育』（伊藤隆二・中野善達訳編　九月　誠信書房）
・今東光「帝国劇場」（『別冊文芸春秋』九月）
・三島敏男他『障害児を持つ親へ』（九月　明治図書）
・宮崎直男・小林良夫編『精神薄弱児の指導12カ月』（九月　日本文化科学社）
・荒川勇他『障害児教育史』（十月　講談社）
・飯野節夫『障害児教育への出発』（十月　明治図書）
・田村一二『ちえおくれと歩く男』（十月　柏樹社）
・伊藤隆二他編『心身障害児教育指導事典』（十一月　福村出版）
・大井清吉他共編『重いちえ遅れの子の教育』（十一月　日本文化科学社）
・小川政亮編『社会保障法を学ぶ』（十一月　有斐閣）
・小杉長平監修『全員就学のための重いちえ遅れの子の教育』（十一月　日本文化科学社）
・子供問題研究会編『俺、「普通」に行きたい』（十一月　明治図書）
・堤玲子『わが闘争宣言』（十一月　三一書房）
・橋本明「征韓論を排す」（『文芸春秋』十一月）
・M・G・フランクル他『ちえおくれの子の機能の訓練用教材教具』（田川元康他訳　十一月　日本文化科学社）
・堤玲子『美少年狩り』（十二月　潮出版社）
・グレン・ドーマン『親こそ最良の医師　ドーマン博士はいかにして脳障害児を治療したか』（幼児開発協会訳　サイマル出版会　発行月不明）

二月二十六日、政府が福祉年金受給者に緊急生活資金支給を閣議了解する（三月に支給要綱を発表。一人最高二千五百円、生活保護世帯や社会福祉施設入所者に特別一時金一人最高二千円）

三月十七日、知的障害児施設「甲山学園」事件（甲山事件）がおこる（平成十年三月二十四日、神戸地裁が山田悦子、荒木園長に無罪判決をだす。平成十二年三月三日、山田悦子、国家賠償訴訟を取り下げると発表。平成十三年二月二十七日、神戸地裁が山田悦子への補償額を二千三十三万円と決定（裁判費用と拘留に対する刑事補償。元園長にも同様の方式で六百十万円））／特殊教育の改善に関する調査研究会が「重度・重複障害児に対する学校教育のあり方について」を中間報告する

四月一日、国立高崎コロニーの知的障害児施設「のぞみの園」が開所される／**四日**、厚生省児童家庭局長が精神薄弱児通園施設について就学猶予・免除を入園条件とする規定を削除する／社団法人日本精神薄弱者福祉連盟が設立される（会長は三木安正。平成十年、日本知的障害福祉連盟と改称。平成十八年、日本発達障害福祉連盟と改称）／養護学校教育義務制等準備活動費、訪問指導員経費及び介助職員経費について、二分の一国庫補助開始／東京都が障害児の希望者全員入学制度を始める（普通学級には認めず。加えて、あくまで「希望者」であって、不就学児は依然として何百人もいる）

五月二十三日、青い芝の会が優生保護法案審議の衆院社労委へ傍聴闘争を行う

六月二十二日、特別児童扶養手当法が改定、公布される（九月一日施行。重度知的障害と身体障害が重複する特別障害者の手

当等の支給に関する法律と改称。特別福祉手当制度が創設され、在宅の重度重複障害者に年齢を問わず支給）／東京都は矢口養護学校（大田区）建設の着工を予定し、準備していたが、地元商店街が「精薄養護学校絶対反対」と、建設に反対する運動をおこす（九月下旬、東京都、大田区、地域住民（町会・商店街）との間で話し合いがつき、解決）

七月、千葉県君津郡に精薄児（者）施設「袖ヶ浦福祉センター」が開設される

八月三日、映画『男はつらいよ　寅次郎恋やつれ』（主演は渥美清）が公開される／**二十四日**、全国青い芝の会の第一回全国拡大常任委員会が開催される（養護学校義務化反対の運動方針決定）／日本労働組合総評議会（総評）が社会福祉基金設置を決定する／厚生省障害福祉課が精神薄弱児施設の「教育設備等整備状況調査」を実施する（『愛護　二〇九号』）／東京都教育委員会が障害児全員就学制度の発足にともない「心身障害児の教育措置基準」をつくる

九月、大阪で行われた全国精神薄弱施設職員研修会に「中高年令者の処遇」の部会が設けられる

十月、米国オレゴン州オター・クレストで知的障害者組織 People First の第一回州大会が開催される

十一月、関西青い芝の会連合会が結成される

十二月、厚生省が障害児保育要領を発表する

＊特別児童扶養手当支給の対象を、一定以上の障害がある場合は二十歳未満にまで拡大する／十三の心理テスト会社からなる日本心理検査協会が『日本教育・心理検査目録』を発行する（知能テストの種類は百十五種類。知能検査の社会的有用性が精薄児の発見にあることが分かる）／兵庫青い芝の会が結成される／兵庫県の「不幸な子供を産まない運動」が抗議運動により「良い子を産み健やかに育てる運動」と改称する／大阪青い芝の会と関西障害者解放委員会の呼び掛けで大阪第八養護学校建設反対運動がおこる／八王子市養護学校を中心に「どの子も地域の学校で」の取り組みが始められる／東京都で重度脳性麻痺者等介護人派遣事業が実施される／自閉症児施設が法定化される／東京都の養護学校小学部で複数担任制が実現される／島根県に県立最初の知的障害養護学校である出雲養護学校が設立される／滝乃川学園ではこの年から、知的障害者にも参政権があることを示すためなどの意図から、知的障害者が市民と同じ市内の投票所に行き、集団的に選挙権を行使する／米国で連邦地方裁が、連邦政府の障害者断種手術目的補助金を禁止する／米国で障害児教育法が改定される／Kosc が発達性計算障害を「知的遅れをともなわない、年齢に適当な数学的能力の成熟に直接的関係のある解剖学的生理学的脳器質の一部の遺伝的、生得的な構造障害である」と定義する／イングランドのカーシャルトンで身体・知的障害者のための乗馬学校「ダイアモンド障害者乗馬センター」がオープンする／デンマークで生活支援法が制定される

昭和五十年（一九七五年）

・大岡昇平「問わずがたり」（『新潮』一月）
・高谷清・加藤直樹『障害者医療の思想』（一月　医療図書出版社）
・西本順次郎『精神遅滞児の治療教育』（一月　福村出版）

・ピーター・ローランズ『閉ざされた心　自閉症の幼児を持つ親の記録』（岸本弘・岸本紀子訳　二月　明治図書）
・宮崎直男・全国附属学校特殊学校部会編『精神薄弱児指導の理論と実際』（二月　第一法規出版）
・山松質文『自閉症児の治療教育　音楽療法と箱庭療法』（二月　岩崎学術出版社）
・横塚晃一『母よ！殺すな』（二月　すずさわ書店）
・教師養成研究会編『精神薄弱児の心理』（三月　学芸図書）
・京都教育大学教育学部附属養護学校『「意欲」を育てる教育』（三月　明治図書）
・雇用促進事業団職業研究所『精神薄弱　職業へのアプローチ』（三月）
・心身障害教育研究協議会編『社会教育における心身障害教育その一』（三月　東京都教育庁社会教育部）
・藤波高『生きててや』（三月　北大路書房）
・モーリス・ルクラン編『障害者の治療』（浜中淑彦他訳　三月　白水社）
・ローナ・ウィング『自閉症児』（中園康夫・久保紘章訳　三月　川島書店）
・草柳大蔵「右向けぇ左ッ・厚生省」（『文芸春秋』四月）
・J・ヘルムート編『障害乳幼児の発達研究』（岩本憲監訳　四月　黎明書房）
・福井達雨『生命をかつぐって重いなあ』（四月　柏樹社）
・福岡県教育会『福岡昔話集』（四月　岩崎美術社）
・川上重治『その灯を消さないで　ちえ遅れ・重症心身障害児の問題』（五月　田畑書店）
・厚生省児童家庭局障害福祉課編『精神薄弱者福祉六法』（五月　中央法規出版）
・柄谷行人「『日本文化私観』論」（『文芸』五月～七月）
・近藤益雄『近藤益雄著作集』（全八巻　五月～八月　明治図書）
・特定目的公営住宅計画基準策定調査研究委員会編『精神薄弱者を含む世帯向け住宅の計画　公営住宅を中心として』（六月　全日本精神薄弱者育成会）
・村上氏広訳監修『精神遅滞の用語と分類　1973年改訂版』（六月　日本文化科学社）
・巡静一『障害児と遊び』（七月　ミネルヴァ書房）
・森上史朗他編『発達の遅れた子どもの日常指導』（七月　教育出版）
・矢野隆夫他『心身障害者のためのコロニー論　その成立と問題点』（七月　日本精神薄弱者愛護協会）
・中村健二編『実践記録・生きる「精神薄弱」』（一～四　七月～翌年一月　ドメス出版）
・明日の教育を考える会「新・教育宣言」（『文芸春秋』八月）
・東正『精神遅滞児の行動変容』（九月　明治図書）
・清水寛・三島敏男編『障害児の教育権保障』（九月　明治図書）
・筒井康隆『笑うな』（九月　徳間書店）
・中上健次「蛇淫」（『文芸』九月）
・中上健次「荒くれ」（『すばる』九月）
・藤原政雄『精神遅滞児の行動変容』（九月　明治図書）
・松原隆三編『精神薄弱児の実践教育　小学校』（九月　教育出

版）

・水上勉『はなれ瞽女おりん』「鯉とり文左」（九月　中央公論社）

・朝海さち子『谷間の生霊たち』（十月　筑摩書房）

・小出進・加藤安雄編『双書養護・訓練　3　知能』（十月　明治図書）

・近藤原理他『障害児担任教師』（十月　明治図書）

・中上健次「岬」（『文学界』十月）

・ベッツイ・バイアーズ『白鳥の夏』（掛川恭子訳　十月　富山房）

・高木俊一郎編『精神薄弱児の養護・訓練』（十一月　創元社）

・P・J・フラニガン他『ちえ遅れの研究入門　プログラム方式』（飯田貞雄訳　十一月　日本文化科学社）

・用語と差別を考えるシンポジウム実行委員会編『差別用語　ゆたかな日本語をめざして』（十一月　汐文社）

・横溝正史『横溝正史長編全集（19）』「迷路の花嫁」（十一月　春陽堂書店）

三月三十一日、特殊教育の改善に関する調査研究会が「重度・重複障害児に対する学校教育のあり方について」を報告する／文部省が就学猶予・免除児の実態調査結果を発表する（調査期間は昭和四十七年九月から十二月にかけて。対象は六歳児四千四百八十四人、七歳児四千七百七十九人。就学猶予・免除の理由は、精神薄弱が最も多く三十三・三％）

四月、全国の重症心身障害児施設は九十ヶ所

五月一日、現在、精神薄弱養護学校の教員数は国公私立あわせて五千四百七十四名（兼務者百五十一名）、職員数は二千二百十一名（うち寮母六百六十七名）／**二十四日**、財団法人・重複障害教育研究所が設立される

六月二十七日、特別児童扶養手当法が改定される（重度障害者手当の新設と中度障害児への拡大）

八月、東京都心身障害教育検討委員会が障害児教育相談所設置の必要性について報告する

十月、障害者福祉年金の対象が中度精神薄弱者まで拡大される

十一月十日、東京で第二回アジア知的障害者会議が開催される／**二十四日**、鎌倉で青い芝の会第二回全国代表者大会が開催される（二十六日まで。百五十名参加）／**二十九日**、アメリカ全障害児教育法が成立する／**三十日**、東京都墨田区の大久保製壜の知的障害労働者が、経営者の障害者差別に対して闘争を開始する（大久保製壜闘争。昭和五十九年四月、東京地方労働委員会が会社の不当労働行為を認める。平成九年九月五日、和解）

十二月九日、国連第三十回総会で障害者の権利宣言が採択される／関西青い芝の会連合会、関西障害者解放委員会、八木下浩一の呼び掛けで、全国障害者解放運動連絡会議（全障連）準備会が発足する

＊京都、奈良で青い芝の会が結成される／別府善意工場が太陽の家と改称される／都立八王子養護学校が毎年行っている実践報告会で、養護学校義務化は差別・選別を強化するとして反対し、共に学ぶ道を追求することが表明される／この年、都道府県における就学指導委員会設置数四十（約八十五％）、市町村においては千九百六十七（約六十一％）／米国で発達障害者援助及び人権法が制定される／米国で全障害児教育法（連邦法規）が成立する／米国ネブラスカ州オマハで知的障害者の当事者グ

ループ Project Two が結成される／米国で重度障害者協会が創設される／仏国で一九七五年障害者基本法が制定される（一九八九年法や、二〇〇二年一月十七日の社会近代化法により補われる）

昭和五十一年（一九七六年）

・大井清吉他『ちえ遅れの子の養護・訓練ハンドブック』（一月　日本文化科学社）
・曽野綾子「不在の部屋」（『文学界』一月～昭和五十三年十一月）
・玉井収介『遊戯療法の理論と実践』（二月　教育出版）
・松原隆三編『精神薄弱児の数量教育』（二月　教育出版）
・森上史朗・柚木馥編『障害をもつ子どもの症状別日常指導』（二月　教育出版）
・小杉長平他編『ちえ遅れの子の性と結婚の指導』（三月　日本文化科学社）
・竹内衛三他『先生おしえて』（三月　ミネルヴァ書房）
・上前淳一郎「五つ子誕生を科学する」（『文芸春秋』四月）
・昇地三郎『脳性マヒ児の治療教育　しいのみ学園の二十二年』（四月　ミネルヴァ書房）
・津島佑子「林間学校」（『すくすく』四月）
・堤玲子『坂口安吾の世界』「孤独の屁」（四月　冬樹社）
・中上健次「荒神」（『野性時代』四月）
・中野善達編『障害児教育　理論と実際』（四月　福村出版）
・玉井収介『自閉の世界』（五月　日本文化科学社）
・編集部「義務教育に拒否される身障者」（『朝日ジャーナル』五月）
・荒川勇他『日本障害児教育史』（六月　福村出版）
・近藤原理編『なずなの日日　家庭的障害者施設からの報告』（六月　ミネルヴァ書房）
・荘司修久・柴嶺昇『心身障害者の法律相談室』（六月　日本文化科学社）
・田辺聖子「神々の賞でし島」（『別冊文芸春秋』六月）
・東京情緒障害児保育研究会編『自閉児の保育』（六月　日本文化科学社）
・日本社会事業大学図書館編『精神薄弱児・者の福祉と教育の文献目録』（六月）
・宮崎直男『遅れている子供の教育課程と指導法』（六月　日本文化科学社）
・萩原葉子「蕁麻の家」（『新潮』七月）
・三木安正編『精神遅滞者の生涯教育』（七月　日本文化科学社）
・大西問題を契機として障害者の教育権を実現する会編『シンポジウム障害者教育　障害者教育をどう進めるか』（八月　明治図書）
・子供問題研究会編『続・俺、「普通」に行きたい』（八月　明治図書）
・障害をもつ子どものグループ連絡会編『はばたけ子どもたち　障害児の保育と教育の場をもとめて』（八月　ぶどう社）
・福井達雨『嫌われ、恐がられ、いやがられて』（八月　明治図書）
・大江健三郎「ピンチランナー調書」（『新潮』八月～十月）

・クララ・パーク『ひとりぼっちのエリー』（松岡淑子訳　九月　河出書房新社）
・笹沢左保「敗北の微笑」（『別冊文芸春秋』九月）
・篠原睦治『「障害児」観再考　「教育＝共育」試論』（九月　明治図書）
・レオ・カナー『精神薄弱の教育と福祉の歩み』（中野善達他訳　九月　福村出版）
・池波正太郎『にっぽん怪盗伝他』「白痴（ばか）」（十月　朝日新聞社）
・三木安正『私の精神薄弱者教育論』（十月　日本文化科学社）
・森上史朗・柚木馥編『障害をもつ子どもの遊びの日常指導』（十月　教育出版）
・R・M・フォックス他『トイレット　トレーニング』（大友昇他訳　十月　川島書店）
・中上健次「枯木灘」（『文芸』十月～翌年三月）
・山田風太郎「悪霊の群」（『講談倶楽部』十月～翌年九月）
・金子孫市・金子敏『精神薄弱養護学校の教育と経営』（十一月　日本教育経営協会）
・村上英治『重度心身障害児　その生の意味と発達』（十一月　川島書店）
・青地晨『魔の時間　六つの冤罪事件』（十二月　筑摩書房）
・金子孫市編『精神薄弱児教育の理論とその授業』（十二月　日本教育経営協会）
・武田桂二郎・河野信子編『制度と人間　疎外論の試み』（十二月　三一書房）
・東京都心身障害者福祉センター編『精神薄弱者援護施設退所者の生活状況』（十二月）
・灰谷健次郎『とこちゃんのヨット』（十二月　偕成社）
・柚木馥『言語指導の遊びと教具』（十二月　学習研究社）
・NHK厚生文化事業団『精神薄弱児とともに　福祉賞10年の記録集』（発行月不明）

一月二十日、安楽死協会が設立される（理事長は太田典礼）

二月、大阪市住之江区の知的障害児施設「いわき敷津浦学園」の移転問題で移転先住民の阻止運動がおこる（阻止運動に対し、解放同盟、労組、市民が障害児（者）差別と闘う会を結成して対抗）

四月、精神薄弱者職業相談員制度が創設される／全国社会福祉協議会社会福祉懇談会が「これからの社会福祉―低成長下におけるそのあり方」を発表する／同月現在、精神薄弱養護学校の設置数二百二十校、在籍学齢児童・生徒数一万五千人（精神薄弱養護学校対象児は約二万九千六百人と推定されているので、約一万四千六百人が就学していないことになる）

六月、五四年度養護学校義務化阻止共闘会議が結成される

八月六日、大阪で全国障害者問題研究会の第十回大会が開かれる（八日まで。六千人参加）／**九日**、大阪で全国障害者解放運動連絡会議結成大会が開催される（十日まで。千二百名参加。代表幹事は横塚晃一）

九月二十七日、福岡県糟屋郡の重症児施設「久山療育園」が入園を開始する

十月、特別児童扶養手当支給対象児童の年齢が段階的に十八歳未満までに拡大される（昭和五十三年四月完全実施）

十一月十九日、国立高崎コロニーで労組ストライキ（菅修理事長の治療教育学に基づく処遇理論に対する反発。国立民営施設

の矛盾を露呈。労組側全面勝利）

十二月十六日、国連第三十一回総会で、一九八一年を国際障害者年とすることが決定される／**二十一日**、国連第三十一回総会で、児童権利宣言採択二十周年を記念して一九七九年を国際児童年とすることが宣言される

＊特例子会社制度が定められる／障害者の生活保障を要求する連絡会議（障害連）が結成される／精神薄弱児収容施設東京福田会職員労組が園生Ｍのみんなと一緒に学びたいという希望に応え、地域の広尾中学校への就学闘争を始める／養護学校高等部への進学者が急増する／文部省が心身障害児就学指導講習会を実施する／日産労連が、日ごろ観劇する機会の少ない障害のある人達に生の舞台をみてもらおうと、全国規模のチャリティー公演を始める／京都市に東養護学校（山科区）と白河養護学校（左京区）が設置される／米国で知的障害に関する大統領諮問委員会が設置される／デンマーク社会問題省のバンク＝ミケルセンが論文「ノーマライゼーションの原理」を発表する（『四国学院大学論集』（昭和五十三年十二月）に中園康夫訳掲載）

昭和五十二年（一九七七年）

・石井哲夫『自閉症児がふえている』（一月　三一書房）
・上前淳一郎「支店長はなぜ死んだか」（『文芸春秋』一月）
・Ｋ・ドフリース『小さな天使　あるダウン症児の生涯』（鈴木克明他訳　一月　学苑社）
・司馬遼太郎・山本七平「田中角栄と日本人」（『文芸春秋』一月）
・西谷三四郎『障害児全員就学』（一月　日本文化科学社）
・松岡武『精神薄弱児の心理』（一月　福村出版）
・山口薫他編『精神薄弱教育学級経営事典』（一月　第一法規出版）
・有吉佐和子「和宮様御留」（『群像』一月～翌年三月）
・岡崎清「李方子さんの七宝焼」（『文芸春秋』二月）
・がっこの会編『続知能公害』（二月　現代書館）
・津島佑子「草の臥所」（『群像』二月）
・福岡県立直方養護学校『子どもに学ぶ学習援助　重度・重複児の自己実現を求めて』（二月　明治図書）
・室橋正明他編『精神薄弱児指導の理論と実際』（二月　福村出版）
・八坂信男『大分県特殊教育史』（二月　非売品）
・山口薫編『知恵おくれの幼児の教育』（二月　教育出版）
・位頭義仁『精神薄弱児の知的発達と教育』（三月　福村出版）
・雇用促進事業団職業研究所『精神薄弱者の雇用管理に関する事例集』（三月）
・千葉県教育庁体育課『体育指導の展開　精神薄弱教育』（三月　千葉県教育委員会）
・寺久保友哉「陽ざかりの道」（『文芸春秋』三月）
・林久雄『改稿　社会福祉』（三月　建帛社）
・柳崎達一『おへそはあるよぼくだって』（三月　日本精神薄弱者愛護協会）
・テオドール・ヘラー『治療教育学の基礎』（菅修・加藤二郎共訳　四月　日本精神薄弱者愛護協会）
・西村寿行『妄執果つるとき』（四月　光文社）

・福井達雨『僕たち太陽があたらへん　重い知恵おくれの子供の中で』（四月　柏樹社）
・トーマス・S・ボール『イタール　セガン　ケファート　精神薄弱児教育の開拓』（金子孫市他監訳　五月　日本教育経営協会）
・ハナニー・ザムスキー『精神薄弱教育史』（茂木俊彦訳　五月　ミネルヴァ書房）
・真木悠介『気流の鳴る音』（五月　筑摩書房）
・望月勝久『重度・重複障害児の教育　その課題と方法』（五月　黎明書房）
・新井清三郎『異常児の病理・保健』（六月　学芸図書）
・簸田鶴子『神への告発』（六月　筑摩書房）
・舟生喜美『子どもが変わった』（六月　明治図書）
・本田靖春「誘拐」（『文芸春秋』六月）
・松坂清俊『ちえ遅れ幼児の保育心理学』（六月　福村出版）
・宮崎直男編『精神薄弱教育の教育課程』（六月　教育出版）
・山口瞳「墓地のこと」（『別冊文芸春秋』六月）
・色川武大『怪しい来客簿』（七月　話の特集）
・長瀬又男『ちえおくれの子の健康相談』（七月　日本文化科学社）
・灰谷健次郎『いっちゃんはね、おしゃべりがしたいのにね』（七月　文研出版）
・岡野弘彦『折口信夫の晩年』「「折口信夫の晩年」抄」（八月　中央公論社）
・神谷美恵子『神谷美恵子・エッセイ集Ⅱ　いのち・らい・精神医療』（八月　ルガール社）
・きのこ会編『原爆が遺した子ら』（八月）
・菅田洋一郎編『発達とその障害』（八月　ミネルヴァ書房）
・玉井収介・宮脇修『自閉児への教育的接近』（八月　教育出版）
・チャールス・H・ハラス『精神薄弱児（者）のケアーと訓練』（菅野重道監訳　八月　岩崎学術出版社）
・津田道夫・木田一弘他『障害者の解放運動』（八月　三一書房）
・萩原朔太郎『萩原朔太郎全集　第十一巻』「老年と人生」（八月　筑摩書房）
・池田満寿夫「エーゲ海に捧ぐ」（『文芸春秋』九月）
・J・ウィルクス他『愛と規律の家庭教育』（岩崎隆彦他訳　九月　ミネルヴァ書房）
・難波利三「大阪希望館」（『別冊文芸春秋』九月）
・編集部「映画漫歩」（『文芸春秋』九月）
・渡辺鋭気『依存からの脱出』（九月　現代書館）
・折笠美昭『美香は16歳』（十月　星の環会）
・式貴士「折返点」（『奇想天外』十月）
・森上史朗・柚木馥編『障害をもつ子どもの学習の日常指導』（十月　教育出版）
・東京教育大学特殊教育学研究室・筑波大学心身障害学系研究室編『最新心身障害教育・福祉講座』（全八巻　十月〜翌年十月　日本図書文化協会）
・東正『遅れの重い子どもの指導プログラム』（十一月　学習研究社）
・橋正明・小出進『精神薄弱』（十一月　福村出版）

・原田政美監修『障害児（者）の生涯と教育　第四巻』（十一月　福村出版）
・ローナ・ウィング編『早期小児自閉症』（久保紘章他訳　十一月　星和書店）
・大熊喜代松・小出進編『精神薄弱児のことばの指導』（十二月　日本文化科学社）
・高橋道子『手紙のなかの一学期』（十二月　偕成社）

一月三十一日、全国青い芝の会が養護学校義務化問題で文部省と交渉する／札幌いちご会が発足する

四月二日、テレビドラマ『犬神家の一族』が放送される（三十日まで。出演は古谷一行）／厚生省が精神薄弱者通所援護事業補助要綱を通達する（初の小規模作業所国庫補助）／全国障害者解放運動連絡会議と二地区の養護学校義務化阻止共闘会議の主催で全国集会開催、文部省との交渉が行われる（全国二十二地域で阻止共闘会議が組織される）／北海道稚内養護学校が開校する

六月、全国社会福祉協議会授産施設協議会が発足する／和歌山県田辺市に「ふたば共同作業所」が開所される

七月、国連が加盟各国、専門機関、非政府組織に向け質問状を送付し、「精神遅滞者の権利に関する宣言」と「障害者の権利に関する宣言」の実施についてとった手段に関する報告を求める

八月六日、共同作業所全国連絡会（共作連）が結成される（平成十三年、「きょうされん」と改称）／**十二日**、特殊教育に関する研究調査会が「軽度心身障害児に対する学校教育の在り方」を報告する／全国障害者解放運動連絡会議第二回全国大会で、全国統一闘争が方針化される／自治労中央本部大会で養護学校義務化反対の方針が採択される

九月三日、舞鶴市に「まいづる共同作業所」が開所される

十月一日、米国で全障害児教育法が施行される（メインストリーミング。重度、重複障害児を含めた全ての障害児を可能な限り地元の公立学校で健常児と共に教育する）／日本家族計画協会遺伝相談センターが設立される（厚生省外郭団体）／全国的に厚生省の施策として先天性代謝異常スクリーニングテスト（新生児より採血）が行われるようになる

十一月十九日、大阪太融寺で青い芝の会第三回全国大会開催（二十日まで。参加十八組織百三十名）、この年から翌年にかけて全国青い芝の会が分裂する

十二月、文部省が教育課程審議会に特殊教育部会を設置し、「盲学校、聾学校及び養護学校の小学部、中学部及び高等部の教育課程の改善について」諮問する／映画『春男の翔んだ空』（主演は永六輔）が公開される

＊この年と翌年に全国社会福祉協議会全国保母会が行った全国調査（全国保母会調査）によると、全国の保育園の三～四割が平均二名の障害児を受け入れるに至っている／滝乃川学園の河尾豊司が国立市の選管と交渉し、自分で書く能力のない知的障害者のために「指さし特定法」を認めさせる／知的障害をもつ梅谷尚司の校区の中学校への就学を求める運動が展開される／米国で発達障害者サービス基準が策定される（ノーマライゼーション原理に基づく評価基準）／米国ではこの年の時点で、オハイオとミシシッピーを除く全ての州の州法が、義務教育の対象に障害児を含めている／韓国で特殊教育推進法が制定される

昭和五十三年（一九七八年）

・日本精神薄弱者愛護協会『精神薄弱児の問題行動』（一月）
・灰谷健次郎『ひとりぼっちの動物園』（一月　あかね書房）
・針ヶ谷洋子「真実はひとつ」（『文芸春秋』一月）
・大熊喜代松『ちえ遅れの子のことばの育て方』（二月　日本文化科学社）
・中根晃『自閉症研究』（二月　金剛出版）
・畑山博「罠（わな）」（『文芸春秋』二月）
・井田範美『精神薄弱児指導入門』（三月　明治図書）
・井村信行他編『一人ひとりを生かして』（三月　めいけい出版）
・全国障害者問題研究会全国事務局編『養護学校義務制阻止論批判』（三月）
・手塚治虫「山猫少年」（『週刊少年チャンピオン』三月）
・東京都心身障害者福祉センター編『精神薄弱者の職業指導』（三月）
・中村健二他編『精神薄弱者の就労』（三月　日本文化科学社）
・小澤勲『幼児自閉症論の再検討』（四月　ルガール社）
・西谷三四郎『精神薄弱の医学と教育』（四月　福村出版）
・西谷三四郎監修『精神薄弱教育の基礎理論と実践』（四月　日本図書文化協会）
・原隆「『出来る子』を見捨てるな」（『文芸春秋』四月）
・丹治初彦・幸田律『ドキュメント　甲山事件』（五月　市民評論社）
・宮崎直男編『指導内容・方法の実践研究』（五月　教育出版）
・山下勲編『精神薄弱児の教育臨床』（五月　福村出版）
・レオ・カナー『幼児自閉症の研究』（十亀史郎他訳　五月　黎明書房）
・岩楯恵美子『私も学校へ行きたい』（六月　柘植書房）
・岡崎英彦『障害児と共に三十年　施設の医師として』（六月　医療図書出版社）
・津島佑子『寵児』（六月　河出書房新社）
・津島佑子「人ちがい」（『新潮』六月）
・柚木馥『障害児保育の方法』（六月　教育出版）
・菅修『医学的心理学』（七月　日本精神薄弱者愛護協会）
・福井達雨『僕たち心で勝つんや』（七月　柏樹社）
・森正子『はぐくむ　自閉の世界をひらく母と子の記録』（七月　ぶどう社）
・大西巨人『神聖喜劇』（全五巻　七月～昭和五十五年四月　光文社）
・小田晋「知恵遅れと未来学」（『現代思想』九月）
・近藤原理・中谷義人『ちえ遅れの子どもの国語　一』（九月　学習研究社）
・労働省職業安定局業務指導課編『精神薄弱者の雇用の促進と安定のために』（九月　身体障害者雇用促進協会）
・小杉隆「美濃部亮吉の失敗」（『文芸春秋』十月）
・J・S・モロエ『母が育てるちえ遅れの子の話しことば』（松岡武他訳　十月　日本文化科学社）
・篠原睦治「養護学校義務化・発達診断表批判」（『朝日新聞夕刊』十月）
・スベドリイ『わたしたちのトビアス』（山内清子訳　十月　偕成社）

知的障害に関する記述を含む作品・事項一覧（1978年）

・田口則良編『ちえ遅れの子の学習意欲を高める授業の実際』（十月　北大路書房）
・詫間晋平編『障害児教育の教育工学』（十月　教育出版）
・津田道夫・斉藤光正編『養護学校義務化と学校選択』（十月　三一書房）
・ハリエット・M・バートレット『社会福祉実践の共通基盤』（小松源助訳　十月　ミネルヴァ書房）
・福井達雨『子供に生かされ子供を生きる』（十月　柏樹社）
・石川博也他「胎内原爆被爆による精神遅滞」（『精神医学』十一月）
・高谷清『子どもの発達と障害』（十一月　医療図書出版社）
・灰谷健次郎「ある人間集団につきあって」（『児童文学』十一月）
・文部省『特殊教育百年史』（十一月　東洋館出版社）
・米光みつ子『心身障害児自立のための養護・訓練の実際』（十一月　日本図書文化協会）
・辻邦生「樹の声　海の声」（『朝日ジャーナル』十一月～昭和五十六年十二月）
・岡田道智・鴨井慶雄『この子らと生きて』（十二月　新日本出版社）
・塩野寛・門脇純一『ダウン症候群』（十二月　南江堂）
・身体障害者雇用促進協会編『精神薄弱者の援護体制の現状と将来』（十二月）
・高木彬光「万華の断片」（『野性時代』十二月）
・向野幾世『お母さん、ぼくが生まれてごめんなさい』（十二月　サンケイ出版）

二月九日、神奈川青い芝の会が養護学校義務化問題で神奈川県長洲知事と話し合う／**二十日**、厚生省社会局長、児童家庭局長が「社会福祉施設長の資格要件について」通知する（七月から全国社会福祉協議会社会福祉研修センターが認定講習を開始）

三月、東京都公立小学校長会が昭和五十三年度普通学級における重度心身障害児の調査報告をする（普通学校から障害児排除の方向）

四月一日、仙台市立鶴谷養護学校が開校する／**十五日**、厚生省が在宅重度知的障害者訪問診査事業を実施する

五月、関西青い芝の会が解散する／英国のウォーノック委員会（英国障害児教育委員会）が、学校教育におけるインテグレーション（障害者を隔離せず、一般社会で共に学び生活していこうとする、福祉・教育の理念）を目標として掲げる

六月二十四日、東京で共同作業所全国連絡会の第一回全国集会が開催される（二十六日まで）／行政監察庁が「心身障害児の教育及び保護育成に関する行政監察結果に基づく勧告」を発表する／厚生省が保育所における障害児受け入れを指導する

七月、東京都特殊学級設置校長協会が特殊学級における重度・重複児対策についてアンケート調査の報告をする

八月十三日、日本テレビでドキュメンタリー『原爆・この夏に百合子よ……』が放送される／**十八日**、文部省が学校教育法施行令及び学校保健法施行令の一部改正政令を公布する（養護学校義務化に向けて学齢簿作成と就学時健診の時期を早めることなど）／**二十六日**、NTV24時間チャリティ番組が放送開始／特殊教育に関する研究会が文部省に対し、軽度心身障害児に対する学校教育の在り方（報告）案を提出する（別紙として「精

神薄弱者のための発達診断表について」付加）／共同作業所全国連絡会『共同作業所全国連絡会全国集会報告集』（第一回）が出版される／札幌市精神薄弱者育成会が社会復帰共同作業所をつくる

九月二十二日、大阪で、「障害児の教育と生活を保障しよう市民の会」が河内地区七教委と、障害児の就学につき「地域校区校を原則に」「親の意見尊重」の確認書を交わす（同月二十六日には泉州地域五市一町も同様確認）

十月六日、文部省が「教育上特別な扱いを要する児童の教育措置について」通達、知的障害の程度が分類され、教育との関係が示唆される（昭和三十七年十月十八日の通達の実質上の撤廃）／**二十八日**、止揚学園を中心に養護学校義務制化反対大行進が実施される（十一月十七日まで）／大阪十五教組が「どの子も地域・校区の学校へ」をテーマに集会を開催する（日本教職員組合内でも地域就学運動が広がる）

十一月十六日、特殊教育百年記念式典が挙行される

十二月十九日、中央児童福祉審議会が「心身障害児・者対策に関する当面の改善充実について」答申する（心身障害児の地域社会や在宅での福祉施策をきめ細かく具体化、養護学校義務化にともない施設入所児童に対して医療・福祉面の配慮が必要とする）／**二十五日**、『季刊福祉労働　障害者・保育・教育の総合誌』（現代書館）が刊行される／労働省が身体障害者雇用促進法のうち職業紹介、適応訓練、雇用助成措置等について知的障害者にも適用拡大を実施する／全国障害者解放運動連絡会議と十一地域養護学校義務化阻止共闘会議共催の全国集会が開催され、文部省と交渉する

＊東京都が精神薄弱者生活寮を創設する／全国障害者問題研究会第十二回大会アピールで養護学校義務制の意義を認める／東京都公立小学校長会がパンフ『普通学級における重度心身障害児の調査』を発行する／札幌市の数人の事業主が集まり「職親会」が発足する／米国で発達障害者の権利擁護のための非営利組織PAIが設立される（①法律上、行政手続上、その他の適切な解決策の追求及び情報の提供と照合、②障害者の虐待、放置に関する事実の調査、③政策立案者に対する教育。運営理事会は障害者本人、家族、後見人、支援者、当該個人から権限を与えられた代理人によって構成）／知的障害者組織People Firstがこの年までに米国のカリフォルニア、カンザス、ワシントン、ネブラスカの各州、カナダのオンタリオ、アルバーク州で州大会を開催

昭和五十四年（一九七九年）

・種村季弘『書物漫遊記』（一月　筑摩書房）
・藤本拡「愛知教育大の差別教育問題」（『クリニカルサイコロジスト』一月）
・山口瞳『血族』（一月　文芸春秋）
・山本健吉「グラビア　読者応募　私が撮った有名人」（『サンデー毎日』一月）
・横溝正史「悪霊島」（『野性時代』一月～翌年五月）
・A・シュトラウス他『脳障害児の精神病理と教育』（伊藤隆二・角本順次訳　二月　福村出版）
・ウォルター・H・エラーズ他『精神遅滞児の教育』（平田永哲訳　二月　学芸図書）

知的障害に関する記述を含む作品・事項一覧（1978年～79年）

・大岡昇平「隣人大江健三郎」（『国文学』二月）
・神尾裕治『重複障害児教育』（二月　三一書房）
・日本臨床心理学会編『心理テスト　その虚構と現実』（二月　現代書館）
・平井信義『自閉児の保育と教育』（二月　教育出版）
・宮城まり子『画集　ねむの木の詩　子どものまり子へのお話』（二月）
・小島敦夫「登校拒否児を荒海へ出せ」（『文芸春秋』三月）
・中山千夏「子役の時間」（『別冊文芸春秋』三月）
・深谷照子『ぼく10まで書けたよ』（三月　日本文化科学社）
・福井達雨編『子どものためにではなく共に』（三月　明治図書）
・玉井収介『自閉児の言語』（四月　日本文化科学社）
・レーヴィス他『脳障害児の話』（伊藤隆二訳　四月　福村出版）
・懸田克躬『現代精神医学大系　第十六巻』（A～C　四月～翌年四月　中山書店）
・久里浜の教育同人会『障害をもつ子どもの教材・教具』（五月　教育出版）
・近藤原理編『ともに生きるということ』（五月　明治図書）
・清水一行『捜査一課長』（五月　祥伝社）
・堤玲子『修羅の記』（五月　白夜書房）
・本田靖春「国家　完結篇」（『文芸春秋』五月）
・西村章次『実践と発達の診断　障害児の発達と育児・保育・教育実践』（六月　ぶどう社）
・松原太郎『精神薄弱医学』（六月　日本精神薄弱者愛護協会）
・宮崎直男編『これからの精神薄弱教育一問一答』（六月　第一法規出版）
・望月勝久『戦後精神薄弱教育方法史』（六月　黎明書房）
・鹿児島県精神薄弱者育成会『鹿児島県精神薄弱者育成会創立20周年記念誌』（七月）
・全日本特殊教育研究連盟編『日本の精神薄弱教育　戦後三十年』（全六巻　七月　日本文化科学社）
・原田泰治『草ぶえの詩』（七月　講談社）
・磯野恭子『聞こえるよ、母さんの声が　原爆の子・百合子』（八月　労働教育センター）
・身体障害者雇用促進協会編『精神薄弱者の就職状況』（八月）
・原井利夫『精神薄弱者の福祉　自立と援護のために』（八月　日本文化科学社）
・山下清『裸の大将放浪記』（全四巻　八月　ノーベル書房）
・今村昌平「ヨコスカ裏街道の住人たち」（『文芸春秋』九月）
・M・マイケル・クレーバー『子どもが育つ施設とは　精神薄弱施設の実証的研究』（田ケ谷雅夫訳　九月　日本精神薄弱者愛護協会）
・森上史朗・柚木馥『障害児の言語治療教育』（九月　学苑社）
・渡部昇一他「文豪・修道院・支那学」（『文芸春秋』九月）
・新井竹子『本は僕らの友だち　障害児も参加した地域文庫活動』（十月　ぶどう社）
・筒井康隆『宇宙衛生博覧会』（十月　新潮社）
・テオドール・ヘルブルッゲ『モンテッソーリ治療教育法』（西本順次郎他訳　十月　明治図書）
・編集部「PR　山下清「裸の大将放浪記」に話題」（『週刊新

潮』十月）

・宮崎直男編『精神薄弱教育における進路指導』（十月　教育出版）

・池田太郎『精神薄弱児・者の生きがいを求めて』（十一月　日本精神薄弱者愛護協会）

・位頭義仁『ちえ遅れの子どもの統合・交流教育』（十一月　教育出版）

・奥田真丈・熱海則夫編『心身障害児教育』（十一月　ぎょうせい）

・菅修『治療教育学』（十一月　日本精神薄弱者愛護協会）

・灰谷健次郎『教えることと学ぶこと』（十一月　小学館）

・新谷敬三郎『『白痴』を読む』（十二月　白水社）

・梅谷忠勇『知能と弁別学習過程の研究　普通児との比較による精神薄弱児の分析』（十二月　風間書房）

・小鴨英夫編『心身障害児の心理と指導』（十二月　福村出版）

・田村一二『開墾　石山学園をはじめた頃』（十二月　北大路書房）

・灰谷健次郎「灰色の畑と緑の畑」（『日本児童文学別冊・世界児童文学100選』十二月）

・武藤禎夫編『噺本大系　第十九巻』「白痴物語」（十二月　東京堂出版）

一月、全国障害者解放運動連絡会議と二十二地区の養護学校義務化阻止共闘会議が文部省前に一週間の座り込みを行う（二十二都府県へ全国キャラバン、各政党、関係労組に意見を聞く会を開く。『養護学校はあかんねん』上映運動拡大、上映は同年三月か）

二月十五日、障害児の教育と生活を保障しよう市民の会が大阪連合会として再出発する／**十七日**、大阪で、地域の校区で「障害児」の教育を保障させる学者・研究者の会が発足する／特殊教育百年記念会が開催される（全国特殊教育推進連盟等）

三月十一日、日本テレビでドキュメンタリー『聞こえるよ母さんの声が―原爆の子・百合子』が放送される（制作は磯野恭子。原爆小頭症による知的障害をもつ畠中百合子に取材。のち芸術祭大賞やベルリン未来賞など受賞）／厚生省が精神薄弱児施設等入所児童の処遇と就学機会の確保について通達する（就学機会の確保、施設の療育機能の強化等）／全国青い芝の会が全国障害者解放運動連絡会議から脱退宣言をする

四月一日、養護学校義務制実施、文部省が「訪問指導の制度化について」通達する／**二十三日**、厚生省が「障害児保育費の国庫補助について」通知する（補助金の交付については別紙「障害児保育費補助金交付要綱」による）／厚生省が「知的障害児施設入所児童の処遇と就学機会の確保について」通知する／厚生省が知的障害者通所援護事業実施要綱を施行する／映画『茗荷村見聞記』（主演は長門裕之）が公開される

六月五日、厚生省が障害者福祉都市（人口十万人以上の百五十市）を指定する（福祉サービスの体系的実施、心身障害児の早期療育、市民啓発等）／**八日**、中央教育審議会が地域社会への学校開放の促進等を文相に提言する／**二十一日**、国会が国際人権規約A規約及びB規約を批准する（八月四日公布）／全国障害者解放運動連絡会議と九地区の養護学校義務化阻止共闘会議主催で、養護学校義務化阻止全国総決起集会が開かれる（地域就学闘争の強化を方針化）

七月二日、文部省が盲・聾及び養護学校の小・中・高等部の学習指導要領を改訂する／**十一日**、精神薄弱者福祉ホーム制度が発足する／文部省が特殊教育諸学校の学習指導要領を改訂する（交流学習の実践化、訪問教育を受けている児童・生徒に養護・訓練を主に指導してよい等の措置を盛り込む）

八月十日、障害者問題総合誌『そよ風のように街に出よう　障害者問題総合誌』（りぼん社）が創刊される

九月十一日、野田事件がおこる（女児殺害事件につき、知的障害をもつ男性について有罪判決が確定したが、冤罪の疑いがもたれている）

十月十五日、大崎事件がおこる（鹿児島県曽於郡大崎町の自宅併設の牛小屋堆肥置き場で家主の遺体が発見される。冤罪が疑われる事件で、知的・精神障害の傾向がある共犯者等の自白の信用性が問題とされ、再審請求の申立をしたが、認められず。平成二十二年八月、第二回再審請求）

十二月十七日、国連総会が国際障害者年のテーマを完全参加と平等に改め、国際障害者年行動計画を採択する

＊この年から文部省は全国の小中学校のなかから心身障害児理解推進校を指定／心身障害児総合通園センターが制度化される／しいのみ学園が養護学校義務制にともない、就学前の知的障害児通園施設になる／札幌いちご会の小山内美智子が、スウェーデンの知的障害者を対象とした施設等を訪問、同じ障害をもつオーサと知り合う／視覚・知的障害をもつ石川重郎の地域の小学校への転校を求める運動が展開される／米国ペンシルバニア州でアームストロング対クラインの裁判事件がおこる／ローナ・ウィングとジュディス・グールドがロンドンの特定の地区に暮らす子供を対象に疫学調査を行う（自閉症児、知的障害児を対象。自閉症の主な障害は本質的に社会的なものと考えられるようになる）

昭和五十五年（一九八〇年）

・東京学芸大学附属養護学校編『精神薄弱児の国語指導』（一月　学芸図書）
・東京54年度養護学校義務化阻止共闘会議編『どの子も地域の学校へ』（一月　柘植書房）
・中島雄一「そよ風のように純子が歩くとき」（『朝日ジャーナル』一月）
・R・ブリンクワース『ダウン症児のために』（宮下俊彦他訳　一月　日本放送出版協会）
・W・M・クリュックシャンク『学習障害児の心理と教育』（伊藤隆二・中野善達訳編　二月　誠信書房）
・大塚達雄『障害をもつ人達と共に　心のかよう福祉を』（二月　ミネルヴァ書房）
・佐藤成之『精神薄弱特殊学級指導の実際』（二月　第一法規出版）
・島尾敏雄「痣」（『文芸春秋』二月）
・牛島義友編『この子らに何を学ぶか』（三月　慶応通信）
・小林重雄編『自閉症児』（三月　川島書店）
・田村一二『この子らと共に』（三月　雷鳥社）
・東京都社会福祉協議会精神薄弱者問題研究委員会編『精神薄弱児者収容施設の処遇研究』（三月）
・西ドイツ教育審議会『西ドイツの障害児教育』（井谷善則訳

三月　明治図書）
・望月勝久『行動・性格特性にもとづく精神薄弱類型の研究』（三月　黎明書房）
・ゲ・エム・ドゥーリネフ『ちえおくれの子の発達と労働教育』（大井清吉他訳　四月　ぶどう社）
・子供問題研究会『子どもに学び子どもと共に』（四月　教育出版）
・昌子武司『自閉児と情緒』（四月　教育出版）
・たけうちまさきえ他編『ボスがきた』（四月　偕成社）
・日本臨床心理学会編『戦後特殊教育・その構造と論理の批判』（四月　社会評論社）
・福井達雨『子どもの笑顔を消さないで』（四月　日本基督教団出版局）
・牛島義友編『障害児教育とコミュニティー』（五月　慶応通信）
・大野智也『いま障害児福祉は』（五月　ぶどう社）
・黒丸正四郎・上出弘之編『問題行動に対する医学と教育』（五月　学習研究社）
・近藤えい子『報春花　のぎくの子らと26年』（五月　明治図書）
・佐々木正美『講座　自閉症児の学習指導　脳機能の統合訓練をめざして』（五月　学習研究社）
・吉岡伸編『精神薄弱児教育学習指導案事例集』（五月　めいけい出版）
・梅津耕作編『自閉児の行動評定』（六月　金子書房）
・精神薄弱問題史研究会編『人物でつづる精神薄弱教育史』（六月　日本文化科学社）
・田中美郷『小児のことばの障害』（六月　医歯薬出版）
・福井達雨編『みんなみんなぼくのともだち』（六月　偕成社）
・宮城教育大学附属養護学校編『精神薄弱児教育における遊びから作業へ』（六月　第一法規出版）
・吉田司「下下戦記」（『季刊人間雑誌』六月～十二月）
・牛島義友『福祉の哲学と技術』（七月　慶応通信）
・辻邦生「傲り　エラスムスの肖像」（『文芸春秋』七月）
・N・M・ロビンソン『精神遅滞児の心理学』（伊藤隆二編訳　七月　日本文化科学社）
・本田雅和「通学拒否された障害児」（『朝日ジャーナル』七月）
・面條義清「養護学校義務化からの1年間」（『朝日ジャーナル』七月）
・灰谷健次郎『手と目と声と』（八月　理論社）
・宮崎隆太郎『障害児がいて見えてきた』（八月　三一書房）
・茂木俊彦・高村瑛子編『障害児保育入門』（八月　全国障害者問題研究会出版部）
・田中農夫男編『心身障害児の心理』（九月　福村出版）
・石井勲『親こそ最良の教師　心身障害児を甦らせた漢字教育の実際』（十月　グリーンアロー出版社）
・エドアール・セガン『知能障害児の教育』（中野善達訳　十月　福村出版）
・身体障害者雇用促進協会編『精神薄弱者の職域拡大と雇用の促進』（十月）
・田村一二『ぜんざいには塩がいる』（十月　柏樹社）
・水田善次郎『ダウン症児の心理と指導』（十月　学苑社）

・愛知県教育センター『特殊学級（精神薄弱）教育課程案』（十一月）
・津曲裕次『精神薄弱問題史概説』（十一月　川島書店）
・寺山千代子『自閉児の発達と指導　言語を中心とした実態と発達への援助』（十一月　教育出版）
・宮崎直男『精神薄弱養護学校・特殊学級新指導要録必携』（十一月　第一法規出版）
・和歌山県手をつなぐ親の会編『和歌山県における精神薄弱児者の福祉行政特殊教育及び手をつなぐ親の会の現状と課題』（十一月　全日本精神薄弱者育成会）
・東正監修『障害児のための一人ひとりを生かす授業の構想』（十二月　教育出版）
・大阪・15教職員組合連合会編『みんな一緒に学校へ行くんや』（十二月　現代書館）
・近藤原理・中谷義人『ちえ遅れの子どもの国語　二』（十二月　学習研究社）
・又吉栄喜「ギンネム屋敷」（『すばる』十二月）
・山下恒男編『知能神話』（十二月　JICC出版局）

一月一日、デンマークで社会サービス法が施行される（障害の有無に拘らず、特定のニーズをもつ人に対する社会サービスを規定）／広島市に精薄者施設「もみじ作業所」が開設される

二月二十二日、厚生省が「保育所への障害児受け入れについて」通知する／厚生省が特別児童扶養手当対象を拡大する（中程度児にも支給、国籍要件撤廃）

三月二十五日、政府が国際障害者年推進本部を設置する（本部長は首相、事務局は総理府。昭和五十七年四月に改組、障害者対策推進本部を設置。平成八年一月、障害者施策推進本部と改称）／文部省が「幼稚園における心身障害幼児の実態調査」の結果をまとめる

四月一日、北海道夕張市に知的障害者更生施設「清水沢学園」が開設される（同学園の手織り工房レラはさをり織りをつくることで知られる）／東京都心身障害者福祉センターが自立生活プログラムを開始する（平成元年三月まで）／国際障害者年日本推進協議会が設立される

五月一日、現在、特殊教育諸学校は国・公・私立合計で八百三十五校（精神薄弱は四百二校）、在学児童生徒数は六万八千百六十九人（精神薄弱は三万五千四百六十七人）、小・中学校特殊学級数は二万千六十学級（精神薄弱は一万六千七百三十一学級）、特殊学級在籍児童生徒数は十一万三千二百人（精神薄弱は九万百八人）／東京都が梅ヶ丘病院を自閉症施設に指定する

六月一日、テレビドラマ『裸の大将放浪記』が始まる（主演は芦屋雁之助。平成九年まで。平成十七年に再放送）／豊中市にAZ作業所が開所される

七月二十六日、厚生省が心身障害児（者）施設地域療育事業実施要綱を施行する

八月一日、スウェーデンで障害者の雇用の場を確保するため政府機関として「SAMHALL」（サムハル）が設立される（国営企業）／**十二日**、中央心身障害者対策協議会が「国際障害者年事業の在り方について」を意見具申する／**十五日**、埼玉社会福祉研究会（代表は八木下浩一）がスウェーデン訪問、同国の障害者と交流する／**十九日**、国際障害者年推進本部が国際障害者年事業の推進方針を決定する（障害者の日（十二月九日）の制定、

身障者総合福祉センター設立）／二十日、国連がウィーンで国際障害者年諮問委員会を開催する（二十九日まで）／岡山県精神薄弱者育成会大会で、「ひとりひとりの声を聞こう」がテーマとして取り上げられる

九月、広島県精神薄弱者育成会大会で、九名の精神薄弱者が登壇し、意見発表をするという試みがなされる

十月十九日、島田療育園病棟職員安藤喜久夫、自殺（職員の入所者への待遇や運営管理体制をめぐって管理者、父母会が対立、園内紛糾、労働争議がおこる）

十二月二十九日、政府が閣議で八十一年度政府予算を決定する（社会保障関係費八兆八千三百六十九億円、対前年度比七・六％増）

＊小規模通所授産施設が創設される／大阪青い芝の会が生活要求一斉調査を開始する／辰見敏夫が幼少研式辰見・ビネー知能検査法を公表する（三歳から八歳児を対象）／文部省がパンフ『心身障害児の理解のために』を各学校に配布する／神奈川県小田原市育成会が組織として初めて知的障害当事者を正会員として受け入れる／季刊『発達』（ミネルヴァ書房）が創刊される／隠岐で精神薄弱者更生施設「仁万の里」が開設される／スウェーデンで知的障害者協会（ＦＵＢ）が障害者本人を正会員とする／米国オレゴン州ポートランドで知的障害者組織People First International 第一回会議が開催される／ＷＨＯが国際疾病分類（ＩＣＤ－10）を発表する／ＷＨＯが国際障害分類試案（ＩＣＩＤＨ）を発表する（機能障害、能力低下、社会的不利の三層に区分。二〇〇一年五月、国際生活機能分類（ＩＣＦ）に）

昭和五十六年（一九八一年）

・北杜夫「マンボウ人間博物館①」（『文芸春秋』一月）
・西村寿行『老人と狩りをしない猟犬物語』（一月　角川書店）
・福井達雨編『こわいことなんかあらへん』（一月　偕成社）
・北杜夫「マンボウ人間博物館②」（『文芸春秋』二月）
・高橋泰子『小さないのちの歌』（二月　ポプラ社）
・灰谷健次郎「太陽の眼」（『太陽』二月〜十二月）
・大倉信子・植垣一彦『蟻の歩みよりも遅くして』（三月　現代書館）
・教員養成大学・学部教官研究集会特殊教育部会編『特殊教育の研究』（三月　金子書房）
・篠原睦治「書評　『みんな一緒に学校へ行くんや』」（『朝日ジャーナル』三月）
・灰谷健次郎『わたしの出会った子どもたち』（三月　新潮社）
・山下勲『精神薄弱児の学校教育』（三月　北大路書房）
・R. I. Mackay『精神薄弱の臨床』（新井清三郎訳　三月　日本小児医事出版社）
・大泉溥『障害者の生活と教育』（四月　民衆社）
・北杜夫「箪笥とミカン」（『別冊文芸春秋』四月）
・小石隆常『ダウン症児と共に』（四月　学苑社）
・篠原央憲『山下清の秘密』（四月　ＫＫロングセラーズ）
・清水寛『障害児教育とはなにか』（四月　青木書店）
・高橋揆一郎「炭火赫く」（『別冊文芸春秋』四月）
・Ｄ・Ｗ・スミス他『ダウン症候群』（長崎ダウン症児研究会訳　四月　学苑社）
・灰谷健次郎「ものの聲ひとの聲」（『ファミリーサークル』四

月）
・灰谷健次郎『きみはダックス先生がきらいか』（四月　大日本図書）
・上出弘之・伊藤隆二編『治療教育講座　七』（五月　福村出版）
・北杜夫『父っちゃんは大変人』（五月　文芸春秋）
・宮本百合子『宮本百合子全集　第十八巻』「一九二七年春より」「海辺小曲」（五月　新日本出版社）
・小山内美智子『足指でつづったスウェーデン日記』（六月　朝日新聞社）
・高橋彰彦・渡辺映子『精神薄弱ハンドブック』（六月　日本精神薄弱者愛護協会）
・山口薫『精神薄弱教育における教育課程編成のために』（六月　学習研究社）
・R・コッホ『精神遅滞児の理解のために』（伊藤隆二訳　六月　日本文化科学社）
・川上宗薫「柵の中」（『別冊文芸春秋』七月）
・北杜夫「マンボウ人間博物館⑦」（『文芸春秋』七月）
・塚田裕三他「脳ミソは使うに限る」（『文芸春秋』七月）
・萩野雄二『生きとるでェ』（七月　ぶどう社）
・宮崎隆太郎編『普通学級の中の障害児　知恵おくれ、自閉症児の統合教育の試み』（七月　三一書房）
・片倉信夫『自閉症とは　どうしてよいかわからない子どもの教育法』（八月　教育出版）
・黒藪次男『ぼくこんなにかしこくなった』（八月　民衆社）
・小塩偕子『戸を叩きつづけて』（八月　教育出版）
・近藤原理『障害児学級の仕事』（八月　明治図書）
・全国国立大学附属学校連盟特殊学校部会編『ちえ遅れの子どもの国語　三』（八月　学習研究社）
・灰谷健次郎「山本周五郎の文学とわたし」（『波』八月）
・平野日出男『私の重複障害児教育20年』（八月　明治図書）
・編集部「映画漫歩」（『文芸春秋』八月）
・柚木馥他編『障害をもつ子どもの親の悩み相談室』（八月　教育出版）
・平井信義・村田保太郎編『自閉児指導シリーズ』（全五巻　八月～昭和五十八年一月　教育出版）
・津田道夫・斉藤光正『障害者教育と「共生・共育」論批判』（九月　三一書房）
・石津純恵『精神薄弱の早期発見と治療的教育の実際』（十月　石津教育相談研究所）
・江尻彰良『おれたちの生きざし』（十月　風媒社）
・小林静江「障害児と健常児のふれ合いの場を」（『朝日ジャーナル』十月）
・ジェー・イ・シッフ『精神遅滞児の言語と思考』（山口薫他訳　十月　教育出版）
・心身障害児教育財団企画編集『特殊教育三十年の歩み　戦後を支えた人と業績』（十月　教育出版）
・田中昌人・田中杉恵『子どもの発達と診断１』（十月　大月書店）
・夏樹静子「老後への幻想と現実」（『文芸春秋』十月）
・編集部「学校をひらく　「よだれ」は汚いか」（『朝日ジャーナル』十月）

・三浦俊雄『マコちゃん、ごめんね』（十月　教育報道社）
・山下清『裸の大将ヨーロッパを行く』（十月　ノーベル書房）
・R・エジャトン『精神遅滞』（上野一彦他訳　十月　サイエンス社）
・津曲裕次『精神薄弱者施設史論』（十一月　誠信書房）
・マルチ・J・ハンソン『ダウン症乳幼児のステップ指導』（佐藤親雄監訳　十一月　学苑社）
・水野佐知子『自閉児を社会参加へ　20歳になった信夫のあゆみ』（十一月　教育出版）
・西村寿行『闇の法廷』（十二月　文芸春秋）
・日本共産党『障害者の生きがいある社会を』（十二月）
・灰谷健次郎『オオカミがジャガイモ食べて』（十二月　小学館）
・林景東『遅れても翼ひろげて』（十二月　一光社）
・宮崎直男『精神薄弱特殊学級の生活科指導』（十二月　東洋館出版社）
・宮田親平「メディカルセミナー1991年」（『文芸春秋臨時増刊号』十二月）
・宮本百合子『宮本百合子全集　第二十九巻』「悲しめる心」「熱」（十二月　新日本出版社）
・文部省『交流教育の実際　心身障害児とともに』（発行月不明）

一月一日、鈴木首相が「国際障害者年を迎えて」声明を発表する／全国社会福祉協議会が国際障害者年における社協活動推進要綱を実施する／日本労働組合総評議会が可能な都道府県に障害者団体と労組の共闘組織をつくるよう呼び掛ける（大阪では国際障害者年を機に障害者の自立と完全参加を求める大阪連絡会議が発足、解放研究集会開催。兵庫では障害者問題を考える兵庫県連絡会議結成）

三月一日、兵庫県尼崎市に尼崎医療生協病院が開設される

五月三日、NHKで大津市の脳性麻痺への取り組みを扱ったドキュメンタリー番組『ゆきちゃん　ひろちゃん　がんばれ　がんばれ』が放映される／障害者団体と日本労働組合総評議会が共催で、幼い時からの障害者の所得保障を要求する中央集会を開く／衆参両院で完全参加と平等の実現を図る決議が採択される（六月まで）

六月、心身障害者雇用奨励金が廃止され、特定求職者雇用開発助成金制度が創設される

七月一日、環境庁企画調整局環境保健部長が小児水俣病の判断条件について通知する（「第二　小児水俣病の判断について」の「(2)臨床症候について」に「ア、知能障害があり、かつ、運動障害を前景とする種々の程度の神経障害が認められること。」とある）／脳性マヒ者等全身性障害者問題研究会が中間報告書を提出する（座長は仲村優一。全身性障害者の生活をめぐる諸問題、自立生活を実現するための方策のあり方）

八月十三日、米国で八十一年予算一括調整法により社会保障が大幅に減額される／日本障害者リハビリテーション協会の雑誌『障害者の福祉』が創刊される（継続後誌は『ノーマライゼーション　障害者の福祉』）

九月、障害児を普通学校へ・全国連絡会が結成される

十月、東京で第一回国際アビリンピックが開催される／全国障害者解放運動連絡会議関西ブロックが「障害者職よこせ！」集

会を開催する
十一月二十八日、政府が十二月九日を障害者の日とする／**二十八日**、国際障害者年日本推進協議会主催で国民会議が開催される（日本青年館）／**二十九日**、国際障害者年日本推進協議会がNHKホールで開催され、国際障害者年長期行動計画が発表される／**三十日**、シンガポールでDPI（障害者インターナショナル）結成大会が開催される（十二月四日まで。参加五十三ヶ国、四百人。DPIはWHOの諮問機関でもあり、最高決定機関はDPI世界評議会）／日本労働組合総評議会の呼び掛けで第一回障害者と労働者の連帯集会が開催される（障害者の生活保障を要求する連絡会議・視覚障害者労働問題協議会（視労協）・全国障害者解放運動連絡会議の共闘始まる。平成元年まで毎年開催。三団体が中心となり連帯集会に連続して「全国障害者職よこせ行動」）／大阪で「国際障害者年をブッ飛ばせ！'81」が開催される（ロックコンサートや模擬店、バザー等のイベント）
十二月二十八日、政府が八十二年度政府予算案を決定する（社会保障関係費九兆百九億二千七百万円、対前年比二・九％増）
＊日本教職員組合が運動方針から養護学校・特殊学級の増設に関わる部分を削除、養護学校義務化の問題点を洗い出し、解決に向け取り組むことにする／文部省がパンフ『交流教育の実際』を各学校に配布する／日本で初めての自閉症成人施設（法的には精神薄弱者更生施設）が設立される／韓国で心身障害者福祉法が制定される／スウェーデンで知的障害児（者）の会（FUB）が施設の早期解体を掲げる

昭和五十七年（一九八二年）

・遠藤滋・芝本博志『苦海をいかでかわたるべき　上』（一月　社会評論社）
・大川原潔『新訂特殊教育用語辞典』（一月　第一法規出版）
・養護訓練指導研究会編『〝障害児のための〟手の使い方の指導』（一月　第一法規出版）
・足立倫行「百歳への挑戦」（『文芸春秋』二月）
・児玉哲秀「自閉症施設に揺れるニュータウン」（『朝日ジャーナル』二月）
・福井達雨編『みなみの島へいったんや』（二月　偕成社）
・国立特殊教育総合研究所精神薄弱教育研究部『精神薄弱児の認知能力診断学習装置の試作研究』（三月）
・藤原正人編『重度・重複障害児の教育　久里浜養護学校の教育実践報告』（三月　光生館）
・ロジャー・シャタック『アヴェロンの野生児』（生月雅子訳　三月　家政教育社）
・河添邦俊『障害児指導のみちすじ』（四月　ミネルヴァ書房）
・近藤原理『ちえ遅れのおとなたちと　障害者との共同生活の家・なずな園からの報告』（四月　ぶどう社）
・佐藤愛編『心身障害児の医学』（四月　福村出版）
・中上健次「カンナカムイの翼」（『文芸』四月）
・嶋岡晨「《ポー》の立つ時間」（『すばる』五月
・福井達雨『ほんものとの出会い』(五月 現代出版)
・福井達雨・E・ストローム『神様が笑った』（五月　柏樹社）
・水田善次郎『ダウン症者の社会生活』（五月　学苑社）
・宮崎直男『最新精神薄弱児指導の実践』（五月　第一法規出

版）

・出内智子『きたえる』（六月　学苑社）

・大岡昇平『大岡昇平集　3』埴谷雄高「〈解説〉『野火』と『武蔵野夫人』」（六月　岩波書店）

・グニッラ・ベリィストロム『ごきげんボッラはなぜ人間!?　ビルとボッラのお話』（ビヤネール多美子訳　六月　偕成社）

・秦安雄『障害者の発達と労働』（六月　ミネルヴァ書房）

・宮崎直男他『精神薄弱特殊学級の国語指導』（六月　東洋館出版社）

・大江健三郎『「雨の木」を聴く女たち』（七月　新潮社）

・大野智也『はたらく障害者』（七月　ぶどう社）

・日本精神薄弱者愛護協会『はじめて施設に働くあなたへ』（七月）

・編集部「グラビア　昭和の顔60人　日本のゴッホ昭和30年」（『週刊文春』七月）

・茂木俊彦『障害児の発達と保育』（七月　青木書店）

・岡崎久彦「日露戦争が残したもの」（『文芸春秋』八月）

・加藤直樹・茂木俊彦『障害児の心理学』（八月　青木書店）

・近藤原理『あるがままに、あたり前に』（八月　明治図書）

・ヴォルフェンスベルガー『ノーマリゼーション　社会福祉サービスの本質』（中園康夫・清水貞夫編訳　九月　学苑社）

・開高健「お通夜みたい」（『文芸春秋』九月）

・香川紘子『足のない旅』（九月　聖文舎）

・昌子武司・浅野昭久『自閉児の言語獲得』（九月　教育出版）

・玉井収介『障害児のことばとコミュニケーション』（九月　教育出版）

・津島佑子『水府』「水府」（九月　河出書房新社）

・灰谷健次郎『灰谷健次郎と話す』（九月　理論社）

・安岡章太郎「帯に短く、襷に短し」（『文芸春秋』九月）

・河口栄二『我が子、葦舟に乗せて』（十月　新潮社）

・新井清三郎『障害児の病理・保健』（十一月　学芸図書）

・小林完吾『愛、見つけた』（十一月　二見書房）

・篠原睦治『「障害児」教育と人種問題』（十一月　現代書館）

・福井達雨『心のひびきのつたわりを』（十一月　柏樹社）

・フラナリー・オコナー『秘義と習俗』「ある少女の死」（上杉明訳　十一月　春秋社）

・小出進他編『講座発達障害』（全七巻　十二月　日本文化科学社）

・国立コロニーのぞみの園田中資料センター『わが国精神薄弱施設体系の形成過程』（十二月　心身障害者福祉協会）

・丹野由二他『精神薄弱児の指導と生活単元学習』（十二月　めいけい出版）

・津田道夫『障害者教育の歴史的成立』（十二月　三一書房）

・西村寿行『症候群』（十二月　光文社）

・古川加久平編『実践障害児教育シリーズ』（全五巻　十二月　教育出版）

・宮城まり子・福井達雨『心に燃えるもの』（十二月　現代出版）

一月十二日、島田療育園入所の女子園生の脱出を援助した職員の処分をきっかけに労働争議がおこる／**二十七日**、中央心身障害者対策協議会が「国際障害者年長期行動計画の在り方について」意見具申する／東日本初の自閉症施設「けやきの郷」が地域住民の強い反対で建設計画を変更する／米国でレーガン大統領が、一般教書で新連邦主義を表明する（福祉等公共部門の諸事業における連邦と州の役割分担の見直し。民営化への布石）
二月、身体障害者雇用審議会が「国際障害者年を契機とする今後の心身障害者の雇用対策の在り方について」を意見具申する
三月二十三日、政府が「障害者対策に関する長期計画」を発表する（国際障害者年推進本部。将来、知的障害者の雇用の義務化、障害者の能力等に応じた大学進学の機会確保、重度障害者を含む一般雇用の場の確保、授産事業の振興、住宅整備の推進等）
四月一日、国際障害者年推進本部が改組され、障害者対策推進本部が設置される／**十四日**、米国インディアナ州の最高裁が、ダウン症乳児に対し両親の死なせる権利を認める判決をだす／脳性マヒ者等全身性障害者問題研究会が報告書をまとめる
七月、障害に関する用語の整理に関する法律が公布される（恩給法、児童福祉法、相続税法等百六十二の法律の用語を改定。「白痴」は差別語とされ、「精神薄弱」が使われるようになる。他には、「廃疾」が「障害」または「疾病」に、「不具廃疾」が「重度障害」に、「奇形」が「形態上の異常」に）
八月二十日、中央児童福祉審議会障害関係三特別部会（会長は太宰博邦）が「心身障害児・者対策の充実」の要望書を提出する／愛知県豊明市で五十歳の兄と重度精神薄弱の妹がアパートで死亡しているのが発見される（兄が急性心不全で病死した後、妹が餓死したか）
九月九日、テレビドラマ『同心暁蘭之介　第四十四回　通り魔』（主演は杉良太郎）が放映される／厚生省が「心身障害児家庭奉仕員派遣事業について」通知する（低所得世帯限定を廃止し費用徴収制度を導入。家庭奉仕員三千二百九十八人増員）
十月七日、特殊教育研究調査協力者会議が「心身障害児に係る早期教育及び後期中等教育の在り方」の報告を行う
十一月三日、東京、京都、大阪、札幌で、'82優生保護法改悪反対集会が開催される
十二月三日、第三十七回国連総会、国際障害者年世界行動計画及び障害者に関する世界行動計画の実施を採択し、国連・障害者の十年（一九八三年～一九九二年）を宣言する／**九日**、総理府が「障害者の日」記念の集いを開催する（以降毎年開催）／**二十八日**、婦人議員懇談会が優生保護法改悪に全員一致で反対決議する／**三十日**、政府が閣議で八十三年度予算案を決定する（社会保障関係費九兆千三百九十六億円、対前年度比〇・六％増）／脳性麻痺による肢体不自由の障害をもつ女児の父母（長崎県諫早市）が、養護学校ではなく小学校普通学級への就学を求めて「就学学校決定処分等取消訴訟」をおこす（障害児の就学先をめぐる、初めての父母と行政側の訴訟。諫早市教育委員会は健康診断を実施し、「肢体不自由及び精神薄弱者」と判定、就学させるべき学校を養護学校とした）
＊文部省が報告書「心身障害児に係る早期教育及び後期中等教育の在り方」を公にする／各地で家庭奉仕員有料化反対運動が広がる／文部省がパンフ『心身障害児の教育の実際』を各学校に配布する／ケニア共和国ナイロビ市で第八回国際精神薄弱者育成会連盟世界会議が開かれ、スウェーデン等から精神薄弱者三十数名が参加、パネル・ディスカッションが行われる／スウェーデンで社会サービス法が施行される（一九九八年には新

社会サービス法が制定される）／フィンランドで社会福祉法が制定される／フィリピンでアクセシビリティ法が制定される（一九八四年に発効されるがほとんど実施されず）

昭和五十八年（一九八三年）

・大江健三郎「落ちる、落ちる、叫びながら……」（『文芸春秋』一月）
・塩田丸男「臆病者の空」（『別冊文芸春秋』一月）
・宮崎直男他『精神薄弱特殊学級の算数指導』（一月　東洋館出版社）
・R・ニクソン「現代史を揺るがした巨人たち」（訳者名記載なし『文芸春秋』一月）
・窪田般弥・滝田文彦編『フランス幻想文学傑作選　二』グザヴィエ・フォルヌレ「白痴と《彼の》竪琴」（田村毅訳　二月　白水社）
・スピヴァコーフスカヤ『遊び活動の障害と治療』（大井清吉他編訳　二月　明治図書）
・大岡昇平『大岡昇平集　11』中川久定「〈解説〉罪なくして十字架にかけられた者によって」（三月　岩波書店）
・小出進『精神薄弱研究の方法』（三月　教育出版）
・A・シュトラウス他『脳障害児の精神病理と教育（続）』（伊藤隆二・角本順次訳　四月　福村出版）
・近藤えい子『いとし子は白き雲のごとくに』（四月　明治図書）
・鈴木瑞穂『絵がかけたよ　養護学校の子どもたち』（四月　ポプラ社）
・鈴村健治『重度精神遅滞児・者の心理と指導』（四月　日本精神薄弱者愛護協会）
・灰谷健次郎「ホウレンソウを掘る」（『ミセス』四月）
・茂木俊彦・佐藤進編『障害幼児の保育実践』（四月　ぶどう社）
・小坂井澄「これはあなたの母」（『文芸春秋』五月）
・高谷清『重症心身障害児』（五月　青木書店）
・灰谷健次郎「ダウン症の子をもって」（『波』五月）
・正村公宏『ダウン症の子をもって』（五月　新潮社）
・R・コッホ他編『精神遅滞児（者）の医療・教育・福祉』（櫻井芳郎編訳　五月　岩崎学術出版社）
・大江健三郎「「光」─尾崎一雄」（『新潮』六月）
・大江健三郎『新しい人よ眼ざめよ』（六月　講談社）
・障害児教育実践研究会『精神遅滞児の教育方法』（六月　績文堂出版）
・真保真人『自閉症児の育て方』（六月　こずえ）
・須藤貢明・岸学『ことばの遅れた子の言語指導』（六月　教育出版）
・ドクトル・チエコ「女の戦後史⑬妊娠中絶」（『朝日ジャーナル』六月）
・日本精神薄弱者愛護協会精神薄弱施設運営の手引き刊行委員会『精神薄弱施設運営の手引き』（六月）
・福井達雨・馬嶋純子『おばあちゃんをすてちゃいやだ!!』（六月　偕成社）
・最首悟「書評　『ダウン症の子をもって』」（『朝日ジャーナル』七月）

・田村隆一「老後―The longest day」（『別冊文芸春秋』七月）
・徳田茂「障害児が社会に問いかけるもの」（『朝日ジャーナル』七月）
・福本武久『桜組のマサオくん』（七月　偕成社）
・山口薫編『精神薄弱児の指導事例集』（一～十　七月～翌年四月　明治図書）
・V・ドミートリーヴ『ダウン症児の早期教育』（高井俊夫他監訳　八月　同朋舎出版）
・栗津則雄「書評『新しい人よ眼ざめよ』大江健三郎」（『群像』八月）
・誕生日ありがとう運動大阪友の会編『現場からの発言　草の根福祉セミナー』（八月）
・福島恵「働く楽しさを学んだ福祉施設での仕事」（『朝日ジャーナル』八月）
・編集部「「共育」実践への厚い壁」（『朝日ジャーナル』八月）
・日暮真『ダウン症』（九月　医歯薬出版）
・宮崎隆太郎『分解された自閉症児』（九月　明治図書）
・井谷善則『「障害児の発見」と現代教育』（十月　明治図書）
・E・M・イタール・E・O・セガン『イタール・セガン教育論』（大井清吉・松矢勝宏訳　十月　明治図書）
・遠藤周作「もう一度みたいテレビ・ドラマ」（『群像』十月）
・高谷清『重症児のいのちと心　びわこ学園療育レポート』（十月　青木書店）
・ネル・モット他『父として母として　ダウン症児を育てた親の手記』（宮本茂雄訳　十月　学苑社）
・萩原葉子「閉ざされた庭」（『新潮』十月）
・鶴見俊輔「「故郷」のアルバム」（『文芸春秋』十一月）

一月九日、島田療育園で入所者の退所自立を支援する障害者グループが座り込み闘争をする（十二日まで）
三月十六日、東京、神奈川、愛知、大阪、京都、北九州で日米障害者自立生活セミナーが開催される（二十七日まで）
六月、厚生省が在宅心身障害児（者）療育事業実施要綱を施行する／国際労働機関（ILO）第六十九回総会で職業リハビリテーション及び雇用に関する条約（第一五九号条約）が採択される（心身障害者の雇用に関する規定）
七月二十一日、長岡京市障害児学童保育所「ワッショイクラブ」が発足する／**二十八日**、障害者生活保障問題専門家会議が設置される／**二十九日**、全国障害者解放運動連絡会議第八回大会（東京）で、障害者解放基本要求要綱・第一次案が発表される（三十一日まで。翌年の第九回大会でも発表）
十一月、DPI第一回アジア・太平洋地域会議が開催される
十二月、精神衛生実態調査が反対運動により延期される
＊文部省がパンフ『特殊学級の教育の実際』を各学校に配布する／札幌に知的障害者の小規模作業所「生活の家」が開設される（義務教育を終えた後も地域で生活していくための拠点として。各地に同様の拠点が続けて開設される）／松花苑みずのき寮・絵画教室の小笹逸男の作品が京都市の公募展・京展と、美術団体の公募展・行動展に入選する／第六回国際スペシャルオリンピックスに初めて日本として選手団を送る／米国マサチューセッツ州でアブラハムソン対ハーシュマンの裁判事件がおこる（裁判所は、重複障害児が二十四時間体制の訓練を必要としていたため、寄宿制の私立学校に措置する必要があること

を認め、学区に措置費用を負担するよう求める）

昭和五十九年（一九八四年）

・大江健三郎「グルート島のレントゲン画法」（『新潮』一月）
・寺山千代子『就学までの障害幼児の指導』（一月　教育出版）
・中田基昭『重症心身障害児の教育方法　現象学に基づく経験構造の解明』（一月　東京大学出版会）
・小島靖子・小福田史男『八王子養護学校の思想と実践　どの子も一緒の教育を』（二月　明治図書）
・田原総一朗「「人間の老い」を追跡せよ」（『文芸春秋』二月）
・文部省『精神薄弱特殊学級教育課程編成の手引』（二月　慶応通信）
・大江健三郎「見せるだけの拷問」（『群像』三月）
・大阪市教育研究所『障害を受けている子どもの指導のために』（三月）
・杉田裕言行録刊行会『人間杉田裕　精神薄弱教育に生きた歳月』（三月）
・精神薄弱者に関する長期行動計画提言作成委員会『精神薄弱者に関する長期行動計画』（三月　日本精神薄弱者福祉連盟）
・乾尚『啓太のナップザック』（四月　ＪＣＡ出版）
・福井達雨・大塚全教『生きるって悲しくて楽しいなあ』（四月　柏樹社）
・編集部「目・耳・口」（『文芸春秋』四月）
・保阪正康「〝元祖福祉〟聖隷福祉事業団の内幕」（『文芸春秋』四月）
・三宅理一郎『みづよ高原の夢』（四月　新潮社）
・うめだ・あけぼの治療教育職員養成所編『障害乳幼児の治療教育入門』（上下　四月・五月　明治図書）
・伊勢田亮『障害の重い子の発達と遊び』（五月　ぶどう社）
・大江健三郎「メヒコの大抜け穴」（『文学界』五月）
・落合恵子・福井達雨『いのちを語る』（五月　現代出版）
・田村一二『賢者モ来タリテ遊ブベシ』（五月　日本放送出版協会）
・日本精神薄弱者愛護協会『精神薄弱幼児療育の手引き』（五月）
・中上健次「異族」（『群像』五月～昭和六十三年十一月）
・岩居俊男『浜千鳥の歌』（六月　鳳鳴堂書店）
・上野一彦『教室のなかの学習障害　落ちこぼれを生まない教育を』（六月　有斐閣）
・衛藤瀋吉「わが人生、三つの「挫折」」（『文芸春秋』六月）
・志賀俊紀『八雲寮完走ス』（六月　地湧社）
・福井達雨『月と星の国』（六月　偕成社）
・編集部「差別語言い換え・禁句集」（『朝日ジャーナル』六月）
・柳崎達一『精神薄弱者福祉施設論』（六月　相川書房）
・池田由紀江『ダウン症児の早期教育プログラム』（七月　ぶどう社）
・市川潔『ダウン症の子ら』（七月）
・一木麗子『雲のない地図』（七月　学苑社）
・小出進他編『詳説精神発達遅滞児の進路指導と卒業後指導』（七月　学習研究社）
・庄野直美編『ヒロシマは昔話か』（七月　新潮社）
・平野日出男他『重複障害児の教育』（七月　青木書店）

・山崎朋子「マニラの優しい娼婦たち」（『文芸春秋』七月）
・岩崎清一郎「街々はあやに翳りて」（『安芸文学』八月）
・大江健三郎「「河馬の勇士」と愛らしいラベオ」（『文学界』八月）
・武田てる子『ゲンナグロの呼ぶ海』（八月　小学館）
・藤田弘子『ダウン症児の赤ちゃん体操』（八月　ブラザー・ジョルダン社）
・藤本文朗他編『笑顔でかたる子ら　重症児と家庭・学校・地域づくり』（八月　青木書店）
・茂木俊彦『障害児を育てる』（八月　大月書店）
・渡辺健郎『新精神遅滞児の教育』（八月　川島書店）
・大江健三郎「「罪のゆるし」のあお草」（『群像』九月）
・西尾祐吾・浜上征士『精神薄弱者の生活実態と福祉の現状』（九月　相川書房）
・宮崎直男『特殊学級の授業入門』（1～3　九月　明治図書）
・オットー・シュペック『精神遅滞と教育』（野口明子・春見静子訳　十月　教育出版）
・小出進他編『遅れた子どもの指導基本生活百科』（十月　教育出版）
・小杉長平『山をこえて行こうではないか』（十月　大揚社）
・Samuel. A. Kirk『おくれている子どもの家庭指導』（伊藤隆二他訳　十月　日本文化科学社）
・津島佑子他「創作合評」（『群像』十月）
・最首悟『生あるものは皆この海に染まり』（十一月　新曜社）
・津田道夫編『統合教育　盲・難聴・遅滞・自閉のばあい』（十一月　三一書房）
・障害児教育実践体系刊行委員会編『障害児教育実践体系』（全九巻　十二月　労働旬報社）

二月、全国障碍者自立生活確立連絡会（自立連）が結成される

四月二十八日、ノーマライゼーション研究会（N研）結成集会が開かれる（代表は山下栄一）／**三十日**、NHKで『訪問インタビュー』が放映される（止揚学園の生活、福井達雨の理念が語られる）

六月、身体障害者雇用促進法が改定される（障害者の範囲拡大、知的障害者も実雇用率の対象に。法定雇用率〇・一%アップ）

八月十四日、社会福祉・医療事業団法が公布される（施行は翌年一月一日）

十月、DPI日本会議準備会が開催される

十二月二十九日、閣議が八十五年度政府予算案を決定する（社会保障関係費十兆六千百十八億円（一般会計の二十・二%）、対前年度比マイナス一・五%）／「史上最悪の産業事故」とよばれるインド中部ボパールの有毒ガス流出事故がおこる（殺虫剤を生産していた米ユニオン・カーバイド社のインド子会社工場から有毒ガスが漏れだした事故。平成二十二年七月十八日の『朝日新聞』には、ガスにより汚染された地下水が原因で、産まれた子供に重度知的障害があるのではないか、とある。平成二十二年六月に同事故の刑事訴訟の判決）

＊月刊誌『ヴァンサンカン』一月号に掲載された「結婚する前のコモンセンス・よい血を残したい」という優生思想をあおる記事に対し糾弾闘争がおこる／差別とたたかう共同体全国連合（共同連）が結成される／松花苑みずのき寮・絵画教室の小笹逸男の作品が京都市の公募展・京展に、山本一男の作品等が二

科展に入選する／スウェーデンで知的障害当事者のオーケ・ヨハンソンが知的障害者協会の代表理事に就任する／カナダで憲法が改正される（障害者差別禁止規定）／カナダのモントリオールで国際社会福祉会議が開催される／米国連邦政府が統一アクセシビリティ基準（ＵＦＡＳ）を策定する

昭和六十年（一九八五年）

・原田正純『水俣病にまなぶ旅』（一月　日本評論社）
・福井達雨『子どもの心に燃える火を』（一月　日本基督教団出版局）
・三田谷啓『治療教育学』（一月　日本児童協会）
・津本陽「巨人伝―小説・南方熊楠」（『別冊文芸春秋』一月～平成元年四月）
・井谷善則『障害児教育の魅力』（二月　明治図書）
・東京都精神薄弱者育成会『精神薄弱者福祉講座』（二月）
・丹羽淑子『ダウン症児の家庭教育』（二月　学苑社）
・東正『学生・教師のための精神遅滞児要説』（三月　川島書店）
・井田範美『知能障害児の指導』（三月　明治図書）
・Ｅ・Ｊ・ミラー他『施設と生活　重度障害者の依存と自立を支えるシステム』（田中豊他訳　三月　千書房）
・Ｅ・ショプラー『自閉症の治療教育プログラム』（佐々木正美監訳　三月　ぶどう社）
・加藤典洋「書評　『いかに木を殺すか』大江健三郎」（『群像』三月）
・北村小夜『普通学級に入って自立を探る』（三月　明治図書）
・臼井敏男「『原理運動』追及第8弾　信仰・生活編」（『朝日ジャーナル』四月）
・大江健三郎『小説のたくらみ、知の楽しみ』（四月　新潮社）
・松下竜一『記憶の闇　甲山事件』（四月　河出書房）
・吉田辰雄・原田信一『心身障害児（者）の心理・教育・福祉』（四月　文化書房博文社）
・鎌田伸一『ポッポ先生とたかし君の連絡帳』（五月　あいわ出版）
・北杜夫「神童」（『月刊カドカワ』五月）
・全日本特殊教育研究連盟『三木安正と日本の精神薄弱教育』（五月）
・津曲裕次他編『障害者教育史　社会問題としてたどる外国と日本の通史』（五月　川島書店）
・福井達雨『およげなかったかも』（五月　偕成社）
・丸谷才一他「鼎談書評　御霊信仰が生んだ特攻作戦」（『文芸春秋』六月）
・海庭良和「タンジール通信」（『別冊文芸春秋』七月）
・黒木良和『ダウン症候群』（七月　金原出版）
・水上勉『ものの聲ひとの聲』（七月　小学館）
・宮城まり子『神様にえらばれた子どもたち』（七月　海竜社）
・うめだ・あけぼの学園『発達障害児』（八月　明治図書）
・大江健三郎・富岡多恵子「対談　言葉、そして文学へ」（『群像』八月）
・高橋八代江『障害をもつ子のリズムあそび』（八月　ぶどう社）
・ナイジェル・ハント『ナイジェル・ハントの世界』（中村陸郎

訳　八月　偕成社）
・灰谷健次郎『灰谷健次郎の保育園日記』（八月　小学館）
・ウェンディー・マッカーシー他『ちえ遅れの人の性教育』（飯田貞雄他訳　九月　学苑社）
・大江健三郎「死に先だつ苦痛について」（『文学界』九月）
・筒井康隆「読者罵倒」（『すばる』九月）
・日本教育大学協会特殊教育研究会『実践精神遅滞児の教育』（九月　第一法規出版）
・大江健三郎「生の連鎖に働く河馬」（『新潮』十月）
・ジェームズ・カーン『グーニーズ』（広瀬順弘訳　十月　角川書店）
・福井県立清水養護学校『重度精神薄弱児の指導内容・方法に関する研究』（十月）
・吉行淳之介・山口洋子「いい女たちのいい話」（『別冊文芸春秋』十月）
・伊藤隆二編『発達障害児の保健指導』（十一月　ぎょうせい）
・安藤忠・北九州市立総合センター編『写真と図で見るダウン症児の育ち方・育て方』（十二月　学研）
・「こどものその」編集委員会編『ちえおくれの子のための日伯シンポジウム・セミナー報告書』（十二月　長谷川仏教文化研究所）
・東京都社会福祉協議会精神薄弱児・者福祉部会編『作業指導の実態と課題』（十二月）
・山下清展企画室編『みんなの心に生きた山下清』（山下清展企画室　発行月不明）

二月、全国心身障害者をもつ兄弟姉妹の会の雑誌『施設と家族』が創刊される

五月一日、国民年金法が改定、公布される（障害基礎年金、特別障害児（者）手当制度。翌年四月一日施行）／**十一日**、厚生省が主任家庭奉仕員設置事業を創設する／**二十一日**、厚生省が「精神薄弱者福祉工場の設置及び運営について」通知する／精薄者通所授産施設「くろしお作業所」が開所される

六月、労働省が「今後の精神薄弱者雇用対策の在り方について」報告する

七月十二日、児童福祉法が改定、公布される（児童福祉審議会と地方社会福祉審議会の統合自由化等）／**二十五日**、社会福祉基本構想懇談会が「社会福祉関係予算の編成にあたって」を緊急提言する

八月、東京で第一回日米障害者会議が開催される（以後、日本と米国で開催地を交替しながら二年毎に）

九月、香港の映画『ファースト・ミッション』（主演はジャッキー・チェン）が日本で公開される

十一月、東京で全国青い芝の会第六回大会が開催、大阪青い芝の会が執行部に現実的な方針への転換を求め容れられず、脱会を宣言する

十二月二十八日、政府が八十六年度予算案を決定する（社会保障関係費十一兆三千二百六十三億円、一般会計の二十一・〇％）

＊横浜市がグループホーム事業を始める／この頃から絵本作家田島征三が知的障害者入所施設「信楽青年寮」に関わりをもつようになる／文部省がパンフ『心身障害児の理解と教育』を各学校に配布する／谷口奈保子が知的障害者の働く福祉作業所

「おかし屋ぱれっと」を始める／大分市で知的障害者の授産施設「多機能型事業所おおいた」が開設される／スウェーデンで精神発達遅滞者特別援護法が制定される（新援護法。施設解体の本格化）

昭和六十一年（一九八六年）

・大江健三郎「カーヴ湖居留地の「甘い草（スイート・グラス）」」（『新潮』一月）

・北杜夫「似我蜂と少年」（『週刊小説』一月）

・篠原睦治『「障害児の教育権」思想批判』（一月　現代書館）

・松本すみ子『なっちゃんの笑顔』（一月　銀河書房）

・斎藤陽一「文春ブック・クラブ　ただいま読書中」（『文芸春秋』二月）

・中島らも『頭の中がカユいんだ』（二月　大阪書籍）

・箱田卓晃『障害者文化　障害者をもつ親たちの意識調査』（二月　関西広済堂）

・木原啓允・篠原央憲『裸の大将山下清の謎』（三月　土曜美術社）

・米谷ふみ子「過越しの祭」（『文芸春秋』三月）

・佐々木正美『児童精神医学の臨床』（三月　ぶどう社）

・高橋純・藤田和弘編『障害児の発達とポジショニング指導』（三月　ぶどう社）

・西村秀夫「「身障者本人がダメなら家族が払え」厚生省・施設費用徴収案の強引さ」（『朝日ジャーナル』三月）

・浜田寿美雄『証言台の子どもたち　甲山事件　園児供述の構造』（三月　日本評論社）

・編集部「素朴派バンザイ　童心・郷愁派」（『芸術新潮』三月）

・奥本大三郎『虫の春秋』（四月　読売新聞社）

・近藤原理『障害者と泣き笑い三十年』（四月　太郎次郎社）

・ジュディー・W・ウッド『メインストリーミング　普通学級における軽度障害児の指導』（宮本茂雄監訳　四月　学苑社）

・田中明『社会福祉施設論』（四月　光生館）

・原田信一「障害児を普通学校へ全国連絡会」（『朝日ジャーナル』四月）

・編集部「世界のマスコミ」（『文芸春秋』四月）

・吉田直哉「阿呆の日めくり③」（『文芸春秋』四月）

・伊藤隆二『障害児福祉と教育を考える』（五月　福村出版）

・大前研一「円高が教える新・国富論」（『文芸春秋』五月）

・大江健三郎「確信されたエロス―野上弥生子」（『世界』六月）

・編集部「映画漫歩」（『文芸春秋』六月）

・大阪市障害更生文化協会『精神薄弱者のためのスポーツ指導』（七月　大阪市身体障害者スポーツセンター）

・近藤原理・清水寛『この子らと生きて』（七月　大月書店）

・日本てんかん協会『てんかん講座　八』（七月）

・橋爪郁治編『「ことば」のおくれと指導プログラム』（七月　ぶどう社）

・飯塚理八・曽野綾子「「男女生み分け」は冒瀆か？」（『文芸春秋』八月）

・北村晃三『僕らはみんな生きている』（八月　あいわ出版）

・熊谷博子「いちばん若い被爆者―原爆小頭症の40年」（『朝日ジャーナル』八月）

・城みさを『さをり織り好きですねん』（八月　ぶどう社）

・井田範美・田中道治『精神発達遅滞児の知的学習』（九月　明

治図書）
・鈴村健治『重度・最重度精神遅滞の実践指導』（九月　川島書店）
・筒井康隆『旅のラゴス』（九月　徳間書店）
・中島英二『光の子どもたち』（九月　心身障害児者育成会宮古若竹会）
・西谷地金成『重度・重複障害児の教育』（九月　クサカ印刷所）
・福井達雨『草は枯れ、花は散るとも』（九月　柏樹社）
・大江健三郎『M／Tと森のフシギの物語』（十月　岩波書店）
・森田誠吾「銀座八邦亭」（『別冊文芸春秋』十月）
・井口時男「物語が壊れるとき—坂口安吾と小林秀雄」（『群像』十一月）
・今堀和友「ボケの生理学とその対策」（『文芸春秋』十一月）
・江草安彦監修『いのち、美しいもの　障害の重い子どもたち』（十一月　ぶどう社）
・指導誌編集委員会『地域で生涯を』（十一月　全日本精神薄弱者育成会）
・田村一二『腹の虫にきく』（十一月　光雲社）
・生瀬克己『障害者と差別語』（十一月　明石書店）
・大友昇『トイレット・トレーニングの短期集中指導法』（十二月　川島書店）
・丘修三『ぼくのお姉さん』（十二月　偕成社）
・大江健三郎「革命女性（レヴォリユショナリ・ウーマン）（戯曲・シナリオ草稿）」（『へるめす』十二月〜翌年六月）

二月十九日、中央児童福祉審議会が「児童福祉施設及び知的障害者援護施設への入所措置事務等の団体委任事務化について」答申する
三月、DPI日本会議が発足する
四月一日、国民年金法が施行される／**二十六日**、チェルノブイリ原発事故がおこる／大阪府高石市に「高石障害者共同作業所」が開所される
五月八日、国の補助金等の臨時特例等に関する法律が公布される（社会福祉施設の措置費に対する国の負担割合を二分の一に、生活保護・公費負担医療等への国庫補助割合を十分の七とする。同年から昭和六十三年の暫定措置）
六月一日、八王子ヒューマンケア協会が設立される／神奈川県にケアつき住宅シャロームが開設される
七月、身体障害者雇用審議会が「精神薄弱者の雇用対策の充実強化について」意見具申する（作業活動のための施設、居住のための施設、デイケア関連施設の整備充実、精神科医療施設におけるマンパワーの養成確保等）
八月二十七日、東京で国際社会福祉会議が開催される（九月五日まで）
十月一日、国立精神・神経センターが設置される（国立精神衛生研究所、国立国府台病院、国立武蔵療養所、同神経センターを統合）／**八日**、スウェーデンの精神薄弱者十名が来日、東京都児童会館で環境保護をテーマとした創作劇を公演する／身体障害者雇用審議会が法定雇用率見直し（〇・一ポイント引き上げ）の答申をする
十二月二十三日、公衆衛生審議会精神保健部会が「精神衛生法改正の基本的な方向について」提出する（これに基づき改正法

政府案作成）／二十六日、機関委任事務に関する法律が公布される（国と地方の機能分担を見直し地方の自主性・自律性を強化する目的。社会福祉法人の設立認可権限等の知事への委譲等）／三十日、政府が八十七年度予算案を決定する（社会保障関係費十一兆千二百九十三億円、一般会計の二十・六％）
＊関西障害者定期刊行物協会が発足する（当初参加七団体、平成十四年には二百五十団体が参加）／知的障害をもつ池田円が、昭和五十八年から、特殊学級から普通学級への転級を希望して教委や学校と交渉していたが、普通学級での全面交流がこの年実現する／京都市西京区に西養護学校が開校する／大阪府が四十人学級の実現にともない、障害児を普通学級と障害児学級の両方に在籍させる二重籍制度について、ダブルカウントを廃止することを通告する／京都府長岡京市に小規模共同作業所「さわらびの家」が開設される／国際知的障害者スポーツ連盟（INAS-FID）が設立される

昭和六十二年（一九八七年）

・白井佳夫「受難の名作「無法松の一生」」（『別冊文芸春秋』一月）
・富岡幸一郎「書評　『M／Tと森のフシギの物語』　大江健三郎」（『群像』一月）
・有賀隆「文春ブック・クラブ　ただいま読書中」（『文芸春秋』二月）
・井谷善則『障害児指導のノウハウ』（二月　明治図書）
・北村小夜『一緒がいいならなぜ分けた』（二月　現代書館）
・中村満紀男『アメリカ合衆国障害児学校史の研究』（二月　風間書房）
・文部省『精神薄弱教育における体育指導の手引』（二月　東洋館出版社）
・ロルフ・クレンツアー『ぼく、ねえさんがすきなのに』（高橋洋子訳　二月　佑学社）
・鹿島和夫『希望をありがとう』（三月　講談社）
・小林久利編『精神薄弱児・者の治療教育に関する研究』（三月　厚生省）
・教育ジャーナリズム史研究会編『教育関係雑誌目次集成』（三月～八月　日本図書センター）
・安部公房「医学と人間」（『日母医報』四月）
・A・クラフト他編『精神遅滞児（者）と性教育』（田川元康監訳　五月　岩崎学術出版社）
・天谷直弘「教育改革雑感」（『文芸春秋』五月）
・渡辺祐「果して実像は〝虚像〟を超えていたか。没後16年目の裸の大将「山下清展」」（『Brutus』五月）
・山崎豊子「大地の子」（『文芸春秋』五月～平成三年四月）
・柏俣重夫・加藤孝正『知恵おくれの生理と療育　先天性代謝異常を中心に』（六月　青木書店）
・共同作業所全国連絡会編『ひろがれ共同作業所』（六月　ぶどう社）
・小杉健治『絆』（六月　集英社）
・小林完吾「文春ブック・クラブ　ただいま読書中」（『文芸春秋』六月）
・北杜夫「二つの死体」（『小説新潮』七月）
・大江健三郎「渡辺一夫の今日性（アクチュアリテ）」（『へるめす』九月）

・藤田雅子『ヒューマン・サーヴィス』（九月　ぶどう社）
・八木あき子「ドイツにもユーレイ」（『文芸春秋』九月）
・山下勝弘『精神薄弱者のための性教育ガイドブック』（九月　大揚社）
・筒井康隆「文学部唯野教授」（『季刊へるめす』・『へるめす』九月〜平成元年九月）
・大江健三郎『懐かしい年への手紙』（十月　講談社）
・福井達雨・福井光子『よい天気ありがとう』（十月　いのちのことば社）
・ポール・スピッカー『スティグマと社会福祉』（西尾祐吾訳　十月　誠信書房）
・三井京子『正樹いっぱい生きようね』（十月　亜紀書房）
・吉田直哉「幻獣の顔つきの話」（『文芸春秋』十月）
・井口時男「オイディプスの言葉―大江健三郎論」（『群像』十一月）
・酒井真知江「アメリカ版正当防衛裁判顚末記」（『文芸春秋』十一月）
・水上勉『生きる日死ぬ日』（十一月　福武書店）
・ジム・トレリース『読み聞かせ』（亀井よし子訳　十二月　高文研）

四月、文部省が心身障害児交流活動地域推進研究校制度を発足させる

五月二十六日、中央心身障害者対策協議会が「障害者対策に関する長期計画の実施状況の評価及び今後の重点施策について」意見具申する／**二十八日**、社会福祉士及び介護福祉士法が公布される

六月一日、身体障害者雇用促進法が改定され、障害者の雇用の促進等に関する法律（障害者雇用促進法）と題名が改定される（対象範囲を拡大し知的障害者を含める、身体障害者雇用促進協会を改組し、日本障害者雇用促進協会を設置。翌年四月施行）／**一日**、千葉県佐倉市に知的障害者入所更生施設「さくら千手園」が開園する／**二十五日**、障害者対策推進本部が「障害者対策に関する長期計画後期重点施策」を策定する

七月一日、労働省が障害者雇用対策室を障害者雇用対策課に格上げする

八月二十日、厚生省が精神薄弱者社会自立促進モデル事業を創設する

九月二十六日、精神衛生法を改定した精神保健法が公布される

十月、北九州市八幡東区に無認可の作業所「太陽パン」が開設される（知的障害をもつ四組の母と子で開始）

十一月一日、「ＩＢＭびわこ現代絵画展87」で止揚学園の園生の作品が受賞する／福祉専門紙『シルバー新報』（環境新聞社）が創刊される／「国連・障害者の十年」中間年連続イベントが開催される（実行委員会、英国ＤＰＩ議長レーチェル・ハーストを招き全国六ヶ所で講演会を開催）

＊ノーマライゼーション研究会が心身障害者対策基本法の改正対案「障害者の完全参加と平等に関する基本法案」を発表する／障害者実雇用が初めて〇・一％マイナスに転じ、労働省交渉が強化される／この年、精薄者福祉ホームは全国に三十一ヶ所、一ヶ所あたりの国庫補助は年間約二百万円／イタリア政府は国連の場で障害者差別撤廃の条約制定を呼び掛けるが大方の賛同を得られず廃案となる／スウェーデン・ウプサラで開かれ

た第十八回北欧会議に知的障害者が多数参加する／デンマークで知的障害者本人の活動第一回「カルチャーカンファレンス」が開催される

昭和六十三年（一九八八年）

・アマルティア・セン『福祉の経済学　財と潜在能力』（鈴村興太郎訳　一月　岩波書店）
・伊藤桂一「車窓での想い」（『別冊文芸春秋』一月）
・大江健三郎「「最後の小説」」（『新潮』一月）
・舁地三郎『障害幼児の保育』（一月　相川書房）
・デービッド・ドーソン他『マイフレンド・デービッド』（ジョー・グリーンホルツ・森田義宏訳　一月　同朋舎出版）
・京都教職員組合養護教員部編『子どもの発達と健康教育①』（二月　かもがわ出版）
・富岡幸一郎「書評　『生きる日　死ぬ日』水上勉」（『群像』二月）
・山口薫・上出弘之『精神遅滞児の病理・心理・教育』（二月　東京大学出版会）
・山元美由紀『峠のむこうに春がある　ダウン症・モヤモヤ病の我が娘を育てて』（二月）
・飯田誠『ちえ遅れのこころの問題事典』（三月　学習研究社）
・石川県教育センター相談資料課『精神薄弱児の性教育実態調査報告書』（三月）
・北杜夫「禿頭組合」（『小説新潮』三月）
・国立特殊教育総合研究所『自閉を伴う精神薄弱児の指導内容・方法に関する研究』（三月）
・心身障害児教育財団『重度精神薄弱児の適応行動に関する研究』（三月）
・田中農夫男『障害児教育入門』（三月　福村出版）
・東京都心身障害者福祉センター『精神薄弱者更生相談所職員業務指針』（三月）
・夫馬基彦「紅葉の秋の」（『海燕』三月）
・R・L・シャロック『精神遅滞者のための職業自立訓練マニュアル』（雇用職業総合研究所訳　三月　日本文化科学社）
・畑山博「択捉海峡」（『文学界』三月〜平成三年八月）
・最首悟『明日もまた今日のごとく』（四月　どうぶつ社）
・堤玲子『わが怨慕唄』（四月　三一書房）
・灰谷健次郎『灰谷健次郎の本　第二十二巻』「コラムその一」「コラムその三」（四月　理論社）
・福田日出子『竜宮城からきた「あーちゃん」　知恵おくれの妹にもらった愛と幸せ』（四月　グラフ社）
・吉田司・本田靖春「「下下戦記」をめぐって」（『文芸春秋』五月）
・菊地澄子『わたしのかあさん』（六月　こずえ）
・藤本文朗編『生協と共同作業所　はたらく障害者とともに』（六月　かもがわ出版）
・野坂昭如「テレビ界は腐りきっている」（『文芸春秋』七月）
・藤本文朗・津止正敏編『放課後の障害児　障害者の社会教育』（七月　青木書店）
・溝上脩『精神遅滞児の教育理論と方法』（七月　川島書店）
・大野智也『障害者は、いま』（八月　岩波書店）

・灰谷健次郎『海の図　下巻』（八月　理論社）
・井谷善則『「発達の力」を生かす障害児指導』（九月　明治図書）
・大江健三郎『キルプの軍団』（九月　岩波書店）
・利根川進・立花隆「分子生物学は人類を救う」（『文芸春秋』九月）
・ユルク・イエッゲ『むずかしい時期の子供たち』（小川真一訳　九月　みすず書房）
・大江健三郎「夢の師匠」（『群像』十月）
・加藤登代子『ダウン症児の子育て日記』（十月）
・倉橋由美子「幻想絵画館　サントロペ湾」（『文芸春秋』十月）
・本田和子「書評　ユルク・イエッゲ『むずかしい時期の子供たち』」（『朝日ジャーナル』十一月）
・菅野昭正「根拠地の思想―大江健三郎『懐かしい年への手紙』をめぐって」（『群像』十二月）

四月、労働省が障害者雇用審議会を設置する

五月十日、「京都市・障害児に学童保育を保障する連絡会」が発足する／**十七日**、社会福祉・医療事業団法が改定される（心身障害者在宅介護事業等に資金貸付）

七月二十八日、東京で全国訪問教育研究会の結成大会が行われる（二十九日まで。機関紙は『こんにちは』。同研究会編『訪問教育研究』第一集出版は二十九日）／施設費用徴収基準が改められる（障害者の親は支払い義務者の範囲から除外）

八月、富山県高岡市営プールで知的障害者に記念品を贈呈せず抗議運動がおきる

九月十五日、差別とたたかう共同体全国連合が共同連事業組合を発足させる／全国公的介護保障要求者組合が結成される

十月二十四日、中央児童福祉審議会が「精神薄弱者の居住の在り方について～グループホーム制度創設への提言」を意見具申する／**二十七日**、中央児童福祉審議会が「重症心身障害児（者）に対する通園・通所事業の推進について」意見具申する（学齢期前後の重症児の昼間通園の場の創設を提言）

十二月、精神薄弱者援護施設設備運営基準が改定される／文部省教育課程審議会特殊教育分科会が「盲・聾・養護学校の教育課程の基準の改善について」答申する

＊精神薄弱者自活訓練事業が制度化される／大阪府枚方市に知的障害者ガイド・ヘルプ・サービス事業が創設される／東京の画廊で信楽青年寮の作品による展覧会「しがらきから吹いてくる風」が企画される／米国で公正住宅修正法が制定される（障害を理由とした住宅賃貸等における差別の禁止等）／国際障害分類に関するカナダ協会が設立される

昭和六十四年・平成元年（一九八九年）

・川村二郎他「創作合評」（『群像』一月）
・津島佑子「大いなる夢よ、光よ」（『群像』一月～翌年十二月）
・大井清吉・山本良典編『ちえおくれの子の性指導』（二月　福村出版）
・川村二郎他「創作合評」（『群像』二月）
・西村章次・高橋紀子編『意欲を育む授業づくり　障害の重い子どもたちへのとりくみ』（二月　ぶどう社）
・桐山襲「そのとき」（『群像』三月）
・斎藤昭『訪問教育の子どもたち』（三月）

・澤田隆治他「裸の大将放浪記メモリアル」（『ザテレビジョン』三月）
・日本障害者雇用促進協会滋賀障害者職業センター『精神薄弱者の就労作業内容に関する調査・研究』（三月）
・埴谷雄高他「座談会　大岡昇平・人と文学」（『群像』三月）
・大江健三郎『人生の親戚』（四月　新潮社）
・玉木功編『風の大将』（四月　エフエー出版）
・浅野史郎『豊かな福祉社会への助走』（五月　ぶどう社）
・大泉溥『障害者福祉実践論』（五月　ミネルヴァ書房）
・トーディス・ウーリアセーター『マイ・サイレント・サン　自閉症の息子からのメッセージ』（藤田雅子訳　六月　ぶどう社）
・原田正純『水俣が映す世界』（六月　日本評論社）
・久松昭子『雅子のために』（六月　講談社出版サービスセンター）
・高橋英夫他「創作合評」（『群像』七月）
・福井達雨編『春は空から』（七月　いのちのことば社）
・福井達雨編『にわとりさんはネ…』（七月　偕成社）
・編集部「蓋棺録」（『文芸春秋』七月）
・由良三郎「推理小説の論理性」（『別冊文芸春秋』七月）
・大江健三郎「治療塔」（『へるめす』七月～翌年三月）
・佐藤愛子「血脈」（『別冊文芸春秋』七月～平成十二年七月　途中長期休載期間あり）
・江河徹編『ファンタスティックな恋の話』シャルル・ノディエ「白痴のバチスト」（高野優訳　八月　くもん出版）
・原田文孝・三木裕和『重症心身障害児授業のつくり方』（八月　あずみの書房）
・三輪和雄「ベトちゃんドクちゃん神様と闘った医師の全記録」（『文芸春秋』八月）
・伊佐千尋『島田事件』（九月　潮出版社）
・上野正彦『死体は語る』（九月　時事通信社）
・福井達雨編『はしれムンシー！』（九月　いのちのことば社）
・天野道映「本の事件簿　三保の松原の薪能。俳優座の『白痴』」（『朝日ジャーナル』十月）
・有馬正高・熊谷公明編『発達障害医学の進歩』（十月　診断と治療社）
・灰谷健次郎『いくちゃんというともだち』（十月　のら書店）
・藤田弘子編『ダウン症児の育児学』（十月　同朋舎出版）
・荒木穂積・白石正久『発達診断と障害児教育』（十一月　青木書店）
・勝尾外美子・菊地澄子『障害児の読書教育　ちえ遅れの子どもたちへの実践』（十一月　国土社）
・草笛が丘『草ぶえの詩』（十一月）

一月、東京都が、福祉施設法人が施設を都内に建設する際に用地費を補助する制度を創設する（大阪府等にも広がる）

二月二十五日、米国の映画『レインマン』（主演はダスティン・ホフマン）が日本で公開される／第一回「生協と共同作業所の提携活動全国交流会」が開催される

三月三十日、中央社会福祉審議会企画分科会、身体障害者福祉審議会企画分科会、中央児童福祉審議会企画部会小委員会合同会議が、「今後の社会福祉の在り方について」意見具申する（市町村の役割重視、在宅福祉の充実、民間サービス育成、福祉情

報提供体制の整備等）／大分県宇佐市の中学校で卒業アルバムに障害児学級卒業生を載せないという障害児差別事件がおこる／介護福祉士第一期生が誕生する（二十五名）
四月十日、国の補助金等の整理及び合理化臨時特例に関する法律が公布される（生活保護法、精神保健法、特別児童扶養手当法等の国庫負担が七十五％となる）／労働省が重度精神薄弱者の業務遂行援助者配置に係る助成金制度を発足させる
五月二十九日、厚生省が「知的障害者の地域生活援護事業（グループホーム）実施について」通知する
九月十五日、スウェーデンで社会大臣リンド・クヴィストが一九八九年委員会を召集する（一九九二年、最終報告書『すべての人が参加できる社会』刊行）／東京で第一回自立生活問題研究会全国集会が開催される
十月、金沢の全日本精神薄弱者育成会第三十八回全国大会で初めて本人部会がもたれる
十一月二十日、国連が子どもの権利条約を採択する（日本は平成六年五月二十二日批准）／「横浜やまびこの里」が法人認可される（横浜市自閉症児（者）親の会が母体。翌年七月、知的障害者通所更生施設「東やまた工房」開所）
＊D・A・トレファートが「イディオ・サヴァン」という語は差別語を含んでいるという理由で「サヴァン症候群」を提唱する／米国でダウン症の俳優クリス・バークが、普通高校に通う知的障害者役を『人生は毎日続く』で演じ、知的障害者として最初のテレビスターとなる／国連で数ヶ国政府より三回にわたって障害者差別撤廃条約制定の提案がなされるが、いずれも廃案となる／米国ニュージャージー州で高校生数人が知的障害の女子高校生に性的暴行を加える（裁判官は、被害者に知的障害があるため、レイプにおけるプライバシー保護の法律は適用されないと言い渡す。一九九二年の公判では性的な行動の描写に焦点）／インドネシアCBR開発訓練センターが創設される

平成二年（一九九〇年）

・近藤文里『精神薄弱児の神経心理学的研究』（一月　風間書房）
・鶴見俊輔編『驚くこころ〈ちくま哲学の森7〉』山下清「伊香保へ行って温泉に入ろう」（一月　筑摩書房）
・山田真『子育て　みんな好きなようにやればいい』（一月　太郎次郎社）
・荒川智『ドイツ障害児教育史研究　補助学校教育の確立と変容』（二月　亜紀書房）
・乙羽信子「昭和を熱くした女性50人　吉屋信子」（『文芸春秋』二月）
・谷口清『学齢児童及び精神遅滞児の脳の成熟と障害』（二月　風間書房）
・福井達雨『非合理に不器用にありのままに』（二月　明治図書）
・山口卓治「昭和を熱くした女性50人　李方子」（『文芸春秋』二月）
・愛知県心身障害者コロニー療育部事業課『精神薄弱児（者）療育マニュアル　問題行動編』（三月）
・高橋勇夫「サボタージュの思想—津島佑子の世界」（『群像』三月）

・E・ジグラー他『ジグラー学派の精神遅滞論』（清水貞夫他監訳　四月　田研出版）
・茂木俊彦『わが国における「精神薄弱」概念の歴史的研究』（四月）
・吉川洋司『魯鈍な八月』（四月　朱鳥書屋）
・一色玄・安藤忠『ダウン症児の発達医学』（五月　医歯薬出版）
・鈴木和枝「人工妊娠中絶論争　いま、世界で、日本で―」（『朝日ジャーナル』六月）
・日本精神薄弱者愛護協会編『高齢化と精神遅滞』（六月　日本文化科学社）
・渡辺昌祐『自閉症・登校拒否・家庭内暴力・てんかん・精神遅滞』（六月　保健同人社）
・編集部「蓋棺録」（『文芸春秋』七月）
・茂木俊彦『障害児と教育』（七月　岩波書店）
・加藤忠雄他『先生の宅配便　訪問教育から届ける「重心児」の文化』（八月　文理閣）
・藤本文朗『瞳輝いて』（八月　全国障害者問題研究会出版部）
・柏倉康夫「「壁のむこう」の環境破壊」（『文芸春秋』九月）
・安積純子他『生の技法　家と施設を出て暮らす障害者の社会学』（十月　藤原書店）
・E・ジグラー他編『精神遅滞とはなにか　発達‐差異論争』（上下　田中道治他訳　十月　明治図書）
・Evy Johansson 他『障害の自己認識と性　ちえ遅れを持つ人のために』（尾添和子訳　十月　大揚社）
・大江健三郎『静かな生活』（十月　講談社）
・大江健三郎・上田敏他『自立と共生を語る　障害者・高齢者と家族・社会』（十月　三輪書店）
・ダロルド・A・トレッファート『なぜかれらは天才的能力を示すのか　サヴァン症候群の驚異』（高橋健次訳　十月　草思社）
・江草安彦『精神薄弱施設の新しい役割』（十一月　ぶどう社）
・長堂英吉「ランタナの花の咲く頃に」（『新潮』十一月）
・笠井潔『天使／黙示／薔薇　笠井潔探偵小説集』「薔薇の女」（十二月　作品社）
・P・コリヤー・D・ホロウィッツ『ケネディ家の人びと』（上下　鈴木主税訳　十二月　草思社）
・大江健三郎「恢復する家族」（『SAWARABI』第二号〜平成七年第二十一号）

一月、重症心身障害児通園モデル事業が開始される／フィリピンDPI（フィリピン国内ではKAMPIという団体名で政府登録。身体・知的障害等あらゆる障害者の全国組織として結成した自助自立を目指す団体）が七つの州の十一支部で発足する

二月、大阪府社会福祉審議会が「今後の精神薄弱者（児）福祉行政の在り方について」意見具申する（本人向け報告パンフが添付され、その後リーフレットにして配布される）／全国LD親の会が発足する

三月、大阪で児童虐待防止協会が設立される

四月十八日、中央社会福祉審議会が「社会福祉事業法等の改正について」答申する（住民に最も身近な市町村で在宅福祉と施設福祉を一元的に提供する体制づくりを提言。入所率の低い施設の他への転用、法定雇用率未達成企業に対する指導の強化

等）／名古屋市中川区に見晴台学園が開設される（軽い発達の遅れをもつ子供のための学園。運営母体はＮＰＯ法人「学習障害児・者の教育と自立の保障をすすめる会」）

五月、広島県内十四ヶ所の作業所などにより「共作連広島県支部」が結成される

六月、通産省が情報処理機器アクセシビリティ指針を策定する

七月二十六日、米国でＡＤＡ（障害を持つアメリカ人法）が成立する（雇用や交通、公共施設等における障害者差別の禁止）／知的障害児（者）福祉対策基礎調査が実施される（十九年ぶり。本人の意見を聞き、拒否権を明記）

八月、パリで開催された国際精神薄弱者育成会連盟第十回知的障害者世界大会への本人参加の呼び掛けに応え、五人が参加して発言する

九月二十八日、東京都中野区でオンブズマン制度が創設される

十月二十二日、労働省が六月一日現在の障害者雇用状況を発表する（民間企業に雇用されている障害者二十万三千六百三十四人（前年比八千三百五十八人増）。実雇用率は前年同様一・三一％。法定雇用率未達成企業四十七・八％、従業員千人以上では八十一・二％。労働省、法定雇用率を大幅に下回る約五百社に対し職業安定局長名で障害者雇用促進の要求書を送付の方針。特に悪質な企業は企業名公表も辞さないとの方針表明）

十一月、仏国でＷＨＯが国際障害分類試案修正のための第一回国際会議を開催する

十二月、国連経済社会理事会が障害者の機会均等化に関する基準規則の必要性を確認する

＊厚生省が住みよい福祉のまちづくり事業（人口三万人以上）を創設する／京都府が心身障害児季節療育支援事業の助成を始める／信楽青年寮の記録映画『しがらきから吹いてくる風』（監督は西山正啓）が製作される／隠岐で精神薄弱者通所授産施設「西郷みんなの作業所」が開設される／米国ミネソタ州ミネアポリスに本店のあるターゲット百貨店がダウン症の女の子を第一回宣伝モデルに登用する／米国カリフォルニア州サクラメントの学校区が、レイチェル・ホランドには軽度知的障害などがあるため幼稚園の日課についていけないと判定する（両親は全障害児教育法にある統合の権利が尊重されるべきと、学校区を相手取り訴訟をおこす）

平成三年（一九九一年）

・佐藤久夫『障害者福祉論』（一月　誠信書房）
・浜田寿美男『ほんとうは僕殺したんじゃねえもの　野田事件・青山正の真実』（一月　筑摩書房）
・安部公房「カンガルー・ノート」（『新潮』一月～七月）
・大江健三郎「治療塔惑星」（『へるめす』一月～九月）
・伊藤ルイ『虹を翔ける―草の根を紡ぐ旅』（二月　八月書館）
・穐山富太郎『脳性まひ・精神遅滞の予防と家庭療育』（二月　医歯薬出版）
・山下勲『ダウン症児の発達への早期介入の方法と効果に関する教育・臨床心理学的研究』（二月　風間書房）
・ロバート・Ｆ・ワイヤー『障害新生児の生命倫理』（高木俊一郎・高木俊治監訳　二月　学苑社）
・飯沼和三『ダウン症児の思春期における心と体』（三月　こやぎの会）

・太田正己『教師へのまなざし』（三月　こずえ）
・菊地澄子編『やさしさと出会う本』（三月　ぶどう社）
・心身障害児教育財団『精神薄弱児者の社会的自立に関する研究』（三月）
・東京都心身障害者福祉センター『精神薄弱科業務指針』（三月）
・ボランティア・ハンドブック編集委員会編『トライ・ボランティアきょうと』（三月　京都市ボランティア情報センター）
・文部省『特殊教育諸学校小学部・中学部学習指導要領解説養護学校（精神薄弱教育）編』（三月　東洋館出版社）
・小村欣司『精神薄弱児の保健』（四月　慶応通信）
・コンスタンチン・K・カヴァレフスキー「ゴルバチョフの「正体」」（訳者名記載なし　『文芸春秋臨時増刊号』四月）
・瀧澤一郎「「内部の敵」に怯える赤軍の内幕」（『文芸春秋臨時増刊号』四月）
・戸板康二「益田太郎の喜劇」（『別冊文芸春秋』四月）
・福井達雨『愛、それは行動です』（四月　柏樹社）
・三谷嘉明『精神遅滞者の充実したライフサイクル』（四月　明治図書）
・山下勲・鉢嶺清融編『精神発達遅滞児の心理と指導』（四月　北大路書房）
・最首悟『水俣の海底から』（五月　京都・水俣病を告発する会）
・文部省『精神薄弱教育における生活科指導の手引』（五月　東山書房）
・大谷実編『条解精神保健法』（六月　弘文堂）
・大南英明他編『遊びの指導』（六月　堺屋図書）
・黒井千次「憎しみの架橋」（『文芸春秋』六月）
・ユニス・マックルーグ『自立するダウン症児たち　0才から結婚・出産までの生活指導マニュアル』（藤田弘子・川島ひろ子訳　六月　メディカ出版）
・大江健三郎「火をめぐらす鳥」（『Switch』七月）
・下村満子「下村満子の大好奇心35「障害者は健常者に多くのものを与える」」（『朝日ジャーナル』七月）
・編集部「遺族がクレームで大騒動」（『週刊文春』七月）
・久世光彦『花迷宮』「聖　しいちゃん」（八月　平凡社）
・西本順次郎『脳障害児の教育と医学』（八月　川島書店）
・宇都宮直子『神様がくれた赤ん坊』（九月　講談社）
・最首悟『半生の思想』（九月　河合文化教育研究所）
・松原隆三『精神薄弱児の学習指導』（九月　北大路書房）
・福井達雨『立て、さあ行こう』（十月　柏樹社）
・浅野史郎『豊かな福祉社会への助走ｐａｒｔ２』（十一月　ぶどう社）
・大江健三郎「宇宙大の「雨の木」」（『Literary Switch』十一月）
・中西正司編『自立生活への衝撃　アメリカ自立生活センターの組織・運営・財務』（十一月　ヒューマンケア協会）
・福井達雨『見えないものを　愛は損をすることです』（十一月　いのちのことば社）
・三木安正『静かに燃えるもの』（十一月　旭出学園）
・大江健三郎『ヒロシマの「生命の木」』（十二月　日本放送出版協会）

一月二十九日、中央社会福祉審議会地域福祉専門分科会が「地

域における民間福祉活動の推進について」発表する（中間報告。地域社会における住民参加の自主的福祉活動の重要性と、その中核的役割を担うべき社会福祉協議会、共同募金の今後のあり方について提言）

四月、厚生省が精神薄弱者地域生活支援事業（グループホーム）を創設する／大阪市が全身性障害者介護人派遣事業を施設入所の障害者にも適用する

五月、東京に子供の虐待防止センターが開設される

六月二十九日、労働省が障害者雇用促進法改定の方針を固める（改善策を講じようとしない企業名の公表、フレックスタイム制の導入等も検討）

七月三十一日、中央心身障害者対策協議会が「『国連・障害者の10年』の最終年にあたって取り組むべき重点施策について」意見具申する

八月、障害者対策推進本部が「国連・障害者の10年の最終年にあたって取り組むべき後期重点施策の推進について」決定する

九月十九日、厚生省が「精神薄弱者生活支援事業の実施について」、「精神薄弱者生活支援事業の取扱について」通知する／**二十日**、運輸省が「精神薄弱者に対する旅客鉄道株式会社及び航空会社等の旅客運賃割引制度の適用について」認可する（JR等の運賃割引を知的障害者にも適用拡大）

十月十六日、東京で全日本精神薄弱者育成会四十周年記念大会が開催される（十八日まで。当事者達による活躍が注目される）／**三十日**、労働省が六月一日現在の障害者雇用状況を発表する（民間企業の実雇用率一・三二％で低迷、未達成企業は四十八・二％）

十一月一日、厚生省が千葉県幕張に国立障害者職業総合センターを開設する／**十一日**、全日本精神薄弱者育成会が平凡社に『哲学辞典』の「精神薄弱」の差別的記述の改訂を要望する／**二十二日**、全国自立生活センター協議会（ＪＩＬ）が設立される

十二月四日、労働省の障害者雇用審議会が重度障害者・知的障害者雇用改善策を意見具申する（ダブルカウント制導入、企業に対する助成措置の拡大策を提言）／東京都が知的障害者・痴呆性高齢者・精神障害者権利擁護センター「すてっぷ」を開所する（東京都社会福祉協議会に運営委託）

＊全国で十ヶ所、知的障害者通勤寮に生活支援センターが設置される／通勤寮全国大会（徳島大会）が開催され、当事者による活躍が注目される／大阪で知的障害当事者組織なかま会が結成される／絵本作家はたよしこが兵庫県西宮市の知的障害者授産施設「武庫川すずかけ作業所」で絵画クラブを始める／米国カリフォルニア州のキャピトル・ピープルファーストの活動家コニー・マーチネスが来日、米国におけるピープルファースト運動の現状を紹介する／国際障害分類試案に関するカナダ協会、カナダ・モデルを発表する（環境因子とインペアメント・ディスアビリティの相互作用によりハンディキャップが生ずる）

平成四年（一九九二年）

・小野晃『精神遅滞者の肥満と運動』（一月　同成社）
・丸山健二『千日の瑠璃』（上下　一月　文芸春秋）
・ミッシェル・トゥルニエ・大江健三郎「文学的創造を問う」（『群像』一月）

・鈴木勉編『青年・成人期障害者の自立・発達・協同』（二月　溪水社）
・宮城県特殊教育研究会精神薄弱教育専門部編『宮城県精神薄弱教育史』（二月）
・内山二郎編『ＥＫＯ・こだまするもの』（三月　かど創房）
・全日本精神薄弱者育成会『精神薄弱者の就労を支える条件に関する調査』（三月）
・辻創「今こそ管理教育の復権を」（『文芸春秋』三月）
・池田由紀江『ダウン症児の発達と教育』（四月　明治図書）
・大江健三郎「茱萸の木の教え・序」（『群像』四月）
・国松五郎兵衛『学ぶ喜びを育てる精神薄弱児教育』（四月　東洋出版）
・大江健三郎「文芸時評」（『朝日新聞』四月～平成六年三月）
・日本推理作家協会編『推理小説代表作選集』長尾誠夫「早池峰山の異人」（五月　講談社）
・Valentine Dmitriev 他『ダウン症候群と療育の発展』（竹井和子訳　六月　協同医書出版社）
・安藤忠・青木文夫監修『ダウン症児の学校教育』（七月　同朋舎出版）
・安藤忠・井上和子監修『ダウン症児・者の社会生活』（七月　同朋舎出版）
・安藤忠・待井和江『ダウン症児の保育』（七月　同朋舎出版）
・大野由三『精神遅滞児の教育』（七月　めいけい出版）
・柴田洋弥・尾添和子『知的障害をもつ人の自己決定を支える』（七月　大揚社）
・磯部裕三『会社人間のボランティア奮戦記』（八月　文芸春秋）
・カルロ・ソシオロス「「牛の民主主義」を糾す」（訳者名記載なし　『文芸春秋』八月）
・白石正久他『はじめての障害児保育』（八月　かもがわ出版）
・仙台障害福祉研究会『精神薄弱者更正（通所）施設全国実態調査報告書』（八月）
・ダニエル・キイス『24人のビリー・ミリガン　ある多重人格者の記録』（上下　堀内静子訳　八月　早川書房）
・藤本文朗他編『学校5日制と障害児の発達　子ども・学校・地域づくり』（八月　かもがわ出版）
・大江健三郎『人生の習慣（ハビット）』（九月　岩波書店）
・J・M・アスピナス『君の名はオルガ』（田沢耕訳　九月　春秋社）
・大江健三郎「文学再入門」（『NHK人間大学』十月）
・全日本精神薄弱者育成会編『私たちにも言わせて、ぼくたち私たちのしょうらいについて　元気の出る本』（十月）
・田島征三『ふしぎのアーティストたち　信楽青年寮の人たちがくれたもの』（十月　労働旬報社）
・田辺聖子『ほととぎすを待ちながら』「いけない小説のたのしい美味」（十月　中央公論社）
・福井達雨「統合教育か特別教育か」（『日本の論点』十月）
・編集部「データ・ファイル83」（『日本の論点』十月）
・編集部「データ・ファイル85」（『日本の論点』十月）
・阿部牧郎「文春ブッククラブ『会社人間のボランティア奮戦記』」（『文芸春秋』十一月）
・池上冬樹「文春ブッククラブ『24人のビリー・ミリガン―

ある多重人格者の記録―（上・下）』」（『文芸春秋』十一月）
・河東田博『スウェーデンの知的しょうがい者とノーマライゼーション』（十一月　現代書館）
・トーマス＝ベリイマン『てんかんとたたかうヨアキム』（石井登志子訳　十一月　偕成社）
・山口薫『精神薄弱教育の教育課程Q＆A』（十一月　学習研究社）
・太田昌孝・永井洋子編『自閉症治療の到達点』（十二月　日本文化科学社）
・編集部「映画漫歩」（『文芸春秋』十二月）
・青木英夫『花火　ダウン症者と共に生きる』（発行月不明）

一月十三日、厚生省が平成二年九月現在の知的障害児（者）福祉基礎調査結果を発表する（知的障害児（者）数三十八万五千百人と推計）／**十九日**、東京都渋谷区で全日本精神薄弱者育成会が知的障害当事者達の集まりによる「青年の主張」を開催する（「じぶんたちの会」が準備的に発足、その後「さくら会」として発足）

三月十日、労働省が、平成三年において特に雇用率改善のみられない百十三社を特別指導、うち四社の社名を公表する／**十九日**、全日本精神薄弱者育成会が、第四回介護福祉士国家試験問題について、知的障害者に対する偏見と誤りがあるとして厚生省に抗議する

四月一日、厚生省が知的障害者デイサービス事業を開始する／**一日**、大阪府が非常勤の府職員として施設入所の知的障害者二名を採用する（神奈川県も非常勤の県職員として一名採用）／**十五日**、日本と中国はアジア太平洋障害者の十年を国連・アジア太平洋経済社会委員会（ESCAP）に共同提案、決議が採択される

六月三日、障害者雇用促進法が改定される（障害者雇用対策基本方針の策定、重度知的障害者の雇用率制度におけるダブルカウント等。施行は七月一日）／**二十五日**、総務庁が社会福祉法人の指導監督に関する行政監査結果を発表する（社会福祉施設を経営する社会福祉法人のなかに、授産施設で工賃全額を入所者に支払わず一部を繰越金に入れるなどしている法人があることが明らかに。このため厚生省に資金管理に関する指導の強化や自主的チェック体制の強化等を勧告。全国社会福祉協議会も同主旨の提言をまとめる）

七月一日、北海道で障害者雇用アドバイザー事業が実施される／**三十日**、授産施設制度のあり方研究会が「授産施設制度のあり方に関する提言」を発表する（授産施設の名称変更、授産施設を高賃金を目指す福祉工場、訓練と福祉的就労の両機能をもつ授産施設、創作や軽作業等の施設の三種に分ける。障害種別間の一部相互利用等）

八月十二日、労働省が障害者雇用に消極的な民間企業二十三社に特別指導を始める（前年末現在雇用計画実施率が三割未満の企業対象。翌年四月までに改善されない場合は企業名公表）

九月十二日、全国の国公立幼稚園・小中高校・養護学校で週五日制が始まる（最初は月一回）／**十三日**、国際パラリンピック委員会がパラリンピック・マドリッド92から知的障害者部門を設けることを決定する／知的障害当事者組織札幌みんなの会が結成される

十月二十四日、労働省が同年六月現在の「身体障害者及び知的

障害者雇用状況」を発表する（障害者雇用率一・三六％で過去最高に）／大阪府、兵庫県が福祉のまちづくり条例を制定、以後全国に条例制定運動が波及する

十一月、第一回全国知的障害者スポーツ大会（通称「ゆうあいピック」）が東京で開催される／国連・障害者の十年最終年イベントが開催される（実行委員会。海外から六人のゲストを招き全国十六ヶ所で講演会・交流会開催）／日本ＬＤ学会が設立される（平成二十一年四月に一般社団法人）

十二月四日、共同作業所全国連絡会が作業所実態調査結果を発表する（回答は二百二ヶ所。企業からの受注減少五十八・二％、一般企業からの受注ストップ三十六・四％、不況理由の解雇・一時帰休十ヶ所等）／**五日**、映画『ザザンボ』（監督は渡辺文樹）が公開される／**六日**、総理府が国連・障害者の十年最終年にあたり、障害者に関する世論調査の結果を発表する（対象は二十歳以上の三百人、回収率七十五・七％、障害者の日を知っている者二十四・〇％）／米国の映画『二十日鼠と人間』（主演はゲイリー・シニーズ）が日本で公開される／北京で障害者の十年最終年評価会議が開催される（国連。アジア・太平洋障害者の十年に向けて行動計画採択、百七項目の目標設定）

＊知的障害者が陶芸に取り組み作品を売る授産施設「工房陶友」が開設される（代表は大脇友弘）／フィリピンで障害者のマグナカルタ法が制定される（障害者に対する雇用・交通・公共設備の使用での差別禁止、投票所へのアクセス等）

平成五年（一九九三年）

・クレール・アンブロセリ『医の倫理』（中川米造訳　一月　白水社）
・寺山千代子他編『自閉症・学習障害に迫る』（一月　コレール社）
・日本障害者雇用促進協会『大手企業で働く精神薄弱者』（一月）
・加藤正明編『新版精神医学事典』（二月　弘文堂）
・千田節男『魯鈍記　のろま編』（二月　北日本印刷）
・山口洋史『イギリス障害児「義務教育」制度成立史研究』（二月　風間書房）
・東京都老人総合研究所『高齢化する精神薄弱者の処遇を考える』（三月）
・恵崎順子『信楽で暮らす　知的障害をもつ人達の家信楽青年寮から』（四月　文理閣）
・東京都精神薄弱者育成会『自立ということの意味』（五月　大揚社）
・帚木蓬生『臓器農場』（五月　新潮社）
・福井達雨『愛が咲いたよ』（五月　いのちのことば社）
・古山高麗雄「セミの追憶」（『新潮』五月）
・池田満寿夫・式場俊三『裸の放浪画家・山下清の世界』（六月　講談社）
・窪島務他編『自閉症児と学校教育』（六月　全国障害者問題研究会出版部）
・小宮三弥・山内光哉編『精神遅滞児の心理学』（六月　川島書店）
・服部和實『白痴の語る話』（六月　私家本）
・山本おさむ『どんぐりの家』（七月～平成十年一月　小学館）

・大江健三郎「燃えあがる緑の木　第一部」（『新潮』九月）
・全日本精神薄弱者育成会『私たちにも言わせて、ゆめときぼう　元気のでる本』（九月）
・木部克己『甲山報道に見る犯人視という凶器』（十月　あさを社）
・鈴木正子『この学校、好き！　母と子で体験したスペシャル・スクール』（十月　ぶどう社）
・ドナ・ウィリアムズ『自閉症だったわたしへ』（河野万里子訳　十月　新潮社）
・野沢和弘「記者の目・用語の廃止　福祉団体が『精神薄弱』を言い換え」（『毎日新聞』十月）
・モーリス・タックマン他編『パラレル・ヴィジョン　20世紀美術とアウトサイダー・アート』（十月　淡交社）
・飯田進編『地域で働くことを支える　知的・精神的障害をもつ人たちの地域就労援助』（十一月　ぶどう社）
・大江健三郎『新年の挨拶』（十二月　岩波書店）

一月二十一日、中央心身障害者対策協議会が「国連・障害者の10年以降の障害者対策の在り方について」意見具申する（知的障害者のグループホーム事業、生活支援事業の充実、公的住宅の整備促進等）

二月一日、大阪市民生局が知的障害者ガイドヘルパー派遣事業実施要綱を実施する／**十五日**、厚生省が老人福祉法等一部改正（四月一日施行）及び政省令の改正を通知する（知的障害者福祉に関する事務についても政令指定都市特例を設ける）

四月一日、国際障害者年日本推進協が日本障害者協議会（ＪＤ）と改称する／**一日**、労働省が障害者雇用対策基本方針を発表する／**一日**、厚生省が「精神薄弱者援護施設等入所者の地域生活への移行の推進について」を都道府県・指定都市に通知する（いったん施設を退所しても一定期間内であれば再入所を暫定的に認める。認定定員の五％の範囲内で定員を超えての措置を認める）／福岡市博多区で音楽グループ「ＪＯＹ倶楽部ミュージックアンサンブル」が設立される

五月二十六日、子どもの権利条約、衆院で全会一致で可決し参院に送付されるも衆院解散で不成立となる

六月十一日、衆院本会議で障害者基本法が可決される（衆院解散で廃案）／**十四日**、近畿の国立大学附属病院の医師が、三人の精神遅滞者の正常な子宮を、生理の処理の介助が大変という理由で摘出した問題（子宮摘出問題）で、文部省が中部、近畿の全国立大学を調査する（中部地方の大学が事実関係を認めたため法に触れるか否か検討が開始される）／**二十四日**、全日本精神薄弱者育成会が障害者からの子宮摘出問題で理事長見解を公表する（「基本的人権の見地から絶対に許せない行為」。全国的な状況の把握を始める）／**二十四日**、カナダ・トロントで知的障害当事者組織ピープルファースト第三回国際大会が開催される（二十八日まで。日本から八十五名参加。日本でもピープルファーストの組織化が始まる。ピープルファーストとは、私達は障害者である前にまず人間だ、という意味。全日本精神薄弱者育成会の四月から六月の調べで、全国に十八の知的障害当事者グループを確認）

七月一日、横浜市で重度知的障害者対象の介助型生活ホーム補助事業が開始される

八月二十二日、韓国ソウルで第十一回アジア知的障害者会議が

開催される（二十七日まで）／**二十三日**、千葉県幕張メッセで世界精神保健連盟一九九三年世界会議が開催される（二十七日まで。精神障害者と精神薄弱者の福祉と家族が会議のサブテーマの一つ）
九月七日、DPI日本会議が大和川病院事件と子宮摘出手術問題で厚生省と交渉する／東京の世田谷美術館で「パラレル・ヴィジョン─二十世紀美術とアウトサイダー・アート」展が開催される（十二月まで。同展覧会の始まりは前年、ロサンゼルスのカウンティ・ミュージアムから。小企画として「日本のアウトサイダー・アート」という展示が併設。この展覧会がきっかけとなって、みずのき寮の作品三十二点がアール・ブリュット・コレクションに収蔵されることに）
十一月、障害者総合情報ネットワークが発足する（代表世話人は二日市安。『月刊BEGIN』と季刊誌『ジョイフル・ビギン』を発行）
十二月三日、障害者基本法が公布される（心身障害者対策基本法を改題。法の目的・基本理念の改正、対象の拡大、障害者基本計画の策定等）／**二十日**、国連総会で障害者の機会均等化に関する基準規則が採択される
＊文部省が「通級による指導」を開始する（知的障害や学習障害の子供は対象外）／この年、障害者雇用率未達成企業からの雇用納付金が過去最高の二百八十億円／第一回兵庫重症心身障害児教育研究集会が開催される／デンマークに全国知的障害者連盟（UHF）が誕生する／スウェーデンで機能障害者援助サービス法（LSS）が制定される／スウェーデンで社会庁が施設解体の責任当局として明確化される

平成六年（一九九四年）

・永野佑子他『障害児の思春期・青年期教育』（一月　労働旬報社）
・北海道立太陽の園・伊達市立通勤センター旭寮編『施設を出て町に暮らす』（一月　ぶどう社）
・国分充『精神遅滞児・者のバランスの多要因的・多水準的解析』（二月　風間書房）
・田口則良『精神遅滞児の認知的動機づけに基づく指導法の研究』（二月　北大路書房）
・久田則夫『高齢知的障害者とコミュニティ・ケア』（二月　川島書店）
・山本直英監修『心とからだの主人公に』（二月　大月書店）
・ゆうきえみ『こげよブランコもっと高く』（二月　大日本図書）
・テンプル・グランディン他『我、自閉症に生まれて』（カニングハム久子訳　三月　学習研究社）
・堀正嗣『障害児教育のパラダイム転換　統合教育への理論研究』（三月　柘植書房）
・生瀬克己『障害者と差別表現』（四月　明石書店）
・M・ベヴェリッジ他編『知的障害者の言語とコミュニケーション』（上下　今野和夫・清水貞夫監訳　四月　学苑社）
・柳田邦男「犠牲─わが息子・脳死の11日」（『文芸春秋』四月）
・柳崎達一『精神薄弱者福祉論』（四月　中央法規出版）
・大沢在昌「闇先案内人」（『別冊文芸春秋』四月～平成十三年七月）
・長谷川敬『山下清』（五月　講談社）

・福井達雨『愛がいっぱいいっぱい』（五月　偕成社）
・Robert. L. Schalock 編『知的障害・発達障害を持つ人のＱＯＬ』（三谷嘉明・岩崎正子訳　五月　医歯薬出版）
・大江健三郎「燃えあがる緑の木　第二部」（『新潮』六月）
・小野末夫『素っ裸の山下清』（六月　ほたる書房）
・ピーター・ヘッジズ『ギルバート・グレイプ』（高田恵子訳　六月　二見書房）
・大塚達雄・黒木保博編『京都発　障害児の統合キャンプ』（七月　ミネルヴァ書房）
・ダニエル・キイス『ビリー・ミリガンと23の棺』（上下　堀内静子訳　七月　早川書房）
・南木佳士「上田医師の青き時代」（『別冊文芸春秋』七月）
・恵崎順子『町で暮らすために』（八月　文理閣）
・古賀逸志『知的障害児と共に』（八月　日本図書刊行会）
・障害者の生と性の研究会『障害者が恋愛と性を語りはじめた』（八月　かもがわ出版）
・白石正久『発達障害論　第1巻』（八月　かもがわ出版）
・白石正久『発達の扉』（上下　八月・平成八年八月　かもがわ出版）
・内山登紀夫他編『自閉症のトータルケア　ＴＥＡＣＣＨプログラムの最前線』（九月　ぶどう社）
・打海文三『時には懺悔を』（九月　角川書店）
・花村春樹『「ノーマリゼーションの父」Ｎ・Ｅ・バンク－ミケルセン』（九月　ミネルヴァ書房）
・編集部「映画漫歩」（『文芸春秋』九月）
・池田由紀江・菅野敦『ダウン症児のことばを育てる』（十月　福村出版）
・中里善昭「女子中高生を襲うアルコール依存症」（『文芸春秋』十月）
・エーヴィ・コルベリイ他『性について話しましょう　知的障害をもつ人々のために』（河東田博他訳　十一月　大揚社）
・日本精神薄弱者福祉連盟編『発達障害白書』（十一月　日本文化科学社）
・ウィンストン・グルーム『フォレスト・ガンプ』（小川敏子訳　十二月　講談社）
・高井俊夫『ダウン症の早期教育』（十二月　二瓶社）
・綱淵謙錠『空白の歴史』（十二月　文芸春秋）
・M・E・タルボット『エドゥアール・セガンの教育学　精神遅滞児教育の理論』（中野善達・清水知子訳　十二月　福村出版）

一月一日、『手をつなぐ』編集委員会が「精神薄弱」の用語について発表する（「精神薄弱」をやめ「知的障害」に、「精神薄弱者」は「知的な障害を持つ人」に、原則として「知的障害者」という表現は避ける）

二月十日、大蔵省が九十四年度予算案を各省に内示する（社会保障関係費は前年度比二千九百六十八億円増の十三兆四千四百二十四億円で伸び率は〇・九％、八十四年度の二・〇％以来の低い伸び率。社会福祉費は六・六％増の三兆千八百六十四億円）／**十二日**、日本介護福祉士会が結成される

三月二十九日、参議院が子どもの権利条約批准案を全会一致で可決する（五月二十二日発効）

四月、ＮＨＫラジオ第二『ラジオ特殊学級』が『ともに生きる』

と改題される
五月三日、東京で知的障害当事者六団体（札幌みんなの会、伊達わかば会、大阪なかま会、東京すてっぷクラブ、東京ゆうあい会、川崎ふれあいネットワーク）がふれあい交流集会を開催する
六月二日、労働省が知的障害者雇用促進支援事業を実施する／**七日**、大阪府が「精神薄弱者」の用語を「知的障害者」に改める通知をだす／**七日**、スペイン・サラマンカで特別ニーズ教育世界会議が開催される（十日まで。九十二ヶ国の政府と二十五の政府間機関が参加。インクルーシブ教育の原則が確認される）／**十日**、サラマンカ宣言が採択される／障害者雇用促進法が一部改定される（雇用支援センターの設置等）
七月一日、神奈川県の知的障害者更生施設「厚木精華園」でオンブズマン制度が発足する／**十二日**、全日本精神薄弱者育成会が「精神薄弱」の用語と会名変更について全国アンケート調査をする
八月二十日、米国の映画『ギルバート・グレイプ』（主演はジョニー・デップ）が日本で公開される
九月二十二日、厚生省が障害保健福祉施策推進本部を設置する／独国で障害者差別禁止条項をもつ新憲法が制定される／カイロで国際人口開発会議が開催される（DPI日本会議女性障害者ネットワークが優生保護法の問題を提起）
十月、大阪で全国知的障害者交流大会が開催される
十一月十九日、徳島で全日本精神薄弱者育成会が第十三回大会を開催する（「1　私たちに関することは、私たちを交えて決めていくようにしてください。」等、初の本人決議が採択される）
十二月五日、総理府が「障害者のために講じた施策の概要に関する年次報告」をだす（平成六年度版『障害者白書』、初の障害者白書）／**九日**、日本障害者協議会が「新長期計画―アジア太平洋障害者の十年に向けて」を発表する／被爆者援護法が制定される（「原子爆弾小頭症手当の支給」）
＊全日本精神薄弱者育成会調べによる知的障害当事者が組織する会は、十都道府県四政令市に十八団体／スペシャルオリンピックス日本（SON）が国内本部として発足する／宮崎市に芸術文化活動の集いの場として「障害者芸術村どんこや」が設立される（平成十年に小規模作業所となり、「アートステーションどんこや」と改称。平成十六年、社会福祉法人化。平成二十三年四月から障害者自立支援法に基づく生活介護事業、就労継続支援B型事業開始）／スウェーデンで障害者福祉改革が実施される（知的障害者施設の解体、ハンディキャップ・オンブズマン制度創設）／DPI世界会議シドニー大会が開催される

平成七年（一九九五年）

・大江健三郎『あいまいな日本の私』（一月　岩波書店）
・大江健三郎「井伏さんの祈りとリアリズム」（『別冊文芸春秋』一月）
・立花隆「イーヨーと大江光の間」（『文学界』一月）
・桧山繁樹『青春』「白痴」（一月　近代文芸社）
・堀和久「八代将軍吉宗」（『別冊文芸春秋』一月）
・阿刀田高「いじめの構造」（『小説現代』二月）
・徳田茂『知行とともに　ダウン症児の父親の記』（二月　川島書店）

・大江健三郎「燃えあがる緑の木　第三部」（『新潮』三月）
・片桐和雄『重度脳障害児の定位反射系活動に関する発達神経心理学』（三月　風間書房）
・全日本精神薄弱者育成会『私たちにも言わせて　希望へのスタート』（三月）
・手をつなぐ親の会『あなたをまもるほうりつの本　わたしたちのけんり』（三月　全日本精神薄弱者育成会）
・東京都心身障害者福祉センター『知的障害者のための本人活動についての学習書』（一～三　三月）
・長崎勤『ダウン症乳幼児の言語発達と早期言語指導』（三月　風間書房）
・編集部「映画漫歩」（『文芸春秋』三月）
・小山内美智子『車椅子で夜明けのコーヒー』（四月　文芸春秋）
・清野茂博・田中道治編『障害児の発達と学習』（四月　コレール社）
・白井佳夫「黒い潮（日本映画名作劇場）」（『別冊文芸春秋』四月）
・俵万智「候補作を読んで　粒が揃っている」（『文芸春秋』四月）
・増田美加他『ゆっくりおとなに』（四月　ポプラ社）
・宮本輝『人間の幸福』（四月　幻冬舎）
・小黒正夫『ダウン症の妹と歩んで』（五月　八朔社）
・ジルビア・ゲアレス他編『ドイツにおける精神遅滞者への治療理論と方法』（三原博光訳　五月　岩崎学術出版社）
・中上健次『中上健次全集』柄谷行人「三十歳、枯木灘へ」（解説　五月　集英社）
・ぽれぽれくらぶ『今どき、しょうがい児の母親物語』（五月　ぶどう社）
・岡本栄一他編『誰もが安心して生きられる地域福祉システムを創造する』（六月　ミネルヴァ書房）
・青来有一「ジェロニモの十字架」（『文学界』六月）
・福井達雨『ゆっくり歩こうなあ　愛の心で出会いたい』（六月　海竜社）
・南野雅子『しずくあつめて』（六月　学習研究社）
・櫻田淳「身障者が見た独裁者・麻原彰晃」（『文芸春秋』七月）
・西村陽平『手で見るかたち』（七月　白水社）
・松本健一「文春ブック倶楽部　『人間の幸福』」（『文芸春秋』七月）
・障害をもつ子どもたちの保育・療育をよくする会編『障害児を育てる　お父さん・お母さんに贈るメッセージ』（八月　かもがわ出版）
・福井達雨『子どもは闇のなかに輝いている』（八月　いのちのことば社）
・山口瞳『江分利満氏の優雅なサヨナラ』「捨て台詞」「玉葱」（九月　新潮社）
・柚木馥他編『巣立つ青年』（九月　コレール社）
・玉井真理子『障害児もいる家族物語』（十月　学陽書房）
・平松盟子「与謝野晶子　パリの百二十日」（『別冊文芸春秋』十月）
・宮城まり子「淳之介さんのこと」（『別冊文芸春秋』十月～平成十二年十月）

・編集部「映画漫歩」（『文芸春秋』十一月）
・柚木馥『知的障害者の生涯福祉』（十一月　コレール社）
・宮部みゆき「模倣犯」（『週刊ポスト』十一月〜平成十一年十月）
・木舩憲幸『精神発達遅滞児の人物画に関する基礎的研究』（十二月　風間書房）
・柳美里「もやし」（『群像』十二月）

一月九日、東京都で社会福祉協議会運営の全国初の品川介護福祉専門学校が開校、生徒募集を開始する（二年制、一学年四十人）／**十七日**、阪神・淡路大震災がおこる

二月十四日、障害児（者）を守る全大阪連絡協議会等が、阪神・淡路大震災被災地の障害者作業所被害状況調査結果を発表する（百三十四施設（うち無認可作業所九十五）で障害者十五人、職員二人が死亡。建物の全・半壊で再開不能が十八施設（うち無認可作業所が十六））／**十八日**、米国の映画『フォレスト・ガンプ／一期一会』（主演はトム・ハンクス）が日本で公開される／障害者総合情報ネットワーク主催のシンポジウム「障害者の生活はこのように変わる」が開催される

三月二十七日、文部省の協力者会議が学習障害児（ＬＤ）の定義を公表する（「全般的な知的発達に遅れはないが、聞く・話す・読む・書く・計算する・推論する等の特定の能力の修得と使用に著しい困難を示す様々な障害」）／**三十日**、静岡県浜松市教委が、特殊学級の呼称は差別的イメージを与えるとして新年度から発達学級に変えると発表する

四月一日、知的障害者更生施設「厚木精華園」で施設オンブズマン制度の本格導入が決定される

五月十一日、総理府が市町村障害者計画策定指針を策定する／ＤＰＩ日本会議女性障害者ネットワークが呼び掛け「優生保護法、刑法堕胎罪の撤廃を求める要望書」で厚相と話し合う／**十九日**、精神保健法を改正して精神保健福祉法を公布する

六月二十七日、障害者対策推進本部が障害者週間（十二月三日から九日）を設定する／**三十日**、国際精神薄弱者育成会連盟がInclusion International に改称を決定する／バンコクでアジア・太平洋障害者の十年第一回推進状況検討会議が開催される

七月二十五日、厚生省障害者保健福祉施策推進本部が障害者対策新長期計画の中間報告を発表する／**二十九日**、大阪で全国障害者解放運動連絡会議第二十回記念全国交流集会が開催される

八月二十九日、福岡市立美術館で止揚学園ギャラリー展が開催される／「全国訪問教育・親の会」が発足する

九月二十九日、映画『静かな生活』（主演は佐伯日菜子）が公開される

十月十三日、テレビドラマ『未成年』が始まる（主演はいしだ壱成。十二月二十二日まで）／水戸事件が発覚する（茨城県水戸市の「アカス紙器」における知的障害の従業員に対する暴行・強姦事件。平成八年二月十五日、障害者問題人権弁護団が被害者に事情聴取をし、二十五日には被害を聞く会開催、虐待の事実が次々と明るみに。平成九年二月二十四日、被害者弁護団と両親が水戸地検の準強姦不起訴に対し暴行容疑で告訴。三月二十八日、水戸地裁が元社長赤須正夫に執行猶予の判決をだす（懲役三年執行猶予四年。被害者の支援者等、寛刑判決に抗議、器物損壊で逮捕される）。民事訴訟が提起され、平成十四年八月二十三日、地裁が原告の知的障害者の口頭弁論を開く。平成十

六年三月三十一日、地裁が判決をだす（元社長に計千五百万円の支払いを命じる））／国際育成会連盟、中東欧における知的障害者の人権に関する会議、ワルシャワ宣言を採択する

十二月九日、東京で第一回障害者政策研究全国集会が開催される（毎年十二月開催）／**十八日**、障害者保健福祉施策推進本部が障害者プランを発表する（ノーマライゼーションプラン。平成八年から平成十四年の七年計画で、数値目標を入れる。知的障害者更生施設は、平成七年現在は八万四千四百九十人分で、平成十四年計画目標は九万五千人分）／東京で知的障害当事者によるピープルファーストはなし合おう会が結成される／リーガル・アドボカシー育成会議（ＬＡＤＤ）が発足する

＊神奈川県で知的障害施設協会が協会加盟の全施設が参加するオンブズマン制度を創設する／エイブル・アート・ジャパン（会長は嶋本昭三）が主導するエイブル・アート運動が始まる／東京ＹＭＣＡが自閉症やダウン症の子供を対象にスキー指導を始める／英国で障害者差別禁止法が制定される

平成八年（一九九六年）

・池内紀「文春ブック倶楽部　『手で見るかたち』」（『文芸春秋』一月）
・柳田邦男「魂が歌う時」（『別冊文芸春秋』一月）
・立原えりか『いつもあなたを愛してる』（二月　近代文芸社）
・中村梅雀「『徳川家重』まともに語る」（『文芸春秋』二月）
・星野博美『謝々！チャイニーズ』（二月　情報センター出版局）
・村上春樹「七番目の男」（『文芸春秋』二月）
・横山泰行『精神遅滞児の身体発育』（二月　風間書房）
・小林竜雄『向田邦子の全ドラマ　謎をめぐる12章』（三月　徳間書店）
・桜井亜美『イノセントワールド』（三月　幻冬舎）
・全日本手をつなぐ育成会『もっと［2］』（三月）
・西村章次『自己対象反応の傾向から見た知的障害児と自閉性障害児の発達的、臨床的研究』（三月　風間書房）
・日本小児医事出版社編『重症心身障害児の栄養管理マニュアル』（三月）
・渡辺健治『ロシア障害児教育史の研究』（三月　風間書房）
・大江健三郎他『日本語と日本人の心』（四月　岩波書店）
・大江健三郎『ゆるやかな絆』（四月　講談社）
・佐野眞一「三代の過客」（『別冊文芸春秋』四月）
・ジェイソン・キングスレー他『仲間に入れてよ』（戸苅創監訳　四月　メディカ出版）
・ビル・ウォーレル『ピープル・ファースト　支援者のための手引き』（河東田博訳　四月　現代書館）
・関谷ただし『ガッツがっちゃん旅がらす』（五月　草炎社）
・日本精神薄弱者愛護協会出版企画委員会編『障害福祉の基礎用語　知的障害を中心に』（五月）
・池内紀編『山下清の放浪日記』（六月　五月書房）
・小池将文「論壇　障害は個性と考えたい」（『朝日新聞』六月）
・溝口昌信『愚教師の記　精神薄弱児に光を見た』（六月　近代文芸社）
・麻生千晶「社長、御社の提供番組を見ていますか」（『文芸春秋』七月）

・飯沼和三『ダウン症は病気じゃない』（七月　大月書店）
・石井めぐみ『笑ってよ、ゆっぴい』（七月　フジテレビ出版）
・江口正彦『身体障害者の見た知的障害を持つ人たちの世界』（七月　はる書房）
・大谷実『精神保健福祉法講義』（七月　成文堂）
・E・D・リーツ『ダウン症のサラ』（白井徳満・白井幸子訳　八月　誠信書房）
・黒沼克史「日本のビリー・ミリガン」（『文芸春秋』八月）
・障害者の生と性研究会『知的障害者の恋愛と性に光を』（八月　かもがわ出版）
・長崎勤・小野里美帆『コミュニケーションの発達と指導プログラム』（八月　日本文化科学社）
・日本社会臨床学会編『施設と街のはざまで「共に生きる」ということの現在（いま）』（八月　影書房）
・荒木飛呂彦『ジョジョの奇妙な冒険　第四十九巻』「5プラス1」（九月　集英社）
・大泉溥監修『文献選集教育と保護の心理学　明治大正期　第六巻』（九月　クレス出版）
・東京都知的障害者育成会『知的障害者の生活寮』（九月　日本文化科学社）
・原田正純『胎児からのメッセージ　水俣・ヒロシマ・ベトナムから』（九月　実教出版）
・松友了『父は吠える』（九月　ぶどう社）
・萩原葉子「輪廻の暦」（『新潮』十月）
・高谷清『支子　障害児と家族の生』（十一月　労働旬報社）
・天理教道友社編『賢愚和楽　田村一二の世界』（十一月　天理教道友社）
・名古屋恒彦『生活中心教育戦後50年　知的障害教育方法史』（十一月　大揚社）
・梨木香歩『裏庭』（十一月　理論社）
・吉松隆『アダージョ読本』（十一月　音楽之友社）
・進一鷹『重度・重複障害児の発達援助技法の開発』（十二月　風間書房）
・全国障害者とともに歩む兄弟姉妹の会東京都支部編『きょうだいは親にはなれない…けれど　ともに生きるPART2』（十二月　ぶどう社）
・D・E・ロジャース『かくれた天使』（飯沼和三訳　十二月　同成社）
・バーニス・ルーベンス『顔のない娘』（窪田憲子訳　十二月　ヤマダメディカルシェアリング創流社）
・港千尋『記憶』（十二月　講談社）
・柳美里「家族シネマ」（『群像』十二月）

一月一日、スウェーデンで、養護学校の設置主体が県から市に移譲される／**八日**、テレビドラマ『ピュア』が始まる（主演は和久井映見。三月十八日まで）／**八日**、テレビドラマ『オンリー・ユー～愛されて～』が始まる（主演は鈴木京香。三月十一日まで）／**八日**、埼玉県教委が、県立越谷養護学校小学部二年の知的障害児・瀬尾卓也の越谷市立大沢北小学校普通学級転校を認める／**十九日**、政府が障害者対策推進本部の名称を障害者施策推進本部に変更する

二月六日、滋賀県甲賀郡七町が知的障害者への二十四時間体制のホームヘルパー派遣事業を始めることを決定する

四月一日、知的障害者通所援護事業が開始される（国庫補助六百四十七ヶ所、百十万円／所）／**一日**、厚生省が身体障害者及び在宅知的障害者デイサービス事業の実施要綱を一部改定する（入浴サービス・給食サービスの実費利用者負担導入等）／**七日**、愛媛県立第三養護学校（知的障害）高等部二年の男子生徒の両親が、同生徒が同校講師に二度にわたり暴行を受け怪我をさせられた事件で警察署に抗議する／青森県で「重症心身障害児者親の会」が発足する

五月十日、厚生省が「市町村障害者生活支援事業の実施について」通達する（他に、「障害児（者）地域療育等支援事業」（知的障害）等）／**十五日**、滋賀県八日市署が肩パッド製造会社「サングループ」社長和田繁太郎を横領容疑で逮捕、知的障害者従業員への虐待事件も明るみにでる（サングループ事件）

六月二十六日、優生保護法が改定され、名称を母体保護法として公布される（優生上の見地から、不良な子孫の出生防止、任意・強制優生手術や人工妊娠中絶が規定されていたが、削除される）

七月、障害者施策の総合的推進を図る意図で、厚生省に障害保健福祉部が設置される／福岡県糟屋郡須恵町に障害者の生活介護施設「あゆみのもり須恵」が開設される

八月、ワシントンコロンビア特別区でＤＰＩ世界評議会が開催される

九月、ソウルでアジア・太平洋障害者の十年第二回推進状況検討会議が開催される

十一月二十一日、市民福祉サポートセンターが発足する（障害児（者）問題等に取り組む市民活動団体や個人が参加。市民福祉に関する情報交換、政策提言を目指すＮＰＯ）

十二月二日、和歌山市内の縫製工場の女性経営者が従業員の障害基礎年金を着服し健康保険証の不正使用で多額の借金を重ねていたことが発覚する／厚生省が全国千三十二の障害者施設、五百八十一法人の指導監査（平成六年実施）の結果を発表する／国連総会で特別報告者ベンクト・リングクヴィストの「障害者の機会均等に関する基準規則」モニタリング報告が採択される

＊平成八年現在の東京都の知的障害者更生施設数は六十三ヶ所（うち三十九ヶ所は都外。秋田に七、千葉に六、栃木・山梨に各四、山形・群馬・長野に各三、青森・静岡に各二、宮城・福島・埼玉・神奈川・岐阜に各一）／映画『学校』（主演は西田敏行）が製作される／テレビドラマ『ランタナの花の咲く頃に』（主演は若松武）が始まる／テレビドラマ『ちいさな大冒険　感激！自分の足で踏みだす旅』（主演は今井雅之）が始まる／山梨県の富士聖ヨハネ学園の入所者虐待事件が明るみにでる／ベルギー・米国の映画『八日目』（主演はパスカル・デュケンヌ）が製作される／スリランカで障害者権利保護法が制定される（教育や雇用における差別禁止、障害者協議会による法違反事案の提訴等）／香港で障害者差別禁止条例が制定される

平成九年（一九九七年）

・大西光子『庭の出来事』（一月　新風舎）
・田中澄江「憂国「女十字軍」結成のすすめ」（『文芸春秋』一月）
・浜田寿美男『ありのままを生きる』（一月　岩波書店）

・藤目ゆき『性の歴史学　公娼制度・堕胎罪体制から売春防止法・優生保護法体制へ』（二月　不二出版）
・松田伯彦『健常児と精神遅滞児の触覚による感覚運動学習』（二月　北大路書房）
・嶺井正也『障害児と公教育　共生共育への架橋』（二月　明石書店）
・阿部よしこ『合言葉はノー・プロブレム　自閉症の子ら、カナディアン・ロッキーへ』（三月　岩波書店）
・一番ヶ瀬康子他編『福祉の仕事・資格・職場マルチガイド』（四月　労働旬報社）
・サイモン・バロン＝コーエン『自閉症とマインド・ブラインドネス』（長野敬他訳　四月　青土社）
・高谷清『はだかのいのち　障害児のこころ、人間のこころ』（四月　大月書店）
・龍鎬淑「日韓いかに処すべきか　「人生の親戚」」（『文芸春秋』四月）
・橋本佳博・玉村公二彦『障害をもつ人たちの憲法学習』（五月　かもがわ出版）
・福井達雨『あなたは何処に行くのですか』（五月　海竜社）
・ベス＝マウント他『さあ、はじめよう　知的障害者のためのネットワークづくり』（宇野田陽子訳　五月　出発のなかまの会）
・宮崎哲弥「船井幸雄印オカルト本の〝英雄〟たち」（『文芸春秋』五月）
・茂木俊彦『統合保育で障害児は育つか』（五月　大月書店）
・熊木正則『心の花』（六月　審美社）
・青来有一「雪の聖地」（『文学界』六月）
・横浜市自閉症児・者親の会編『自閉症の人たちのらいふステージ』（六月　ぶどう社）
・飯沼和三『ダウン症児の療育相談』（七月　大月書店）
・J・W・トレントJr.他『「精神薄弱」の誕生と変貌　アメリカにおける精神遅滞の歴史』（上下　清水貞夫他監訳　七月　学苑社）
・手塚直樹他『知的障害児・者の生活と援助　援助者へのアドバイス』（七月　一橋出版）
・テンプル・グランディン『自閉症の才能開発　自閉症と天才をつなぐ環』（カニングハム久子訳　七月　学習研究社）
・西原由美『海くんが笑った。　超重度障害児と家族の6年間』（七月　かもがわ出版）
・阿部美樹雄『よくわかる知的障害者の人権と施設職員のあり方』（八月　大揚社）
・コリン・ウィルソン「サカキバラとその同族」（関口篤訳『文芸春秋』八月）
・中島虎彦『障害者の文学』（八月　明石書店）
・三木裕和他『重症児の心に迫る授業づくり　生活の主体者として育てる』（八月　かもがわ出版）
・依田元子『精神薄弱児「衛」と共に』（八月　ほおずき書籍）
・灰谷健次郎『子どもの命のかけがえのなさ』（九月　労働旬報社）
・水越けいこ『神さまレイくんをありがとう』（九月　スターツ出版）
・渡辺達夫『知的障害者のための歯科診療』（九月　松本歯科大

学出版会）
・阿部和彦『子どもの心と問題行動』（十月　日本評論社）
・川村匡由編『福祉の仕事ガイドブック』（十月　中央法規出版）
・小林春美・佐々木正人編『子どもたちの言語獲得』（十月　大修館書店）
・ブライアン・キング編『平気で人を殺す人たち』（船津歩訳　十月　イースト・プレス）
・松島恭子『ダウン症乳児の親子心理療法』（十月　ミネルヴァ書房）
・伊藤隆二他監修『知力にハンディキャップを負うあなたに啓発されて』（十一月　法政出版）
・オーケ・ヨハンソン他『さようなら施設』（大滝昌之訳　十一月　ぶどう社）
・井田真木子「不破哲三日本共産党委員長徹底インタビュー」（『文芸春秋』十二月）
・鴨井慶雄・青木道忠『ともに育つ学級・学校づくり』（十二月　かもがわ出版）
・高村薫『レディ・ジョーカー』（上下　十二月　毎日新聞社）
・茂木俊彦他編『障害児教育大事典』（十二月　旬報社）
・山本おさむ・田中館哲彦『小説どんぐりの家』（十二月　汐文社）

一月二十九日、松山地裁が衆院選の選挙違反で元知的障害者施設長に有罪判決をだす（前年の衆院選で入所者に特定候補への投票を指示）

二月十日、神戸連続児童殺傷事件がおこる（五月まで。酒鬼薔薇事件、酒鬼薔薇聖斗事件とも。平成十四年七月十二日、神戸家裁が加害者の継続収容を決定（中等少年院に収容の加害者が二十歳になったことを受け、少年院での処遇と保護観察期間をあわせて平成十六年十二月末まで継続収容が相当と本人に伝える））

三月十日、厚生省が知的障害者雇用企業での虐待事件多発に関連し関係機関との連携と迅速対応を指示する／福島県の知的障害者施設「白河育成園」の職員十五名中五名が連名で、渡辺園長兼理事長を園生虐待と暴力的指導で内部告発する（白河育成園事件。十一月二十五日、被害者弁護団が理事長を医師法違反、暴行罪等で刑事告発。平成十年一月二十三日、法務省人権擁護局が理事長に対し、園生虐待について被害者への謝罪を勧告。二月二十三日、福島県が同園経営の社会福祉法人幸愛会の解散申請を認可。二月二十六日、理事長医師法違反、暴行容疑で書類送検。三十日、白河育成園廃園）

四月、三十二都道府県で高等部の訪問教育が試行的に実施される／英国で「コミュニティ・ケア（ダイレクト・ペイメント）法」が実施される（制定は前年。介助費用の現金による直接支給）

五月二十二日、国分寺市の知的障害者が放火事件で逮捕される（障害者通所施設の物置内でおきた不審火事件。平成十年七月九日、東京地裁八王子支部が懲役一年八ヶ月の実刑判決をだす（司法の場における知的障害者のコミュニケーション能力のハンディを補う仕組みを問題として弁護団が控訴）。平成十二年七月十九日、東京高裁が一審の有罪判決を支持し控訴を棄却。平成十六年三月十日、最高裁が自白の任意性を認め被告の上告

を棄却）

六月二十七日、東京都が「知的障害児・者施設処遇のあり方検討委員会」報告書を提出する（施設内虐待が少なくない事実を認めその防止について提言）／DPI日本会議と差別とたたかう共同体全国連合が、水戸・滋賀・和歌山の知的障害者雇用企業、施設の従業員・入所者虐待事件で労働・厚生・法務三省と交渉する／児童福祉法が改定される（平成十年四月一日施行。「養護施設」から「児童養護施設」へなど、児童福祉施設の名称変更等）

七月五日、静岡でDPI日本会議総会が開催される（六日まで）／**二十六日**、ピープルファーストはなし合おう会が東京都と話し合いをもつ

八月四日、大津NHKギャラリーで止揚学園の作品展「止揚展」が開催される／**二十三日**、富山で全国障害者解放運動連絡会議全国交流集会が開催される（二十四日まで）／**二十六日**、スウェーデンで日刊紙『ダーゲンスニュヘテル』が、同国で一九三五年断種法（正式名「特定の精神病患者、精神薄弱者、その他の精神的無能力者の不妊化に関する法律」）制定から一九七六年廃止までに約六万人に強制不妊手術が行われたと報道する（三十日まで）

九月六日、埼玉で差別とたたかう共同体全国連合全国大会が開催される（七日まで）／障害者の自立と完全参加をめざす大阪連絡会議（障大連）が発足する

十月一日、大阪府で後見支援センター「あいあいネット」が開設される／**二十日**、埼玉県に権利擁護センターが開設される（知的障害者等対象）

十一月十九日、東京都が今後は新たな都外施設はつくらないと発表する／**二十日**、東京都港区が全ての障害者を対象とした住宅十五戸を建設すると発表する／**二十五日**、厚生省の社会福祉事業の在り方に関する研究会が「基礎構造改革について（主要な論点）」をまとめる

十二月三日、DPI世界会議メキシコ大会が開催される（五日まで）／**三日**、共同作業所全国連絡会が「小規模作業所に関する第二次政策提言」をだす（第一次は昭和六十三年十一月）

＊映画『どんぐりの家』（主演は岡江久美子）が製作される／エイブル・アート・ジャパンが東京都美術館でエイブル・アート展を開催する（みずのき寮等の作品。平成十一年、同美術館で第二回展覧会開催）／大阪府茨木市の知的障害者施設の理事長が、自ら経営する建設会社の仕事で、入所者を危険な土木作業に無給で就かせていたことが発覚する／米国で個別障害者教育法（IDEA、一九九〇年制定）が修正される（普通学級での特別教育は障害児を含む全ての子供の利益に適うものでなければならない）／英国で特別教育に関する協議書がだされ、インクルーシブ教育の促進が図られる／ニュージーランドで矯正省が同国内の全ての刑務所における知的障害受刑者の収容状況や犯歴等に関する調査を行い、その結果が『ニュージーランドの刑務所における知的障害受刑者調査』として刊行される

平成十年（一九九八年）

・岩元甦子・岩元昭雄『走り来れよ、吾娘よ』（一月　かもがわ出版）
・米山岳廣『知的障害者の文化活動』（一月　文化書房博文社）

・鎌田正浩『知的障害がある子を真に受容するには』（二月　鳥影社）
・カリフォルニア・ピープルファースト編『私たち、遅れているの？　知的障害者はつくられる』（秋山愛子・斎藤明子訳　二月　現代書館）
・札幌みんなの会編『かがやくみらい　北のくにから愛をこめて』（二月　全日本手をつなぐ育成会）
・谷口明広編『障害をもつ人たちの性　性のノーマライゼーションをめざして』（二月　明石書店）
・清水貞夫『「軽度」精神遅滞の教育計画』（三月　田研出版）
・灰谷健次郎『子どもに教わったこと』（三月　日本放送出版協会）
・労働省職業安定局障害者雇用対策課編『知的障害者の雇用のために　知的障害者の雇用管理マニュアル』（三月　雇用問題研究会）
・朝野富三『いつか君に　ダウン症児・愛と死の記録』（四月　三一書房）
・石堂淑朗「われら映画に死す　第四話」（『別冊文芸春秋』四月）
・市村榮『知的障害者の心理学』（四月　日本特殊教育協会）
・大江健三郎『私という小説家の作り方』（四月　新潮社）
・菊地澄子『青空にキックオフ！』（四月　国土社）
・萩原葉子『作家の自伝78　萩原葉子』（四月　日本図書センター）
・茂木俊彦監修『ダウン症の子どもたち』（四月　大月書店）
・山口洋史・山田優一郎・障害児と児童文学研究会編『知的障害をどう伝えるか』（四月　文理閣）
・最首悟『星子が居る　言葉なく語りかける重複障害の娘との20年』（五月　世織書房）
・福田ますみ「甲山事件証言殺人犯として生きた二十四年」（『文芸春秋』五月）
・藤沢周「ブエノスアイレス午前零時」（『文芸』五月）
・細井真一「「ここに残っていたら絶対に死ぬなと、そのとき思いました」」（『文芸春秋』五月）
・山本おさむ『「どんぐりの家」のデッサン　漫画で障害者を描く』（五月　岩波書店）
・柚木馥『知的障害者の法外小規模施設における教育実践』（五月　コレール社）
・小川喜道『障害者のエンパワーメント　イギリスの障害者福祉』（六月　明石書店）
・川口清史編『協同組合　新たな胎動』（六月　法律文化社）
・白石恵理子・植田章・さつき福祉会編『成人期障害者の発達と生きがい』（六月　かもがわ出版）
・白石正久『子どものねがい・子どものなやみ』（六月　かもがわ出版）
・津島佑子『火の山　山猿記』（上下　六月　講談社）
・藤田修編『普通学級での障害児教育』（六月　明石書店）
・黒川博行『よめはんの人類学』「シートベルト」（七月　ブレーンセンター）
・マン・テン・サイド『ある知的障害者「多美日」のつぶやき』（七月　健友館）
・久世光彦「燃える頬」（『別冊文芸春秋』七月～平成十二年四

月）
・堅田明義・梅谷忠勇『知的障害児の発達と認知・行動』（八月　田研出版）
・障害者の人権白書づくり実行委員会編『障害者の人権白書』（八月）
・鈴木勉他編『協同の仕事おこしで福祉を拓く』（八月　かもがわ出版）
・西脇美代子『あんたがいたから　障害児の親とともに歩んで』（八月　かもがわ出版）
・平野啓一郎「日蝕」（『新潮』八月）
・毎日新聞社会部取材班『福祉を食う　虐待される障害者たち』（八月　毎日新聞社）
・大江健三郎『小説の方法』（九月　岩波書店）
・菅野敦編『ダウン症者の豊かな生活』（九月　福村出版）
・こだまちか『わたしのたからもの』（九月　白泉社）
・土師守『淳』（九月　新潮社）
・小笠毅編『就学時健診を考える』（十月　岩波書店）
・鎌田文聰『健常及びダウン症新生児の防御反射と定位反応の発達心理学的研究』（十月　風間書房）
・日本精神薄弱者福祉連盟編『やさしい指導法・療育技法』（十月　星雲社）
・安原顕『本を読むバカ　読まぬバカ』（十月　双葉社）
・ウルリヒ・H・ローマン他『自傷行動の理解と治療』（三原博光訳　十一月　岩崎学術出版社）
・岡田喜篤他編『重症心身障害療育マニュアル』（十一月　医歯薬出版）
・柳美里「ゴールドラッシュ」（『新潮』十一月）
・ローナ・ウィング『自閉症スペクトル』（久保紘章他監訳　十一月　東京書籍）
・吉田敦彦「人類最古の神話」（『文芸春秋』十二月）

一月九日、テレビドラマ『聖者の行進』が始まる（主演はいしだ壱成。三月二十七日まで）

二月、東京都社会福祉協議会が知的障害児（者）施設における人権侵害に関する訴えの事例をまとめる

三月五日、長野パラリンピックが行われる（十四日まで。長野市が主会場。安彦諭が銀メダル獲得）／**十九日**、衆院本会議でNPO法が可決、成立する／**二十八日**、横浜で全国福祉オンブズマン会議が開催される

四月一日、児童福祉法が改定、施行される（児童福祉施設最低基準改定施行、虐待防止）／**十日**、東京都が補助金をだしている全ての障害者入所施設にオンブズパーソン設置を決定する／**二十三日**、アラスカ・アンカレッジで開かれた第四回ピープルファースト国際会議に、日本から三十四名が参加する（二十五日まで）／文部省が「特殊教育における福祉・医療との連携に関する実践研究」を開始する／全国四十七都道府県全てで高等部の訪問教育が試行的に実施される／北海道内全ての小・中学部知的障害養護学校に高等部が併設される

五月二十七日、参院本会議で「精神薄弱」用語改正法案が通過する

六月四日、東京都が障害者施設サービス評価基準を策定する／**十七日**、中央社会福祉審議会社会福祉構造改革分科会が基礎構造改革中間まとめを発表する

七月一日、大分県湯布院で止揚学園作品展が開催される

八月二十二日、大阪府立大学が第一回知的障害者夏季オープン・カレッジを開催する（二十三日まで。以後、年間四回季節毎にオープン・カレッジ開催）

九月七日、ＤＰＩ日本会議障害者権利擁護センターが障害者権利擁護ホットラインを実施する（九日まで）／**十日**、衆院本会議が「精神薄弱」の用語を「知的障害」に改める法案を可決する（二十八日、「精神薄弱の用語の整理のための関係法律の一部を改正する法律」が公布され、平成十一年四月一日施行。これにより、精神薄弱者福祉法は知的障害者福祉法に名称変更）

十月三日、映画『イノセントワールド』（主演は安藤政信）が公開される／**二十五日**、厚生省が、平成九年度に全国の児童相談所に寄せられた子供の虐待に関する相談件数が平成七年度から前年比三から五割増加し続けていると発表する

十一月五日、国連人権委員会が日本の国際人権Ｂ規約の順守状況についての最終見解と勧告を採択する

十二月三日、メキシコシティでＤＰＩ世界会議が開催される（五日まで）／**十日**、国連で世界人権宣言制定五十周年記念総会が開かれる（カーター元大統領等五人に国連人権賞）／米国の映画『マイ・フレンド・メモリー』（主演はエルデン・ヘンソン）が日本で公開される

＊日本特殊教育学会が「障害児教育システム研究委員会成果報告十一―特別教育システムの構想と提言」を発表する／この年度、一般企業で働く障害者で解雇された者二千九百五十八人（前年度比一・四倍）／ドキュメンタリー『まひるのほし』（主演は舛次崇）が製作される／デンマークで全施設の解体が完了する

平成十一年（一九九九年）

・中島義明他編『心理学辞典』（二月　有斐閣）
・灰谷健次郎『島物語』（二月　理論社）
・長部日出雄「桜桃とキリスト―もう一つの太宰治伝」（『別冊文芸春秋』一月～平成十三年七月）
・赤星建彦『高齢者・知的障害児者のための療育音楽のすすめ』（二月　一橋出版）
・赤松まさえ『あかいりんご　みんなともだち・障害を考える絵本』（二月　けやき書房）
・今村理一『高齢知的障害者の援助・介護マニュアル』（二月　日本知的障害者福祉協会）
・加藤忠雄他編『わたしだって！　重症児教育の明日を考える』（二月　文理閣）
・河東田博編『知的障害者の「生活の質」に関する日瑞比較研究』（二月　海声社）
・坂井清泰・小畑耕作編『青年期の進路を拓く』（二月　かもがわ出版）
・Ｊ・Ｍ・アスピナス『父からダウン症の娘オルガへ』（田沢耕訳　二月　春秋社）
・鳥海順子『重度精神遅滞児の行動調整の発達に関する研究』（二月　風間書房）
・藤井和枝『精神発達遅滞児の類概念の発達と形成』（二月　風間書房）
・藤原等『心身障害児の教育と心理』（二月　二瓶社）
・山下清『山下清（人間の記録）』（二月　日本図書センター）
・飯田雅子『重い知的障害をもつ人たちの入所施設でのリハビ

リテーションのあり方に関する研究　強度行動障害を中心として』（三月）
・石川准・長瀬修編『障害学への招待　社会、文化、ディスアビリティ』（三月　明石書店）
・ボブ・レミントン編『重度知的障害への挑戦』（小林重雄監訳　三月　二瓶社）
・綿巻徹『ダウン症児の言語発達における共通性と個人差』（三月　風間書房）
・大南英明『知的障害教育のむかし今これから』（四月　ジアース教育新社）
・高谷清『透明な鎖』（四月　大月書店）
・西原理乃『海くん、おはよう』（四月　新日本出版社）
・日経連・社会福祉懇談会人事システム研究会『選ばれる福祉サービスの人事システム』（四月　中央法規出版）
・厚生省大臣官房障害保健福祉部障害福祉課『知的障害者の人権を守るために』（五月　中央法規出版）
・平木茂子他『インターネット講習会を開いてみませんか！』（五月　恒星社厚生閣）
・大江健三郎『宙返り』（六月　講談社）
・サークル・ペガサス親の会他編『生きる力を創る仲間たち　知的障害者サークルの25年』（六月　かもがわ出版）
・舁地三郎『小さきは小さきまゝに』（六月　梓書院）
・手の使いかた指導研究会編『障害児のための新・手の使いかたの指導　自作教材・訓練具を中心に』（六月　かもがわ出版）
・中野敏子編『知的障害をもつ人のサービス支援をよくするハンドブック』（六月　大揚社）
・梶原千遠『子どもの心が見えますか』（七月　マガジンハウス）
・片桐和雄他『重症心身障害児の認知発達とその援助』（七月　北大路書房）
・酒井順子『こころ時計　哲司15歳、障害児の思春期と苦悩』（七月　ウインかもがわ）
・全国知的障害養護学校長会『新しい教育課程と学習活動Q&A』（七月　東洋館出版社）
・田中良三・養護学校聖母の家学園編『養護学校専攻科の挑戦』（七月　かもがわ出版）
・知的障害者ケアマネジメント研究会『障害者ケアマネジャー養成テキスト』（七月　中央法規出版）
・日本ダウン症協会『ようこそダウン症の赤ちゃん』（七月　三省堂）
・ピーター・コーリッジ『アジア・アフリカの障害者とエンパワメント』（中西由起子訳　七月　明石書店）
・松友了編『知的障害者の人権』（七月　明石書店）
・アメリカ精神遅滞学会編『精神遅滞』（茂木俊彦監訳　八月　学苑社）
・井上美子他『発達相談室の窓から』（八月　クリエイツかもがわ）
・Kathleen Ann Quill『社会性とコミュニケーションを育てる自閉症療育』（安達潤他訳　八月　松柏社）
・小浜逸郎『「弱者」とはだれか』（八月　ＰＨＰ研究所）
・小林照幸「老人ＳＥＸ革命」（『文芸春秋』八月）

・トリイ・ヘイデン・斎藤学『子どもたちは、いま』（八月　早川書房）
・ヤン・テッセブロー他編『北欧の知的障害者　思想・政策と日常生活』（二文字理明監訳　八月　青木書店）
・こだまちか『この腕のなかへ』（九月　白泉社）
・ニノミヤ・アキイエ・ヘンリー『アジアの障害者と国際NGO　障害者インターナショナルと国連アジア太平洋障害者の10年』（九月　明石書店）
・瑞木志穂『みぃちゃんの挽歌』（九月　恒友出版）
・柳崎達一『知的障害者福祉論』（九月　中央法規出版）
・浅井浩『知的障害と「教育」「福祉」』（十月　田研出版）
・宇江佐真理「護持院ヶ原―髪結い伊三次捕物余話」（『別冊文芸春秋』十月）
・坂口安吾『坂口安吾全集　15』「［「火」第一章・下書稿］」（十月　筑摩書房）
・日垣隆「もう一度言う『買ってはいけない』はインチキ本だ」（『文芸春秋』十月）
・鹿島茂「文春ブック倶楽部　エロスの図書館」（『文芸春秋』十一月）
・田村一二『かっぱ沼』（十一月　日本放送出版協会）
・三島の郷編『明日につながれ　知的障害者生活施設の20年』（十一月　クリエイツかもがわ）
・森下直貴『死の選択　いのちの現場から考える』（十一月　窓社）
・石井葉他『知的障害のある子といっしょに』（十二月　偕成社）
・石田衣良「少年計数機」（『オール読物』十二月）
・氏原寛他編『カウンセリング辞典』（十二月　ミネルヴァ書房）
・北野誠一他編『障害者の機会平等と自立生活　定藤丈弘その福祉の世界』（十二月　明石書店）
・島田有規『知的障害と教育』（十二月　朱鷺書房）
・ジョセフ・P・シャピロ『哀れみはいらない　全米障害者運動の軌跡』（秋山愛子訳　十二月　現代書館）
・藤野千夜「夏の約束」（『群像』十二月）
・柿沼市子編『このアートで元気になる』（日本障害者芸術文化協会　発行月不明）

一月二十五日、中央児童福祉審議会が「今後の知的障害者・障害児施策の在り方について」を公表する

三月九日、東京都内の知的障害者更生施設「愛成学園」で入所者を虐待した職員の処分をきっかけに労働争議がおこる（全国福祉保育労働組合東京地方本部は不当解雇撤回闘争として職員を擁護。四月、被害を受けた入所者側は支援する会を結成、施設改革に取り組む。七月、当該職員退職、和解と共に理事会一新、施設改革委員会を組織し再スタート）／「知的障害」という言葉が、精神薄弱や老人性痴呆、外傷性痴呆を含む上位概念ではなく、精神薄弱のみをさす用語とされる

四月一日、厚生省が「知的障害者援護施設等入所者の地域生活移行促進について」の一部改正を都道府県知事に通知する（知的障害児（者）施設（入所）の再入所についての定員外措置を概ね定員の五％の範囲で認める。通所施設にも適用）／**六日**、厚生省が全国の児童福祉施設の指導監査結果（平成九年実施）を

発表する（無資格の指導員・施設長、職員配置基準に足りない施設が十三・五％。二百八十二（三十・七％）の施設で給食の栄養不足等。法人の三十五・八％に運営面で問題ありと指摘）／**十四日**、厚生省が社会福祉事業法等一部改正法案大綱を発表する／東北大学が三菱総合研究所と共同で東北大学教育ネットワーク「不登校・障害相談室」（通称「ほっとママ」）を開始する

五月八日、東京で障害者欠格条項をなくす会発足集会が開かれる／**二十六日**、北九州人権擁護委員協議会が障害者問題部会を発足させる

六月七日、東京都中野区福祉オンブズマンが前年度の苦情処理状況報告書を区長に提出する（中野区が同制度を導入したのは平成二年。全国初の導入）／**十八日**、政府人権擁護推進審議会が人権関連施策の現状について中央省庁間や地方自治体民間団体との連携が不十分との答申案をまとめる

七月二日、「学習障害及びこれに類似する学習上の困難を有する児童生徒の指導方法に関する調査研究協力者会議」が「学習障害児に対する指導について」で学習障害（ＬＤ）を定義する（「学習障害とは、基本的には全般的な知的発達に遅れはないが、聞く、話す、読む、書く、計算する又は推論する能力のうち特定のものの習得と使用に著しい困難を示す様々な状態を示すものである。」、「学習障害は、その原因として、中枢神経系に何らかの機能障害があると推定されるが、視覚障害、聴覚障害、知的障害、情緒障害などの障害や、環境的な要因が直接的な原因となるものではない。」）／**二十九日**、兵庫県西宮市の武庫川女子大学が知的障害者対象の夏季オープン・カレッジを開始する（三十日まで）

八月九日、障害者施策推進本部が障害者の欠格条項見直しを決定する

九月十七日、石原慎太郎都知事が府中療育センター視察後に知的障害など重度障害者の人格を否定する差別的発言をする（二十日、全国青い芝の会が抗議（二十三日まで））／**二十二日**、厚生省が知的障害者と精神障害者の通所授産施設相互利用制度を通知する／**三十日**、中央社会福祉審議会が社会福祉事業法等改定案を諮問通り了承と答申する

十月、各市町村の社会福祉協議会が権利擁護事業を開始する（社会福祉協議会の職員が、福祉サービスの利用契約や、日常生活に必要なお金の金融機関からの引き出し等、お金に関わる様々な場面で知的障害者等を手助け）

十一月十日、横浜市福祉局が知的障害児施設「くるみ学園」の入所者体罰問題で謝罪する（園長や職員が体罰を繰り返していたと発表、元職員らからの告発。十一日、園長が事実を認める）／**二十二日**、バンコクでアジア・太平洋障害者の十年推進状況検討第三回会議が開かれる（二十四日まで。「アジア・太平洋障害者の十年到達点の達成とＥＳＣＡＰ地区での障害者の機会均等化」）／坂口安吾「白痴」が原作の映画『白痴』（主演は浅野忠信）が公開される／ＮＨＫ総合で『新日本探訪・笑顔で街に暮らす』が放映される（明石洋子の子で、自閉症で知的障害のある明石徹之が取材を受ける）

十二月八日、成年後見制度（知的障害者等、判断能力の不十分な成年者を保護するための制度）を改正する法律が公布される（平成十二年四月一日、施行）

＊丸亀市猪熊弦一郎現代美術館でみずのき寮の展覧会が開催される／米国の映画『カーラの結婚宣言』（主演はジュリエット・ルイス）が製作される／中国の映画『こころの湯』（主演はズウ・シュイ）が製作される／デンマークの映画『ミフネ』（主演はアナス・ベアデルセン）が製作される／スウェーデンで、十二月末で全ての収容・入所施設で新たに収容することは法違反となる

平成十二年（二〇〇〇年）

・宇多田ヒカル・ダニエル・キイス「もうひとりの私」（『文芸春秋』一月）
・言の葉通信編『うちの子、ことばが遅いのかな…』（一月　ぶどう社）
・吉田司「事件」（『文芸春秋』一月）
・大宅映子「私たちが生きた20世紀　一億総白痴」（『文芸春秋臨時増刊号』二月）
・小沢信男『裸の大将一代記』（二月　筑摩書房）
・「施設変革と自己決定」編集委員会『スウェーデンからの報告』（二月　エンパワメント研究所）
・柴田翔「私たちが生きた20世紀　二十世紀末の危うい問い」（『文芸春秋臨時増刊号』二月）
・津田充幸『まわり道をいとわないで』（二月　クリエイツかもがわ）
・戸崎敬子『新特別学級史研究　特別学級の成立・展開過程とその実態』（二月　多賀出版）
・西田清他編『父母と教師が語る自閉性障害児者の発達と教育』（二月　クリエイツかもがわ）
・日本特殊教育学会障害児教育システム研究委員会編『特別教育システムの研究と構想』（二月　田研出版）
・柳田邦男「「負の遺産」と再生の道」（『文芸春秋臨時増刊号』二月）
・吉本ばなな「田所さん」（『文芸春秋』二月）
・杉本健郎『北欧・北米の医療保障システムと障害児医療』（三月　クリエイツかもがわ）
・編集部「映画漫歩」（『文芸春秋』三月）
・リタ・ジョーダン他『親と先生のための自閉症講座　通常の学校で勉強するために』（遠矢浩一訳　三月　ナカニシヤ出版）
・赤塚俊治『知的障害者福祉論序説』（四月　中央法規出版）
・市川和彦『施設内虐待』（四月　誠信書房）
・今田真由美「難聴に勝った」（『文芸春秋』四月）
・尾崎洋一郎他『学習障害（ＬＤ）及びその周辺の子どもたち』（四月　同成社）
・小野晃『知的障害者の運動トレーニング』（四月　同成社）
・木下敏雄『ぶらり裸で行きたい』（四月　きの出版）
・貫井徳郎「絶対者―神のふたつの貌　第二部」（『別冊文芸春秋』四月）
・山崎泰彦『介護の仕事がわかる本』（四月　法研）
・河野正輝他編『講座障害をもつ人の人権　第三巻』（五月　有斐閣）
・菅井邦明監修『障害児教育の相談室』（五月　ミネルヴァ書房）

・立花隆「天才マウスからスーパー人間へ」(『文芸春秋』五月)
・ダニエル・バトラー他『ドジでまぬけな犯罪者たち』(倉骨彰訳　五月　草思社)
・徳田茂『いろんな子がいるからおもしろい』(五月　青樹社)
・パトリシア・ハウリン『自閉症　成人期にむけての準備《能力の高い自閉症の人を中心に》』(久保紘章他監訳　五月　ぶどう社)
・安原顕『「乱読」の極意』(五月　双葉社)
・V・ドミトリエフ『ダウン症の子どもたち』(竹井和子訳　六月　誠信書房)
・亀田あつ子『ボクはSSY』(六月　かもがわ出版)
・下川和洋『医療的ケアって、大変なことなの?』(六月　ぶどう社)
・サンマーク出版編集部『山下清のすべて』(七月)
・全国訪問教育研究会編『高等部の訪問教育　その制度・内容の在り方と運動の記録』(七月　文理閣)
・藤森善正『障害児学級をつくる』(七月　クリエイツかもがわ)
・山下清『裸の大将遺作東海道五十三次』(七月　小学館)
・山下浩『家族が語る山下清』(七月　並木書房)
・リチャード・K・スコッチ『アメリカ初の障害者差別禁止法はこうして生まれた』(尾崎毅他訳　七月　明石書店)
・ロバート・パースキー他『やさしい隣人達』(白井裕子他訳　七月　フィリア)
・清水信義他「「ヒトゲノム」がこんなによくわかる」(『文芸春秋』八月)
・全国知的障害養護学校長会『個別の指導計画と指導の実際』(八月　東洋館出版社)
・長原光児『みかちゃん、学校大スキ!』(八月　東洋出版)
・藤岡一郎『重症児のQOL』(八月　クリエイツかもがわ)
・平田厚『知的障害者の自己決定権』(九月　エンパワメント研究所)
・宮下博行『俺にまかせろ!家庭内暴力』(九月　東邦出版)
・ワンダ・M・ヨーダー『マーキー』(池田智訳　九月　三省堂)
・いのうえせつこ『子ども虐待』(十月　新評論)
・E. Zigler 他『知的障害者の人格発達』(田中道治編訳　十月　田研出版)
・岡田喜篤他編『重症心身障害通園マニュアル』(十月　医歯薬出版)
・斎藤昭編『今日も輝いて　北の国の訪問教育から』(十月　共同文化社)
・高橋ハツ子『北上川よ、わが子正秋に光をください。』(十月　立風書房)
・日垣隆「「心神喪失」をただちに廃止せよ」(『文芸春秋』十月)
・宮崎直男『改訂学習指導要領で知的障害者への教育はどう変わるか　特殊学級編・養護学校編』(十月　明治図書)
・辻井喬「父の肖像」(『新潮』十月〜平成十六年二月)
・車谷長吉『白痴群』(十一月　新潮社)
・こよみの会編『はじめまして重症児』(十一月　ぶどう社)
・「施設変革と自己決定」編集委員会『権利としての自己決定』

（十一月　エンパワメント研究所）
・シャシュティン・ヨーランソン他『ペーテルってどんな人？』（尾添和子他訳　十一月　大揚社）
・副島洋明『知的障害者奪われた人権』（十一月　明石書店）
・谷中修『ある知的障害者の呟き』（十一月　文芸社）
・ヤンネ・ラーション他『スウェーデンにおける施設解体　地域で自分らしく生きる』（河東田博他訳　十一月　現代書館）
・R・ピーター・ホブソン『自閉症と心の発達「心の理論」を越えて』（木下孝司監訳　十一月　学苑社）
・植田康夫「大宅壮一氏の魅力」（『文芸春秋』十二月）
・大江健三郎『取り替え子』（十二月　講談社）
・ダニエル・キイス『アルジャーノン、チャーリイ、そして私』（小尾芙佐訳　十二月　早川書房）
・ポーラ・フォックス『光の子がおりてきた』（平野卿子訳　十二月　金の星社）
・星あかり『もも子・ぼくの妹』（十二月　大日本図書）

一月十二日、障害者の家族の生活と権利を守る都民連絡会が都の福祉施策見直し調査結果を発表する（重度障害者手当受給家庭の七割が所得制限で受給できなくなる）／**十五日**、労働省が平成十年十一月現在の障害者雇用実態調査結果を発表する（従業員五人以上の企業・事務所に雇用されている障害者は約五十一万六千人（前回平成五年調査時より約二割八万九千人増）。障害別では身体三十九万六千人、知的六万九千人（いずれも前回比約十五％増）、精神五万千人（前回二万三千人の倍以上）。仕事が続けられるかが不安と回答した身体障害者は六十一・五％（前回四十九・五％）、知的障害者では四十八・六％（同四十一・三％））／**三十一日**、神奈川県が知的障害者の雇用促進でインターンシップ事業を開始する／宮城県のＣＩＬたすけっとが、知的障害児施設「県ほたる園」の職員による女性入所者への性的虐待事件で県福祉事業団に抗議文を提出する（前年六月から九月に職員が十代の女性入所者に性的行為を繰り返し、同年十月三十一日諭旨免職となる。一月二十七日、県警が元同園副参事を県青少年保護条例違反の疑いで逮捕。たすけっとは同性介助の徹底と職員の懲戒免職処分、外部に第三者機関の設置等八項目を申し入れる）

二月七日、警察庁が平成十一年の一年間の児童虐待事件数は百二十件（保護者百三十人）と発表する／**十日**、厚相が社会福祉事業法等八法改定案を社会保障制度審議会に諮問する／**十二日**、全国児童相談所長会が全国百七十四の児童相談所に、児童虐待の定義明確化、親権の一時停止、誤認通報の免責規定等八項目について意向調査する（「法的定義の明文化」を求める百三十七ヶ所、「親権の一時停止」百四十一ヶ所、「誤認通報の免責規定」百二十六ヶ所、「立入調査の実効性」百三十六ヶ所）／**十五日**、社会保障制度審議会が社会福祉事業法等改定案を諮問通り了承と答申する／**二十一日**、全日本手をつなぐ育成会と山形県育成会が、障害者作業所「つくしんぼう」の所長と指導員が元通所者に売春を強要していた件で山形地検に起訴を求める要請書を送る（つくしんぼう事件。地検は当初、必ずしも強要とは言えないとして不起訴処分にしていた。七月三十一日、山形県酒田検察審査会が不起訴処分は不当と議決し地検に通知。平成十三年三月九日、地検が元施設長と元指導員を売春させた容疑で起訴。八月十三日、地裁が元所長と職員二人に懲役一年、罰金二十～十万円の有罪判決をだす）／**二十三日**、厚生省が障害者の欠格条項見直しの第一回審議会を開催する／**二十八日**、群馬県が在宅心身障害児の生活支援のため二十四時間制の心身障害児（者）生活サポート事業創設を発表する（四月実施）

三月三日、政府が社会福祉事業法等八法改定案を閣議了承する／**二十五日**、神奈川県知事が知的障害児施設「県立ひばりが丘学園」の男性職員による男子入所者への虐待で保護者に直接謝罪する（職員が入所者三人のひげを剃った際、体毛を剃った。その場にいた職員二人も制止しなかったとして三人と監督責任者を懲戒処分）

四月一日、厚生省が「知的障害者通勤寮及び知的障害者福祉ホームの運営について」（一部改定）を都道府県に通知する（入居対象者要件の「就労している十五歳以上の知的障害者」を「就労している（福祉的就労を含む）十五歳以上の知的障害者」、「既に雇用契約が行われている等就労することが確実な者」を「就労することが確実な者」等に改定）／**一日**、東京都が知的障害者ガイドヘルパー派遣事業補助制度を開始する／**一日**、厚生省が知的障害者生活支援事業を改定する（対象条件に「地域において単身で生活している者」を「地域において生活している者」に、「原則として就労しアパート、マンション等で自活している」に「知的障害者福祉ホーム」を追加）／**四日**、静岡県金谷町の四十歳の知的障害者Kが、現住建造物放火と焼死した七十六歳の母親の殺人容疑で逮捕される（八月十四日、静岡地検が現住建造物等放火容疑で起訴）／**七日**、スウェーデンの社会庁が一月現在の施設解体状況を報告する（未解体施設十七、在籍者二百二十八人）／**十八日**、北海道伊達市知的障害者地域生活支援センターが有珠山噴火による影響を発表する（周辺の伊達市と虻田町の企業六十一社に働く知的障害者百七十人のうち十八人が無期限自宅待機、二人が解雇。一ヶ所の小規模作業所の約四十人が避難指示で通所できず）／高等部の訪問教育の全国的な本格実施が開始される

五月六日、労働省が重度知的障害者と精神障害者の雇用を支援するジョブコーチ制度の試験的実施（神奈川、滋賀）を発表する／**二十七日**、参院が社会福祉事業法改定関連八法案を可決成立させる（社会福祉事業法から社会福祉法と改題、六月七日施行。障害者福祉の措置制度から利用契約制度への移行は平成十五年四月）／国際人権A規約委員会が日本の人権状況審査についての質問状（四十六項目）を日本政府にだす

六月二日、厚生省の福祉サービスの質に関する検討会が福祉サービスの第三者評価基準（試案）中間まとめを発表する／**三日**、熊本でＤＰＩ日本会議年次総会が開催される／**十五日**、全国児童相談所長会が平成十一年度に受け付けた児童虐待に関する相談件数を発表する（受付件数一万二千三百七十四件（前年度の一・六倍、うち山形県三・七倍、宮城県、京都市、茨城県は二・五倍以上）。所長会は現体制では対応できないとして児童福祉司の増員、児童養護施設の最低基準の見直し、常勤の心理判定員の配置等を要望）／**二十六日**、徳島県警が知的障害者更生施設「樫ヶ丘育成園」の園長と幹部職員二名を公職選挙法違反の疑いで逮捕する（衆院選挙区選挙で同園入所者約七十人を不在投票させるためにマイクロバスで運び、特定候補（県育成会会長）と政党名を手書きしたメモを手渡し選管職員に代書させた疑い）／文部省が特殊教育の抜本的見直しのために二十

一世紀の特殊教育のあり方に関する調査研究協力者会議を発足させる／大阪府が設置した「知的障害者に対する多様な後期中等教育の在り方検討委員会」が「高等学校への受入れの在り方」を提言する

七月一日、最高裁が、四月から実施の成年後見制度の利用状況調査結果を発表する（「後見」の家裁への申し立ては四、五月で九百十四件（平成十年度・旧制度の禁治産申し立ての一ヶ月平均三百三十八件の約一・四倍）で、「補助」は八十九件にとどまる）／**十一日**、公営住宅の単身入居を障害の程度に拘らず認めることが閣議了解される（ただし対象者は介護を受けられる人に限り、そうでない人は福祉施策の対象とする）／**二十七日**、東京で知的障害者の就職支援のための就労支援ネットワーク設立大会が開催される

八月十六日、労働省がトライアル雇用の継続を決定する（障害者を試用する企業に奨励金支給。平成十一年一月から障害者雇用の緊急対策として実施）

九月一日、厚生省が障害者の小規模通所授産施設の資産要件緩和を都道府県等に通知する／**十七日**、兵庫県宝塚市で、市営住宅で知的障害者のグループホームが開設できるように条例が改定される（知的障害者のグループホームを市営住宅で開設しているのは全国十三都道府県五政令市に三十八ヶ所）／**二十二日**、教育改革国民会議（首相の私的諮問機関）が教育を変える十七の提案（中間報告）を提出する

十月一日、滋賀県で知的障害者を対象としたホームヘルパー三級養成事業が開始される／**一日**、大阪府教育ネットワーク・OPENの運用が開始される（府内の全ての盲・聾・養護学校等計三十八校をコンピューターネットワークで結ぶ）／**五日**、京都の二労働基準監督署が、市内の豆腐製造会社はせがわ食品と食品会社稲荷食品の二社を労働基準法違反で書類送検する（はせがわ食品は知的障害者十六人を含む従業員三十人に前年三月から七月までの賃金約千九百三十九万円を支払わず、特定求職者雇用開発助成金約二百七十万円を運転資金に流用。稲荷食品は知的障害者四人を含む従業員六人の賃金約二百二十五万円を支払わなかった疑い）／**六日**、国連子どもの権利委員会が児童福祉施設内での子供への体罰禁止の具体的措置をとるよう各国に勧告することを決定する／**二十二日**、ワシントンコロンビア特別区で障害に関する法制と政策の国際シンポジウムが開催される（主催ＤＲＥＤＦ。世界約五十ヶ国の障害者権利擁護活動の実務家が参加。障害者差別禁止法を制定している国は四十ヶ国を超える）／**三十一日**、大阪府教委が知的障害生徒の全日制府立高校（モデル校）への受け入れを発表する／パラリンピックシドニー大会開催、この大会からＩＤバスケットボール（知的障害者によるバスケットボール）が正式種目になる

十一月一日、厚生省が平成十一年度の全国百七十四ヶ所の児童相談所での児童虐待に関する相談件数を発表する（前年より四千六百九十九件増の一万千六百三十一件（十年前の十倍強）。虐待内容は身体的虐待五十一・三％、ネグレクト二十九・六％、心理的虐待十四・〇％、性的虐待五・一％）／**六日**、文部省の特殊教育のあり方に関する調査研究協力者会議が中間報告「21世紀の特殊教育の在り方」をだす／**八日**、千葉県が社会福祉法人香取学園の知的障害者更生施設「瑞穂寮」で四件の体罰事件があったとして施設運営、入所者処遇の改善勧告をだす／**二十八**

日、労働省が本年の障害者雇用状況を発表する（六月現在、実雇用率は一・四九％で、前年と同じ法定雇用率未達成企業は三万三千七百八十七社（五十五・七％）で、過去最高の前年を〇・四％上回る）

十二月十六日、仏国の映画『夢だと云って』が日本で公開される（主演はミュリエル・メイエット。製作は平成十年）／二十二日、教育改革国民会議が最終報告書を首相に提出する／二十七日、障害者施策推進本部が平成十一年度末の障害者プランの進捗状況を発表する（政府が緊急整備目標として平成十四年度末までの数値目標を設定した十一項目中、五項目は八割を超えた。ホームヘルパーは四万五千人の目標に対し三万二千八百人、デイサービスは千ヶ所の目標に対し八百十七ヶ所、最も低かったのは重症心身障害児（者）等の療育・訓練施設整備で千三百ヶ所に対し六百二十ヶ所、次いでグループホーム・福祉ホーム整備で六十四％）

＊厚労省が身体・知的・精神障害を対象とした障害者ケアマネジメント体制整備検討委員会を設置する／副島洋明弁護士が知的発達障害者刑事弁護センターを開設する／米国精神医学会がDSM-Ⅳで精神症状の統計学的要素に基づき精神疾患を分類する（知的障害も含まれる）／OVA『ブラック・ジャック　カルテ10「しずむ女」』（監督は出崎統）が製作される／カナダの映画『まごころを君に』（主演はマシュー・モディン）が製作される

平成十三年（二〇〇一年）

・小笠毅『ハンディをもつ若者の進路』（一月　岩波書店）
・菊地澄子『たかがスリッパ』（一月　学習研究社）
・小林信彦「テレビの黄金時代」（『文芸春秋』一月）
・近藤誠「「インフルエンザ薬害」から子供を守れ」（『文芸春秋』一月）
・坪内祐三「百年、百の名言集」（『文芸春秋』一月）
・戸部けいこ『光とともに…　自閉症児を抱えて』（全十五巻　一月～平成二十二年六月　秋田書店）
・小西行郎他編『「医療的ケア」ネットワーク』（二月　クリエイツかもがわ）
・志木市『アッちゃんのすてきな場所　第一回志木市いろは文学賞作品集』ふるいえちえこ「ケンタロウの贈り物」（二月）
・田中茂他編『ひまわりの子どもたち』（二月　文理閣）
・藤永保『ことばはどこで育つか』（二月　大修館書店）
・藤原義博監修『個性を生かす支援ツール』（二月　明治図書）
・杉本章『障害者はどう生きてきたか　戦前戦後障害者運動史』（三月　関西障害者定期刊行物協会）
・日本知的障害福祉連盟編『レッツ・スポーツ　中・重度知的障害者のレクリエーション・軽スポーツマニュアル』（三月）
・松井満夫『痴愚の女神とオランダ人』（三月　郁朋社）
・小池敏英・北島善夫『知的障害の心理学』（四月　北大路書房）
・こだまちか『運命の仔』（四月　白泉社）
・早川書房編集部編『ダニエル・キイスの世界』（四月）
・ウェンディ・ローソン『私の障害、私の個性。』（ニキ・リンコ訳　五月　花風社）

・辻弘『時を超えたダウン症そして…』（五月　文芸社）
・宮城谷昌光「三国志」（『文芸春秋』五月～連載中）
・川島博久『知的障害者援助の基本的所作』（六月　ダブリュネット）
・東野圭吾『超・殺人事件』「超犯人当て小説殺人事件」（六月　新潮社）
・福井達雨『僕アホやない人間だII』（六月　海竜社）
・石原慎太郎「わが人生の時の人々」（『文芸春秋』七月）
・大江健三郎『「自分の木」の下で』（七月　朝日新聞社）
・大江健三郎『大江健三郎・再発見』（七月　集英社）
・梶原千遠『「ひきこもり」たい気持ち』（七月　角川書店）
・安藤忠他『知的障害者のオープン・カレッジ・テキストブック』（八月　明石書店）
・清原浩他編『「協同と協働」が拓く障害者の福祉　クリエイツかもがわ』（八月　クリエイツかもがわ）
・小谷裕実他『重症児・思春期からの医療と教育』（八月　クリエイツかもがわ）
・ジュゼッペ・ポンティッジャ『明日、生まれ変わる』（武田秀一訳　八月　ベストセラーズ）
・障害者の生と性の研究会『ここまできた障害者の恋愛と性』（八月　かもがわ出版）
・富岡達夫『東京の知的障害児教育概説』（八月　大揚社）
・大江健三郎『同じ年に生まれて　音楽、文学が僕らをつくった』（九月　中央公論新社）
・小林隆児『自閉症と行動障害　関係障害臨床からの接近』（九月　岩崎学術出版社）
・山崎晃資「児童精神科医は100人しかいない」（『文芸春秋』九月）
・養老孟司「脳と幸福」（『文芸春秋臨時増刊号』九月）
・大江健三郎『鎖国してはならない』（十一月　講談社）
・大江健三郎『言い難き嘆きもて』（十一月　講談社）
・おかもとめぐみ『流れ星に祈りを込めて　七カ月で天使となったダウン症児の軌跡』（十一月　かもがわ出版）
・島田律子『私はもう逃げない　自閉症の弟から教えられたこと』（十一月　講談社）
・建部久美子他『知的障害者と生涯教育の保障』（十一月　明石書店）
・知的障害者グループホーム運営研究会『知的障害者グループホーム運営ハンドブック』（十一月　中央法規出版）
・西原由美『海くん、生きてくれてありがとう』（十一月　新日本出版社）
・幕内秀夫「食生活を考える」（『文芸春秋臨時増刊号』十二月）
・松本敏治『知的障害者の文理解についての心理学的研究』（十二月　風間書房）

一月六日、一府二十二省庁から一府十二省庁へ、半世紀ぶりの行政機構改革が行われる（厚生省は労働省と合体、厚生労働省に）／**十五日**、文科省調査研究協力者会議が「21世紀の特殊教育の在り方について」最終報告をする（「特殊教育」の名称を「特別支援教育」に、「養護・訓練」を「自立と社会参加支援」に、盲聾養護学校の就学先決定に例外として普通校を認める）／**十七日**、厚労省が心身障害児（者）施設地域療育事業の一部改正（宿泊しない日中ショートも行える）を通知する／**二十二日**、文科省が教職免許取得者の実習で通知（七日間の施設介護体験実習（必修）参加の学生の心構え・態度に問題があるとの現場からの苦情が多いため、大学・短大に指導の徹底を求める）／三十一日、東京都が知的障害者生活寮の運営主体にＮＰＯ法人も認めることを決定する

二月七日、東京都世田谷区が低所得の高齢者、障害者等の賃貸住宅に家賃補助を決定する／**十四日**、厚労省が障害者欠格条項の見直しで改正試案を公表する（三十三の資格・制度に関わる法令の一括改正、絶対的欠格条項の廃止、免許毎に制限対象の障害を区分）／**二十八日**、山本譲司衆院議員が政策秘書給与詐取で懲役一年六ヶ月

三月、英国で保健省が知的障害者に関わる施策を表した白書『知的障害者を尊重する・知的障害21世紀新戦略』を発表する

四月一日、埼玉県志木市が市の文書の「障害者」の表記を「障がい者」と改める／**六日**、映画『エイブル』（製作・監督は小栗謙一）が公開される／**九日**、ロンドンでＤＰＩ世界評議会が開催され、障害者権利条約への取り組みについての声明が発表される／**十四日**、日本政府が、来年十月に国連制定のアジア・太平洋障害者の十年の達成状況と課題を話し合うアジア太平洋経済社会委員会の事務次官級国際会議を、大津市で開催するようアジア太平洋経済社会委員会総会で提案することを、閣議決定する／**三十日**、浅草・女子短大生刺殺事件（レッサーパンダ事件）がおこる（五月三十一日、知的障害をもつ加害者が殺人と銃刀法違反で起訴。平成十六年十一月二十六日、東京地裁が加害者に無期懲役の判決。平成十七年四月一日、一審で無期懲役判決を受けた加害者が控訴を取り下げたため判決が確定）

五月、ＷＨＯが国際生活機能分類を採択する（一九八〇年制定の国際障害分類試案の障害の三層定義及びその因果関係が、否定的かつ一方向的であったのを改め、中立的表現で双方向的な規定に改めると共に、環境因子を重視）／大阪府吹田市に知的・身体障害デイサービス事業などを行う総合施設「あいほうぷ吹田」が開所される／ＤＰＩ世界会議に五月現在百二十四ヶ国が加盟（アフリカ、アジア太平洋、ヨーロッパ、ラテンアメリカ、北アメリカとカリブ海の五ブロックで構成）

六月一日、厚労省が平成十三年度小規模通所授産施設（十〜十九人）を新たに認可施設とすることを決める（国・都道府県等が千百万円補助、今年度国庫補助は百八十八ヶ所（身体四十三、知的百四、精神四十一））／**二十三日**、名古屋でＤＰＩ日本会議全国集会が開催される／ベルギー・仏国の映画『ポーリーヌ』（主演はドラ・ファン・デル・フルーン）がベルギーで初公開される

七月十六日、障害者欠格条項適正化のための医師法を改定、公布、施行する／学校教育法が改定、公布される（小・中・高校・盲聾養護学校におけるボランティア活動、自然体験活動の促進を規定）／東京都が権利擁護センターすてっぷを廃止する

八月十六日、ＮＰＯ法人「夢つむぎ」が認証される（事務所は北九州市小倉北区、代表は佐光敏成。障害者に対する就労支援に関する事業等。平成十六年から使い捨てカメラの乾電池のリサイクルの作業開始）／**二十三日**、厚労省が「支援費基準及び利用者負担の基本的な考え方と設定に当たっての主な論点」を発表する／**二十四日**、厚労省が知的・精神障害者の雇用支援でジョブコーチ配置の概算要求をする（来年度から全都道府県に

各五人前後配置の方針）／**二十四日**、差別とたたかう共同体全国連合第十八回全国大会が開催される（二十六日まで）
九月二十日、障害者欠格条項をなくす会の指摘で自治体条例が見直される（同会調査によると、東京、神奈川、埼玉が議会の傍聴制限。六十四の自治体がすでに見直した、または見直すと回答）／**二十二日**、DPI日本会議が全国行動委員会を結成する／国連総会でメキシコが障害者権利条約の制定を提案する
十月六日、ピープルファーストin北海道が開催される（七日まで）／**六日**、東京、札幌で、DPI日本会議が世界会議議長J・マリンガを招きプレ集会を開催する（十一月三日まで）／全日本特殊教育研究連盟が全日本特別支援教育研究連盟と改称する／全国身体障害者スポーツ大会（昭和四十年設立）と全国知的障害者スポーツ大会を一つにした全国障害者スポーツ大会の第一回大会が宮城県仙台市で開幕される（毎年開催）
十一月六日、全日本手をつなぐ育成会が創立五十周年全国大会を開催する（七日まで）／**八日**、奈良市で日本弁護士連合会が第四十四回人権擁護大会を開催する（シンポジウム「契約型福祉社会と権利擁護のあり方を考える」。第一分科会で障害のある人に対する差別を禁止する法律要項案が提案される）／**三十日**、国連総会で障害者権利条約に関する特別委員会の設置が決議される
十二月九日、NHK教育で『こころの時代』が放映される（福井達雨の話や止揚学園の生活の様子）／ハノイでアジア・太平洋障害者の十年キャンペーン会議が開催される
＊文部省が特殊教育課を特別支援教育課に課名変更する／ドキュメンタリー映画『花子』（監督は佐藤真）が製作される／米国の映画『プレッジ』（主演はジャック・ニコルソン）が製作される／スウェーデンで社会サービス法が改正される（福祉サービスの利用者負担限度額保障制度導入。全国一律の上限設定、負担支払い後利用者の手元に残る額の下限を設定）

平成十四年（二〇〇二年）

・臼井久実子編『Q＆A障害者の欠格条項　撤廃と社会参加拡大のために』（一月　明石書店）
・菅野昭正他「「平成文学」とは何か―1990年代の文学と社会から」（『新潮』一月）
・櫻井芳郎『精神遅滞の診断とケアに関する論考』（一月　白鴎社）
・西浜優子『しょうがい者・親・介助者　自立の周辺』（一月　現代書館）
・香納諒一「贄の夜会」（『別冊文芸春秋』一月～平成十七年九月）
・酒見賢一「泣き虫弱虫諸葛孔明」（『別冊文芸春秋』一月～連載中）
・楠本伸枝他『ADHDの子育て・医療・教育』（二月　クリエイツかもがわ）
・編集部「「同級生交歓」が綴る我らがルーツ」（『文芸春秋』二月）
・桐野夏生「残虐記」（『週刊アスキー』二月～六月）
・内山登紀夫他『高機能自閉症・アスペルガー症候群入門』（三月　中央法規出版）
・岡田睦「ぼくの講演会」（『新潮』三月）

・京都教職員組合養護教員部編『子どもの発達と健康教育④』(三月　クリエイツかもがわ)
・花田春兆編『日本文学のなかの障害者像　近・現代篇』(三月　明石書店)
・青山真治「Helpless」(『新潮』四月)
・ヴェロニック・ヴァスール『パリ・サンテ刑務所　主任女医7年間の記録』(青木広親訳　四月　集英社)
・大森黎「『大河の一滴』の家族」(『文芸春秋臨時増刊号』四月)
・定藤丈弘他監修『アメリカの発達障害者権利擁護法「ランターマン法」の理論と実践』(田川康吾他訳　四月　明石書店)
・多田奈津子「第十一回『文の甲子園』決定発表　読む―愛を伝える」(『文芸春秋』四月)
・東京知的障害児教育研究会『養護学校の授業をつくる』(四月　群青社)
・W・ラリー・ウィリアムズ『入門・精神遅滞と発達障害』(野呂文行訳　五月　二瓶社)
・奥野真人『恵子が輝いた』(五月　草風館)
・勝又浩「文芸時評」(『新潮』五月)
・次良丸睦子・五十嵐一枝『発達障害の臨床心理学』(五月　北大路書房)
・日木流奈『ひとが否定されないルール』(五月　講談社)
・編集部「映画漫歩」(『文芸春秋』五月)
・K・ジョンソン『アイ・アム・サム』(細田利江子編訳　六月　竹書房)
・齋藤美惠子『風の祭典　恵子とともに』(六月　致知出版社)
・高橋幸三郎『知的障害をもつ人の地域生活支援ハンドブック』(六月　ミネルヴァ書房)
・田中道治『精神遅滞児の学習を規定する課題解決能力の発達』(六月　風間書房)
・特別なニーズ教育とインテグレーション学会『特別なニーズと教育改革』(六月　クリエイツかもがわ)
・町田康「権現の踊り子」(『新潮』六月)
・加賀乙彦「時計台　『雲の都』第二部」(『新潮』六月〜翌年七月)
・明石洋子『ありのままの子育て　自閉症の息子と共に①』(七月　ぶどう社)
・草薙威一郎「シニアツアーの心得」(『文芸春秋臨時増刊号』七月)
・車谷長吉「贋世捨人」(『新潮』七月)
・編集部「映画漫歩」(『文芸春秋』七月)
・松本昭子・土橋圭子編『発達障害児の医療・療育・教育』(七月　金芳堂)
・梅谷忠勇他『知的障害児の心理学』(八月　田研出版)
・荻原次晴「続・諸国漫郵記④」(『文芸春秋』八月)
・甲斐眞理子他『まみちゃんのハッピーロード』(八月　けやき出版)
・白石正久『野に咲く花のように　障害児を育てる』(八月　クリエイツかもがわ)
・全日本特別支援教育研究連盟『教育実践でつづる知的障害教育方法史』(八月　川島書店)

・滝本太郎・石井謙一郎「NHK「奇跡の詩人」重大な罪」（『文芸春秋』八月）
・日本弁護士連合会人権擁護委員会編『障害のある人の人権と差別禁止法』（八月　明石書店）
・堀江敏幸「河岸忘日抄」（『新潮』八月～平成十六年十一月）
・大江健三郎『憂い顔の童子』（九月　講談社）
・齋藤有紀子編『母体保護法とわたしたち　中絶・多胎減数・不妊手術をめぐる制度と社会』（九月　明石書店）
・高円宮憲仁「皇族初の韓国公式訪問を終えて」（『文芸春秋』九月）
・林公「「朝の読書」は日本語の質を変える」（『文芸春秋臨時増刊号』九月）
・村上春樹『海辺のカフカ』（九月　新潮社）
・久世光彦「女神」（『新潮』九月～翌年三月）
・石川准・倉本智明編『障害学の主張』（十月　明石書店）
・言の葉通信編『ことばの遅い子、学校へ行く』（十月　ぶどう社）
・モーリーン・アーロンズ他『自閉症ハンドブック』（春日井晶子訳　十月　明石書店）
・山下久仁『ぼくは　うみが　みたくなりました』（十月　ぶどう社）
・石井哲夫『自閉症児の心を育てる』（十一月　明石書店）
・坂井聡『自閉症や知的障害をもつ人とのコミュニケーションのための10のアイデア』（十一月　エンパワメント研究所）
・田角賢彦『天地ジーン』（十一月　文芸社）
・丹生谷貴志「枝雀さん！　或いは「笑い」の地獄」（『新潮』十一月）
・樋口覚「文芸時評」（『新潮』十一月）
・水村美苗・高橋源一郎「最初で最後の〈本格小説〉」（『新潮』十一月）
・「10万人のためのグループホームを！」実行委員会『もう施設には帰らない』（十二月　中央法規出版）
・吉田豊『ぼくらはみんなミュージシャン』（十二月　音楽之友社）

二月二十六日、障害者施策推進本部が「新障害者計画及び障害者プランの策定について」了承する（前期重点施策実施計画として、現行の障害者プランに替わる新たな障害者プランを策定）
三月二十日、テレビドラマ『渡哲也サスペンス「絆」』が放送される（主演は渡哲也。平成二十三年六月二十八日に再放送）／厚労省が障害者ケアガイドラインを報告する
四月十九日、政府が閣議で、「盲・ろう・養護学校に『就学させるべき心身の故障の程度』に関する基準」などからなる「学校教育法施行令の一部を改正する政令」を制定する（九月一日施行、平成十五年度の就学者から適用）／障害者雇用促進法が一部改正される／福岡市博多区で知的障害者通所授産施設「JOY倶楽部プラザ」が設立される（「アトリエ　ブラヴォ」設立）／ロンドンでDPI世界評議会が開催される
五月三日、北九州市門司港で止揚学園の作品展が開催される／**十六日**、バンコクで開かれたアジア太平洋経済社会委員会総会で、アジア・太平洋障害者の十年をさらに十年延長する決議が採択される（二十二日まで）／**十八日**、大阪、東京でアジア・太

平洋障害者の十年最終年記念フォーラムが開催される（二十日まで）／**二十七日**、東京でDPI日本会議等が支援費制度全国行動を決行する／障害者欠格条項見直しの関係法律が成立する

六月四日、新しい障害者基本計画に関する懇談会が発足する（座長は京極高宣日社事大学長）／**十二日**、兵庫県で成年後見制度の法定後見人に法人としては県内初の神戸市社協が選任される／**十三日**、厚労省が支援費制度に基づく在宅・施設サービスを提供する指定事業者等の人員配置・設備基準を公示する／米国の映画『アイ・アム・サム』（主演はショーン・ペン）が日本で公開される

七月四日、総務相が衆院総務委で第三種（定期刊行物）の料金割引と第四種（盲人用郵便物）の無料制度は維持すると言明する／**四日**、府中市で日韓障害者国際交流大会が開催される（八日まで。差別とたたかう共同体全国連合、DPI日本会議共催）／**六日**、名古屋でアジア・太平洋障害者の十年最終年記念東海北陸フォーラムが開催される／**二十三日**、内閣府が平成十四年版『青少年白書』を発表、児童虐待に関する児相への相談件数は平成十二年度一万七千七百二十五件で前年より五十二・四％増加／**二十九日**、障害者国際会議推進議員連盟総会が開催される（同日開催のアジア・太平洋最終年記念フォーラム組織委員会と実行委員会の合同会議で、アジア・太平洋障害者の十年最終年に関する行動基調発表）／**二十九日**、国連が障害者権利条約第一回特別委員会を開催する（八月九日まで）／**三十一日**、厚労省が社会保障審議会（社保審）障害者部会で利用者負担基準を示す（扶養義務者の範囲、負担能額の設定等）／神戸市で神戸市特別支援教育推進検討委員会が設置される

八月八日、国際知的障害者スポーツ連盟、2002INAS-FEDサッカー世界選手権大会が、東京都、神奈川県の十六会場を舞台として開催される（十六ヶ国参加で、日本初出場。第一回は一九九四年オランダ大会）／**二十九日**、障害者雇用で企業に情報開示を求める裁判（東京地裁）で金政玉（DPI日本会議）が陳述する／**三十一日**、東京フォーラム「障害のある人の権利と法制度を考える」が開催される／国連社会規約委員会が障害者への差別禁止法制定を勧告する

九月十二日、厚労省が支援費制度の利用者負担基準額案と事業者へのサービス単価案を発表する／**十四日**、障害と人権全国弁護士ネットが設立される／**三十日**、アジア・太平洋障害者の十年国際会議記念切手が発行される／DPI日本会議と障害者欠格条項をなくす会が、共同で行った市町村障害者計画策定推進と欠格条項総点検自治体調査結果を発表する（実施は平成十三年十二月から平成十四年五月。対象は都道府県・政令市五十九（うち回答があったのは五十六）、市区町村三千二百三十五（回答があったのは千五百五十二）。設問は①市町村障害者計画策定の現状、②市町村における欠格条項の実態。回答は①人材不足で計画策定が困難、計画策定市町村の四分の一は計画見直しの予定なし、計画策定の参考にしたものは行政資料がほとんど等、②公的施設の利用制限、議会等の傍聴制限に精神障害者を対象とするものが多く、「精神に異常」「精神薄弱」「精神錯乱者」等の表現で制限規定している市町村もある。少数ながら市町村条例・規則で「障害」を理由とした欠格条項が存在している等）

十月八日、テレビドラマ『アルジャーノンに花束を』が始まる

（主演はユースケ・サンタマリア。十二月十七日まで）／**十五日**、札幌市でDPI世界会議第六回世界大会が開催される（十八日まで。参加者は、海外百九ヶ国、地域からの八百人を含め約三千人）／**十九日**、東京で「障害者差別禁止法を考える」国際フォーラムが開催される（池原弁護士「ADAと世界の差別禁止法の潮流」、M・ブレスリン「ADA制定運動の軌跡と未来への挑戦」等）／**二十一日**、堺市ビッグアイでアジア・太平洋障害者の十年大阪フォーラムが開催される（二十三日まで）／**二十五日**、滋賀県大津市でアジア・太平洋障害者の十年最終年政府間ハイレベル会合が開催され、びわこミレニアム・フレームワークが採択される（二十八日まで。優先的行動のための七分野①障害者の自助団体、家族・親の団体、②女性障害者、③早期発見・早期対処と教育、④自営、職業訓練・雇用、⑤各種建築物・公共交通機関へのアクセス、⑥情報通信及び支援技術を含む情報通信へのアクセス、⑦貧困の緩和）

十一月二十二日、内閣府情報公開審査室が障害者雇用率未達成企業の会社名を公表すべきと答申する／**二十三日**、宮城県福祉事業団が船形コロニー解体方針を発表する

十二月二十四日、障害者施策推進本部が「障害者基本計画」及び「重点施策実施5ヵ年計画（新障害者プラン）」を決定する

平成十五年（二〇〇三年）

・安部省吾『知的障害者雇用の現場から』（一月　文芸社）
・坂本洋子『ぶどうの木』（一月　幻冬舎）
・柴田元幸「探偵になったウェイクフィールド」（『新潮』一月）
・鶴美沙『美沙のポエム』（一月　フィリア）
・沼野充義「そして偉大なるロシア文学は続く」（『新潮』一月）
・大江健三郎「二百年の子供」（『読売新聞』一月～十月）
・池内紀「カフカの書き方」（『新潮』一月～十二月）
・明石洋子『自立への子育て　自閉症の息子と共に②』（一月　ぶどう社）
・浅井浩『知的障害と「人権」「福祉」』（二月　田研出版）
・サンドラ・ハリス『自閉症児の「きょうだい」のために　お母さんへのアドバイス』（二月　ナカニシヤ出版）
・田中真理『関係のなかで開かれる知的障害児・者の内的世界』（二月　ナカニシヤ出版）
・細渕富夫『重症心身障害児における定位・探索行動の形成』（二月　風間書房）
・石井正春『発達障害児のアセスメントと治療教育』（三月　日本図書センター）
・大堂庄三『精神遅滞児の臨床』（三月　青弓社）
・手塚直樹『知的障害のある人のホームヘルパー養成研修をいかに進めるか』（三月　介護労働安定センター）
・はたよしこ編『DNAパラダイス　27人のアウトサイダーアーティストたち』（三月　日本知的障害者福祉協会）
・渡邉恒雄「小泉総理に友情をもって直言す」（『文芸春秋』三月）
・井口時男「八〇年代以後―大江健三郎と中上健次」（『新潮』三月～翌年二月）
・小野晃『知的障害児の野外キャンプ』（四月　同成社）
・唐十郎「文芸時評」（『新潮』四月）
・清水貞夫他編『通常学校の障害児教育　「特別支援教育」時代

の実践と課題を問う』（四月　クリエイツかもがわ）
・養老孟司『バカの壁』（四月　新潮社）
・大江健三郎『暴力に逆らって書く』（五月　朝日新聞社）
・日本知的障害福祉連盟就労支援担当者（ジョブコーチ）に関する調査研究委員会編『知的障害者就労支援マニュアルQ&A』（五月　日本知的障害福祉連盟）
・平出隆「日光抄　続」（『新潮』五月）
・山本登志哉編『生み出された物語　目撃証言・記憶の変容・冤罪に心理学はどこまで迫れるか』（五月　北大路書房）
・恩田陸「夏の名残りの薔薇」（『別冊文芸春秋』五月～翌年三月）
・宮園誠也他「今も道を歩くと足がすくむ」（『文芸春秋』六月）
・あべひろみ『うちの子　かわいいっ　親ばか日記　自閉症児あやの育児まんが』（七月　ぶどう社）
・グニラ・ガーランド『あなた自身のいのちを生きて』（七月　クリエイツかもがわ）
・五島雄一郎「養生法」（『文芸春秋臨時増刊号』七月）
・清水貞夫『特別支援教育と障害児教育』（七月　クリエイツかもがわ）
・関谷透「高齢者のうつ病の予防対策」（『文芸春秋臨時増刊号』七月）
・高谷清『こころを生きる　人間の心・発達・障害』（七月　三学出版）
・藤島岳『精神遅滞者の社会生活を考える』（七月　田研出版）
・星あかり『大ちゃん』（七月　大日本図書）
・垣根涼介「サウダージ」（『別冊文芸春秋』七月～翌年五月）
・上杉隆「久米宏　ニュースショーの孤独な道化師」（『文芸春秋』八月）
・大林泉『こころをラクにあたまをクリアに　遅れのある子をはぐくむ親と専門家のために』（八月　ぶどう社）
・門田光司他『知的障害・自閉症の方へのケアマネジメント入門』（八月　中央法規出版）
・白石恵理子・全障研草津養護学校サークル編『集団と自我発達　障害児教育の専門性と授業づくり』（八月　クリエイツかもがわ）
・高橋美穂『Smile つうしん　自閉症の息子二人とともに』（八月　クリエイツかもがわ）
・二井るり子『知的障害のある人のためのバリアフリーデザイン』（八月　彰国社）
・日本特殊教育学会特殊教育システム検討委員会自治体研究班編『「特別支援教育」への転換　自治体の模索と試み』（八月　クリエイツかもがわ）
・大江健三郎「『新しい人』の方へ」（九月　朝日新聞社）
・鹿島茂他「鼎談書評」（『文芸春秋』九月）
・服部正『アウトサイダー・アート』（九月　光文社）
・優生手術に対する謝罪を求める会編『優生保護法が犯した罪』（九月　現代書館）
・レイチェル・サイモン『妹とバスに乗って』（幾島幸子訳　九月　早川書房）
・エドウィン・ジョーンズ他『参加から始める知的障害のある人の暮らし』（中野敏子監訳・編　十月　相川書房）
・奥田英朗「教授のズラ」（『オール読物』十月）

・ジェームズ・I・チャールトン『私たちぬきで私たちのことは何も決めるな　障害をもつ人に対する抑圧とエンパワメント』（笹本征男他訳　十月　明石書店）
・田中昌人『障害のある人びとと創る人間教育』（十月　大月書店）
・中村満紀男・荒川智編『障害児教育の歴史』（十月　明石書店）
・加藤浩美『たったひとつのたからもの』（十一月　文芸春秋）
・クローバーの会『幸せを見つけてダウン症の子どもたち』（十一月　阿吽社）
・佐野眞一「「異形の秘書官」飯島勲の高笑い」（『文芸春秋』十一月）
・平林初之輔『平林初之輔探偵小説選Ⅱ』「少年探偵　呉田博士と与一」（十一月　論創社）
・北田耕也『「痴愚天国」幻視行・近藤益雄の生涯』（十二月　国土社）
・山本譲司『獄窓記』（十二月　ポプラ社）
・養老孟司「天才になぞなるもんじゃない」（『文芸春秋』十二月）

一月四日、埼玉県で障害のある全ての児童・生徒の普通学級在籍を可能にする制度を平成十六年度から実施するための検討が開始される／**八日**、東京都立七生福祉園が入所者の三十四歳男性が風呂で溺死したと発表、千葉県君津市の知的障害者更生施設「たびだちの村君津」でも前月に三十四歳男性の入所者が入浴中に溺死したことが明るみにでる（同園では平成十三年四月にも四十六歳男性の入所者が寮二階から転落死している。「たびだち」では平成十二年三月と九月に入所者二人がパンを喉に詰まらせるなどで死亡事故がおきている。同月二十六日、千葉県は県認可の知的障害者更生施設の事故状況調査結果を発表、前年一年間に死亡の入所者は四十九施設中八施設で、二十四歳から五十四歳の男女九人、うち六人は入浴中・就寝中のてんかん・痙攣発作による窒息等で、三人は食事中・散歩時の事故死）／**九日**、厚労省が四月発足の障害者支援費制度で身体・知的障害者ホームヘルプサービスの時間数に上限設定を検討していることが判明する（身障者で百二十時間／月、知的重度で五十時間、中・軽度で三十時間程度の上限。同省はこれまで上限を設けないよう都道府県を指導してきた経緯がある。十日、「怒っているぞ！支援費制度　障害者ネットワーク」が緊急に同省と交渉。十四日、同省は実質的な上限設定を言明。十五日、東京都が「上限設定は利用時間制限と同じ意味を持つ」として一律の上限設定をしないよう要望書を提出。十五日、障害者団体代表十五名との交渉で同省社会・援護局長等やや軟化の方向。十六日、障害者関係四団体等約千二百人が同省前庭で上限設定に反対し緊急集会と同省との交渉を行う。十七日、民主党が同省に上限設定の基準案を白紙に戻し障害者団体と話し合うよう緊急に申し入れる。二十七日、同省譲歩案をだす（以下の通り）。ホームヘルプサービスの現在の平均的利用時間の約一・五倍の水準を国庫補助の基準とし、補助金の減る市町村には経過措置として調整交付金（平成十五年度総額約二十八億円）を新設し、現行のサービス時間を確保する。算定基準時間は全身性百二十五時間／月、視聴覚障害・ガイドヘルパー利用の知的障害者等五十時間、その他一般障害者は二十五時間。この基準は個人の利用時間の上限ではない。当事者参加の検討会を設けて基準の見直しを話し合う。社援局長は説明不足を謝罪する）／**二十二日**、知的障害者等が地域療育等支援事業補助金打ち切りに反対の署名を提出する（厚労省は同事業への補助金を平成十五年度から打ち切り地方交付税で措置（一般財源化））／**二十三日**、厚労省が障害者支援費制度で各種施設に就労・地域生活支援対策事業加算五十億円の支給を決定する／**二十八日**、厚労省と合意した障害者団体はこの日予定の抗議行動を中止し報告集会に切り替えたが、支援費制度そのものに反対や合意に反対の障害者団体は抗議行動を続行する／**二十八日**、厚労省は支援費制度の訪問介護事業者の都道府県への事業者指定申請が当初見込みに達せず、参入条件を撤廃する／**三十日**、厚労省が障害者の法定雇用率未達成企業の公表について対象の約九千社中約千五百社が開示に反対していると発表する

二月十一日、東京で「アフリカ障害者の10年（二〇〇〇～二〇〇九年）を迎えての南部アフリカの障害者の社会生活」公開セミナーが開催される（DPI日本会議・国際開発事業団主催）／**十三日**、入所施設をでて地域で暮らしている知的障害者等八人が厚労省に、入所施設を減らす具体計画策定、グループホーム、ホームヘルプへの予算増を求める要望書を提出する／**十五日**、岩手、宮城等七県知事が大津市でのフォーラムで「障害者福祉は介護保険で」を強調する（「障害者福祉サービスの権限が市町村に移されても税財源に全面依存の現状では施策を積極的に展開するのは困難」）／**二十四日**、東京都江東区が知的障害者等の後見人に支払う報酬の独自助成案を区議会に提出する／**二十五日**、DPI世界会議が「障害者権利条約に関するポジションペーパー」を提出する

三月七日、内閣府・都道府県が設立認証をだしたNPO法人は二月末で計一万八十九法人と発表する（平成十四年に四千法人が発足、活動分野では保健、医療、福祉が六十％で最も多い）／**十日**、大分県竹田市に障害者を支援する「かぼちゃの国」が開設される／**二十六日**、文科省調査研究協力者会議が「今後の特別支援教育の在り方について」最終報告をだす（現在の在籍者は小学部千四百四十七人、中学部八百三人、高等部千三十八人）／**三十日**、DPI日本会議が米・英軍のイラク攻撃即時中止を求める声明を発表する／札幌市特別支援教育基本計画が策定される（札幌市教育委員会学校教育部編集）

四月一日、障害者支援費制度が発足する（これに先立ち厚労省は三月二十八日に都道府県等に支援費支給決定について通知、支給決定は当事者から申請のあった種類の居宅・施設支援について公費助成の要否を判断するもので特定の事業者・施設から支援を受けるべき旨を決定するものではないとした）／**一日**、平成の大合併（平成十一年三月・三千二百三十二市町村→平成十八年五月・千八百二十市町村）／**十一日**、大阪で知的障害者と支援者の第一回「性のワークショップ」が開催される（十一月九日まで全七回。エンパワメント・プランニング協会の企画）／大阪市に知的障害者の授産施設「アトリエインカーブ」が設立される（施設長は今中博之。事業体としてまず社会福祉法人・素王会が発足、法人認可を受けたのは平成十四年九月）／福岡県糟屋郡須恵町のボランティアセンター内に軽度知的障害者を雇用する福祉工房「亀のパン」が開業する

五月一日、盲・聾・養護学校在籍児の訪問教育が実施される／

四日、市町村障害者生活支援事業全国連絡会が市町村生活支援事業の国庫補助金の予算措置状況についての調査結果を発表する（調査対象約三百ヶ所、回答百二十一団体。三十三団体は補助金が増えたがその多くは基準額である千五百万円以下、半数の百十団体は前年度と同程度、七十一団体は削減された。一ヶ所あたり平均額も一割近く減）／十五日、厚労省が四月一日現在の各自治体の支援費支給決定や事業者指定状況の施行状況調査結果を発表する（速報。支給決定は、居宅支援約十八万五千人、施設支援約二十万人、身体居宅介護事業者七千四百十六ヶ所（うち介護保険指定事業者五千八百九ヶ所）、知的居宅介護事業者五千七百五十一ヶ所（同四千三百八十六ヶ所）、児童居宅介護事業者五千百ヶ所（同三千七百五十二ヶ所）、基準該当サービスを加えると身体で約八千百、知的で六千二百、児童で五千四百の事業所がサービス提供可能。利用者数は、居宅十七万九千四百八十八人（身体七万七千三百六十五人、知的六万千六百二十三人、児童四万五百人）、施設十九万千八百六十七人（身体四万三千六十七人、知的十四万八千八百人）。デイサービスは、身体九百九十一ヶ所（同二百五十七）、知的五百四十二ヶ所（同五十一）、グループホーム三千二百十八ヶ所）／十六日、厚労省が市町村障害者生活支援事業等に障害者地域生活推進モデル事業を追加する／二十日、厚労省研究班が施設入所の知的障害者に居住形態の希望調査、結果を発表する（一回目は「施設で暮らしたい」六%、「地域で」三十一%、「決められない」十六%、意思確認不能三十七%。二回目は「地域で」五十二%と半数超過）／二十四日、全日本手をつなぐ育成会が十月の国立コロニーのぞみの園の独立行政法人化を受け入所者あてに三十年以上も施設生活を余儀なくさせたことを謝罪、地域生活への移行を呼び掛ける／二十六日、障害者の地域生活支援の在り方に関する検討会（社援局長の私的検討会）第一回が開催される（平成十六年七月六日第十九回まで）／障害者権利条約に関する政府とNGOの初協議が行われる

六月二日、バンコクで障害者権利条約に関する専門家会合とセミナーが開かれる（四日まで）／十六日、国連が障害者権利条約に関する第二回特別委員会を開催する（二十七日まで。作業部会の設置や、作業部会は地域グループ毎の政府代表二十七名とNGO代表十二名等で構成する等、今後の取り組み方に関する決議採択）／十七日、政府が平成十五年版『障害者白書』を閣議決定する／十九日、DPI日本会議が「障害者権利条約ポジションペーパー」を提出する／二十五日、厚労省が雇用率未達成の企業一社の社名日本空港サービスを公表する／二十七日、政府が経済財政運営と構造改革に関する基本方針で税・財政の三位一体改革を閣議決定する（補助金削減、交付税縮減、財源移譲）／障害者の生活と権利を守る全国連絡協議会（障全協）と日本障害者センターが全国の市町村を調査、支援費制度における支援費の申請率について報告する（障害者手帳をもつ者のうち、身体三・五%、知的三十四・八%、児童十九・四%）

七月一日、鹿児島県警が、知的障害者更生施設「みひかり園」の前園長を入所者虐待で逮捕する（みひかり園虐待事件。平成十七年七月十四日、鹿児島地裁が前園長に懲役一年六ヶ月の実刑判決をだす）／二十五日、自治体ユニット（約百八十市町村）が障害者サービスを段階的に介護保険に移行することを国に要望する／二十九日、厚労省検討委員会が国立コロニーのぞみの

園の独立行政法人化にともない、入所者五百人のうち三、四割をグループホーム等に移行する最終報告案をまとめる／DPI日本会議が「障害者基本法改正に対する見解と要請」を発表する

九月一日、アジア太平洋経済社会委員会第五十九回総会が開催される（四日まで。アジア・太平洋障害者の十年の行動計画ミレニアムフレームワークを全会一致で採択）／**八日**、厚労省東京労働局が障害者雇用率未達成企業約九千社の社名を開示する／**十一日**、厚労省が平成十四年度社会福祉行政業務報告を発表する（身体障害者施設二千二十二ヶ所・五万六千六百二十二人、知的障害者施設三千六百五十ヶ所・十六万八千九百十一人、精神障害者施設千八百十二ヶ所・一万五千九十三人）

十月十日、障害者基本法改定案が衆院解散で審議未了、廃案となる／**十一日**、東京大学で障害学会の設立総会が行われる（障害学会発起人は旭洋一郎他。障害学会第一回大会は翌年六月十二日〜十三日に静岡県立大学で。以降毎年開催）／**三十日**、日・中・韓三国の経済産業省がユニバーサルデザインのための統一規格づくりの委員会設置で合意する／ベトナムで枯れ葉剤＝ダイオキシン被害者協会（ＶＡＶＡ）が設立される（健康被害を調査し独自に被害者を認定、支援金を支給。二〇〇九年に始めたキャンペーンでは、二〇一三年までに全国に六百五の被害者支援施設を建設、二千二百人の障害児への奨学金支給や就職支援をする計画）

十一月、厚労省が支援費予算五十億円不足と発表する／ＤＰＩ日本会議が「支援費制度（居宅支援）に関するアンケート」を実施する（百一団体、個人四百七十二人から回答。「措置制度よりは一定程度良くなったが、実際に必要な時にサービスが得られるか不安」、「制度に関する情報源は関係団体の学習会・機関紙・口コミで得ている」が大半）／新十年推進のためのアジア太平洋障害フォーラム（ＡＰＤＦ）が設立される

十二月十三日、東京で第九回障害者政策研究全国集会が開催される（十四日まで。障害者差別禁止法第二次要項案の発表）／**二十三日**、国連総会で障害者権利条約作成作業部会が条約草案を第三回特別委に提示することを決議する

＊文科省委嘱事業「特別支援教育推進体制モデル事業」が実施される／国民生活センターが、知的・精神障害などのある場合に悪質な消費者被害にあうケースが、平成十四年までの六年間に三倍を超える二万件となっていると指摘する／「滋賀県重症心身障害児・者ケアマネージメント支援事業」が本格実施される／社会福祉事業団が、知的障害者を介護の現場で働くホームヘルパーとして養成するための講座を始める（大分や熊本で）／北九州市八幡西区で、知的・発達障害の子供や親でつくる「親子訓練ミツバチの会」を支える「ミツバチサポートクラブ」が発足する／米国の映画『僕はラジオ』（監督はマイク・トーリン）が製作される

平成十六年（二〇〇四年）

・越野和之他編『「特別支援教育」で学校はどうなる』（一月　クリエイツかもがわ）
・スチュアート・ダイベック「歌」（柴田元幸訳『新潮』一月）
・西田清『AD／HD・LDの発達と保育・教育』（一月　クリエイツかもがわ）

・滝本竜彦「僕のエア」（『別冊文芸春秋』一月～五月）
・森福都「漆黒泉」（『別冊文芸春秋』一月～翌年三月）
・桐野夏生「夜露死苦」（『新潮』一月～平成十九年十一月）
・中村満紀男編『優生学と障害者』（二月　明石書店）
・町田おやじの会『「障害児なんだ、うちの子」って言えた、おやじたち』（二月　ぶどう社）
・渡部信一『自閉症児の育て方』（二月　ミネルヴァ書房）
・井口時男「物語の家族的所有は完成したか」（『新潮』三月）
・梅谷忠勇『図解知的障害児の認知と学習』（三月　田研出版）
・カナダ・ダウン症協会編『ダウン症者の思春期と性』（阿部順子訳　三月　同成社）
・コリン・バーンズ他『ディスアビリティ・スタディーズ　イギリス障害学概論』（杉野昭博他訳　三月　明石書店）
・立川勲『知的障害児のためのラーニング・ボックス学習法』（三月　春風社）
・藤井力夫『障害児教育学原論考』（三月　私家版）
・松矢勝宏他『大学で学ぶ知的障害者』（三月　大揚社）
・石牟礼道子『石牟礼道子全集・不知火』（第二・三巻　四月　藤原書店）
・氏原寛他編『心理臨床大事典　改訂版』（四月　培風館）
・櫻井信義「第一回「60歳の主張」　涙くんさよなら」（『文芸春秋』四月）
・渡辺ジュン『療育サバイバルノート』（四月　元就出版社）
・鹿島茂他「鼎談書評」（『文芸春秋』五月）
・全国精神障害者家族会連合会年金問題研究会『障害年金の請求の仕方と解説』（五月　中央法規出版）
・日本知的障害者福祉協会政策委員会『はじめませんか！知的障害児・者ホームヘルプサービス』（五月）
・ミッチェル・ズーコフ『いのち輝く日　ダウン症児ナーヤとその家族の旅路』（浜島高而訳　五月　大月書店）
・宮本輝『父の目方』佐々木志穂美「僕は後ろを走り続ける」（五月　光文社）
・池田理代子「諦めない人生が始まる時」（『文芸春秋臨時増刊号』六月）
・河合香織『セックスボランティア』（六月　新潮社）
・小堀憲助『「知的（発達）障害者」福祉思想とその潮流』（六月　中央大学出版部）
・清水寛編『セガン』（一～四　六月　日本図書センター）
・高橋明『障害者とスポーツ』（六月　岩波書店）
・植田章『知的障害者の加齢とソーシャルワークの課題』（七月　高菅出版）
・上原千寿子他『事例で学ぶ知的障害者ガイドヘルパー入門』（七月　中央法規出版）
・白山靖彦『必携障害者（児）ホームヘルプサービス　身体・知的障害編』（七月　日総研出版）
・星野智幸「アルカロイド・ラヴァーズ」（『新潮』七月）
・和田秀樹・秋元波留夫「98歳現役精神科医　活力の素」（『文芸春秋』七月）
・加藤秀一『〈恋愛結婚〉は何をもたらしたか　性道徳と優生思想の百年間』（八月　筑摩書房）
・知的障害者ホームヘルプサービス研究会編『知的障害者ホームヘルプサービスの実際』（八月　中央法規出版）

・兵庫重症心身障害児教育研究集会実行委員会編『重症児教育』（八月　クリエイツかもがわ）
・箕輪一美『未来への約束』（八月　ごま書房）
・浅尾大輔「胸いっぱいの、」（『新潮』九月）
・ＯＥＣＤ編『図表でみる世界の障害者政策　障害をもつ人の不可能を可能に変えるＯＥＣＤの挑戦』（岡部史信訳　九月　明石書店）
・佐川光晴「小さな者たちへ」（『新潮』九月）
・佐野眞一「誰が「小泉純一郎」を殺したか」（『文芸春秋』九月）
・松浦美涼『君がいたから、君がいるから』（九月　アルファポリス）
・石丸元章「extasis　エクスタシス」（『新潮』十月）
・大江健三郎『「話して考える」と「書いて考える」』（十月　集英社）
・カリフォルニア州発達障害局編『障害者福祉実践マニュアル　アメリカの事例・本人中心のアプローチ』（田川康吾訳　十月　明石書店）
・齋藤一雄『特別支援教育への第一歩』（十月　明治図書）
・沢木耕太郎・西部邁「所得倍増論と一九六〇年」（『文芸春秋』十月）
・スティーブン・ショア『壁のむこうへ　自閉症の私の人生』（森由美子訳　十月　学習研究社）
・仙台市なのはなホーム編『遊びたいなうん遊ぼうよ　発達を促す手づくり遊び』（十月　クリエイツかもがわ）
・堀智晴『障害のある子の保育・教育』（十月　明石書店）
・レネー・ヘゲリーン他『ぼくに愛のチャンスある？　障害をもつ若者たちが語るセックスと恋』（ビヤネール多美子・瀬口巴訳　十月　明石書店）
・障害者福祉研究会『障害者のための福祉２００４』（十一月　中央法規出版）
・ニキ・リンコ・藤家寛子『自閉っ子、こういう風にできてます！』（十一月　花風社）
・丹羽淑子『あなたたちは「希望」である』（十一月　人間と歴史社）
・山田洋次「寅さんと藤沢周平さんの眼差し」（『文芸春秋』十一月）
・李恢成「四季」（『新潮』十一月）
・東ちひろ『やまにおいで』（十二月　泉書房）
・小笠毅編『ハンディのある子どもの権利』（十二月　岩波書店）
・サエキけんぞう「同級生交歓」（『文芸春秋』十二月）
・露の団六『あほやけど、ノリオ』（十二月　中央法規出版）
・米国精神遅滞協会『知的障害　定義、分類および支援体系』（栗田広・渡辺勧持共訳　十二月　日本知的障害福祉連盟）
・編集部「映画漫歩」（『文芸春秋』十二月）

一月五日、国連が障害者の権利条約作業部会を開催する（十六日まで。ＤＰＩ日本会議金政玉が参加）／**七日**、ＤＶＤ－ＢＯＸ『ザ・ドリフターズ　結成40周年記念盤　8時だヨ！全員集合』が発売される（「ドリフの母ちゃん、今日は良い子でいます？」昭和五十八年三月十二日放送、千葉・船橋ららぽーと劇場にて）／**十六日**、厚労省障害保健福祉部長が障害者福祉と介護保険の統合問題で障害関係七団体に検討会への参加を要請する／二十二日、厚労省が障害者の地域生活支援の在り方検討会第十四回会合で三作業班を設置する（①全身性等長時間介護が必要な身体障害者、②視・聴覚障害者、③知的障害者（これまでオブザーバーだった知的障害者が各作業班に一人ずつ正式参加））／二十七日、障害者関係八団体が厚労省の小規模作業所補助金と小規模通所授産施設の運営費補助基準額削減方針をめぐり自民党委員会を交えて三者懇談を行う／二十九日、内閣府が平成十四年度末の障害者プラン進捗状況を発表する（グループホーム・施設ホーム百十一%、授産施設・福祉工場百七%、精神障害者精神科デイケア施設百十八%、ホームヘルパー（専任分九十五%、兼任分とあわせて百五十九%）、デイサービスセンター百十六%、身体障害者療護施設百一%、知的障害者更生施設百七%、ショートステイ九十二%、精神障害者生活訓練施設八十八%、精神障害者社会適応訓練事業八十%、重症心身障害児（者）通園事業五十四%）／三十日、国連子どもの権利条約委員会が日本政府への勧告内容を公表する（差別・いじめ解消の改善措置を求める。児童買春・児童ポルノ禁止法の制定、児童虐待防止法制定を評価）

二月十五日、千葉県が障害者基本政策の骨子案をまとめる（障害者差別禁止条例制定等）／**十八日**、厚労省が平成十四年の民間の障害者雇用率は一・四八%と発表する／**二十二日**、厚労省が障害者福祉と介護保険の結合問題で介護保険サービス上限を超える長時間介護は補助金等に上乗せの検討を始める／**二十五日**、厚労省が小規模授産施設の国庫補助金削減問題で障害者関係八団体と私的懇談会をもつ／**二十五日**、東京都が都立の福祉施設全て民営化の方針を打ち出す／**二十五日**、宮城県浅野知事が知的障害者施設解体宣言を表明する／**二十六日**、東京で国際セミナーが「権利条約制定への世界の最新の動き」を開催する／**二十七日**、厚労省が障害者介護で新単価を提示する（介護保険との統合を視野に）

三月三日、厚労省が平成十六年度から入所施設の新設・定員増をともなう増改造に、原則として補助金（整備費の二分の一）をださないと決める／**十二日**、名古屋国税不服審判所が名古屋市の通所授産施設への課税処分を取り消す（所轄の税務署が通所授産施設「わだちコンピューターハウス」で働く障害者十六人の工賃が課税最低限を上回ったとして同施設を運営する社会福祉法人「ＡＪＵ自立の家」に源泉徴収漏れを指摘、約六十万円の追徴課税をしたため同法人が不服審査請求をしていた。審判所は工賃は雇用契約に基づく給与所得にはあたらないとして課税処分を取り消す裁決をだした）／**二十四日**、厚労省が障害者支援費制度の国予算不足により国庫補助金十四億円分を市町村に負担してもらうとの方針を公表する／**二十六日**、文科省特別支援教育の在り方調査研究協力者会議が最終報告をまとめる（現行の特殊教育制度を見直し、特別支援学校を都道府県の判断で設置できるよう制度改革を求める）

四月七日、国民生活センターが入所施設やグループホームで暮らす知的障害者・痴呆性高齢者の金銭管理の全国調査結果を発表する（三十二都府県二千九百三十八施設から回答。預かっているのは二千七百十九施設、契約書を大半の入居者と交わしている六十七・九%、痴呆性高齢者グループホームは「大半取り交わしていない」が四十八%、百十四施設が家族等に使途明細書・残高を報告していない。日用品費・おやつ代・買物代行費等制度外費用を徴収している施設もある）／**十四日**、テレビドラマ『光とともに… 自閉症児を抱えて』（主演は篠原涼子。六月二十三日まで）が放送される／**十五日**、第十六回障害者（児）の地域生活支援の在り方に関する検討会が開催される／**十六日**、厚労省が介護保険の福祉用具貸与で要支援の人を対象から外す方針を決める／**二十日**、厚労省が「小規模通所授産施設及び小規模作業所等の今後の在り方に関する懇談会」の報告書を発表する（小規模通所授産施設の設立要件を見直し、現在一千万円以上の資産要件を引き下げる方向で検討）／**二十二日**、障害者関係五団体が小規模作業所等の予算削減に抗議の集会を開く（東京日比谷野音に六千人以上が集まる）／**二十六日**、社会保障審議会が障害者支援費制度の介護保険への吸収問題の検討で両制度の利用者一人あたりの費用をまとめる（介護保険は、施設入居三十五万四千円（特養で個人負担約三万五千円）、在宅サービス八万千円（同利用限度額の三分の一）、利用者数三百九万人、年間費用六兆一千億円（平成十六年度）。支援費は、施設入居二十七万二千円／月、在宅サービス十一万千円、利用者数三十二万円、年間費用七千億円）／国立久里浜養護学校が筑波大学に編入され、国立大学法人筑波大学附属久里浜養護学校となる／知的障害者等が弁当を手作りし、高齢者宅などに配達する事業所「リンゴの唄」が設立される（社会福祉法人「そよかぜの会」が経営）

五月一日、厚労省が障害児（者）のホームヘルプ利用率が都道府県により最大四十四倍の差があると公表する（平成十五年四月の一ヶ月）／**十九日**、発達障害者支援法制定促進議員連盟が発足される／**二十二日**、厚労省が介護保険運営主体約二千七百五十団体のうち百七十団体が赤字と公表する／**二十四日**、ニューヨークで国連が障害者の権利条約第三回特別委員会を開催する（六月四日まで）／**二十八日**、参院本会議で障害者基本法改定が全会一致で可決、成立される（障害を理由とした差別の禁止、中央障害者施策推進協議会設置、介護、情報バリアフリー化等基本施策。公布、施行は六月四日（一部を除く）。施行後五年を目途に検討、必要な措置をとることを規定）

六月一日、第十七回障害者（児）の地域生活支援の在り方に関する検討会が開催される／**四日**、社会保障審議会障害者部会長が支援費制度の介護保険への統合を容認する中間報告案を提案する／**四日**、政府が平成十六年版『障害者白書』を閣議決定する／**九日**、東京で行われた障害者の地域生活確立の実現を求める全国大行動に千二百名が参加する／**十六日**、国連総会の障害者権利条約臨時委員会第二回会合で「今後の取り進めに関する決議案」が採択される（二十七日まで）／**十八日**、社会保障審議会障害者部会が支援費・介護保険統合問題で障害者八団体の意見を聴取する（「統合必要」一団体、「条件付きで選択肢の一つとして検討」二団体、「反対」二団体、「現状では判断できない」三団体）／**二十一日**、厚労省が障害者の地域生活支援の在り方検討会で、ホームヘルプサービスの長時間利用に平成十七年度包括的な報酬体系導入を提案する／**二十一日**、第十八回障害者（児）の地域生活支援の在り方に関する検討会が開催される／**二十六日**、三重県でＤＰＩ日本会議総会全国集会が開催される

七月四日、厚労省が長時間のホームヘルパー利用を従来の出来高払い方式から包括払い方式に変更を決定する／**六日**、第十九

回障害者（児）の地域生活支援の在り方に関する検討会が開催される（最終報告書で重度障害者への包括的な報酬体系の導入を盛り込む。障害者自立支援法に向けての地ならし）／**三十日**、社会保障の在り方に関する懇談会（官房長官の私的懇談会）初会合が開かれる（医療・年金・介護をあわせた社会保障体制の抜本的改革について議論、年内をめどに論点をだす）

八月六日、厚労省が障害者雇用問題研究会報告書を公表する（在宅就労障害者に一定額以上の仕事を発注した企業には納付金を減額し、法定雇用率を達成している企業には雇用調整金を加算する等）／**二十三日**、国連で障害者権利条約第四回特別委員会が開催される（九月三日まで）

九月一日、ニュージーランドで「知的障害者の強制的なケア及びリハビリテーションに関する２００３年法」が施行される（成立は前年十月三十日。二〇〇八年に第九章第百三十条に修正）／**八日**、カナダ・ウィニペグでＤＰＩ世界サミット２００４が開催される（十日まで）／**十一日**、米国の映画『ヴィレッジ』（主演はブライス・ダラス・ハワード）が公開される／**十五日**、厚労省が障害者支援費制度で今年度の国の在宅サービスの予算が二百五十億円前後不足するとの見通しを公表する／千葉県で障害者差別をなくす条例制定で差別事例が県民から募集される（約八百件の事例が集まる。平成十七年一月二十六日、障害者差別をなくすための研究会設置（併行して県内各地でタウンミーティング、十二月二十二日に最終報告）。平成十八年一月、条例要綱案を公表。二月、定例議会に提案（継続審議）。六月、議会で条例案いったん撤回。十月十一日、条例案可決成立）

十月四日、国連特別委員会が障害者の権利条約の概要を公表する／**十二日**、厚労省が社会保障審議会障害者部会で「障害保健福祉改革のグランドデザイン」を公表する（三障害への総合的サービス、サービス体系の見直し、応益負担等）／**二十日**、東京、ＤＰＩ日本会議・全国自立生活センター協議会等主催の「10・20障害者の地域生活確立実現全国大行動」に千五百人が参加する／**二十六日**、テレビドラマスペシャル『たったひとつのたからもの』（主演は松田聖子）が放送される／**三十一日**、日本障害フォーラム（ＪＤＦ）が設立される（代表は兒玉明）／仙台市教育委員会が仙台市特別支援教育検討委員会を設置する／宮城教育大学に特別支援教育総合研究センターが開設される／長野県内十の広域圏内に障害者総合支援センターが設置される／韓国ドラマ『拝啓、ご両親様』が放送される（韓国ＫＢＳ放送。監督はチョン・ウリョン。翌年六月まで）

十一月八日、宮城県で障害者差別排除条例の素案を関係団体が有識者に提示する／**十二日**、厚労省が支援費制度・精神障害者福祉による給付総額が平成二十三年度には一兆五千五百億円（平成十五年度の一・七倍）になるとの推計をまとめる／**十三日**、映画『ニワトリはハダシだ』（主演は肘井美佳）が公開される／**十九日**、与党五会派が発達障害者支援法案を議員立法で衆院に提出する（十二月、参院本会議で可決、成立。子供に関する相談を児童相談所だけでなく、一義的には市町村が担う）／**二十四日**、日本身体障害者団体連合会（日身連）・全日本手をつなぐ育成会が障害者支援費制度と介護保険の統合問題で「介護保険活用により障害者サービスの水準は向上する」との見解を発表する（全国市長会は同月十一日に反対決議）／**二十六日**、中央教育審議会が障害児の特殊教育を特別支援教育と改めることなどの中間報告をだす（対象にLD、ADHDを加える。全ての小・中・盲・聾・養護学校に特別支援コーディネーター担当教員を指名する等）／福岡県筑紫野市の音楽講師国友美枝子が福岡都市圏のダウン症などの子供達とアマチュアバンド「ピュアハート」を結成する

十二月十日、発達障害者支援法が公布される／**十日**、日本障害者協議会等八団体が「障害保健福祉改革のグランドデザイン」で緊急要望を厚労相に提出する／**十五日**、DPI日本会議が厚労省と継続交渉／**十六日**、政府が来年通常国会提出予定の障害者自立支援給付法案（仮称）の骨格を公表する／**二十五日**、日本障害フォーラム主催シンポジウム「住みたいまちに住み続けたい―太田、栃木、志木三市における障害者福祉に関する先進的取り組み」が開催される

＊平成十五年度の社会保障給付費は八十五兆五千百八十八億円（うち年金給付費が四十五兆五千百八十八億円）／この年、職安登録の求職障害者約十五万四千人でそのうち八十％が有効求職者で残される

平成十七年（二〇〇五年）

・奥田英朗「オーナー」（『オール読物』一月）
・小林陽太朗「もう一つのオリンピック」（『文芸春秋』一月）
・芹沢一也『狂気と犯罪』（一月　講談社）
・大江健三郎「さようなら、私の本よ！」（『群像』一月～八月）
・都築響一「都築響一の夜露死苦現代詩」（『新潮』一月～翌年四月）
・池田清彦『やがて消えゆく我が身なら』「人生を流れる時間」（二月　角川書店）
・鹿島田真希「六〇〇〇度の愛」（『新潮』二月）
・舛地三郎『ただいま100歳　今からでも遅くはない』（二月　致知出版社）
・長沼雅美『マー君』（二月　文芸社）
・吉田昌雄・川北敏晴他『ダウン症の友だち』（二月　金の星社）
・安部省吾『知的障害者雇用の現場から　2』（三月　文芸社）
・池田由紀江他『ダウン症ハンドブック』（三月　日本文化科学社）
・佐藤幹夫『自閉症裁判　レッサーパンダ帽男の「罪と罰」』（三月　洋泉社）
・東山紘久・伊藤良子『遊戯療法と子どもの今』（三月　創元社）
・村社卓『ソーシャルワーク実践の相互変容関係過程の研究』（三月　川島書店）
・明石洋子『お仕事がんばります　自閉症の息子と共に③』（四月　ぶどう社）
・加部一彦『ダウン症の理解と小児期の健康管理』（四月　日本ダウン症協会）
・遠山文吉『知的障害のある子どもへの音楽療法』（四月　明治図書）
・はせこうこ『宝子箱　ダウン症の子ありて今』（四月　文芸社）
・原仁編『発達障害医学の進歩　17』（四月　診断と治療社）
・マリア・ウィーラー『自閉症、発達障害児のためのトイレッ

トトレーニング』（谷晋二監訳　四月　二瓶社）
・伊佐千尋『島田事件』（五月　新風舎）
・石田周一『耕して育つ』（五月　コモンズ）
・大江健三郎「伝える言葉」（『朝日新聞』五月）
・キャロル・グレイ『コミック会話　自閉症など発達障害のある子どものためのコミュニケーション支援法』（門眞一郎訳　五月　明石書店）
・丸岡玲子『サポートブックの作り方・使い方　障害支援のスグレもの』（五月　おめめどう自閉症サポート企画）
・加瀬進『行動援護ガイドブック』（六月　日本知的障害者福祉協会）
・倉本智明編『セクシュアリティの障害学』（六月　明石書店）
・全国知的障害養護学校長会『コミュニケーション支援とバリアフリー』（六月　ジアース教育新社）
・花田俊典『坂口安吾生成』（六月　白地社）
・若子理恵他編『自閉症スペクトラムの医療・療育・教育』（六月　金芳堂）
・高橋淳子・平田勝政『知的・身体障害者問題資料集成【戦前編】』（全十六巻　六月～翌年六月　不二出版）
・愛本みずほ『だいすき!!　ゆずの子育て日記』（六月～連載中　講談社）
・天野ミチヒロ『放送禁止映像大全』（七月　三才ブックス）
・青来有一「石」（『文学界』七月）
・中島将雄『花園への扉』（七月　叢文社）
・成田文忠『僕もピアノが弾けたよ』（七月　とびら社）
・B・アンダーソン『サリー　花のような女の子』（古屋美登里訳　七月　光文社）
・金子節子『のんちゃんの手のひら』（七月～平成十九年四月　双葉社）
・早坂暁「君は歩いて行くらん」（『別冊文芸春秋』七月～平成十九年九月）
・五十嵐一枝編『軽度発達障害児のためのSST事例集』（八月　北大路書房）
・石原慎太郎・養老孟司「子供は脳からおかしくなった」（『文芸春秋』八月）
・野本茂夫監修『障害児保育入門』（八月　ミネルヴァ書房）
・岩元昭雄他『ことば育ちは心育て』（九月　かもがわ出版）
・カイパパ『ぼくらの発達障害者支援法』（九月　ぶどう社）
・北島行徳『バケツ』（九月　文芸春秋）
・小池妙子・山岸健『人間福祉とケアの世界』（九月　三和書籍）
・作田明『新しい犯罪心理学』（九月　世論時報社）
・編集部「蓋棺録」（『文芸春秋』九月）
・星野貞一郎・清野佶成編『教育者のための障害者福祉論』（九月　明石書店）
・北沢杏子『知的障害をもつ子どもの性教育・性の悩みQ&A』（十月　アーニ出版）
・秋山ちえ子「ラジオと私の五十七年」（『文芸春秋』十一月）
・大江健三郎・尾崎真理子「ロング・インタビュー　大江健三郎、語る」（『新潮』十一月）
・北島行徳「book trek『バケツ』」（『別冊文芸春秋』十一月）
・グレニス・ジョーンズ『自閉症・アスペルガー症候群の子ど

もの教育　診断、学校選びから自立に向けての指導法』（緒方明子監修　十一月　明石書店）

・障害者の教育権を実現する会『人権と教育43』（十一月　社会評論社）

・日本弁護士連合会高齢者・障害者の権利に関する委員会編『Q＆A　高齢者・障害者の法律問題』（十一月　民事法研究会）

・三浦俊雄・岡田三矢子『マコちゃんのひとりごと』（十一月　教育報道社）

・小池昌代「波を待って」（『新潮』十二月）

・昇地勝人・昇地三郎編『障害幼児の理解と支援』（十二月　ナカニシヤ出版）

・樋口有介『月への梯子』（十二月　文芸春秋）

一月十二日、日本身体障害者団体連合会、全日本手をつなぐ育成会、全国精神障害者団体連合会（全精連）が、障害者の介護保険活用を求める集会に二千人参加、緊急アピールを採択する／**二十四日**、国連で障害者の権利条約第五回特別委員会が開催される（二月四日まで）／**二十五日**、小泉首相が衆院本会議で障害者施策と介護保険の統合について初めて言及する（同日の社会保障審議会で厚労省自立支援法骨格説明）／韓国の映画『マラソン』（主演はチョ・スンウ）が製作、公開される

二月一日、内閣府が平成十六年三月末現在の自治体の障害者計画策定状況をまとめる（計画ありが二千七百市町村（八十六％）、数値目標ありが九百七十四市町村（三十六％）、ニーズ調査せずが四百八十一市町村（十八％）、当事者ヒアリングせずが千百十四市町村（四十一％））／**三日**、自民党厚生労働部会が障害者自立支援給付法案（仮称）を了承する／**八日**、政府が介護保険一部改定法案を国会に提出する（予防重視型システムへの転換と給付抑制が狙い、地域包括支援センターの設置）／**八日**、障害者団体が自立支援法反対で国会前に座り込みを行う（参加団体は、「ピープルファーストジャパン」、「怒っているぞ！支援費制度　障害者ネット」等）／**十日**、政府が自立支援法案を閣議決定、即日国会提出する／**十日**、政府が障害者雇促法改定案を国会に提出する／**十日**、宮城県が知的障害者施設解体宣言に沿い平成二十二年度の数値目標を決める／**十四日**、大阪府が第三次障害者計画（平成十五年から十九年）で地域移行センターの設置促進と経費助成を決める／**十五日**、「自立支援法上程に異議あり！」全国大行動が十六日まで開催される（第一次国会行動。約二千人参加。六百以上の障害者団体による実行委員会）／**二十六日**、長野スペシャルオリンピックスが開催される（知的障害のある男女九人の撮影隊「ビリーブクルー」が大会の記録映画を撮影）

三月一日、厚労省が知的・精神障害者、認知症高齢者に対する地域福祉権利事業の取り組みに地域格差が大きいとして都道府県に指導の徹底を求める／**二日**、厚労省が平成十七年度の支援費基準案を提示する／**六日**、東京で障害者欠格条項をなくす会がシンポジウム「門は開いた！でも中に入れない～障害者欠格条項のいま」を開催する／**七日**、東京で日本障害フォーラム・障害者権利条約推進議員連盟が障害者の権利保障セミナーを開催する／**十日**、宇都宮地裁が、前年四月二十九日、五月六日におきた強盗事件で誤認逮捕された知的障害のある男性について、調書の任意性と警察の取り調べを批判、無罪判決をだす

（宇都宮事件。平成十八年三月一日、栃木県警と宇都宮地検が男性に重大な人権侵害を行ったとして、日本弁護士連合会が県警、警察庁、最高検に警告書をだす。六月二十六日、宇都宮家裁が男性の養子縁組無効の判決をだす。平成二十年二月二十八日、地裁は男性に計百万円を支払うよう国と県に命じる。三月六日、県は捜査の違法性を認めた地裁判決を受け入れ控訴を断念）／**二十三日**、きょうされんが小規模作業所利用者の全国調査の結果を発表する（回答者五千二百二十二人。地域活動支援センターへの移行希望二十八％、就労継続支援事業希望三十三％（雇用型十八％、非雇用型十二％）、就労移行支援事業希望八％）／**二十四日**、国民生活センターがグループホーム利用の障害者・高齢者の実態調査結果を発表する（五千六百七十ヶ所対象（回答率六十一％）。「第三者評価」実施は、障害者（任意）二・七％、高齢者（義務）六十九・〇％。成年後見制度利用は知的障害者五・七％、高齢者十九・五％、精神三・五％）／**三十一日**、平成の大合併（全国市町村数千八百二十二に再編）／知的障害をともなう自閉症の男性（四十六歳、ヤマト運輸の関連会社「ヤマトロジスティクス」勤務）が自殺する（平成二十一年九月三日、自殺はヤマトロジスティクスが配慮を怠ったためとして、男性の母親が同社に六千五百万円の損害賠償を求めた訴訟の和解が成立（自閉症社員自殺訴訟。東京高裁。会社側が五百万円の見舞金を支払うことなどが条件））

四月一日、発達障害者支援法が施行される（成立は前年十二月三日。広汎性発達障害、学習障害、注意欠陥多動性障害の三つを主な対象とし、教育、医療、福祉、労働などの分野での支援体制の整備を公的に開始。しかしながら、支援法成立・施行後も、知的障害も含めて発達障害とする見解根強し。文科省が「発達障害のある児童生徒等への支援について（通知）」発表）／**一日**、改定児童福祉法が施行される／**七日**、障害関係八団体が自立支援法案について与党のヒアリングで意見陳述を行う／**十四日**、厚労省が社会福祉法人の認可基準を改定する／**十四日**、大阪城野外音楽堂でピープルファースト大阪等十一団体呼び掛けの「障害者自立支援法を考える大阪の集い」が開催される／**十四日**、東京で「デンマークから学ぶインクルーシヴな教育・社会」が開催される／**二十六日**、衆院本会議で自立支援法案の審議入りをする／**二十八日**、厚労省が自立支援法案での支給決定の手順、利用プロセス、全国共通の調査項目原案を主管課長会議で提示する／**三十日**、「障害者自立支援法を考えるフォーラムｉｎ足立」が開催される／ホームヘルプサービスの新類型「行動援護」が施行される（知的障害者もサービスの対象）

五月九日、自民・民主・公明各党が障害者虐待防止法案を来年の通常国会に共同提案と表明する／**十一日**、衆院厚労委が自立支援法案の審議入りをする／**十二日**、自立支援法案見直しを求める第二次国会行動が行われる（十三日まで。千五百人参加。日比谷野音での日本障害者協議会主催の集会に六千六百人が参加）／**十四日**、文科省が盲・聾・養護学校教員免許改定の方針を打ち出す／**十九日**、政府が中央障害者施策推進協議会を内閣府に設置する

六月七日、厚労省が平成十七年度版『障害者白書』を公表する（身体障害者三百五十一万六千人（千人中二十八人）、知的障害者四十五万九千人（千人中四人）、精神障害者二百五十八万四千人（千人中二十一人）。特別学校・学級在籍児十七万九千人

（一・五％）。就業率は、身体二十七・一％、知的十二・五％）／八日、東京で障害者の権利条約制定への国際NGOセミナーが開催される／十日、衆院本会議で障害者雇用促進法改定案が可決される／十一日、DPI日本会議全国集会福岡大会が開催される／二十二日、衆院本会議で介護保険法改定案が可決成立される／二十二日、厚労省が自立支援医療制度運営調査会を発足させる／二十四日、厚労省が障害者雇促法の雇用率未達成で勧告指導に従わなかった二社の社名を公表する（富士ハウス、朝日ユニバーサル貿易）／二十七日、厚労省が成年後見制度普及のため地域包括センター（全国五千～六千ヶ所）に社福士を配置する方針を決める／二十九日、参院本会議で障害者雇促法改定案が可決、付帯決議が盛り込まれる（十月一日施行。精神障害者を雇用率に加える。義務化は見送り、平成二十一年度末までに対象化を検討）

七月二日、那覇市で日本リハビリテーション協会第二十八回総合リハビリテーション研究大会が開催される（三日まで。テーマは「障がい者・高齢者の地域生活の保障に向けて」）／**五日**、東京日比谷公園で日本障害者協議会、DPI日本会議が自立支援法案の大幅修正（反対含む）を求め国会にアピール行動、一万千人余が参加する／**五日**、東京で全国社会福祉協議会障害関係団体連絡協議会が障害者地域システム研究会議を開催する／**六日**、東京で「障害者110番事業研修会」が開かれる（障害者の人権擁護に関わる相談事業の向上を目的として消費者金融の相談事例報告等）／**八日**、厚労省が衆院厚労委で自立支援法案の利用者定率負担の試算額を提示する（野党側は厚労省提出資料の不備を追及、十二日に改めて社会保障審議会を開き国会提出資料を修正、十三日に半ば強行採決で委員会可決、十五日に衆院通過）／**十二日**、障害当事者等約二百人が自立支援法に反対し議員会館前で徹夜の座り込みを行う／**十五日**、衆院本会議で自立支援法案修正案が可決される／**二十二日**、厚労省が自立支援法案の利用者負担の詳細を示す／**二十九日**、平成十七年版『厚生労働白書』が閣議了承される

八月一日、栃木県社福法人せせらぎ会が知的障害者対象のホームヘルパー二級養成研修を開始する／**一日**、国連で障害者の権利条約第六回特別委員会が開催される（十二日まで）／**八日**、衆院解散により自立支援法案が廃案となる／**九日**、文科省が平成十六年度に指導力不足と認定された教員数が過去最多の五百六十六人（前年比八十五人増）となったと公表する（うち九十九人は依願退職、十二人は免職、認定前辞職七十八人。約七割が男性教員、学校種別は小四十九％、中二十八％、高十五％、盲・聾・養護学校八％）

九月二日、ダスキン「アジア・太平洋障害者リーダー研修」第七期生研修が開始される（同社は平成十一年に同事業を開始）／**十四日**、障害者権利条約ベーシックセミナーが開催される／**二十三日**、全国青い芝の会が東京で結成三十周年記念集会を開催する

十月四日、山口市の知的障害者福祉施設「るりがくえん」で平成九年から平成十二年にかけて園長や職員が入所者に暴力を振るっていたことを、山口県議会厚生委員会で議員が指摘する（施設側は暴力行為を認め、謝罪）／**五日**、厚労省が本年度の障害者福祉予算不足が二百六十億円に達する見込みと公表する／**二十一日**、東京で日本障害フォーラム設立一周年記念セミナー

が開催される／**二十九日**、大阪で「ともに創り出そう！　地域で生きるためのインクルーシヴ教育」全国フォーラムが開催される／**三十一日**、衆院本会議で障害者自立支援法（以下、自立支援法）が可決、成立する（十一月七日、公布）／**三十一日**、DPI日本会議がパキスタン大地震救援金二百万円を送金する／ヒーリングファミリー財団が設立される（平成十四年十月から三年間タイ北部のチェンマイを中心に、独立行政法人国際協力機構（JICA）とNPO法人「さをりひろば」により実施されたJICA「開発パートナー事業」の障害者プログラムが、プロジェクト終了時に独立して設立されたもの）

十一月五日、第四回米州サミット行動計画で各国首脳が米州機構（OAS）に米州障害者の十年宣言検討を指示する／厚労省が行った「平成17年度知的障害児（者）基礎調査」及び「社会福祉施設等調査」によると、知的障害児（者）の数は約五十四万七千人（在宅四十一万九千人、施設入所十二万八千人）

十二月八日、中央教育審議会が「特別支援教育を推進するための制度の在り方について」答申する／福岡市西区に知的障害者が正社員として働く福祉工場「ゆずのき」が開業する（全国初のレストランタイプの福祉工場）

＊全国の地方自治体が自立支援法案に対して政府に意見書を提出する（平成十七年四月現在、政府に意見書を提出した地方自治体は以下の通り。大阪高槻市議会、奈良県議会、中野区議会、土佐山田町議会、高知吾川村議会、高知奈半利町議会、長野栄村議会、北海道浦河町議会、北海道八雲町議会、茨城県議会、奈良三郷町議会）／スウェーデンのデイセンターが性や結婚に関するDVD『Klick』をだす（出演者はほとんどが知的障害者）

平成十八年（二〇〇六年）

・大和田浩子他『知的障害者の栄養管理ガイド』（一月　建帛社）
・カタリーナ・ツィンマー『イルカがくれた奇跡』（今泉みね子訳　一月　白水社）
・島本理生「大きな熊が来る前に、おやすみ。」（『新潮』一月）
・月文瞭『自閉症者からの紹介状　色と形と言葉に映した私の世界』（一月　明石書店）
・半藤一利「三つの言葉「地獄の上の花見」「そこのけそこのけ」「ちんぷんかん」」（『文芸春秋』一月）
・工藤美代子『それにつけても今朝の骨肉』（二月　筑摩書房）
・寛仁親王・櫻井よしこ「天皇さま　その血の重み―なぜ私は女系天皇に反対なのか」（『文芸春秋』二月）
・中島隆信『障害者の経済学』（二月　東洋経済新報社）
・ベネディクト・イングスタッド他編『障害と文化　非欧米世界からの障害観の問いなおし』（中村満紀男・山口惠里子監訳　二月　明石書店）
・松本徹「同人雑誌評」（『文学界』二月）
・阿部芳久『知的障害児の特別支援教育入門』（三月　日本文化科学社）
・北村小夜他『ゆっくりって、いいな』（三月　ポプラ社）
・ニキ・リンコ他『自閉っ子、深読みしなけりゃうまくいく』（三月　花風社）
・荻原浩「ひまわり事件」（『別冊文芸春秋』三月～平成二十一年五月）
・ヴィゴツキー『ヴィゴツキー障害児発達・教育論集』（柴田義

松他訳　四月　新読書社）
・遠藤徹「まーやー」（『新潮』四月）
・大江健三郎「定義集」（『朝日新聞』四月）
・大阪弁護士会編『知的障害者刑事弁護マニュアル　障害者の特性を理解した弁護活動のために』（四月　Sプランニング）
・奥野英子他『自立を支援する社会生活力プログラム・マニュアル』（四月　中央法規出版）
・J・デイヴィッド・スミス『福祉が人を弄んだとき　知的障害をもつジョンの人生史』（西村章次監訳　四月　ミネルヴァ書房）
・田代幹康『スウェーデンの知的障害者福祉の実践』（四月　久美）
・日本ダウン症協会『この子とともに強く明るく』（四月）
・内村和「きのう今日、そして明日」（『文芸誌O』五月）
・永六輔「「光子の窓」はテレビの窓」（『文芸春秋』五月）
・オコナー・ワード『ダウン症療育のパイオニア　ジョン・ラングドン・ダウンの生涯』（安藤忠監訳　五月　あいり出版）
・門田光司他『知的障害・自閉症の方への地域生活支援ガイド』（五月　中央法規出版）
・河本佳子『スウェーデンの知的障害者』（五月　新評論）
・鉄村和夫「幼稚園児フルマラソンを完走す」（『文芸春秋』五月）
・花田俊典『沖縄はゴジラか』（五月　花書院）
・水戸事件のたたかいを支える会『絶対、許さねえってば　水戸事件（障害者差別・虐待）のたたかいの記録』（五月　現代書館）
・のぞゑのぶひさ他『神聖喜劇』（全六巻　五月〜翌年一月　幻冬舎）
・佐々木志穂美『さんさんさん』（六月　新風舎）
・佐々木正美監修『自閉症のすべてがわかる本』（六月　講談社）
・中根成寿『知的障害者家族の臨床社会学』（六月　明石書店）
・マイケル・オリバー『障害の政治　イギリス障害学の原点』（三島亜紀子他訳　六月　明石書店）
・アンディ・ボンディ他『自閉症児と絵カードでコミュニケーション　PECSとAAC』（園山繁樹・竹内康二訳　七月　二瓶社）
・金澤泰子『愛にはじまる』（七月　ビジネス社）
・白石正久『自閉症児の理解と授業づくり　重い知的障害の子どもたち』（七月　全国障害者問題研究会出版部）
・白澤琢・土岐邦彦『障害児と遊びの教育実践論』（七月　群青社）
・奥田英朗「ゆめの」（七月〜平成二十一年七月）
・大江健三郎「定義集」（『朝日新聞』八月）
・大和久勝編『困った子は困っている子　「軽度発達障害」の子どもと学級・学校づくり』（八月　クリエイツかもがわ）
・加賀乙彦・亀山郁夫「二つの「ドストエフスキー」の間に」（『すばる』八月）
・加々見ちづ子他『よく遊びよく食べよく眠る　発達が気になる子どもの子育て』（八月　クリエイツかもがわ）
・田垣正晋『障害・病いと「ふつう」のはざまで』（八月　明石書店）

・中野尚彦『障碍児心理学ものがたり　小さな秩序系の記録Ｉ』（八月　明石書店）
・沼部博直『成人期の健康管理』（八月　日本ダウン症協会）
・阿部利彦『発達障がいを持つ子の「いいところ」応援計画』（九月　ぶどう社）
・勝又浩「同人雑誌評」（『文学界』九月）
・浜本裕『天童』（九月　文芸書房）
・山本譲司『累犯障害者』（九月　新潮社）
・音弘志他編『誇らしい春　高等部実現へのあゆみ』（十月　全国訪問教育・親の会）
・河東田博『福祉先進国に学ぶしょうがい者政策と当事者参画』（十月　現代書館）
・ケリー・ジョンソン『オーストラリア・女性たちの脱施設化知的障害と性のディスコース』（高木邦明訳　十月　相川書房）
・ジェニファー・Ｌ・サブナー他『家庭と地域でできる自閉症とアスペルガー症候群の子どもへの視覚的支援』（門眞一郎訳　十月　明石書店）
・島田博『発達障害をわかってほしい』（十月　ぶどう社）
・日本知的障害者福祉協会危機管理委員会『社会福祉法人のための個人情報保護と危機対応』（十月）
・古荘純一『軽度発達障害と思春期』（十月　明石書店）
・高村薫「太陽を曳く馬」（『新潮』十月～平成二十年十月）
・アブラハム・Ｂ・イェホシュア『エルサレムの秋』「詩人の、絶え間なき沈黙」（母袋夏生訳　十一月　河出書房新社）
・大江健三郎『「伝える言葉」プラス』（十一月　朝日新聞社）
・大南英明他『知的障害者の企業就労支援Ｑ＆Ａ』（十一月　日本文化科学社）
・小池政行「皇后美智子さまとの対話」（『文芸春秋』十一月）
・全国知的障害養護学校長会『特別支援教育の未来を拓く指導事例ｎａｖｉ』（一～三　十一月　ジアース教育新社）
・編集部「著者インタビュー　山本譲司『累犯障害者』」（『文学界』十一月）
・星野常夫他『知的障害児のための造形表現活動題材集ｂｅｓｔ48』（十一月　明治図書）
・平野啓一郎「決壊」（『新潮』十一月～平成二十年四月）
・楡周平「骨の記憶」（『別冊文芸春秋』十一月～平成二十年九月）
・太田昌孝『発達障害』（十二月　日本評論社）
・小野正嗣「クッツェーのまなざし」（『新潮』十二月）
・重松清「「中学生日記」近藤クンの明日」（『文芸春秋』十二月）
・清水寛編『日本帝国陸軍と精神障害兵士』（十二月　不二出版）
・津田英二『知的障害のある成人の学習支援論』（十二月　学文社）
・中川信子監修『ことばの遅れのすべてがわかる本』（十二月　講談社）
・渡部昭男・新井英靖編『自治体から創る特別支援教育』（十二月　クリエイツかもがわ）

一月七日、文科省が学校教育法改定案の骨格を示す（小中学校、「特殊学級」を平成十九年度をめどに「特別支援学級」と改称。

養護学校に視障児学級を設ける。養護学校を特別支援学校としてLD、ADHD児も対象とする）／**十六日**、東京都保健福祉局が『児童虐待白書』を発表する（平成十五年受理の二千四百八十一件を分析、うち虐待として対応千六百九十四件。身体的虐待四十四％、ネグレクト三十四％、心理的十九％、性的三％）／**十六日**、国連で障害者の権利条約第七回特別委員会が開催される（二月三日まで。議長テキスト中の「自立生活」に日本政府が支持表明、チリ、韓国も同調。個別障害やその支援方策については明記されない恐れも。ろう文化の存在、手話の言語性については肯定的。インクルーシヴ教育が原則、日本政府は特殊教育体制の維持に固執、一般教育の「一般」の文言削除を強硬に主張。労働や雇用では日本政府は割当雇用制度を主張するが、支持得られず）／**二十一日**、ドキュメンタリー映画『Believe』（監督は小栗謙一）が公開される／**二十三日**、東京都豊島区が災害時の障害者・高齢者救助のため、従来各課が単独管理していた個人情報を要援護者情報として防災課に集約し危機管理に活用すると発表する／**二十四日**、京都市が自立支援法で負担軽減策を公表する（利用者一割負担を国の決めた月額上限の半分になるよう府と市が補助、横浜市は市民税非課税世帯の利用料を無料に、東京都荒川区は平成二十年度までの三年間は在宅サービスの自己負担を三％になど、各地自治体が軽減策）／**二十五日**、厚労省が自立支援法四月実施分を提示する（新事業体系への本格移行は十月から、九月までは旧体系で見なし、単価は点数制、日額支払い等）／**二十九日**、NPO「子どもの虐待防止ネットワークあいち」が、過去十年の調査結果を発表する（新聞報道された死亡事件総件数は千二十四件、亡くなった子供千二百十九人（折檻死二百七十二件、無理心中三百八十二件、ネグレクト二百四十七件、発作的殺人百十三件、その他十件等））

二月八日、宮城県知事が前知事の船形コロニー解体宣言について期限にこだわらず地域移行を進めると表明する／**八日**、障害者権利条約推進議員連盟が総会を開催、障害者関係団体と質疑を行う（国連特別委員会で特殊教育体制の固守を主張した日本政府文科省に対して障害者関係団体や国会議員から厳しい批判が相次ぐ）／**九日**、厚労省が都道府県・市町村障害者福祉計画の基になる国の基本方針をまとめる／**九日**、厚労省が社会保障審議会障害者部会でグループホーム、ケアホームの入所施設・病院敷地内設置を認める方針を示す／庄野真代がNPO法人「国境なき楽団」を設立する（養護施設や障害者施設を訪問。子供達に楽器を触ってもらう「体験音楽療法」）

三月一日、厚労省が自立支援法の福祉サービス利用標準額を公表する（訪問サービスは、現行一般的平均額は六万九千円だが、障害程度区分一は二万三千円、区分二は二万九千円、区分三は四万三千円（三の行動障害は十万八千円）、区分四は八万千円（同十四万六千円）、区分五は十二万九千円（同知的障害等十九万四千円）、重度肢障十九万円、区分六は十八万七千円（同知的障害等二十五万二千円）、重度肢障二十九万六千円）／**一日**、厚労省が自立支援法に関する障害者福祉計画の基本方針を提示する／**十日**、トリノ冬季パラリンピックが開催される（十九日まで。平成十七年四月に開催されたIPC管理委員会で、競技毎の知的障害の認定・参加資格制度が十分整っていないと判断されたため、知的障害のある選手が出場できる種目は含まれないことに）／**十一日**、厚労省が自立支援法による障害児の訪問系サービス報酬指定基準を提示する／**十三日**、日本身体障害者団体連合会・全日本手をつなぐ育成会・全国精神障害者家族会連合会（全家連。平成十九年解散）が十五日にかけて自立支援法ホットラインを開設する（二百二十七件受付）／**二十九日**、厚労省が自立支援法施行令・告示を発布する／**三十日**、厚労省が障害者雇促法の法定雇用率を大幅に下回っている地方自治体七機関に採用の適正実施を勧告する

四月一日、自立支援法一部施行される（利用者一割負担開始）／**一日**、厚労省が障害者更生施設に入所者への身体拘束原則禁止の省令をだす／**二日**、きょうされんが自立支援法施行にあたっての声明を発表する／**六日**、通所授産施設「わだちコンピューターハウス」の利用者四十人が自立支援法による利用者の一割自己負担の支払い拒否の決議を理事長に提出する／**八日**、イタリア・独国・仏国の映画『家の鍵』（主演はキム・ロッシ＝スチュアート）が日本で公開される／**十一日**、応益負担に反対する旭川連絡会が自立支援法施行にともなう利用者動向を調査する（市内四施設百二十七人のうち二十三人がすでに退所または退所の考え、通所授産施設「あかしあ第一作業所」は二十人のうち五人が三月末で退所、通所者の八十五％は工賃より利用料が上回る）／**二十八日**、政府が教育基本法改正案を国会に提出する／全日本特別支援教育研究連盟の機関誌名が『特別支援教育研究』と改称される／認知症高齢者や知的・精神障害者の消費者金融との契約トラブルが急増していることが判明する（各地の消費者センターに寄せられた相談は過去六年間で四・三倍に）

五月十六日、厚労省が平成十七年度の障害者の就職が過去最高の三万八千八百八十二件と発表する（前年比八・四％増）／**十七日**、米州機構常任理事会が「障害者の権利と尊厳のための米州の10年宣言」を採択する／**二十六日**、平成十八年版『障害者白書』が閣議了承される／**二十六日**、社会保障在り方懇談会が最終報告をまとめる（社会保険方式を基本とし国民皆保険体制維持、税財源は主に社会保険料の拠出困難な者をカバーする、今後のあり方として高齢者・女性・若者・障害者の就業促進、社会保障の担い手拡大等）／**二十九日**、厚労省が自立支援法施行にともなう旧体系・新体系の見直しを事業者団体に提示する（四月からの利用実績払いによる激変緩和措置として「定員の80％」を「現員の80％」に、入・通所者工賃控除は、入所者は年間二十八万八千円迄手元に残るように、通所者は二十八万八千円の工賃控除）／**三十一日**、学校教育法施行令が公表される（自閉症を従来の知的障害という枠内からだし、独自の教育対象に）／大阪府教育委員会が、「高等学校における知的障害のある生徒の受け入れ方策について」の答申（大阪府学校教育審議会、平成十七年八月）を踏まえる形で、「知的障害のある生徒の高等学校受入れに係る調査研究」（平成十三年度から四年間の調査研究）の最終報告を発表する

六月一日、福島県小規模作業所連絡会等四団体が県に申し入れを行う（前月。「自立支援法施行の結果、県の補助金削減によって県内百ヶ所以上の作業所が運営資金不足におちいっている。補助金カットしないようにしてほしい」）／**三日**、日本障害者協議会が自立支援法施行直後の実態検証のシンポジウムを開催する（同月八日開催の東京フォーラム「いま私たちにできること

は」に千八百人参加）／**六日**、日本知的障害者福祉協会が自立支援法の障害程度区分見直し等を求め緊急集会を開く（同協会の調査では、対象約二万三千人の大部分が一次判定で区分三か二になった）／**六日**、厚労省科学研究費助成による虞犯・触法等の障害者地域生活支援研究班が発足する／**十日**、ＤＰＩ日本会議設立二十周年全国集会が開催される／**二十一日**、学校教育法改定法が公布される（平成十九年四月施行。盲・聾・養護学校を特別支援学校とする、小中学校でのＬＤ、ＡＤＨＤ児の教育を規定）／**二十六日**、厚労省が自立支援法によるサービス提供の国の基本指針を告示する（主管課長会議で新体系に移行の事業者指定の取り扱い、グループホームの夜間支援体制確保の経過措置等示す）／**三十日**、東京都品川区が成年後見社協中立特区を国に提案する／**三十日**、厚労省が障害者雇用の法定雇用率を守らなかった二社（足利市の両毛丸善、大阪のウィザス）の社名を公表する

七月一日、全国児童相談所長会が児童虐待対応の専従組織・担当者の調査結果を発表する／**二日**、東京都社協が自立支援法影響調査を公表する（八十六施設三千百四人が回答。退所十九人、通所日数減十九人、退所検討中六十八人、その他給食の食数減・辞退等・施設「減収見込み」八十三％、一ヶ所あたりの減収額平均千九百二十万円／年）／**十四日**、ＤＰＩ日本会議が自立支援法緊急調査結果を発表する（四百八十一名の障害者が回答。四月以降負担が増えた、重度障害者ほど負担が重く上限一杯の負担額のためグループホーム、ホームヘルパーの利用を減らしたりしている人が多い）／**二十日**、京都知的障害者福祉施設協議会等四団体が府内百六十五施設を対象に自立支援法の影響調査結果を発表する（退所者四十一人、通所施設利用中止六十三人、負担増は入所で数千から三万円、通所で一万三千円／月）／**二十七日**、仙台市教育委員会が「仙台市における特別支援教育の在り方について（最終報告）」を公表する

八月一日、全国自立生活センター協議会が障害者インターンシップを開催する／**四日**、ＤＰＩがレバノン武力紛争の両当事者の軍事行動非難声明を発表する／**十四日**、国連で障害者の権利条約第八回特別委員会が開催、条約案が暫定採択される（二十五日まで）／**十六日**、障害関係八団体が自立支援法の見直しを求めて厚労省と交渉する／**二十三日**、文科省が発達障害児教育の現場教員増員の方針を決定する／日本政府が障害者権利条約の教育に関する条文内容を受け入れると表明する

九月、平成十八年版『厚生労働白書』が発行される

十月一日、厚労省が社会保障新制度を開始する（自立支援法本格実施等）／**六日**、ＤＰＩ日本会議が自立支援法第二回アンケート調査を実施する（十六日まで）／**十一日**、千葉県議会で全国初の障害者差別禁止条例が可決、成立する／**十六日**、衆院本会議で教育基本法改定案が可決される（十二月十四日、参院特別委与党単独可決、十二月十六日、参院本会議可決、成立。前文に「公共の精神」、「我が国と郷土を愛する態度を養う」として「伝統の文化の尊重」を謳い、教育目標に「愛国心」の条項を明記）／**二十一日**、東京日比谷公園で「障害者自立支援法10・31大フォーラム」が開催される／**三十一日**、日本身体障害者団体連合会、全日本手をつなぐ育成会、全国精神障害者家族会連合会が自民党小規模作業所支援議員連盟に緊急要望書を提出する／きょうされんが主として自立支援法が障害者に及ぼした影

響の調査を始める（調査は平成十九年一月まで。対象はきょうされん加盟の施設の利用者とその家族で、二千四百世帯からの協力があった）／知的障害児（者）施設に入園する時に利用契約制度が導入され、施設は利用者が選択するものとなる

十二月二日、政府与党が自立支援法の激変緩和策の年度内導入を決める／**六日**、鹿児島県警が、社会福祉法人「稜雅会」が運営する知的障害者更生施設「せせらぎの郷」に通う女子高生に猥褻行為をしたとして、同会理事の小野雅治を準強制猥褻の疑いで逮捕する／**八日**、東京で日本障害フォーラムが「障害者権利条約―新しい権利の時代に向かって」セミナーを開催する／**十二日**、長崎県が知的障害児入所施設「県立光が丘学園」で体罰があったとして児童福祉法に基づき改善勧告をする／**十三日**、国連総会で障害者権利条約が全会一致で採択される（二〇〇七年三月三十日から各国の署名開始、二〇〇八年四月三日にエクアドルが二十番目の国として批准したことにより、三十日後の五月三日に発効。高村正彦外務大臣は、平成十九年九月二十八日、国連において障害者権利条約に署名）／**二十二日**、教育基本法が全面改正、公布、施行される

＊全国社会福祉協議会が工賃水準ステップアップ事業を実施する（全国六ヶ所の授産施設に経営コンサルタントや専門家等が入り、①市場調査等による事業転換、②新たな商品開発や業種開発、③販路拡大・支援の工夫、④経費削減等のコンサルティングを受けることにより工賃水準の引き上げを図り、その成果を報告）／北九州市「ホームレス自立支援センター北九州」が、独自の検査や成長過程の聞き取りなども踏まえ、本人の意向を考慮しながら療育手帳取得を促す取り組みを本格化する／ドキュメンタリー映画『無名の人―石井筆子の生涯』（監督は宮崎信恵）が製作される／福祉施設職員や研究者により福岡市強度行動障がい者支援調査研究会が設けられる（座長は野口幸弘。毎年「行動障がい者支援研修」を行う）／中国の映画『孔雀―我が家の風景』（主演はチャン・チンチュー）が製作される／韓国の映画『裸足のギボン』（主演はシン・ヒョンジュン）が製作される／ケニア政府が障害者全国調査を近く実施すると発表する

平成十九年（二〇〇七年）

・市川和彦『虐待のない支援』（一月　誠信書房）
・矢作俊彦「常夏の豚」（『文学界』一月～平成二十一年七月）
・大阪教育文化センター編『発達障害と向きあう　子どもたちのねがいに寄り添う教育実践』（二月　クリエイツかもがわ）
・小谷野敦「上機嫌な私」（『文学界』二月）
・玉井邦夫『ふしぎだね!?ダウン症のおともだち』（二月　ミネルヴァ書房）
・中村文則「最後の命」（『群像』二月）
・生川善雄『知的障害者に対する健常者の態度構造と因果分析』（二月　風間書房）
・原仁『ふしぎだね!?知的障害のおともだち』（二月　ミネルヴァ書房）
・大江健三郎「定義集」（『朝日新聞』三月）
・ジョーラン・グラニンガー他『スウェーデン・ノーマライゼーションへの道』（田代幹康他訳　三月　現代書館）
・マイケル・ラター他編『児童青年精神医学』（長尾圭造他監訳　三月　明石書店）

・山城むつみ「ドストエフスキー［4］」（『文学界』三月）
・上野一彦『LD（学習障害）のすべてがわかる本』（四月　講談社）
・黒澤礼子『発達障害に気づいて・育てる完全ガイド』（四月　講談社）
・七木田敦編『実践事例に基づく障害児保育』（四月　保育出版社）
・古川日出男「ゴッドスター」（『新潮』四月）
・山城むつみ「ドストエフスキー［4］（承前）」（『文学界』四月）
・天木信志『だれにだってできないことはある。だから、ぼくは絶対にネヴァー・ダウン！　0－3歳編』（五月　あい出版）
・大江健三郎『大江健三郎　作家自身を語る』（五月　新潮社）
・大野耕策他『知的障害者の健康管理マニュアル』（五月　診断と治療社）
・『日本の論点』編集部「10年後の「人口減少社会」」（『文芸春秋』五月）
・有馬正高『知的障害のことがよくわかる本』（六月　講談社）
・ウィリアム・L・ヒューワード『特別支援教育　特別なニーズをもつ子どもたちのために』（中野良顯他監訳　六月　明石書店）
・大江健三郎他『21世紀　ドストエフスキーがやってくる』（六月　集英社）
・佐藤幹夫・山本譲司編『少年犯罪厳罰化　私はこう考える』（六月　洋泉社）
・スーザン・ソンタグ「自己について　日記とノートブックから」（木幡和枝訳　『新潮』六月）
・津島佑子・申京淑『山のある家井戸のある家』（きむふな訳　六月　集英社）
・日本知的障害者福祉協会編集出版企画委員会『知的障害者施設の現状と展望』（六月　中央法規出版）
・ピープルファースト東久留米編『知的障害者が入所施設ではなく地域で暮らすための本　当事者と支援者のためのマニュアル』（六月　生活書院）
・大江健三郎「臈たし（らふ）アナベル・リイ　総毛立ちつ身まかりつ」（『新潮』六月～十月）
・勝又浩「同人雑誌評」（『文学界』七月）
・国井桂『小説　夕凪の街　桜の国』（七月　双葉社）
・佐藤智子『自閉症の子とたのしく暮らすレシピ』（七月　ぶどう社）
・佐藤幹夫『裁かれた罪　裁けなかった「こころ」　17歳の自閉症裁判』（七月　岩波書店）
・ジェド・ベイカー『写真で教えるソーシャル・スキル・アルバム』（門眞一郎他訳　七月　明石書店）
・高橋源一郎「ニッポンの小説　第三十一回　全文引用（承前）」（『文学界』七月）
・マタイス・ファン・ボクセル『痴愚百科』（谷口伊兵衛訳　七月　而立書房）
・湯山尚之『夢プライドinブルー　熱き知的障害者イレブン、ピッチに立つ！』（七月　河出書房新社）
・大高一夫他『先生は、お花に水をあげるような勉強をしてく

れた』（八月　群青社）
・菅野昭正「【書評】瀬戸内寂聴『秘密』」（『文学界』八月）
・鈴木淑子「サザエさんをさがして　山下清」（『朝日新聞』八月）
・全国訪問教育研究会編『訪問教育入門　せんせいが届ける学校』（八月　クリエイツかもがわ）
・野崎歓「本『大江健三郎　作家自身を語る』―大江健三郎」（『新潮』八月）
・三木裕和他『自閉症児のココロ　教育、医療、心理学の視点から』（八月　クリエイツかもがわ）
・位頭義仁『知的障害児の統合教育・インクルージョンに関する研究』（九月　風間書房）
・小田部雄次『李方子』（九月　ミネルヴァ書房）
・加藤隆則「中国「一人っ子暴動」現地ルポ」（『文芸春秋』九月）
・ゲルト・ケーゲル他『オーラフ　自閉症児が語りはじめると き』（野村泰幸他訳　九月　クリエイツかもがわ）
・小谷野敦『日本売春史』（九月　新潮社）
・藤岡宏『自閉症の特性理解と支援　ＴＥＡＣＣＨに学びながら』（九月　ぶどう社）
・細川瑞子『知的障害者の成年後見の原理』（九月　信山社）
・松井博之「本『最後の命』―中村文則」（『新潮』九月）
・宮木あや子「泥ぞつもりて」（『別冊文芸春秋』九月）
・池田由紀江監修『ダウン症のすべてがわかる本』（十月　講談社）
・江口季好『知的障害者の青年期への自立をめざして』（十月　同成社）
・加藤仁「定年後に働く歓び」（『文芸春秋ＳＰＥＣＩＡＬ』十月）
・キムソヨン『裸足のキボン』（ユンユンドウ訳　十月　晩声社）
・舛地三郎「百一歳、現役先生の新たなチャレンジ」（『文芸春秋ＳＰＥＣＩＡＬ』十月）
・高山恵子編『おっちょこちょいにつけるクスリ』（十月　ぶどう社）
・養老孟司・山崎正和「変な国・日本の禁煙原理主義」（『文芸春秋』十月）
・横須賀俊司他『支援の障害学に向けて』（十月　現代書館）
・青山正さんを救援する関西市民の会編『さいばん、マル野田事件・青山正さんの再審無罪を求めて』（十一月　障害者問題資料センターりぼん社）
・兼久政彦他編『堕落論・白痴　まんがで読破』（十二月　イースト・プレス）
・最首悟・丹波博紀編『水俣五〇年　ひろがる「水俣」の思い』（十二月　作品社）
・高岡健『やさしい発達障害論』（十二月　批評社）
・モイラ・スミス『精神遅滞と発達の遅れ』（後藤雄一監訳　十二月　診断と治療社）
・茂木俊彦『障害児教育を考える』（十二月　岩波書店）
一月、映画『筆子・その愛―天使のピアノ』（主演は常盤貴子）が公開される
三月七日、厚労省が障害者の法定雇用率について、パートも加

えて算定するよう制度を変える方針を固める／**十五日**、文科省が軽度発達障害の用語を使用しない旨の声明を発表する／**二十六日**、郵便事業株式会社法施行規則が公布される／国連で障害者権利条約第二十四条が採択される（締結国により障害のある人のあらゆる段階のインクルーシブな教育・生涯学習を確保することが明記されている）
四月一日、国立大学法人筑波大学附属久里浜養護学校が学校名を筑波大学附属久里浜特別支援学校に変更する／**一日**、教育職員免許法が一部改正される（盲・聾・養護学校毎の教員の免許状が特別支援学校教諭免許状に一本化される）／**五日**、熊本県警が、知的障害をもつ長男に約一ヶ月間食事を与えなかったとして母親を保護責任者遺棄容疑で逮捕する（十九歳の長男は四日に死亡が確認）／**六日**、福岡県警が八日の知事選等の投票で特定の候補者名を書くよう知的障害者施設入所者に働きかけたとして、同県の第二田川学園事務長と職員を公職選挙法違反で逮捕する／障害者の作品を収入につなげる活動を行う団体エイブルアート・カンパニー（工房まる、エイブル・アート・ジャパン、たんぽぽの家による）が発足される
五月二十五日、法務省のホームページに「プレス発表資料　刑事施設、少年院における知的障害者の実態調査について」が公開される（平成十八年に法務省矯正局が調査した結果）
六月二十七日、学校教育法が改正される（これまで盲・聾・養護学校と別々の名称で規定されていたのが、障害の重複化に対応した教育を展開するために特別支援学校に一本化される、特殊学級が特別支援学級に名称変更される等）
七月二十八日、映画『夕凪の街　桜の国』（主演は麻生久美子）が公開される／平成十八年八月に独国で開催された国際知的障害者スポーツ連盟サッカー世界選手権に出場した日本代表選手達を追ったドキュメンタリー映画『プライド・in ブルー』（主演は加藤隆生）が公開される／平成十九年版『障害者白書』が発行される
九月一日、テレビドラマ『裸の大将―放浪の虫が動き出したで』（主演は塚地武雅）が、新シリーズの第一回として放送される／**三日**、東京都港区にセルフサポート社が設立される／**三日**、大阪地裁で、父親が知的障害をもつ小学生の息子に「知的障害があって罪にならん」と万引きをさせたことを検察が明らかにする（万引きがあったのは二月二十二日）／**十一日**、東福岡特別支援学校高等部の山口智江の油彩画が第四十二回太平洋西日本展で西日本新聞社賞を受賞する（十七日まで福岡市美術館に展示。二年連続の入選・入賞）／**十四日**、平成十九年版『厚生労働白書』が公表される／**二十五日**、佐賀市で知的障害のある安永健太が警察官に取り押えられ死亡する（知的障害者取り押え死亡事件。平成二十年一月十七日、遺族が現場を目撃した女子高生二人の「警官が殴っていた」という証言を得て告訴。三月十五日、遺族を支援する死亡事件を考える会が発足。三月二十八日、地検が不起訴処分。四月三日、遺族は弁護士を代理人として付審判請求。八月八日、野党の国会議員五人が現場視察。十二月一日までに遺族側代理人の弁護士が取り押えと死亡には因果関係があるとした鑑定書を佐賀地裁に提出。平成二十一年三月三日までに地裁は署員一人について暴行があったことを認め、特別公務員暴行陵虐罪で審判に付す決定をだす（署員五人のうち残り四人については遺族の付審判請求を棄却）。平成二

十三年三月二十九日、地裁裁判長は無罪を言い渡す。四月七日、指定弁護士は福岡高裁に控訴。九月二十日、福岡高裁で控訴審初公判）

十月二十三日、きょうされんの調査で、自立支援法施行以降、福祉施設を利用する際の負担が増えた障害者世帯が半数に上ることが明らかとなる（前年十月から一月、きょうされんに加盟する施設を利用する四十六都道府県の二千四百十の障害者世帯を調査。平成十八年四月の施設利用時の負担額は前月に比べ五十一・三％が増えたと回答。一万～二万円未満三十七・七％、二万～三万円未満二十二・九％、五千～一万円未満十七・〇％）

十一月十六日、香川県坂出市で、三浦啓子と孫姉妹を三浦啓子の義弟で知的障害のある川崎政則が殺害するという事件がおこる（平成二十一年三月十六日、高松地裁が死刑を言い渡す）／**三十日**、福岡県で、福祉施設でつくられる商品を紹介する雑誌『アリヤ』が創刊される

十二月、セルフサポート社がパラリンアート（障害者のアートビジネスモデル）を始める

＊ＤＰＩ日本会議が「当事者による地域支援サービスに関する調査研究事業」を行う（身体・知的・精神障害それぞれの地域生活支援の実態調査）／学校教育法の改正により、本年は特別支援教育元年とされる

平成二十年（二〇〇八年）

・大江健三郎「星々と海底の潮の流れ」（『新潮』一月）
・鹿島田真希「川でうたう子ども」（『文学界』一月）
・はたよしこ編『アウトサイダー・アートの世界　東と西のアール・ブリュット』（一月　紀伊国屋書店）
・加納朋子「少年少女飛行倶楽部」（『別冊文芸春秋』一月～翌年一月）
・中条省平「昭和の美男ベスト50　松田優作　鋭利なシルエット」（『文芸春秋』二月）
・内藤祥子『高機能自閉症　誕生から就職まで』（二月　ぶどう社）
・松本徹「同人雑誌評」（『文学界』二月）
・レベッカ・Ａ・モイズ『自閉症スペクトラム学び方ガイド　社会参加を見通した授業づくり』（森由美子訳　二月　クリエイツかもがわ）
・石崎朝世・藤井茂樹『発達障害はじめの一歩　特別支援教育のめざすもの』（三月　少年写真新聞社）
・金井美恵子「猫の一年」（『別冊文芸春秋』三月）
・ジークフリード・Ｍ・プエスケル編『ダウン症の若者支援ハンドブック』（百溪英一監訳　三月　明石書店）
・手賀尚紀他『知的障害者支援と介護』（三月　本の泉社）
・古木信子「蝶の帰り道」（『季刊午前』三月）
・別宮暖朗「昭和十一年体制の呪縛」（『文芸春秋』三月）
・松本隆「団塊が「日本のおじいさん」を変える」（『文芸春秋』三月）
・Ｄ「銭湯の人魚姫と魔女の森」（『別冊文芸春秋』三月～九月）
・小野正嗣「マイクロバス」（『新潮』四月）
・栗原まな編『重度重複障害の医学　障害と合併症への対応』（四月　診断と治療社）

・十川信介『近代日本文学案内』（四月　岩波書店）
・服部陵子・宮崎清美編『家族が作る自閉症サポートブック　わが子の個性を学校や保育園に伝えるために』（四月　明石書店）
・原口登志子「青空と軽便鉄道と」（『群青』四月）
・いしいしんじ「渦」（『別冊文芸春秋』五月）
・岩元綾『21番目のやさしさに　ダウン症のわたしから』（五月　かもがわ出版）
・川越修他編『分別される生命　20世紀社会の医療戦略』（五月　法政大学出版局）
・立花隆「僕はがんを手術した」（『文芸春秋』五月）
・中野善達編『要支援児教育文献選集』（一～七巻　五月　クレス出版）
・平岩幹男『幼稚園・保育園での発達障害の考え方と対応』（五月　少年写真新聞社）
・編集部「社説　受刑者の出所」（『朝日新聞』五月）
・宮木あや子「東風吹かば」（『別冊文芸春秋』五月）
・伊集院静『タンタカとリンドン』（六月　西日本新聞社）
・植田章『障害者福祉実践とケアマネジメント　個別支援計画作成と相談支援の手引』（六月　かもがわ出版）
・上野勝・山田悦子『甲山事件　えん罪のつくられ方』（六月　現代人文社）
・西村賢太「焼却炉行き赤ん坊」（『文学界』六月）
・山本譲司「私の視点　再犯防止へ自立支援を」（『朝日新聞』六月）
・勝又浩「同人雑誌評」（『文学界』七月）
・沼野充義「タイトルは難しい」（『文芸春秋』七月）
・林淑美・河東田博編『知的しょうがい者がボスになる日』（七月　現代書館）
・原田直示『笑っている』（七月　一莖書房）
・上野千鶴子他編『ケアその思想と実践　3』（八月　岩波書店）
・宮田広善「私の視点　障害児施設センター化で機能強化を」（『朝日新聞』八月）
・大江健三郎「定義集」（『朝日新聞』九月）
・中野善達編『要支援児教育文献選集』（八～十四巻　九月　クレス出版）
・日本知的障害者福祉協会危機管理委員会『知的障害者施設のリスクマネジメント』（九月）
・バーナード・マラマッド『喋る馬』「白痴が先」（柴田元幸訳　九月　スイッチ・パブリッシング）
・松坂清俊『知的障害の娘の母　パール・バック』（九月　文芸社）
・横溝千鶴子「20億円寄付した私の人生」（『文芸春秋』九月）
・五十嵐隆『発達障害の理解と対応』（十月　中山書店）
・瓜巣一美『実践施設福祉経営学』（十月　文化書房博文社）
・金澤泰子『天使の正体　ダウン症の書家・金澤翔子の物語』（十一月　かまくら春秋社）
・切通理作「文学の中性名詞―川端康成と坂口安吾から」（『文学界』十一月）
・寺本晃久他『良い支援？　知的障害／自閉の人たちの自立生活と支援』（十一月　生活書院）

・石長孝二郎・石長恭子『ダウン症の藍は、愛』（十二月　エスコアール出版部）
・岩永竜一郎他『続　自閉っ子、こういう風にできてます！』（十二月　花風社）
・杉本章『〔増補改訂版〕障害者はどう生きてきたか　戦前・戦後障害者運動史』（十二月　現代書館）
・高森明他『私たち、発達障害と生きてます　出会い、そして再生へ』（十二月　ぶどう社）
・津川雅彦「わが友、緒形拳　最期の言葉」（『文芸春秋』十二月）
・ドナ・ウィリアムズ『ドナ・ウィリアムズの自閉症の豊かな世界』（門脇陽子・森田由美訳　十二月　明石書店）
・七木田敦編『キーワードで学ぶ障害児保育入門』（十二月　保育出版社）
・ベンクト・ニィリエ『再考・ノーマライゼーションの原理』（ハンソン友子訳　十二月　現代書館）
・「見てわかるビジネスマナー集」編集企画プロジェクト『見てわかるビジネスマナー集』（十二月　ジアース教育新社）

一月一日、厚労省がパンフレット『発達障害の理解のために』を発行する（知的障害と自閉症があいまいな形で重ねられて記述されている）／**七日**、テレビドラマ『安宅家の人々』が始まる（主演は遠藤久美子。三月二十八日まで）／**十五日**、東京都中野区に、厚労相の認定を受けた特例子会社である「アイエスエフネットハーモニー」が障害者の雇用を目的として設立される／**十七日**、テレビドラマ『だいすき!!ゆずの子育て日記』が始まる（主演は香里奈。三月二十日まで）／**十七日**、中央教育審議会が幼稚園、小学校、中学校、高等学校及び特別支援学校の学習指導要領等の改善について答申する／**二十一日**、大阪府柏原市の知的障害者更生施設「高井田苑」で職員が利用者に対し暴力的な対応をし続けてきていたことが、職員や利用者の証言で明らかとなる（府の立ち入り調査は前年末。改善を求め指導する方針）／バンコクで国際協力機構等主催の知的障害者ワークショップが開催される

二月一日、イラクのバグダッドで知的障害者を利用した爆弾テロが発生する（知的障害をもつ女性に爆発物を巻き付け、遠隔操作で起爆か）／**五日**、福岡市早良署が知的障害をもつ少女への準強姦、準強制猥褻で友納義晴を逮捕する（五月二十三日、福岡地裁が「状況を理解できない被害者につけ込む卑劣極まりない犯行」として懲役七年を求刑。六月十二日、懲役六年の判決）／**十三日**、市民団体「障害者の生活と権利を守る県連絡協議会」が、福岡県が十月から実施予定の障害者医療費助成制度見直し案に対する抗議文を麻生渡知事に提出する（見直し案では身体・知的障害者の一部や完全無料だった六十五歳以上の障害者が負担増となる。九月九日、同市民団体が実施主体の同市に現制度の維持を求める集会を開く（約百五十人参加）。九月二十五日、同市民団体が撤回を求める請願と約三万人分の賛同署名を県議会に提出。十月、県が制度を改正。平成二十一年一月二十一日、福岡市が現行の医療費無料を継続する方針を固める。二月二十日、福岡市議会が本会議で重度心身障害者の医療費助成制度において県費の補助を求める第二委員会立案の意見書を全会一致で可決）／**十三日**、札幌市の食堂で知的障害のある四人の男女が十年以上無報酬で劣悪な生活を強いられ、前年六月

に保護されていたことが明らかとなる（一日十数時間労働、休日は月二回、障害者年金も横領されていたという。三月五日、札幌市が平成十三年に障害者手帳の更新にあたって面談した際、過重労働が疑われると判断しながら事実上放置していたことが判明）／世界的な原油高や穀物高による、お菓子作り等を主にしている障害者作業所への影響が問題になる（全国千八百施設でつくるきょうされんが昨年末に行った調査では八十六％が原材料費が上がったとしている）／韓国映画『パボ』（主演はチャ・テヒョン）が韓国で公開される

三月七日、ダウン症の松永大樹の作品集『ＨＩＲＯＫＩ』（特定非営利活動法人まる）が発売、福岡市の百田ビルで出版記念個展が開催される（十三日まで）／**十四日**、北九州市でホームレスの人達の多くに軽度知的障害があることが判明する（市のホームレス自立支援センターに入所して平成十八年、十九年に退所した人の三割以上の五十四人に軽度知的障害があると判断され、療育手帳を取得）／**二十四日**、ＨＶ特集『山下清の愛したニッポン』が放送される／文科省によると、同月に中学校の特別支援学級を卒業した生徒は全国で一万九百四十五人（七千六百八十二人が特別支援学校高等部へ進学。二千四百七十人が一般の高校へ進学）／韓国のドラマ『オンエア』が放送開始（主演はキム・ハヌル。日本での放送は同年八月から）

四月十六日、佐賀市に県内の十四ヶ所の授産施設でつくられた商品を売るピアショップ田（でん）でんが開店する（障害者の授産施設等でつくられる商品を多くの人に買ってもらおうとする動きの活発化。自立支援法による負担増加への対処、社会の一員としての交流）／**二十日**、九州や東京のカフェが参加し、様々なイベントを繰り広げるカフェウィークが開幕する（五月十一日まで。初日は知的障害者によるアートグループ「アトリエ　ブラヴォ」のライブペインティングが福岡市内のカフェで）／**二十六日**、ヒューマンサービスネット研究会（福岡県の福祉、教育関係者で結成された会。知的障害児（者）等に対する支援の質の向上を目指す）が研究会を開催する（五月三十一日にも）／山口県下関市で知的・身体障害者の福祉作業所「星のかくれんぼ」が設立される

五月三日、障害者権利条約が二十五ヶ国で批准され発効する／東京都のテレビＣＭや映画の企画会社「ケイプランニング」が知的障害児のための芸能クラスを始める（対象は十八歳まで。八月から俳優や歌手を講師に迎え発声や演技のレッスンを始める）

六月二日、神奈川県綾瀬市の知的障害者施設「ハイムひまわり」が全焼、男女三人が焼死する（十六日、県警が施設所有者の志村桂子を放火・殺人で逮捕）／**二日**、大阪、滋賀、埼玉の障害者十人が、自立支援法で義務付けられた一割負担撤廃を求め、介護給付費等の支給を決める関係市町に負担免除を求める申請書をだす（三日まで。支援する弁護士はすでに弁護団を結成）／**二十八日**、ＮＰＯ法人太宰府障害者団体協議会が「フリーマーケット＆産直品」を同市通古賀の社会福祉施設で開催する（知的障害者団体・協働わーくす「エ・コラボ」（平成十八年四月活動開始）との共催。同法人は身体・知的・精神障害者の団体が集まり二月に設立された）／平成二十年版『障害者白書』が発行される

七月四日、東京都の代官山ｉスタジオで、国内外の服飾ブラン

ド等が心身障害者の描いた絵をデザインしたTシャツ等を展示・販売するイベント「カラーズ」が始まる（十三日まで。福岡市の福祉作業所「工房まる」等も参加。十九日から同市中央区のイムズでも開催、こちらは二十七日まで）／**七日**、東京東銀座の歌舞伎座で『高野聖』が上演される（主演は坂東玉三郎、市川海老蔵。三十一日まで）／**二十二日**、東京都八王子市の駅ビルで中央大学の女子学生ら二人が死傷するという無差別殺傷事件がおこる（平成二十一年十月十五日、殺人罪等に問われた菅野昭一に対する判決公判が東京地裁で開かれる（公判では被告の刑事責任能力の程度が争点。検察側は完全責任能力があったと主張。弁護側は「知的障害などで衝動を抑える能力が弱かった」とする精神鑑定等を根拠に減刑を要求）／**二十五日**、『朝日新聞』によると、最近、児童養護施設への被虐待児や知的障害児の入所が増えている

八月二十二日、警視庁少年事件課がこの日までに、知的障害者等への暴行や詐欺の疑いで東京都青梅市の中学生八人を逮捕、事件当時十三歳だった少年を児童相談所に送致する／**二十七日**、平成二十年版『厚生労働白書』が発行される／群馬県内で行われた全国高等学校総合文化祭に県立高崎高等養護学校（平成九年の開校以来ミュージカルの上演に取り組む）の生徒が出場する

十月五日、石川県白山市の大手印刷・通販会社ウイルコが低料第三種郵便物制度を悪用し、約四年間にわたりダイレクトメール広告を大量に郵送していたことが明らかとなる（郵便不正事件。平成二十一年二月二十六日、大阪地検特捜部が同制度を悪用して正規料金との差額約六億五千万円を免れたとして、大阪市西区の広告会社「新生企業」の社長等を法人税法違反の疑いで逮捕。四月十六日、同特捜部がベスト電器（福岡市博多区）の元販売促進部長等や自称・障害者団体「白山会」会長等を郵便法違反容疑で逮捕。五月六日、同特捜部がベスト電器の元販売促進部長や白山会会長等十人を起訴。五月十九日、同特捜部が日本郵便支店長を郵便法違反容疑で逮捕。八月二十六日、大阪地裁が、郵送料六億八千九百万円余りを免れたとする郵便法違反の罪に問われた自称・障害者団体「健康フォーラム」の菊田利雄被告に、求刑通り罰金千六百五十万円の判決を言い渡す）／**十五日**、松野明美がTBSテレビの番組『復活の日』で、次男がダウン症及び心臓病であることを初告白する／**二十一日**、きょうされんが厚労省に燃料費等の高騰分を助成する緊急対策を要請する（障害者等の働く小規模作業所の約二割で、作業にかかる燃料費や原材料費高騰の影響により利用者等の給料が減額したことを受けて）／**三十日**、札幌市が、同市の知的障害のある女性が平成十八年八月までの長期間、母親によって軟禁状態におかれていたと発表する（近所の住民からの児童相談所への通報で発覚、保護される）／**三十一日**、全国の障害者等三十人が、一割の自己負担を求める自立支援法は憲法が定める法の下の平等に反する等として国や各自治体に自己負担をなくすよう求め、東京、大阪、福岡等八地裁に一斉提訴する（自立支援法訴訟。平成二十一年四月一日、新たに福岡や京都等十道府県の障害者二十八人が計十地裁に一斉提訴。九月六日、福岡地裁に提訴した県内の原告や支援団体が、福岡市天神で同法の廃止や支援を呼び掛ける街頭活動を行う。十月一日、新たに全国の障害者七人が追加提訴（福岡、東京、名古屋、神戸の四地裁。

福岡地裁には重度の知的障害者の敷島祐篤が提訴。提訴後の会見で敷島篤子は「同法のもとでは、息子は人間としての生活が送れない」と訴える）。平成二十二年一月八日、全国の原告・弁護団等と厚労省が訴訟の終結に合意（平成二十五年八月までの新制度への移行を約束）。三月二十四日、さいたま地裁で、埼玉県の十二人の障害者が提訴した訴訟の口頭弁論が開かれ、障害者側と国の和解が成立。四月七日、知的障害のある北海道旭川市の川村俊介が原告となった訴訟の和解が、旭川地裁で成立。四月二十一日、東京都内の身体・知的障害者等が提訴した訴訟の和解が東京地裁で成立、自立支援法訴訟の和解が十四地裁全てで成立）／大分県日田市の日田商工会議所青年部メンバーが中心となりフードバンク日田が設立される（日田市や玖珠町の児童養護施設や障害者グループホーム等を対象）／厚労省によると、この月から一年間では、ジョブコーチ（「高齢・障害者雇用支援機構」が運営する各都道府県の障害者職業センターなどに在籍）の支援を受けた障害者の職場定着率は八割を超える（十一月五日の『朝日新聞』より）

十一月五日、韓国の教育関係者と障害のある生徒等が筑紫野市の福岡高等学園（軽度知的障害者対象の県立養護学校）を障害児教育の現場視察、交流を目的に訪れる／**六日**、厚労省が障害程度区分について判定方法を大幅に見直す方針を明らかにする（知的・精神障害が軽度に判定され必要なサービスを受けられないという批判に配慮）／**十日**、千葉県香取市で軽度知的障害をもつ十九歳の土木作業員が帰宅途中の銀行員を軽トラックではねて殺害する事件がおこる（銀行員殺害事件。平成二十一年五月十一日、千葉地裁で初公判が開かれる（検察側は冒頭陳述で「父親にしかられた不満を発散させるため、無関係な第三者を無差別にひき殺すというむごい方法で殺人事件を起こした」と指摘。弁護側は「知的障害があり刑事責任能力を争う」と述べ、精神鑑定を地裁に求める。少年は起訴内容を認めている）。六月二十五日、千葉地裁で判決がだされる（求刑通り懲役五年以上十年以下の不定期刑））／**二十日**、厚労省が平成二十年の企業の障害者雇用率は一・五九％で、前年を〇・〇四ポイント上回り過去最高を更新したと発表する（従業員五十六人以上の全企業約七万三千社を調査。雇用されている障害者は三十二万六千人、前年比二万三千人増。内訳は身体二十六万六千人、知的五万四千人、精神六千人）／**二十一日**、社会保障審議会の障害者部会が来春の自立支援法見直しに向けて論点を整理する（一割自己負担については両論併記にとどまる）／**二十九日**、福岡県の筑紫女学園大学で、障害等に関係なく共に生きていける社会の実現をガムラン（インドネシアの伝統音楽）の演奏を通して考えるイベントが開催される（演奏は学生、市民、音楽家、知的障害児による）／全国四十七都道府県教育委員会のうち、障害者雇促法の定める法定雇用率を達成しているのは四府県教委であることが厚労省の調査で明らかとなる（未達成の教委が達成のために雇う必要がある障害者数は二千三百五十七人）

十二月六日、九月に千葉県東金市東上宿の路上で保育園児成田幸満が遺体で見付かった事件で、東金署捜査本部が軽度知的障害のある勝木諒を死体遺棄容疑で逮捕する（成田幸満殺害事件。九月二十一日、遺体を捨てた疑い。十二月十七日、容疑者の弁護団が千葉市内で会見、千葉地検が取り調べの一部を録画していたことを明らかにする。二十二日、容疑者の簡易鑑定が行われて刑事責任能力を認める結果がでていたことが明らかとなる。二十六日、県警が殺人容疑で再逮捕。平成二十一年四月十七日、千葉地検が、精神鑑定の結果完全責任能力があると判断、容疑者が起訴事実を認めているとして、殺人と死体遺棄、未成年者略取の罪で千葉地裁に起訴。九月十四日、被告の弁護団が「被告の自白は客観的な状況や証拠と合致しない。知的障害に乗じて誘導されており、犯行の事実はない」として、公判前整理手続きで裁判所に無罪を主張。十二月二日、弁護団は物証とされる指紋と掌紋について民間の研究所に鑑定を依頼、被告とは一致しないとする結論を得たことを明らかにする。平成二十三年三月四日、千葉地裁で判決公判が行われる（懲役十五年の実刑判決。公判で弁護側は起訴内容を争わず、被告は軽度の知的障害があり、「黙秘権の意味も分からず、裁判を理解する能力がない」として公判手続きの停止を求め、それが認められなくても犯行時は心神耗弱だったとして減刑を求める。検察側は被告が証拠隠滅をしているとして「完全責任能力はあった」と主張。裁判長は判決で被告について、自分に有利か不利かが判断できるとした上で、「それに伴い裁判で相当な防御をする能力がある」と指摘。犯行についても「軽度の知的障害によって判断制御能力が一部損なわれていたが、著しく減退していない」と述べ、完全責任能力があるなかでの犯行と結論）。九月二十九日、東京高裁で控訴審判決があり、懲役十五年とした一審・千葉地裁判決を支持）／**十日**、厚労省が社会保障審議会の障害者部会に、自立支援法の見直しに向けた原案を示す（サービス利用費を一割自己負担する応益負担については結論先送り）／**十五日**、文科省有識者会議が、障害が重い場合は特別支援学校への入学を原則としている学校教育法施行令を見直し、保護者の意見や地域の実情を含めて柔軟に判断するよう求める報告案を示す／**十六日**、社会保障審議会障害者部会報告「障害者自立支援法施行後3年の見直しについて」が提出される／**二十二日**、文科省が平成二十一年度予算案を決定する（厚労省が各都道府県に一ヶ所ずつ地域生活定着支援センターを設置するための費用を決定。同センターは七月から順次オープン予定）／**二十六日**、改正障害者雇用促進法が成立する（平成二十二年七月一日、施行。従来は重度身体・知的障害者である短時間労働者を対象としていたが、重度でなくとも対象とする）／法務省法務総合研究所編『犯罪白書（平成20年版）』が、精神障害者を「統合失調症・中毒性精神病・知的障害・精神病質及びその他の精神疾患を有する者をいい、精神保健指定医の診断により医療及び保護の対象となる者をいう。」と定義する

＊厚労省が平成十八年七月一日現在の身体障害者・知的障害者及び精神障害者就業実態調査の結果を報告する／文科省が、特別支援学級の設置数は、小学校二万七千六百七十四学級（前年度より千三百七十七学級増）、中学校一万二千三百三十学級（同六百八十六学級増）、児童生徒数は小学校八万六千三百三十一人（同七千四百七十四人増）、中学校三万七千八百三十五人（同三千三百十四人増）と発表する／文科省が特別支援学校設置数は千二十六校（国立四十五校、公立九百六十六校、私立十五校）、児童生徒数は十一万二千三百三十四人（前年度より四千百六十一人増。十一万二千三百三十四人のうち高等部の在籍者数は五万三百六十九人で、高等部の肥大化は明確）と発表する／

平成二十二年六月七日放送のテレメンタリー「僕らだって働きたい―特別支援学校の就活日記」によると、同年の特別支援学校高等部の生徒の一般企業への就職率は二十七・一%

平成二十一年（二〇〇九年）

・北島善夫『重症心身障害児・者における期待反応の発達と援助』（一月　風間書房）
・青来有一「夜の息子、眠りの兄弟」（『文学界』一月）
・高藤昭『障害をもつ人と社会保障法』（一月　明石書店）
・ひがしのようこ・東野雅夫『あぶあぶあからの風』（一月　築地書館）
・伊藤圭子『軽度知的障害児を対象とした栄養教育の開発に関する研究』（二月　風間書房）
・ウタ・フリス『新訂　自閉症の謎を解き明かす』（冨田真紀他訳　二月　東京書籍）
・佐島毅『知的障害幼児の視機能評価に関する研究』（二月　風間書房）
・中野善達編『要支援児教育文献選集』（十五～二十一巻　二月　クレス出版）
・浜田寿美男『障害と子どもたちの生きるかたち』（二月　岩波書店）
・平林あゆ子『低出生体重による脳性まひ児の言語発達』（二月　風間書房）
・丸山啓史『イギリスにおける知的障害者継続教育の成立と展開』（二月　クリエイツかもがわ）
・伊藤良子他『「発達障害」と心理臨床』（三月　創元社）
・内山登紀夫監修『特別支援教育をすすめる本』（①～③　三月　ミネルヴァ書房）
・河東田博『ノーマライゼーション原理とは何か　人権と共生の原理の探究』（三月　現代書館）
・クリシャン・ハンセン他『性問題行動のある知的障害者のための16ステップ』（本多隆司・伊庭千惠監訳　三月　明石書店）
・国立重度知的障害者総合施設のぞみの園『「群馬県知的障害者の医療を考える会」4年間の足跡』（三月）
・椎名勝巳『海の介護人ものがたり』（三月　中央法規出版）
・西村愛「私の視点　障害者自立「親亡き後」の支援体制を」（『朝日新聞』三月）
・平野千博『世界中の人たちに愛されて』（三月　文芸社ビジュアルアート）
・藤澤和子・服部敦司編『LLブックを届ける　やさしく読める本を知的障害・自閉症のある読者へ』（三月　読書工房）
・細川佳代子『花も花なれ、人も人なれ』（三月　角川書店）
・細川佳代子『特別支援教育をすすめる本　④』（三月　ミネルヴァ書房）
・大江健三郎「定義集」（『朝日新聞』四月）
・下川仁夫『特別支援教育の研究』（四月　東京書籍）
・鈴木昭平『子どもの脳にいいこと　多動児、知的障害児がよくなる3つの方法』（四月　コスモトゥーワン）
・高岡健『発達障害は少年事件を引き起こさない　「関係の貧困」と「個人責任化」のゆくえ』（四月　明石書店）
・篁一誠『自閉症の人の人間力を育てる』（四月　ぶどう社）

・藤堂栄子『ディスレクシアでも、大丈夫！　読み書きの困難とステキな可能性』（四月　ぶどう社）
・村田文世『福祉多元化における障害当事者組織と「委託関係」』（四月　ミネルヴァ書房）
・蟻塚昌克『証言　日本の社会福祉』（五月　ミネルヴァ書房）
・岩永竜一郎他『続々　自閉っ子、こういう風にできてます！』（五月　花風社）
・大江健三郎「定義集」（『朝日新聞』五月）
・島崎慎一『おねがい、ボクをみて！』（五月　東京図書出版会）
・冨永光昭・平賀健太朗『特別支援教育の現状・課題・未来』（五月　ミネルヴァ書房）
・中島義道『差別感情の哲学』（五月　講談社）
・中野敏子『社会福祉学は「知的障害者」に向き合えたか』（五月　高菅出版）
・橘玲「亜玖夢博士」（『別冊文芸春秋』五月〜翌年一月）
・村上春樹『１Ｑ８４』（ＢＯＯＫ１〜３　五月・翌年四月　新潮社）
・佐藤優「ドストエフスキーの予言」（『文学界』五月〜平成二十三年八月）
・内海智子『ぼくはダウン症の俳優になりたい　子育ては出会いと感謝に支えられて』（六月　雲母書房）
・城台巖『写真記録　この子らと生きて　近藤益雄と知的障がい児の生活教育』（六月　日本図書センター）
・城台巖『写真記録　子どもに生きる　詩人教師・近藤益雄の生涯』（六月　日本図書センター）
・末松弘「知的障害者へのコミュニケーション支援とは」（『福祉労働』六月）
・ディディエ・アウゼル他『自閉症の精神病への展開　精神分析アプローチの再見』（長沼佐代子他訳　六月　明石書店）
・橋本和明編『発達障害と思春期・青年期』（六月　明石書店）
・山下成司『発達障害　境界に立つ若者たち』（六月　平凡社）
・茨木尚子他編『障害者総合福祉サービス法の展望』（七月　ミネルヴァ書房）
・大平光代『今日を生きる』（七月　中央公論新社）
・小山内美智子『わたし、生きるからね』（七月　岩波書店）
・木下悟「どうする障害者雇用」（『西日本新聞』七月）
・幸田啓子『いっぽいっぽ　ダウン症の娘と共に』（七月　ぶどう社）
・座間キャラバン隊『障害のある子って、どんな気持ち？』（七月　ぶどう社）
・パオロ・ジョルダーノ『素数たちの孤独』（飯田亮介訳　七月　早川書房）
・モバイル・コミュニケーション・ファンド編『子どもたちに、ほほえみを』（七月　ＮＴＴ出版）
・小山薫堂「オヤジとおふくろ　「今」を楽しむ男」（『文芸春秋』八月）
・佐藤肇・佐藤敬子『いいんだよ、そのままで』（八月　アスコム）
・陣野俊史「「その後」の戦争小説論⑦──青来有一『爆心』とポスト原爆小説」（『すばる』八月）
・藤木稟『バチカン奇跡調査官　サタンの裁き』（八月　角川書

店）
・大江健三郎「定義集」（『朝日新聞』九月）
・河尾豊司「私の視点　知的障害者　選挙権行使に工夫凝らそう」（『朝日新聞』九月）
・S・グリーンスパン『自閉症のDIR治療プログラム』（広瀬宏之訳　九月　創元社）
・高木隆郎編『自閉症　幼児期精神病から発達障害へ』（九月　星和書店）
・平岩幹男『発達障害　子どもを診る医師に知っておいてほしいこと』（九月　金原出版）
・フレドリック・R・ディキンソン『大正天皇』（九月　ミネルヴァ書房）
・牧純麗『お兄ちゃんは自閉症　双子の妹から見たお兄ちゃんの世界』（九月　クリエイツかもがわ）
・あすはの会編『施設における文化活動の展開』（十月　文化書房博文社）
・上野一彦『LDを活かして生きよう』（十月　ぶどう社）
・黒澤礼子『赤ちゃんの発達障害に気づいて・育てる完全ガイド』（十月　講談社）
・グンネル・ヴィンルンド『重度知的障害のある人と知的援助機器』（尾添和子訳　十月　大揚社）
・遠矢浩一編『障がいをもつこどもの「きょうだい」を支える』（十月　ナカニシヤ出版）
・西村健一郎・品田充儀編『よくわかる社会福祉と法』（十月　ミネルヴァ書房）
・大江健三郎「定義集」（『朝日新聞』十一月）
・末吉景子『えっくんと自閉症　ABAアメリカ早期療育の記録』（十一月　グラフ社）
・チェン・リィティン『知的障害者の一般就労　本人の「成長する力」を信じ続ける支援』（十一月　明石書店）
・王たろう『言葉にならない心』（十一月　文芸社）
・大江健三郎『水死』（十二月　講談社）
・大江健三郎「定義集」（『朝日新聞』十二月）
・山田明『戦前知的障害者施設の経営と実践の研究』（十二月　学術出版会）

一月一日、産科医療補償（無過失補償）制度が創設される（出産事故で赤ん坊が重度の脳性麻痺になった場合、医療者の過失の有無に拘らず補償金を支給する。平成二十三年七月末までに百九十二件の補償が決定）／**二日**、東京都世田谷区の東名高速道路の高架下でホームレスの男性の遺体が発見される（路上生活者連続殺傷事件。三日、警視庁が軽度知的障害のある高本孝之を殺人未遂容疑で逮捕。二十三日、警視庁が別のホームレスの男性に対する殺人未遂容疑で再逮捕。四月三十日、警視庁捜査一課が殺人未遂の疑いで再逮捕）／**八日**、厚労省が従業員五千人以上の大企業の障害者雇用率ランキング（平成二十年六月現在）を、この日までにまとめる（ユニクロが三年連続一位、雇用率八・〇六％）／**十日**、去年十一月の一ヶ月間に全国で前年度月平均の二倍にあたる計二百四十一人が解雇されていたことが、厚労省の調査で明らかとなる（障害者の解雇急増が問題化）／**十九日**、長崎市茂里町の県総合福祉センターに長崎県地域生活定着支援センターがオープンする（社会福祉法人「南高愛隣会」。知的障害者等が刑務所をでた後の社会復帰・自立を支援する施設を、厚労省が今夏に各都道府県に設置する、そのモデル事業）／**二十三日**、エコダムド（アーティスト）のCD『白痴淫乱不倫火山』が発売される／**二十八日**、東京都大田区で知的障害をもつ双子の兄弟が母親に刺され、弟が死亡、兄が重傷を負う事件が発覚する／和歌山県田辺市の知的・精神障害者の働くNPO法人はまゆう作業所（平成九年三月に立ち上がった無認可のはまゆう作業所が前身）が自立支援法のもとで、働く障害者の賃金を五倍以上増やす／知的障害者入所更生施設サンガーデン鞍手を舞台にした記録映画『あした天気になる?』が製作される（監督は宮崎信恵。上映は二月。福岡県春日市のクローバープラザで六月六日上映）

二月四日、さいたま地裁が、重いダウン症の長男の将来を悲観した妻に頼まれ、二人を殺害した夫に対し懲役七年の判決をだす（夫は死刑を求めていた）／**五日**、『朝日新聞』によると、厚労省が各都道府県に一ヶ所ずつ地域生活定着支援センターを設置するために予算案に盛り込んだ費用は六億一千万円／**十三日**、韓国釜山市でJOY倶楽部ミュージックアンサンブルが「海を越え、共に生きる喜びと感動のコンサート」と題し公演する（十四日まで）／**二十四日**、福岡高裁が、飯塚市の知的障害者更生施設「カリタスの家」（現「光ヶ丘学園」）で平成十五年に入所者の男性が虐待を受けたとして、男性と母親が元施設長と元職員に損害賠償を求めた訴訟の控訴審判決をだす（元施設長に六十万円、元職員に三十万円の支払いを命じた福岡地裁の一審判決を支持、賠償額増額等を求めた男性側の控訴を棄却）／**二十六日**、政府が今国会に提出する自立支援法改正案の原案の内容が明らかとなる（①仕事等をしながら少人数で暮らすグループホームやケアホームの障害者に家賃や光熱費等の住居費補助を新設、②全ての障害福祉サービスについて自己負担を、応益負担から応能負担原則に見直す。一部の内容を除き、改正法公布から一年半の間に施行）／神戸市のダウン症や自閉症の人達でつくる楽団「あぶあぶあ」を十一年かけて追ったドキュメンタリー映画『あぶあぶあの奇跡』（監督は船津一）が公開される／障害者の就労支援等を行う福岡市南区のNPO法人「花の花」（理事長は河邉恵子）が自立支援法に基づく支援施設として県の指定を受ける（「花の花」が民間団体として発足したのは平成十六年九月、NPO法人化したのは平成十九年）

三月五日、障害者が性的虐待等の被害にあうのを防ぐため、与党が政策責任者会議で障害者虐待防止法案をつくるためのプロジェクトチーム発足を決める（十二日に初会合を開く）／**五日**、山口県美祢署が同市の障害者施設で重度知的障害者が同室の入所者に暴行し死亡させたことを明らかにする／**九日**、学校教育法施行規則第百二十六条から百二十八条が改正される／**九日**、文科省が改訂特別支援学校学習指導要領を告示する／**十二日**、東京地裁が、元養護学校教諭等が都議三人と都に損害賠償を求めた訴訟で、平成十五年に学校を視察した都議等が性教育を実践していた教諭を非難したことは教育への不当な支配にあたると指摘、三都議と都に慰謝料二百十万円の支払いを命じる判決をだす（同校では知的障害児は体の部位の認識が困難なため人形等を使った性教育をしてきた。都教委側は学習指導要領に反すると教諭等を厳重注意。七生養護学校事件）／**十五日**、『毎日新聞』に柳田邦男や菊池哲郎等による、知的障害のある容疑者取材をめぐっての議論が掲載される／**十八日**、テレビドラマ

『相棒〜最終回SP「特命」』（主演は水谷豊）が放送される／二十七日、厚労省が障害者雇用促進法で義務付けられている障害者雇用率一・八％を下回る企業四社の社名を公表する／二十七日、厚労省が三十七都道県の教育委員会に、法定雇用率二％を満たしておらず障害者雇用の取り組みが不十分だとして、雇用を進めるよう勧告をだす／福岡県教委が新年度から、養護学校義務化（昭和五十四年）前に学齢を過ぎ、就学猶予・免除で義務教育の機会が与えられなかった重度障害者に県内の特別支援学校教諭が訪問授業を行うことを決定する（重症心身障害児施設入所が条件。県内九校の特別支援学校が一人ずつ受け入れ）

四月一日、児童福祉法が一部改正、施行される（自立援助ホームの補助金が、一定額ではなく入所人数に応じた額に変わる。平成二十一年七月二十九日の『朝日新聞夕刊』には「東京国際大の村井美紀准教授（児童福祉）らの04〜06年度の研究によると、ホームの入所者は半数が虐待の経験者で、10％に知的障害や発達障害があった。」とある）／**四日**、心身障害者が従業員の半数以上を占める学食「マザーズキッチン」（社会福祉法人「すてっぷ」の経営）が群馬県立県民健康科学大学（前橋市）に開店する／**八日**、民主党障がい者政策プロジェクトチームが報告書「障がい者制度改革について〜政権交代で実現する真の共生社会〜」を提出する／**十四日**、民主党が障害者に関する制度を五年間で集中して改革するため、内閣に制度改革推進本部を設け、障がい者制度改革推進法案を参院に提出する／**十五日**、NHK教育で『福祉ネットワーク』が放送される（第一回。第二回は十六日。知的障害者による犯罪、出所後の社会復帰等）／**十七日**、ダウン症児の親の自助グループ「21トリソミー広報部」福岡支部が全国巡回の写真展「ゆっくり育て！　私達のたからもの—勇かんな天使」を福岡市のイオン香椎浜ショッピングセンターで開催する（十九日まで。十八日、十九日はパネルシアターやコンサート等も行われる）／**二十四日**、障害者団体向けの低料第三種郵便物制度の月間利用件数が、一月と二月、いずれも全年の同月と比べて九十三％減っていることが明らかになる／**二十六日**、『朝日新聞』が文科省の報告に基づき、一九九〇年代以降知的障害対象の養護学校で生徒が急増し始めたことを指摘する（公立の特別支援学校の教員数不足も指摘）／比較的軽微な罪で起訴された知的障害者などが被告となる刑事裁判で、再犯防止のためのケアをする福祉施設への入所を前提に執行猶予付き判決を求める、厚生労働省研究班（長崎県雲仙市の社会福祉法人「南高愛隣会」の田島良昭理事長が代表）の事業が開始される

五月十七日、障害者支援施設「野の花学園」で栽培された紅芋を原料とした焼酎が売り出される／**十八日**、福岡県大野城市障がい者地域活動支援センターに自動で給水や温度管理ができる園芸作物栽培施設「とまと村」が完成、記念式典が行われる／**二十二日**、郵便事業会社が、低料第三種郵便物制度の平成二十年度の扱い数が、前年度比四十・四％減の七千二百八十五万通にとどまったと発表する／**二十五日**、ドキュメンタリー番組『累犯障害者』が放送される／**二十七日**、福岡県が福岡市博多区の県中小企業振興センターで、県内企業の障害者雇用に役立ててもらおうと企業の人事担当者向けのセミナーを開く／**三十日**、日本社会福祉士会全国大会が熊本市桜町の崇城大学市民ホールなどで開かれる（三十一日まで。テーマは「現代社会に

応えるソーシャルワーク～〝おもい〟そして〝いのち〟を支える社会福祉士」。知的障害等で判断力が不十分な高齢者等を保護・支援する成年後見制度等の「権利擁護」等について議論される）

六月八日、国際労働機関が、労働法の適用外とされることの多い福祉施設での障害者の作業について、労働法の適用が重要だと政府に勧告していたことが分かる（九日の『朝日新聞』より。勧告に強制力はないが、政府は障害者権利条約の批准に向けて準備を進めているため、今後の課題と言える）／**十三日**、障害者の職業技能を競うアビリンピック福岡２００９の喫茶サービス部門が、福岡市西区の福祉レストラン「ゆずのき」で行われる（県内に在住か勤務する知的障害者三十五人出場）／**十八日**、ＮＨＫ教育で『ダウン症千恵さんのまいにち日記』が放送される／**二十四日**、障害者とその家族が沖縄を旅して現地のボランティアとも交流する「県ふれあいとチャレンジの翼」の一行が福岡空港から出発する（毎年企画され、今回で二十九回目。県社会福祉協議会主催、西日本新聞民生事業団等協力）／長崎県の佐世保刑務所に週二回、社会福祉士が訪れるようになる

七月二日、与党と民主党が修正協議で、水俣病未認定患者の救済を目指す法案（手足の先ほどしびれる感覚障害に加え、全身性の感覚障害など四症状を法案に明記する。胎児性患者による知的障害は明記されず）について、今国会での成立に合意する（八日、特別措置法が参院本会議で可決、成立）／**八日**、厚労省が障害者雇用差別を禁じる法制度づくりに着手する／**九日**、自民・公明両党が、障害者への虐待を発見した人に自治体への通報を義務付ける障害者虐待防止法案を議員立法で衆院に提出する／**十七日**、ＮＨＫ教育で『きらっといきる』が放送される（「知的障害の七人組が運営に初挑戦」）／**十八日**、イタリアの映画『湖のほとりで』（主演はトニ・セルヴィッロ）が日本で公開される／**二十一日**、衆議院が解散し、自立支援法改正案が廃案となる／**二十二日**、福岡市美術館で第105回記念太平洋展が開催される（二十六日まで。福岡市東区の東福岡特別支援学校高等部卒業生の山口智江の油彩画が二年連続入選、展示される）／**二十三日**、全国障害者団体定期刊行物協会連合会と日本障害フォーラムが郵便不正事件の影響で従来通りの発送ができなくなったとして、障害者団体向け低料金制度の弾力的な運用を求める要望書を総務省等に提出する／**二十八日**、福岡市が就学前の障害児支援の拠点施設として東部療育センターを東区に建設すると発表する（平成二十三年四月オープン予定。肢体不自由や知的障害のある子供のリハビリや生活訓練、家庭内療育について保護者への助言を行う）／**二十九日**、知的障害者が企業への就労を機に障害年金を停止・減額されるケースが平成十八年から二十年にかけて兵庫県内で相次ぎ、社会保険庁が不適切だったことを事実上認め、平成二十一年七月十七日に全国の社会保険事務局に是正を求める通知をだしていたことが明らかとなる（七月三十日の『西日本新聞』より。障害者団体は「就労しても給与は低く、年金なしでは自立生活は困難。頑張って就労する意味がなくなってしまう」と訴えている）／平成二十一年版『障害者白書』が発行される

八月、平成二十一年版『厚生労働白書』が発行される

九月十日、福岡市天神のアクロス福岡交流ギャラリーで、県障害児童・生徒等絵画展が始まる（十三日まで。県などが主催。

高齢・障害者雇用支援機構が九月の障害者雇用支援月間を前にポスター原画を募集）／**十二日**、福岡県久留米市の久留米総合スポーツセンター等で「第29回ときめきスポーツ大会」が開かれる（県障害者スポーツ協会等主催、西日本新聞社等後援）／**十三日**、厚生省所管の独立行政法人「高齢・障害者雇用支援機構」が同省OBの天下り先の公益法人「雇用開発協会」に対し、天下りOB等の年収額を決め、事業の委託費から支払うよう指示していたことが『朝日新聞』の調べで明らかとなる（十四日、高齢・障害者雇用支援機構が雇用開発協会の事務所家賃等も委託費でほぼ丸抱えしていたことが、協会関係者等の話で明らかに）／**十九日**、厚労相が原則一割負担を課す自立支援法の廃止を明言する／**三十日**、全国児童相談所長会が約十年毎に実施している虐待調査の結果がまとまる（『朝日新聞』より。調査には全国の児童相談所百九十七ヶ所のうち百九十五ヶ所が回答。前年四月から六月の間に相談を受けた事例について調べたもの。相談のあった九千八百九十五人のうち虐待を受けたと確認された子供は八千百八人。虐待された子供の状態については、「特になし」四十三％、「問題行動あり」十二％、「精神発達の遅れや知的障害」七％、知的障害をともなわない発達障害四％）

十月六日、NHK総合で『なっとく福岡』が放送される（「写真でつかむ自立への道」）／**九日**、福岡青年会議所が、筑前町の在宅心身障害児（者）療育訓練施設「やすらぎ荘」で行う脳性麻痺児の療育訓練に、親子二十五組を無料招待する（十一日まで。やすらぎ荘が開館した昭和四十七年以来ほぼ毎年招待事業実施。九州大学大学院発達臨床心理センターの専門トレーナーが指導）／**九日**、第九回全国障害者スポーツ大会（十日〜十二日、新潟県）への代表派遣をめぐり、福岡県が団体競技の出場枠を二つに絞ったため、四月から五月にかけて行われた九州地区大会で優勝した四チーム（男子バレー・聴覚障害、男子バスケット・知的障害、グランドソフトボール・身体障害、女子バレー・知的障害）のうち、グランドソフトボールと女子バレーの派遣を県は決定する（『朝日新聞夕刊』より）／**十四日**、厚労省が自立支援法に基づく訪問介護などの在宅・通所サービスで、市町村民税非課税の低所得層約二十四万人を対象に、現行の利用者負担（月額上限千五百〜三千円）を来年度から無料にする方針を固める／**十六日**、『きらっといきる』が放送される（「ひとり暮らし練習中！〜脳性まひ・仲野眸さん」）／**二十四日**、テレビドラマ『裸の大将—熊本編—女心が噴火するので』（主演は塚地武雅）が放送される／**二十八日**、大分市の社会福祉法人「博愛会」が大分県杵築市の施設「住吉浜リゾートパーク」を、同施設を運営する住吉浜開発から引き継ぐと発表する（翌年四月に再オープン。従来の事業に知的障害者の就労支援を加える）／**二十九日**、自立支援法を廃止して当事者や家族の生活を保障する新制度をつくることを目指す集会が、福岡市の警固公園で行われる（県障害者協議会主催）

十一月三日、スペシャルオリンピックス（SO）日本・福岡夏季地区大会が、福岡県宗像市のグローバルアリーナを主会場に開かれる（知的障害者のスポーツ大会。西日本新聞社等後援）／**五日**、国の基準（厚労省の省令）に違反した居室利用が明らかになった福岡県赤村の知的障害者施設「瑞穂学園」（石田八重子園長）に対し、県などが立ち入り調査を行う／**六日**、社会福祉法人「南高愛隣会」が長崎県雲仙市等で「福祉のトップセミナーin雲仙」を開く（八日まで。触法障害者の社会復帰支援などがテーマ。二十五日の『西日本新聞』に同セミナーについての記事がある）／**八日**、鹿児島県阿久根市の竹原信一市長が自身のブログに、医師不足の問題で医師会を批判する内容に続き「高度医療のおかげで以前は自然に淘汰された機能障害を持ったのを生き残らせている。結果、養護施設に行く子供が増えてしまった」、「『生まれる事は喜びで、死は忌むべき事』というのは間違いだ」などと記載する（十二月四日の『朝日新聞』より。全日本手をつなぐ育成会（東京）等がブログの記述に対し批判。十二月十一日、知的障害者の保護者団体等七団体の代表約三十人が竹原市長あての抗議文提出。平成二十二年九月十五日に「私の不徳。申し訳ありませんでした」と初めて謝罪）／**十二日**、政府の行政刷新会議が「事業仕分け」で、厚労省所管の障害者の自立支援のための調査研究事業（概算要求十三億円）を廃止と結論付ける／**十四日**、福岡県古賀市の福岡東医療センター内にある重度心身障害児（者）施設「いずみ病棟」が開設四十周年を迎え、同センターで記念式典が開かれる／**十六日**、福岡県赤村の知的障害者更生施設「瑞穂学園」が四月六日、女性入所者の異変に気付いてから約五時間後に病院に搬送し、女性は翌日に死亡した問題で、搬送を職員に指示した園の女性看護師は搬送までの間、直接容態を確認していなかったことが明らかとなる（県への『西日本新聞』による取材より）／**二十三日**、地域生活定着支援センターの設置について、この時点では五県にとどまることが明らかとなる（『朝日新聞』より。静岡、滋賀、和歌山、山口、長崎の五県）／**二十六日**、『福祉ネットワーク』が放送される（「社会起業家の挑戦　障害者の自立を支援」）

十二月三日、政府税制調査会が企画委員会を開き、二〇一〇年度税制改正で、所得税を減税する「扶養控除」を廃止する方針を固める（鳩山政権の目玉政策である「子ども手当」の財源にあてるため。増税となるため、障害者向けには新しい控除を創設する方針）／**四日**、北九州市小倉北区の「ホームレス自立支援センター北九州」から社会復帰するなどしたホームレス四百九十二人のうち、百四十人（約二十八％）に知的障害者向けの療育手帳の支給が認められたことが、センターを運営するNPO法人北九州ホームレス支援機構の調査で明らかとなる（厚労省によると、同様の療育手帳をもつ人は国民の〇・六％。今回の調査結果は、ホームレスの相当な割合に知的障害があることを示しており、同省によると、こうした実態が数字で明らかになったのは初めて）／**四日**、日産労連のクリスマスチャリティー公演が福岡県宗像市の宗像ユリックスで行われる（県内四十九福祉施設から知的障害者など約千四百人がミュージカルに無料招待される）／**六日**、NHK教育でETV特集『障害者たちの戦争』が放送される／**六日**、福岡県の筑紫野市文化会館が二十五周年記念事業として「スローライフ～もやいのステージ」を開く（同市を拠点に活動する「ピュアハート」の演奏等が披露される）／**八日**、政府が閣議で、障害者が関わる制度を集中的に改革する「障がい者制度改革推進本部」（本部長は鳩山由紀夫首相）を内閣におく方針を決定する（改革推進本部の下に設ける実務組織の障がい者制度改革推進会議（仮称）は、メンバーの半数以上は障害者団体の関係者を起用し、トップには障害者の当事者をあてる方向で調整。当面五年間を「改革の集中期間」と位置付けて取り組む。自立支援法に代わる「障がい者総合福祉法（仮称）」の制定、障害者施策の基本理念を規定した障害者基本法の改正、障害者の差別を禁止した国連の障害者権利条約の批准に向けた国内法整備等が課題）／**八日**、厚労省所管の独立行政法人が同省ＯＢ等を嘱託職員として雇用していた問題を受け、総務省が九十八ある全ての独法を対象に、年収一千万円以上を得ている非正規の嘱託職員の調査結果を発表する（最多は厚労省関係八人。高齢・障害者雇用支援機構の参事に三人）／**十日**、福岡市博多区のレバノン幼稚園が筑前町の在宅心身障害児（者）療育訓練施設やすらぎ荘に約二十三万円寄付する（同園のやすらぎ荘への寄付活動は毎年この時期。今回で三十三回目）／**十一日**、ＪＯＹ倶楽部ミュージックアンサンブルのクリスマスコンサート（西日本新聞社等主催）が福岡市天神のエルガーラホールで行われる／**十三日**、福岡県大野城市御笠川のＮＰＯ法人「ゆづるは」が同市曙町の市社会福祉協議会等で講座「子どもの社会性と会話力の伸ばし方」を開く（翌年二月まで全五回。ゆづるはでは、知的・精神・身体に障害がある十七歳から三十五歳までの男女十人がパンなどをつくっている）／**十九日**、福岡市中央区春吉の「友添本店」で、自閉症やダウン症の子供達の絵画等を展示する「小さな巨匠たち展」が開かれる（二十日まで）／**二十五日**、平成十六年に北海道北斗市の障害者施設の寮で、重度の知的障害がある長男が水死したのは施設側の原因などとして、野辺地町に住む両親が同市の社会福祉法人「侑愛会」に七千三百万円の損害賠償を求めた訴訟で、青森地裁が約三千二百万円の支払いを命じる判決を言い渡す
＊法務省が高齢者や知的障害者の再犯防止策の一環として全国の刑務所に社会福祉士の配置を始める／この年の全国の特別支援学級数は四万二千六十七学級（平成二十二年六月二日の『西日本新聞』より）／ノルウェーの番組制作会社「Empotv」が情報番組の制作を開始する（インタビュアーは知的障害者）

平成二十二年（二〇一〇年）

・大江健三郎・古井由吉「特別対談　詩を読む、時を眺める」（『新潮』一月）
・高橋智他『戦前における鈴木治太郎の大阪市小学校教育改革と特別な教育的配慮のシステム開発に関する研究』（一月　緑蔭書房）
・東條吉邦他編『発達障害の臨床心理学』（一月　東京大学出版会）
・大江健三郎・ル・クレジオ「われらの生きた同時代、その文学と世界を語る」（『中央公論』二月）
・大江健三郎「定義集」（『朝日新聞』二月）
・鎌田実『空気は読まない』（二月　集英社）
・星野仁彦『発達障害に気づかない大人たち』（二月　祥伝社）
・堀内祐子・柴田美恵子『発達障害の子とハッピーに暮らすヒント　4人のわが子が教えてくれたこと』（二月　ぶどう社）
・松野明美『いちばんじゃなくて、いいんだね。』（二月　アスコム）
・川口幸宏『知的障害教育の開拓者セガン　孤立から社会化への探究』（三月　新日本出版社）
・代島治彦監修『アウトサイダー・アートの作家たち』（三月　角川学芸出版）
・平岩幹男『あきらめないで！　自閉症　幼児編』（三月　講談

社）
・外前田孝『屈せざる魂』（三月　鉱脈社）
・わらじの会編『地域と障害　しがらみを編みなおす』（三月　現代書館）
・五十嵐一枝『軽度発達障害児を育てる　ママと心理臨床家の４０００日』（四月　北大路書房）
・石山貴章『知的障害者の就労に関する雇用者の問題意識の構造』（四月　風間書房）
・小澤勲『自閉症論再考』（四月　批評社）
・墨谷渉「きずな」（『群像』四月）
・高村薫・亀山郁夫「新春特別対談　カタストロフィ後の文学─世界と対峙する長篇小説」（『文学界』四月）
・辻原登他「座談会　没後百年　トルストイを復活させる」（『文学界』四月）
・加藤進昌・岩波明編『精神鑑定と司法精神医療』（五月　批評社）
・滝口真・福永良逸編『障害者福祉論　障害者に対する支援と障害者自立支援制度』（五月　法律文化社）
・ビル・ウォーレル『ピープル・ファースト　当事者活動のてびき』（河東田博訳　五月　現代書館）
・鵜飼奈津子『子どもの精神分析的心理療法の基本』（六月　誠信書房）
・ＮＰＯ法人クックルー・ステップ『君のポケット　チャレンジド・ｋｉｄｓ』（六月　フラウ）
・ピープルファースト東久留米『知的障害者が入所施設ではなく地域で生きていくための本　当事者と支援者が共に考えるために』（六月　生活書院）
・松波太郎「関誠」（『すばる』六月）
・山元加津子他『１／４の奇跡「強者」を救う「弱者」の話』（六月　マキノ出版）
・内田樹他「鼎談　村上春樹の〝決断〟」（『文学界』七月）
・大江健三郎「定義集」（『朝日新聞』七月）
・倉数茂「新人小説月評」（『文学界』七月）
・徳永進『こんなときどうする？　臨床のなかの問い』（七月　岩波書店）
・芳賀祥泰編『福祉の学校　安全・安心・快適な福祉国家を目指して』（七月　エルダーサービス）
・服巻智子『子どもが発達障害？と思ったら　ペアレンティングの秘訣』（七月　日本放送出版協会）
・本間博彰監修『自閉症の療育カルテ　生涯にわたる切れ目のない支援を実現する』（七月　明石書店）
・岡部耕典『ポスト障害者自立支援法の福祉政策　生活の自立とケアの自律を求めて』（八月　明石書店）
・高森明『漂流する発達障害の若者たち　開かれたセイフティーネット社会を』（八月　ぶどう社）
・佐々木博之・佐々木志穂美『洋平へ』（九月　主婦の友社）
・平岩幹男『幼稚園・保育園での発達障害の考え方と対応　役に立つ実践編』（九月　少年写真新聞社）
・大江健三郎「定義集」（『朝日新聞』十月）
・立石宏昭『地域精神医療におけるソーシャルワーク実践　ＩＰＳを参考にした訪問型個別就労支援』（十月　ミネルヴァ書房）

・藤堂栄子『学習支援員のいる教室　通常の学級でナチュラルサポートを』（十月　ぶどう社）
・ノートルダム清心女子大学編『知的障害児の教育』（十月　大学教育出版）
・うすいまさと『自閉症のきみの心をさがして　シンガーソングライターパパの子育て』（十一月　ぶどう社）
・備瀬哲弘監修『ちゃんと知りたい　大人の発達障害がわかる本』（十一月　洋泉社）
・森壮也編『途上国障害者の貧困削減　かれらはどう生計を営んでいるのか』（十一月　岩波書店）
・大江健三郎「定義集」（『朝日新聞』十二月）
・大江健三郎・沼野充義「対談　短篇から広がる小説の力」（『すばる』十二月）
・鈴木良『知的障害者の地域移行と地域生活　自己と相互作用秩序の障害学』（十二月　現代書館）

一月四日、「フジテレビヤングシナリオ大賞」の第二十一回大賞受賞作『輪廻の雨』（主演は山本裕典）が放送される／**八日**、知的障害者向けの特別支援学校高等部の分教室や分校などを同じ敷地内に設置する公立高校が、平成二十四年度までに少なくとも十八府県の五十五校に増える見通しであることが分かる（『朝日新聞夕刊』より。平成二十一年度の十府県二十八校からほぼ倍増）／**八日**、『きらっといきる』が放送される（「十九歳、はじめてのシューカツ～知的障害・小池睦美さん」）／**十五日**、『きらっといきる』が放送される（「もしもの時どうしたらええねん!?～ETVワイド・反響編」）／**十八日**、福岡市で自立支援法の行動援護制度をテーマとした「行動援護従業者養成研修中央セミナー・福岡県研修」が行われる（二十日まで。国立重度知的障害者総合施設「のぞみの園」主催）／**十九日**、大津地裁で、国の抽象的な基準を基に知的障害の程度を過小に評価され、障害基礎年金の支給を認められなかったとして、滋賀県の知的障害者六人が国を相手に処分の取り消しを求めた訴訟の判決がでる（裁判長は基準の不備は認めず。六人全員の障害について「年金受給の程度に達していた」と判断、不支給処分取り消し）／**二十七日**、『福祉ネットワーク』が放送される（「うちの子どもは世界一　ぼくと音楽の楽しい関係」）／**二十八日**、『福祉ネットワーク』が放送される（「どう考える？〝障がい者〟」）

二月六日、豊中市立大池小学校で「第8回インクルーシブ教育を考えるシンポジウム」が開催される（二十八日の『毎日新聞』より。大谷恭子が、文科省が進める特別支援教育ではなく国連の障害者権利条約に基づくインクルーシブ教育に転換すべきだと強調）／**十日**、『福祉ネットワーク』が放送される（「婚活！障害者の恋愛支援」）／**十八日**、福岡市が、同市南区の知的障害児施設「若久緑園」で前年八月、男性職員が入所者で特別支援学校中学部二年だった男子生徒に一週間の怪我を負わせたとして、同園に十七日に改善勧告したと発表する／**二十日**、人材派遣会社のアソウ・ヒューマニーセンターとジェイ・エス・エルが国内の企業を対象に実施した「障がい者雇用に関するアンケート」結果を公表する（前年十一月から十二月に実施。二百三十社から回答（そのうち百四十七社が障害者を雇用）。雇用されている人を障害別にみると、身体七十五％、知的十五％、精神九％、発達障害一％。障害者雇用が職場に及ぼすマイナス要因について、未採用の企業では「要求する仕事に対応してもらえない」が最多だが、採用している企業ではほとんどないなど、回答に違いがみられる。以上『西日本新聞』より）／**二十二日**、テレビ朝日で『報道発　ドキュメンタリ宣言』が放送される（「奇跡のヨーイドン」松野明美と次男の健太郎（ダウン症、六歳）マラソン激走）／**二十三日**、福岡県と県内の障害者施設等が協力して製造している県産芋焼酎「自立」が筑紫野市のイオンモール筑紫野で先行販売される（サツマイモを生産した宗像市の玄海はまゆう学園、嘉麻市の誠心園、宮若市の若宮園、北九州市の第二ひびき学園、朝倉市のこがね園、広川町のサングリーンの六施設で三十一日から販売）

三月五日、前年八月に沖縄県名護市で無理心中を図り、身体・知的障害がある長男（当時三十五歳）を殺害したとして殺人罪に問われた金武町金武のその両親に対し、裁判長は父親に懲役四年六月（求刑同八年）、母親に懲役五年（同）を言い渡す／**八日**、福岡市博多区の福岡国際会議場で改正障害者雇用促進法の周知を図る説明会が開かれる（福岡労働局等主催）／**十一日**、NHKハイビジョンで『プレミアム8〈人物〉100年インタビュー「作家・大江健三郎」』が放送される／**二十四日**、仏国のパリ市立アル・サン・ピエール美術館で、日本人作家六十三人の九百十二点を集めた障害者アートの企画展「アール・ブリュット・ジャポネ展」が始まる（二〇一一年一月二日まで。作者の多くは精神・知的障害者。平成二十二年十一月、日本での開催決定）／**二十六日**、『きらっといきる』が放送される（「その後も　きらっとしてまっせ！」）／**三十一日**、『福祉ネットワーク』が放送される（「シリーズ　新しい〝障がい者制度〟にむけて　第1回〝くらし〟を支える」）／**三十一日**、この日現在、岩手・宮城・福島三県の障害者手帳所持者数は計二十九万二千六百十五人（うち、知的障害者四万百五十九人）

四月一日、『福祉ネットワーク』が放送される（「シリーズ　新しい〝障がい者制度〟にむけて　第2回〝働く〟を支える」）／**二日**、『きらっといきる』が放送される（「夢は居酒屋の店長です～知的障害・吉濱昌彦さん」）／**五日**、『福祉ネットワーク』が放送される（「コバケンとその仲間たちスペシャル（1）オーケストラ生まれる」）／**六日**、『福祉ネットワーク』が放送される（「コバケンとその仲間たちスペシャル（2）〝人生〟を込めた音」）／**十日**、長崎市琴海戸根町で乗用車に乗っていた知的障害のある男児がパワーウインドーに首をはさまれ、意識不明の重体となる事故がおきる（障害児福祉施設「どれみハウス」の職員が男児を施設から自宅に送る途中）／**十四日**、大阪市が、同市城東区の知的障害児施設「すみれ愛育館」で平成十七年四月から平成二十一年十月までに、職員が入所者を叩くなどの虐待や不適切な隔離・拘束が計四百四十一件あったと公表する／**十八日**、福岡県春日市で、政府が自立支援法の廃止と新法制定を打ち出していることを受けた学習会「各政党に知的障害者への政策を聞く会」が開かれる（企画は県知的障害者施設保護者会連合会）／**二十一日**、障害年金受給者に配偶者や子供がいる場合の加算について、受給開始後に結婚したり子供が生まれたりしたケースにも対象を広げる改正国民年金法が成立する（平成二十三年四月一日施行）／**二十三日**、RKB毎日で『中居正広の金曜日のスマたちへ』が放送される（「高嶋ちさ子はダウン症の姉を守り続けてきた」）／**二十五日**、松野明美が熊本市議増員選に初当選する（立候補に際し、次男がダウン症であることに言及し「障害がある人が自立でき、温かく見守られる社会をつくるにはタレントよりも議員の立場の方が働きかけやすい」と語る）／二十八日、福岡県宗像市の障害者支援施設「玄海はまゆう学園」入所の知的障害者等が、大島（同市）の農家で収穫支援を行う（地域貢献、工賃アップが狙い。七月、福岡市博多区の洋菓子店「チョコレートショップ」の協力で、大島でとれた甘夏の皮を素材にしたチョコレートを協同開発、約三ヶ月で千個完売）／三十日、全国の市区町村のうち二十四％にあたる四百二十八自治体が身体・知的・精神障害者に障害者手帳を交付する際、障害年金の存在を案内していなかったことが、厚労省の調査で明らかになる／福岡市の社会福祉法人「シティ・ケアサービス」が知的障害者の就労移行支援事業に乗り出す

五月六日、『福祉ネットワーク』が放送される（「〝ソーシャルファーム〟の挑戦　第二回　地域に出て仕事をつくる」）／**十七日**、韓国の知的障害者施設「愛光園」（創立者・園長は金任順）の園生達が修学旅行で来日、福岡県宗像市や鞍手町の施設の人達と交流する（十九日まで）／二十二日、天皇、皇后が神奈川県中井町の知的障害者支援施設「県立中井やまゆり園」を訪れる／三十日、福岡県春日市で、自立支援法に代わる新しい総合福祉法制に地域の声を届けるべく、障害者や支援者によりシンポジウム「分けない生活、分けない教育―地域で生きることが当たり前」が開かれる／福岡市に「パラリンアート」ビジネスを行うセルフサポート社の代理店が設立される

六月三日、ＮＨＫ教育で『ハートをつなごう』が放送される（「障害福祉賞―あなたのハートを届けてください」）／三日、福岡市中央区小笹の「アトリエ・ムナカタ」で創作活動を続けるダウン症の宗像健児と、父親で画家の宗像敏男の作品展が同市早良区藤崎のギャラリー「あーとスペースＭＯＰ」で始まる（八日まで）／五日、福岡市天神で、二十障害者団体・作業所の関係者が「障害者自立支援法改正案は、廃止を約束している自立支援法を延命するもの」と、国会で審議中の同法案の廃案を訴える／**五日**、北九州市若松区の国立県営福岡障害者職業能力開発校でアビリンピック福岡２０１０が開催される（県高齢者・障害者雇用支援協会主催。知的・身体障害がある約五十人が参加。十二日、福岡市西区の福祉レストラン「ゆずのき」で喫茶サービス部門の大会、県内の知的障害者二十七人参加）／**六日**、大分市角子原の薬師寺高志方から出火、長男昴大（大分県立大分支援学校小学部五年。知的障害があり、体も不自由）と長女碧が死亡する（七日の『西日本新聞夕刊』より）／**七日**、ＫＢＣ九州朝日でテレメンタリー『僕らだって働きたい―特別支援学校の就活日記』が放送される／**九日**、『福祉ネットワーク』が放送される（「シリーズ　支援が必要な子どもたちへの教育１〝インクルーシブ〟な教育」）／**十日**、『福祉ネットワーク』が放送される（「シリーズ　支援が必要な子どもたちへの教育２　就学猶予」）／**十一日**、『きらっといきる』が放送される（「洗ってるねぇ！食器洗いが仕事」）／**十三日**、「ＪＯＹ倶楽部プラザ」（福岡市博多区）のアート集団「アトリエ　ブラヴォ」と、バンド「ＳＫＡ☆ＲＯＣＫＥＴＳ（スカロケ）」が、同施設でプロモーションビデオの撮影を行う（スカロケが「アトリエ　ブラヴォ」をイメージしてＣＤを制作、「アトリエ　ブラヴォのテーマ」、七月七日発売）／**十四日**、『福祉ネットワーク』が放送される（「僕が弟を撮った理由」）／**十六日**、『福祉ネットワーク』が放

送される（「シリーズ　サッカーにかける若者たち２　知的障害者のサッカー」）／**三十日**、ドストエフスキー『白痴』が原作のＤＶＤ『白痴』（五枚組、主演はエフゲニー・ミローノフ）が発売される／厚労省によると、身体・精神・知的障害者のうち、全国の従業員五十六人以上の民間企業で常用雇用されている人は約三十四万人（十一月五日の『朝日新聞』より）

七月一日、障害者雇用制度が一部改正される／**一日**、福岡県で地域生活定着支援センターが開設される／**三日**、サッカー・ワールドカップ準々決勝の前座試合に、京都の知的障害者チームのストライカー橘勇佑が日本代表として出場する／**三日**、重度の知的・身体障害が重複する人達のための療育施設「久山療育園重症児者医療療育センター」（福岡県糟屋郡久山町）がボランティア講座を開く／**七日**、東京都新宿区のシアターサンモールで東京セレソンデラックス公演『くちづけ』が行われる（主演は宅間孝行。八月一日まで。大阪公演は九月。名古屋及び札幌公演は十月。平成二十三年四月六日、ＤＶＤ発売）／**七日**、アイルランドの首都で知的障害者やその家族等三千人が福祉予算削減に抗議してデモ行進を行う／**十六日**、福岡市中央区の市民福祉プラザでエジソン・アインシュタインスクール協会の鈴木昭平会長が「知的障がい児の特性を楽しく伸ばしてあげる方法」について話す／**十八日**、福岡市天神のアクロス福岡で、知的障害者の社会参加を支援する「スペシャルオリンピックス（ＳＯ）日本・福岡」の設立十五周年記念祝典が開かれる／**二十一日**、『西日本新聞』が、北九州市「ホームレス自立支援センター北九州」に入所した後、勧めに応じて療育手帳を取得した人についての分析を発表する（平成二十一年度は百十三人のうち四十九人（四十三・三％）が知的障害者。平成十九年度は四十一・一％、平成二十年度は四十三・〇％）／**二十二日**、フジテレビの番組『奇跡体験！アンビリバボー』が放送される（「母と子・感動のアンビリバボー　金澤泰子＆金澤翔子」。ダウン症の書道家金澤翔子）／**二十三日**、『きらっといきる』が放送される（「とことん！おたよりスペシャル」）／**二十九日**、『福祉ネットワーク』が放送される（「〝光〟からあなたへ―漫画家戸部けいこさんが遺したもの―」）／平成二十二年版『障害者白書』が発行される

八月三日、ＲＫＢ毎日で『ひるおび！』が放送される（「松野明美激闘子育て秘話　〝ダウン症の我が子へ…〟葛藤と家族の絆」）／**四日**、福岡県筑前町の在宅心身障害児（者）療育訓練施設「やすらぎ荘」で、ダウン症等の人のためのキャンプが開催される（全国から集まった特別支援学校の教員等と一緒の五泊六日。キャンプはやすらぎ荘が設立された昭和四十七年に開始。年に二、三回開き、今回で百回目。これまでに延べ約二万五千人参加）／**十六日**、第九回東京国際和太鼓コンテストの組太鼓一般の部で、知的障害者によるプロの和太鼓集団「瑞宝太鼓」が優秀賞を受賞する（瑞宝太鼓は九月十一日には福岡県宗像市で、二十六日には長崎県時津町で公演）／**二十三日**、南アフリカで知的障害者サッカーの世界選手権の開幕戦が開かれる／**二十五日**、文科省が公立小中学校の中長期的な教員配置の指針となる第八次教職員定数改善計画案に、障害のある児童生徒への特別支援教育など多様なニーズに応えるため、平成二十六年度からの五年間で四万人の定数純増を盛り込むことが明らかとなる（『西日本新聞』より）／**二十六日**、厚労省が原爆小頭症の

患者や家族の生活を支援するため、広島市に専任相談員一人を配置する方針を決める／**二十七日**、平成二十二年版『厚生労働白書』が発行される／**三十日**、大崎事件で無罪を主張しながら懲役十年の判決を受け、服役した原口アヤ子が、二度目の再審請求をする（弁護団は提出書類で、遺体の状況が共犯とされる元夫等の供述と矛盾し、元夫等には知的障害があり「自白」は誘導されたと主張）

九月三日、福岡県信用組合協会が知的障害児（者）やその家族等でつくる社団法人「県手をつなぐ育成会」に寄付金として十三万七千六百円を贈る／**四日**、ＢＳジャパンで『さすらい…山下清～放浪画家に出逢った10人の証言者』が放送される／**四日**、福岡市西区の知的障害者通所授産施設「碧園」が、芋の葉を使った茶の製造を行うための作業棟の施設見学会を開く／**七日**、福岡市西区の福祉レストラン「ゆずのき」が開店五周年を記念して講演会等を行う（十月末まで。同レストランには九月四日現在、知的・精神障害者計三十六人、健常者二十三人が働いている。八月二十七日には来店者二十万人突破）／**七日**、『福祉ネットワーク』が放送される（「路上でしか生きられなかった―知的障害とホームレス」）／**八日**、『福祉ネットワーク』が放送される（「シリーズ　ＮＨＫハート展　だいすきなママ」）／**八日**、てふてふ（アーティスト）のＣＤ『白痴』が発売される／**九日**、『福祉ネットワーク』が放送される（「シリーズ　ＮＨＫハート展（2）　かあかの声だよ」）／**十一日**、ＮＨＫ総合で『いちおし！』が放送される（「佐賀イズム「ゆっくりしっかり～やっちゃんの進路選択～」」。七月二日に佐賀県地方で放送されたもの）／**十一日**、福岡県久留米市の久留米総合スポーツセンター等で「第30回ときめきスポーツ大会」が開かれる（県内の知的障害者が参加。陸上、フライングディスク、卓球、ボウリングの四競技。自治体や学校、福祉施設毎に七十七団体、千七百二十九人参加。この大会の成績等を参考に、十月に山口県で開催される全国大会の出場者が選ばれる）／**十三日**、ＲＫＢ毎日で『ムーブ』が放送される（「私が罪を犯す理由・刑務所に集う弱者たち」）／**十七日**、福岡県や福岡労働局が福岡市博多区の福岡国際会議場で障害者を求人する企業を集めて面談会を開く／**二十日**、ヒーリングファミリー財団の活動報告会が福岡県春日市のクローバープラザで開かれる／**二十五日**、「手をつなぐ育成会」の県、福岡、北九州両市の三団体の連絡協議会が県総合福祉センターで県大会を開く（約二百六十人参加）

十月四日、同居を始めて間もない路上生活者の男性を死亡させたとして傷害致死罪に問われた、北九州市小倉北区に住む田中孝の初公判が地裁小倉支部で行われる（被告は起訴内容を認める。起訴状によると、死亡させたのは同年一月。十月六日、懲役六年の判決、裁判長は「被告は軽度の知的障害があり、他人と同居するストレスから衝動的に犯行を犯した事情は酌むべき」と述べる）／**五日**、ＮＨＫ総合で『歌うコンシェルジュ』が放送される（「オンリーワン　子供たちの笑顔を取り戻せ！」）／**五日**、ＲＫＢ毎日で『ひるおび！』が放送される（「ダウン症の我が子へ…松野明美の激闘子育て日記　第3弾」）／**十五日**、兵庫県相生市で平成十七年一月に女性二人が殺害された事件で殺人罪等に問われた高柳和也の控訴審判決で、大阪高裁は被告側の控訴を棄却する（弁護側は「被告には知的障害があり、当時は心神耗弱の状態だった」と死刑回避を求めたが、裁判長はそれを退ける）／**十五日**、『きらっといきる』が放送される（「応援しまっせ！　スペシャルオリンピックス」）／**十七日**、福岡市西区今津の福祉施設や医療機関と住民でつくる地域づくりのネットワーク「今津福祉村」が、設立四十周年の記念式典と講演会を開く（講演「今後の社会福祉を展望する」）／**二十二日**、佐賀県警の巡査部長が、平成二十一年の衆院選で候補者ポスターを破ったとして逮捕した同県内の知的障害をもつ男性被告の取り調べ時のメモを廃棄していたことが明らかとなる（『朝日新聞』より）／**二十二日**、長崎県佐世保市で第十三回ＹＯＳＡＫＯＩさせぼ祭りが開幕する（市内の知的障害の子供や親などが中心のチーム「パーソナリティーズ」等、全国から百六十五チーム、七千人が参加。西日本新聞等後援）／**二十三日**、福岡市できょうされんの全国大会が開かれる（二十四日まで。シンポジウム「人権・いのち・尊厳そして運動」など）／**二十三日**、千葉県で第十回全国障害者スポーツ大会が開催される。（二十五日まで。二十三日、ＮＨＫ教育で「開会式」）／**二十九日**、『福祉ネットワーク』が放送される（「バリバラ　vol・6～バリアフリー・バラエティー」）／**二十九日**、厚労省が、福岡など二十二都道府県の教育委員会が障害者雇用の法定率（二・〇％以上）を未達成の上、それぞれが作成した採用計画を六月一日現在で実施できていないとして、障害者雇用促進法に基づき計画を適正に実施するよう勧告する／**二十九日**、福岡労働局が六月一日時点での県内企業の障害者雇用実態について発表する（国が義務付ける雇用数を達成した企業の割合は前年比〇・四ポイントプラスの五十一・一％。従業員二百九十九人以下の中小企業で未達成が目立つ）

十一月三日、第六十九回西日本文化賞の贈呈式が福岡市中央区の福岡国際ホールで行われる（知的障害者の音楽・芸術グループのプロ表現活動を支援し、障害者の経済的自立と社会参加に寄与したとして、福岡障害者文化事業協会理事長の緒方克也が受賞）／**五日**、「二〇一〇年第五回スペシャルオリンピックス夏季ナショナルゲーム大阪」が開催される（七日まで。約千人のアスリートが参加）／**五日**、ＫＢＣ九州朝日で『ニュースピア』が放送される（「工房まる　博多織と奇跡のコラボ」）／**五日**、ＮＨＫ総合で『福岡にんげん交差点』が放送される（「〝描くこと〟を見つけた～福祉作業所　工房まる」）／**二十日**、福岡県太宰府市観世音寺の市中央公民館市民ホールで、協働わーくす「エ・コラボ」が講演会「働く幸せ～知的障がい者に導かれた我が経営、我が人生」を開く（社員七十四人中五十五人が知的障害者というチョーク製造・販売の日本理化学工業（川崎市）会長の大山泰弘が講演）／**二十日**、福岡県筑紫野市の「ピュアハート」がデンマークで公演する（八日間。出発前の同月七日には福岡市でふれあいコンサートを開く。翌年二月二十日、同市で演奏旅行の報告会を兼ねたコンサートを開く）／**二十三日**、福岡県志免町で活動する「劇団きらきら」の青年部が発足六周年記念公演「森は生きている」を行う（西日本新聞社等後援。同劇団は平成十年七月結成、平成十六年五月に青年部をつくる）／**二十六日**、大阪地検が、一月に地検堺支部が現住建造物等放火罪等で起訴した大阪府泉佐野市内の知的障害のある男性について、「有罪立証することが困難になった」として起訴を取り消し、男性を釈放したと発表する／**二十八日**、知的障害者を中心とする通所施設を運営する社会福祉法人「葦の家福祉会」

（福岡市城南区、大石敏子理事長）が同区の長尾中学校で十一回目の「わはは祭り」を開催する（利用者と家族、地域住民など千二百人参加。平成十一年から毎年開催）／大阪府池田市の路上で、障害者施設に通う知的障害や発達障害のある幼児達の写真が二百枚以上ばらまかれる（十四日の『朝日新聞』より。顔の部分に「死」と書かれたもの数十枚）／一般社団法人・福岡成年後見センター「あさひ」が設立される（福岡市中央区薬院、代表理事は宇治野みさゑ弁護士。十二月二十二日に同区の渕上医療福祉専門学校で設立集会）

十二月一日、『福祉ネットワーク』が放送される（「あなたのやさしさを～NHK歳末・海外たすけあい」）／**四日**、NHK教育で『ETVワイド』が放送される（「笑っていいかも!?　障害者のバラエティー番組から心のバリアフリーについて考えます」）／**四日**、福岡市天神で「2010県障害者文化祭」が開催される／**六日**、『福祉ネットワーク』が放送される（「シリーズ〝障がい者制度改革〟（1）　インクルーシブとは?」）／**七日**、『福祉ネットワーク』が放送される（「シリーズ〝障がい者制度改革〟（2）　差別をどうなくす?」）／**八日**、『福祉ネットワーク』が放送される（「シリーズ〝障がい者制度改革〟（3）　生き方を自分で決める」）／**十二日**、福岡県遠賀郡の岡垣サンリーアイ・ハミングホールで海流座公演『新　裸の大将放浪記』（主演は芦屋小雁）が行われる／**十四日**、NHK教育で『ハートをつなごう』が放送される（「障害福祉賞（2）小さな音楽教室から」）／**十八日**、福岡市天神のエルガーラホールでJOY倶楽部ミュージックアンサンブルがクリスマスコンサートを開く／**十八日**、タイのチェンマイでヒーリングファミリー財団が設立五周年記念式典を開く／**十九日**、福岡市天神のエルガーラホールで「第34回やすらぎ荘支援チャリティー作品即売展」が開催される（二十三日まで。西日本新聞社、西日本新聞民生事業団共催。九州・山口在住及び中央で活躍する九州出身の画家や陶芸家など約二百人の三百点を超える作品を展示即売）／**二十一日**、福岡高裁宮崎支部で、「告訴能力」という知的障害者の人権に関わる問題が争点となった強制猥褻事件の控訴審判決が下される（知的障害者の女性の告訴能力を認めなかった一審判決（平成二十一年九月）を破棄。翌年四月二十六日、差し戻し審の初公判。六月二十一日、宮崎地裁で判決公判があり、懲役二年六月、執行猶予五年（求刑懲役二年六月）を言い渡す）／**二十四日**、『きらっといきる』が放送される（「バリバラ～バリアフリー・バラエティー」）／**二十五日**、福岡市早良区のイオン九州原サティ店がイオングループ従業員の寄付金「イオン社会福祉基金」の活動の一環として、同区早良の重度知的障害者通所授産施設「ひかり作業所」にソファ等を寄贈する／西日本新聞民生事業団が、毎年十二月に実施する「歳末助け合い・まごころ募金」で寄せられた支援金を活用し、福岡県内の児童福祉施設など五十九施設の約二千七百人にクリスマスケーキ計五百十九個を贈る（十二月十七日には久留米市の知的障害児通園施設「ひばり園」を訪問）

＊子供の健康と化学物質との関連を調べる環境省の「子どもの健康と環境に関する全国調査」（エコチル調査）が本格化する

平成二十三年（二〇一一年）

・浅見淳子『自閉っ子と未来への希望　一緒に仕事をしてわ

かった本当の可能性』（一月　花風社）
・阿部公彦「凝視の作法　第十三回　大江健三郎の魔法」（『文学界』一月）
・飯沢耕太郎「きのこ文学の方へ　第十三回　泉鏡花と宮沢賢治」（『文学界』一月）
・松本徹「究極の小説『天人五衰』―三島由紀夫の最後の企て」（『文学界』一月）
・荒井裕樹『障害と文学「しののめ」から「青い芝の会」へ』（二月　現代書館）
・桜井鈴茂「サンクチュアリ」（『すばる』二月）
・高橋みかわ『重い自閉症のサポートブック』（二月　ぶどう社）
・仁平典宏『「ボランティア」の誕生と終焉』（二月　名古屋大学出版会）
・Lobin. H『無限振子　精神科医となった自閉症者の声無き叫び』（二月　協同医書出版社）
・渡邉琢『介助者たちは、どう生きていくのか　障害者の地域自立生活と介助という営み』（二月　生活書院）
・はなぶさりこ「笑顔の君笑（くんしょう）」（『九州作家』三月）
・アール・ブリュット・ジャポネ展カタログ編集委員会編『アール・ブリュット・ジャポネ』（四月　現代企画室）
・大江健三郎「定義集」（『朝日新聞』四月）
・菅原伸康編『特別支援教育を学ぶ人へ　教育者の地平』（四月　ミネルヴァ書房）
・星野仁彦『発達障害に気づかない大人たち〈職場編〉』（四月　祥伝社）
・ホセ・アントニオ・マリーナ『知能礼賛　痴愚なんか怖くない』（谷口伊兵衛訳　四月　近代文芸社）
・向後利昭・鈴木昭平『やっぱりすごい!!新・子どもの脳にいいこと　知的障害は改善できる』（四月　コスモトゥーワン）
・山下成司『発達障害　母たちの奮闘記』（四月　平凡社）
・越智啓太他編『法と心理学の事典　犯罪・裁判・矯正』（五月　朝倉書店）
・杉田俊介「ロスジェネ芸術論④―明日を生き延びさせるための思想」（『すばる』五月）
・花村萬月「緑」（『文学界』五月）
・久我利孝『発達障害がある子に、わかる・たのしい勉強を』（六月　ぶどう社）
・鈴木おさむ『生まれる。』（六月　朝日新聞出版）
・大江健三郎「定義集」（『朝日新聞』七月）
・全国保育問題研究協議会編『困難をかかえる子どもに寄り添い共に育ち合う保育』（七月　新読書社）
・高橋みかわ『大震災　自閉っこ家族のサバイバル』（七月　ぶどう社）
・松井彰彦他編『障害を問い直す』（七月　東洋経済新報社）
・高橋誠一郎『黒澤明で「白痴」を読み解く』（八月　成文社）
・鬼海弘雄「目めくり忘備録」（『文学界』九月～連載中）
・大江健三郎「読むこと学ぶこと、そして経験―しかも（私の魂）は記憶する」（『すばる』十月）
・奥泉光・いとうせいこう「文芸漫談シーズン4－①　葛西善蔵『子をつれて』を読む」（『すばる』十月）
・芳地隆之「プレイヤード本　藤原智美『骨の記憶』」（『すば

る』十月）

一月四日、RKB毎日で『ひるおび！』が放送される（「知っトク！カラダ講座～松野明美の激闘子育て第4弾」）／**五日**、BS朝日で『徹子の部屋』が放送される（「ダウン症の天才書家登場…金澤翔子」）／**七日**、『きらっといきる』が放送される（「バレーボールと出会ったから～気分障害・ドンさん」）／**八日**、BS－TBSで『関口宏のザベストセレクション』が放送される（「イルカと障害児の絆」）／**二十一日**、厚労省の初の全国集計で、児童施設の職員等による虐待が平成二十一年度に全国で五十九件あり、百二十人が被害を受けたことが明らかとなる（『朝日新聞』より。五十九件のうち、知的障害児施設四件）／**二十八日**、『きらっといきる』が放送される（「バリバラ　vol・9～バリアフリー・バラエティー」）

二月一日、茨城県牛久市のダウン症の名児耶匠が、成年後見制度を利用すると選挙権を失ってしまうのは憲法が定める法の下の平等などに違反するとして、国を相手に国政選挙権があることの確認を求める訴えを東京地裁におこす／**二日**、『福祉ネットワーク』が放送される（「〝描くこと〟を見つけた―福岡・福祉施設　工房まるの日々」）／**四日**、全日本手をつなぐ育成会の地域活動・就労支援事業所協議会全国大会が北九州市戸畑区のウエルとばたで始まる（五日まで）／**十日**、現在は厚労省所管のパラリンピックなど障害者スポーツを、創設が検討されているスポーツ庁の所管とすることで調整に入っていることが文科省幹部の話で明らかとなる／**十一日**、『きらっといきる』が放送される（「笑顔で〝どうぞ〟と言いたくて～知的障害　井上幸子さん」）／**十二日**、福岡県春日市のクローバープラザで、障がい者制度改革推進会議が進める制度改革について考える地域フォーラム「私たちがつくる新しい障害者制度～障害者制度改革の推進のための基本的な方向」が開かれる／**十八日**、『きらっといきる』が放送される（「僕を知るため、知ってもらうため～アスペルガー症候群・吉岡詩郎さん」）／**十八日**、RKB毎日で『中居正広の金曜日のスマたちへ』が放送される（「ダウン症の天才書道家　奇跡の母娘　感動物語」）／**十八日**、BS1で『モニカとデヴィッド～あるダウン症カップルの結婚』が放送される／**二十一日**、KBC九州朝日で『テレメンタリー2011』が放送される（「もう罪は犯さない～累犯障害者・自立への道」）／**二十二日**、福岡県小郡市下岩田の小郡特別支援学校の高等部が県高校総合文化祭の器楽・管弦楽部門で最優秀賞を受賞し、八月の全国高文祭出場に向けて練習していることが紹介される（『西日本新聞』より。県大会は前年十一月）／**二十五日**、RKB毎日で『中居正広の金曜日のスマたちへ』が放送される（「ダウン症の天才書道家　金澤翔子」）／**二十五日**、平成十八年三月に廃園した福岡県桂川町の知的障害者通所授産施設「虹ケ丘学園」の元職員等が、「組合の解体を狙った偽装廃園であることは最高裁で確定した」として、同学園を運営していた社会福祉法人の解散を認可した県に対し公開質問状を提出する（偽装廃園の認否など七項目）

三月一日、国立病院機構長崎病院が敷地内にショッピングモールを誘致する計画を進めていることが明らかとなる（二日の『西日本新聞』より。全国の国立病院機構百四十四病院初）／**一日**、福岡市の福祉作業所「工房まる」等で芸術活動に励む障害者達がデザインした段ボール箱「だんだんボックス」が、県内の主要郵便局四十局と都内の二局で宅配便「ゆうパック」向けに発売される（福岡市のボランティア団体「だんだんボックス実行委員会」が前年八月に活動を開始。売上金の一部を制作した障害者や福祉施設に還元）／**二日**、『福祉ネットワーク』が放送される（「ＮＨＫハート展　ないた」）／**三日**、ＦＢＳ福岡で『NEWS ZERO』が放送される（「ホームレス支援の壁　〝3割に知的障害〟疑いも」）／**六日**、ドキュメンタリー映画『ちづる』（監督は赤崎正和）が立教大学で公開される（八月二十七日、九州大学で上映）／**六日**、福岡市南区の市障がい者スポーツセンターで、第二十七回障がい者バスケットボール交歓会・知的障がい者の部が開かれる／**十日**、平成二十二年三月に軽度知的障害をもつ女性が現金約一億六千万円を奪われる強盗傷害事件があったことを福岡県警が公表する（自宅の場所等が分かると再び被害にあう恐れがあるため公表を控えていたとしている）／**十日**、福岡県内の障害者施設の利用者等がつくった芋焼酎「自立」を施設側代表が麻生渡知事に贈呈する（二十八日より販売／**十日**、大分県立臼杵養護学校（現臼杵支援学校）高等部に在籍していた知的障害をもつ元生徒が平成十九年十月、高所恐怖症のため修学旅行先で東京タワーに上らせないよう家族が依頼していたにも拘らず学校側が上らせたため不安障害を発症したとして、元生徒と家族が訴えた訴訟で、三十五万円支払うことで大分県との間で和解が成立する／**十一日**、東日本大震災が発生する（きょうされんが「東日本大震災きょうされん被災対策本部」を設置、被災地の作業所や施設、障害のある人達への支援金呼び掛け）／**十二日**、朝日新聞社と朝日新聞厚生文化事業団が「東日本大震災救援募金」の呼び掛けを始める（十月二十七日までに全国からの約八万件、約三十億円の寄付のうち二十三億七千四百万円贈呈）／**十七日**、『福祉ネットワーク』が放送される（「災害関連情報（４）」）／**十八日**、日本障害フォーラムが「ＪＤＦ東日本（東北関東）大震災被災障害者総合支援本部」を設置する（八月三日の『西日本新聞』によると、きょうされんの九州各県支部等が被災した障害者への支援活動を開始したのは、きょうされんも加盟している日本障害フォーラムが支援本部を設けたのにともなってのこと）／**十九日**、福岡市中央区の県弁護士会館で福岡成年後見センター「あさひ」が無料相談会・公開講座を行う／**二十一日**、東日本大震災で被災した福島県の知的障害者三十三人が高校の実習船で神奈川県三浦市の三崎港に到着、横浜市や横須賀市の福祉施設等が受け入れる／**二十一日**、福岡市中央区の友泉中一年の藤川まどか（ダウン症）と、同じ絵画教室の仲間達の作品展「まどかとアトリエこのかのおともだち」が同区市民福祉プラザで始まる／**二十三日**、『福祉ネットワーク』が放送される（「災害関連情報（７）」）／**二十四日**、『福祉ネットワーク』が放送される（「災害関連情報（８）」）／**二十八日**、『福祉ネットワーク』が放送される（「災害関連情報（９）」）／長崎県佐世保市の生まれつき視覚・知的障害のある掛屋剛志が佐世保特別支援学校高等部を卒業し、老人ホームに非常勤職員として就職する（九月七日、同市の老人ホーム「わかばテラス」でピアノコンサート）

四月一日、ＴＶＱ九州で『NEWS FINE』が放送される（「障害者ケアＳＯＳ」）／**一日**、『きらっといきる』が放送される（「特集　東北関東大震災」）／**一日**、ＲＫＢ毎日で『中居正広の金曜日のスマたちへ』が放送される（「ダウン症の天才書道家　金澤翔子「元気を送りたい」」）／四日、『福祉ネットワーク』が放送される（「シリーズ　大人の発達障害（1）「自閉症を生きる―テンプル・グランディン」」）／五日、NHK総合で『時論公論』が放送される（「災害弱者を救え」」）／七日、福岡アジア美術館で山下清展が開催される（五月十五日まで）／十一日、CBCテレビで『イッポウ』が放送される（闇サイト殺人事件の控訴審で、弁護側が川岸健治被告について軽度知的障害を指摘。十二日、名古屋高裁で控訴審判決）／十二日、『福祉ネットワーク』が放送される（「東日本大震災　障害者たちの一か月　集団避難した人たち」」）／十九日、『福祉ネットワーク』が放送される（「ぼくの気持ちを伝えたい」」）／二十二日、テレビドラマ『生まれる。』が始まる（主演は堀北真希。六月二十四日まで。「ケイプランニング」が運営する「芸能部子どもSPクラス」に所属するダウン症の高井萌生が第五話に中心人物として登場）／二十四日、NHK教育で『ETV特集』が放送される（「福祉の真価が問われている―障害者　震災1か月の記録」」）／二十九日、福岡市天神の岩田屋本館で、障害をもつアーティストがビーチサンダルに描いたイラストに塗り絵をするイベントが開催される（五月八日まで。福岡市城南区の障害者福祉施設「葦の家」等企画）／二十九日、『きらっといきる』が放送される（「特集　東日本大震災～被災地の障害者はいま」」）／二十九日、RKB毎日で『中居正広の金曜日のスマたちへ』が放送される（「ダウン症の子どもたちのダンスチーム「LOVE JUNX」」）／原爆小頭症の患者を支援するため、患者のいる七都府県と二市に相談窓口が設けられる（七月三日の『毎日新聞』によると、このうち六都府県は患者に伝えず放置）

五月二日、『福祉ネットワーク』が放送される（「東日本大震災「〝まち〟に戻りたい　陸前高田・障害者グループホーム」」）／五日、『福祉ネットワーク』が放送される（「東日本大震災〝ハートをつなぐ〟メッセージ」」）／十三日、厚労省が、全国のハローワークを通じて平成二十二年度に就職した障害者が、前年度比十七・〇％増の五万二千九百三十一人と、現在の形で統計をとり始めた昭和四十五年度以降で最多になったと発表する（知的障害者一万三千百六十四人増加）／十四日、神奈川県警旭署が、生後四ヶ月半の長男を殺害したとして宮原有紀子を殺人容疑で逮捕する（「長男はダウン症や心臓疾患などを患っており、心中して終わりにしようと思った」と容疑を認める）／十五日、東日本大震災で被災した仙台市で六月に予定される野外音楽祭「とっておきの音楽祭」を支援しようと、福岡市のNPOが同音楽祭の記録映画のチャリティー上映会を福岡市で開く（映画『オハイエ！』）／十七日、『福祉ネットワーク』が放送される（「シリーズふたりの健太　ぼくと家族の未来―北海道・松永健太さん25歳」」）／二十日、『きらっといきる』が放送される（「私は社会人1年生～知的障害・今田麻子さん」」）／二十三日、『福祉ネットワーク』が放送される（「ハート展・春（1）　ダイエット」」）／二十三日、岡山県警が、知的障害などのある十六歳の長女を死亡させたとして、岡山市の清原陽子を逮捕監禁致死の疑いで逮捕する（六月十三日、岡山地裁が同罪で起訴）／二十三日、福岡地裁で、他人のアパートに侵入し現金を盗んだとして窃盗などの罪に問われた福岡県内の男の被告の初公判が行われる（過去にも同様の罪を繰り返して十九回の有罪判決。先天的に全く耳が聞こえず言葉も話せない障害があり、今回、新たに軽度の知的障害があることも判明。六月二十七日に判決公判、懲役十ヶ月（求刑懲役二年）。七月八日、被告の弁護人が福岡高裁に控訴）／**二十四日**、長崎県雲仙市の知的障害者でつくるプロ和太鼓集団「瑞宝太鼓」のメンバーの日常を追ったドキュメンタリー映画『幸せの太鼓を響かせて　～ＩＮＣＬＵＳＩＯＮ』が完成し、都内で特別試写会が行われる（二十八日公開。監督は小栗謙一。七月二日から八日まで福岡市天神のソラリアシネマで上映）／**二十七日**、『きらっといきる』が放送される（「〝きらっと〟をつなごう」）／**三十一日**、厚労省で障がい者制度改革推進会議が開かれる（「社会的雇用」に注目）

六月三日、『きらっといきる』が放送される（「特集　東日本大震災～孤立する障害者を守れ」）／**六日**、『福祉ネットワーク』が放送される（「日本大震災3か月（1）「働きたいけれど…」―気仙沼　障害者の就労はいま」）／**十日**、政府が閣議で二〇一一年版「障害者施策の概況」（『障害者白書』）を決定する（障害のある人への意識調査で「障害」の表記を改めるべきだという意見二十二％、容認四十三％）／**十日**、『きらっといきる』が放送される（「やりたいことは食器洗い？～知的障害・松本弘さん」）／**十三日**、ＮＨＫ教育で『ハートをつなごう』が放送される（「あなたのハートを届けてください　ＮＨＫ障害福祉賞」）／**十四日**、衆院本会議で厚生労働委員長がだした障害者虐待防止法が全会一致で可決され、衆院を通過する（十七日、参院本会議で全会一致で可決、成立。翌年十月施行予定）／**十六日**、最高検が七月上旬に公表する検察組織改革の全容が明らかとなる（十七日の『朝日新聞』より。法相の私的諮問機関「検察の在り方検討会議」が三月にまとめた提言を基に最高検が検討。捜査や公判で不正がないか監察する部を新設する他、外部有識者のチェックや知識を得ながら、検事が学ぶための六分野の「専門委員会」を最高検に設ける。知的障害者が容疑者になった場合の取り調べの録音・録画（可視化）を始めることから、特にこの分野で強化を図る。可視化は八月から試行）／**十七日**、『きらっといきる』が放送される（「プーミョンが街を行く～知的障害・李　復明さん」）／**二十日**、『福祉ネットワーク』が放送される（「障害者の〝働く〟を変える―大阪箕面市の社会的雇用」）／**二十日**、ＮＨＫ総合で『ニュースウオッチ９』が放送される（「福祉施設が閉鎖　〝大切な場〟が奪われ…」）／**二十一日**、ＢＳ日テレで『ぶらぶら美術・博物館』が放送される（山下清）／**二十四日**、『きらっといきる』が放送される（「バリバラ6月号～バリアフリー・バラエティー」）／**二十五日**、ギリシャ・アテネで「２０１１年スペシャルオリンピックス夏季世界大会・アテネ」が開催される（七月四日まで。六月十七日、撮影隊「ビリーブクルー」がアテネ到着。十八日、「２０１１年スペシャルオリンピックス夏季世界大会・アテネ　日本選手団　結団式」。二十日、日本選手団がアテネ到着）／**二十九日**、「ＪＯＹ倶楽部プラザ」（福岡市博多区）のアート集団「アトリエ　ブラヴォ」が制作した天井画を奉納する法要が行われる（篠栗町の切幡寺）／**三十日**、福岡市博多区の老人ホームで、ホームヘルパーを目指す知的障害者等のための養成講座が始まる（社会福祉法人「シティ・ケアサービス」（南区）実施。厚生労働省の緊急人材育成支援事業の活用で受講料の負担なし）

七月一日、熊本県議会で障害者差別のない社会の実現を目指す条例が全会一致で可決される（施行は翌年四月一日。障害者に不利益な行為の具体例を示し、禁止）／**三日**、NHK教育でETV特集『大江健三郎　大石又七　核をめぐる対話』が放送される／**五日**、テレビドラマ『ケネディ家の人びと』が始まる（主演はグレッグ・キニア。八日まで。三日に第一回のみ先行放送）／**九日**、TVQ九州で『美の巨人たち』が放送される（「山下清『長岡の花火』」。三十一日に再放送）／**十二日**、『福祉ネットワーク』が放送される（「シリーズ　福島の障害者はいま（2）〝避難〟したけれど…」）／**二十日**、NHK総合でドキュメンタリー『あなたが心の道しるべ～小山内美智子と浅野史郎』が放送される／**二十一日**、『福祉ネットワーク』が放送される（「ハート展・夏（2）「くも」」）／**二十九日**、改正障害者基本法が成立する（障害者の定義も見直される。制度や慣行など社会的障壁により日常・社会生活に相当な制限を受ける状態にあるもの、とする定義を追加。八月五日に一部を除き公布、施行）／**二十九日**、福岡県福津市の障害者通所施設「福間サンテラス」を支援する慈善展「現代国際巨匠絵画展」が宗像市の宗像ユリックスで開かれる（三十一日まで。二十八日には同施設で海外からの招待作家と障害者による絵画の共同制作会が行われる）

八月八日、『福祉ネットワーク』が放送される（「スペシャルオリンピックスを撮る―ビリーブクルー　ギリシャを行く―（前編）」。九日、後編）／**十一日**、『福祉ネットワーク』が放送される（「東日本大震災5か月　地域での暮らしをとり戻したい―陸前高田　障害者グループホーム」）／**十五日**、福岡市中央区のギャラリー京で藤川まどか（ダウン症、中学二年生）の絵画展が始まる（二十一日まで）／**十七日**、福岡県糟屋郡の障害者の生活介護施設「あゆみのもり須恵」でバリアフリーファッションショーが開かれる（利用者がモデルに）／**二十一日**、FBS福岡で『24時間テレビ』が放送される（「力（ちから）」。ダウン症の少女達と巨大書道）／**二十一日**、BS1で『スペシャルオリンピックスを撮る～ビリーブクルー・ギリシャへ』が放送される／**三十日**、内閣府の作業部会で自立支援法に代わる新たな障害者総合福祉法（仮称）の素案がまとまる（福祉サービス利用の際の利用者負担を原則無償にする等）／**三十日**、NHK総合で『熱烈発信！福岡NOW』が放送される（「障害者の雇用を進めるには」。三十一日の『おはよう日本』でも同内容）／**三十日**、『朝日新聞夕刊』によると、ベトナム政府は枯葉剤被害を認定した兵士とその子孫に障害の程度に応じて最大月二百五万ドン（約七千五百円）の支援金を払っている（対象者二十万人。元兵士以外で農業等をしていて枯葉剤を浴びた人への支援金制度はない）／**三十一日**、知的障害者の自立を支援している「松阪第一生活ホーム」（三重県松阪市。平成十年、県と市の委託を受けて開始。平成二十年、NPO法人に）が、ホーム近くの住民二十四人を誘って焼肉パーティーを開く／平成二十三年版『障害者白書』が発行される／平成二十三年版『厚生労働白書』が発行される

九月二日、『きらっといきる』が放送される（「とことん！おたよりスペシャル」）／**三日**、さをり織りを通じて障害者の就労を支援するNPO法人「さをりひろば」が、大阪市北区で体験工房「SAORI　豊崎長屋」を開業する（知的・精神・身体障害者などが講師）／**五日**、中国河南省の鄭州市や駐馬店市の複数のれんが工場で、人身売買組織を通じて売り渡されるなどした知的障害者等が劣悪な条件で強制的に働かされていたことが

判明、地元警察が約三十人の労働者等を救出する（工場経営者等を拘束。六日の中国英字紙『チャイナ・デーリー』等が地元テレビの潜入取材による報道として伝える）／**七日**、三重県四日市市西坂部町の知的障害者更生施設「清和苑」の利用者等二十人が、十月八日に開催される土鍋供養祭で神前に供える土鍋の絵付けに取り組む／**九日**、『きらっといきる』が放送される（「被災地の障害者はいま」）／**十日**、福岡県久留米市の久留米総合スポーツセンター等で「第31回ときめきスポーツ大会」が開かれる（県内の十五歳以上の知的障害者約千七百人が出場）／**十一日**、NHK教育で『東日本大震災6か月』が放送される（「取り残される障害者」）／**十二日**、福岡市が、市が管理する市美術館、市博物館、福岡アジア美術館の特別企画展の観覧料を身体・知的・精神の各障害者について翌年一月から無料にする方針を明らかにする（これまでも常設展は無料、特別企画展も展示会によっては割り引いていたが、「障害者にやさしいまちづくり」を進めるため、全ての特別企画展の無料化に踏み切る）／**十三日**、KBC九州朝日で『ニュースピア』が放送される（「「太陽パン」25年の歩み　障害者作業所の草分け」）／**十四日**、福岡市内の障害者関係八団体が集まり、同市の障害福祉施策の検証等をする「福岡市の障がい者プラン・差別禁止条例を考えるつどい」が、福岡市中央区の市民福祉プラザで行われる／**十七日**、福岡県北九州市でピープルファーストの第十七回定例会が東日本大震災等をテーマに始まる（十八日まで）／**十九日**、福岡県糸島市二丈深江の海岸で障害のある子供達が魚のつかみどりを体験する（筑紫地区四市一町と小郡市で障害児の発育支援をしているNPO法人「おさき坊」など九団体が企画。「おさき坊」は二月にNPO法人となったのを機に、ダウン症等の子供達を支援する団体とネットワークをつくろうと、一緒に海辺で過ごす機会をもつことに）／**二十一日**、福岡市天神のエルガーラ・パサージュ広場で、障害者の絵を印刷した段ボール箱「だんだんボックス」の発売一周年記念イベントが開催される／**二十三日**、『きらっといきる』が放送される（「特集　紀伊半島豪雨　障害者はどう命を守ったのか」）／**二十五日**、福岡市南区で第28回障がい者卓球まつりが開かれる／**二十六日**、内閣府の障がい者制度改革推進会議が、自立支援法に代わる新法「障害者総合福祉法」（仮称）について、障害福祉サービスの利用者負担を高所得者以外は原則無料とするよう求める提言を蓮舫内閣府特命担当相に手渡す／**二十八日**、NHK教育で『ハートをつなごう』が放送される（「〝きょうだい〟①障害のある人の兄弟姉妹」）／**二十九日**、NHK教育で『ハートをつなごう』が放送される（「〝きょうだい〟②障害のある人の家族の葛藤」）

十月二日、福岡市博多区の「たつみ寿司」の職人十二人が障害者支援施設「第二野の花学園」を訪問し、創作寿司を振る舞う／**三日**、テレビ放送大学で『知的障害教育総論』が放送される（第一回。毎週月曜放送）／**四日**、長野県警少年課と伊那署が、軽度知的障害のある長女に売春させたとして県内に住む母親（児童福祉法違反容疑）と、長女を買春したとして小塩昌一（児童買春・ポルノ禁止法違反容疑）を逮捕したと発表する／**七日**、『きらっといきる』が放送される（「俺の叫びを聞いてくれ～脳性まひ・国頭弘司さん」）／**十一日**、『福祉ネットワーク』が放送される（「シリーズ　いま、《言葉》を力に（1）　ろう重複障害者を支える」）／**十六日**、社会福祉法人「葦の家福祉会」が福岡市城南区の長尾中学校で第十二回目の「わはは祭り」を開催する（千百人参加）／十七日、『西日本新聞』によると、「法務省の統計では、２００９年に刑務所に入った受刑者のうち、知的障害の疑いがある「知能指数70未満」は23％。入所時に知的障害と診断された人は０・８％で、その中で服役2回以上の累犯者は68％を占める。受刑者の15％にあたる60歳以上の累犯率は他の年代より高く60％を超す。」／十九日、『福祉ネットワーク』が放送される（「ＮＨＫハート展・秋（１）　ドキッ　バクッ　ハイシャ」）／十九日、福岡県糟屋郡志免町の社会福祉法人「柚の木福祉会」が知的障害者を対象に運営する就労移行支援事業所「ｃｒｅａｔｅ８０３」で訓練した二人の就職を祝う就職門出式が、同町の総合福祉施設シーメイトで行われる／二十日、『福祉ネットワーク』が放送される（「ＮＨＫハート展・秋（２）　私の母」）／二十日、テレビ放送大学で『障がいと共に暮らす』が放送される（第三回。二十七日、第四回）／二十二日、山口県で第十一回全国障害者スポーツ大会が始まる（二十四日まで。二十一日、山口市阿知須の競技会場で公式練習。二十二日、ＮＨＫ教育で『第11回全国障害者スポーツ大会　山口大会「開会式」』放送）／二十六日、テレビ放送大学で『地域福祉の展開』が放送される（第四回）／二十七日、『朝日新聞』によると、「福岡市が重度心身障がい者福祉手当の見直しをめぐり、受給者に送ったアンケートが障害者と家族の反発を呼んでいる。」（重い障害のある人を対象としながら、丁寧な説明や記述の支援をせず、ただ文書を送っただけ。重度心身障がい者福祉手当とは、身体障害者手帳一級をもつか、福岡市の指標で最重度、重度の知的障害と判定された人に、条例に基づき支給される市独自の手当）／三十一日、テレビ放送大学で『社会福祉入門』が放送される（第五回）

＊成年後見人に弁護士など専門職でない一般市民を増やそうと、厚労省が市町村毎に育成研修の実施を推進する事業を始める

参考文献

・川本宇之介『特殊教育研究』（昭和十四年十月）
・文部省『わが国及び各国の特殊教育に関する調査』（昭和二十三年十二月）
・望月勝久他『精薄児教育における生活単元学習の改造』（昭和四十五年三月　明治図書）
・下中邦彦編『世界大百科事典』（昭和四十七年四月　平凡社）
・中川四郎・上出弘之編『精神薄弱医学』（昭和四十七年四月　医学書院）
・日本近代教育史刊行会編『日本近代教育史』（昭和四十八年四月　講談社）
・菅修・妹尾正『精神薄弱の変化のとらえ方』（昭和四十八年七月　日本児童福祉協会）
・伊藤隆二『知能病理学研究』（昭和四十九年三月　風間書房）
・矢野隆夫他『心身障害者のためのコロニー論　その成立と問題点』（昭和五十年七月　日本精神薄弱者愛護協会）
・清水寛・三島敏男編『障害児の教育権保障』（昭和五十年九月　明治図書）
・小杉長平他編『ちえ遅れの子の性と結婚の指導』（昭和五十一年三月　日本文化科学社）

・荒川勇他『日本障害児教育史』（昭和五十一年六月　福村出版）
・西谷三四郎『障害児全員就学』（昭和五十二年一月　日本文化科学社）
・大塚達雄『障害をもつ人達と共に　心のかよう福祉を』（昭和五十五年二月　ミネルヴァ書房）
・日本臨床心理学会編『戦後特殊教育・その構造と論理の批判』（昭和五十五年四月　社会評論社）
・心身障害児教育財団企画編集『特殊教育三十年の歩み　戦後を支えた人と業績』（昭和五十六年十月　教育出版）
・篠原睦治『「障害児の教育権」思想批判』（昭和六十一年一月　現代書館）
・北村小夜『一緒がいいならなぜ分けた』（昭和六十二年二月　現代書館）
・大野智也『障害者は、いま』（昭和六十三年八月　岩波書店）
・加藤正明編『新版精神医学事典』（平成五年二月　弘文堂）
・池田満寿夫・式場俊三『裸の放浪画家・山下清の世界』（平成五年六月　講談社）
・茂木俊彦『統合保育で障害児は育つか』（平成九年五月　大月書店）
・茂木俊彦他編『障害児教育大事典』（平成九年十二月　旬報社）
・臼井久実子編『Q&A障害者の欠格条項　撤廃と社会参加拡大のために』（平成十四年一月　明石書店）
・服部正『アウトサイダー・アート』（平成十五年九月　光文社）
・中村満紀男・荒川智編『障害児教育の歴史』（平成十五年十月　明石書店）
・氏原寛他編『心理臨床大事典　改訂版』（平成十六年四月　培風館）
・河合香織『セックスボランティア』（平成十六年六月　新潮社）
・高橋明『障害者とスポーツ』（平成十六年六月　岩波書店）
・渡部昭男・新井英靖編『自治体から創る特別支援教育』（平成十八年十二月　クリエイツかもがわ）
・ウィリアム・L・ヒューワード『特別支援教育　特別なニーズをもつ子どもたちのために』（中野良顯他監訳　平成十九年六月　明石書店）
・高藤昭『障害をもつ人と社会保障法』（平成二十一年一月　明石書店）
・河東田博『ノーマライゼーション原理とは何か　人権と共生の原理の探究』（平成二十一年三月　現代書館）
・高橋智他『戦前における鈴木治太郎の大阪市小学校教育改革と特別な教育的配慮のシステム開発に関する研究』（平成二十二年一月　緑蔭書房）

初出一覧

・序　章　書き下ろし
・第一章　「「春の鳥」論―「英語と数学」の教師とは何か―」（『九大日文』4　平成十六年四月）加筆改稿
・第二章　「芥川龍之介「偸盗」論―「白痴」の女が母になることの意味―」（『九大日文』10　平成十九年十月）加筆改稿
・第三章　「石井充「白痴」論―「白痴」という戦略―」（『九大日文』7　平成十八年四月）加筆改稿
・第四章　「山下清の語られ方―知的障害者を「天才画家」とすることについて―」（『九大日文』13　平成二十一年三月）加筆改稿
・第五章　「大江健三郎『静かな生活』論―〈「知的障害者」表象のためのモデル〉考察―」（『九大日文』8　平成十八年十月）加筆改稿
・第六章　「青来有一「石」論―なぜ知的障害者を語り手にしたのか―」（『文学・語学』194号　平成二十一年七月）加筆改稿
・終　章　書き下ろし
・知的障害に関する記述を含む作品・事項一覧　書き下ろし

あとがき

本書――本書などと言うと、何だかくすぐったい感じがしますが――は、課程博士論文『知的障害者表象の文学的研究―知的障害者や人間はいかに語り得るか』（平成二十一年十二月、九州大学大学院人文科学府提出）を加筆訂正したものです。出版の費用につきましては、九州大学教育研究プログラム・研究拠点形成プロジェクトにお世話になりました。ありがとうございました。

知的障害者の語られ方やその受け取られ方の多様化・多面化を示すこと。そして、知的障害者の語られ方の考察を通して、人間とは何かという大きな問題を考えること。本書では以上を目的としました。このことからも分かりますように、主として文学作品を扱ってはいますが、本書は文学研究者のみを読者として想定している訳ではありません。文学研究者には、文学作品を解釈する時に、知的障害者表象にこだわることで初めてみえてくる文脈・メッセージがあることを示したいと考えていますし、教育関係者や一般の方などには、文学作品を通して知的障害者の差別問題等を考えることの有効性を示したいと思っています。職業や研究分野・領域を問わず、一人でも多くの方に、関心にあわせて読んでいただけることを願っています。

資料として付しました「知的障害に関する記述を含む作品・事項一覧」には、文学作品だけでなく、知的障害に関わる事項、そして、医学や教育、社会学などの著作も挙げてあります。文学作品を研究する上で、それらを視野に入れる必要があるからであり、また、文学研究者以外の方達にも、本書を利用していただきたいからです。今日、文学研究の分野はもとより、おそらくはどのような学問分野・領域においても、すでに理論の類は出尽くしているのではないでしょうか。これからは、自分の関心のあるテーマに即して、諸資料を横断、再編成することで、これまでにない光景・メッセージを導きだすこと――いわば洗練された実証的アプローチ――が、研究上のポイントとなるかと思います。本資料がそのための一助となりましたら幸いです。

なお、本資料は、九州大学出版会のホームページ（http://kup.or.jp/booklist/hu/literature/1068.html）でも利用でき、ネット上で検索等を行うことが可能となっています。現在、事項につきましては、全国的な出来事と福岡県を中心としたものになっていますが、データは更新していきますので、今後は他の地域のことも取り入れていきたいと考えています。

それから、障害者問題への関心が、年々高くなっている観がありますが、本書で考察するのは「知的」障害者の語られ方です。なぜ知的障害に限定するのか、あるいは理由を求められるかもしれません。知的障害に限定するのは、知的障害と他の障害とでは、社会を成立させる上でその概念が〈果たしている役割〉――本書では、山カッコはアイロニカルなニュアンスで使っています――が異なるからです。例えば、学び得ぬ者として就学を免除された「白痴」は、教育制度を維持する上で〈必要〉とされた概念ですが、身体障害はそうではありません。周縁に位置付けられた様々な方達が団結し、権利を要求することは珍しくありませんが、権利を勝ち取った後で内部分裂をおこすこともまた、珍しくありません。実際、知的障害は、権利・法の対象という点において、他の障害とは異なることが少なくないように思います。また、〈役割〉が異なることとも関わりますが、知的障害が描かれることには、そもそも人間とは何かという問いがついてまわるようですが、他の障害、例えば視覚障害が描かれる場合はどうでしょうか。知的障害と他の障害とでは、人間観との関わり方も異なるように思われます。文学研究をする上でも、差別問題を考える上でも、知的障害に限定することには意義が認められるのではないでしょうか。

最後に、末筆ながら、親身に論文指導をして下さいました、九州大学の今西祐一郎先生（現・国文学研究資料館館長）、辛島正雄先生、波潟剛先生、故・花田俊典先生、松本常彦先生、都留文科大学名誉教授・関口安義先生に、厚く御礼申し上げます。それから、九州大学出版会、特に編集部の尾石理恵さん、度重なる小生の図々しいお願いに、真摯に耳を傾けて下さり、ありがとうございました。紙幅の都合で淡々とした書き方ですが、感謝いたしております。

平成二十三年十一月一日

河内重雄

＊

人生最高の出会いは生まれた時にあった。二人はいつも俺に勇気を与えてくれる。この本はまず第一に、他の誰でもない、二人にプレゼントする。　息子より。

ユ

ヨ

ラ

リ

ル

レ

ロ

テ

ト

ナ

ス

サ

シ

カ

人名・事項索引

著者略歴

河 内 重 雄（こうち　しげお）

1978 年　山口県生まれ

2002 年　九州大学文学部　卒業

2005 年　九州大学大学院人文科学府修士課程　修了

2010 年　九州大学大学院人文科学府博士後期課程　修了

現　在　九州大学大学院人文科学研究院専門研究員　博士（文学）

論文（本書収録以外）

「泉鏡花「外科室」の一面―医学小説としてのリアリティーについて―」（『語文研究』108・109 合併号、2010 年）

「黒島伝治「渦巻ける烏の群」論―シベリアの現地民にとっての日本軍―」（『九大日文』18 号、2011 年）他

日本近・現代文学における知的障害者表象
――私たちは人間をいかに語り得るか――

2012 年 3 月 20 日　初版発行

著　者　河　内　重　雄

発行者　五十川　直　行

発行所　㈶九州大学出版会

〒 812-0053 福岡市東区箱崎 7-1-146

電話 092-641-0515（直通）

振替 01710-6-3677

印刷／城島印刷㈱　製本／篠原製本㈱

ISBN 978-4-7985-0068-3